KB268248

고전과의 대화

읽기와 글쓰기

동서양 고전으로 배우는 논술의 31가지 핵심 주제들

저자 유 임 하

문학평론가, 한국체육대학교 교양과정부 교수
저서로는『한국소설과 분단이야기』,『한국문학과 불교문화』,『전쟁의 기억, 역사와 문학』
(공저),『기억의 심연』,『한국문학과 근대성의 형성』(공저),『분단현실과 서사적 상상력』
등이 있음.

고전과의 대화

읽기와 글쓰기

동서양 고전으로 배우는 논술의 31가지 핵심 주제들

초판 인쇄 2011년 7월 20일
초판 발행 2011년 7월 27일

지은이 유임하
펴낸이 이대현
편 집 이소희
펴낸곳 도서출판 역락
　　　　서울 서초구 반포4동 577-25 문창빌딩 2층
　　　　전화 02-3409-2058(영업부), 2060(편집부)
　　　　팩시밀리 02-3409-2059
　　　　이메일 youkrack@hanmail.net
　　　　등록 1999년 4월 19일 제303-2002-000014호

ISBN 978-89-5556-935-3 03800
정 가 19,000원

＊잘못된 책은 교환해 드립니다.

고전과의 대화

읽기와 글쓰기

동서양 고전으로 배우는 논술의 31가지 핵심 주제들

유 임 하 지음

역락

　우리는 책을 어떻게 대하는가. 읽지 않은 책은 한 무더기의 종이에 불과하다. 책은 읽지 않고서는 그 진가를 알기 어렵다. 읽은 다음에야 보배라는 걸 안다. 마치 삶을 경험한 뒤에야 그 가치를 깨닫는 것처럼 책도 읽고 난 뒤에야 그 가치를 깨닫는다. 은둔으로 삶을 보낸 숲속의 철학자 소로우는 『월든』에서 "책은 세계의 보배이며, 세대와 국민들이 상속받기 알맞은 재산"이라고 말하고 있다. 책이 왜 '보배'인가? 교환가치로 환산될 수 없다는 점에서 책은 분명 보배임에 틀림없다. '보배'라 함은 희소성을 가진 진정한 효용가치를 의미한다.

　책의 역사를 뒤적이다 보면 책 속에 담긴 지식은 언제나 세계의 비의와 소통하는 존재들의 주술과 깊은 깨달음으로 통하는 면모를 확인하게 된다. 책 속의 지식은 전문가들만의 전유물이었던 것이다. 그런 책이 인쇄기의 등장과 책 보부상의 기여 속에 거대한 활자의 우주를 만들어냈다. 이 '구텐베르그의 은하계 Gutenberg's Galaxy'야말로 오늘의 세계를 있게 한 토대이다. 근대의 인쇄문화는 대량의 인쇄물을 생산, 보급하며 전문지식을 대중들에게 전파할 수 있었고 오랜 기간 지배해온 귀족과 지식계층을 무너뜨리며 자유와 평등에 기반을 둔 세계를 건설할 수 있게 했다. 책은 그러니까 전문가의 오랜 숙고를 통해 얻어낸 세계에 대한 비의(秘義)를 담고 있었으나 이것이 독자 대중들의 손에 온 것은 그리 오래되지 않았다.

　한 권의 책이 저자들에게는 값싼 인세를 지불할 뿐이지만, 대중들은 한 권의 책값을 지불하고 나면 언제 어디서나 전문가들의 오랜 지적 고투를 자기의 소유로 만들 수 있다. 자기의 값진 체험으로 만드는 것이다. 참된 지식은 체험보다 더한 것은 없다. 하지만 체험을 중시한다면 우리는 오늘과 같이 빠르게 변모하는 시대를 영영 따라잡을 수가 없을지도 모른다. 온갖 직업을 섭렵하고 세계 각처를 두루 여행한다 해도 우리에게 허용된 생의 시간은 극히 제한되어 있다. 체험의 폭을 확장하고 깊이를 더하는 가장 빠르고 효과적인 수단은 바로 책이다.

책을 통해 얻는 지식이야말로 온전히 자신의 것이 된다. 영국 런던의 피카딜리 거리나 미국의 뉴욕 브로드웨이, 프랑스 파리의 몽파르나스, 방콕의 수상가옥, 안데스 고원지대에 형해만 남은 마추픽추에 이르기까지 모두 가본다는 것은 불과 30년 전만 해도 꿈에서나 이룰 수 있는 소망이었다.

하지만 책의 세계는 그것을 가능하게 해준다. 『미슐랭 가이드』는 프랑스의 유명한 타이어회사가 발행하는 세계 관광명소 소개 책자이다. 여기에는 어떤 나라의 문화적 명소와 함께 그 나라의 얼이 깃든 음식을 파는 유명식당이 소개되어 있다. 책자 하나가 내가 여행하려는 나라와 지방에 대한 안내를 돕는 셈이다. 내가 미리 가보지 않았다는 점에서 미리 가본 자의 평판을 빌려 나만의 값진 여행체험을 가능하게 해주는 사전답사를 가능하게 해준다. 이렇듯 책은 내가 직접해 보지 않고서는 알 수 없는 직업과 삶의 세계를 우리에게 알려준다. 그 어떤 책도 나에게는 삶의 예비지식을 미리 알려주는 전령사와 같다.

책도 음식처럼 불량식품이 있게 마련이다. 먹으면 먹을수록 해가 되는 것이 불량식품이다. 불량식품을 가리고 내 몸에 맞는 음식, 내게 이로운 음식을 골라먹듯이 책을 대하는 데에도 이런 자세가 필요하다. 불량식품과 다를 바 없는 책은, 우리를 쾌락에 탐닉하도록 유혹하거나 출세를 위해서 수단 방법을 가리지 않는 후안무치함을 보여주는 경우이다. 이렇게 모든 책이 좋은 책은 아니다. 책에도 좋은 책과 나쁜 책이 있다. 양서에도 오래가는 양서와 일시적인 양서가 있다. 그중에서도 고전은 오래 가는 양서이다.

지금 우리가 고전을 읽어야 하는 이유는 무엇인가. '고전'이란, 오랜 시간의 풍화작용을 견뎌내며 인류의 영혼에 지침이 되어온 명예로운 저작에 붙는 훈장과도 같은 명칭이다. 고전이란 시공을 넘어 인류사회가 공인한 저작들인 셈이다. 앞서 언급했던 소로우의 말처럼 세상의 모든 책이 세대와 국민들에게 상속해줄 재산이란 말은 분명 고전에만 해당되지는 않는다. 모든 책이 유용하지만, 그렇다고 해서 우리가 손에 닿는 모든 책을 읽기는 어렵다. 내게 한정된 시간을 효율적으로 활용하려면 좋은 책을 읽는 게 중요하다. 그 첫 번째 선택이 고전이다.

으레 '고전'이라 하면 낡은 서가에 꽂힌 먼지 앉은 두꺼운 책을 떠올리기 쉽다. 하지만 고전적 저작들의 가치는 현대사회의 유행과 현란한 가속도의 현실에서 지나쳐버리거나 무시당하기 일쑤이다. 통념이란 대개 어떤 사회적 관습과 직결된 기억이다. 고전에 관한 이런 통념은 고전을 자기 삶의 기준, 삶을 이끄는 지침으로 삼지 않는 우리 사회의 척박한 문화적 단면 하나를 보여준다.

이 책은 '고전을 어떻게 읽을 것인가'라는 문제의식에서 출발하고 있다. 브로노프스키는 『인간 등정의 발자취』에서 인류 문화가 "이성의 확대와 그것의 축적"이라고 보았다. 고전과 만난다는 것은 인류의 문화유산과 접속하는 일이다. 이 일은 자신이라는 개체발생만 탐문하는 것이 아니라 인류의 계통발생을 탐색하는 일대 사건이다.

일반적으로 중고등학생, 그리고 대학생과 일반인들은 고전을 이래저래 어렵고 접하기 힘든 것으로 여기는 것이 분명한 현실이다. 공자는 "아는 것은 좋아하는 것만 못하고 좋아하는 것은 즐기는 것만 못하다."고 했다. 위대한 고전의 세계에 걸맞은 삶을 만들어내는 것, 이것이야말로 고전을 가장 즐기는 모습이 아닐까. 고전에는 고전에서 암시받은 인간다운 판단의 기준과 어떤 원칙으로 자신과 세상을 다시 바라보는, 성숙한 사고가 탄생하는 경로가 담겨 있다. 즐긴다는 것은 가치를 발견하는 기쁨이자 그러한 가치를 현실에서 실현하는 과정과 다르지 않다. 고전의 세계를 통해서 우리는 우리가 속한 시대의 문제들과 대면하고 가치 있고 성숙한 사고와 행동 지침을 마련할 수 있기 때문이다.

따라서 고전을 읽는 것은 다른 사람의 사상이나 주장에 기대어 자신의 생각을 넓히는 과정이라고 할 수 있다. 생각을 넓히는 일은 세상에서 지금 벌어지고 있는 일들에 관해서 나름대로 설득력 있는 대안을 마련하는 일련의 사유과정이다. 생각은 글쓰기를 통해서 논리적이고 체계적으로 정돈된다. 이렇게 보면 글쓰기는 생각이 넓고 깊어지는 과정을 좀 더 구체적이고 조리 있는 표현으로 고정시키는 작업에 지나지 않는다.

이 책을 쓰면서 세운 원칙이 몇 가지 있다.

우선, 책에서는 동서양의 여러 분야, 곧 사상, 종교, 역사, 철학, 과학, 문화인류학, 사회학, 문학 등에 걸쳐 있는 고전적인 저작 31편을 골랐다. 미처 다루지 못한 사례들도 많이 있다. 하지만, 이 책에서는 인간 윤리와 도덕, 정치와 법, 지식 구성의 원리, 현대물리학과 우주론, 문학예술과 삶, 아름다움의 인식, 현대사회의 생리 등, 우리가 현실에서 접하는 다채로운 문제들을 이해하는 데 도움 되는 교양서가 되도록 노력했다.

다음으로, 이 책은 독자의 이해를 돕기 위해서 쉬운 문체로 고전에 담긴 다양한 논제를 풀이하고자 했다(이 원칙이 얼마나 지켜졌는지는 저자도 확신하기 어렵다). 이것은 고전에 담긴 지혜를 참조하여 '지금 여기 here and now'에서 일어나는 문제들을 함께 생각해 보려는 데 그 뜻이 있다.

이 책은 31편의 고전을 함께 읽어가면서 '고전의 시대적 배경', '내용의 개관과 정리'를 통해서 '지문 예시와 토론'을 유도하려 했고, '더 생각하기' 항목에서는 독자들의 생각을 이끌어내기 위해서 좀 더 상세한 설명을 덧붙였다. 이 책을 읽는 과정 자체가 비판적인 읽기를 통한 향상된 독서로 연계하는 한편, 논리적이고 창의적인 글쓰기로 연계시키려 했다.

부디, 이 책이 논술이나 구술 면접을 준비하는 학생들이 겪는 막막함을 해소하는 한편, 교육 현장에도 도움이 되었으면 한다. 그러나 이 책은 입시생이나 독서교육 담당자만을 고려한 것만은 아니다. 대학생이나 일반인들도 고전에 대한 선입견에서 벗어나 고전을 즐겁게 읽는 경험을 얻었으면 하고 기대한다.

2011년 7월
유임하

차 례

제2부 고전 읽기의 실제

제1장 동아시아의 고전 50

부 록 459

일러두기

텍스트와 주제
1. 동서양의 문학·역사·철학·종교·과학·정치·문화 등을 두루 아울렀으며, 국내 출간이 되어 독자들이 쉽게 구해볼 수 있는 텍스트를 선정하였다. 책의 출전은 부록 맨 뒤에 밝혔다.
2. 각 텍스트의 개관과 함께 논술·구술·토론의 주제가 될 수 있는 지문들을 선별하여 그 원문을 게재하였다. (지문의 문장은 텍스트 발행 출판사의 판본에 따름.)
3. 총 31편의 텍스트에서 뽑아낸 100여 가지 주제(본문에 ▶ 표시) 중에서 핵심 주제를 해당 텍스트의 제목으로 달았다.

'지문 해설'과 '더 생각하기'
1. '지문 해설'은 제시된 지문의 독해를 돕는 글이다
2. '더 생각하기'는 일종의 심화학습으로 해당 텍스트 또는 지문과 연관하여 독자 스스로 창의력을 발휘하여 새로운 주제를 생각해볼 수 있게 하는 항목이다.

제1부

무엇을 읽고 어떻게 쓸 것인가?

01 책을 읽는다는 것

현자와 소통하기

뭇사람들에게 책이라는 말은 그야말로 따분한 일상과 다름없는 지루함을 연상하기 쉽다. 책이라는 말에서 우리는 난삽함만을 떠올린다. 어렵기만 한 내용들은 언제나 우리를 절망에 빠뜨리기 때문이다.

하지만 달리 생각해보면 어디 책만 어려운 것이겠는가. 음악이, 미술이, 체육이 모두 배우기에 어렵지 않은가. 실상 우리가 익혀야 하는 삶의 모든 국면이 힘들고 어렵다. 처음 직면하는 삶의 국면 모두가 어려운 법이다. 책이라는 세계 또한 이와 다르지 않다.

책장을 펼치면 제목에서부터 너무도 생소하다. 하지만 제목부터가 저자의 집필 의도를 반영하고 있다. 또한, 목차 안에는 저자가 오랜 기간 숙성시켜온 자신의 지식과 지혜가 위계에 따라 체계적으로 정돈되어 있다. 목차는 한 인간의 지식과 경험, 호기심에 가득 찬 세계에 대한 관심사의 행보를 보여준다. 본문을 펼쳐보면, 첫 문장에서부터 사용하는 용어나 문장 표현 하나하나가 고르고 골라서 적재적소에 배치한, 정성이 고루 배어 있다. 이렇게 책장을 하나하나 넘기다 보면, 저자의 생각과 논리를 따라 읽어가게 되고, 거기에서 파생되는 지식의 앎이라는 국면은 우리에게 결코 작지 않은 재미를 선사한다.

앎이 선사하는 재미는 마치 연인과 처음 만나 어색함을 벗어나 상대 이성에 대한 인간적 매력을 발견해 나가는 묘미와 다르지 않다. 처음에는 상대를 두고 어찌할 바를 모르는 몸짓과, 생경한 말투 때문에 어떤 말을 해야 할지, 어떤 의미로 받아들여야 할지, 갈피를 잡지 못하는 혼돈 상태를 경험한다. 그러다가 취미의 차이와 관심의 차이, 가치관의 차이를 접하며 서로가 공감하거나 받아들이기 어려운 부분을 섬세하게 가려나가는, 이성교제나 우정 같은 인간관계가 깊어지는 것처럼, 책읽기의 양상 또한 그러하다.

나는 가끔씩 학생들에게 취미가 무엇이냐고 물어본다. 대부분 음악 감상이나 영화, 비디오 감상이라고 답하는 경우가 많다. 또 어떤 학생들은 "나의 취미는 독서!"라고 우렁차게 말한다. 그럴 때 필자는 조금 분개한다. "독서가 취미라고? 아냐! 독서는 생활이야!"라고 일갈한다.

책을 읽는다는 것이 왜 취미가 되어서는 안 되는가. 우리가 취업을 준비하는 데 필요한 입시용 실용서적도 죽기 살기로 밑줄을 그어가며 본다. 독서가 취미가 아닌 까닭 하나가 바로 이것이다. 생존을 위해 필수적으로 알아야 하는 것이 독서이다. 사실 수험의 과중한 부담 때문에, 교과서와 두툼한 참고서에 오래도록 질린 생활을 해온 학생들은 책을 즐기면서 읽을 여유를 마음껏 누리지 못한다. 하지만 돌이켜 생각해보자. 취미로 입시서적을 읽는 사람들은 없다. 마찬가지로 취미로 세상을 사는 사람들도 없기는 매 일반이다. 극소수의 유한계층을 제외하고는 적당히 일하고 적당히 쉴 수가 없는 게 이 세상의 이치다.

회사원이건 학생이건, 노동자이건 공무원이건 간에 세상살이는 받는 돈만큼이나 고단하게 자신의 전력을 다하지 않으면 지위나 성적, 월급이나 보너스를 챙기기 어렵다. 취미라는 말은 고상하게도, 해도 좋고 안 해도 좋은 일, 나의 취향과 맞아떨어지는 여가활동, 호기심과 열정을 집중하는 소일거리 정도는 우리가 하지 않아도 될 정도의 일에 지나지 않는다. 독서가 그러하다면, 지금과 같이 치열한 시대에는 불필요하다고 단언해도 좋다. 하지만, 나의 불안한 미래, 불투명한 현실에 잠시 눈을 돌려보더라도 신문 한 장이나 시사 잡지 한두 권으로는 어지러울 정도로 빨리 변해가는 세상을 따라잡기란 어렵다는 점을 쉽게 알아차릴 수 있다. 이런 측면에서 책읽기는 생존의 문제와 직결된 것이라고 말해야 옳다.

이제 우리 사회의 평균 연령은 팔십을 넘어 구십에 가까워지고 있다. 이 기나긴 삶을 살아가면서 우리는 어떤 생물학자의 말대로 '삶의 이모작'을 준비해야 하는 게 엄연한 현실이다. 직장인 대부분은 오십대 초반이면 고위간부로 승진하지 않는 한 퇴직을 준비해야 하는 게 우리의 우울한 현실이다. 대부분의 공무원도 육십이면 퇴직을 준비해야 한다. 회사에서는 어렵사리 40대 간부 사원에 이르지만, 이미 자기 전문 분야에 대한 지식이 후배 사원들의 놀라운 외국어 실력과 업무적응력에 크게 뒤처질 수밖에 없다.

그러다 보면 퇴직 후 삶을 어떻게 설계해야 할까라는 문제는 뒷전이 되기 십상이다. 후배들의 숨가쁜 내공쌓기나 노후의 삶을 준비하기 위해서라도 우리는 세상의 정보만 익히는 걸로는 부족하다. 나만의 안목을 구비해야 한다. 그 안목은 어디서 오는가. 지혜로운 자나 전문가에게 들어야 하는 삶의 지혜는 우리의 아이디어를 풍부하게 하고 우리의 삶을 풍요롭게 해줄 것이다. 한 권의 책은 적어도 한 사람의 전문가가 일군 노력의 산물이다. 그런 점에서 책 읽기는 취미나 선택이 아니라 필수이자 생존의 문제와 직결된 것이다.

폴란드의 사회학자 지그문트 바우만은 오늘의 시대는 '단단한 근대(Solid Modernity)'가 아니라 모든 가치가 한데 뒤엉키며 융합하는 현실이라는 점에서 '후기 근대' 또는 '유동적인 근대(fluid Modernity)'라고 부른다. 어느 한 가지의 가치만 고수하고 하나의 직업만 고집하며 살아가는 게 아니라 퇴직 후에는 전혀 새로운 직업과 삶을 스스로 설계할 수 있어야 한다. 요컨대 장구한 전통 속에 자신을 다시 위치 짓고 스스로 새로운 재능을 발견하며 새로운 삶을 찾아가야 하는 시대인 셈이다. 그러기 위해서는 어떤 태도를 갖는 게 좋을까.

최근 미국 사회는 향후 30년 안에 기존의 직업 중 90%가 도태되고 전혀 알려지지 않은 직업이 도래할 것이라 진단하고 있다. 직업전문가의 말을 요약해보면, 지금의 10대와 20대는 과거처럼 한두 개의 직업으로 사회활동을 마감하는 시대가 아니라 일생동안 적어도 10개 내외의 직업을 갖게 되는 시대를 살아갈 것으로 예견된다.

이 과정에서 필요한 것은 빠른 추세로 변화하는 현실에서 자신의 적성과 취향에 맞는 직업을 선택하는 일이고, 그러기 위해서는 그에 적합한 사회성과 인성이 필요한 법이다. 여기에 필요한 것은 세계라는 텍스트를 정확하게 분석하고 핵심을 관통하는 명민한 판단력이다. 그 판단력은 책읽기를 통해서만 배양될 수 있다. 타인들과 조화로운 관계 정립을 위해서는 어떤 상황에서 어떤 대화를 할 것이며 표현에서 생략된 몸짓 언어는 어떻게 해독해야 할 것인가가 무엇보다도 중요하다. 이 문제는 책읽기를 통해서 얼마든지 신장시킬 수가 있다. 사태가 이럴진대 책읽기가 취미여서는 세상살이가 곤란해질 수밖에 없다.

무릇 독서에도 때가 있어 보인다. 성장기에 이루어진 독서 습관이 평생을 더 많은 독서로 인도하는 훌륭한 계기가 된다는 점에서 그러하다. 독서는 사실 몸에 밴 자세와 침묵에 길들여지는 습관을 필요로 한다. 소란스러운 분위기 안에서는 몰입을 필요로 하는 독서가 여의치 않은 법이다. 마찬가지로 한 번에 수많은 책을 읽기로 작정하는 것만큼 우둔한 일도 없다. 책읽기에서 이런 다짐은 스스로 과식하겠다는 행동과 크게 다르지 않다.

어린 시절의 책읽기는 대부분 황홀경에 빠질 만큼 몰두했던 동화들로부터 시작된다. 「보물섬」, 「소공자」, 「소공녀」, 「알프스 소녀 하이디」, 「플란다스의 개」, 「15소년 표류기」, 『서유기』, 『로빈슨 크루소』 같은 수많은 이야기에 몰입했던 즐거운 기억을 한번 떠올려 보자. 숱한 공상과 즐거운 상상으로, 별들로 가득 찬 밤하늘을 경이롭게 바라보며 우리는 짙은 감동을 맛보았을 것이다. 이 즐거운 독서의 순간들은 왜 지금 이 자리에서 되살릴 수 없는 것인가. 바로 이처럼 몰입의 즐거움을 누리는 독서가 생활화되어야 한다. 즐겁고 자발적인 책의 향유만큼 이상적인 독서의 모습은 달리 없다. 이것이야말로 10대의 꿈 많던 시기, 넘치는 시간을 주체하지 못했던 젊음의 방황을 책 속의 세계로 몰입시켜 스스로를 제어할 수 있는 힘을 기르는 길로 보인다.

책을 읽다 보면 어느새 창밖은 희부윰하게 밝아온다. 약간의 피로와 현기증, 새벽공기와 함께 깨어나는 몸의 기운은 밤새 빠져 있었던 연인들의 사랑, 천재들의 고뇌, 아슬아슬한 모험담에서 비로소 헤어나게 만든다. 이 즐거운 독서 경험은 훗날 거짓된 세계와 얼마간 거리를 두고 복잡한 세계와 대면하며 내가 어떻게 살아가야 할 것인지, 영혼의 고결함과 빵의 풍요를 어떻게 조화시킬 것인지를 숙고하게 만들고, 다른 한편으로 나를 비롯한 가족과 이웃, 머나먼 오지의 원주민들과 함께 인간다운 삶을 이룩하기 위한 상상적 실천적 제휴를 가능하게 만드는 동력이다.

우리에게는 이런 독서, 나와 더불어 살아가는 자연의 이치를 감읍하게 만드는 그 말없는 대화를 나눌 여유가 너무 없어 보인다. 사소한 것들에서 새롭게 발견하는 생의 기쁨, 거대한 이상을 실현하기 위해 온몸으로 부딪치는 돈키호테가 살아 있는 세계, 기인과 광인, 여행을 떠난 나그네가 길에서 만난 신기한 체험들이 상상의 날개를 펼치게 해준 세계는 우리와 무관해 보인다. 이들은 우리의 숨 막히는 일상을 벗어나게 해주는 관문이지만, 그 반대편에는 우리가 매일 살아가면서 살벌한 경쟁만을 유도하는 사회가 자리 잡고 있다. 난무하는 비상식, 욕설과 몸싸움, 뻔뻔스러운 새치기가 그대로 통용되는 책 바깥의 현실은 그만큼 남을 배려하고 더불어 살아가는 이웃이라는 인식이 크게 결핍된 상태임을 일러준다. 독서에서 함양되는 사고의 본질은 이름 없는 자, 고귀한 지성을 소유한 자가 시공간을 가로질러 어울려 속 깊은 대화를 나누는 존재의 자유로운 유영이라는 데 큰 의의가 있다. 이렇게 보면 우리 사회의 폭력성과 천민성은 독서가 이끄는 속깊은 대화 세계와는 전혀 이질적이다. 척박한 토양에서 자라난 독소가 독서를 방해하는 것이다.

“책 속에 길이 있다”는 서양 격언에는, 책에 대한 오랜 믿음 하나가 발견된다. 이름하여 ‘책 지상주의’라고 불러야 될 ‘북이즘 Bookism’이라는 말이다. 책으로 그 모든 세계의 비밀을 헤아릴 수 있다는 말은 비단 영지주의자들이 말하는, 신령스러운 지식으로 구원을 얻을 수 있다는 믿음에 결코 뒤지지 않는다. 책이란 세계 일반에 대한 지식의 저장고였고 자신을 구원하는 통로였다.

전근대로부터 근대로 이행하면서 괄목할 만한 성장을 이룬 우리 사회에서 지식의 대중화에 따른 교육의 힘은 거의 절대적이었다. 그만큼 책을 통한 교육과 지식 대중화의 위력은 절대적이었던 것이다. 불과 한 세기를 넘어 사회 현실을 전혀 이질적인 것으로 만들어 놓았기 때문이다.

오늘날과 같이 전자 미디어 환경으로 재편되는 사회 변화 속에서조차 문자문화의 기록과 그 산물들이 보여준 위력은 퇴색되었다기보다는 다변화된 것으로 보는 입장에 우세하다. 책은 인류 최고의 발명품이다. 그 단단한 물성에 문자로 표기된 세계는 인간의 능력을 한껏 고양시켜줄 뿐만 아니라 경험한 적이 없는 상상의 지평으로 독자를 인도한다.

중국에서는 도잠의 『도화원기(桃花源記)』를 읽은 수많은 서생(書生)들이 그 이상향을 찾아 길을 나섰다고 전한다. 현실 세계인가 허구적인 세계인가를 문제 삼지 않을 때 고통스러운 현실을 벗어나고 싶어 하는 게 인간이다. 그 매혹적인 상상의 세계는 책 속의 문자로만 존재하는 영원한 아카르디아이다.

책 속의 세계는 자극적인 영상으로 구속받지 않는 사유와 상상의 여백이 존재한다. 영상은 사유의 여백을 부여하지 않는다는 점에서 인간의 사유에는 치명적이고 폭력적인 자극에 해당한다. 그러나 책의 세계는 하나의 문제를 놓고 지적인 사투를 벌이는 현자들의 앞서가는 사색의 행보가 펼쳐진다. 그 세계는 찰스 다윈처럼 6,500만년의 시공을 가로질러 적자생존해온 동식물의 드라마틱한 진화의 장관을 제시하는 경우도 있다. 다윈은 동식물의 진화 경로를 가리켜 '생명의 나무'라고 말하고 있는데, 그의 저술은 많은 곡해와 비판에도 불구하고 한 사람의 학자가 온 생애를 바쳐 관찰과 사색으로 일구어낸 소박하지만 장엄한 문자의 세계임에 틀림없다.

책 속에 담긴 지식은 표지 디자인에서부터 앞날개, 안 제목, 서문, 목차, 본문과 주석, 참고문헌, 색인, 판권에 이른다. 한 권의 책에 스민 저자와 출판관련 종사자들의 노고를 두고 우리는 마땅히 칭송하지 않으면 안 된다. 그 안에 담긴 저자의 각고는 오랜 세월을 탐구와 사색으로 시간과 정력을 소비하며 이룩한 체계화된 지식 내용으로 보여준다. 이 정련의 과정을 거쳐 배열하고 논리를 구축한 지식 안에는 세계에 대한 유형무형의 판단과 해석이 개재한다. 그런 까닭에 책의 저자가 담아낸 영롱한 이슬 같은 내용에 독자들은 경의를 표해야 마땅하다. 책에는 자신의 정제된 삶의 궤적인 동시에 다른 수많은 독자들의 지식을 나누려는 보살행의 마음이 담겨 있기 때문이다.

책을 읽는다는 것은 자신의 귀중한 시간과 자원을 바치는 것을 전제로 한다. 만약 책 대신 그 시간을 텔레비전에 바친다면 시시각각 빠르게 전개되는 화상에 눈과 귀를 빼앗기며 정작 자신이 숙고해야 할 문제에 대한 생각을 정리할 기회를 박탈당한다. 그런 현상이 텔레비전 시청을 비롯한 많은 여가 활동에서 일어난다. 책읽기를 텔레비전에게서 독립시켜 생활의 일부로 삼지 않으면 안 되는 이유가 바로 이것이다.

책은 '지혜로운 저자와의 내면적 대화'이다. 이 흔하디흔한 표현은 사실 오랜 경험에서 우러난 낡은 표현이지만 다른 한편으로 값진 상투어이기도 하다. 우리가 한 분야에서 일가를 이룬 사람들과 대화를 나눌 수 있는 기회란 일생일대에 흔하지 않다. 가당치도 않지만 우리가 저 고명한 고대의 현자들을 시공을 뛰어넘어 만날 수나 있겠는가. 살아 있는 자라 하더라도 유명세를 치르는 이를 만나려면 많은 노력이 필요하고 많은 비용을 치루어야 한다. 그런데 한 권의 책은 우리가 원하기만 한다면 그러한 기회를 한꺼번에 그리고 항구적으로 제공해준다. '책 안에 길이 있다'

는 것은 나의 앞에 놓인 수많은 가능성을 하나하나 헤아리며 고견을 가진 전문가, 학자, 인생의 예지를 일러주는 숨은 지성인의 발언을 참조한다는 뜻이다.

저자와의 소통, 책과의 대화에서 정작 중요한 것은 책을 읽고 있는 주체인 자기 자신을 잃어버리지 않는 일이다. 책을 읽는다는 것은 내가 저자와 동등한 관계에서 설득력과 명쾌한 논리로 무장한 사람의 견해와 당당하게 겨루는 일이기도 하다. 그의 생각에 굴복할 것인가, 아니면 그 생각에 기대어 나의 생각을 한없이 확대하고 심화시킬 것인가, 라는 실존적인 결단의 문제가 늘 책읽기에서 필요하다. 이를 가리켜 주체적이고 깨어 있는 사고라고 말할 수 있다. 책은 그러한 점에서 나의 사고의 실마리를 제공해주는 계기인 동시에 나의 견해를 다른 사람들과 대조하며 더욱 빛나는 주장으로 일구어나가는 과정을 열어젖힌다.

책의 범주를 넓혀 보면 고대 현자들에게 그러했듯이 세상 역시 하나의 거대한 책이라고 할 수 있다. 쓰여진 것들만이 아니라 끝없이 펼쳐지고 있는 나날의 현실이 한 권의 거대한 책인 셈이다. 유구한 역사의 흐름에서 간취하는 진실과 교훈은 세계라는 책에서 얻는 즐거움이 아닐 수 없다.

그런데 우리가 말하는 책은 좁은 의미에서 문자로 기록된 출판물을 가리킨다. 책은 구텐베르크 이후 대량생산 체제에 힘입어 전 세계로 빠르게 그리고 널리 퍼져 나갔다. 그 이유는 무엇인가. 책이야말로 고대의 신성한 지식의 보고였고, 지식으로 대변되는 확고한 권위를 가진 것이었다. 문자문화의 폭발적인 파급 과정에서 웃지 못할 일도 있었다. 천한 계층에 속한 자들에게는 책 읽는 일도 금지되었던 적도 있었다. 천민들이 문자를 아는 것조차 부당한 시대가 엄연히 있었던 것이다.

책을 읽는다는 것은 세계의 비밀을 아는 것이며 세계의 이치를 깨닫는 과정이다. 소수의 권력자, 지배자들은 이를 잘 알고 있었던 셈이다. 사회의 신분 고하를 막론하고 책은 인간 자신의 가치를 인식하게끔 하고 사회적 억압으로부터 자신을 해방시켜주는 폭발력을 내장하고 있었다. 때문에 책을 읽는다는 것은 사회적 한계와 제도, 금기의 경계 너머로 치달아가는 인간 이성의 불온한 회의와 비판적인 질문들을 내면에 잉태시킨다는 것을 뜻한다. 근대 사회에서, 그리고 정보화 사회라고 말하는 이 시대에도 책읽기의 중요성은 결코 사라지지 않는다. 무한 증식되는 인간의 상상력과 세계에 대한 인식을 예각화한다는 점에서 그러하다.

책을 읽고 안 읽고의 차이는 그 내용에 대한 단순한 앎의 차원을 넘어선다. 책 읽는 자에게 열리는 앎의 세계는 읽기 전의 상태와는 확연히 다른 변화를 초래하기 때문이다. 이미 그에게는 책을 읽는 과정에서 닫힌 현실에 대한 문제점을 발견할 비판적 이해능력과 사회 현안에 대한 대안적인 사고, 실천에 필요한 정당성과 행동의 기준을 제공해주기 때문이다. 책을 읽는다는 것은 그러니까 자신의 이해 정도에 따라 저자가 처했던 현실, 그가 속했던 사회의 지대한 관심사가 무엇인지를 음미하는 특별한 기회이다. 이 어찌 즐거운 일이 아닌가.

한 사람을 만나는 과정도 일상에서는 매우 거추장스러운 절차를 필요로 한다. 낯모르는 사람과 만나려면, 먼저 전화하여 약속시간과 장소를 정하고, 그런 다음 말끔한 복장으로 처음 만난 낯설고 어색한 시간을 거쳐야만 한다. 하지만 책읽기에서는 그럴 필요가 전혀 없다. 책장을 넘기는 순간부터 저자와의 침묵 속 대화는 곧장 시작된다. 장소나 시간조차 제약받을 일도 전혀 없다. 그저 등불 하나를 켜고 책상이나 안락한 소파에 누워 한껏 편안한 자세로 나만의 시간을 가지면 준비는 모두 끝난다.

왜 이런 편안함을 호젓하게 즐길 줄 모를까.

　우리 사회를 되돌아보면 책 읽는 풍토가 점점 쇠퇴하는 모습을 드러내는 것 같아 안쓰럽다. 요즈음은 지하철에서 신문과 잡지 대신 스마트폰으로 텔레비전 프로그램을 보는 일이 허다해졌고, 아이패드 같은 태블릿PC로 인터넷을 검색하는 모습이 자주 목격된다. 책을 읽는 이들도 늘어나긴 했다. 몇 년 전만 해도 전철 안에서는 이어폰을 귀에 꽂은 채 졸거나 텅 빈 눈빛으로 시간을 때우는 일이 많았다. 그러한 모습은 모두 홀로 있기를 두려워하는 소외의 몸짓에 가깝다.

　홀로 있기를 두려워하는 일은 책읽기에서는 금물이다. 책을 읽는다는 것은 스스로 소외를 선택하여 한가로이 책의 세계로 몰입해야 한다는 전제와 마음가짐을 필요로 한다. 책읽기에는 침묵 때문에 생겨난 어색함이나 불안이 개재할 틈이 없다. 독서가 우리에게 주는 즐거움의 하나는 옆에 누가 있든 없든 간에 성가시게 굴지만 않는다면 이를 방해할 요소는 별로 없다. 만약 연인과 데이트 도중에 눈치 없이 끼어든 수다쟁이에게 시간을 빼앗길 수 없다면, 그 원칙은 책읽기에도 마찬가지로 통용된다. 책읽기는 그처럼 오직 혼자만의 일이다. 책읽기는 혼자 즐기는 놀이에 훨씬 가깝다. 그러나 이 놀이는 현실세계의 흐름과는 절연된 얼마간의 공간과 허용된 시간, 주위의 고요함을 필요로 한다. 이 놀이는 한가로움의 극치이자 자기방임의 높은 경지이다. 책 한 권으로 여가를 보내는 시간은 글쓰기만 전제되지 않는다면 더 없는 즐거운 시간이다.

글쓴이의 생각을 자기 언어로 읽어내기

독서란 한 권의 책을 모두 읽는 과정 전체를 가리킨다. 독서에 부담을 느끼는 많은 사람들은 공통적으로 부모와 교사가 강요하는 압력을 회피하려는 심리를 가지고 있다. 그러나 외부로부터의 압력에 부담을 느끼기보다 차라리 부담의 요인을 자발적으로 제거하는 게 훨씬 지혜로운 자세다. 다시 말해 하루빨리 자발적인 독서의 습관을 마련하는 게 자신에게 더 이롭다. 책 읽기의 습관은 자신을 변화시키고 세계를 변화시키는 바탕이 되기 때문이다.

책의 세계는 좀 더 넓혀 보면 세계라는 텍스트와 직간접적으로 연관되어 있다. 책의 세계는 비록 문자의 세계에 국한된다. 하지만, 책 안에서 우리는 세계에 담긴 감추어진 온갖 섭리와 체계화된 통찰, 지혜라는 덕목을 발견하게 된다. 그러니 책이 어렵다는 말은 저자의 통찰과 지혜를 받아들일 준비가 되지 못했다는 뜻이고, 우리 자신의 소양에 문제가 있음을 스스로 드러내는 상황이 된다.

책 역시 인간관계처럼 처음에는 어색하고 서먹서먹하다. 첫장에서부터 대략 50쪽 전후로는 스포츠 경기로 따지면 탐색전에 해당한다. 그래서 인내가 필요하다. 책도 세상살이처럼 상대에 대한 탐색이 필요한 법이니까. 인간관계에서도 처음 대면한 이성의 상대자와 통성명을 하고 그의 가치관이나 취미가 무엇인지 하나하나 알아가야 하지 않는가? 무턱대고 첫눈에 반한다면 그건 외모에 이끌리는 초보자의 심성과 그리 차이나지 않을 것이다. 왜 상대 이성에게 이끌리는지는 말로 설명하기 어렵다. 그러나 분명한 건 상대자의 외모만이 아니라 그의 복장과 말씨, 그리고 마음을 짐작해야 한다는 점이다. 그 탐색이 끝난 뒤, 과연 나는 상대 이성과 조화할 수 있는지를 마땅히 생각해야 한다. 이는 사람과 만나 건강한 관계를 이룬다는 것은 직접적으로 내 삶에 영향을 미치기 때문이다. 퉁명스러워도 마음이 따스한 이가 있고, 어리숙해 보이지만 예리한 사고와 명철이 호소력을 발휘하는 감추어진 능력자가 있는 법이다.

책도 사람의 여러 양태처럼 불친절하거나 퉁명스러운 방식으로 된 경우가 있고 우리를 난감함으로 몰고 가는 의도를 가진 경우도 있다. 우리는 나긋나긋하고 상냥한 책만을 탐식해서는 안 된다. 웃음을 파는 책은 웃음을 파는 사람과 그리 다르지 않을 경우가 많다. 하고많은 자기성공서가 그런 경우다. 저자의 성공담은 혹독한 현실 조건에서 남다르게 노력했다는 뻔한 이야기일지 모른다. 대부분의 사람들은 성공담에 도취되어 실패한 자신을 더 낮게 평가할 공산이 크다. 웃음을 파는 일은 개그맨처럼 직업적인 특성을 가진 경우는 예외적이지만, 상냥함을 가장하여 가슴에 비수를 품고 우리에게 접근하는 경우가 많다. 오히려 우리를 고통스러운 의문으로 몰고 가는 책, 우리의 나약함과 우유부단을 질타하는 책이 훨씬 유익한 경우이다.

결국 책을 읽는다는 것은 인간의 삶, 그의 사고, 가치관의 논리를 아는 일이다. 만일 우리가 오해 때문에 상대 이성과 절교했다고 하자. 거기에는 나의 편견이나 터무니없는 아집이 작용했을 수 있다. 또는 바람직한 관계를 요구하는 상대방에게 향한 후안무치한 강권이 작용했을 수도 있다. 반복되는 이성교제의 실패를 극복하려면 교제의 상황에서 내가, 또 상대이성이 보인 잘잘못을 성찰함으로써 실패의 반복을 예방할 수 있다. 편견과 아집, 강권이 상대의 의도와 특성을 이해하고 그 차이를 발견함으로써 더 나은 교제로 이행할 수 있다. 독서의 과정도 마찬가지이다. 독서는 저자의 이해와 의도를 짐작하며 상대방이 발언하는 내용에 대한 가치를 헤아리는 일의 연속 과정이며, 이 과정은 나의 삶을 더 나은 삶으로 이끈다.

독서라는 과정에서 일어나는 현상은 공교롭게도 마지막 책장을 덮은 뒤 헤어진 사람에 대한 전모를 이해하는 방식과 대단히 흡사하다. 설익고 단편적인 인간 이해가 선입견이나 편견 때문에 당사자의 미덕을 균형 있게 파악하는 일을 방해하듯이 독서에는 책 한 권 전체에 담긴 의미 전반을 판단해야 하는 중요한 절차가 있다. 그 절차에는 책 안의 무수히 등장하는 표현과 개념, 논리와 주장의 핵심들을 자신의 언어로 번역하는 일 하나가 있다. 자기 언어로 번역하는 과정은 곧 저자의 언어와 독자인 여러분들의 언어가 다른 데서 일어난 자연스러운 현상인데, 언제나 저자의 주장은 저자 자신의 특수한 배경과 책을 읽는 독자의 처지가 서로 다르다는 데서 일어나는 문제이다.

읽고 있는 책이 1920년대에 나온 한 저자의 책, 게오르그 루카치의 『소설의 이론』이라고 가정해 보자.

"밤하늘 창공의 별들을 바라보며 길을 찾던 시대는 얼마나 행복했을까"로 시작되는 아름다운 서두는 매우 인상적이다. 그러나 저자는 20대 중반을 갓 넘어가는 시절, 엄청난 시련에 빠져 있었다. 그는 자신과 약혼하기를 바랐던 여자 친구의 거듭된 제의를 청교도적인 도덕주의자의 입장에서 매정하게 거절했고, 급기야 자신의 친구와 결혼한 여자는 두 달 만에 투신자살을 해버리는 엄청난 불행을 겪는다. 거기에다 유럽 문화는 1차 세계대전으로, 지난 세기에 추구해온 인간 계몽의 신화였던 인본주의의 이상마저 회복 불가능할 만큼 만신창이가 되어 있었다. 오죽하면, 독일의 문명사가 슈펭글러가 유럽문명의 위기를 진단한 책의 이름을 '서양의 몰락'이라고 지었겠는가. 이런 시대 정황 속에서 『소설의 이론』이 쓰여진다. 그래서 저자는 스스로가 처한 시대의 현실을 혼돈기로 바라보며 황금의 시대를 그리스 로마 시대로 전제하고 있다. 하지만 이 책은 제목처럼 소설에 관한 이론서가 아니라 소설에 대한 철학적 단상에 가깝다. 때문에 저자의 상황을 미루어 짐작하려면 이 책의 가장 중요한 키워드의 하나가 '아이러니'(독일어로 '이로니 Ironie')임을 눈여겨보아야 한다.

책에 대한 이런 배경지식은 낯선 사람과의 만남 전에 알아두면 유익한 사전 정보에 해당한다. 책의 배경지식은 독서의 사전 준비작업과 다르지 않다. 독서에서도 "아는 만큼 보인다"는 말이 가능하다.

그러나 좀 더 중요한 것은 저자가 처한 상황이나 관심과는 다른 독자의 처지이다. 독자는 저자가 오랜 동안 궁구해온 문제들을 온전히 따라잡기 어렵다. 때문에 독자는 저자의 고뇌와 주장에 담긴 의미들을 자기의 언어로 번역할 수 있어야 한다.

저자의 주장을 자기의 언어로 번역하는 일은 책읽기를 단순히 개인의 차원에 한정시키는 것이 아님을 알려준다. '자기 언어로 번역하기'는 다른 이들에게 자신이 읽은 책의 메시지를 설명할 수 있는 능력을 구비하는 차원으로 나아간다.

타인에게 이 책에 관해 설명 가능한 능력이야말로 독서 과정에서 탄생하는 앎의 구체적이고도 새로운 양상이다. 이것은 독자 나름대로의 가치 판단과 책에 대한 해석이 가해져 다른 사람들에게 영향을 미치는 지식의 확산과정이다. 타인에게 자신의 앎을 설명한다는 것은 책을 읽으면서 자기 언어로 번역하는 과정과는 구별되는데, 이는 텍스트에 대한 인상을 스스로 구성하고 자기만의 해석을 감행하는 대단히 능동적인 단계이다. 독서 교육에서 글 읽기와 감상은 바로 이 설명의 과정을 언어로 기록하는 것이다. 따라서 기록을 통한 표현 과정은 독서체험에서 자기 언어로의 번역과 함께 가장 중요하다. 표현의 과정이야말로 내면의 활성화를 통해 형성된 자신만의 생각을 밑그림 삼아 말이나 글로 독서경험을 드러내는 것이기 때문이다.

독서의 마지막 단계는 저자의 견해로부터 자극된 자신을 포함한 영향권에 놓인 사람들의 가치관과 행동 변화를 낳는 과정이다. 이 과정은 교육의 궁극적인 효과와 함께 독서에 따른 텍스트의 사회적 확장을 가져온다. 한 권의 책이 세상에 변화를 낳는 일은 우리 주변에서 얼마든지 찾아볼 수 있다.

작가 최서해는 이광수의 소설 『무정』이 『매일신보』에 연재를 보면서 극한의 가난 속에서도 작가의 꿈을 키워나갔고 마침내 그 꿈을 이루었다. 그는 「기아와 살육」, 「홍염」과 같은 작품에서 중국 동북지방 일대를 유랑하며 겪은 재중 조선인들의 가난과 설움을 형상화했다. 변변찮은 오락도 구조차 없던 시절, 신문 연재소설을 접하면서 자신의 꿈을 소유하는 계기로 삼은 그에게서 독서가 가한 내면 변화의 훌륭한 사례를 확인하게 된다.

　그에 반해 조정래의 『태백산맥』은 사회적 통념을 바꾸어놓은 사례이다. 이 장편대하소설은 대학생들의 필독서가 될 만큼 널리 읽혀졌다. 해방 전후사에 대한 변변한 역사 연구가 부재했던 현실에서 이 소설은 분단과 전쟁의 민족사를 접하는 한편, 작게는 빨치산의 은폐된 역사를 접할 수 있게 해주었다. 하지만, 이 소설은 문학의 영역을 뛰어넘어 많은 역사책보다도 빠르고 또한 급진적으로 반공이데올로기를 해체하는 데 일조했다. 무시무시한 반공주의의 망령을 몰아내고 이념 때문에 민족이 균열된 시대의 비극적인 현실을 이해하도록 한 것이 이 소설의 중요한 공과이다. 오랜 기간에 걸쳐 교육시켜야 변화했을 가치관을, 민족사에 대한 무지와 편견을, 역사에 대한 우리 사회의 무관심과 침묵에서 빚어진 오해를 단시간에 벗어나게 만들었다는 점에서 이 책의 위력은 놀랍다.

　독서의 과정은 내면을 풍요롭게 만들고 풍요로워진 내면은 확충된 지식으로 새로운 기준을 세우며 세계를 새롭게 인식하도록 만드는 절차들이 한꺼번에 일어난다. 독서는 저자가 창조적으로 사유한 표현과 논리, 주장에 기대면서 내면에서 비판적인 지성을 자라나게 만들어 세상을 새롭게 인식하는 관점과 논리를 탄생시킨다. 홀로 앉아 침묵 속에서 읽어가는 책의 행간에서 벌어지는 현상은 역동적인 사유와 상상이다. 이 즐거운 몰입의 인식 행위는 활발해지는 꼭 그만큼, 나날이 자라나 원숙하게 세상을 바라보도록 해주는 정신의 근육 만들기이다.

자신과 세계를 연계시켜 해석하기

읽기는 생각 이상으로 우리에게 인내를 요구한다. 장시간 동안 몸을 움직이지 않고 동작을 그대로 유지한다는 것은 훈련을 거치지 않고는 어렵다. 대부분의 사람들이 책읽기를 두려워하는 것은 편안한 몸가짐으로 대하는 저 텔레비전의 화려한 영상이다. 영상이 우리를 침탈하는 것은 선연한 이미지들이 빚어내는 확정된 인상과 미처 탐색할 틈을 주지 않고 다음 장면으로 지나가 버리는 연속성의 위력이다. 이 연속성은 우리의 사고를 정돈하기 전에 다음 장면을 우리의 눈앞에 제출한다. 그런 까닭에 영상을 인상의 폭력으로 보는 경우도 있다. 우리를 무장해제하며 일방적으로 영상을 받아들이게 만드는 텔레비전은 그 자명함과 빠른 속도로 우리의 성찰을 위축시키거나 마비시킨다. 반면, 책은 우리가 필요하다면 언제든지 반복해서 읽을 수 있게 한다. 지루하다면 몇 장을 건너 뛸 수도 있다. 책이 우리에게 제공하는 사유의 자유는 자발적인 사고력과 상상력과 유비(類比)와 같은 놀라운 추리능력이다.

그러나 독서에서 정작 중요한 일은 허다한 활자들로 촘촘히 매겨진 의미들과 논리, 행간에 담긴 글쓴이의 고뇌를 짐작하는 데 있다. 어떤 독서론자는 텍스트 읽기의 이상을 '연애편지 읽기'에서 구하지만, 여기에는 어떤 전제가 있어 보인다.

독서의 과정에서는 비록 서툰 표현처럼 보여도 우리가 도달하기 어려운 정신적 깊이를 재면서 나의 정황과 대비하는 절차가 반드시 필요하다. 더 나아가 내가 처한 상황이라면 어떻게 할 것인가. 그러한 가정과 내 구체적인 삶으로의 적용이 독서과정에서나 일상적인 삶에서 나의 사유를 풍요롭게 만든다. 독서과정에서 정확한 독해는 사전적인 의미를 넘어 문맥에 유동적으로 머문 의미들을 파악하기를 요구한다. 글자 하나하나, 단락에서 단락으로 넘어가는 논리의 묘미 또는 생각의 흐름을 알아차리는 일은 몇 배의 집중력을 요구한다. 그 집중력과 판단들은 곧바로 우리 삶에서 직면하게 될 여러 난관과 장애를 넘어서는 데 요긴한 척도 하나를 제공해 준다. 그 척도가 쌓이면 그로부터 사고의 원숙함과 행동의 신중함이 생겨난다. 그런 점에서 척도는 사고의 수많은 참조 틀이다. 이를 다른 말로 '교양'이라 부른다.

꼼꼼히 읽는 일은 비유해서 말한다면 내 삶의 제반 조건에 대한 주도면밀한 이해와 체계화된 논리를 구비하는 균형감각의 배양과정과도 같다. 앞서 있었던 일에 대한 반성과 성찰이 어떻게 미래의 불확실한 상황으로 연장되며 의미 있게 살아가도록 만드는가와 관련되듯이, 책읽기의 수고는 의미의 판단과 뒤따를 내용을 짐작하게 해준다. 삶의 불확실한 상황을 제거하며 삶을 이끌어가는 것이야말로 이성의 힘이다. 꼼꼼히 읽기는 이러한 제반 정황들을 가늠하는 일과 직결된다. 여기에는 두 가지의 차원이 있다. 먼저 본래의 뜻, 필자가 의도했던 유일한 의미를 간파해야 한다.

필자의 유일한 애초 의도를 짐작하는 일은 쉽지 않다. 어떤 시대와 관련 깊은 어휘의 경우, 그 시대에 활용된 관용어는 불과 몇 십 년만 지나도 의미가 통하지 않을 수 있다. 일례로 이광수의 『무정』에는 '신현대(神玄袋)'라는 말이 나온다. 형식이 평양으로 떠난 영채를 뒤따라 열차에 올랐을 때 일본 여인 하나가 앞자리에 앉아 '신현대'를 무릎 위에 내려놓는 구절이 나온다. 이 말은 무엇인가 하면 '신겐바쿠로'라 발음하며 신겐(神玄)이라는 일본 회사가 1910년대 후반에 생산한 여행용 가방, 요즘 말로 하면 어깨에 메는 여행용 '륙색'(연세 드신 분들은 종종 '니쿠사쿠'라고 말하신다)을 가리킨다. 이 말은 일본 식민지의 정황과 근대 물품의 연관성, 일본어에 대한 지식이 있어야만 "아하! 여행용 자루가방이구나!" 하고 그 뜻을 헤아릴 수 있다. 이처럼 텍스트에 등장하는 특정한 시대에 등장하는 단어조차 본래 뜻을 헤아리고 오늘날과 연관지어 의미를 재구성하기도 결코 쉽지 않다.

그러나 단어의 뜻은 시대적 역사적 맥락과 관련시킨 의미의 재구성으로만 그치지는 않는다. 책이라는 텍스트 안에 유동적으로 고여 있는 문맥상의 의미(이것의 의미를 독서과정에서 확정하는 일은 언제나 독자의 몫이다), 더 나아가서는 자신과 세계에 다시 연계시켜 해석, 적용하는 일이 또한 필요하다. 꼼꼼하게 읽는다는 것은 그러니까 필요조건이지 충분조건은 아닌 것이다.

꼼꼼한 읽기, 조밀한 독법에서 정작 필요한 것은 자신의 경험을 확장시켜 주체적인 독자의 입장을 견지하는 일이다. 비록 주체적인 독자는 자신의 텍스트 이해가 주관적인 행위임에도 불구하고 거기에는 객관적인 판단이 개재한다는 점을 확신할 필요가 있다. 주관적인 이해 안에 객관성이 마련된다는 증거는 영화 한편을 본 뒤 토로하는 관객들의 반응에서 찾을 수 있다. ‘너무 재미있어!’ ‘감동적이야!’, 반대로 ‘시시했어!’라는 관객들의 상이한 반응에서 나의 입장이 어느 편에 속하는지를 대비해 보면 내 주관적 견해에 담긴 객관성을 확인해 볼 수 있다. 내남없이 공유하는 영화 한 편에 대한 평가에서 우리는, 나의 이해 역시 다른 사람들이 느낀 심미적 반응과 그리 차이나지 않는다는 것을 알게 된다. 이것이 바로 주관성 안에 담긴 객관성의 근거이다.

칸트는 이성의 심미적 작용에서 주관적인 미적 판단이 어떻게 객관성을 담지할 수 있는가를 길고 치밀하게 증명한 바 있다. 그는 아름다움이란 ‘개념 없이도 아름답다고 말할 수 있는 상태’라는 요지로 정의를 내리고 있다. 장엄한 자연의 풍광 앞에 압도되는 데에는 별다른 판단이나 개념이 필요하지 않듯이, 미란 주관적 감응 안에 객관적인 가치가 편재한다고 본 것이다. 의미의 발견, 가치의 확인 작업이긴 하지만 그 안에는 남들을 수긍하게 만드는 객관성을 확보하는 과정이 전개된다. 그러므로 문제는 소문에 휩쓸리거나 다른 이들의 견해에 휩쓸리지 않는 주관있는 자세가 필요하다. 오직 자신만의 주체적인 판단으로, 다른 견해를 참조하기만 하는 위치를 고수함으로써, 해석의 주체적인 위치는 확보된다. 물론 거기에는 꼼꼼한 읽기를 통해서 텍스트에 실재하는 가치를 재발견하는 수많은 경로가 있다는 점도 감안해야 한다.

촘촘하고 집중적인, 명백하고 견고한

'둔필승총(鈍筆勝聰)'이라는 말이 있다. '기록하는 일이 총명함을 이긴다'는 뜻이다. 기록의 중요성은 강조해도 결코 지나치지 않다. 기록의 문화가 없었다면 인간이 지금의 문명을 이룩해내기조차 전혀 가능하지 않았을 것이다. 기록이란 문자로 담아내는 일이다. '역사(歷史)'라는 말도 새기는 행위, 곧 '문자로 기록한다'는 뜻을 가지고 있다. 인류의 시대, 문명의 시작은 기록의 시작을 의미한다.

기억이라는 것은 체험의 총량을 뜻한다. 하지만 기억은 그 자체로는 언제나 부정확할 수밖에 없다. 기억을 환기하는 일은 그래서 곤혹스럽다. 더구나 같은 사건을 두고도 기억하는 사람들의 관점에 따라 생각과 견해는 늘 일치하지 않는다. 이런 일은 모두 자기가 처한 조건에 따라 서로 다르게 인식하고 이해하며 담아나가는 인식의 작용 때문에 일어난다.

1980년 5월 광주에서 일어난 일을 두고도 우리는 서로 다른 표현을 사용한다. 그 기억은 시민군과 진압군의 입장에 따라 서로 달라진다. 사용하는 표현에서 우리는 얼마든지 그 사람의 가치관과 이해 정도를 짐작할 수 있다. 체험의 총량인 기억은 이처럼 사람들의 처지와 특별한 입장 때문에 수없이 다르게 해석될 여지를 가지고 있다.

기억의 불분명함을 극복하는 길은 글로 남기는 일 외에는 달리 없다. 소리나 화상의 저장은 번거롭게도 문명의 이기를 동원해야 하지만 글쓰기는 한 자루의 펜과 종이만 있으면 가능하다. 무엇보다도 글쓰기는 독서에서 얻은 감동과 기억이 가진 순간적이고 유동적인 인상들을 보다 날카롭게 벼리고 훨씬 정돈된 선명한 견해로 거듭나게 만든다. 그런 점에서 독서는 자연스럽게 마음에 각인된 인상을 외화하는 글쓰기로 이어진다.

▶ 그렇다면 어떤 글이 좋은 글인가, 그리고 어떤 글이 나쁜 글인가.

좋은 글이란 무엇인가

거울 뒤에서 문필가가 지켜야 할 첫 번째 주의 사항은 중심 모티프가 아주 분명하게 강조되어 있는지 텍스트, 절, 단락을 꿰뚫어보는 것이다. 무엇인가를 표현하려는 사람은 아무런 성찰 없이 서둘러 진행하는 일에 사로잡힌다. 누구나 '생각 속에서' 의도에 접근하지만, 자신이 원했던 것을 말하지 못하고 잊어버린다.

너무 작거나 사소해서 실행될 수 없는 개선이란 존재하지 않는다. 많은 변화들은 개별적으로 보면 어리석고 고루하게 보일지 모른다. 그러나 그러한 변화들이 함께 모일 때 텍스트의 새로운 수준이 형성된다.

삭제하는 일에 인색해서는 안 된다. 길이는 무관하다. 길이가 충분치 않을 거라는 걱정은 유치하다. 어떤 것이 이미 나타났고 씌어진 바 있다고 해서 그것을 존재 가치가 있는 것으로 간주해서는 안 된다. 언뜻 보기에 서너 문장이 똑같은 생각을 변형할 경우, 그것은 작가가 관장하지 못한 그 무엇을 이해하는 다양한 단초의 표기일 뿐이다. 그 때문에 가장 좋은 표현을 선택하고 바로 그 표현으로 계속 작업해나가야 한다. 구성상 어쩔 수 없을 경우 풍부한 생각을 포기하는 것도 문필가의 기술이다. 사유를 절제하는 것도 충만하고 힘 있는 구성에 도움이 된다. 식사 때 마지막 숟가락을 먹지 않아도 되는 것처럼, 또한 술잔의 바닥까지 마시지 않아도 되는 것처럼 말이다. 그렇지 않으면 의심을 사게 된다.

상투적 문구를 피하려는 사람이 천박한 말장난에 빠지지 않으려 말에 제한되어서는 안 된다. 개개의 말이 천박한 경우는 아주 드물었다. 음악에서도 개별 음조는 거의 진부하게 소멸되지 않았다. 칼 크라우스가 공공연하게 비판했던 것처럼, 같은 류의 말을 결합하는 것은 추악하기 그지없는 상투어이다. 가령 '완전히 그리고 아주', '번영과 파멸', '확장하고 깊이 있게'라는 표현들이 그 예이다. 이런 말의 결합 속에는 문필가가 표현의 정확성을 통해 언어적인 저항을 표현했다기보다는 흡사 김빠진 언어의 느슨한 물결만이 철썩거리고 있을 뿐이다. 그러나 그러한 것은 말의 결합에서뿐만 아니라 전체 형식의 구성에도 해당된다. 가령 변증법자가 쉴 때마다 '그러나'라는 표현으로 지금까지 진행된 사유의 전환을 표시한다면, 사유가 비 도식적인 의도를 지녔음에도 불구하고 그러한 문학적 표현의 도식으로 그 사유는 허위라는 벌을 받게 된다.

무성한 숲이 결코 신성한 숲은 아니다. 오로지 자신과의 안락한 소통에서 생기는 어려움을 풀어내는 것이 의무이다. 대상의 깊이에 적절하고도 자세하게 글 쓰는 의지, 즉 진기한 것을 꼼꼼하게 살피는 일과 넋두리는 구별되기 어렵다. 불신하는 듯한 주장은 두 경우 모두 치유 효과가 있다. 건전한 인간 오성의 우둔함을 인정하지 않으려는 사람은 저속한 사유를 화려한 문체로 장식하는 행위를 삼가야 한다. 로크의 과장된 표현법이 하만의 애매모호한 표현법을 변호해주지는 못한다.

페이지 양에 관계없이 완성된 작업에 아주 사소한 이의라도 제기된다면, 그 이의 제기가 적실한가라는 문제 이외에 이의 제기 자체를 아주 진지하게 받아들여야만 한다. 흥분이나 허영심으로 가득 찬 텍스트는 모든 의심을 얕잡아보는 경향이 있다. 그러나 아주 작은 의심일지라도 그것은 전체의 객관적인 무가치성을 보여줄 수도 있다.

에히터나흐의 성직자와 주민들이 봄철에 갖는 성가 행렬이 세계정신의 행보는 아니다. 제한과 철회는 변증법의 서술 수단이 아니다. 변증법은 오히려 극단을 통해 진행되며 사유의 적합성을 결정하기보다는 극단적인 논리적 결과를 통해서 사유를 전환시킨다. 단번에 너무 멀리 전진하는 것을 금지하는 신중함은 대개 사회적 통제의 대리인이면서 그와 동시에 우중화(愚衆化)의 대리인이다.

어떤 텍스트나 표현이 '너무 아름답다'고 즐겨 말하는데, 이러한 말은 매우 의심스럽다. 실상이나 고통에 대한 그와 같은 경외심은 물화된 언어의 모습에서 인간에게 일어난 일의 흔적, 즉 비인간화의 흔적을 참지 못하는 사람에 대한 앙심을 합리화시킬 뿐이다. 치욕 없는 현존재에 대한 꿈을 실제 내용으로 채색할 수 없을 경우 언어적 정열이 집착하는 그러한 꿈은 무참히 말살되어야 한다. 문필가는 아름다운 표현과 객관적인 표현의 구분에 관여해서는 안 된다. 문필가는 꼼꼼한 비평가의 그러한 구분을 믿어서도 안 되며, 스스로 용납해서도 안 된다. 자기가 생각한 것을 잘 말할 수 있다면, 그것이 바로 아름다운 것이다. 표현 자체의 아름다움은 결코 '너무 아름다운' 것이 아니라, 장식적이고 인위적이며 추악한 것이다. 그러나 자신을 망각한 채 실상에만 기여한다는 구실을 들면서 표현의 순수성을 포기하는 사람도 결국은 실상을 배반하게 된다.

고귀하게 작성되는 텍스트는 방직물을 짜는 일과도 같다. 촘촘하고, 집중적이며, 명백하고, 잘 짜여 있으며, 견고하다. 그런 텍스트는 기어서 달아나려는 것을 모두 받아들인다. 이와 같은 텍스트를 민첩하게 통과하는 메타포는 텍스트에 영양분을 주는 희생물이 된다. 텍스트에는 질료가 느닷없이 날아든다. 인용을 자기 것으로 끌어들이고 있는가에 따라서 이념의 견실성이 판단될 수 있다. 사유가 현실의 세포를 열어주었던 곳에서 사유는 주체의 폭력 없이 다음 세포집으로 들어가야만 한다. 다른 객체가 수정처럼 분명하게 나타나자마자 사유는 객체와의 관계를 유지한다. 사유가 특정 대상에 내던진 불빛 속에서 다른 사유가 빛나기 시작한다.

문필가는 자신의 텍스트 속에 살림을 차린다. 방마다 끌고 다니는 종이, 책, 연필, 서류로 무질서를 꾸며내는 것처럼, 그는 자신의 사유 속에서도 그렇게 행동한다. 그에게는 사유가 가구이며, 사유 속에서 안주하면서 기분 좋게 느끼기도 하며 화를 내기도 한다. 그는 사유를 가구처럼 부드럽게 문지르며, 그것을 혹사시키기도 하며, 난잡스럽게 만들며, 뒤집어 놓기도 하고, 망가뜨리기도 한다. 고향이 없는 사람에게 글쓰기는 거주하는 일과도 같다. 글쓰기에서 그는 옛집처럼 부득이하게 쓰레기와 잡동사니를 생산해낸다. 그러나 못 쓰는 물건을 보관하는 창고를 갖고 있지 않기 때문에 쓰레기를 멀리하는 일이 그에게는 쉽지 않다. 그는 쓰레기를 자기 앞에 내버리기 때문에 결국 그의 주위는 쓰레기로 가득 차게 된다. 자기 자신을 동정하는 일에 아주 냉정하라는 요구는 기술적인 요구까지도 포함된다. 즉 극도의 경계심으로 사유의 긴장력이 이완되는 것에 맞서며, 모든 것 가령 작업의 껍질로 착수된 것, 공허하게 진행된 것, 초기 단계에 잡담으로 부드러운 분위기를 야기시켰지만 점차 커져서 곰팡내를 풍기며 얇게 남아버리는 것을 제거해내는 기술적인 요구까지도 포함하고 있다. 결국 글쓰기 속에 거주하는 일조차 문필가에게 허용되지 않는다.

-T. W. 아도르노, 최문규 역, 『한줌의 도덕─상처 입은 삶에서 나온 성찰』,
솔, 1995, 121~125쪽

긴 인용이지만 이 글에는 아름다운 글과 그렇지 못한 글에 대한 저자의 치열한 의식과 정의가 드러나 있다. 아도르노가 말하는 아름다운 글이란 성찰과 표현이 잘 어우러진 경우이다. 생각 속에서 버린 것들, 말하고자 했던 애초의 의도를 충실히 담아낸 글인가 아닌가의 문제이기도 하다.

너무 쉽게 썼다는 글이나 '펜이 가는 대로 쓰여지는' 글이란 있을 수 없다. 그러한 글은 문자로 된 낙서에 지나지 않는다.

텍스트 전체, 장과 절, 단락과 단락, 부분과 부분, 부분과 전체가 자신의 말하고자 했던 본래의 의도를 충실하고 균형 있게 담아내었는가를 판단해야 한다. 작고 사소해 보이지만 글쓰기는 텍스트 속 단어의 작은 변화에도 민감하다. 레고 놀이에서 이음새가 맞지 않은 블록은 서로 연결될 수 없듯이 단어와 단어, 단어와 구문, 구문과 문장, 문장과 문장, 단락과 단락, 장과 절, 텍스트 전체는 조밀한 언어로 된 하나의 우주를 형성한다.

아도르노의 말처럼 언제나 '가장 좋은 표현을 선택하고 바로 그 표현으로 계속 작업해 나가야' 하는 기술이 필요하다. 가장 좋은 표현이란 자신이 찾을 수 있는 가장 적절한 단어, 적절한 표현을 찾거나 아니면 고안해내는 것이다. 그러한 표현의 적절성 여부는 수많은 단어 속에 담긴 문화적 의미를 요모조모 따져보는 일과 직결되어 있다. 그러니 '가장 좋은 표현'이란 자신의 예각화된 생각을 한 땀 한 땀 기워나가며 선명하게 모습을 드러내는 십자수처럼 한시도 긴장을 놓아서는 안 되는 노동의 연속인 셈이다. 여기에는 상투적인 문구를 피하는 일과 말장난의 천박함을 함께 벗어나 창의적인 생각에 걸맞은 표현을 찾아내는 고심이 언제나 필요하다. 누구나 사용하는 표현은 이미 낡은 도구이다. 때문에 그 안에는 자신의 창의적인 사고가 깃들 여지가 별로 없다. 또한 기묘한 표현만으로도 자신의 생각을 담아내기는 어렵다.

그런 까닭에 아도르노는 '완전히 그리고 아주' '번영과 파멸' '확장하고 깊이 있게'라는 표현 같은 부류의 말을 배격한다. 이런 부류의 표현에는 대개 표현의 정확성을 추구하기보다 상투적인 표현에 투항해 버린 김빠진 사유가 반영되어 있기 때문이다. 아도르노는 문필가의 의무를 안락한 소통에서 생기는 어려움을 풀어내는 것이라 말한다. 문필가의 의무는 가능하면 자세하게 쓰려는 의지이며 이것은 저속한 생각을 화려한 문체로 꾸미는 일과는 전혀 다르다.

자신의 문제 제기는 타당한가. 모든 의심을 견디어 낼 수 있는가 하는 비판적 성찰을 통해서 글쓰는 이의 진지한 노력이 빛난다. 그 노력은 안일하게 독자와 소통하려는 천박함을 극복하는 아우라이자 광채를 일으킨다.
하지만, 안일한 글에는 의외로 의심받을 만한 빈틈이 자주 발견된다. 어느 수필집에는 다음과 같은 내용이 있다.

이 글은 전원에 깃들어 한가로움을 만끽하겠다는 필자의 소망을 담고 있다. 하지만, 우리는 이 글에 담긴 허위를 비판적으로 발견하는 안목을 키워야 한다. 여름의 뜨거운 태양이 대지를 달구는 때가 바로 저녁이다. 글쓴이가 저녁시간 통유리로 둘러싸인 서재를 한껏 달군다는 사실을 지나쳐버린 것은 아무래도 미심쩍다. 아무리 냉방시설이 훌륭하다고 해도 그가 여름의 뜨거운 대지와 무연히 내면의 대화를 나눌 수 있을까. 또한 흔들의자에 앉아 커피를 쏟지 않고 마실 수나 있을까. 이처럼, 상식에 위배되는 글쓴이의 소망은 허위를 말해 줄 뿐이다. 그러한 측면에서 이 글은 넋두리에 불과하며 매우 안일한 쓰여진 글임에 분명하다.
아도르노의 글에서 접하게 되는 '좋은 글'의 덕목은 '자기가 생각하는 것을 잘 표현한 것'이다. 좋은 글은 그러한 진지하고도 치밀한 사유의 궤적을 여실하게 보여주는 글이다. 아도르노에게 표현 자체의 아름다움이란 '너무 아름다운 것'이 아니라 장식적이고 추악한 것에 불과하다. 촘촘하고 집중적이며 명백하고 잘 짜여진 견고한 텍스트, 이것이 아도르노가 말하는 좋은 글이다.

글을 쓴다는 것은 고통스러움을 동반하는 철저한 노동의 행위이다. 고향을 떠나 망명지에서 고단한 삶을 살았던 그에게 글쓰기야말로 자신이 지상에서 살아가고 있다는 존재의 충만한 감각을 유지하는 비판적인 성찰 그 자체였다. 그런 까닭에 그는 글쓰기 자체, 글쓰기 안에 머무는 탐미적인 안락은 단호하게 배격했다. 한 편의 글을 쓴다는 것은 잘 짜인 옷감과도 같다. 치밀한 구성과 논리를 담아내기 위해서는 사유의 모든 에너지를 투여하는 집중력을 필요로 한다. 그러한 치열함과 간절함 없이 글쓰기라는 행위는 고통스러운 노동에 지나지 않는다. 글쓰기의 노동은 견실하고 치열한 사유를 거쳐 고통을 축제화한다. 우리는 다시 한번 '무엇을' '왜' '어떻게' '누구를 위해서' 글을 쓰는가를 나 자신에게 묻지 않으면 안 된다.

제2부

고전 읽기의 실제

제1장 동아시아의 고전

인간다움의 척도와 인간다운 삶

　『논어』, 좀 더 정확히 말한다면 '공자의 언행록(言行錄)'은, 공자의 사상을 담고 있는 핵심적인 유교 경전의 하나이다. 동양 사상에 절대적인 영향력을 행사하면서 후대 사람들에게 이처럼 많이 언급된 사상서도 드물다.

　기원전 551년에 태어나 기원전 479년까지 73세의 생애를 살다간, 이 대(大) 사상가는 동아시아 문화와 사상 전체에 지대한 영향력을 끼쳤다. 그는 살아서 변변한 관직을 가진 일이나 자신이 남긴 이름난 저작조차 전해지지 않는다. 춘추 전국시대에 노(魯)나라에서 태어난 그는 어려서는 예기(禮器)를 늘여놓고 예(禮)를 행하기를 흉내 내면서 남다른 재능을 보였다. 그의 사상에서 예(禮)는 이를테면 사회적 안정과 질서를 부여하는 기준과 규범이다. 어린 시절 탐닉했던 놀이에서 엿볼 수 있는 것은 공자의 인간됨과 주된 관심사이다. 그가 보여준 예에 대한 관심의 방향은 예를 상실한 시대와 사회를 개탄하는 범용한 사람들과 달랐다. 공자는 어린 시절부터 사회의 안정을 도모할 수 있는 근본을 탐구하고 원칙을 세우는 큰 포부를 지녔다.

　공자는 자신의 이상을 실현시킬 기회를 줄 군주를 만나기 위해 한평생 많은 나라를 떠돌아다녔다. 하지만, 그의 눈에 비친 군주들의 모습은 사리사욕에 급급하거나 부국강병만을 우선시하며 이상과 동떨어진 패도(覇道)의 정치만을 일삼는 존재에 지나지 않았다. 공자에게도 등용의 기회가 주어진 적이 있었지만 말단 한직에 불과했고, 등용되었으나 주위의 시기와 농간 때문에 좌절하기도 했다. 결국, 공자는 덕치(德治)를 위한 자신의 뜻을 펼치지 못한 채 노나라로 다시 돌아와 여러 제자들과 인간의 참된 도와 올바른 정치를 논하다가 행복하지만은 않았던 생애를 마감했다. 이처럼 그의 불우했던 삶의 행적과는 달리 그의 사상만큼은 2,500년을 넘게 시공을 초월하여 많은 사람들에게 귀감이 되어 왔다.

　중국의, 많은 인재들과 오랜 역사와 다양한 문화 속에서 유독 공자가 칭송받는 데에는 나름대로 이유가 있다. 공자의 고귀한 정신적 지향과 사상적 자취는 『논어』에서 보게 되는 그의 행적과 많은 제자들과의 대화 속에 녹아 있다. 그의 언행은 개인의 인격 수양과 사회 윤리, 정치와 철학, 교육에 관한 심오하고 유연한 실천적 규범을 구하게끔 해준다. 뿐만 아니라 『논어』는, 많은 역경과 숱한 좌절과 깊은 인간적 고뇌에도 불구하고, 평범하고 일상적 삶속에서 참다운 인간의 도리를 성찰하고 그것을 실현하기 위해 끊임없이 노력하는 공자 자신의 진실함을 바라볼 수 있게 해준다.

　오늘날 우리가 접하게 되는 많은 인용이나 명언, 격언들은 『논어』에 그 기원을 두는 경우가 많다. 그 사정도 위의 두 가지 사항에서 비롯된다. 동양의 지혜 혹은 동양사상의 진수(眞髓)라고 표현되는 이 책은, 오늘날에도 지침서로 삼는다 해도 전혀 이상하지 않고 부족함도 없다. 그 까닭은 삶의 불우함을 딛고 고귀한 이상을 위해 힘겨운 실천궁행(實踐躬行)을 솔선했기 때문이다.

　『논어』는 모두 20편으로 구성되어 있다. 각 편에 담긴 내용을 간략하게 살펴보기로 하자. 제1편 '학이(學而)'는 『논어』의 첫 편이자 도(道)에 들어가는 입구로서 덕을 쌓는 근본과 배우는 자들이 힘써야 하는 덕목에 관해 언급한다. 참다운 삶의 도는 '배움'에서 시작된다고 본 공자는 모르는 것을 부끄러워 말고 배움을 익히면 마음속에 기쁨이 가득 찬다고 말하고 있다.

　제2편 '위정(爲政)'은 정치의 근본으로 덕을 언급하면서 통치자의 인격수양의 중요성을 언급한다. 제3편 '팔일(八佾)'은 분수를 잊어버리고 형식적인 예에 사로잡힌 사람들에게 예악의 근본은 마음의 표현이라고 말한다. 제4편 '이인(里仁)'에서 공자는 인(仁)에 대한 개념과 그 필요성을 역설하고 있다.

　제5편 '공야장(公冶長)'은 제자들에게 비유를 통해 어짐과 그렇지 못함, 얻고 잃음, 모자람과 넘침에 관해 논하고 있다. 제6편 '옹야(雍也)'에서는 인품과 덕망을 갖춘 제자 옹야를 칭찬하고 요절한 안회(顔回)와 용기 있는 자로(子路), 안빈낙도(安貧樂道)한 원헌(原憲) 등과의 대화나 일화를 담고 있다.

　제7편 '술이(述而)'는 '술이부작(述而不作 : 진술하되 꾸미지 않음)'에서 나온 말로, 이 편에서는 공자의 전통을 중시하는 태도와 자신이 추구하는 진정한 삶의 지표, 그것을 실행하려는 그의 노력을 보여주고 있다. 제8편 '태백(泰伯)'은 주나라 장자였던 태백의 은둔과 그의 선행을 거론하며 그의 지극한 덕을 깨우치고 있다. 제9편 '자한(子罕)'은 이익과 천명과 인(仁)에 관해 언급하고 있다. 이 편에는 편견과 집착과 호언장담과 독선을 멀리하는 삶을 살고자 한 공자의 내용이 실려 있다.

　제10편 '향당(鄕黨)'은 공자의 일상생활에서 삼가는 언동에 대한 기록이

담겨 있다. 마을에서는 인자하고 조정에서는 신중하면서 상사에게는 부드럽고 동료에게는 강직했던 공자의 몸가짐이 기록돼 있다. 제11편 ‘선진(先進)’에는 제자들과 행한 공자 특유의 교육방법이 실려 있고, 제12편 ‘안연(顔淵)’에는 유명한 ‘극기복례(克己復禮 : 자기를 이기고 예로 돌아감)’의 사상과 그 실천덕목이 설파되고 있다.

제13편 ‘자로(子路)’에는 통치자의 자질에 답하는 내용이 실려 있고, 제14편 ‘헌문(憲問)’에는 현실과 이상을 어떻게 조화시켜 인을 실천할 것인가에 대한 공자의 고뇌가 담겨 있다.

제15편 ‘위령공(衛靈公)’은 진나라로 가던 도중 곤경에 처한 공자와 그의 제자들이 세태에 분개하나 곤궁함 속에서도 의연한 자가 ‘군자(君子)’라는, 이른바 유교적 관점에서 참다운 인간의 상(像)을 제시하고 있다. 제16편 ‘계씨(季氏)’는 군자가 지켜야 할 덕치(德治)를 위한 계율을 소개하고 있다. 제17편 ‘양화(陽貨)’에는 자신의 반역을 정당화하려고 공자를 회유하고 조롱하고 관직을 제의하는 양화를 의연하게 물리치는 공자의 모습이 나타나 있다.

제18편 ‘미자(微子)’는 은둔한 성현들의 행적을 상고(詳考)하면서, 세상에서 조롱받는 이들 은자야말로 바른 도의 실천자라는 점을 밝힌다. 제19편 ‘자장(子張)’은 공자의 제자들이 밝히는 공자의 삶이 가진 가치들을 담고 있으며, 제20편 ‘요왈(堯曰)’은 천하를 다스리고 천명(곧, 민심)을 거스르지 않는 방법에 관해 논의하고 있다.

『논어』의 풍부한 내용들은 현대사회에서 요청되는 시민정신 혹은 인간의 권리와 의무, 사회윤리, 정치적 주권주의, 이상과 현실의 조화로운 삶, 정보화 시대에 요구되는 바람직한 대인관계 따위에 소용되는 어떤 척도와 원리를 제공해 준다. 『논어』와 같은 고전을 읽으면서 명언이라고 생각되는 문구 하나를 가지고 자신의 입장과 구체적인 주장을 정리하는 습관도 권할 만하다.

▶ 다음 지문을 읽고 떠오르는 주제를 함께 토론해 보자.

(가)
공자께서는 이익과 운명과 인(仁)에 대해서는 드물게 말씀하셨다.
달항 마을 사람이 말하기를, "위대하도다 공자여, 널리 배웠으되 어느한 가지 이룬 것이 없구나."라고 하였다.
공자께서 이 말을 들으시고 문하의 제자들에게 말씀하시기를,
"내가 어느 것을 택하여 배울까? 말 모는 것을 택해서 배울까? 활 쏘는것을 택해서 배울까? 나는 말 모는 것을 택해서 배우겠다."라고 하였다.
－『논어』, 자한 편

(나)
공자께서는 네 가지 태도를 전혀 취하지 않으셨다. 억측하지 않고, 반드시 해내겠다고 하지 않았고, 집착하지 않았고, 자기만을 내세우지 않았다.
－『논어』, 자한 편

(가)는 달항이라는 마을에서 겪은 냉대와 비웃음을 배경으로 한 대목이며, (나)는 공자의 일관된 삶의 태도를 함축적으로 보여주는 구절이다. '자한' 편은 앞서 언급했듯이, 공자의 삶의 요체를 이루며 인간으로서의 위대함을 드러내 보이는 부분이다. 일생 동안 그가 견지해온 것은 편견과 호언장담, 물욕에 대한 집착과 비타협적인 아집 등과 결연하게 단절된 삶의 태도였다. (가)에서 이익과 운명과 '인(仁)'이 왜 공자에게서 자주 언급되지 않았는가에 관해서는 서로 다른 학설이 분분하지만, 가장 설득력 있는 주장의 하나는 이렇다. 이익이란 첫 번째로 추구되어야 할 덕목이 아

니고, 운명조차 사람이 할 수 있는 영역을 벗어나 있으며, 인(仁)은 일상생활에서 실천해야 하는 덕목이다. 때문에, 공자는 이에 관해 별로 언급하지 않았다는 것이다.

뒤따르는 구절은 달항에서 공자가 겪은 봉변에 가까운 힐난의 내용이다. 공자가 『시경』을 편집하고 예법과 음악에 통달한 해박한 지식인이라는 것을 잘 알고 있으나, 어느 한 가지도 뛰어난 기예를 익힌 것이 없다고 사람들은 의심하고 있었다. 그러나 공자는, 우회적으로 말하기를, 당장 눈앞에 기예가 눈에 띄긴 하겠지만 그러한 성취는 얼마든지 가능하다. 그러나 고전과 예악이라는 보이지 않는 성취가 더 중요한 것이기 때문에 기예를 익힐 겨를이 없었다고 넌지시 언급하고 있다. 남에게 드러나지는 않지만 진정한 가치를 가진 것에 대한 성취야말로 그를 지금까지 숭상하게 만든 원동력이다. 요컨대, 이 같은 지향이 큰 도[大道]에 이르는 길이며, 작은 명리(名利, 명예와 이익)와 구별되는 것이다. 이렇게 보면, (나)에서 공자에게서 발견되는 삶의 미덕은 ‘큰 도’에 이르기 위해 다른 사람 어느 한 견해에 치우치는 편파적인 견해를 드러내지 않았으며, 과장을 일삼거나 어떤 일에도 집착하며 강요하지 않았고 자기만을 내세우는 독선을 행하지 않은 점에 있다. 이러한 점이야말로 공자가 지닌 참사람의 풍모이다.

두 지문에서 공자의 위대함은 상대방에게 자신의 의견을 강요하거나 지나친 독선으로 상대를 곤란에 빠뜨리지 않는, 대인관계에서 지켜야 할 열린 마음을 연상시켜준다. 그 덕목은 언제나 타인의 의견을 향해 열려 있고, 자신의 관점에만 매이지 않는 포용력과 이해심에 바탕을 둔 대타적인 판단력인 셈이다.

그렇다면, 공자의 이러한 덕목은 오늘날 어떻게 적용될 수 있을까. 이를 정보화 시대의 올바른 인간관계와 연관지어보자.

전 세계가 정보화의 흐름 속에서 하나가 되는 시대가 도래한 지금, 국제적인 감각은 외국어 하나만을 잘 습득하는 것에 그치지 않고 문화를 먼저 이해해야 한다는 것이다. 이를 위해서는 우리 문화의 장점과 미덕을 이해하고 이전 문화의 가치들을 재인식하는 가운데 자기 정체성을 분명하게 확립하는 일이 급선무이다. 자신의 중심이 바로 서야만 다른 문화를 적극적으로 수용하면서도 이를 자기화시킬 수 있을 것이다. 국제 감각이란 문화 이해에서 시작된 상호이해의 교감을 마련하는 것과 크게 다르지 않다. 이런 측면에서 공자의 정신은 2,500년이 지난 지금에도 유효하다.

▶ 다음 지문을 읽고 나서 자신이 생각하는 각각의 주제 하나씩을 설정해보자.

(가)

　자하가 공자께 묻기를 "예쁜 웃음에 보조개가 예쁘며 아름다운 눈에 눈매까지 어여뻐라. 흰 비단에 아름답게 색칠한 듯하다고 했는데 무엇을 말하는 것입니까?"라고 하였다. 공자께서 말씀하시기를 "그림을 그리는 일은 흰 비단을 마련하고 나서 하는 것이니라." 하였다. 자하가 말하기를 "덕을 세운 후에 예가 따라야 함을 말하는 것입니까?" 하니 공자께서 말씀하시기를 "나를 일깨우는 사람은 바로 상(商－자하의 이름) 너로구나." 하면서 "비로소 함께 시를 이야기할 만하구나." 하였다.

－『논어』, 팔일 편에서

(나)

　공자께서 말씀하시기를 "열광하여 매달리면서 곧지 못하고 무지하면서 부지런하지 못하고 무능하면서 성실하지 못하면 나는 모르겠다."고 하였다. 또한 공자께서 말씀하시기를 "배움은 도저히 따르지 못할 것처럼 하고 오히려 잃을까봐 두려워해야 한다."고 하였다.

－『논어』, 태백 편에서

지문 (가)에 나오는 '예쁜 웃음'과 '보조개'와 '아름다운 눈매'에 대한 언급은 여자의 아름다움을 가리키는데, 이것은 『시경』「위풍(衛風)」에 나오는 구절이다. 자하는 공자에게 이 구절의 뜻을 물었다. 공자는 『시경』의 시구를 교훈주의적 입장에서 풀이하기를, 이의 내용처럼, 덕이 있고 난 후에야 예를 갖출 수 있다는 품성론으로 해석하고 있다. 여자의 교묘하게 웃는 모습에 애교가 매혹적이며 아름다운 눈동자가 샛별처럼 빛난다는 뜻이 과연 공자의 말대로 덕이라는 그릇에 안성맞춤으로 그 품격을 더해주는 것인지는 시경의 시구 전체를 가지고서는 가릴 일이다. 하지만, 품성이 갖추어진 다음 참된 예가 마련될 수 있다는 공자 사상의 핵심이 시구의 해석 안에 담겨 있다는 사실만큼은 분명해 보인다.

지문 (나)는 참된 배움이 무엇이고 이를 어떻게 실천에 옮길 것인가의 문제에 관해 말하고 있다. 공자의 언급에 따르면, 배움은 호기심에서 시작해서 광적으로 매달리는 뒤죽박죽의 차원이 결코 아니다. 거기에다 옳고 그름을 분별하는 강직함과 깨달음이 없으면서도 부지런하지 못하면 공부에는 해결책이 없음을 보여준다. 배움에 임하는 태도에 관한 공자의 언급이라면, 배움의 과정에서는 배움에만 만족하지 말고 나은 성취를 위해 끊임없이 노력하면서 앎과, 깨달음을 온전하게 자기 것으로 삼아야 한다는 교훈이 추가된다.

(가)(나)에서 우리가 주제 한 가지씩만 설정해 보자. 먼저 (가)에서는 '진정한 예'라는 주제를 생각할 수 있을 듯하다. 덕이 갖추어지지 못한 예는 가식에 불과하다는 것, 진정한 예는 형식적인 것이 아니라 풍기는 체취와 분수를 가릴 줄 아는 지혜로움에서 비롯된다는 것이 바로 그것이다. 또한 여기에서 '덕과 예의 상관성'이라는 주제 하나가 충분히 고려될 수 있다.

(나)에서는 '배움과 지식의 관계'를 염두에 두고 주제를 설정해 보자.

배움은 단순한 호기심이나 열광으로 시작해서는 안 된다는 것, 배움은 모르기 때문에 부지런히 익혀야 한다는 것, 무능하기 때문에 성실하게 노력해야 한다는 것, 무지하면서도 부지런히 배우지 않고 성실하게 노력하지 않는 태도는 마땅히 거부되어야 할 것 등등을 생각해볼 수 있다. 또한 배움을 통해서 얻은 지식은 섣부른 성취에 만족하지 않고 끊임없이 노력해서 자기 것으로 만드는 일이 요구된다는 것이다. 그래서 '배움의 필요성과 지식의 자기화'라는 주제 하나를 더 만들 수 있다.

이렇게, 『논어』와 같은 고전에는 풍부한 지혜와 교훈들이 담겨 있다. 그러나 이를 교훈적인 내용이라고만 생각을 멈추지 말고 '그렇다면 나의 삶에는, 사회적으로는 정치적으로는 어떻게 적용될 수 있을까'라는 문제의식으로 발전시켜 당면한 사회 문제와 연관짓는 노력이 필요하다.

논술시험에서 제시되는 논제란 고전에 한정된 것만 출제되는 것이 아니라 창의적이고 풍부한 논리와 설득력 있는 주장을 요구하는 생각거리이다.

▶ 다음 지문에서 증석의 태도에 반박하는 관점을 전제로 삼고, 다른 한 인물의 포부와 관련시켜 '내가 생각하는 올바른 현실 참여의 태도는 무엇인지'를 함께 토론해 보자.

자로·증석·염유·공서화가 공자를 모시고 앉았는데, 공자께서 말씀하시기를 "내가 너희들보다 며칠 더 살았다고 해서 나를 어려워 말라. 평소에 내가 너희들을 몰라준다고 말들을 하는데 만약 알아준다면 어떻게 하겠느냐?"고 하였다.

자로가 선뜻 대답했다. "전차 천 대를 낼 수 있는 제후의 나라가 대지 사이에 끼어 있어, 많은 군대가 쳐들어오고, 이로 인해 기근이 들었다고 해도 제가 다스리게 되면 삼년이 될 무렵에는 백성들이 용기를 가질 수 있도록 하고 정의를 알아 싸우도록 할 수 있겠습니다." 공자가 빙그레 웃으셨다.

"구(求−염유를 가리킴)야, 구야 너는 어떻게 하겠느냐?"라고 공자가 말하니, 염유가 대답하기를 "사방 육칠십 리 혹은 오륙십 리 되는 작은 나라를 제가 다스리게 되면 삼년이 될 무렵에는 백성들을 풍족하게 해줄 수 있겠습니다만 예악을 가르치는 것은 다른 군자를 기다리겠습니다." 하였다.

"적(赤−공서화를 가리킴)아, 적아, 너는 어떻게 하겠느냐?"라고 공자가 말씀하시니, 공서화가 대답하기를 "제가 잘 할 수 있다는 말은 할 수 없고, 다음과 같은 것을 배우고 싶습니다. 종묘의 일과 제후들이 회동할 때 현단(玄端)의 옷을 입고 장보(章甫)의 관을 쓰고 의식과 절차를 집행하는 작은 관리가 되고 싶습니다."고 했다.

"점(點−증석을 가리킴)아, 점아 너는 어떻게 하겠느냐?"라고 공자께서 말씀하시니, 비파를 뜯다가 쩽그렁 소리가 나게 비파를 놓고 일어나, 증석이 대답하기를, "세 사람이 갖춘 것과 다릅니다." 하였다. 공자께서 말씀하시기를 "무어 그리 마음 상할 것 있느냐? 역시 각자 자기의 뜻을 말하는 것일 뿐이다." 하였다. (증석이) 말하기를 "늦은 봄에 봄옷이 만들어지면 관을 쓴 사람(성인을 가리킴) 대여섯 명, 아이들 예닐곱 명과 함께 기수(沂水)에서 목욕하고 무우(舞雩−기우제를 지내던 제단)에서 바람 쐬고 시를 읊으며 돌아오겠습니다."고 하였다. 공자께서는 매우 감탄하여 말씀하셨다. "나는 점의 생각에 찬성한다."

−『논어』, 선진 편에서

지문 해설

위의 지문에서는 공자가 제자들에게 평소 품고 있던 생각을 자유롭게 펼치도록 함으로써 이들의 개성과 특징을 가감 없이 보여준다. 이것은 현실을 두고 제자들의 가치 지향을 확인하려는 공자의 의도에 부합된다.

자로의 경우, 용맹하고 거침없는 성격이 두드러진다. 반면 염유는 작은 나라에서 백성들의 의식주를 풍족하게 해줄 능력이 있지만 예악을 가르치는 것은 자신 없다는 능력의 한계를 솔직하게 피력한다. 공서화는 겸손하게 의식과 절차를 관장하는 관리의 꿈을 피력해 보인다. 하지만 증석만이 세상의 어떤 것으로부터도 초탈해서 유유자적하며 삶을 살겠노라고 말한다. 공자는 증석의 사심없는 도락(道樂)과 풍류에 감동하며 그의 생각에 호감을 표시한다.

더 생각하기

이 문제는 지문으로부터, 증석을 제외한 여러 인물들의 장점과 단점을 정확하게 파악하지 않으면 안 된다. 다시 한번, 지문의 정확한 독해가 강조되는 순간이다. '내가 생각하는 현실 참여의 태도'를 구체적으로 논술하라는 것도 결국 단순형 논제이다.

자로의 진취적인 야망과 추진력은 용기라는 점, 염유의 국가 경영의 꿈은 자신의 능력을 전제로 소박하게 꾸려진 점, 공서화의 재능과 취미와 능력에 맞는 현실적 소망이라는 점 등을 감안해서 자신은 어떻게 현실에 참여할 것인지를 생각하고 이를 정리해야 할 것이다. 그런 다음, 증석의 초탈한 삶을 비판하는 것을 도입부로 삼고, 자로와 염유와 공서화 중에서 자신의 가치관에 부합하는 한 사람을 택해서 설명하면서 자신의 현실관을 구체화시켜 진술해가면 될 것이다.

정치 윤리의 이상

　맹자는 약육강식의 시대를 살다간 사상가이다. 그는 춘추전국시대의 사상가로서 공자의 유학적 이념을 더욱 발전시켰다.

　당나라의 대(大)문장가 한유(韓愈)는 맹자의 사상을 가리켜 다음과 같이 표현한 바 있다.

　"박애를 인(仁)이라 하고 인에 따라 옳게 행하는 것을 의(義)라 하고, 인의를 따라가는 길을 도(道)라 하고, 자신을 내면적으로 충족케 하고 외면 세계에 기대지 않는 것을 덕(德)이라 한다. 요(堯)임금이 이러한 도를 순(舜)에게 전했고, 순은 우(禹)에게 전했고, 우는 탕(湯)에게 전했고, 탕은 주(周)의 문(文)·무(武)·주공(周公)에게, 그리고 그들은 공자에게 전했고, 공자는 다시 맹자에게 전했으며, 맹자가 죽은 후로는 제대로 전해지지 못했다."

　한유의 이 같은 표현은 결코 과장이 아니다. 맹자의 사상은 적어도 고대의 이상 국가에서 행해진 정치적 명분과 그것을 실천해온 전설적인 군주들의 정치사상을 종교 수준으로 끌어올렸다. 한유는 맹자의 이러한 위대함을 간파했던 것이다.

'맹모삼천지교(孟母三遷之敎 : 맹자의 모친이 맹자를 가르치기 위해 세 번씩이나 이사를 했다는 고사)'의 설화에서 보듯이, 어머니의 지극한 훈육 아래 자라난 그는 장성한 후 유가의 사상에 몰입한다. 공자의 증손자인 자사(子思)의 문하에서 공부했던 맹자는 『시경(詩經)』·『서경(書經)』·『예(禮)』·『춘추(春秋)』와 같은 고전에 대한 깊은 이해를 바탕으로 패도(覇道)정치의 혼돈에 빠진 시대에 정치적 이상주의[왕도정치]와 성선설(性善說)에 바탕을 둔 인본주의 사상을 역설하였다.

맹자의 왕도정치 사상은 당대의 제(濟)·양(梁)·추(鄒)·노(魯)·등(滕)의 여러 나라를 다니면서 형성되었다. 맹자에 따르면, 군주는 하늘의 뜻을 실행에 옮기는 자이며, 일반 사람들의 삶을 다독이고 물질의 풍요를 불러오는 제도의 실현자이다. 또한, 정치는 인간 본위의 사회를 가능하게 하는 이상과 그것의 실현에 의의가 있다. 그러나 맹자의 이 같은 사상은 전국시대의 숱한 전쟁과 군왕들의 정복 야욕과 날카롭게 대립한다.

"때를 놓치지 않고 농사를 지으면 곡식이 남을 것이고, 남획하지 않으면 물속에 어류가 많이 있을 것이고, 산림을 남벌하지 않으면 재목을 얼마든지 쓸 수 있을 것이다. 이렇게 생산을 높여 백성이 잘 먹고 살고 또 죽어 편히 묻히고 제사를 잘 받으면 그러한 정치가 바로 왕도정치의 바탕이다."(「양혜왕 장구 상」)라는 그의 주장은 전국시대의 혼란한 현실과 구별되는 점을 잘 드러내고 있다. 그의 정치사상은 결국 백성을 잘 살게 해주고 그들을 교육시켜 높은 경지에 이끄는 데 큰 뜻이 있다. 달리 말한다면, 하늘의 도(道)를 깨우쳐주고 인간으로서의 윤리를 잘 지켜나가게 함으로써 온 세계가 풍요로워질 수 있다. 선한 인성(人性)을 드러내도록 하는 계도(啓導)야말로 왕도이자 정치 윤리의 이상이라는 것이 맹자의 사상이 지닌 핵심이다.

맹자의 인간에 대한 신뢰는 인간의 가치에 대한 인식에서부터 출발한다. 그의 분류에 의하면, 인간은 네 부류로 나누어진다. 개인적으로 임금을 섬기는 자[사군왕(事君王)], 나라를 평안하게 지키는 자[안사직(安社稷)], 벼슬이 없으면서도 하늘의 도를 구현하려는 자[천민(天民)], 자기를 바르게 하여 남을 감화시키고 바르게 만드는 자[대인(大人)] 등이 바로 그들이다. 물론 대인이 그중에서 가장 도덕적인 인간 유형이다.

대인은 하늘의 큰 뜻 — 곧, '대도(大道)' — 을 따르는 자이다. '대장부'로 불리기도 하는 이 유형의 인간은 천하의 바른 자리에 서서 큰길을 가는 자이다. 그는 뜻을 얻으면 백성과 함께 인(仁)과 의(義)의 큰 뜻을 펼치고, 그 뜻을 얻지 못하면 자기만이라도 부귀에 타락하지 않고 권세 앞에 절개를 굽히지 않는다.

맹자의 인간학은 명분과 실천을 한데 어울러놓아 섣부른 이상주의나 무차별적인 박애주의에 함몰되지 않는다는 매력을 가지고 있다. 왕도와 덕치의 문제만이 아니라 가치 혼돈의 세계를 살아가는 현대인들에게 비천한 삶을 구하고 욕심에 얽매인 자신을 돌아보게 만드는 것이 『맹자』가 지닌 현재적 의의인 것이다. 『맹자』는 그러한 점에서, 여러 군주들과 대화록이자 제왕학(帝王學)이며 난세를 살아가는 자가 마땅히 지녀야 할 덕목을 가르쳐주는 지침서다.

『맹자』는 '양혜왕(梁惠王)', '공손추(公孫丑)', '등문공(滕文公)', '이루(離婁)', '만장(萬章)', '고자(告子)', '진심(盡心)' 등 모두 6개의 큰 장구(章句)가 각각 상하로 구성된 형태를 취하고 있다. 「양혜왕 장구」에서 맹자는 주로 제후국을 다니면서 군왕들과 대화하고 있다. 여기에서 맹자는 백성들의 넉넉한 삶을 영위하도록 하는 것이 정치의 근본임을 역설하고 그러한 직분을 제대로 수행하지 못하면 왕위에서 물러나야 한다고까지 주장하고 있다.

「공손추 장구」에서 맹자는 왕도정치가 패도정치를 축출하는 것이 정당하며, 이것은 유가의 덕목인 '의(義)'를 실현하는 것이라는 급진적인 주장도 마다하지 않는다. 여기에는 반구저기(反求諸己 : 반성하여 잘못을 자기에게서 구하는 것), 호연지기(浩然之氣), 인화(人和) 등의 유명한 발언도 실려 있다.

「등문공 장구」에서는 주로 군왕이 어떻게 나라를 다스려야 하는가 하는 방법들을 제시하고 있다. 그 하나의 방책으로 맹자는 효제충신(孝悌忠信)을 가르치고 성현의 도를 실천할 것을 권유한다.

「이루 장구」에서 맹자는 부귀영화를 추구하는 당대의 세태를 비판하고 자신의 도를 굽히지 않아야 남을 바르게 하고 자신의 본성을 지켜나갈 수 있다고 주장한다. 「만장 장구」에서는 덕이 하늘의 뜻에 합치되면 하늘로부터 내리는 작위가 그에게 내려질 것이며 인자한 도를 행한 자에게 천하의 사람들이 그를 따를 것이라는, '덕치'의 결과를 말하고 있다.

「고자 장구」에서는 맹자가 고자와 대화하면서 인간의 본성이 본래 선한 것이라는 내용을 담고 있다. 인간이 본래 선하기는 하나 선하지 않을 수도 있는 까닭은 그 형세(形勢)가 그렇게 만들었다는 것이다. 구차스럽게 살기보다 의의 법도를 따르는 삶을 택하는 맹자의 가치관이 돋보이는 부분이다.

「진심 장구」에는 백성이 나라에서 가장 귀한 존재임을 간파하고, 학문에는 순서가 있다는 발언이 담겨 있다. 군자의 즐거움은 가족의 화목과 도덕적 청결함, 영재의 교육에 있는 것이지 임금 노릇에 있지 않다는 점, 성인의 도는 경전에 토대를 두고 바르게 행하면 백성들이 자신에게 올 것이라는 점이 역설되고 있다.

▶ 다음 지문에서 맹자가 주장하는 정치의 이상적인 면모는 과연 무엇인지 알아보자.

맹자가 양(梁)의 혜왕(惠王)을 만났다. 이때 왕은 연못가에 서서 크고 작은 기러기들과 크고 작은 사슴들을 돌아보면서 맹자에게 말하였다.

"현자(賢者)도 역시 이런 것을 즐깁니까?"

맹자. "지혜로운 자가 된 후에라야 이런 것을 즐길 줄 알지요. 지혜롭지 못한 자는 이런 것을 갖고 있다 하더라도 즐길 수 없습니다. 시에 이런 구절이 있습니다(『시경』을 가리킴—주).

영대(靈臺)를 지어 볼까 기획하고 시작하여
한편으로 터 닦으며 그 둘레엔 표를 하니
백성들이 모여들어 힘을 모아 빨리 지어
역사(役事)한 지 며칠 안 돼 벌써 다 지어졌네.
계획하고 시작할 때 서두를 것 없다 해도
백성들이 자식같이 몰려들어 서두르네.
어느 날 임금 영대에 나오시니
길들은 사슴들은 엎드린 채 안 놀라며
암사슴 숫사슴 윤기가 흘러
백조는 분같이 희디희구나
어느 때 우리 임금 영소(靈沼, 영대의 연못)에 나오시니
아아 그득하다 뛰어 노는 물고기들

문왕은 백성들의 힘으로 대를 쌓고 못도 파고 하였으나, 백성들은 그것을 기쁘고 즐겁게 여겨 그 대를 '영대(靈臺)'라 부르고 그 못을 '영소(靈沼)'라 부르며 그 안에서 사슴 무리와 물고기들이 뛰놀고 있는 것을 즐겨 하였습니다. 문왕과 같은 옛날의 어진 분들은 '백성들과 함께 즐거움을 나누었기[與民同樂]' 때문에 잘도 즐길 수 있었던 것입니다. '탕서'(湯誓, 『서경』 '상서' 商書의 한 편명)에 이런 말이 있습니다.

> (백성들이 '걸왕 桀王'을 비유하여)
> 이놈의 해는 어느 때나 없어지나
> 우리들도 차라리 너와 함께 망하련다
>
> 백성들이 함께 망하기를 원한다면, 비록 대(臺)와 연못과 새와 짐승이 있다 한들 어찌 즐길 수 있겠습니까?"
>
> —「양혜왕 장구 상·2」

맹자가 특히 많은 대화를 나눈 제후로는 양나라 혜왕과 제나라 선왕을 꼽을 수 있다. 맹자는 이들에게 기회 있을 때마다 백성들과 함께 즐거움을 나누도록 권했다. 맹자가 백성들과 함께 하는 정치를 역설한 바탕에는 그의 민본주의(民本主義)가 자리 잡고 있다. 백성을 정치의 주체로 승격시키지 못하고 그들을 올바른 정치의 대상으로 간주했다고는 해도, 맹자는 이들을 잘 보살펴주는 것이 정치의 근본임을 제후들에게 주지시킨 것이다. 즉, 왕이 된 자가 민심을 잃은 후에 혼자서 즐거울 수 있겠느냐는 것이다. 화려한 정원을 소유하든 사냥을 하든 혼자서 즐긴다는 것은 결코 옳지 않다는 맹자의 추궁이야말로 오늘날의 정치 현실을 비추어보아도 그리 틀리지 않는다. 위의 지문은 『시경』과 『서경』에 실린 여러 부분들을 인용하면서 '백성과 즐거움을 함께 나눈다[여민동락(與民同樂) 혹은 여민해락(與民偕樂)]'는 교훈을 담고 있다. 따라서 '지혜롭지 않은 자는 비록 이런 것(화려하고 거창한 정원)이 있어도 즐겁지 않다(不賢者 雖有此 不樂也)'는 발언은 당대 정치 현실에 대한 가장 직설적인 비판이자 매운 경고이다.

위의 내용이 정치가가 해당하는 것이라면, 다음에 제시되는 내용은 어진 사람[인자(仁者)]과 군주의 구체적인 모습을 보여주고 있다.

(가)

화살을 만드는 사람이 어찌 갑옷 만드는 사람보다 어질지 못하겠나마는 화살 만드는 사람은 오직 사람을 상하지 않게 될까봐 두려워하고, 갑옷 만드는 사람은 오직 사람을 상하게 될까봐 두려워한다. 무당과 관(棺) 만드는 목수도 또한 그러하다. 그러므로 직업을 택하는 데는 신중을 기하지 않을 수 없다. 공자께서는 "인에 거처하는 것이 미덕이 된다. 선택하여 인에 거처하지 않는다면 어찌 지혜롭다 하겠는가?" 말하셨다.

대저 인(仁)이란 하늘이 준 존작(尊爵, 귀한 벼슬자리)이요, 사람이 거처할 편안한 집이다. 못 들어오게 막지도 않는데 불인(不仁)한 데 거처하고 있으니 이것은 지혜롭지 않는 것이다. 인자하지 않고 지혜롭지 않고 예절과 의로움이 없으면 남에게 부림을 받게 된다. 남에게 부림을 받으면서 부림 받는 것을 부끄러워하는 것은 마치 활 만드는 이가 활 만들기를 부끄러워하고 화살 만드는 이가 화살 만들기를 부끄러워하는 것과 같다. 만약 부림 받는 것을 부끄러워한다면 인을 실천하는 것이 제일 좋을 것이다. 인(仁)을 행하는 사람은 활 쏘는 것과 같다. 활 쏘는 사람은 자기의 자세를 바르게 한 뒤에 쏜다. 쏘아서 과녁에 맞지 않아도 자기를 이긴 사람을 원망하지 않고 잘못을 돌아보아 자기에게서 찾을 뿐이다.

– 「공손추장구 상·7」

(나)

군자가 보통사람들과 다른 까닭은 그가 본심(本心)을 지니고 있기 때문이다. 군자는 인(仁)을 본심에 지닌다. 인자(仁者)는 남을 사랑하고 예자(禮者)는 남을 공경한다. 남을 사랑하는 사람에게는 항상 그를 사랑해 주고, 남을 공경하는 사람에게는 남도 항상 그를 공경해준다.

여기에 한 사람이 있다고 하자. 그가 자기에게 무례하게 대하면, 이때에 군자인 사람은 반드시 스스로 반성하여 "내가 틀림없이 인자하지 못하고, 무례하였구나! 그렇게 않으면 왜 이런 일이 닥쳤겠는가?" 하고 말한다. 그러나 이렇게 스스로 반성하여 보아도 인자하고 예의가 있었다고 생각하는데 그 무례함이 여전하다면 이때 군자인 사람은 반드시 스스로 반성하여 "내가 틀림없이 마음을 다하지 못하였구나!" 하고 말한다.

그러나 이렇게 스스로 반성해 보아도 그 무례함이 여전하다면 이때에는 군자인 사람은 "이 자는 역시 망령된 사람이구나! 이렇다면 짐승과 무엇이 다르겠는가? 짐승에 대해서야 또 비난해서 무엇하랴?" 하고 말한다. 이런 까닭에 군자는 종신토록 가지는 근심[종신지우(終身之憂)]은 있으나 하루아침에 갑자기 생기는 걱정은 없는 것이다. 근심하는 것으로는 이런 것이 있다. "순임금은 사람이고 나도 사람이다. 그러나 순임금은 천하에 모범이 되어 후세에 전해지는데 나는 여전히 아직 향리의 보통사람을 면치 못하고 있다." 이것은 근심할 만한 일이다. 그러면 이것으로 어떻게 근심할 것인가 하면 순임금같이 할 뿐이다. 대개 군자 같은 이는 걱정하는 일이 없다. 인이 아니면 하지 않고 예가 아니면 행하지 않는대[非仁無爲也 非禮無行也]. 그러므로 하루아침에 갑자기 생기는 걱정이 있더라도 군자는 걱정하지 않는다.

–「이루 장구・하 28」

지문 (가)에는 '반구저기(反求諸己)', 즉 '잘못의 반성을 자기에게서 구한다'는 유명한 교훈이 담겨 있다. '어짊[인(仁)]'이란 평범한 인간들 누구에게나 선한 품성으로 갖추고 있기 마련이다. 그러나 맹자는 그 어짊이 삶의 목표를 어떻게 설정하고 어떤 방식으로 실천하는가에 달려 있다고 보았다. 화살 만드는 자, 무당, 관 짜는 목수들이 자신의 어짊을 실천하기 어려운 것은 사람을 상하게 해야 하거나, 혹은 상한 사람들이 많아야 하는 직업상의 이유 때문에 이들은 어질지 못한 곳에 거처를 마련한 까닭이다. 이런 직업의 선택은 지혜롭지 못하다는 것이다. 언뜻, 직업의 귀천을 따지는 것으로 들릴지 모르나, 어질지 못하게 만드는 환경적인 요인들과 거리를 두는 것이 보다 지혜로운 판단이라는 게 지문 (가)의 핵심이다.

인자하지 않고 지혜롭지 않으며 예절과 의로움이 없는 자들은 남의 지시를 받는 저급한 인간상이다. 인을 실천하는 사람은 활을 쏘기 전에 자세를 바로잡는 것처럼 하늘의 도리(곧, 천도 天道)를 목표로 삼는다. 그는 설령 그 과녁을 맞추지 못한다 해도 남이나 바람의 탓으로 돌리지 않고 자신에게서 잘못을 구하는 자이다. '반구저기'란 자신에게 엄격하고 자신을 비판과 반성의 대상으로 삼는 존재이다.

지문 (나)는 군자가 보통사람들과 다른 차이점을 제시한다. '반구저기'의 교훈은 여기에서도 되풀이된다. 다른 사람이 군자를 무례하게 대하면, 그는 반성하기를 '자신이 인자하지 못하고 무례하지 않았는가' 생각한다. 그런 다음에도 상대가 무례하면, 그는 '인자하고 예의 있게 행동했지만 상대방에게 마음을 다하지 못했다'고 스스로를 책망한다. 그래도 상대가 여전히 자신에게 무례하면 그때서야 '상대가 짐승과 다르지 않은 사람이므로 비난할 여지가 없다'고 판단하기에 이른다. 곧 군자란 이렇듯 신중하게 세 단계에 걸쳐 자기반성을 하는 인물이다. 뿐만 아니라 군자는 나날의 삶에 대한 걱정에 초연하며 일생토록 천하의 모범이 되는 자를 흠모한다. 그것은 자신이 설정한 가치에 합당한 존재가 되기 위해 끊임없이 인격을 연마한다는 의미이다. 이때, 가치의 잣대가 바로 인(仁, 어짊)과 예(禮, 명분)이다.

군자의 상이 이상적인 인간의 모습이라면, 우리들에게 주는 교훈은 과연 무엇일까. 맹자는 세상의 벗을 사귀는 법에 관해 언급한 바 있다. 진정한 친구를 어떻게 사귀어야 할 것인가.

▶ 다음 지문을 읽고 함께 토론해 보자.

맹자가 만장에 이르기를 "한 고을의 선한 선비일 경우에는 한 고을의 선한 선비를 벗으로 사귀고, 한 나라의 선한 선비일 경우에는 한 나라의 선한 선비를 벗으로 사귀며, 천하의 선한 선비일 경우에는 천하의 선한 선비를 벗으로 사귄다. 그리고 천하의 선한 선비를 벗으로 사귀는 것이 만족하게 여겨지지 않으면 또 옛사람에게 향해서 논평하고 벗으로 삼는다. 그 사람이 지은 시를 낭송하고 그 사람이 쓴 책을 읽고서도 그의 사람됨을 모른대서야 되겠는가? 그래서 그의 시대를 논하게 되는 것이니, 이것이 곧 위로 향해서 벗을 사귄다는 것[尚友]이다."

– 「만장 장구 하·8」

사람은 자신의 견문을 넓히는 세계를 향한 창(窓)들을 가지고 있다. 이를테면 이 창의 하나가 벗이다. 좋은 벗은 어떠해야 할까. 교양인은 벗을 사귈 때 사귈 만한 인물을 한 고을에서 찾다가 구하지 못하면 온 나라 안에서 찾아보고, 천하를 두루 다녀서도 마땅한 인물을 얻지 못한다면, 마땅히 역사적으로 훌륭했던 인물들을 논평하며 그를 벗으로 삼는다. 그가 남긴 시나 훌륭한 글을 통해서 그의 사람됨을 알 수 있다. 더 나아가 옛 위인들이 살았던 시대와 환경을 연구하고 그 사람됨의 면면을 파악해야 한다. 이를 가리켜 '상우(尚友)'라고 한다. 세상에서 진실한 벗을 사귀는 정도에 그치지 않고 옛날 위인들의 훌륭한 글이나 작품도 벗이 될 수 있음을 알려주고 있다.

▶ 다음 부분은 교우(交友, 친구를 사귐)의 원칙에 해당하는 내용이다. 이 지문을 읽고 '바람직한 우정'은 어떠해야 하는지를 함께 생각해 보자.

만장이 물었다. "교우(交友)하는 방법에 대하여 감히 여쭈어 보겠습니다."

맹자. "나이가 많다는 것을 믿지(뽐내지) 않고, 존귀한 지위를 믿지 않고, 권세 있는 형제가 있다는 것을 믿지 않으면서 벗을 사귀어야 한다. 사귀는 것이란 그 사람의 덕을 벗으로 하는 것이니, 무엇을 믿는 것이 있어서는 아니 된다. 맹헌자(孟獻子)는 백승의 집안(百乘之家, 제후의 대부 집안) 사람이었다. 그에게서는 벗이 다섯 사람이 있었는데, 악정구(樂正裘)와 목중(牧仲), 그리고 나머지 세 사람은 내가 그 이름을 잊어 버렸다. 헌자가 이 다섯 사람과 교우한 것은 그가 자기 집안의 부귀를 마음에 두지 않았기 때문이다. 이 다섯 사람들 역시 헌자의 집안의 부귀가 마음속에 있었다면 그와는 벗이 되지 않았을 것이다. 다만 백승의 집안사람만이 그랬던 것도 아니다. 작은 나라의 군왕일지라도 역시 그렇게 한 예가 있다.

비(費)의 혜공은 '나는 자사(子思, 공자의 손자)에 대하여는 그를 스승으로 존경한다. 나는 안반(顔般)에 대하여는 그를 벗으로 사귄다. 왕순(王順)과 장식(長息)은 나를 섬기는 자들이다.'라고 말하였다. 다만 작은 나라의 군왕만이 그러했던 것도 아니다. 큰 나라의 군왕일지라도 역시 그렇게 한 예가 있다. 진(晉)나라의 평공(平公)이 해당(亥唐)을 대함에 있어서는 그가 들어오라고 하면 들어가고, 앉으라고 하면 앉고, 먹으라면 먹었다. 비록 거친 밥과 야채 국물일지라도 배불리 먹지 않은 일이 없었으니, 생각하건데 (해당과 같은 현자가 권하는 바람에) 배불리 먹지 않을 수 없었을 것이다. 그러나 거기서 끝났을 따름이다. 하늘이 준 지위를 그와 함께 나누어 가지지도 않았고, 하늘이 준 직분을 그와 함께 나누어 가지지도 않았고 하늘이 준 식록(食祿)을 그와 함께 나누어 먹지도 않았다. 그러니 이것은 선비가 현자를 존경하는 것이지 군왕이 현자를 존경하는 것은 아니다.

순(舜)이 요(堯)임금을 올라가 뵈었는데, 요임금은 사위를 부궁(副宮)에다 유숙시키고서 가서 만나 보시고 어떤 때는 순을 향연에 부르셔서, 서로서로 손님도 되고 주인도 되었다. 이것은 천자이면서 필부(匹夫)를 벗으로 삼은 것이다. 아랫사람으로서 윗사람을 존경하는 것을 귀한 사람을 귀하게 여긴다고 말하고, 윗사람으로서 아랫사람을 존경하는 것을 현자를 존중하는 것이라고 말한다. 귀한 사람을 귀하게 여기는 것과 현자를 존중하는 것은 그 의의가 같은 것이다.

–「만장 장구 하·3」

맹자가 주장하는 교우의 철칙은 먼저 자신의 우월한 지위와 무관하게 덕으로 사귀어야 한다는 것이다. 집안의 부귀공명은 벗을 사귀는 경우 마음을 두지 않아야 한다는 지적이다. 참다운 교우관계란 부귀와 위세에 눌려 섬기거나 아첨하는 게 결코 아니다. 맹헌자나 혜공, 순임금의 예가 바로 그러하다. 친구의 친분이나 지위를 이용하지 않고 손님도 되고 주인도 되면서 직분과 권세로부터 자유로운 관계가 올바른 교우관계인 것이다. 따라서, 진정한 친구는 서로의 장점을 북돋아주고 예와 덕으로 성립된 인격적인 관계로서 어떤 사심도 없이 '귀하게 여기는' '상호존중'의 관계인 것이다.

▶ 다음 글을 읽고 등장하는 대조적인 두 인물 어느 한편의 입장에 서서 다른 인물을 비판해 보자. (두 입장이 다 옳지 않다는 양비론을 주의할 것)

백이(伯夷)는 자기가 섬길 만한 임금이 아니면 섬기지 않았고 사귈 만한 벗이 아니면 벗으로 삼지 않았다. 악한 사람의 조정에는 서지 않았고 악한 사람과는 더불어 말을 하지 않았다. 악한 사람의 조정에 서고 악한 사람과 이야기하는 것을 마치 조정에서 입는 옷을 입고 조정에서 쓰는 관(冠, 모자)을 쓰고서 진흙과 숯더미에 앉는 것같이 여겼다. 그가 악을 미워하는 마음을 미루어 생각한다면 시골사람들과 함께 서 있을 적에 그들이 쓴 관이 바르지 않다면 뒤도 돌아보지 않고 가버리는 것이 마치 그것으로 해서 자기가 더럽혀지기나 한 것 같았던 것이다. 그러했기 때문에 비록 제후들이 초빙하는 정중한 글을 써 가지고 와도 받아들이지 않았다. 그 받아들이지 않은 까닭은 역시 나가는 것을 떳떳하게 여기지 않은 때문이다.

유하혜(柳下惠)는 더러운 임금을 부끄럽게 여기지 않았고 작은 벼슬자리도 하찮게 여기지 않았다. 벼슬하러 나가면 자기의 우수한 면을 숨기지 않고 반드시 그 정당한 방법으로 일하였다. 버려져도 원망하지 않았고 곤궁에 빠져도 성내지 않았다. 그래서 "너는 너고 나는 난데, 내 곁에서 옷을 벗고 있은들 네가 어찌 나를 더럽힐 수 있겠느냐?"고 말했던 것이다. 그러했기 때문에 싱싱한 기색을 하고 그들과 함께 있으면서 스스로 실망하지 않았던 것이다. 자기를 끌어서 머물러 있게 하면 머물러 있는 것이니, 끌어서 머물러 있게 하여 머물러 있는 것은 역시 물러나는 것을 떳떳하게 여기지 않는 것이다.

<u>백이는 편협한 사람이고 유하혜는 불공(不恭)스런 사람이다. 편협한 것과 불공스런 것은 군자가 취하지 않는다.</u>

-「공손추 장구 상·9」

지문 해설

위의 지문은 맹자가 백이와 유하혜, 두 인물을 통해 군자의 상에 배치되는 유형 두 가지를 제시한 경우이다.

백이는 악을 미워하고 자신의 판단에 따라 훌륭한 임금이 아니라고 판단되면 결코 그를 섬기지 않았던 인물이다. 그는 셋째 아우 숙제(叔齊)와 함께 당대의 폭군 주(紂)임금을 피해 주나라 변방에 숨어 살았다. 주나라 제후인 무왕이 폭군 주 임금을 토벌하자 그는 아우와 함께 수양산에 들어가 고사리를 캐먹다가 굶어죽었다고 전해진다.

유하혜는 백이의 강직한 성품에 비해서 담담한 성격의 소유자이다. 그는 설사 자신이 섬기는 임금이 그다지 훌륭하지 못하다고 해도 마음에 꺼리지 않았다. 낮은 벼슬자리라고 해도 거기에 성실하게 임했다. 당시 사회에서 일반적인 평판에 개의치 않았던 그는 순수한 인간으로서 자기 노력을 신념으로 삼았던 것이다.

더 생각하기

밑줄 친 부분은 맹자가 두 인물을 최종적으로 평가한 언급에 해당한다. 맹자는 두 인물이 취한 태도가 서로 상반되면서도 서로 각기 다른 방향에서 극단에 치우친 행동이었음을 비판하고 있다. 즉, 백이의 편협한 결벽증은 고루하다는 폐해를 낳았고, 유하혜의 처신은 너무 유순해서 매사에 상황에 구애받지 않고 자신의 정당성만 지켜나가는 태도로 나타났다. 맹자는 이 두 가지 모두가 군자로서 따를 바가 못 된다고 비판하고 있다. 맹자는, 이전까지 공자의 도를 실현하는 성현으로 모셔진 이들을 비판하고 있는 것이다. 그는, 극단적인 윤리적 결벽주의를 가리켜 명분만을 고집하는 편협함으로 보았고, 극단적인 개인주의는 너무나 자기중심적인 상대주의적 윤리관을 지니는 것으로 보았다.

문제에서는 어느 한편의 확고한 입장을 드러내라고 문제에서 요구하고 있다. 하지만, 장점을 밝히면서 비판적인 논지를 전개해야 양비론(兩非論)과 양시론(兩是論)과 흑백논리로부터 자유로울 수 있다는 사실에 유의하자.

광활한 상상과 입체적 사유

본명이 '주(周)인' 장자(莊子)는 기원전 275년에 서거한 도가(道家)를 대표하는 중국의 철학자이자 대(大)문장가이다. 그는 생전에 공자를 비롯한 유가(儒家)로부터 공공연히 비난을 받은 사람이다. 하지만, 공자가 중국 북부의 도덕적이고 현실주의에 가까운 사상의 특질을 가졌다면, 그는 남방 지방의 자유롭고 유연한 상상력의 소유자로서 비유를 동원한 우화적 진술에 능한 사상가였다.

장자는 송나라 '몽(蒙-지금의 중국 하남성 귀덕부)' 지방에서 태어나 아전이 되었다가 후에는 여러 지방을 유랑한 인물이다. 그의 사상에 비추어, 위나라와 초나라를 유람하면서 초인적인 삶을 살았다는 것은 그의 성격상 충분히 이해된다. 그는 세속의 규범에 얽매이지 않은 자유인이었다.

광대무변(廣大無邊)한 사유로 일세를 풍미했던 그의 명성을 듣고 재상으로 초빙한 초나라 위왕(威王)의 사자(使者)에게 장자는 다음과 같이 회답한다.

"그렇다, 천금은 큰 이득이다. 경상(卿相)은 훌륭한 지위이다. 그러나 생각해 보라. 그대는 아직 제향에 희생되는 소를 보았는지 모르겠으나 수년간 잘 기르고 값진 의복을 덮고 잘 먹이다가 제향 때가 되면 태묘(太廟)에 끌려 들어가지 않을 수 없다. 그때가 되어 소와 같은 큰 짐승은 그만두고라도 살아 있는 돼지라도 되었으면 소원하여도 쓸데없는 것이다. 지금 그대가 나를 초빙함은 이와 똑같다. 빨리 가거라. 나는 차라리 더러움 속에서 유희하며 스스로 쾌락하기를 원하지, 나라를 가진 사람을 위하여 속박되고 싶지는 않다. 일생을 두고 벼슬하지 않고 지내련다."

—「추수편」

장자의 독특한 인생관을 보여주는 위의 대목에는 세상에서의 명리(名利—명예와 이익)와는 결연히 스스로를 단절시킨 채 초연히 은거하려는 의지가 배어 있다.

장자는 학문에 대해서는 별로 알려진 바가 없다. 하지만, 그 사상적 깊이로 보아 고래로 전래된 방대한 문헌을 독파하고 유교에도 정통한 인물이었다고 추측할 만하다. 장자는 중국 역사상 가장 격동기였던 춘추전국시대를 살다간 인물이었다. 이른바 '백가쟁명(百家爭鳴)'이라고 할 만큼 풍미한 제자백가(諸子百家)의 시대적 환경에서 동시대의 학자였던 맹자나 당대 논객 혜시(惠施)와도 그는 여러 번에 걸쳐 논전(論戰)을 벌였다.

장자의 사상은 이 같은 춘추전국시대의 정치적 혼돈상과 사상의 과도기적 면모를 배경으로 삼고 있다. 그의 독특한 사상은 예(禮)와 도(道)를 바탕으로 한 현실의 덕목과 실천적 규범을 추구했던 유가(儒家)의 사상적 지향을 보완하는 성격을 가지고 있다. 노자(老子)와 열자(列子)의 형이상학적인 사상의 측면을 계승하고 발전시킨 장자는 그에 이르러서야 이른바 '노장철학(老莊哲學)'이라는 사상의 면모가 모습을 드러낸다.

노장철학이 유가와 보완적인 관계를 맺고 있다는 것은 소동파가 "공자를 받드는 일은 장자를 넘어서는 이가 없다."고 적절한 평가에서도 잘 확인된다. 즉, 유교의 추종자들이 도덕과 인의의 도리가 가진 진실된 측면을 잃고 부분적으로 구절에만 빠져드는 말류적인 현상을 비판한 것이 장자의 사상적 특징을 보여주는 단면이기도 하다.

『장자』에 나타난 철학보다도 오늘날에도 널리 읽히는 까닭은 자유자재의 상상력과 함께 교훈을 담은 우화와 풍자의 수사로 통념에 사로잡힌 현실을 비판할 수 있게 해준다는 점에 있다. 『장자』는, 읽는 이들에게 난마와 같이 얽히고설킨 전국시대나 오늘날 찌들어버린 우리의 사고를 유연하게 만들어준다. 그러나 장자 사상이 탈속적이며 개인의 소극적인 선(善)만 지향한다는 것도 부정하기는 어렵다. 시대의 혼돈상을 비판하고 조롱하는 이 유려한 글이 문화적인 향취와 철학적인 반성을 가함에도 불구하고 이 저작이 가진 긍정적인 특성과 부정적인 요소를 복합적으로 읽어야 제대로 읽는 것이 된다.

『장자』는 장주 혼자만의 저작이라고 단정하기가 어렵다. 내편(內篇), 외편(外篇), 잡편(雜篇)을 비롯해서 본래 52편이 있었다고 한다. 하지만 지금까지 전해지는 것은 모두 내편 7편, 외편 15편, 잡편 11편 등 모두 33편에 불과하다. 내편만은 논리가 정연해서 장자가 직접 쓴 것이라는 데에 이론이 별로 없지만 외편과 잡편 26편은 내편에 비해 그 논리나 체계가 크게 부족하다. 특히 외편과 잡편에는 그의 임종기사와 논평들이 실려 있어서 장자의 소작(所作)으로 보기 어려우며 차라리 내편의 사상을 후대사람들이 재해석한 것으로 보는 편이 온당하다.

　북쪽 바다에 물고기가 있어서 그 이름을 곤(鯤)이라 하고 크기는 몇 천 리가 되는지 모른다. 새가 되면 이름을 붕(鵬)이라 한다. 붕새의 등 넓이도 몇 천리가 되는지 모른다. 움직일 때는 날으니 그 날개는 구름같이 하늘을 가리운다.

　이 새는 날 때 남해·천지를 가려고 준비한다. 『재해기』라는 책에서 말하기를 붕새가 한 번 남방으로 날면 물결치는 수면이 삼천 리이고 올라가는 높이는 구만 리가 되며 육 개월 간을 날아다닌다고 하였다. 공중에 떠있는 이 새는 봄철의 흰 안개와 먼지 구름의 움직임과 서로 숨 쉬고 있는 생물들을 내려다본다. 하늘의 푸른빛이 참된 빛깔인지, 혹은 끝이 없는 거리의 결과인지 의아하게 생각하고 땅 위에 뵈는 것도 똑같이 보았다.

　어느 정도 깊이가 없이는 물 위에 배를 띄울 수 없다. 마당의 조그만 웅덩이에 물 한 잔을 부어놓으면 겨자씨는 뜬다. 그러나 잔을 띄우려면 가라앉으니 그는 물과 잔의 균형이 잡히지 않은 까닭이다. 공기에 있어서도 그렇다. 적당한 깊이가 없이는 큰 날개는 용납할 수 없다. 그래서 이 새를 위해서는 공기도 구만 리의 깊이가 되어야 날 수 있다. 그래서 바람을 타고 머리 위의 공중에 아무것도 없고 아무 걸릴 것도 없이 그 새는 남방으로 날아가기 시작했다.

　매미와 어린 비둘기가 웃으며 말하기를, “이제 내가 힘껏 날아도 이 나무에서 저 나무로 갈 수 있을 뿐이다. 그러고도 어떤 때는 미치지 못하여 중간에서 땅에 떨어지고 만다. 그러니 무슨 소용으로 남방에 가려고 구만 리를 올라갈 것인가”

　가까운 시골에 가는 사람이 세 끼니 동안 먹을 음식을 가지고 가면 돌아올 때도 마찬가지로 배가 부를 것이다. 그러니 백 리를 가는 이는 하룻밤 묵고 올 마련으로 쌀가루를 넉넉히 가져가야 한다. 또 천 리를 가려는 이는 석 달 먹을 음식을 준비해야 한다. 이 두 작은 생물이 무엇을 알 것인가.

　작은 지혜는 큰 지혜를 모르고, 작은 해(年)는 큰 해의 길이를 알지 못한다. 어떻게 우리가 이런 줄을 아는가? 아침에 돋아오른 버섯은 낮과 밤의 교체를 모르고, 매미는 봄과 가을의 교체를 알지 못한다. 버섯이나 매미는 살아 있는 기간이 짧다. 그러나 초나라의 남방에 명령(冥靈)이란 나무가 있어 오백 년의 세월을 지냈고 옛날에는 춘(椿)이란 큰 나무가 있어 천 년을 지냈다. 그런데 팽조(彭祖—800년을 살았다는 전설적인 인물)는 오래 살았다고 아직도 여러 사람이 부러워하는 목표가 아닌가.(중략)

이렇게 작은 것과 큰 것이 다르다. 예를 들면 한 사람이 어떤 조그마한 관직을 가지는 때 그의 권력은 촌락에 펼쳐지며 그의 인격은 섬기는 임금을 기쁘게 한다. 그 자신의 소견은 물새의 그것과 같다.

—『장자』 내편, 「소요유(逍遙遊) 편」에서

'곤'이라는 물고기와 '붕'이라는 큰새에 관한 언급은 장자가 지닌 철학적 사유의 넓이를 드러낸다고 할 수 있다. 독일의 철학자 마르쿠제가 『일차원적 인간』에서 말하고 있는 '개미'의 비유와 매우 흡사한 이 발언은 매미와 어린 비둘기, 하루살이와 같은 미물들에게는 도저히 가늠하기 어려운 드넓은 상상의 차원이다. 장자는 '도'라는 것이 알 수 없는, 이른바 '불가지'의 영역임을 주장하고 있다. 작은 지혜를 가지고 교만하여 일을 그르치는 것은 장자의 학설에만 그치는 게 아니다. 적어도 이 점은 장자의 사상이 '도'의 정의를 현실의 영역으로 한계를 긋지 않고 알 수 없는 거대한 섭리임을 강조하는 의미로 이해하면 될 듯하다. 매미와 어린 비둘기는 조그마한 촌락에서 벼슬을 사는 이들의 좁은 소견과 자족하는 편협한 시각에 대한 비유적 이미지다. 그에 반해 곤이나 붕새, '명령'이라는 나무, 천 년을 산다는 '춘'이라는 나무, 팽조는 모두 짐작하기 힘들 정도의 섭리나 자연의 조화무궁한 법칙을 상징한다.

　　요(堯)임금이 천하를 허유(許由)에게 양도하려고, "일월이 밝게 비칠 때 횃불을 켜면 그 불빛이 비치기 어렵지 않은가? 비가 내린 뒤에도 밭에 물을 뿌리면 그것은 노력을 허비함이 아닌가? 지금 그대가 정부의 권리를 잡으면 나라는 잘 다스려질 것이다. 내가 집권한 중에 나의 결함을 나는 잘 안다. 그래서 나는 그대에게 이 나라를 맡긴다." 하니, 허유는 "그대가 나라를 다스리고 있는 나라는 이미 잘 다스려지고 있다. 내가 어찌 그대의 지위를 차지할 것인가? 명에는 실재의 그림자이다. 내가 어찌 그림자를 위하여 내 몸을 괴롭게 할 것인가? 박새가 깊은 산 속에 보금자리를 지으나 겨우 나무 가지 하나를 차지함에 불과하고, 수달피가 강에서 갈증을 풀어도 자기 배를 채울 만한 물 밖에는 마시지 못한다. 나는 차라리 내 집으로 도로 갈 것이지 나라일은 소용이 없다. 요리사가 제사음식을 대신 만들 것인가?" 하고 대답했다.

－『장자』 내편, 「소요유 편」 중에서

　　장자는 요임금의 국정 참여 제의를 물리친 허유의 고사를 빌려 자신의 탈속적인 현실관을 드러내고 있다. 위의 대목에서 우리는 요임금의 제의를 뿌리친 것에만 주목할 필요는 없다. 자신의 분수를 알고 자족하며 일상의 평화를 저버리지 않는 허유의 개인주의적 태도에 주목하면, 이 대목은 세상에서 수그러들지 않는 치부와 명예욕과는 정반대에 놓이는 가치관으로 읽힌다. '명예는 실재의 허상'이라는 표현은 자신의 위치에서 최선을 다함으로써 명예를 부차적인 것으로 여길 줄 아는 가치 정립이 필요한 오늘날과 같은 시기에 되새겨 봄직하다. 허유의 발언이 가치를 갖는 것은 정치는 정치가에게, 학문은 학자에게…… 등등으로 확대시켜도 좋을 드넓은 적용의 범위 때문이다. 그러나 이 말은 자신의 일과 가치의 지향을 자연의 순리에 따라 최선을 다하라는 말로도 읽혀질 수 있다.

이처럼, 장자는 절대적인 도의 개념을 고정시키지 않았다. 앞서 인용 구절에서도 보았듯이 그는 상대주의적인 도덕, 상황논리에 입각한 입체적인 사유에 능한 인물이었다. 혜자(惠子)나 제자들과의 다음 대담에서도 이 같은 상황윤리가 잘 드러난다.

(가)

혜자(惠子)는 장자에게 말하기를, "위나라 임금이 큰 박씨를 주어서 내가 그것을 심었더니 다섯 섬을 담을 만큼 큰 박이 열렸다. 그래서 물을 담으려 했으나 너무 크고 무거워 들 수가 없었다. 바가지로 쓰려고 두 쪽으로 쪼갰더니 너무 납작해서 그런 용도에는 적합지 않았다. 크기만 하고 쓸모가 없어서 깨뜨려 버렸다."고 했다.

장자가 대답하여 다음과 같이 말했다. "그대는 큰 물건을 쓸 줄 몰랐던 것이다. 송나라에 손 터진 데 바르는 약방문(藥房文)을 가진 사람이 있었는데 그의 집은 대대로 비단 세탁을 해왔다. 어떤 이가 그 소문을 듣고 와서 백금(百金)을 줄 터이니 그 약방문을 팔라고 했다. 그래서 가족들을 불러놓고 '우리는 비단 세탁만으로 큰돈을 벌어 본 일이 없었는데 지금 우리는 하루 동안에 백금을 받고 약방문을 팔 수가 있다. 그 사람에게 약방문을 주자'하고 합의를 보았다. 그 사람은 약방문을 얻어 가지고 가서 오나라 임금을 면회하고 그 방문을 주었다. 월나라에 난이 생기자 오나라 임금은 겨울이 시작될 때 장수를 보내 월나라와 수전(水戰)을 했다. 월나라는 대패했고 오나라 군대가 겨울날에 얼어터진 손을 그 약방문으로 치료했다는 공로로 약방문을 가져간 이는 월나라 많은 토지를 상급으로 받았다. 이렇게 고약의 효력은 마찬가지이나 그것을 쓰는 방도가 달랐다. 여기서는 고약으로 벼슬을 받았고, 저기서는 비단 세탁을 하는 것에 그쳤다. 지금 다섯 섬 드는 박으로 말하면 왜 그대는 물에 띄우지 않았던가? 그리고 그대는 박이 커서 소용이 없다고 불평만 했으니! 그대는 마음이 답답한 사람인 듯하다.”

혜자는 장자에게, “내게 큰 나무가 있어 가죽나무(樗)라 불리는데 나무의 기둥은 울퉁불퉁하고 옹이가 많아 널판으로 사용할 수가 없었고, 가지는 어찌나 비틀렸던지 잘라서 만들 것이 없다. 길옆에 섰어도 목수가 쳐다보지도 않는다. 그대의 말은 그 나무와 같으니 크고 소용이 없다. 이 세상에는 아무런 상관이 없다.” 하였다.

장자는 대답하기를, “그대는 살쾡이를 본 일이 없는가. 몸을 웅크리고 먹이를 노리고 있는 것을? 동서로 뛰고 아래 위를 가리지 않고 덤비다가 필경 함정에 빠지거나 덫에 치여 죽는다. 그와 반대로 여우(黎牛)는 큰 몸집을 가진 짐승이지만 하늘을 가린 구름과 같이 커도 쥐 한 마리를 잡을 능력이 없다. 지금 그대는 큰 나무를 가지고도 무용지물로 어찌할 줄을 모른다면 어째서 그때는 넓은 광야나 아무도 없는 동리에 심고 그 옆에서 산보하거나 그늘에서 편히 눕거나 하지 않는가? 그런 곳에서는 그 나무가 도끼와 다른 상처를 입는 일은 없을 것이다. 다른 데에 소용이 없다고 해서 그 마음을 괴롭힐 건 없다.”고 하였다.

– 『장자』 내편, 「제물론(齊物論)편」에서

(나)

장자는 산속을 지나다가 가지가 무성한 큰 나무를 보았는데 벌목하는 이가 그 옆에서 그 나무를 베지 않고 서 있었다. 그 이유를 물은즉 그 나무는 소용이 없다는 것이었다. 장자는, 이 나무는 무용지물이므로 목숨을 온전히 할 수 있다는 말을 남기고 산에서 나와 친구집에서 쉬니 집주인은 반기어 하인을 시켜 기러기를 잡아 대접하였다. 그때 그 집에서 기러기 두 마리가 있어 하나는 잘 울고 하나는 잘 울지 못했다. 그래서 하인은 어떤 것을 잡을까 하고 물으니 주인은 울지 못하는 기러기를 잡으라 했다.

이튿날 제자는 장자에게, “어제 산중에 있는 큰 나무는 쓸모가 없다해서 목숨을 보전했사온데 이 집 기러기는 울지 못해서 죽으니 선생께서 어느 편이 좋다고 생각하십니까?" 하였다.

장자는, "나는 소용과 무용함, 재목과 재목 아닌 중간에 있으려 한다. 그러나 소용과 무용함 사이는 좋은 것 같지만 실상은 나쁘다. 그래서 누(累)가 됨을 면할 수 없다. 도덕으로 바꾸어 보면 그렇지 않아서 칭찬도 꾸중도 안 듣는다. 때로는 용, 때로는 뱀으로, 때에 따라 막히는 일이 없이 나타나기도 하고 숨기도 하는 것이 가능한데, 적당히 머무르며 만물의 조상이 되는 도 가운데 떠돌아 물건을 부리고 물건에 부림을 받지 아니하면 외부에서 어찌 누를 끼칠 것인가. 이것은 곧 신농씨와 황제(黃帝)의 법칙이다. 만물의 핵심과 인류의 향상됨은 그렇지 않으니 합하면 헤어지고, 이루면 무너지고, 규각이 있으면 꺾이고, 존귀하면 비평을 듣고 하는 일이 있으면 어글어지고 어린이는 모함을 받고 불초하면 속으니 재목이 안 되고 어느 편이나 재앙을 면할 수가 없다. 슬픈 일이다. 너희들은 잘 기억하라. 자연의 도덕에 머물러 있는 자라야 중정(中正)을 얻어 화를 면할 것이다."

– 『장자』 외편, 「산목(山木)편」에서

『장자』에서 나무의 비유와 이미지는 선과 악의 이분법적인 분류가 아니라 쓸모 있는 것과 쓸모없는 것, 상황에 따라 변모하는 가치 판단의 척도와 관련되고 있다. 장자는 쓸모없는 나무의 비유를 두 번씩이나 반복해서 말하고 있다. 하지만, 그 비유는 적절한 용처(用處), 곧 쓰임새가 있다는 하나의 의미와, 상황에 따라 쓰임새만 달라지는 게 아니라 판단의 척도도 함께 변한다는 사실을 보여준다. 이것이 장자가 통찰한 현실 세계의 이치이다. 현실에서 자주 변하는 것이 운명적인 재앙이라면, 자연에서 찾는 덕목도 가변적이지만 중용의 도리와 올바름을 취하는 게 중요하다고 본다.

상대주의적 관점에서 보면, 장자의 통찰력은 오늘날의 도덕적 견해에 시사점을 제공해주는 바가 많다. 빠르게 변해가는 사회 현실에서 명분과 고정된 관념만으로는 감당하기 어려운 것이 오늘의 정황이다. 자신에게서 가장 독창적인 재능을 발견하는 것, 그리고 자신의 적절한 쓰임새를 찾아내는 것은 고정관념만으로는 불가능하다는 것이다. 그런 점에서 가변적인 상황에서 균형감각을 얻으려면 장자처럼 사물의 변하는 의미와 변하지 않는 가치를 함께 고려하는 입체적인 사유가 필요하다.

▶ 다음 예화는 어떤 교훈을 가지고 있는지 밑줄 친 부분을 중심으로 함께 토론해 보자.

자상호(子桑戶)·맹자반(孟子反)·자금장(子琴張) 세 사람이 모여서, "누가 무심히 같이 살지 않은 듯이 같이 살 수 있고 같이 돕고 않는 듯이 같이 도울 수 있는가? 누가 하늘에 올라가고 구름을 타고 돌아다니며, 무극(無極)에서 뛰놀며, 존재를 잊어버리고 끝을 영영 잊을 수 있는가?" 하였다. 세 사람은 서로 바라보고 웃으며 완전히 이해하고 친구가 되었다.

얼마 안 되어 자상호가 죽으니 공자는 자기의 제자인 자공(子貢)을 보내서 장례에 참례하게 했다. 자상호의 장례 때 친구들은 노래를 짓거나 거문고를 서로 노래하며,

아아, 상호(桑戶)여,
아아, 상호여,
그대는 이미 참으로 돌아갔고,
우리는 아직 사람으로 남았네.

하니, 자공이 급히 나가서, "시신 앞에서 노래를 부를 수가 있는가, 노래가 예의가 될 수 있는가?" 한즉, 그 두 친구는 서로 바라보고 웃으며, "이

사람이 어찌 예의 참뜻을 알 것인가?" 하였다.

자공이 돌아가 공자에게 "그들은 어떤 사람입니까? 아무런 덕행도 없고 외형을 무시하여 예를 중히 여기지 않으니 시신 옆에 가까이 앉아 노래하며 안색도 변치 않으니 그런 사람은 이름도 없나이다. 어떤 사람들입니까?" 물었다.

공자는, "이들은 세속 밖에서 놀고 나는 세속 안에서 놀고 있다. 그래서 우리 길은 서로 같지 않은데 내가 너를 보내서 문상함은 나의 불찰이다.(이하 생략)"

—『장자』내편,「대종사(大宗師)편」에서

무위자연의 삶을 실천하고자 한, 자상호(子桑戶)·맹자반(孟子反)·자금장(子琴張) 세 사람은 이를테면 장자의 철학적 분신에 해당한다. 이들 가운데 자상호가 먼저 죽자, 나머지 친구들은 그의 죽음에도 아랑곳하지 않고 시신 앞에서 거문고를 연주하며 노래를 불렀다. 외형을 초월하여 무위자연을 실천하고자 한 이들의 행위는 분명 예법이라고는 일반인의 상식으로 보면 터무니없고 불경스럽기까지하다. 하지만 공자는 상식의 눈으로 보지 않고 이들의 행위를 죽음마저 초월한 본심으로 보았다. 공자가 제자 자공에게 '이들이 세속 안팎에서 놀고 있다.'고 답변한 것이 바로 그러한 의미이다. 통념과 고정관념에 비추어보면 이해되지 않지만, 지상에 남은 친구들은 죽은 친구가 자연으로 돌아갔다는 점을 축복하고 있는 것이다. 이들의 노래와 춤은 세속의 윤리를 초원한 자연주의자의 이별식이었던 셈이다. 공자는 이 점을 정확하게 짚어내고 있었다.

그렇다면, 세 친구의 현세에서의 삶은 죽음마저도 초월한 것으로, 유유자적함의 지향이 한 친구의 죽음 때문에 곧장 포기되었다면 분명 이는 위선일 수밖에 없다. 이들은 자신의 유유자적한 태도를 실천해 보인 것은 아닐까. 이것은 죽음마저도 우정과 자신들의 지향을 단절시키지 못했음을 보여주는 대목이다. 『장자』에서 우리가 배울 수 있는 점은 완고한 고정관념에 사로잡히지 않는 입체적 사유와 창조적인 지혜이다.

▶ 다음 지문을 읽고, 현대 사회의 병리 현상의 하나인 운명론 혹은 주술적 사고를 어떻게 극복할 것인지에 대한 대안을 이야기해 보자.

(가)

정(鄭)나라에 계함(季咸)이란 무당이 있어 사람의 죽음과 삶, 길흉화복의 수명을 예언하여 어느 해 어느 달을 맞추어 잘 들어맞으므로 거의 신(神)과 같았다. 정나라 사람들이 보고 모두 두려워하여 달아나곤 했다. 어느 때 열자(列子)는 이를 보고 감복하여 마음으로 취했다. 돌아가서 자기 선생 호자(壺子)에게, "선생의 도를 지극하다고 했더니 그보다 더한 것이 있나이다."고 말했다. 스승 호자가, "지금까지 배운 것은 문자의 뜻이고 아직 그 묘리는 네가 모른다. 그런데 너는 벌써 도를 얻은 줄로 알고 있다. 닭을 보라. 암탉만으로는 알을 낳지 못한다. 너는 섣부르게 알고 종지(宗旨—으뜸이 되는 뜻)는 모르면서도 도를 얻은 체하고 다니니 그 천박한 마음이 인상이 나타나서 무당이 관상할 수 있다. 한 번 시험으로 무당을 데리고 와서 내 인상을 보게 하라."고 하였다.

이튿날, 열자는 무당을 데리고 왔다. 무당은 선생의 인상을 보고 나와서 열자에게, "미안한 말씀이나 선생은 죽은 이요. 구할 수가 없소. 열흘도 못 가서요. 선생의 상은 이상스럽게도 습한 재와 같이 생기가 보이지 않소" 하니, 열자는 크게 놀라 다시 들어가서 울면서 이 말을 선생에게 고했다. 스승 호자는, "아까 나는 그에게 지문(地文—땅의 형세)을 보였다. 땅은 음습하고 고요하다. 생기가 싹트기 전에 움직이지 않는다. 고요해서 생기가 없어 보이니 그렇게 말한 것이다. 다시 한번 데려오라."고 하였다.

이튿날, 열자는 무당을 선생 집에 데려왔다. 무당은 보고 나가서 열자에게 말했다. "선생이 오늘 나를 만난 것이 다행이다. 어제와 다르게 오늘은 생기가 보인다. 구할 수가 있다. 활기가 움직임을 알아보았다."

열자는 이 말을 듣고 기뻐서 들어가 선생께 고했다. 선생은, "아까 나는 천양(天壤)으로 보였다. 즉, 천지 동정의 기운은 자연이므로 소위 지문(地文)의 기틀이 안에서 나와 밖에 나타나니 무어라 이름을 지을 수가 없다. 오직 움직임이 깊은 데서 생긴다. 나의 덕이 발동하는 기틀을 그가 본 것이다. 또 한 번 데려오라" 하였다.

이튿날 무당은 또 보고 나와서 열자에게, "선생은 외양이 고르지 않다. 매일 변한다. 인상을 변치 않고 한 번 판단하고 싶다."고 하였다. 열자가 이 말을 고하니 선생은, "이번에 나는 태충막승(太沖莫勝)을 보였다. 태충막승이란 것은 즉, 태호(太虎—큰 호랑이와 같은 형세)이다. 움직임과 머묾, 어느 것이 우수한 것이 아니고 고요한 데 움직임이 있고 움직임에 고요함이 있어, 오고 가고 접고 펴는 데 무궁한 병화가 있으니 관상이 안 된다. 물이 빙빙 도는 데가 못[淵]이다. 물이 그쳐 빙빙 도는 데가 못이 된다면 물이 흘러 빙빙 도는 곳도 못이 된다. 못은 아홉 가지가 있고 여기서 세 가지만을 들어 말한다. 이와 같이 지금 나는 도를 천변만화(千變萬化)로 한없이 쓰지만 지문·천양·태충막승 세 가지만 보였다. 좀 더 좋은 것을 보일 테니 또 데려오라."

다음 날, 무당이 또 와서 서지도 앉지도 않고 선생을 바라만 보고 정신이 없어져 인사도 않고 도망쳤다. 선생이 쫓아가서 보라는 명령을 내리니, 열자가 나가본즉 그림자도 없어서 쫓아가지 못했다. 돌아와서 그런 자초지종을 고하니, 선생 호자는, "이번에는 다른 것이 아니라 허(虛)를 보여 일에 순응함을 보였다. 형적도 없으니 무엇을 보고 결정을 내릴 수 없이 한 번 보고 도망한 것이다." 하니 열자는 깨닫고 아직 배우지 못한 것과 같다고 생각하며 자기 집에 돌아가서 삼 년 간 외출도 않고 집안에서 수양하여 영욕귀천(榮辱貴賤)을 잊으며, 아내 대신 밥을 짓고 돼지를 기르고 모든 일에 수식을 버리고 본연의 순박함으로 돌아가서, 도(道)의 문자를 초월하여 실지로 들어가서, 형체로 버티고 섰으나 마른 나무같이 분란 중에서 무심히 허(虛)를 얻었다.

-『장자』 내편, 「응제왕(應帝王)편」에서

(나)

송나라 원군(元君)이 밤에 꿈을 꾸니 어떤 남자가 머리를 풀어헤치고 문 옆을 들여다보며, "나는 재로연(宰路淵)에서 왔으며 청강(淸江)의 신을 위하여 하백(河伯)에게 가는 도중에 고기잡이 여차(余且)에게 붙잡혔소." 하였다.

원군이 꿈을 깬 뒤 점을 쳐 보니 그는 신령한 거북인 것이 판명되었다. 원군은 고기잡이를 대궐로 불렀다. 이튿날 여차가 들어왔다. 원군은, "너는 무슨 생선을 잡았는가?" 하니, 여차가, "흰 거북을 잡았나이다. 둘레가 오 척이나 됩니다." 원군은 "그 거북을 이리 바쳐라."고 명을 내렸다.

여차가 거북을 대궐에 바쳤다. 원군은 거북을 죽이느냐 살리느냐 하고 여러 번 궁리하다가 결정을 못하고 또 점을 쳤다. 점괘는 죽이는 것이 더 좋다고 나오니, 원군은 거북 껍질을 벗겨 일흔 두 번의 뜸을 떠서 점을 쳤더니 길흉을 번번이 맞추었다.

공자는, "신령한 거북이 능히 원군의 꿈에 보였어도 여차의 그물을 피하지 못했고 그 지혜는 일흔두 번 점을 맞추었으나 창자를 끊기는 환란을 피하지는 못했다. 그렇다면 지혜도 곤란한 바가 있고 신령함도 미치지 못하는 바가 있으니 지혜와 신령함도 믿음직하지 못하다."고 하였다.

-『장자』 잡편, 「외물(外物)편」에서

지문 해설

　지문 (가)는 열자의 스승인 호자가 유명한 관상쟁이 무당과의 대결을 보여주는 재미난 일화이다. 일화에서 주목해야 할 부분은 용한 점쟁이로 알려진 무당의 명성이 헛된 것임을 폭로하는 데 있다. 관상이란 먼저 도를 얻은 이에게는 무용한 것으로 눈에 보이는 외양만을 보고 판단하는 관찰에 불과함을 밝히고 있다. 무당이 호자에게 도망치고 마는 것은 도의 무궁무진한 변화상을 보여주었기 때문이다. 하지만, 관상이라는 기술의 허상을 폭로하는 까닭으로 보는 것이 더 적절하다. 열자가 스승 호자에게서 감명을 받아 수련에 힘써 마침내 궁극의 허(虛)를 얻었다는 것은 영욕과 귀천에 대한 판단 기준을 넘어 문자를 초월한 경지를 확보했다는 뜻이다. 곧, 관상과 같은 점복이 아무리 용하다고 해도 그것은 외양만을 판단하는 데 지나지 않는 사술(詐術)에 지나지 않는다.

　이러한 사고는 (나)에서도 되풀이된다. 신령한 거북이 용한 점의 도구가 되지만, 그렇다고 해서 자신에게 다가오는 환란은 피하지 못한다는 것이다. 그것은 세상사에서 통하는 지혜와 신령함이 결국 불완전하고 부분적이며 상대적인 하나의 척도에 지나지 않는다는 사실을 말해준다.

더 생각하기

　위의 문제는 『장자』에게 보게 되는 점은 혹은 주술에 대한 비판적 사고를 현대사회의 병리적 현상과 연관지어 설득력 있는 주장을 전개하라는 것이다.

　오늘날까지도 주술과 점복에 대한 막연한 두려움이 변형되어 나타나고 있는데, 이것은 자신의 확고한 가치관과 참된 덕목의 부재에서 비롯된다고 할 수 있다. 이를 가리켜 기복(祈福)이라고 하지만, 기복의 배경에는 폐쇄적이라고 할 정도로 자기중심적인 이기심에서 출발하는 패배적이고 병적인 판단이 자리하고 있다.

현대사회가 고도로 문명화된 현실임을 부정할 수는 없지만, 적어도 정신의 영역에서만큼은 확고한 가치관이 제대로 통용되지 않는다. 문명이라는 토대는 결국 인간에게 편의를 제공하기 위해 존재하는 것일 뿐 인간의 정신마저 문명화시켜주지는 않기 때문이다.

고도화된 문명사회에서 나타나는 가장 큰 병리적 증후군은 무엇보다도 자기라는 존재의 정체성을 잃어버린다는 데 있다. 그것은 쾌락을 추구하면서 그 대가로 건강한 의식을 상실하고 뒤이어 기존의 관습과 가치들이 규율하고 조정하는 연속적인 삶에서 이탈해 버리면서 일어나는 병적 증세이기도 하다. 이는 부분적으로 사회, 환경, 정치, 경제, 문화의 미숙함에도 책임이 있다. 하지만, 공동화된 가치 체계 안에 미래의 설계도가 증발하면서 일확천금의 허황된 꿈과 합리적인 논리(이를 바꾸어 말한다면 상식이 되겠다)가 통하지 않는 습속이 자리 잡는다. 장자의 입장에서 보면, 점술의 숭배와 기복적 사고는 모두가 실재(혹은 도)의 그림자만 좇는 허망한 행위에 불과하다. 우리 주변에서 한 번쯤 되돌아보아야 할, 터무니없이 복락을 바라거나 운명론에 빠진 사람들이 반드시 짚고 넘어야 할 부분이 바로 앞의 인용 대목이다.

역사라는 거울과 세상살이의 이치

역사란 과거에 일어난 사건들의 기록이다. 하지만, 이 기록은 후세의 사람들에게 전해진다. 이 기록은 악한 행실을 한 자를 사례로 삼아 아득한 훗날까지 경계하는 징벌을 내림으로써 악을 경계하는 교훈이 된다. 그와 함께 절망하는 이들에게는 어떻게 살아가야 하는가에 대한 지침을 제공한다. 역사는 과거의 기록으로만 남는 것이 결코 아니다. 그 기록물은 현재에도 엄연히 영향을 끼치고 있다. 가치와 도덕과 윤리가 혼돈에 빠진 지금, 우리는 역사의 기록물을 통해서 다양한 방식으로 삶을 살다간 과거의 인물과 특정한 사건에서 가치 있는 삶이 무엇인지를 되돌아보게 된다. 그러한 '되돌아봄'은 암담한 현실 속에서도 살아갈 힘과 방향을 암시받는 계기가 된다. 비록 이 같은 암시는 우리의 의식 안에서 이루어지는 희미한 불빛과도 같을지 모른다. 그러나 이 불빛마저 없다면 우리는 현재를 절망 속에 살아갈 수밖에 없을 것이다. 그러한 점에서 역사는 "과거와 현재와의 대화"(카아 E. H. Carr의 『역사란 무엇인가』)이다.

기원전 1세기 무렵, 중국에는 지금까지도 전해지고 있는 가장 유명한 역사 책 하나가 출현했다. 이 책에는 전설시대의 황제(皇帝)로부터 한 무제 시대까지 중국 민족 3천 년간의 경제, 정치, 문화 등 각 방면을 한데 아우른 사회발전의 기록이 실려 있다. 사마천의 『사기』가 바로 그것이다. 이 책은 훌륭한 역사서로만이 아니라 감동을 자아내는 문학으로도 대접받는다.

오늘날 우리가 2,000년 전의 이 역사서를 읽어야 할 이유는 무엇일까. 비유를 들어 말해 보자. 역사가 우리에게 주는 교훈을 한 마디로 말해 보라면, 필자는 '닥쳐온 난관을 돌파할 힘을 길러줄 헬스클럽의 평생 티켓과 위험을 대비할 수 있는 성능 좋은 레이더를 한꺼번에 얻는 것'이라고 비유하고 싶다.

인간은 자신의 삶을 한 번밖에 살지 못한다. 그러나 역사에 기록된 수많은 사람들의 일대기는 우리가 앞으로 살아가야 할 삶에 대한 나침반 구실을 한다. 그런데 우리는 이것을 그냥 얻기는 어렵다. 이 나침반은 많은 삶으로부터 얻을 수 있는 경험을 확대시켜야만 얻을 수 있는 안목이다. 또한 이 안목은 단순하게 살아가는 우리로서는 결코 경험할 수 없는 세계로 인도해서 다른 사람이 살다간 길을 따라 걸으면서 공감을 낳는 동력이 된다. '나는 지금 어디로 가고 있는가'라는 자신에 대한 되물음에는 '나는 지금 목표를 향해 잘 나아가고 있는가', '해가 질 때 지친 몸을 누일 여비는 충분한가'라는 질문도 필요한 법이다. 이런 여러 가지의 반성과 준비는 결국 혼자만의 열성으로만 되는 것은 아니다. 때로, 친구들과 놀고 싶은 유혹도 있을 것이고 영화를 보고 싶은 충동도 생길 수 있다. 약한 인간인지라 공부에 싫증이 날 때도 있다. 바로 그때, 숨 가쁘게 살다간 어느 옛사람의 전력투구하는 모습을 접하게 되면, 이런 유혹은 지나쳐버려도 좋을 순간적인 충동에 지나지 않는다는 사실을 쉽게 알게 될 것이다. 그리하여 유혹에 약한 나를 돌아볼 계기를 마련하는 것이다.

사마천의 『사기열전』은 이럴 때 안성맞춤인 지침서이다. 왜냐하면, 이 책에는 여러 재사(才士)와 강직한 인물들, 효자와 충신, 기이한 행적을 한 온갖 종류의 인물들의 삶이 등장하기 때문이다. 책 속에 펼쳐지는 인물의 일대기는 군주를 제외하고 다양한 계층에 속한 사람들에서 선별된 것이다. 열전에 수록된 사람들의 일생을 살펴다보면 여기에는 한 인생의 흥망성쇠만이 아니라 도덕 윤리, 추문들로 얼룩진 세계의 진상에 다가서게 된다.

사마천은 중국 전한 시대의 명문 사관을 배출한 집안 출신으로 자신이 섬기던 왕(武帝)에게 직언을 하다가 궁형(宮刑－거세당하는 형벌)을 당하는 시련을 겪었다. 한 무제 당시 사형수가 이 궁형을 원하면 목숨을 살려줄 정도였다. 그러니, 사마천에게 가해진 절망이 얼마나 치욕적이었던가를 짐작하고도 남는다.

궁형을 당한 그가 필생의 과제이자 목표를 세운 것은 아버지 담(談)의 유언에 따라 역사서를 쓰는 일이었다. 그의 아버지 사마담은 생전에 뛰어난 군주와 어진 임금, 충성스러운 신하, 의롭게 죽은 사람들의 역사적 업적을 밝히는 역사서를 저술하는 것이 꿈이었다. 그러나 그는 그 과업을 아들에게 넘겼다. 사마천은 부친상을 당한지 3년 만에 태사공이 되어 필생의 역사서를 쓸 준비를 했다. 궁형을 당한 뒤 뼈를 깎는 고통을 이겨내며 『사기』를 썼던 것이다.

『사기』는 본기(本紀), 표(表), 서(書), 세가(世家), 열전(列傳) 등 모두 6개의 편목으로 이루어진 역사책이다. '본기'는 연대순으로 역대 제왕들의 통치와 인사 부분을 기록하고 있다. '표'는 도표 형식으로 사건을 기록한 부분이며 '서'는 당시의 사회 규범과 제도의 법제에 대해 서술한 전문 분야이다. 여기에는 그러나 한 나라 당시의 정치, 경제, 학술 등에 대한 중요한 자료가 실려 있어서 사마천의 폭넓은 관심이 어떠한지를 보여준다. '세가'는 주요 제후와 왕들의 흥망성쇠, 사적들을 국가별로 기록해 놓고 있다. 특히 왕이나 제후가 아닌 예외적인 경우로는 공자와 진섭(陳涉)이 중요한 인물로 포함되어 있다.

흔히 『사기열전』으로 불리는 '열전' 부분에는 고대로부터 한 나라 때까지 각계각층의 유명인들을 선별해서 열거하고 있는데 우리나라를 비롯한 소수민족에 관한 이야기도 실려 있다. '열전' 마지막에는 사마천의 『사기』 전체의 총론이라고 할 「태사공자서(太史公自序)」가 실려 있는데, 이를 제외하고 모두 69편의 열전이 수록되어 있다. 백이숙제의 고사로 유명한 「백이열전」 외에 명장 한신, 노자와 공자, 손자, 오자서, 공자의 제자들, 강태공, 동방삭, 신의 있는 자객들, 이름난 상인과 부자…… 실로 많은 인물들의 일화가 담겨 있다.

『사기열전』은 권력자가 읽으면 지배의 원리를 익히고 반역자가 읽으면 저항의 논리와 전술을 배울 수 있다고 전해진다. 또한 삶의 허무를 느끼는 자가 읽으면 인생의 부질없음을 실감하게 한다고 말한다. 이런 다양한 효과야말로 『사기열전』이 가진 높은 문학적 향기에서 유래한다.

▶ 다음은 참다운 우정을 가리키는 '관포지교(管鮑之交)'의 고사를 낳은 대목이다. 참다운 우정이란 과연 어떠해야 하는지를 지문을 근거로 삼아 토론해 보자.

내(관중管仲을 가리킴)가 예전에 곤궁할 때 포숙(鮑叔)과 함께 장사를 한 적이 있었는데, 이익을 나눌 때 내가 더 많이 차지하곤 하였다. 그럼에도 나를 탐욕스럽다고 여기지 않은 것은 내가 가난한 것을 알고 있었기 때문이다. 예전에 내가 포숙을 대신해서 어떤 일을 벌이다가(실패하여 그를) 더욱 곤궁하게 하였건만, 포숙이 나를 어리석다고 여기지 않은 것은 시운이 좋을 때와 나쁠 때가 있음을 알았기 때문이다. 또 내가 일찍이 세 번이나 벼슬길에 나섰다가 세 번 모두 군주에게 내쫓기고 말았으나, 포숙이 나를 못났다고 여기지 않은 것은 내가 아직 때를 만나지 못한 것을 알고 있었기 때문이다. 그리고 내가 세 번 싸움에 나가 세 번 모두 도망쳤을 때에도 포숙이 나를 겁쟁이라고 여기지 않은 것은 나에게 노모(老母)가 있음을 알았기 때문이다. 공자(公子) 규(糾)가 (왕위를 놓고 다투다가) 패하자, 소홀(召忽, 관중과 함께 공자 규를 보좌했던 제나라 사람)은 죽고 나는 붙잡혀 굴욕을 당하였을 때에도 포숙이 나를 수치도 모르는 자라고 여기지 않은 것은 내가 사소한 일에는 수치를 느끼지 않으나 천하에 공명을 날리지 못하는 것을 부끄럽게 여기고 있음을 알았기 때문이다. 나를 낳아준 이는 부모이지만 나를 알아주는 이는 포숙이다.

－「관안열전」에서

관중의 입을 빌어 기술된 포숙(포숙아)의 우정은 참으로 진실한 것이었다. 그 우정은 이익을 나눌 때도 집의 가난을 생각해서 포숙이 관중에게 더 많이 주었던 배려에서도 잘 확인된다. 실패를 해도 관중의 능력을 의심하지 않았던 포숙은 그에게 때를 만나지 못했기 때문이라고 위로해 주었다. 관중이 세 번이나 싸움터에서 도망했을 때에도 포숙은 관중이 노모를 모시고 있었기 때문에 그런 일을 했으리라고 두둔했다. 관중에 대한 포숙의 이러한 믿음은 "나를 낳아준 이는 부모 이지만 나를 알아주는 이는 포숙"이라는 말에도 잘 나타나 있다. 훗날 관중은 포숙을 왕에게 천거하여 벼슬에 오르게 만들어 그의 절대적인 우정에 보답했다.

진정한 친구가 드문 오늘날 기억해둘 만한 이야기의 하나이다. 우정이라는 것은 물질이나 능력에 구애받지 않고 친구의 마음을 헤아릴 줄 아는, 인간에 대한 무한한 신뢰가 바탕이 되어야 한다. 뿐만 아니라 관중에 대한 포숙의 이해나 포숙에 대한 관중의 아낌처럼 서로 보완적인 관계가 되어야 비로소 진정한 친구라고 말할 수 있다. 관중과 포숙의 우정, 곧 ‘관포지교’가 사마천에 의해 2000년이 넘도록 지금까지 감동을 주는 이유는 이 때문이다. ‘우리의 우정은 어떻게 발전시키겠는가’라는 생각을 구체적으로 해 보아야 한다. 관중과 포숙처럼 인간 이해에 바탕을 둔 감동적인 우정은 결국 서로를 도우며 함께 발전해 나가는 데 있지 않을까.

관중과 포숙의 진실한 우정이 냉혹한 현실을 헤쳐 나가는 이상적인 인간관계의 감동을 준다면, 정반대의 경우가 있을 수 있다. 어떤 경우에는 자신의 의도가 세간에 후하게 대접받는 때가 있고 그 의도가 냉혹하게 비판당하는 때가 있다. 이런 경우를 어떻게 판단해야 할까.

▶ 다음 지문은 ‘미자하’라는 인물이 군주나 주위의 어른, 직장 상사들에게 반대로 평가되는 현실을 보여주고 있다. 상대방의 애증을 감안해서 어떻게 행동해야 할 것인가를 함께 생각해보자.

예전에 미자하(彌子瑕)라는 사람이 위(衛)나라 군주에게 총애를 받았는데, 위나라 국법으로는 군주의 수레를 훔쳐 타는 자는 월형(刖刑, 다리를 자르는 형벌)에 처하도록 되어 있었다. 얼마 후에 미자하의 모친이 병이 나자 이 소식을 들은 사람이 밤에 미자하에게 가서 이 사실을 알렸다. 미자하는 군명(君命)을 사칭하여 군주의 수레를 타고 갔다. 군주가 이 일을 알고 미자하를 어질다고 하면서 “효성스럽도다! 어머니를 위해서 월형까지 범하다니”라고 말하였다. 또 미자하가 군주와 과수원에 놀러 갔다가, 복숭아를 먹어보니 맛이 달아 다 먹지 않고 (먹던 것을) 군주에게 바쳤다. 그러자 군주는 “나를 끔찍이도 위해주는구나. 자기 입도 잊어버리고 나를 생각하다니!”라고 말하였다. 그러다가 미자하가 미색(美色)이 쇠해지고 군주의 총애를 잃었을 때, 군주에게 죄를 지었다. 그러자 군주는 “이 자는 예전에 군명을 사칭하여 내 수레를 탔고, 또 먹다 남은 복숭아를 나에게 먹인 자로다.”라고 하였다.

─「노자한비열전」에서

미자하의 행동이 긍정적이거나 부정적으로 판정되는 데에는 냉정하고 상대적인 원리가 작용하고 있다. 미자하의 행위는 처음과 다를 바가 없다. 그러나 그는 이전에는 현명하다고 여겨졌으나 후에는 죄를 받는다. 이것은 왕의 호의가 미움으로 변했기 때문이다. 왕이나 어른, 직장상사에게 사랑을 받을 때에는 장점이 돋보이고 그 장점 때문에 더욱 칭찬을 받지만, 미움을 당하면 모든 장점도 결함으로 비난받을 수 있다. 평판의 가변성은 혹독할 만큼 세상의 냉혹한 일면이다. 그런 점에서 마자하가 미움을 받는 상황은 자신의 의도와 달리 모든 행동이 허물로 비난받는다. 이러한 평판의 돌변은 세상의 섬뜩한 복수에 가깝다.

이 글은 결국 세상의 평판이 지극히 상대적이어서 애증의 관계에 따라 변할 수 있음을 보여준다. 또한 상대자가 군주이든 어른이든 직장 상사이든 자신의 행동이 오해받지 않도록 조심하는 것, 미움을 사는 행동을 하지 않는 것만으로는 부족하다는 사실이다. 이 이야기 뒤에는 다음과 같은 일화가 이어진다.

용이란 동물을 잘 길들이면 그 등에 탈 수도 있다. 그러나 그 목줄기 아래에 한 자 길이의 거꾸로 난 비늘[역린(逆鱗)]이 있는데 사람이 이것을 건드리면 (용은) 반드시 그 사람을 죽여 버린다. 군주에게도 (용처럼) 거꾸로 난 비늘이 있으니, 유세하는 사람이 군주의 거꾸로 난 비늘을 건드리지 않을 수 있으면 거의 성공적인 유세라고 할 수 있을 것이다.

─「노자한비열전」에서

사태가 불리할 때 우리는 자주 변명을 늘어놓는다. 그러나 돌아오는 것은 상대방의 어처구니없는 비난과 질타뿐, 어떻게 해야 할까. 이때, 우리는 상대방에게 변명보다는 솔직하게 자신의 잘못을 고백하고 용서를 빌어야 할지 모른다. 마치 용의 목덜미 아래 나 있는 '거꾸로 난 비늘'을 건드리지 않도록 조심해야 하듯이, 우리는 사태가 악화된 다음에야 뒤늦은 후회를 한다. 그러나 뒤늦은 후회보다는 상대와 미운 감정이 가라앉을 때까지 은인자중하고 그 상황이 가라앉은 다음 대화를 나누는 편이 좋다. 이것은 대인관계에서 중요한 기술이다.

미자하의 이야기가 자신의 잘잘못과는 무관하게 상대의 마음을 헤아리지 못해서 비난받는 경우라면, 다음 이야기는 자신의 진실함을 바탕으로 상대를 감복시켜 내 사람으로 만드는 기술을 보여주는 사례이다.

▶ 다음 이야기에서 장군 '오기'에게서 본받을 점이 무엇인지 함께 토론해 보자.

오기는 장군이 되자 신분이 낮은 사졸들과 같은 옷을 입고 식사를 함께 하였다. 잠을 잘 때에는 자리를 깔지 않았으며 행군할 때에는 말이나 수레에 타지 않고 자기가 먹을 식량을 친히 가지고 다니는 등 사졸들과 수고로움을 함께 나누었다. 언제인가 사졸 독창(毒瘡-독 때문에 생긴 종기)이 난 자가 있었는데 오기가 그것을 빨아 주었다. 사졸의 어머니가 그 소식을 듣고는 통곡하였다.

어떤 사람이 "그대의 아들은 일개 사졸인데 장군이 친히 그 독창을 빨아주었거늘, 어찌하여 통곡하는 것이오?"라고 하자, 그 어머니는 "그렇지 않소. 예전에 오공(吳公), 즉 오기가 그 애 아버지의 독창을 빨아준 적이 있었는데 그이는 (감격한 나머지 전쟁터에서) 물러설 줄 모르고 용감히 싸우다가 적에게 죽음을 당하고 말았습니다. 오공이 지금 또 내 자식의 독창을 빨아주었다니 난 이제 그 애가 어디서 죽게 될 줄 모르게 되었습니다. 그래서 통곡하는 것입니다."라고 하였다.

-「손자오기열전」에서

장군 오기가 군졸들의 마음을 사로잡는 방법은 사실 매우 간단했다. 신분과 귀천을 가리지 않고 상대를 편안하게 대해주었다. 그는 자신의 지위에 구애됨이 없이 부하들과 고통을 함께 나누었던 것이다. 장군의 유형에는 용장(勇將－용맹한 장수), 지장(智將－지혜로운 장수), 덕장(德將－덕 있는 장수)이 있다고 말한다. 장군의 유형에서 오기는 덕장에 속한다고 할 수 있다. 그는 독창이 난 부하의 상처를 빨아 줌으로써 부하들의 사기를 높였다. 그 소식을 들은 부하의 모친은 오기가 자기 남편을 감복시켜 전사하게 했다는 과거를 떠올리면서 눈물을 흘렸다는 것이다.

이 이야기는 아랫사람을 어떻게 다루어야 할 것인가에 대한 교훈을 담고 있다. 오기의 행동은 부하의 마음을 움직이기 위해 의도적으로 행동한 것만은 아니었다. 다만, 그는 부하를 어떻게 다루어야 할 것인가를 알았던 인물이었던 것이다. 행동이 일치하는 마음 씀은 결국 '솔선수범(率先垂範－먼저 모범을 모이면서 뒤따르게 하는 상사의 태도)'이라고 할 수 있지 않을까. 즉, 오기 장군의 이야기는 먼저 나서서 덕으로 자기 사람을 만들었다는 교훈을 담고 있다.

▶ 다음은 백이와 숙제에 대한 이야기다. 지문을 읽고 명분을 저버리지 않고 현실을 거부하며 죽은 백이와 숙제의 태도를 비판하거나 옹호하는 입장에서 함께 토론해보자.

백이(伯夷)와 숙제(叔齊)는 고죽국(孤竹國) 국왕의 두 아들이었다. 아버지는 아우 숙제를 다음 왕으로 삼으려고 하였다. 그러자 백이는 "아버지의 명령이었다."라고 말하면서 마침내 피해버렸고, 숙제도 왕위에 오르려 하지 않고 피해 가버렸다. 이에 나라 안의 사람들은 둘째 아들을 왕으로 옹립하였다.

이때 백이와 숙제는 서백창(西伯昌)이 늙은이를 잘 봉양한다는 소문을 듣고 그를 찾아가서 의지하고자 하였다. 가서 보니 서백은 이미 죽고, 그의 아들 무왕이 시호를 문왕이라고 추존한 아버지의 나무 위패를 수레에다 받들어 싣고 동쪽으로 은주왕(殷紂王)을 정벌하려 하고 있었다. 이에 백이와 숙제는 무왕의 말고삐를 잡고 간하기를 "부친이 돌아가셨는데 장례를 치르지 않고 바로 전쟁을 일으키다니 이를 효(孝)라고 말할 수 있습니까? 신하된 자로써 군주를 시해하려 하다니 이를 인(仁)이라고 말할 수 있습니까?"라고 하였다. 그러자 무왕 좌우에 있던 시위자들이 그들의 목을 치려고 하였다. 이때 태공이 "이들은 의인들이다."라고 하며, 그들을 보호하여 돌려 보내주었다.

그 후 무왕이 은난(殷亂)을 평정한 뒤, 천하는 주 왕실을 종주(宗主)로 섬겼다. 그러나 백이와 숙제는 주나라의 백성이 되는 것을 치욕으로 여기고, 지조를 지켜 주나라의 양식을 먹으려 하지 않고, 수양산에서 은거하며 고비[薇]를 꺾어 이것으로 배를 채웠다. 그들은 굶주려서 곧 죽으려고 하였을 때, 노래를 지었는데 그 가사는 이러하였다.

저 서산에 올라 산중의 고비나 꺾자꾸나.
포악한 것으로 포악한 것을 바꾸었으니
그 잘못을 알지 못하는구나.
신농(神農), 우(虞), 하(夏)의 시대는 홀연히 지나가 버렸으니
우리는 장차 어디로 돌아간다는 말인가?
아! 이제는 죽음뿐이로다.
쇠잔한 우리의 운명이여!

마침내 이들은 수양산에서 굶어죽고 말았다.

- 「백이열전」에서

지문 해설

백이와 숙제의 고사는 우국충절을 노래하는 「단심가」의 단골 메뉴로 등장한 바 있다. 그런 만큼 우리는 고사에 대해 너무나도 잘 알고 있다. 백이와 숙제는 모두 왕자였다. 두 사람은 주나라 무왕이 은나라의 폭군 주왕을 정벌하기 위해 군사를 일으킬 때 말고삐를 잡고 막으려 했다. 무왕이 혁명에 성공하자 백이와 숙제는 주나라의 녹은 먹지 않겠노라며 수양산에 들어가서 결국 굶어죽고 말았다. 이 이야기는 말하자면 명분을 따르는 꼿꼿한 정신의 모범으로 우리에게 곧잘 읽혀지고 있다.

더 생각하기

지문에 나온 이야기는 사마천에 의해 하늘의 도(道)가 이런 이들을 죽음으로까지 내몬 냉엄한 운명, 다시 말해서 백이와 숙제의 투철한 정신이 현실에서 용납되지 못한 것에 강한 의문을 품고 있다. 요컨대 우리는 원칙과 유연한 사고가 함께 되어야만 명분과 그 정신을 발휘될 수 있다고 볼 수 있다. 명분만을 생각하거나 현실만을 고집하는 것은 글의 논지를 세우는 데 적절하지 않다. 오히려 명분이 위력을 발휘하려면 현실을 통찰할 수 있는 유연한 사고가 필요한 법이다.

백이와 숙제는 극단적인 사고, 즉 원리주의에 서 있었다. 이 점은 굴원의 고사에서 보게 되는 측면과도 관계가 있다. 굴원이 현실의 혼탁함을 탄식하며 자신의 청렴함이 함께 어울릴 수 없음을 알고 물에 몸을 던져 죽고 만 이야기는 원리주의자들이 세상살이에 매우 고단하다는 사실을 알려준다. 원리주의라는 극단적인 행동방식은 종교적 고행처럼 현실의 많은 면을 단순화시켜 재단해버림으로써 적을 만들어 내거나 세상에서 스스로를 소외시켜 버리는 우를 범할 수 있다.

그렇다면, 백이와 숙제의 원리 주의적 태도가 과연 옳지 않은 것으로만 단정할 수 있을까. 반드시 그렇지는 않다. 비유적으로 말해서 너무나 깨끗한 물에는 고기가 살지 못한다. 그 물은 물로는 뛰어날지언정 마시기에도 그 속에 살기에도 적당하지 않다. 하지만, 혼탁해진 현실에서 그런 존재들은 우리에게 어떤 청량제, 부패를 막는 소금, 삶을 돌아보는 거울과 같은 역할을 한다고 할 수 있다.

옛 사람의 숨결 담은 이야기의 보물창고

잘 알려져 있듯이 일연(一然)의 『삼국유사(三國遺事)』는 김부식(金富軾)의 『삼국사기(三國史記)』와 함께 고려 문화가 빚어낸 귀중한 유산이다. 이 책은 우리 고대의 역사, 지리, 문학, 언어, 종교, 민속, 사상, 미술, 고고학 등의 보고(寶庫)로서 그리스 로마 신화에 비견될 정도의 가치를 지니고 있다. 고대 한국의 정사(正史)를 보완하는 야사(野史)로 낮게 자리매김하는 경우가 더러 있긴 하지만 그러한 관점은 이 책이 가진 중요성을 정확히 알지 못한 경우이다.

『삼국유사』의 의의는 무엇보다도 김부식의 『삼국사기』가 가진 중국 중심의 사대주의적 사고와 공식적인 역사 서술의 장점을 보완한다는 데 있다. 『삼국유사』는 왕조 중심, 지배층 중심의 역사 서술에서는 좀체 보기 힘든 구체적인 사회현실을 담으려는 분명한 의식을 가지고 민족의식을 고취하고 있다. 또한 향찰로 된 14수의 향가를 수록하여 천 년 전 신라 시대의 주술력을 가진 고대 시가의 모습을 보존했을 뿐만 아니라, 고려 이전에 살아숨쉬는 민간에 전승되어온 이야기들을 일목요연하게 정리했다는 것이 『삼국유사』만의 의의이다. 이 점을 다시 강조한다면, 『삼국유사』는 우리 문화의 근원에 살아 있는 고유한 정서와 풍습들이 숨결을 전하는 기초 자료인 셈이다.

　『삼국유사』의 내용은 읽기에 다소 어려운 감이 없지 않다. 그 이유는 설화집이라는 체제가 가진 고유한 특성 때문이다. 그 첫 번째의 특징은 체계적인 이야기 진술방식이 아니라는 데 있다. 김부식의 『삼국사기』가 역사 서술의 엄격한 기술(記述) 원칙을 따르는 데 반해서 『삼국유사』는 괴력난신(怪力亂神, 곧 괴이함과 완력, 정연하지 않고 혼란스러움, 신기함)을 인정하는 태도가 적극적으로 반영되어 있다(「紀異」편, 敍 참조할 것). 두 번째로 이 책은 공인된 역사의 기술 방식이 아니라 일반 서민들에 의해 전해져온 살아 있는 야사를 기록하는 방식을 취하고 있다. 책의 제명인 '유사(遺事)'란 옛날 임시직 사관(史官)인 패관들이 시정(市井)에 떠도는 잡다한 이야기들을 수집한 기록이라는 뜻을 가진 말이다. 이 말은 요즘 식으로 말해 기이한 소문이나 흥밋거리의 풍문 정도로 이해하면 된다. 따라서 『삼국유사』를 읽을 때 사람들 사이에 입에서 입으로 전해져 온 전설, 신화, 설화와 같은 것임을 생각해야 한다.
　그런데, 왜 역사로 보기 어려운 이 같은 이야기가 그토록 문화 전반에 걸쳐서 중요한 의미를 갖는 것일까. 민간 문화의 진실한 부분이 가감 없이 담겨 있고, 이를 묶은 일연 자신의 역사의식이 나타나 있다는 데서 그 단서를 찾아보아야 한다. 실제로 한국 고대 문화에 대한 기록은 『삼국사기』와 몇몇 중국 사서를 제외하고는 『삼국유사』가 거의 유일하다고 해도 과언이 아니다. 특히, 단군신화, 고주몽(동명성왕)과 고구려 건국신화, 박혁거세와 신라 건국신화, 신라의 만파식적과 외구 침입, 용이 된 무열왕 이야기 등등은 우리에게 잘 알려진 이야기들이다. 이런 이야기들을 채록한 경위는 일연이 당대에 겪고 있었던 몽고군의 내습과 같은 역사적 배경과 관련지어 보면, 민족의식의 고취라는 의도를 담고 있음을 부정하기 어렵다. 그러나 『삼국유사』의 가치는, 우리 언어나 풍속 등의 기원과 그 고대적 형태를 알게 해주는 값진 유산이라는 사실에서 찾아야 한다.

일연이 경상도 출신의 고려 고승이었던 관계로 『삼국유사』에 실린 이야기는 불교와 신라 중심으로 구성되어 있다. 민간에 전승된 이야기는 여러 편목으로 나누어져 실려 있다. 요컨대, 건국의 영웅, 왕과 왕비, 재상과 장군 등의 이야기(기이편)만이 아니라, 고구려·백제·신라의 불교 수용과정에 대한 진술(흥법편), 여러 절의 건립 유래나 그곳의 탑, 불상에 대한 이야기(탑상편), 여러 고승들의 행적(의해편), 하늘을 감동시킬 만한 여러 신기한 이야기(감통편), 세상을 등지며 수행하는 은둔자들의 이야기(피은편), 아름다운 효행의 이야기(효선편) 등이 수록되어 있다. 그러나 이들 이야기는 단순히 이야기로만 가능하는 것이 아니라 선인들이 어떤 가치관을 바탕으로 행동하고 생각했는가에 대한 구체적인 숨결을 담고 있다는 점에서 큰 의의를 갖는다.

따라서 이 책은 일종의 신화서이자 전설이나 민담을 수록한 민속서로 읽혀져야 한다. 『삼국유사』는 우리의 근원적인 민족 심성이 담겨 있다는 점, 신화가 가진 인간의 근본적인 문제들에 대한 함축성을 가진다는 점에서 반드시 한 번은 꼼꼼하게 읽어보아야 할 고전이다. 이 점은 단군신화의 한 부분에서도 잘 확인된다.

> 옛날에 환인의 서자 환웅이 계셔 천하에 자주 뜻을 두고, 인간 세상을 탐내어 구했다. 아버지는 아들의 뜻을 알고, 삼위 태백산을 내려다보니 인간 세계를 널리 이롭게 할만 했다. 이에 천부인 세 개를 주어, 내려가

서 세상 삶들을 다스리게 했다.

(…중략…)

이때 곰 한 마리와 범 한 마리가 같은 굴에서 살았는데, 늘 신웅(神雄)에게 사람 되기를 빌었다. 때마침 신이 신령한 쑥 한 심지와 마늘 스무 개를 주면서 말했다.

"너희들이 이것을 먹고 백날 동안 햇빛을 보지 않는다면 곧 사람이 될 것이다."

곰과 범은 이것을 받아서 먹었다. 곰은 기(忌)한지 21일 만에 여자의 몸이 되었으나, 범은 능히 기하지 못했으므로, 사람이 되지 못했다. 여자가 된 곰은 그와 혼인할 상대가 없었으므로 항상 단수 밑에서 아이 배기를 축원했다. 환웅은 이에 임시로 변하여 그와 결혼해 주었더니 그는 임신하여 아들을 낳았다.

(이하 생략)

위의 지문 단군신화는 잘 알다시피 민족 신화로서의 자긍심과 선민위식을 고취시키고 있다. 그러나 왜 장자(長子)가 아닌 서자(庶子)인가. 서자란 장자의 적통을 이어받기 어렵다는 점에서 이민족의 오랜 외침과 같은 외부로부터의 도전에 민감했던 민족 고유의 속성을 반영한 것은 아닐까. 서자는 공식적인 사회에서는 언제나 소외된 존재이다. 그런 만큼 서자는 제도의 폐쇄성에 절망하고 자기만의 세계를 구축하려는 도전정신을 가진 존재이다. 그와 함께 우리 민족이 외부의 도전과 시련을 이겨내는 은근과 끈기, 무한한 성취 의지를 가진 민족임을 신화에서 잠재적으로 드러내는 것은 아닐까. 그러한 점에서 『삼국유사』는 신화와 전설, 민담 속에서 역사적인 의미까지도 추출할 수 있게 해준다.

고구려 건국신화에서 주몽이라는 모험심 많고 명민한 인물이나 그의 아들 유리와의 상봉 역시 풍부한 의미를 가진 인간의 성장과정과 관련된 원초적인 모습임을 보여준다. 박혁거세의 왕후가 된 알영 부인은 그 모습이 아름다웠으나 입술이 닭의 부리 같았고 목욕을 시키자 부리가 떨어졌다는 이야기 또한 지명의 유래와 성장의 통과의례를 신비화한 것임을 시사하고 있다. 선덕여왕의 지혜로움이 나라를 위기에서 건지고 김춘추와 김유신이 이루어낸 삼국통일의 위업 등, 익히 알고 있는 이야기들은 우리가 직면한 현실의 문제와 연관지어 볼 수 있게 해준다.

처음에 문희의 언니 보희가 꿈에 서악에 올라가서 오줌을 누었더니 오줌이 서울에 가득 찼다. 이튿날 아침에 아우 문희에게 꿈 이야기를 했더니 문희는 듣고 청했다.

"내가 이 꿈을 사겠어요."

"무엇을 주겠느냐?"

"비단 치마를 주면 되겠어요?"

"좋아."

문희가 옷깃을 벌리고 꿈을 받을 때 보희는 말했다.

"어젯밤 꿈을 너에게 준다."

문희는 비단 치마로써 꿈 값을 치렀다.

그 후 열흘 만에 유신은 춘추와 같이 정월 상오 기일에 자기 집 앞에서 공을 차다가 짐짓 김춘추 공의 옷을 밟아서 옷고름을 뜯어지게 하고는 말했다.

"내 집에 가서 달기로 합시다."

춘추공은 그 말에 따랐다. 유신은 아해(兒海—보희를 가리킴)에게 옷고름을 달아 드리도록 하니 아해는 "어찌 사소한 일로써 귀공자에게 경솔히 가까이 할 수 있겠습니까?" 하고 사양했다.

위의 설화는 언니 보희에 비해 재치와 꿈과 적극성을 가진 문희가 김춘추와 만나게 되는 과정을 보여준다. 꿈이란 그것을 성취하고자 하는 자의 몫이다. 문희가 품은 꿈과 그녀의 적극성은 언니 보희에 비하면 크게 다르다. 김춘추는 훗날 태종 무열왕이다. 문희는 삼국통일의 대업을 이루는 당대의 인물들과의 인연을 용기 있게 쟁취하고자 했고 그런 바램으로 김춘추의 사랑을 얻는다. 이 설화의 내용은 지금 내놓아도 손색없는 적극적인 신라 여인의 행동을 보여준다. 이렇게, 꿈을 현실로 바꾸는 데에는 인간의 적극적인 실천이 반드시 필요한 법이다.

설화는 언제든지 꿈과 이상, 현실을 대면하는 용기와 실천, 지혜와 통찰 같은 장구한 문화의 독특한 개성을 간직하고 있다. 때문에 설화는 우리의 무의식에 흐르고 있는 집단의 심성을 잘 표현하는 문학과 문화의 보고(寶庫)라고 할 만하다.

▶ 다음 지문을 읽고 떠오르는 삶의 문제를 함께 토론해 보자.

할 수는 있겠지만, 정치와 교화가 진실로 밝지 못하면 비록 만리장성이
있다 하더라도 재해를 없애지 못할 것입니다.”
　왕은 이에 그 역사(役事)를 중지시켰다.(이하 생략)

–『삼국유사』, 기이편 하, 「문무왕법민」조

　위의 지문은 철통같은 성을 쌓지 않는다고 해도 정치가 바르고 엄격한
법의 시행이 이루어진다면 그 나라는 강성할 것이라는 점을 알려준다. 도
덕적 기반을 통해서 사회구성원의 결집이 충분할 것이므로, 축성과 같은
군사적 방비는 한낱 겉으로 보기만 단단한 것에 지나지 않음을 말해준다.
정치와 교화의 중요함이 역설되고 있는 것이다.

　이러한 점을 오늘의 과제로 변환시켜 보자. 우리는 쉽게 정치적 낙후성
과 법 질서의 혼란을 떠올린다. 아무리 군대가 많고 성을 쌓아도 백성의
삶과 문화가 건강하지 않으면 그 나라는 망할 수밖에 없다. 이런 측면에
서 우리 사회가 목도하는 뿌리 깊은 부패 구조는 사회적 결속력을 저하
하는 주된 해악인 것이다.

　논술에서 제시되는 지문은 단순히 소개된 내용이 아니라 논제에 걸맞
은 내용이나 전제의 단서를 찾는 일차 통로이다. 곧, 지문은 문제 해결의
출발점이자 논제에서 벗어나지 않게 해주는 방향키인 것이다.

▶ 다음은 『삼국유사』에 실려 있는 '연회도명문수점(緣會逃名文殊岾)' 설화이
　다. 이 설화를 읽고 노인이 네모꼴 안의 말을 통하여 가르치고자 하는 삶
　의 태도에 관하여 논술하라.(800자)

> ① 밑줄 그은 곳의 함축적 의미에 유의할 것.
> ② 미래의 자신의 삶의 태도와 관련지을 것.

　고승 연회는 일찍이 영취산에 숨어 살면서 항상 연화경을 읽어 보현보살의 관행법(觀行法)을 닦았다. 뜰의 연못에는 늘 연꽃 두세 송이가 피어 있었는데 사철 시들지 않았다. 원성왕이 그 상서롭고 기이한 말을 듣고 그를 불러 국사로 삼으려 했다. 스님은 그 소식을 듣자 암자를 버리고 떠났다. 연회가 서쪽 고개 사이를 넘고 있는데, 한 노인이 밭을 갈다가 스님에게 어디를 가느냐고 물었다. 스님은 "내가 듣자니 나라에서 잘못 알고 나를 벼슬로 얽어매려 해 피해 가는 중입니다." 하고 대답했다. 노인이 이 말을 듣고 말했다.

"이곳에서 (이름을) 팔 것이지 왜 먼 데서만 팔려고 수고하십니까? 스님이야말로 이름 팔기를 싫어하지 않는다고 하겠습니다."

　그러나 연회는 자기를 업신여긴다고 생각하여 듣지 않았다.

　연회는 몇 리를 더 가다가 시냇가에서 한 노파를 만났는데, 또 그 노파가 어디 가느냐고 물었다. 연회가 앞서와 같이 대답하자, 노파는 "아까 앞에서 누군가를 만나지 않았습니까?" 하고 다시 물었다. 연회는 "한 노인이 있었는데 나를 업신여기기에 기분이 불쾌하여 그만 와 버렸습니다." 하고 대답했다. 노파는 "그분이 문수보살이신데 그 말씀을 듣지 않았으니 어쩔 셈입니까?" 하고 말했다.

　그 말을 듣고 연회는 놀랍고 송구하여 급히 그 노인에게로 되돌아가서 머리를 숙이고, "성인의 말씀을 감히 거역하겠습니까? 이제 다시 돌아왔습니다. 그런데 그 시냇가의 노파는 누구입니까?" 하고 말했다. 노인은 "그는 변재천녀입니다." 하고 즉시 숨어버렸다.

　이에 연회가 암자가 돌아오니, 조금 후에 왕의 사자가 명을 받들고 와서 그를 불렀다. 연회가 진작 받았어야 하는 것임을 알고 부름에 응하여 대궐로 나아가니, 왕은 그를 국사로 봉했다.

-1996학년도 서강대 논술문제

위의 두 문제는 두 개의 요구사항을 가지고 있다. 첫 번째 요구는 밑줄 친 곳의 의미를 밝히라는 것이고, 그런 다음 이를 바탕으로 하여 미래의 자신의 삶의 태도와 연관시켜 논술하라는 것이 두 번째의 요구이다. 밑줄 친 부분을 살펴보자. "뜰의 연못에는 늘 연꽃 두세 송이가 피어 있었는데 사철 시들지 않았다."는 구절은 연회의 높고 깊은 도력을 드러낸다. 연꽃의 싱싱함은 연회 자신이 훌륭한 승려임을 증명하는 설화적 장치이다. 그런데, 그는 원성왕이 국사로 책봉하려 하자, 암자를 떠나 세상을 등지려 한다. 피하여 은둔하려는 것이다. "스님은 그 소식을 듣자 암자를 버리고 떠났다."는 구절이 바로 그것이다.

그러나 문수보살과 변재천녀가 피은(避隱)하려는 연회에게 은둔하는 것도 간접적으로 이름을 파는 또 다른 행위임을 지적하고 신랄하게 직설을 내뱉는다. "스님이야말로 이름 팔기를 싫어하지 않는다."는 말은 연회를 향한, 쓰디쓴 충고였던 셈이다. 그러나 연회는 이 충고조차 곧이듣지 않고 자신을 업신여긴다고 불쾌하게 여겼다. 하지만, 노파로 변한 천녀가 연회에게 노인이 문수보살임을 알리자 그제야 자신의 은둔이 세상에서 또 다른 명예욕임을 깨닫게 되어 왕의 부름에 응하여 대궐로 나아가 국사의 명을 받들게 된다.

이렇듯, 『삼국유사』에는 오랜 신화 속에 담긴 근원적인 인간의 심성만이 아니라 구도의 행각을 보여주며 치열하게 종교적 진리를 찾고자 하는 승려들과 당대를 살았던 많은 사람들의 아름다운 모습을 보여주고 있다. 『삼국유사』가 설화 속에서 오늘을 사는 지혜와 근원적인 미덕을 되돌아보게 하는 교훈을 담고 있다는 것이 이로써 밝혀진 셈이다. 결국 사회 현실에서 일정한 역할을 요구하는 상황에 맞서서 우리가 여러 방식의 태도를 보일 수 있으나 연회처럼 가식이나 명예를 지키려는 욕망 때문에 또 다른 과오를 범하는 것은 아닌지를 반성해볼 필요가 있다. 이런 점을 통해 미래에 자신이 지향해야 할 태도를 진술하라는 것이 출제의 의도이다.

▶ 다음 지문을 읽고 나타난 삶의 태도를 비판하거나 옹호하는 관점에서 현대 사회에 요구되는 바람직한 윤리관은 무엇인지 함께 토론해 보자.

> 자장대덕은 김씨로 본디 진한의 진골인 소판 무림의 아들이다. (중략) 정신과 마음이 슬기로우며 문장의 구상이 날로 풍부해졌으나 속세의 취미에 물들지 않았다. 양친을 일찍 여의고 속세의 시끄러움을 꺼려 처자식을 버리고 전원을 희사하여 원녕사를 만들었다.
>
> 홀로 깊숙하고 험준한 곳에 있으면서 이리나 범을 피하지 않았다. 고골관(枯骨觀─집착을 없애기 위해 뼈만 남은 송장을 관찰하는 수행의 한 방법)을 닦았는데, 조금 피곤하다 싶으면 작은 집을 지어 가시덤불로 둘러막고 그 속에 알몸으로 앉아 움직이면 곧 가시에 찔리도록 하고, 머리는 들보에 매달아 혼미한 정신을 없앴다.
>
> 때마침 조정에서 재상 자리가 비어 있어서 자장이 문벌로서 물망에 올라 여러 번 부름을 받았으나 나가지 않았다. 왕이 이에 명령하였다.
>
> "나오지 않으면 목을 베겠다."
>
> 자장이 듣고 말했다.
>
> "내 차라리 하루 동안 계율을 지키다 죽더라도, 백 년 동안을 계율을 어기고 살기를 원하지 않는다."
>
> ─『삼국유사』, 의해편, 「자장정율」조

지문 해설

위의 지문을 이해하려면 절대주의적 윤리관을 보여주는 자장율사의 굳건한 의지라는 점에 착안하면 될 것이다. "하루 동안 계율을 지키"는 것과 "백 년 동안을 계율을 어기고 살기"의 극명한 대비는 그의 윤리관이 보여주는 타협할 수 없는 절대적인 척도를 보여준다. 탈속의 분명한 결단과 극한적인 고행에서 보게 되는 것은 타협 불가능한 의지와 신념이다.

더 생각하기

자장율사에 대한 관점에 찬성하는가 아닌가에 따라 윤리적으로는 절대주의와 상대주의로 갈려진다. 자장율사의 계율에 대한 신념은 절대주의의 가장 분명한 모습을 보여준다. 현실에서의 요구가 목을 벨 만큼 긴박한 것이라 해도 자신이 지향하는 종교적 신념과 의지를 포기하지 않는다는 것 자체가 이미 높은 경지임을 말해준다.

그러나 범용한 이들에게 이 같은 관점은 사실 너무 먼 이야기일 수가 있다. 절대주의적 윤리관은 확고한 원칙과 근본적인 원리주의로서 시대 변천에 쉽게 적응하기 어려운 일면이 있으나 분명한 기준을 보여 준다는 점에서 윤리와 도덕의 규범으로서 그 권위를 확보한다. 반면, 상대주의적 윤리관은 다른 말로 '상황윤리'라고 할 만큼 절대적인 가치 척도를 부정하고 개인의 행복이나 물질을 중시하는 등 현실의 특수한 상황에 따라 상식에 준하는 유연한 윤리로서 현대 사회의 다양성을 존중하는 관점이다. 상대주의적 윤리관은 어떤 절대적인 기준이 없기 때문에 자칫하면 가치혼란을 가중시킬 위험도 있다.

문제는 결국 자장의 태도를 긍정하거나 부정하는 관점에서 절대주의적 윤리관, 상대주의적 윤리관 어느 하나를 택해서 빠르게 변해가는 현대

사회에 요구되는 윤리적 관점은 어떠해야 하는지를 진술하도록 요구한 것이다. 여기에서 조심하지 않으면 흑백논리에 빠질 수도 있다. 그러나 절대주의나 상대주의 어느 하나가 가진 취약점과 장점을 반드시 언급하면서 자신의 의견을 개진해야 흑백논리의 오류에서 벗어날 수 있다.

낯섦과 눈뜸

　연암 박지원(1737~1805)은 「허생전」·「호질」·「양반전」 등 조선조 후기를 풍미한 한문단편의 작가로 우리에게는 더욱 낯이 익지만, 본래 조선조 정조 때의 인물로 북학파의 거두로서 더 유명한 인물이다. 『열하일기(熱河日記)』는 중국을 여행하면서 남긴, 자타가 공인하는 그의 대표작이자 실학적 사고를 적실(的實)하게 드러낸 명저로 꼽힌다.

　정조 4년(1780) 박지원은 그의 삼종형(三從兄)인 박명원의 수행원으로 청나라 고종의 칠십 세 되는 것을 축하하는 연행사로 행로를 따라 나서, 중국의 성경(盛京)·북평(北平)·열하(熱河) 등지를 돌아보고 와서 『열하일기』를 집필한다.

　중국의 산천과 풍속, 문물과 제도를 직접 보고난 뒤, 박지원은 『열하일기』에서 역사와 지리, 풍속과 인물, 정치·경제·사회·종교, 문학과 예술과 골동 등 미치지 않는 분야가 없을 정도로 많은 관심과 다양한 안목을 펼쳐 보이고 있다. 청나라 문물과 제도에 대한 그의 관심은 지적인 호기심만이 아니었다. 그의 여행체험에서 드러나는 실학적 사고는 당대 집

권층이었던 우암(尤菴) 송시열(宋時烈) 일파가 가진 명분 위주의 북벌책에 비판적 대안으로 제시된 북학론의 토대가 되었다.

『열하일기』에 나타난 그의 호방한 진술은 18세기 중반 이후 등장하는 조선조의 수많은 기행문학에서도 단연 손꼽힌다. 반계(磻溪) 유형원(柳馨遠)의 『반계수록(磻溪隧錄)』, 성호(星湖) 이익(李瀷)의 『성호사설(星湖僿說)』, 초정(楚亭) 박제가(朴齊家)의 『북학의(北學議)』 등과 함께, 이 책은 실학사상을 드러낸 중요 저작으로도 이름이 높다. 하지만 그보다도 「호질」과 「허생전」이 책에 수록된 연유로 더 많이 알려져 있다.

『열하일기』는 중국에 들어가서 연행의 행로에 따른 진술방식을 취하면서도 여러 분야에 관한 자신의 생각을 담아내는 방식으로 전개되고 있다. 압록강을 건너 중국의 요양(遼陽), 십리하(十里河), 산해관, 연경을 거쳐 열하를 관람한 다음, 다시 연경으로 돌아와 피서 산장을 거쳐 청나라 황제가 묵는 행재소(行在所)에서 보고 들은 것을 기록한다. 그런 다음 그는 황성(皇城)의 구문(九門)을 비롯하여 조선관(朝鮮館)에 이르는 여행을 기록하고 있다.

압록강에서 요양(遼陽)에 이르기까지 대략 보름간의 기행을 담은 「도강록(渡江錄)」에서는 이용후생의 사고에 입각해서 여러 제도의 실리적인 측면을 역설하고 있다. 「성경잡지(盛京雜識)」는 십리하에서 소흑산(小黑山)에 이르기까지 5일간의 기록과 여러 재미난 기사를 싣고 있다. 「일신수필(馹汛隨筆)」은 신광녕(新廣寧)에서 산해관에 이르는 군사지역을 여행한 9일간의 기록이다. 운송수단과 공연예술, 시장, 상점, 교량에 관해 쓴 부분에서 그는, 특히 이용후생에 관한 자신의 학문적 입장을 논구하는 데 주력하고 있다.

「관내정사(關內程史)」는 산해관에서 연경에 이르는 11일간의 기록이다. 이 글에서는, 백이와 숙제의 고사로 유명한 사당을 지나면서 경험했던 일화를 소개하는 한편, 우리에게 잘 알려진 「호질(虎叱)」을 통해 당대 조선조 사회의 부패상을 신랄하게 비판하고 있다. 특히, 「호질」은 북곽(北郭) 선생의 위선과 정절 과부로 알려진 동리자(東里子)를 등장시켜, 당시 형식 규범으로 전락하고만 유교적 습속의 폐단을 '호랑이'라는 인격화된 동물을 통해 통렬하게 풍자한 우화형식의 한문단편이다.

「막북행정록(漠北行程錄)」은 연경에서 열하에 이르는 5일간의 기록으로, 요동반도를 중심으로 당시의 국제 정세를 논한 글이다. 또한 「태학유관록(太學留館錄)」은 열하에 있는 태학에서 6일간 묵으며, 문물, 제도, 달나라, 지동설, 목축 등에 관해 중국학자들과 폭넓게 담소한 기록을 보여준다. 이 글에서는 박지원을 비롯한 당대 한국사회 지식인들이 청나라 문물에 대한 다방면에 걸친 백과전서에 가까운 지식의 폭과 깊이를 알게 해준다.

「환연도중록(還燕道中錄)」은 열하에서 연경으로 돌아오는 도중에 교량, 도로, 치수(治水), 선박 제도 등에 관해 언급한 기록이며, 「경개록」은 열하의 태학에서 9일 동안 그곳의 학자들과 대화를 나눈 기록이다. 또한, 「심세편(審勢編)」에서는 조선과 중국에 폐단에 관해 논하면서 북학의 대의를 펼치고 있으며, 「망양록(忘羊錄)」에서는 음악에 관해 이야기하고 있다.

「곡정필담(鵠汀筆譚)」은 앞서 「태관유관록」의 대화를 이어서 기록하고 있는데 달세계와 지동설, 역법(曆法), 천주학 등을 논평한 내용이다. 「찰십륜포(札什倫布)」, 「반선시말(班禪始末)」, 「황교문답(黃敎問答)」 등은 황교[천주교]와 불교의 대비를 통해 근본적인 차이를 논하고 천주교의 지옥설을 논평한 글이다. 「피서록(避暑錄)」은 피서산장에 있을 때 조선과 중국 두 나라의 시문(詩文)에 관해 논평한 글이다. 「양매시화(楊梅詩話)」는 중국학자들과 문답을 나눈 한시화(漢詩話)로서 연암 후손들에 의해 발굴된 부분이며, 「동란섭필(銅蘭涉筆)」은 동란재에 머물 때 가사(歌辭, 향시(鄕試)), 서적 언해, 양악기 등에 대한 잡다한 수필이다. 그 외에도 「허생전」이 실린 「옥갑야화(玉匣夜話)」를 비롯해서 『열하일기』에는 모두 26편의 기행문이 실려 있다.

「행재잡록(行在雜錄)」은 청나라 황제의 별장에서 보고 들은 기록으로 청나라의 친선 외교정책에 관한 언급을 담고 있는 부분이다. 「금료소초(金蓼少鈔)」는 주로 의술에 관해 기록하고 있으며, 「환희기(幻戲記)」는 중국의 연희예술을 보고 난 다음의 소감을 적고 있다. 「산장잡기(山莊雜記)」는 열하 산장에서 보고 들은 일을 기록한 것이며, 「구외이문(口外異聞)」은 고북구(古北口) 밖에서 들은 기이한 이야기들을 기록한 것이다. 「황도기략(黃圖紀略)」은 황제가 사는 도성을 비롯하여 서른여덟 장소의 집, 전각, 연못, 상점, 문물 등을 기록하고 있는 글이며, 「알성퇴술(謁聖退述)」은 순천부학(順天府學)으로부터 조선관(조선, 사신들이 묵는 객관)에 이르기까지 여행하면서 본 것을 적은 글이다. 「앙엽기(央葉記)」는 홍인사를 비롯해서 중국 안의 스무 곳의 명소를 살펴보고 느낀 바를 기록한 글이다.

이처럼 『열하일기』는 청나라의 여러 문물을 접하고 느낀 체험을 사실적으로 담아내고 있을 뿐만 아니라 그곳의 학자들과 교유한 내용을 담고 있다. 글의 범위는 천문지리나 문물에 나타난 외적인 면을 넘어서 정치, 경제, 사회, 문화, 종교 분야를 아우른다. 『열하일기』는 동서 문화의 교류라는 관점에서 당대 문화의 실용적 가치를 간파한 박지원의 날카로운 안목이 발휘된 저술이다. 연암 박지원은 자신이 속한 사회가 지닌 비효율성을 혁파하려는 전환적인 사고를 이 책에 담아냄으로써 당대의 실학사상을 온축한 명저로 탄생시켰다.

따라서 『열하일기』를 읽었을 때 당대 사회의 부패와 정체된 모습을 쇄신하려는, 현실을 중시하는 실리적이고 주체적인 태도는 오늘날 삶에도 적용 가능하다.

　책문 밖에서 다시 책문 안을 바라보니, 수많은 민가들은 대체로 다섯 들보가 높이 솟아 있고 띠 이엉을 덮었는데, 등성마루가 훤칠하고 문호가 가지런하고 네거리가 쪽 곧아서 양쪽 가이 마치 먹줄을 친 것 같다. 담은 모두 벽돌을 쌓았고, 사람 탄 수레와 화물 실은 차들이 길에 질펀하게 벌려놓은 기명(器皿)들은 모두 그림 그린 자기(瓷器)들이다. 그 제도가 어디로 보나 시골티라고는 조금도 없다. 앞서 나의 벗 홍덕보(洪德保−홍대용을 말함)가,

　"그 규모는 크되, 그 심법(心法)은 세밀하다."

고 충고하더니, 이 책문은 중국의 동쪽 변두리임에도 오히려 이러하거늘 앞으로 더욱 변화할 것을 생각하니, 갑자기 한풀 꺾이어서 여기서 그만 발길을 돌릴까보다 하는 생각에 온몸이 화끈해진다. 그럴 순간에 나는 깊이 반성하되,

　"이는 하나의 시기하는 마음이다. 내 본시 성미가 담박하여 남을 부러워하거나 시기하거나 하는 마음은 조금도 없던 것이 이제 한 번 다른 나라에 발을 들여 놓으매, 아직 만분의 일도 보지 못하고 벌써 이런 망령된 마음이 일어남은 어인 까닭일까. 이는 곧 견문이 좁은 탓이리라. 만일 여래(如來−부처를 가리킴)의 밝은 눈으로 시방 세계를 두루 살핀다면, 어느 것이나 평등하지 않음이 없으리라, 모든 것이 평등할진대, 저절로 시기와 부러움이란 없으리라."

하고 장복을 돌아보며,

　"네가 만일 중국에 태어났으면 어떻겠니."

하고 물으니 그는,

　"중국은 되놈의 나라이옵기 쇤네는 싫소와요."

하고 대답한다. 때마침 한 소경이 어깨에 비단주머니를 걸고 손으로 월금(月琴)을 뜯으면서 지나간다. 나는 크게 깨달아,

　"저야말로 평등의 눈을 가진 이가 아니겠느냐." 하였다.

−「도강록」에서

『열하일기』 전편에 흐르고 있는 번뜩이는 자기성찰과 비판정신은 사물에 대한 새로운 이치를 발견하는 안목을 열어젖힌다. 여행을 통한 견문에서 두드러지는 것은 자신이 미리 짐작하는 것을 편벽됨으로 돌리고 다시 의식의 고삐를 조이고 긴장시키는 모습이다. 중국을 두고 "그 규모는 크되 그 심법은 세밀하다."는 홍대용의 발언은 중국에 대한 예사롭지 않은 통찰력을 보여준다. 더구나 그 같은 통찰력은 문물을 보고 나서 자기 문화의 낙후함과 대비시키는 연암을 연상시켜준다. 그러나 타문화에서 발견하는 실용성과 자기문화에 대한 비판적인 반성은 날카롭고 긴장된 관찰에서 연유한다.

중국과 제도 문물을 관찰하면서 실용주의에 기초를 둔 실학사상의 출발은 다음 구절에서 확인된다.

마침 때가 한낮이라 불볕이 내리쬐어서 숨이 막혀 더 오래 머물 수 없으므로, 드디어 길을 떠난다. 정진사와 함께 앞서거니 뒤서거니 간다. 나는 정진사에게, "그 성 쌓는 방식이 어떠한가." 하고 물었다.

정진사는, "벽돌이 돌만 못한 것 같애." 하고 답한다. 나는 또,

"자네가 모르는 말일세, 우리나라의 성제(城制─성을 쌓는 방법을 가리킴)에는 벽돌을 쓰지 않고 돌을 쓰는 것은 잘못일세. 대체 벽돌로 말하면, 한 개의 네모진 벽돌박이에서 박아내면 만개의 벽돌이 똑같을지니, 다시 깎고 다듬는 공력을 허비하지 않을 것이요, 아궁이 하나만 구워 놓으면 만 개의 벽돌을 제 자리에서 얻을 수 있으니, 일부러 사람을 모아서 나르고 어쩌고 할 수고도 없을 게 아닌가. 다들 고르고 반듯하여 힘을 덜고도 공이 배나 되며, 나르기 가볍고 쌓기 쉬운 것이 벽돌만한 게 없네.

이제 돌로 말하면, 산에서 쪼개어낼 때의 몇 명의 석수(石手)를 써야 하며, 수레로 운반할 때에 몇 명의 인부를 써야 하고, 이미 날라다 놓은

뒤에 또 몇 명의 손이 가야 깎고 다듬을 수 있으며, 다듬어 내기까지에 또 며칠을 허비해야 할 것이요, 쌓을 때도 돌 하나하나를 놓기에 몇 명의 인부가 들어야 하며, 이리하여 언덕을 깎아내고 돌을 입히니, 이야말로 흙의 살에 돌 옷을 입혀 놓은 것이어서, 겉으로 보기에는 뻔지르르하나 속은 실로 언틀먼틀 하는 법일세.

돌은 워낙 들쭉날쭉하여 고르지 못한 것인즉, 조약돌로 그 궁둥이와 발등을 괴며, 언덕과 성과의 사이는 자갈에 진흙을 섞어서 채우므로, 장마를 한 번 치르면 속이 궁글고 배가 불러져서, 돌 한 개가 튀어나 빠지면 그 나머지는 모두 다투어 무너질 것은 빤히 뵈는 이치요, 또 석회의 성질이 벽돌에는 잘 붙지만 돌에는 붙지 않는 것일세. 내가 일찍이 차수(次修—박제가를 이름)와 더불어 성제를 논할 때에 어떤 이가 말하기를, '벽돌이 굳다 한들 어찌 돌을 당할까 보냐' 하자, 차수가 소리를 버럭 지르며, '벽돌이 돌보다 낫다는 게 어찌 벽돌 하나와 돌 하나를 두고 말함이요' 하던데그려, 이는 가위 철론(鐵論)일세. 대체 석회는 돌에 잘 붙지 않으므로 석회를 많이 쓰면 쓸수록 더 터져 버리며, 돌을 배치하고 들떠 일어나는 까닭에 돌은 항상 외톨로 돌아서 겨우 흙과 겨루고 있을 따름이네.

벽돌은 석회로 이어놓으면, 마치 어교(魚膠—아교를 말함)가 나무에 합하는 것과 붕사(鵬砂)가 쇠에 닿는 것과 같아서, 아무리 많은 벽돌이라도 한 뭉치로 엉켜져 굳은 성을 이룩하므로, 벽돌 한 장의 단단함이야 돌에다 비할 수는 없겠지마는, 돌 한 개의 단단함이 또한 벽돌 만 개의 굳음만 같지 못할지니, 이로써 본다면 벽돌과 돌 중 어느것이 이롭고 해로우며 편리하고 불편한가를 쉽사리 알 수 있겠지." 하였다.

정진사는 방금 말 등에서 꼬부라져 거의 떨어질 것 같다. 그는 잠든 지 오래된 모양이다. 내가 부채로 그의 옆구리를 꾹 찌르며,

"어른이 말씀하시는데 웬 잠을 자고 듣지 않아."

하고 큰 소리로 꾸짖으니, 정진사가 웃으며,

축성의 재료를 두고 분분한 상황에서 연암은 돌의 굳은 외양만을 보고 그것을 캐는 노역의 어려움과 관련된 비효율성을 지적하는 것에 그치지 않는다. 그는 벽돌을 만드는 기구의 효율성을 들어 실제적인 개혁의 대안을 제시하고 있다. 연암다운 날카로운 안목이다. 실학적 사고는 이처럼 제도와 문물에 스며들어 있는 낡고 비효율적인 습속에 맞서서 효율을 중시하는 사고 자체라고 말할 수 있다. 이는 비단 연암 박지원이 살았던 17, 8세기에만 국한된 문제가 아니다.

위의 대목을 오늘날의 상황에 적용시켜 우리 주변의 비효율적인 사고와 연관지어 토론해 보자. 안주하고 하는 마음이나 이기심과 관련시킬 때, 박지원의 사고는 외양을 선호하는 뿌리 깊은 형식주의를 타파하려는 혁신적인 가치를 지니고 있는 것은 아닐까. 외양만을 보면 더 알차 보일지 모르나 규격화를 통해서 우리 주변의 상품이나 물건은 보다 손쉽게 널리 활용될 수 있다. 가령 콘덴서나 어댑터 때문에 곤란을 겪은 사람들이 의외로 많을 것이다. 들쭉날쭉한 갖가지 어댑터의 모양은 규격화되지 못한 까닭에 반드시 같은 모양을 찾아 나서지 않으면 그 물건은 영영 못 쓰게 되는 경우가 대부분이다. 이 모두가 규격화되지 못한 때문에 생긴 불편함과 낭비를 초래한다. 여러 부품의 규격화 여부는 사실 국가 자원 재활용에도 막대한 장애로 작용하는 것이 사실인데, 이미 18세기의 사람인 박지원이 그 효용과 본질을 간파하고 있었던 것이다.

▶ 이 글을 읽고 글쓴이의 입장을 요약하는 것을 도입부로 삼고, '우리 문화의 재정립'에 대한 대안을 마련하는 견해를 함께 발표하고 토론해 보자

(가)

그러나 존주(尊周)의 사상은 주를 높이는 데에만 국한되어야 할 것이요, 오랑캐의 문제는 오랑캐에서만 써야 할 일이다. 왜냐하면 중국의 성곽과 건물이며 인민들이 예전 그대로 남아 있고, 정적(正蹟)·이용(利用)·후생(厚生)의 도구도 예전 그대로 남아 있으며 최(崔)·노(盧)·왕(王)·사(謝) 성씨의 벌족들도 없어지지 않았고, 주돈이(周敦頤)·장재(張載)·정호(程顥)·정이(程頤)·주희(朱熹)의 학문도 사라지지 않았으며, 삼대(고대의 하·은·주를 가리킴) 이후의 성제(聖帝)·명왕(明王)과 한(漢)·당(唐)·송(宋)·명(明)의 아름다운 법률제도가 변함없이 그대로 남아 있다. 저들(청나라를 가리킴)은 오랑캐일망정 중국이 자기에게 이로워서 길이 누리기에 족함을 알고, 곧장 이를 빼앗아 차지하고는 마치 본디부터 지녔던 것 같이 하기까지에 이르렀다.

대개 천하를 위하여 일하는 자는 진실로 인민에게 이롭고 나라에 도움이 될 일이라면, 비록 그 법이 오랑캐에게서 나온 것일지라도 이를 취하여 본받는 것인데, 하물며 3대 이후의 성제·명왕과 한·당·송·명의 고유한 옛것이야 어떻겠는가.

성인이 『춘추』를 지을 때 물론 중화를 높이고 오랑캐를 물리쳤으나, 그렇다고 오랑캐가 중화를 어지럽혔던 것을 분하게 여겨 본받을 만한 오랑캐의 좋은 점마저 물리친다는 말은 듣지 못하였다.

그러므로 지금 사람들은 진실로 오랑캐를 물리치려면 중화에 끼친 법을 모조리 배워서 먼저 우리나라의 유치한 풍속부터 개혁시켜야 한다. 밭갈기·누에치기·그릇 굽기·풀무 불기 등으로부터 공업·상업 등에 이르기까지도 다 배우며, 남이 열을 하면 우리는 백을 하여 먼저 우리 일들을 이롭게 해야 한다. 그 다음 그들로 하여금 회초리를 마련해 두었다가

저들의 군은 갑옷과 예리한 무기를 매질할 수 있도록 한 연후라야, 중국에는 아무런 장관이 없더라고 이를 수 있겠다. 나와 같은 사람은 하류의 선비지만 말 한 마디 한다면, "그들의 장관은 기와 조각에 있고, 또 똥 부스러기에 있다."고 하련다.

무릇 저 깨진 기와 조각은 천하에 버리는 물건이지만, 민간에서 담을 쌓을 때 높이가 어깨에 솟을 경우 다시 이를 둘씩 둘씩 포개어 물결무늬를 만든다든지, 또는 넷을 모아서 둥근 고리처럼 만든다든지, 넷을 등 지워서 옛 노전(盧錢―엽전을 가리킴)의 형상을 만들면 그 구멍난 곳이 영롱하고 안팎이 서로 어리비쳐서 좋은 무늬가 이루어진다. 이는 곧 깨어진 기와 쪽을 버리지 않아서 천하의 무늬가 이에 있다고 할 수 있을 것이다.

또 집집마다 뜰 앞에 벽돌을 깔지 못한다면 여러 빛깔의 유리와 기와 조각을 시냇가의 둥근 조약돌을 주어다가 꽃·나무·새·짐승의 모양으로 땅에 깔아서 비 올 때 진 수렁이 되는 것을 방지하니, 이는 곧 부서진 돌자갈 하나도 버리지 않아서 천하의 그림이 되었다고 할 수 있을 것이다.

똥은 지극히 더러운 물건이지만 이를 밭에 내기 위해 아끼기를 마치 오금처럼 여기어 길에 내어버린 거름이 없고, 말똥을 줍는 자가 삼태기를 들고 말 뒤를 따라다닌다.

그리고 이를 주워 쌓는 데 있어서도 네모가 반듯하게 쌓거나 혹은 여덟 모로 혹은 여섯 모로 하고 혹은 누각이나 돈대 모양으로 만드니, 이 똥 무더기를 보아서 모든 규모가 벌써 세워졌음을 짐작할 수 있겠다. 그러므로 나는 이렇게 말하련다.

"저 기와 조각이나 똥무더기가 모두 장관이지, 꼭 성지·궁실·누대·시포(市鋪―상점을 가리킴)·사관(寺觀)·목축이라든지, 광막한 들판이라든지 변환하는 연수(煙樹)라든지, 그런 것들만이 장관이 아니다."

―「일신수필」 중에서

(나)

　　고려보에 이르니, 집들이 모두 띠 이엉을 이어서 몹시 쓸쓸하고 검소
해 보인다. 이는 묻지 않아도 고려보임을 알겠다. 앞서 정축년(丁丑年-병
자호란을 가리킴)에 잡혀온 사람들이 저절로 한 마을을 이루어 산다. 관
동 천여 리에 무논이라고는 없던 것이 다만 이곳만은 물벼를 심고, 그 떡
이나 엿 같은 물건이 본국의 풍속을 많이 지녔다. 그리고 옛날에는 사신
이 오면 하인들의 사먹는 주식치고는 값을 받지 않은 일도 없지 않았고,
그 여인들도 내외하지 아니하며, 말이 고국에 미칠 때에는 눈물을 지우는
이도 많았다. 그러므로 하인들이 이를 기화로 여겨서 마구잡이로 주식을
토색질해서 먹는 일이 많았을 뿐더러, 따로이 기명이며 의복 등속을 요구
하는 일까지도 있으며, 또 주인이 본국의 옛 정의를 생각하여 심하게 지
키지 않는다면 그 틈을 타서 도적질하므로, 그들은 더욱 우리나라 사람들
을 꺼려서 사행이 지날 때마다 주식을 감추고 즐겨 팔지 않았으며, 간곡
히 청하면 그제야 팔되 비싼 값을 달라 하고 혹은 값을 먼저 받곤 한다.
그럴수록 하인들은 백방으로 속여서 그 분풀이를 하는 것이다. 그리하여
서로 상극이 되어 마치 원수 보듯 하며 이곳을 지날 때면 반드시 일제히
한 목소리로

　　"너희 놈들, 조선 사람의 자손이 아니야. 너희 할아버지가 지나가시는
데 어찌 나와서 절하지 않느냐." 하고 욕지거리를 하면, 이곳 사람들도
역시 욕설을 퍼붓는다. 그러므로 우리나라 사람들은 도리어 이곳 풍속이
극도로 나쁘다 하니 참으로 한심한 일이었다.

지문 해설

　　(가)의 주된 내용은 이른바 존주사상에 대한 비판적이고도 실용적인 안
목으로 채워져 있다. 존주사상이란 것도 따지고 보면 중국에 해당하는 특

수한 범례임을 지적한 박지원은 중화에 대한 의식의 추종을 단호하게 거부하고 있다. 당대의 중국사회를 지배하고 있는 청을 오랑캐로 규정하고 무조건 배격할 것이 아니라 우리 의식의 전환을 꾀해야만 한다고 역설한다. 그러기 위해서는 오랑캐의 나라가 된 중국 문물 속의 범상하지 않은 장점들을 잘 배워야 한다는 것이다. 고대광실의 장관에만 취해서는 안 되며 일상생활에 스며든 규모 있는 생활, 곧 검소함을 본받아 내실 있는 문화를 확립하는 노력이 중요하다고 보았다. 거기에는 중원을 지배하는 오랑캐를 극복해야 한다는 목표의식과 중화에 끼친 오랑캐의 법을 모두 습득하고 우리의 유치한 풍속을 개혁시켜야 한다는 옹골찬 견해가 담겨 있다. 밭 갈기, 누에치기, 그릇 굽기, 풀무 불기 등으로부터 상업 등에 이르기까지 좋은 것은 수용하고 이를 하나의 문화로 만들어야 한다는 것이다. 그런 다음에야 우리 문화가 가진 허장성세와 오만함이 치유될 수 있다는 것이다. 연암이 "그들의 장관은 기와 조각에 있고, 또 똥 부스러기에 있다."고 한 말은 지극히 현실적인 논리에서 나옴 비판적인 발언이다.

(나)는 중국 연행 길에서 접한 교포들의 고통스러운 삶을 묘사하고 있다. '고려보'란 지금의 표현을 빌린다면 중국에 거주하는 교포들의 주거지역이다. 이들은 병자호란으로 끌려 와서 자리 잡은 이들로, 이들이 모국인들에게서 갖은 천대를 받으면서 급기야는 모국인들을 두려워하고 피하게 된 안타까운 내력을 보여준다. 지금도 연변 교포들에게 온당치 못한 일로 고통을 주는 현실을 감안한다면, 이들의 역사적 고통을 풀어주는 계기는 결국 자국의 정책적인 배려 속에서 소외당하지 않도록 하는 지원방안에서 찾아야 할 것이다. 그들에게 모국에 자긍심을 갖도록 직업교육과 문화적인 혜택을 베푸는 일도 하나의 방법이다. 연암이 지문 (나)에서 제시하는 의도도 여기에 부합한다.

더 생각하기

앞의 문제는 이 글을 지은이에 대한 핵심적인 의의를 밝혀 도입부로 삼으라는 것과 '우리 문화의 재정립'에 대한 자신의 관점을 밝히라는 두 가지의 제약을 기하고 있다.

먼저, 지은이의 윗글에 대한 주장의 핵심적인 의의는 각자의 관점에 따라 많은 편차가 있을 것이다. 하지만, 각자의 생각이 그다지 많은 편차를 보이지는 않을 것이다. 연암이 중국을 여행하면서 절감한 것은 자국문화를 몽매함에 눈뜬 것과 함께 우수한 문화를 습득하려는 주체적인 의지, 해외에 흩어져 살아가는 자국민들에 대한 문화적 배려가 크게 부족하다는 사실이었다.

이러한 점을 도출해낼 수 있었다면, 이 가운데서 자신 있는 논제를 설정해서 논지에 부합하는 글의 방향을 잡아가면 될 것이다.

논제를 다시 세분화시켜 보면, 다음 세 가지의 사안으로 정리할 수 있다.

1. 자국문화에 팽배한 우원감과 자기 계발에 소홀한 현실
2. 우수한 문화 수용을 위한 유연하고 열림 의식과 실천의지
3. 배타적이고 편협한 천민 근성에 근거한 이기적 태도의 극복

우리는 문화의 재정립에 대한 평소 자신의 견해도 정리해두어야 하며, 문화적 우수성이란 과연 어떤 것인지를 한 번쯤 생각해 보아야 한다. 우리 사회가 지금 겪고 있는 세계적인 경제 불황은 단순히 경제문제로만 국한된 것이 아니라 앞으로 해결해야 할 생존과 결부된 문제임을 자각해야 한다. 지금 우리 문화가 필요로 하는 것은 자만과 풍요에 찌든 의식의 때를 씻어 내고 검소함과 내실 있는 삶이다. 이것은 결국 사회 전체가 이웃과 소외된 사람들에게 관심을 보이는 공동체의 의식을 확보해 가는 한편, 다른 문화에 대한 열린 태도로 우수한 것을 적극적으로 받아들여 자

기 것으로 만들면서 문화의 토대를 굳건하게 만드는 일이기도 하다. 『열하일기』를 통해 얻을 수 있는 감동과 지혜란 결국 자기 주변의 삶에 대한 이질적인 경험이며, 이것은 결국 여행을 통해 이루어진다는 사실을 암시해 주고 있다. '여행이란 자연이라는 책을 보는 행위'라고 갈파했던 성 어거스틴의 말을 굳이 끌어오지 않더라도 평소 자신이 접할 수 없었던 자신과 세계에 대한 새로운 관점을 제공해주기 때문이다. 서른네 살에 중국 여행길에 올랐던 박지원의 견해에만 감탄할 것만은 아니다. '독서와 여행'이 젊은 시절 자신의 발전을 위해서 절대 필요한 조건이라는 말은 그래서 더욱 설득력 있게 들린다.

박지원의 중국 체험에서 높은 누각과 장대한 건축들은 중요한 의미를 갖는 것이 아니었다. 겉으로는 보잘 것 없어도 실용적이고 검소한 삶과 여러 제도에 스며들어 있는 효율성과 내실이 그에게는 중요한 문화적 의미로 포착되었다. 비록 깨진 기와를 얹은 담장이나 거름더미 곁에 모아둔 똥 무더기일지라도 범상하게 지나치지 않았던 것은 실용적인 태도가 얼마나 날카로운 사물 인식으로 이어지고 있는가를 보여준다. 일상인들의 구체적인 삶에 깃들어 있는 정신의 중심을 관통한 그의 관점은 오늘날에도 요구되는 통찰력의 일부이다.

사람이 곧 하느님

'개화기(開化期)'라는 말은 역사학에서 '애국계몽기(愛國啓蒙期)' 혹은 '위정척사기(爲政斥邪期)' 등과 함께 쓰이고 있다. 우리 시대에만 서구 자본주의의 거센 파고를 겪는다고 말해서는 안 된다. 19세기, 곧 1800년대는 세계사 전반에 제국주의와 그 희생양이 되는 식민지 개척이 활발하게 전개되는 시기였다.

이 시기의 한국사회는 안팎으로 거센 도전에 직면해 있었다. 안으로는 이미 그 권위를 상실한 벌열(閥閱)의 세도정치와 정치적 부패상이 극도에 달하면서 사회적 정치적 쇄신을 요구받고 있었다면, 밖으로부터는 서구 열강의 개방 압력에 시달렸던 것이다. 이 두 가지의 도전은 1392년에 창건되어 근 400년에 걸쳐 왕조의 위용을 자랑하던 조선에게 근대국가로의 재도약을 강력히 요청하는 것이기도 했다. 그러나 불행하게도 이 노쇠한 국가의 정치체제는 변화보다는 체제의 안정과 현실에 안주하며 완고한 폐쇄의 진로를 택하면서 훗날 식민지의 불행을 자초한다. 사회개혁과 쇄신을 통해 근대세계로 진입할 것을 요구하는 세계사적 조류에 가담하기를 기피하는 이러한 시대착오적인 권력계층의 의식이 서학(西學)과 서교(西敎)를 선두로 한 서구 근대문물의 유입마저도 막을 수는 없었다. 서학과 서교, 근대문물에 대한 밖으로부터의 체험과 옛것에서 새로운 가치를 발견하고자 한 사상적 화두가 실학사상을 낳았던 것이다.

실학이 지식인을 위주로 한 사회개혁 사상이라면, 동학은 민중에 뿌리를 둔 사회개혁의 민권사상이자 민족종교이다. 동학은 교주 최제우(崔濟愚, 호는 水雲, 1824~1864)가 1860년 종교체험을 통해 세운 민간 종교로서 1905년 천도교로 바뀌어 오늘에 이르고 있다. 1860년을 전후로 한 시기는 중국사회에 유입된 천주교당에 대한 소문, 서양의 낯선 모양을 한 배[이양선, 異樣船]의 출현으로 인해 민심이 불안한 상태였다. 동학의 발생은 조선조 사회의 부패와 서구근대 문명의 유입에 따른 민족의 구체적인 종교적 사회적 대응이었다고 할 수 있다.

동학은 '중국의 동쪽, 서양이 아닌 동양의 한국 땅에서 처음 하늘로부터 도를 받은 종교'라는 뜻이다. 동학은 특히 접주제(接主制)라는 독특한 조직을 바탕으로 대략 2년이 지난 1862년에는 교세(敎勢)를 경상도, 충청도, 경기도까지 확장시켰다. 이미 정부의 탄압을 예견한 수운 선생은 2대 교주가 되는 최경상(후에 최시형)를 비롯한 뛰어난 제자들을 접주로 삼아 포교에 힘썼다. 그러나, 최수운은 포교에 힘쓴 지 3년 만에 관가에 체포되어 효수형으로 죽는데 그의 나이 겨우 41세였다. 교주의 때이른 죽음은 급격한 교세의 확장에 불안을 느낀 정부가 세상을 어지럽히는 사상이라고 탄압한 결과이기도 했다.

교주 최수운은 "사람들을 가르쳐 하느님을 위하게 하라."는 계시를 받았다고 한다. 동학의 '하느님'은 우리 민족이 오랜 역사 속에서 믿어온 민간신앙인 무속(巫俗)의 요소에 좀 더 가깝다. 뿐만 아니라 하느님의 가르침 역시 민간 신앙적 요소가 강하다. 『동경대전』에 따르면 하느님의 영부(부적)와 주문을 받아서 이 세상을 건지라는 것이다. 이 같은 주술적인 성격은 민간신앙과 통하는데, 달리 말하면 민간신앙을 종교적인 것으로 발전시킨 결과라고 할 수 있다.

동학은 뿌리 깊은 민간신앙으로부터 발전된 민중종교로서의 성격을 가지고 있으면서도 기성종교였던 유교와 불교에 대해 매우 비판적이었다. 유교와 불교가 시대에 뒤떨어진 것이며 동학이야말로 새로운 종교임을 자부하고 있는 것이다. 서학에 대한 비판을 담고 있다는 점에서 동학은 또한 민족종교로서의 모습도 가지고 있다.

동학의 '하느님을 모신다[시천주(侍天主)]'는 중심사상은 그것을 어떻게 풀이하는가에 따라 크게 달라진다. 최수운에 의하면, 하늘을 섬기면 만사가 저절로 깨달아지고 무한한 힘을 발휘할 수 있다는 민간 신앙적 요소가 강하다. 하지만 2대 교주 최시형에 이르러서는 '하늘을 기른다[양천주(養天主)]'라는 사상으로 발전한다. 모든 사람들이 날 때부터 하느님을 모시고 있기 때문에 '사람 섬기기를 하느님 섬기듯이 하라[사인여천(事人如天)]'는 인간존중 사상으로 발전하는 것이다. 다시 천도교 시대(1905)에 이르면, '사람이 곧 하느님[인내천(人乃天)]'이라는 인본주의를 강화한다.

동학에 바탕을 둔 민중운동은 민족운동으로서의 성격도 가지고 있는데, 1892년부터 전개된 교주의 억울한 죽음을 신원(伸寃, 원통한 일을 푸는 것)하는 운동이 전개되면서 교주의 죄를 씻어달라는 청원운동으로 발전하기 시작한다. 이 운동은 다시 교도들의 생명과 재산을 보호해 달라는 청원으로 옮아가면서 점차 정치적 주권 확보의 물결로 드높아졌다. 1893년 충청도 보은에 수만 명의 교도들이 모여 무력시위를 감행함으로써 이 청원운동은 절정에 이른다.

동학의 평화적 시위는 이것으로 마감하지만, 관리들의 부패에 시달리다 못한 전봉준의 고부군청 습격에서 시작된 동학혁명은 1894년 1월부터 농민군을 결성하고 전주성을 빼앗으며 전라도 전역에 위세를 떨쳤다. 그러나 나라를 위해 정부와 화해하고 자진 해산했다가 9월에 다시 군사를 일으킨다. 이번의 구호는 일본과 서양 배척. 이 구호에서도 알 수 있듯이 동학운동은 민족운동의 성격을 강하게 내포하면서 일본군과 관군과 맞서 싸우지만 패전하다가 12월에 진압된다. 이후 동학은 1904년 진보회라는 민간단체를 결성하여 정치개혁·생명·재산의 보호를 외치면서 개화기의 민중운동을 주도한다(이것을 가리켜 '갑진운동 甲辰運動'이라 부른다). 1905년 동학은 일제침탈 이후 천도교라는 이름으로 바꾸어 민족운동의 산실(産室)로 자리 잡는다.

　교주의 때이른 죽음으로 제자들이 스승의 가르침을 들을 수 없게 되자 수운 최제우가 남겨 놓은 글 가운데 한문체로 된 것을 엮었다. 이것이 바로 『동경대전(東經大全)』이다. 이 책은 동학의 경전을 모아 엮은 것이라는 뜻이다. 그리고 『용담유사(龍潭遺事)』는 우리 문학의 가사(歌辭) 양식으로 된 글을 따로 묶어 낸 책이다. 여기에서 '용담'은 수운선생이 하늘로부터 도를 받은 초막을 가리키지만, 최제우 자신을 가리키는 말로 쓰이게 되었다. 따라서 『용담유사』는 수운선생이 남겨놓은 가사라는 뜻이다.

　『동경대전』과 『용담유사』는 그 성격상 크게 차이난다. 우선 『동경대전』은 교주 최제우의 종교적 각성과 관련된 일화들이 기록된 경전이며, 『용담유사』는 4.4조로 된 종교가사집이다. 『용담유사』는 당대의 관점으로 평민들의 의식에 초점을 맞춰 민족주의적 경향을 바탕으로 국가의 위기상황을 환기하고 동학의 가치, 교도로서의 수신(修身)을 강조한 한글체의 노래집이다. 『동경대전』이 동학 성립에 관한 교주 자신의 일화와 문답형태로 된 경전으로서의 권위를 가지고 있다면 『용담유사』는 교리를 생활 현장에 적용시키기 위해 노래로 만들어진 목적문학의 성격이 강하다.

▶ 다음 글에서 우리는 동학에서 내세운 '하늘'의 의미가 어떠한 것인가를 함께 생각해 보자.

동학이 내세운 '하늘'이라는 개념은 대단히 전통적인 의미를 가지고 있다. 하늘의 전능한 존재[상제(上帝)]를 믿는 종교적 심성은 유학에 의해 윤리적으로 설명되어 왔다. 성리학에서는 하늘을 윤리의 근본원리를 지닌 절대적인 이치로 내세우지만 도가 또는 노장 철학에서는 자연현상을 지배하는 이법(理法)으로 설명하고 있다. 하늘에 대한 동학의 관점은 유가나 도가의 그것과도 크게 다르다. 다시 말하면, 민족의 문화 속에 흐르고 있는 하늘 공경 사상을 취한 것으로 이해해도 좋다.

동학에서는 종교적인 입장에서 하늘의 도, 하늘의 명령, 하늘의 덕을 언급한다. '하늘'은 좁게는 자연의 이법에 해당하는 인간의 윤리, 넓게는 이법과 윤리를 포함한 하느님의 절대적인 질서를 뜻한다. 동학에서 하늘과 인간의 관계를 어떻게 설정하는가에 따라 사회변혁 사상이 되기도 하고 민족사상이 되기도 했던 것이다. 이런 측면에서 보면, 동학에서 하늘은 인간의 가치를 새롭게 인식하게 해주는 한편, 근대에 들어와 우리 민족에게서 자생적으로 발생한 만민평등 사상을 낳은 출발점이다.

▶ 다음 지문을 통해 동학이 어떤 시대적 배경에서 발생했는지를 함께 토론해 보자.

> 3. 또 근래에서 온 세상 사람들이 저마다 제 마음대로 하여 천리(天理)에 따르지 않고 천명(天命)을 돌아보지 않는다. 그리고 마음이 늘 두려움에 싸여 나아갈 바를 모른다.
>
> 경신(庚申)년(1860)에 접어들어 전하여 들은 소문에 따르면, 서양 사람들은 하느님을 위하는 마음으로 부귀를 추구하지 않고 천하를 정복하여 교당(敎堂)을 세우고 그들의 종교를 편다고 한다. 그러므로 나도 과연 그럴까, 어찌 그럴 수 있을까 의심스러웠다.
>
> 4. 뜻밖에도 이 해 4월 어느 날 나는 마음이 아찔아찔하고 몸이 부들부들 떨렸다. 병이라고 해도 무슨 병인지 알 수 없었고, 말하려고 해도 형용할 수 없었다. 이 순간에 어떤 선어(仙語)가 문득 들려 왔다. 나는 소스라쳐 일어나 캐물었다.
>
> "무서워 말고 두려워 말라! 세상 사람들이 나를 상제(上帝)라고 부르는데, 너는 상제도 알지 못하느냐!"
>
> 라고 하느님은 대답했다. 나는 하느님께 이렇게 나타나시는 까닭을 물었다.
>
> "나도 역시 일한 보람이 없었다. 그러므로 너를 이 세상에 나게 하여

이 법을 사람들에게 가르치려고 한다. 부디 내 말을 의심하지 말라!"
하고 하느님은 대답했다.

"그러면 서교(西敎, 기독교)로써 사람들을 가르치려고 하십니까?"
라고 나는 다시 물어 보았다.

"그렇지 않다. 나는 영부(靈府)를 가지고 있는데, 그 이름은 선약(仙藥)이고 그 모양은 태극과 같기도 하고 궁궁(弓弓)과 같기도 하다. 나로부터 이 영부를 받아 사람들을 질병으로부터 구해주고, 나로부터 주문을 받아 사람들을 가르쳐서 나를 위하게 하여라! 그러면 너도 장생(長生)하여 천하에 포덕(布德, 덕을 펼침)할 것이다."
라고 하느님은 대답하였다.

5. 이러므로 우리나라는 요즈음 나쁜 질명이 나라 안에 가득 차 있고, 또 민중은 사철을 통해 편할 날이 없다. 이것도 상해(傷害)를 입은 운수의 한 본보기다.

한편으로 서양 사람들은 싸우면 이기고 공격하면 빼앗게 되니, 그들의 뜻대로 되지 않는 일이 없다. 이리하여 중국이 온통 망해 없어지면 우리나라도 따라서 그렇게 될 우려도 없지 않다.

아, 이 나라를 돕고 이 민중을 평하게 할 계책이 앞으로 어디에서 나올 것인가?

―『동경대전』, 「포덕문」 중에서

동학이라는 종교가 강한 민족주의의 요소를 가지고 있다는 점은 이미 거론했다. 19세기 중반은 세계적으로 식민지 개척을 위해 서구 제국주의가 물밀듯이 밀려왔다. 중국으로부터 천주교당이 세워져 그들의 종교가 전파되는 것은 풍문으로 들으면서 당대 지식인이었던 최수운은 서구의 종교가 천하정복의 야욕을 가지고 있는 것으로 보았다(사실 서구의 종교는 열강의 동방침략의 선두에서 활약했던 혐의에서 자유롭지 못하다). 중화사상에 대

한 전통적인 사고는 이 시기에 오면서 크게 흔들리게 된다. 서교에 대해
강한 불신을 보여주는 지문(3)은 그러한 사정을 담은 일화이다. '하느님을
위하는 마음'이란 전통적인 사고로 미루어 볼 때 마음과 정성과 노력을
다하는 가운데, 많은 사람들을 질병으로 구하고 하늘의 덕을 펼치는 대의
에 가깝다. 최수운의 종교체험은 여기에서 전통적인 민간신앙의 모습과
크게 닮아 있다. 부적과 주문을 외며 자신의 소망을 성취하는 것이 바로
그것이다. 그런데 이 같은 종교적 체험 안에는 시대를 위기로 인식하는
태도와 연결되어 있다는 점이 발견된다. 나라를 도탄에서 구하고 민중들
의 고난스런 삶을 구원해야 한다는 목적 외에도 중국을 비롯한 주변국의
서교 유입에 대한 위기감이 그러하다.

　사양에 대한 위기의식은 '동학'이라는 명칭에서도 잘 드러난다. 동학은
서양 기독교와 비슷한 외양에도 불구하고(이 때문에 정부로부터 엄청난 탄압
을 받지만), 동쪽에서 하늘의 도를 전해 받았고 이곳 한국 땅에서 교리를
펼친다는 민족주의 사상을 또한 드러내고 있는 것이다. 동학은 곧 서학에
대립되는 명칭인 것이다. 다른 한편으로 동학은 전통 종교였던 유교와 노
장사상에 뿌리를 둔 하늘 숭배 사상을 굳이 부정하지 않는다. 다음 지문
을 읽어가면서 이를 확인해 보도록 하자.

6. 해가 바뀌어 1861년이 되자 각처에서 어진 선비들이 찾아와서 이렇
게 묻고 대답하였다.
　"지금 하느님의 영기(靈氣)가 선생님과 내렸다고 하는데, 어찌하여 그
렇게 되었습니까?"
　"가면 반드시 돌아오는 순환의 이법(理法)을 믿고 따랐기 때문이다."
　"그러면 선생님이 받은 도의 이름은 무엇이라 하겠습니까?"

　“하느님의 도라고 부른다.”

　“그것이 서양의 도와 다름이 없습니까.”

　“서양의 기독교는 우리의 교(敎)와 비슷하면서 서로 다르다. 즉, 하느님을 위하는 듯하면서 그 실속은 없다. 그러나 타고난 시대의 운수는 같고, 내세우는 도도 같다. 그렇지만 지니고 있는 그 교리는 같지 않다.”

　7. “도는 같다고 말씀하셨는데, 그렇다면 이름을 서학(西學)이라고 합니까?”

　“그렇지 않다. 나는 역시 동쪽에서 나서 동쪽에서 도를 받았으므로, 도는 비록 천도(天道)지만 학(學)은 동학(東學)이다. 더욱이 땅이 동쪽과 서쪽으로 갈려 있는데 어찌 서쪽을 동이라 하고, 동쪽을 서라고 부르겠는가? 공자는 노(魯)에서 태어나 추(鄒)에서 교화를 이룩하였으므로 추로(鄒魯)의 학풍이 이 지상에 전해졌다. 내 도는 이 땅에서 받았으며, 또 이 땅에서 펼 것이니 어찌 서학이라고 부를 수 있겠는가?”

–『동경대전』, 「논학문(論學文)」에서

　동학이 가진 도의 겉모습은 ‘하늘을 섬긴다’는 것이지만, 기독교와는 크게 차별되는 것이 지문의 논지이다. 시대 현실과 문화 배경에서 동학이 지리적 특색을 강조하는 것은 전통적인 사상에 근거하여 이를 시대에 맞게 발전시켰음을 보여주는 대목이다. 이러한 점은 전통종교의 자발적인 현대적 계승이라고 말해도 좋을 것이다. 사실, 기독교는 서구 근대문물이 동아시아 지역으로 유입되는 과정에서 문화적 우월함을 전파하는 첨병 역할에 충실했다. 한편으로는 기독교가 보편적인 이념을 가진 종교였지만, 민중들에게나 전통사회에는 이질적인 문화 침략의 의미가 좀 더 강했다는 사실이다.

　김동리의 「무녀도」를 떠올려 보자. 작품에는 ‘모화’라는 무당이 나온다.

그녀는 아들 욱이가 전도사가 되어 돌아와 무당이라는 자신의 존재 가치를 송두리째 부정해 버린다. 때문에 어머니와 아들 사이에는 육친 간으로 볼 수 없을 만큼 참담한 싸움이 일어난다. 어머니는 아들의 몸에 칼을 들이대고 급기야 심각한 부상을 입힌다. 아들 욱의 죽음 후 모화는 물가에서 천도제를 지내다가 끝날 무렵 물속으로 몸을 던진다. 이 같은 섬뜩한 내용은 사실 기독교문화와 전통문화의 반목을 보여주는 대목이기도 하다.

동학이 서교에 대한 반감과 제국주의의 위협을 감지한 것은 민족주의적 각성과 종교적 대응이었다는 점에서 깊이 생각해볼 문제이다. 동학의 종교적 정치적 사회적 차원의 집단적 움직임은 좁혀서 말할 때, 신분 차별과 사회적 정치적 부패에 항거하는 민중의 각성이 분출되는 계기를 보여준다. 또한 넓게 보아 동학은 세계가 하나가 되는 체계, 곧 제국주의적인 자본주의 체제가 전 지구적인 확장을 시도할 때, 여기에 반기를 드는 민족주의의 대응이었다고 할 수 있다.

▶ 동학이 서교에 대한 종교적 대응만이 아니라 서구 제국주의에 대한 경계와 위기의식에 따라 탄생한 민족종교라는 점이, 다음 두 개의 가사(歌辭)에 잘 나타나 있다. 중국과 일본을 비롯한 동아시아 정세에 대한 위기의식과 사회현실에 대한 비판의식이 두드러진 이 지문을 읽고 오늘날 나타나는 현실의 문제점을 함께 토론해 보자.

(가)
가련하다, 가련하다
아국(我國) 운수 가련하다
전세임진(前歲壬辰, 지난 임진왜란) 몇해런고
이백사십 아닐런가.

십이 제국 괴질운수(怪疾運數)

다시 개벽 아닐런가

요순성세(堯舜盛世, 태평성대) 다시 와서

국태민안(國泰民安) 되지마는

기험(崎險)하다, 기험하다

아국 운수 기험하다

개 같은 왜적놈아

너희 신명 돌아보라.

너희 역시 하륙(下陸)해서

무슨 은덕 있었던고.

전세임진 그때라도

오성(鰲城)·한음(漢陰) 없었으면

옥새보전(玉璽保全) 누가 할까.

아국명현(我國名賢) 다시없다.

나도 또한 한울님께

옥새보전 봉명(奉命, 명을 받듦)했네.

무병지란(無兵之亂) 지낸 후에

살아나는 인생들은

한울님께 복록(福祿) 정해

수명을랑 내게 비네.

내 나라 무슨 운수

그다지 기험한고

거룩한 내집 부녀

자세 보고 안심하소.

(이하 생략)

-『용담유사』, 「안심가(安心歌)」 중에서

(나)
하원갑(下元甲, 180년을 삼등분 한 마지막 60년 - 역술용어) 경신년에
전해 오는 세상 말이
요망한 서양적(西洋賊)이
중국을 침범해서
천주당 높이 세워
거 소위(所謂, 일컫는 바) 하는 도를
천하에 편만(遍滿, 가득 차 있는 모양)하니
가소절장(可笑絶腸, 우스워서 참지 못함)아닐런가
증전(曾前, 조금 전)에 들은 말을
꼼꼼히 생각하니
아동방(我東方, 우리나라)어린 사람
예의오륜(禮儀五倫)다 버리고
남녀노소 아동주졸(兒童走卒, 아이와 하인들)
성군취당(成群聚黨, 떼를 지어 한 패를 이룸) 극성중(極盛中, 매우 왕성
한 가운데)에
허송세월 한단 말을
보는 듯이 들어오니
무단(無斷, 끊임없이)히 한울님께
주소간(晝宵間, 밤낮으로)비는 말이
삼십삼천 옥경대(玉京臺, 옥황상제가 산다는 천상궁전)에
나 죽거든 가게 하소
(이하 생략)

- 『용담유사』, 「권학가(勸學歌)」 중에서

지문 해설

두 가사에서 공통적으로 드러나는 것은 쇠퇴하는 국운에 대한 우려와 외세에 대한 반감이다. 지문 (가)에서는 일본의 침략근성에 대한 경계와 국운 쇠퇴에 대한 안타까움이 담겨 있다. '옥새보전'은 국권 상실에 대한 우려이다. 국권 보호를 하늘의 명으로 설정하고 있는 화자의 태도는 현실의 위기를 극복함으로써 새로운 세계(개벽세상)를 맞을 수 있다는 결의를 드러내고 있다. (나)는 서양이라는 적에 대한 위기감과 서교의 유입에 따른 개탄이 주조를 이루고 있다. 전통적인 도덕과 윤리의식을 저버리고 기독교에 귀의하는 세태에 대한 비판도 담겨 있다. 남녀노소를 막론하고 아이와 하인들이 한패를 이루어 교당에 나가는 현실을 '허송세월'로 규정하는 것이 동학의 세태비판 내용이다. 더불어 동학교도는 밤낮으로 하늘님께 기도하기를 죽거든 극락으로 갈 수 있기를 구한다.

더 생각하기

오늘날의 관점에서 보면 지문 (가)(나)에 담겨진 종교적 반감이나 문화적 반감이 시대에 뒤떨어진 것으로 볼 수 있을지는 모른다(이 점은 마땅히 비판적으로 거론해도 된다). 그러나 외세의 유입을 위기라고 판단하는 의식은 매우 중요한 태도이다. 물론 다른 문화에 대한 적대적 자세는 타당하지 않을 것이다. 이를테면, 타문화에 대한 적대적인 태도는 자국문화가 세계체제에 깊이 연관돼 있다는 것을 알면 버려져야 할 것으로 충분히 이해할 수 있을 것이다. 동학이 생겨난 시기는 대외적으로 서구 열강들의 문화적 정치적 침략이 가속화되던 때였고, 대내적으로는 지배층의 부패와 민생의 어려움이 고조되었던 때였다. 그럼에도 불구하고 사회개혁이 가능하지 않았던 특수한 사정만큼은 짚고 넘어가야 할 것이다.

　지금은 지구 어디라도 긴밀하게 연결된 시대이다. 그렇다고 하더라도 국제적으로는 끊임없는 경쟁 속에 살아가는 것이 오늘날의 엄연한 현실이다. 다른 나라로부터 배울 것은 배워야 하지만 그 중심에는 자국문화의 창조적인 건설이 반드시 전제되어야 하고 그와 함께 세계문화에 기여하는 복합적인 태도가 필요하다. 동학은 사회적으로나 문화적으로, 또한 정치적으로 서구와 주변 열강의 심각한 도전에 응전한 민족주의였지만 민중들의 사회개혁의 열망을 담은 현실적인 대안이 당대 지식인 계층과 연계되지 못함으로써 좌절하고 만다. 농민혁명의 실패와 함께 동학은 '민족종교'로 그치고 만다. 그러나 동학이라는 종교는 위기 속의 한 사회가 정세를 정확하게 통찰하고 사상의 원천을 인본주의와 사회개혁으로 전환하려는 주체적인 동력을 구비하고 있었다는 점에서 소중한 문화유산이다.

유럽 자본주의의 정신적 뿌리

막스 베버(Max Weber, 1864~1920)는 독일의 저명한 사회학자로서 이른
바 '사회경제사'라는 학문을 창시한 인물이다. 베버가 살았던 19세기말
20세기초는, 잘 알려져 있듯이, '열강의 시대' 혹은 '제국주의의 시대'로
표현된다. 이 시기의 서구 사회는 부의 축적과 확대가 절대적인 목표인
팽창일변도의 시대였다. 그러한 시대적 환경으로부터 막스 베버 역시 자
유로울 수 없었다. 당대의 학문적 조류와 논쟁들도 현실과 무관하지 않았
다. 프로이센 제국은 저개발 국가로서 영리추구를 위한 기업주들의 부도
덕한 하층 신분에 대한 착취가 공공연하게 자행되고 있었고 사회계층간
의 알력이 격화되어 갔다. 이것이 베버가 살다간 당대의 현실이다. 이러
한 현실에 대한 학문의 논쟁이야말로 베버가 당면한 과제이기도 했다. 학
문의 논쟁은 근대 자본주의의 팽창과 함께 나타난 사회적 병폐 속에서
새로운 고전적인 이상이 아닌 전혀 다른 차원의 이상을 요청받고 있는
데 따른 열기였다. 그 열기는 먼저 국민경제의 목표가 부의 팽창적인 확
대가 아니라 재화의 공정한 분배라는 도덕의 실현에 두어야 한다는 급진

적인 주장으로까지 발전되었다.

그러나 베버는 인식의 객관성을 주창하면서, 급진적인 경제학이 명제로 내건 재화의 공정 분배라는 이상 실현과 경제 정의의 실현을 세계관이나 인생관 문제라는 견해를 밝힌다. 학문 추구는 인생관과 세계관을 주입시키는 것이 아닌 엄밀한 관점의 정립을 주장했던 것이다. 그렇다고 해서 베버가 강단에서 학문에만 몰입했던 인물을 아니었다. 그는 독일의 일개 시민으로서 노동자와 농민처럼 근대화에 소외받은 사회계층의 권익을 옹호하는 각종 집회와 운동에 적극적으로 가담했다.

그의 방대한 학문적 업적은 정치학, 경제학, 종교학 기타 사회과학 등의 거의 전 분야에 걸쳐 있다고 해도 과언이 아니다. '객관성'을 표방한 과학적 방법론을 강조했던 그는 근대학문의 개척자로도 불릴 만큼 그 원칙을 견지하면서 실증주의라는 방법론으로 지금까지 학문적인 영향력을 행사하고 있다. 그의 주저(主著)라고 할 수 있는 『사회경제사』를 비롯한 그의 저술은 매우 전문적이어서 사실 일반인으로서는 접근하기가 힘들다. 하지만 한글세대에게 교양서로 읽혀도 부족함이 없는 그의 저술로는 『프로테스탄티즘의 윤리와 자본주의 정신』을 권할 만하다. 동서양을 넘나드는 폭넓은 문헌 자료를 동원하여 사회학적 방법론에다 정치학, 경제학, 종교학, 역사학 등을 접목시킨 그는 근대 국가가 대두하는 19세기 후반부터 20세기 초반까지를 살다 간 인물답게 그 역사적 기원을 해명하는 데 기여했다.

그는 사회학과 경제학, 역사학을 아우르며 이른바 학문의 '객관성'을 지향한 매우 근대적인 학자로서 초기 자본주의가 보인 모순과 병폐를 접하면서 자본주의의 기원은 무엇인지를 탐색해갔다. 각고의 노력 끝에 탄생시킨 학문이 사회경제사이며, 그 대표적인 저작의 하나가 『프로테스탄티즘의 윤리와 자본주의 정신』이다. 이 책은 본래 1904~1905년에 걸쳐 베버가 주관하던 학술잡지 『사회과학과 사회정책 잡지』에 발표되자마자 논쟁을 불러일으킨 문건이었다. 이 논문들은 논쟁에 대한 비판과 주석 작업을 거쳐 수정판으로 된 책이 그의 사후인 1920년에서부터 1921년에 걸쳐 독일, 영국 등지에서 출간되었다.

『프로테스탄티즘의 윤리와 자본주의 정신』은 근대 자본주의의 뿌리를 청교도 정신에서 찾고 있다. 베버는 무엇보다도 자본주의적 경영을 이익의 추구라는 문제와 분리시켜 언급했다. 그의 관점에서 이익의 추구, 곧 부의 축적을 향한 욕망은 어느 시대에나 상존했던 것이고 그 자체로는 자본주의적 행위와는 관련성이 그다지 많지 않다.

베버가 말하는 근대적 자본주의란 합리화를 기반으로 하는 두 가지의 전제를 가지고 있다. 그 하나는 훈련된 노동력이며 또 다른 하나는 자본의 규칙적인 투자이다. 이는 전통적인 경제 관습과 크게 대조된다. 전통적 경제행위는 물질적 안락과 권력을 구입하는 데 필요한 한도 안에서 이익을 추구했다. 그러나 근대적인 노동력과 자본투자는 보다 조직화된 생산력으로 재편되는 한편 지속적인 재투자를 통해서 자본을 축적하는 경로를 거친다. "인간이 돈을 버는 것은 삶의 궁극적인 목적으로서 물질적 욕구의 만족을 위한 수단이나 인간에 종속되지 않는다." 이 같은 조직화와 합리화의 배경을, 베버는 기업가들의 자본축적을 향한 직업적 충동에서 찾았다. 그는 자본가의 욕망을 프로테스탄티즘의 검약 정신에 바탕을 둔 생활양식과 '소명 calling'이라는 직업의식에서 비롯된 것으로 보았다. 베버에 따르면 자본가의 소명의식은 '직업'을 뜻하는 독일어인 'Beruf'라는 단어가 신의 소명(calling, 부름)라는 데서 나온 개념임을 예로 들면서, 루터교, 캘빈주의, 퀘이커교의 독특한 노동관과 예정설에 입각한 선민의식이 결합된 윤리의식에 바탕을 둔 직업의식으로 전화(轉化)되었다는 것이다. 이러한 직업의식을 가진 현세의 자본가들의 삶에서 돈 버는 일에 충실한 것을 최고의 형태로 여기는 '자본주의 정신'이 탄생했다고 본다. 베버는 자본주의 기업가의 도덕적 에너지와 왕성한 추진력이 프로테스탄티즘 종파의 신도교육에서 요청되는 금욕적 자기통제의 도덕관에 기원을 둔 직업의식에서 생겨난 것으로 설명한다.

청교도 정신과 근대 자본주의간의 연관고리 하나를 해명하려 했던 막스 베버는 근대 자본주의 출현에 결정적인 영향을 미친 사회경제적 요인들로 다음과 같은 요소를 꼽았다. 1. 가내 경영과 생산경영간의 분리, 2. 서구도시의 발전, 3. 로마법의 전통 속에 발달한 법률의 합리화, 4. 전문관료가 관리하는 국민국가의 발전, 5. 유럽의 복식부기 발전에 따른 자본주의적 경영의 규칙성 확립, 6. 자유로운 임금노동시장과 대중의 형성이라는 사회적 변화 등등.

베버가 설명한 청교도주의의 도덕적 에너지와 결합된 서구 자본주의의 발전은 산업 자본주의를 낳았다. 하지만, 산업 자본주의가 일단 성립되자마자 자신을 낳은 윤리적 기틀에서 종교적 요소들을 삭제해 버렸다는 게 베버의 생각이다.

"금욕주의가 수도원의 독방에서 일상생활로 넘어오고 세속적인 도덕성을 지배하게 되면 근대적 경제 질서의 엄청난 우주를…… 승리하는 자본주의를 세우는 데 역할을 한다. 왜냐하면 그것은 이제 기계적 토대에 의존하면서 더 이상 다른 지지를 필요로 하지 않기 때문이다. 소명에 대한 의무의 관념은 마치 죽어버린 종교적 신앙의 유령처럼 우리들 삶 안에서 배회할 뿐이다."

베버의 이 같은 발언에는 당대 산업과 문화 전반에서 횡행했던 우울한 비인간적 행태에 대한 고발과 비판이 바탕에 깔려 있다. 다시 말하면, 청교도주의가 근대인이 살아갈 감옥과도 같은 자본주의의 비정한 현실을 만드는 데 일조했다는 것이 그의 판단이다. 베버의 눈에는 자발적인 삶을 향유할 권리를 무자비하게 축출해버린 관료적 질서가 자본주의 사회에 자리 잡고 있는 것으로 비추어졌다.

『프로테스탄티즘의 윤리와 자본주의 정신』이 갖는 가치는 근대 세계의 등장에 대한 다양한 국민들에 대한 통찰 하나를 우리에게 보여주었다는 점에 있다. 초기 자본주의의 병폐를 목격한 그의 시대에, 자본주의 기원을 해명하는 작업은 '자기'라는 존재가 어디에 위치하고 있는가에 대한 냉철한 통찰과 크게 다르지 않다.

우리 역시 같은 문제를 안고 있다. 서구사회에서 완만한 경로이긴 해도 그 병폐를 심각하게 드러낸 자본주의의 성립과정은 우리의 사정과는 크게 다르다. 우리는 단지 40여 년 정도의 짧은 기간 동안 집약적으로 자본주의체제를 거쳐오면서 온갖 병폐를 경험했다. IMF체제 이후에야 비로소 우리 사회는 약육강식의 자본주의 체제로 진입했다고 보는 게 온당한 시각이다. 우리 사회는 압축 성장과 함께 그 폐해도 적지 않게 발견된다. 대기업 위주로 재편된 경제질서는 수출경제의 막대한 과실을 국민 전체로 분배하지 않는다는 게 가장 큰 문제이다. 또한 다시 불기 시작한 성장제일주의와 배금사상, 과도한 소비욕망 등등은 우리 사회를 비판적으로 재점검하고 기업가 정신을 재구성해야 하는 목전의 과제를 요청하기에 이르렀다. 이러한 냉혹한 자본주의에 대한 비판의 근거를 베버의 저작에서 얻는다는 건 결코 공허한 생각이 아니다.

그러나 이 책은 읽기 전에 반드시 고려해야 할 점 하나가 있다. 그것은 베버의 의식이 유럽 중심의 지역적 특색에서 벗어나지 않는 점이다. 그는 유럽이라는 세계를 가장 독자적이고 유일하며 보편적인 가치로 설정했다. 이에 대한 비판적인 입장이 선행되지 않는다면 우리는 서구사회에 대한 열등감을 털어버릴 수 없다.

▶ 다음 글을 비판적으로 읽고 문제점은 무엇인지 함께 토론해보자.

　　보편사의 어떤 문제를 연구하든, 근대 유럽 문명의 산물은 다음과 같은 문제를 자문하게 만든다. 즉, (우리가 보통 그렇게 생각하듯이) 보편적인 의외와 가치를 지닌 발전선상에 놓여 있는 듯한 문화현상이 서구문명에서 그리고 오직 서구문명에서만 나타난 사실은 어떤 일련의 환경들에 귀속될 수 있을 것인가라는 문제가 그것이다.

　　오직 서구에서만 우리가 오늘날 타당한 것으로 인정하고 있는 발전단계에 오른 과학이 존재한다. 경험적 지식, 우주와 삶의 문제에 대한 반성, 가장 심오한 종류의 철학적이고 신학적인 지혜 등은 서구에만 국한되지 않는다. 물론 이슬람과 다른 인도의 몇몇 종파는 단지 단편적인 신학만이 존재했기 때문에 앞에 말한 종류의 지혜가 체계적인 신학이 만개한 발전에 이른 것은 헬레니즘의 영향 아래서 기독교에만 국한되지만. 간단히 말해서 매우 세련된 지식과 관찰은 다른 곳에도 특히 인도, 중국, 바빌로니아, 이집트 등에도 존재했다. 그러나 바빌로니아나 다른 곳에는 천문학이 그래서 그 발전을 더욱 놀라운 것으로 여기게 되는데 최초로 그리스인들로부터 수용된 수학적 기초를 결여하고 있다. 인도의 기하학은 아무런 합리적 증명도 가지고 있지 못했다. 이러한 증명도 역학과 물리학의 창시자인 그리스적 지성이 낳은 또 다른 산물이다. 인도의 자연과학은 비록 관찰에서는 잘 발달했지만 실험방법이 결여되어 있었다. 이 방법은 고대에 시작되었다는 점 말고는 본질적으로 근대의 실험실과 마찬가지로 르네상스의 산물이었다. 그러므로 특히 인도에서 약학은 경험적 기술에서는 매우 발달했을지라도 생물학적 토대 특히 생화학적 토대를 결하고 있었다. 합리적인 화학은 서구를 제외하고는 문화의 어떤 영역에도 존재하지 않았다. (…중략…)

중국의 고도로 발전된 역사연구도 투키디데스의 방법을 가지고 있지는 못했다. 마키아벨리가 그 선구자를 인도에 가지고 있음은 사실이다. 그러나 모든 인도의 정치사상은 아리스토텔레스의 것에 비견할 만한 체계적 방법을 가지고 있지 못했으며 실제로 합리적 개념의 소유라는 점에서 그러했다. 인도에서의 모든 선구적 업적들(미맘사학파)도, 특히 근동에서의 광범한 성문화 작업도, 또 인도와 다른 곳의 법률서들도 엄격한 체계적 형식의 사고를 갖지 못했다. 이러한 사고는 로마법의 그리고 그 영향을 받은 서구 법률의 합리적 법학에 본질적인 면이다. (…중략…)

중국에도 인쇄는 있었다, 그러나 '단지' 인쇄를 위해서 그리고 오직 인쇄를 통해서만 디자인된 인쇄문헌, 특히 신문과 정기간행물은 단지 서양에서만 출현했다, 모든 가능한 유형의 고등교육기관, 심지어 우리의 대학 혹은 적어도 아카데미와 피상적으로 유사한 유형의 기관이 존재했다(중국과 이슬람). 그러나 훈련되고 전문화된 과학의 추구는 우리 문화에서 현재 차지하고 있는 지배적 위치에 접근하는 의미로는 단지 서구에만 존재했다. 무엇보다도 근대국가와 서구의 경제활동 모두에 기둥 역할을 하는 훈련된 관리에 대해서는 진정으로 그러하다. 훈련된 관리란 지금까지 단지 암시만 되었을 뿐, 사회질서에 대하여 현재와 같은 중요성에는 접근한 적도 없는 유형을 구성한다.

물론 관리, 그러나 전문화된 관리란 매우 다양한 사회에서 매우 오래된 구성인자이다. 그러나 어떤 나라도 어떤 시대도 근대 서양과 동일한 의미에서 특별히 훈련된 관리들의 '조직'에 그 전적인 존재, 그리고 그 삶의 정치적, 기술적, 경제적 조건을 절대적이고도 완전하게 의존해본 적은 없다. 사회적 일상생활의 가장 중요한 기능의 기술적으로, 상업적으로 그리고 특히 법적으로 훈련된 정부관리의 손에 들어오게 되었다.

인용된 글은 유럽인들의 뿌리 깊은 유럽중심주의의 일반적인 사례 하나에 불과하다. 유럽 문화권과 비유럽권으로 나누어 진술하고 있는 이 글은 유럽의 역사적 발전만이 보편적이며 합리적인 것으로 설정해놓고 있다. 이것은 역사 발전에서 지역의 특구성에 국한된 문제를 보편적인 문제로 바꾸어 여타 지역에서 축적된 문화적 소산을 평가절하하는 태도와 크게 다르지 않다. 서구의 것이 최고이고 보편적이라는 편견이 이 대목에서 확연히 드러난다.

고대 그리스와 로마, 근대 유럽으로 이어지는 지역문화의 특성이 과연 보편적이라면 다른 지역문화는 보편적이지 않다는 뜻이다. 이는 지중해가 세계의 중심이라는 생각의 연장선에 있는 뿌리 깊은 편견에 불과하다. 이것은 중화사상과 마찬가지의 문화중심주의이다. 이른바 근대화라는 것은 유럽이라는 세계의 지역적 경제발전의 경험이 전 세계로 파급되면서 거대한 흐름으로 나타난 것이지만, 그렇다고 해서 이것이 보편적인 발전경로라고 말하기는 곤란하다. 우리가 서구를 끝없이 선망하는 맹목적인 태도도 결국 서구인들이 말하는 '유럽중심주의 euro-centrism'이다.

지문에서 요청되는 비판적인 사고는 끈기 있는 독서와 저자의 가치관에서 찾아내야 하는 이러한 문제점의 도출로 이어진다. 이러한 문제점은 물론 지문 안에 포함되어 있다. 결국, 정확한 독해가 요구된다는 말이다. 정확한 독해는 소설이나 시처럼 문학작품에서 요구하는, 감동을 받은 내용을 창의적으로 설명하는 능력과 절대로 무관하지 않다. 어떤 저작이든 읽을 때마다 요구되는 것은 정밀하고 정확한 독해이다. 정밀하고 정확한 독해를 통해서 저자가 전개하는 논리와 주장의 핵심을 파악할 수 있는 것이다.

▶ 다음 글을 읽고 근대 자본주의의 성립을 설명하는 핵심적인 개념을 찾아 함께 토론해 보자.

　그러나 근대에 서양에서는 (……) 다른 어떤 곳에서도 나타난 적이 없었던 매우 다른 형태의 자본주의가 발전했다. 즉, (형식적으로는) '자유로운 노동'의 합리적인 자본주의적 조직화가 그것이다. 그와 같은 것을 상기시키는 정도의 것은 다른 곳에서도 발견된다. 부자유스러운 노동의 조직화조차도 플랜테이션의 경우에는 상당한 정도의 합리화에 도달했으며 제한된 정도로는 고대의 '에르가스테리아'에서도 발견되었다. 장원에서 그리고 장원(莊園) 부속 작업장이나 농노 노동을 갖춘 영지의 가내산업에서 합리화가 어느 정도 덜 발달했던 것 같다. 자유노동을 갖춘 실질적인 가내 산업조차도 서양 이외에서는 매우 고립된 경우에만 존재했던 것으로 분명히 입증되었다. 일용노동자의 빈번한 사용은 매우 드문 경우에―특히 국가독점의 경우. 그러나 이것은 근대적 산업조직과 상당히 다른 것이다―제조업조직을 낳았지만 결코 서양 중세의 것과 같은 수공업상의 합리적 도제조직에 도달하지 못했다.

　이윤을 위한 정치적 기회나 비합리적 투기적 기회에 맞추어진 것이 아니라 정기적 시장에 맞추어진 합리적 산업조직은 그렇지만 서구 자본주의에만 독특한 것이다. 자본주의적 경영의 근대적 합리적 조직은 그 발전에 있어 다른 두 가지 중요한 요소가 없었다면 불가능했을 것이다. 즉, 근대적 경제생활을 전적으로 지배하는 가사와 사업의 분리, 그리고 이와 긴밀히 연결되어 있는 합리적 부기가 그것이다. (중략)

　그러나 서구 자본주의의 이러한 모든 특이성들은 그 중요성이 결국에는 그것들이 노동의 자본주의적 조직화와 결부되었다는 데서 얻어진다. 일반적으로 상업화라고 불리는 것, 즉, 유통증권의 발달과 투기의 합리화, 교환 등도 그것과 연결되어 있다. 왜냐하면 노동의 합리적인 자본주의적 조직화가 없다면 이 모든 것이 가능하다 해도 그와 연관된 근대 서양의 특수한 모든 문제에 대해서 그리고 특히 사회적 구조에 대해서 지금과 동일한 중요성을 가질 수는 없을 것이기 때문이다. 다른 모든 것의 토대가 되는 정밀한 계산은 단지 자유로운 노동의 토대 위에서만 가능하다.

앞의 글은 근대 서양사회에서 출현한, 다른 문명권이나 전통적인 형태와는 전혀 이질적인 자본주의의 특징을 설명하고 있다. 주장의 핵심은 두 부분이다. "근대에 서양에서는 (……) 다른 어떤 곳에서도 나타난 적이 없었던 매우 다른 형태의 자본주의가 발전했다. 즉, (형식적으로는) '자유로운 노동'의 합리적인 자본주의적 조직화가 그것이다."라는 부분과, "자본주의적 경영의 근대적 합리적 조직은 그 발전에 있어 다른 두 가지 중요한 요소가 없었다면 불가능했을 것이다. 즉, 근대적 경제생활을 전적으로 지배하는 가사와 사업의 분리, 그리고 이와 긴밀히 연결되어 있는 합리적 부기가 그것이다."라는 부분이다.

이 두 대목은 서구 근대 자본주의의 출현이 갖는 의의를 설명하는 구체적인 주장이다. 여기에서는 '전통적인 노동의 자본주의적 조직화'라고 부를 여러 세목들이 거론된다. 정리해 보면, '전통적인 노동의 자본주의적 조직화는 근대적인 경영의 합리적인 조직을 통해서 가사와 경제활동이 분리되고, 복식부기가 등장'한 것을 꼽고 있다.

▶ 다음 글을 요약해보고 우리 주변의 삶에 적용 가능한 논제 하나를 찾아서 함께 토론해 보자.

사실상 오늘날에는 익숙하지만, 실제로는 결코 자명한 것이 아닌 이 독특한 직업의무라는 사상은 개인이 받아들여야만 하는 즉 자신의 '직업적' 활동과 무관하게 받아들여야만 하는 의무로서, 이는 그 직업이 무엇이든 특히 그 직업이 자신의 순수한 노동력의 사용인지 아니면 자신의 소유물('자본'으로서)의 사용인지와 무관하게 성립한다.

이러한 사상은 자본주의 문화의 '사회윤리'에 특징적인 것이며 어떤 의미에서는 그 윤리에 대해 구성적인 중요성을 갖는 것이다. 물론 그것은 자본주의의 토대에서만 성장한 것은 아니다. 우리는 그 사상을 멀리 과거까지 추적해볼 수 있다. 마찬가지로 현재의 자본주의가 그 개별적 담당자들, 예를 들어 근대적 자본주의 기업의 경영자나 노동자들이 이러한 윤리적 격률을 주관적으로 획득하는 한에서만 존속할 수 있다고 주장하는 것도 아니다.

현대의 자본주의적 경제 질서는 개인들이 태어나는 방대한 우주이며 이 우주는 적어도 개인들에게는 그들이 살아가야만 하는 현실의 불변적인 구축물로 나타난다. 그 우주는 시장의 연관에 얽혀 있는 개인들에게 자신의 경제적 거래의 규범을 강요한다. 이 규범에 적응할 수 없거나 적응하려 하지 않는 노동자가 실직하여 거리로 쫓겨나듯이 이 규범에 지속적으로 대립하는 공장은 경제적으로 예외 없이 제거된다.

따라서 경제생활을 지배하게 된 현재의 자본주의는 경제적 자연도태 과정에서 자신이 필요로 하는 경제 주체─기업가와 노동자를 교육시키고 만들어낸다. 그러나 바로 이 점에 역사적 현상을 설명하는 수단으로서의 '자연도태' 개념의 한계가 있다. 자본주의적 특성에 적응된 생활 영위 방식과 직업관이 '자연도태'를 통해 살아남으려면 먼저 존재하고 있어야만 한다. 물론 고립된 개인의 내부에서가 아니라 인간에 의해 집단적으로 유지될, 일종의 세계관의 형태로 존재하고 있어야 한다. 그런데 그것이 어떻게 존재하게 되었는가 하는 점이 바로 설명되어야 할 대상인 것이다.

지문은 근대 초기에 발생한 독특한 직업의무에 관한 사상이 자본주의 문화의 사회윤리로 기능했다는 점과 그것의 유래에 관해서 설명하고 있다. 지문에 따르면, 자본주의의 경제 질서는 윤리의식만 획득하면 되는 것이 아니라 그들이 살아갈 방대한 우주로서 여기에 적응하지 못하면 예외 없이 도태되고 마는 냉혹한 현실이라는 점을 강조하고 있다. 다른 한편으로는 자본주의 경제 질서 아래서 비정한 자연도태의 과정을 극복하려면 자본주의적 특성에 적응할만한 생활영위방식과 직업관이 있어야 한다는 것이다.

지문을 통해 얻을 수 있는 논제 하나를 우리의 현실에서 찾아보자. 대다수의 사무직 사원(이들을 '화이트칼라'라고 한다)이나 생산직 근로자('블루칼라'라고 한다)를 비롯한 임금 노동자들이 정리해고의 한파 속에 놓여 있다. '노동시장의 유연성'이라는 문제는 자본주의 사회의 구조적인 특성에 해당한다. 이를 타개할 방법이란 자발적인 재교육과 능력 충전이라고 말할 수밖에 없다.

논제를 좀 더 구체화시켜보자. '취업과 재취업을 위한 사회재교육의 필요성' 정도가 떠오를 수 있지 않을까. 기업이나 노동자 모두가 절박하게 느끼는 엄연한 현실로서 말이다.

▶ 다음 글을 함께 읽고 우리의 경제 현실에 맞게 문제점들을 찾아 비판적으로 토론해 보자.

윤리의 옷을 입고 등장하는, 규범 부여적인 일정한 생활양식이라는 의미에서 자본주의 '정신'이 우선적으로 싸우지 않으면 안 되었다던 적수는 전통주의라 부를 수 있는 관점과 태도였다. (…중략…) 근대적 기업가가 '그가 고용한' 노동자로부터 가능한 한 극대의 노동성과를 올리기 위해, 즉, 노동강도를 증대시키기 위해 사용하는 일반적인 기술적 수단 중 하나는 성과급이다. 예를 들어 농업의 경우 일반적으로 수확기에는 노동의 강도의 극단적 강화가 절실히 요구되며, 특히 기후가 불확실할 때에는 매우 심각한 손익의 기회가 수확의 속도에 달려 있다. 그래서 농업에서는 거의 성과급이 적용된다. (…중략…)
즉, 인간은 '그 본성상' 더 많은 돈을 벌려는 것이 아니고 단지 자신이 살아온 대로 살고 그에 필요한 만큼만 벌려고 한다. 근대 자본주의가 노동의 강도의 제고를 통해 인간의 노동 '생산성'을 제고시키기 시작했던 모든 곳에서 자본주의는 전(前) 자본주의적 경제노동의 이러한 동기가 갖는 무한히 끈질긴 저항에 부딪쳤다. 그리고 오늘날에도 자본주의의 토대로 여겨지는 노동계급이(자본주의적 관점에서 보아) '후진적'인 곳일수록 도처에서 보다 끈질긴 저항에 부딪치고 있다. (⋯중략⋯)

순수한 영리적 관점에서도, 일종의 숙련된 노동이나 예컨대 비용이 많이 들고 파손되기 쉬운 기계의 사용, 또는 일반적으로 고도의 주의력과 창의력 등을 요구하는 생산물의 제조가 중요한 곳에서는 어디서든 저임금은 자본주의의 발달의 지주로는 실패한다. 이런 경우 저임금이 이윤을 낳는 것이 아니라 의도했던 것과는 반대의 결과를 낳는다. 왜냐하면 이런 일에는 발달된 책임감 자체가 불가결할 뿐만 아니라 적어도 작업 '중'에 끊임없이 떠오르는, 어떻게 하면 되도록 편안하게 적게 일해서 정해진 보수를 받을 수 있을까 하는 생각에서 떠나 그 일이 마치 절대적인 자기목적—직업(소명)—인양 여기는 것이 불가결하기 때문이다. 그런데 그러한 정신은 자연적으로 주어지는 것이 아니다. 또한 고임금이나 저임금을 통해 직접적으로 얻어지는 것도 아니다. 오직 길고도 지속적인 교육과정의 산물일 수 있을 뿐이다.

위의 글은 근대적인 기업가의 입장에서 기술되었다. 이런 관점에서는 노동자 자신을 유인하는 성과급과 같은 수당으로는 상품의 생산성을 제고할 수 없다. 이 같은 주장은 저개발국가에 적용될 만하다. 노동자들에게는 삶의 질을 요구하는 본능적 속성과 안주하려는 심리가 저임금 노동자나 고임금 노동자에게서 동시에 나타날 수 있다. 절대적인 소명감에 기초한 직업의식이 없다면, 성과급이나 고임금, 저임금 제도 모두가 실패할

공산이 크다는 것이 이 글의 요지이다. 베버의 이러한 주장은 우리 사회의 경제 현실을 반성하게 해주는 진술이다.

과거 우리는 저임금을 기반으로 한 수출주도 정책을 통해 괄목할 만한 성장을 성취했다. 그러나 우리 사회는 자본주의의 정신적 기반이 마련되지 못한 채 정경유착과 과잉소비로 이어지면서 빠르게 변모하는 세계 경제의 현실에서 뒤쳐졌다. 그 결과 우리 사회는 IMF체제를 받아들이고 많은 고통을 겪었다. 이런 과오는 기업가로부터 노동자 모두에게 해당되는 혐의이다. 이러한 저개발의 차원을 극복하기 위해서는 직업에 대한 자부심, 합리화와 조직화를 위한 부단한 노력이 교육을 통해 문화로 자리 잡아야 한다는 게 베버의 주장이다.

▶ 다음 글에서 자본주의적 조직화 및 합리화의 과정은 과연 전통적인 경제 질서와 어떤 교체과정을 보였는지 함께 이야기하여 보자.

그 업자들의 순수한 상업적 성격, 영업에 자본이 반드시 도입되어야 한다는 사실, 경제적 과정의 객관적 특면, 부기방식 등을 본다면 이 선대업은 모든 점에서 '자본주의적' 조직 형태였다. 그러나 이 업자 등을 지배하던 정신을 본다면 그것은 '전통주의적' 경제였다. 즉 전통적 생활태도, 전통적 이윤을, 전통적 노동량, 전통적인 방식의 경영, 노동자 및 본질적으로 전통적인 고객군, 고객위상, 판매방식 등에 대한 관계의 전통적 성격 등에 대한 관계의 전통적 성격 등에 대한 관계의 전통적 성격 등이 영업을 지배했고, 이러한 업자들의 '에토스(윤리 혹은 정신의 뜻)'를 근거 짓고 있었다고 말할 수 있다.
그러나 이러한 평온함은 갑자기 파괴되었고 그것도 대개는 그 조직형태의 어떤 원칙적 변화 — 예를 들어 폐쇄적 경영이나 동력기계로의 이행

등—를 발생시키지 않고 파괴되었다. 오히려 다음과 같은 일이 일어났을 뿐이다. 즉 선대업에 종사하는 어느 가족의 한 청년이 도시에서 농촌으로 내려와 자신의 필요에 맞는 직물공을 엄선하고, 그들의 의존성과 통제를 점차 강화시켜서 그들을 농민에서 노동자로 교육시키는 한편, 다른 면으로는 최종 구매자인 소매업자와 가능한 한 직접 접촉하여 판매를 손수 행하며, 고객을 직접 구하여 그들을 매년 규칙적으로 방문하여 특히 생산물의 품질을 전적으로 그들의 요구와 희망에 적응시키고, 그들의 '구미에 맞게' 하는 동시에 '박리다매'의 원칙을 실행하기 시작했던 것이다. 그렇게 되자 그러한 '합리화' 과정이 수반하기 마련인 결과가 여기서도 즉시 나타났다. 즉, 상승하지 못하는 자는 몰락할 수밖에 없었던 것이다.

치열한 경쟁이 시작되자 목가적 분위기는 붕괴하고, 상당한 재산이 모아져도 이자를 노리는 대부로 사용되지 않고 재차 사업에 투자되었다. 안락하고 쾌적한 생활 방식은 박정한 냉혹함에 굴복했다. 그 이유는 합리화 과정에 참여하여 성공한 사람들은 쓰지 않고 벌려고만 했기 때문이며 옛 방식을 고수한 사람들은 위축될 수밖에 없었기 때문이다. 그리고 (……) 이 경우 대부분 이러한 변혁을 야기시켰던 것은 예컨대 새로운 화폐의 유입이 아니라 (……) 그에 관련되어 있는 새로운 '정신', 즉 , '근대 자본주의 정신'이었다.

위의 글은 전통적 상인의 몰락과 함께 근대자본주의 정신이 출현하는 과정에 관해 설명하고 있다. 선대업이라는 '자본주의적 조직형태'를 갖춘 산업을 예로 들면서 베버는 이를 운영하는 업자의 정신이 어떤 측면에서 전통주의적인가 근대적인가를 가려내고 전통주의의 목가적인 경영방식이 어떻게 퇴조했는가를 보여준다. 이 글에 따르면, 근대적인 경영방식이란 자수성가형의 인물이 노동자의 숙련교육, 거래선의 확대를 통한 영업망의 확보와 관리, 소비자 취향에 걸맞은 상품생산, 박리다매의 판매방식으로 기업을 운영하면서 자본을 재투자하는 것을 가리킨다. 또한 근대적인 경영자는 박정하고 냉혹하게 자본의 축적을 위해 상품생산과 유통, 소비에 이르는 전 과정을 합리화해 나간다. 이 같은 경제적 변혁을 가능하게 한 새로운 정신을 베버는 '근대 자본주의 정신'이라고 부른다.

근대 자본주의 정신은 검약한 생활방식과 금욕적인 윤리의식을 바탕으로 삼는다. 우리의 경우, 기업가와 노동자 모두가 물질의 풍요를 만끽하며 검약과 반대되는 생활양식을 취했고, 물질의 향유를 통한 쾌락의 확대에 줄곧 골몰해 왔다고 할 수 있다. 베버의 관점으로 보면, 우리 사회는 경제의 근대화는 이루었을지언정 '기업가의 근대 자본주의 정신'은 마련하지 못했다. 자본주의 정신의 부재가 오늘날과 같은 빈부격차와 반기업적 정서를 낳은 가장 직접적인 원인이라고 보는 것이 어느 정도 타당하다.

▶ 다음 글을 참조하여 자본주의의 비인간적 현실을 지적하고 '내가 생각하는 올바른 직업인의 상'을 함께 토론해보자.

청교도는 직업인이기를 바랐다―반면에 우리는 직업인일 수밖에 없다. 왜냐하면 금욕이 수도원의 방에서 나와 직업생활에 옮겨지고 현세적 윤리가 지배하기 시작함에 따라 이 금욕은 나름대로 기계적 생산의 기술적, 경제적 전제에 의존하는 근대적 경제 질서의 강력한 우주를 구축하는 데 일조했기 때문이다. 이 우주는 오늘날 이러한 동력 안에서 태어나는 모든 사람―단지 직접 경제적 영리활동을 하는 자뿐 아니라―의 생활양식을 압도적인 강제력으로 규정하고 있으며 또한 그 마지막 화석연료가 다 탈 때까지 아마 규정할 것이다. 박스터의 견해에 따르면 외적인 재화에 대한 배려는 마치 '언제든지 벗을 수 있는 얇은 겉옷'처럼 신자의 어깨에 놓여 있어야만 한다.

그러나 운명은 이 겉옷을 강철 같은 겉껍질로 만들어 버렸다. 금욕이 세계를 변혁시키고 세속에 작용하기 시작하자 이 세상의 외적인 재화는 역사에서 유례를 찾을 수 없을 정도로 인간에 대한 힘을 증대시켜 갔고 마침내는 벗어날 수 없는 것이 되었다. 오늘날 이 정신은 그 겉껍질에서 — 영원히인지 아닌지는 그 누구도 모른다 — 사라져 버렸다. 어쨌든 승리를 거둔 자본주의는 그것이 기계적 도태에 입각하는 한 그와 같은 지지를 더 이상 필요로 하지 않는다. 그 정신의 유쾌한 후계자인 계몽주의의 장밋빛 분위기도 영원히 퇴색되어버린 듯하고, '직업의무'라는 사상은 이전의 종교적 신앙 내용의 망령처럼 우리의 삶 안에서 배회하고 있다.

'직업이행'이 최고의 정신적인 문화적 가치와 직접적 관련을 가질 수 없는 경우 — 또는 거꾸로 말해서 그 이행이 주관적으로도 경제적 강제 이상의 것으로 느껴질 수 없는 경우 — 인 오늘날, 개인들은 대개 직업이행에 대한 해석을 포기한다. 현재 영리추구가 가장 자유로운 곳인 미국에서 종교적·윤리적 의미를 박탈당한 영리추구는 드물지 않게 그 추구에 스포츠의 특성을 부여하는 순수한 경쟁적 열정과 결합되는 경향이 있다. 미래에 이 겉껍질 안에서 살 자가 누구인지, 이 엄청난 발전의 마지막에 전혀 새로운 예언자나 혹은 옛 정신과 이 상의 강력한 부활이 있을지, 아니면 — 이 둘 다 아니고 — 일종의 발작적인 오만으로 장식된 기계화된 화석화가 있을지는 누구도 모른다. 만일 후자의 경우라면 물론 이 문화발전의 '최후의 인간'에 대해서는 다음과 같은 말이 옳은 것이 될 것이다. 즉, '정신 없는 전문가, 가슴 없는 향락자.' 이 공허한 인간들은 인류가 전례없는 단계에 도달했다고 생각할 것이다.

지문 해설

지문은 『프로테스탄티즘의 윤리와 자본주의 정신』에서 결론과 전망에 해당하는 부분이다. 이 대목에서 베버는 청교도주의의 직업관이 신의 소명이라는 의식에 바탕을 두고 있으며, 이것은 근대사회의 토대를 마련하는 데 기여했다는 점을 분명히 밝히고 있다.

우리가 속한 사회에서는 누구나가 직업인이 될 수밖에 없다. 압도적인 강제력으로 우리의 삶을 규율하는 자본주의라는 경제체제는 운명과도 같은 강철옷을 입혀 놓았다는 것이 베버의 논지이다. 그와 함께 청교도주의의 직업의식을 갖게 만든 인간 주체는 자본주의 질서에 종속되어 버렸다는 것이다. 자본주의의 승리는 인간을 기계적인 도태과정에 몰아갔고, 그로 인해 개인들은 탐욕스러운 영리추구의 도구 혹은 사물화된 대상이 되고 말았다. 이제 우리에게 남은 미래란 강철옷 속에서 살아가는 정신과 인간애를 상실한 삶은 아닐까라는, 베버의 우울한 예견은 지금의 현실에 비추어 보아도 탁견이 아닐 수 없다.

더 생각하기

직업인의 상은 결국 '정신 없는 전문가', '가슴 없는 향락자'가 되었을 때 자본주의의 엄청난 강제력 속에서는 도태될 수밖에 없는 운명에 처하게 된다는 것을 보여준다. 결국 자기의 확고한 윤리의식과 생활양식이 전제되어야 한다는 것, 그와 함께 부단한 자기 재교육을 통해 가혹한 현실을 통찰하고 이를 극복할 능력을 끊임없이 개발해야 한다는 것이 대안으로 제시될 수 있을 것이다. 어떤 직업인이 되던 이 같은 법칙이 먼저 정립되어 있어야 한다. 나는 어떤 직업인의 상을 세울 것인가. 이것은 각자의 몫이다.

법과 시민의 권리 투쟁

오래전 탈옥수가 인질을 잡고 저항하다가 인질을 풀어주고 나서 훔친 권총으로 자살하며 외치던 말이 떠오른다. 그는 "유전무죄 무전유죄(有錢無罪 無錢有罪)"라고 외치면서 죽어갔다. '돈을 가지면 무죄이고 돈이 없으면 유죄'라는 것이 법에 항변한 그의 마지막 절규였다. 이 사건은 우리 사회가 얼마나 법 앞에 불평등한지를 보여주는 극단적인 사례로서 지금도 사람들의 입에 오르내리고 있다. 지금 우리 사회 전반에 걸쳐 행사되는 법의 집행은 정의와는 거리가 멀게 느껴지는 부분이 없지 않다. 법에 대한 혼란스러운 감정은 권력을 가진 이들에게는 한없이 관대하고 힘없는 사람들에게는 너무 가혹하다는 느낌을 주기 때문이다.

한 사회의 성숙함을 법과 관련해서 살펴볼 만한 사법적 척도가 있다. 그 근거의 하나는 법의 공정한 시행 여부이다. 법은 힘없는 사람들만 지키는 것이 아니라 공정한 판결을 통해서 누구나 고개를 끄덕일 수 있도록 시행되어야 한다. 이런 사회에서는 부정부패나 비리가 사회 전체를 지배하는 분위기로 자리 잡을 수가 없다. 법의 출발점은 개인의 상식에 바탕을 둔다. 그리고 이런 상식의 기준과 실천이 모여서 개인의 권리와 의무가 지켜지는 법이 성립된다. 또한, 가족, 사회, 국가의 단위로 이런 기준을 확대 적용시킨 것이 오늘날 우리가 상식적으로 이해하는 법의 가치이자 원리이다.

하지만 시각을 달리해보면, 법은 개인으로부터 국가단위에 이르기까지 적극적인 정의의 잣대로 활용되어야 하는 반면, 법에서 허용된 개인의 권리는 개개인들이 적극적으로 지켜나가는 투쟁 속에서 확보되는 측면이 분명히 있다. 지금까지 한국사회가 법치국가이면서도 개인의 권리 확보나 사회 정의의 구현이라는 방향으로 법이 발전하는 데는 많은 지체를 겪었다. 오랜 독재 속에 법은 권력의 시녀가 된 적이 많았다. 법의 이름으로 국민의 권리가 제한되기도 했다. 아직까지도 국민을 얽어매는 악법의 폐단이 상당부분 존재하고 있다. 이런 현실 속에서 법을 통한 정의 실현과 개인의 권리는 어떻게 확보될 수 있을까. 이런 문제에 대한 평판을 얻은 고전적 저작이 『권리를 위한 투쟁』이다.

예링(Rudolf von Jhering)의 『권리를 위한 투쟁』은 법학 분야에서는 꽤 저명한 고전이다. 초판이 1872년에 나왔음에도 불구하고, 이 책은 법사상 분야에서 한 세기를 넘겨서까지도 세계 각국에서 널리 읽혀지고 있다. 그 배경은 아마도 법사상의 근본 문제, 곧 법의 존재가치를 잘 설명해주고 있기 때문일 것이다. 법학 지식이 별로 없는 필자는 대학 재학 시절에 이 책을 접했다. 당시의 필자에게 이 책은 법이 규정하고 있는 개인의 권리란 싸워서 얻는 것이라는 교훈을 주었다. 개인의 기본권이 돈과 권력에 의해 위협받는 오늘의 현실에서 이 책은 개인의 권리와 의무가 법의 테두리에서 보장받기 위한 투쟁이 곧 오늘날의 사회를 보다 성숙하게 만들 것이라는 근거를 제시해준다.

책은 크게 다섯 개의 장으로 구성되어 있다, 그 내용을 개략적으로 살펴보면, 1장에서는 법의 목적과 수단에 대해서 설명하고 있고, 2장에서는 권리를 추구하는 자의 권리 주장이 그 자신의 인격의 주장이라는 점을 밝히고 있다. 또한 3장에서 저자는 권리를 위한 투쟁이 자기 자신에 대한 권리를 가진 자의 의무라는 점을 주장하고, 4장에서는 이러한 권리의 주장이 사회 공동체에 대한 의무라는 점을 설명하고 있다. 마지막 5장에서는 저자는 권리를 위한 투쟁의 이익이 사법이나 개인의 생활, 더 나아가서는 국법과 국민생활에까지 영향을 미친다는 점을 역설하고 있다.

예링의 법사상은 법의 학문적인 인식이나 중립적인 접근방식은 아니다. 그의 주장은 모든 분쟁에 있어서 개인의 기본 권리에 대한 공격이 인간에 대한 경시로 나타날 때 법은 마땅히 개인의 권리를 지키기 위해 투쟁해야 한다는 것으로 요약된다. "권리를 위한 투쟁"이라는 표현으로 집약되는 예링의 주장은 결국 법의 목적이 개인의 인격과 권리를 지키는 험난한 투쟁임을 예증한 것이다.

▶ 다음 글은 책 전체를 이해하는 데 필요한 도입 부분이다. 지문을 읽으면서 '투쟁'이라는 표현이 긍정적인가 부정적인가를 함께 생각해보자.

법의 목적은 평화며 그것을 위한 수단은 투쟁이다. 그런데 법이 불법에 의해서 공격을 받는 한 이와 같은 현상은 세상이 존속하는 동안 계속될 것이다. 하지만 법은 투쟁을 중단하지 않을 것이다. 법의 생명이 바로 투쟁, 즉 민족과 국가권력, 계급과 개인의 투쟁에 있기 때문이다.

이 세상의 모든 법은 쟁취된 것이며, 모든 중요한 법규는 이에 대항하였던 사람들로부터 싸워서 빼앗은 것이다. 어느 개인의 권리이건 민족의 권리이건 모든 권리는 그것의 주장을 위해서 끊임없는 투쟁 준비가 전제된다.

　법은 단순한 사상이 아니라 생동하는 힘이다. 그러므로 정의의 여신(女神)은 한 손에는 권리의 무게를 달 수 있는 것이다. 절제를 모르는 검은 하나의 폭력이며 반대로 검을 갖지 못한 절제는 법의 무력함을 뜻한다. 즉 이 두 가지는 한 쌍을 이룬다. 그러므로 완전한 법의 실현이란 검을 찬 정의의 여신의, 검을 사용하는 힘이 저울판을 조정하는 숙련도에 근접하는 곳에서만 가능하다.

(……)

　법은 국가권력에 의해서만이 아니라 국민 전체에 의해서 지향되는 영원한 과업이다. 돌이켜 보건대 법의 일생은, 경제적이고 정신적인 생산의 영역에서 종사하는 전 국민의 고독한 투쟁과 노동의 동일한 광경을 우리 눈앞에 드러내고 있다. 자신의 권리를 주장하지 않을 수 없는 상황에 이르게 되는 자는 이와 같은 국민적 과업에 참여하게 되어, 결국 그의 기여는 지상에서 권리 이념의 실현을 촉진시키는 것이다.

　법은 궁극적으로 개인과 사회와 국가 전 영역에 걸쳐서 시민의 평화를 지향한다. 그러나 평화를 유지하는 실천적인 수단은 역설적이게도 '투쟁'이라는 모양새를 가지고 있다. '투쟁'이라는 표현에는 공정한 법 수행의 현실이 불법과의 싸움으로 확보된다는 의미가 담겨 있다. 그런 점에서 보면, 법은 평화를 위해 끊임없이 민족과 국가권력, 계급과 개인 간의 투쟁 속에서 정의를 구체적으로 드러낸다. 법의 공정성은 소수의 이익을 대변할 수 없다는 점에서, 법에 보장된 권리는 그냥 주어진 책임과 의무가 아니라 적극적으로 권리를 확보하기 위한 투쟁을 전제로 한다. 여기에서 예링은 정의의 여신이 손에 들고 있는 저울판과 칼을 다시 해석한다. 그는 저울판을 권리의 무게를 다는 것으로, 칼을 권리를 주장하는 투쟁으로 풀이하고 있다. 그가 해석하는 법의 사상은 칼이라는 폭력의 힘과 저울판을 조절하는 숙련도에 따라 법의 이상적인 실현 여부가 판단될 수 있다는 견해로 수렴된다.

그러나 법의 사명은 단순히 국가 권력에 의해서 수행되는 것이 아니다. 국민 전체 곧, 개인들 각자가 고독한 투쟁의 과정 안에 놓여 있다. 자신의 권리가 침해되는 순간 권리자인 시민은 자기 권리를 주장하기에 이른다. 이 주장은 권리자 자신에게 닥친 불법적인 현실을 정정하려는 고독한 대결이다. 하지만, 그는 권리를 적극적으로 방어하는 투쟁으로서 국민적 과업에 참여하는 것이다. 바꾸어 말해서 권리자의 권리투쟁은 법에 규정된 권리에 대한 이념 실현을 촉진하는 데 기여하는 것이다. "권리를 위한 투쟁"은 법의 정의를 실현하기 위한 개인의 치열한 노력을 통해 이루어지는 적극적인 방어로서의 싸움이라는 긍정적인 의미를 갖는 것이다.

▶ 다음 글을 함께 읽고 제소자(소송을 제기한 당사자―주)의 '권리를 위한 투쟁의 의의'라는 논제를 함께 토론해 보자.

권리를 침해당했을 때 어떠한 권리자든 다음과 같은 문제에 부딪히게 된다. 즉 그들이 권리를 주장하며 적대자에게 저항해야 할 것인가, 즉 투쟁해야 할 것인가, 그렇지 않으면 싸움을 피해서 권리를 포기해야 할 것인가의 문제다. 여하튼 누구도 이와 같은 결심을 막을 수는 없다. 그런데 그 결심이 어떻게 내려지든 두 가지 경우 모두 희생이 따른다. 즉 한 경우는 권리가 평화에, 다른 경우에는 평화가 권리에 희생된다. 이러한 관계에서 볼 때 문제는 사람이 처해 있는 개인적인 사정에 따라 어느 것이 더 참을 만한 희생인가 하는 데로 집중된다.

(……)

우리의 일상 경험은 투쟁대상의 가치적 측면에서 볼 때 그것을 획득하기 위해 바친 노고와 흥분, 희생과는 비교도 안 되는 소송이 있다는 것을 보여준다. 동전 한 닢을 깊은 물에 빠뜨렸을 때 그것을 되찾기 위해 동전 두 닢을 투자하는 사람은 없다. 그것을 찾기 위해 얼마를 쓸 것인가 하는 문제는 그에게는 순전한 계산문제다. 그러면 왜 그는 소송에서 그와 같은 계산문제를 적용하지 않는가? 그가 소송에서 이길 것을 계산하고, 소송의 비용이 상대방의 부담으로 해결될 것으로 기대하기 때문이라고 생각하는 사람은 아무도 없다. 변호사는 많은 사람들이 승소하려면 비싼 대가를 치러야 할 것으로 보이는 사건들을 제소하고 있음을 안다. 승소여부가 불확실함을 제소자들에게 알리고 소송 취하(소송을 포기하는 것−주)를 권하는 변호사는 "저는 소송을 분명히 결심했습니다. 비용은 얼마가 들어도 괜찮습니다"라는 말을 너무나 자주 듣는다. 이해타산이라는 관점에서 볼 때 이와 같은 전혀 불합리한 행동양식을 우리는 어떻게 설명할 것인가?

자신의 권리를 침해당했을 때, 소송을 제기하는 당사자는 궁극적으로 어떤 대의에 입각해서 권리를 주장해야 하는 것일까. 우리는 법에 명시된 권리를 보장받기 위해서라고 간명하게 답할 수 있을지 모르겠다. 그러나 그것은 너무 소박한 생각이다. 위의 지문을 요약하며 '권리를 위한 투쟁의 대의'라는 논제를 다시 정리해 보자.

권리를 침해당하면 누구든지 부딪치는 현실이 있다. 권리를 주장할 것인가 아니면 권리를 포기할 것인가라는 선택의 기로에 선다. 그런데 어떤 경우에도 권리와 평화 모두가 희생될 수밖에 없다. 권리를 주장하면 평화가 희생되고 평화를 원하면 권리가 희생된다. 다시 말해, 권리 주장은 많은 시간과 돈, 일상의 평화를 깨뜨린다. 일상의 평화를 주장하면 개인의 권리는 희생되고 만다. 그런 점에서 개인의 처한 상황에 따라 권리 주장을 행동으로 옮기는(즉 소송을 제기하는) 단계에 이르기까지에는 많은 용기가 필요하다. 특히 만만찮은 분쟁액은 가난한 제소자에게는 큰 부담이다.

그러나 재판에 이겨서 분쟁액 일체를 되돌려 받으리라 기대하지 않으면서도 소송을 결심하는 경우가 있다. 제소자들의 굳은 결의와 비용에 연연하지 않는 그들의 태도를 어떻게 설명해야 할까.

'권리를 위한 투쟁'이 갖는 가치의 측면에서 보면, 이 경우 동전 한 닢을 물에 빠뜨렸다고 그 동전을 건지는 비용으로 두 닢을 사용하는 금전 계산방식과는 차원이 전혀 다르다. 동전 한 닢을 위해서 동전 두 닢을 써버리는 것과 권리를 위한 투쟁이 다른 점은 무엇인가. 왜 제소자는 일상의 평화를 포기하면서까지 어떤 희생을 치르더라도 자신의 권리를 주장하는 것 일까? 논제로서 '권리를 위한 투쟁'을 결국 자신의 훼손된 인격과 연관 지어 생각할 수 있다.

"민족이 다른 민족으로부터 일 평방 마일의 땅을 지킬 줄 알아야 한다."라는 전제에서 출발해 보자. 이는 한 농부가 자신의 땅 한 이랑을 지키기 위해서 마땅히 싸울 줄 알아야 한다는 논리로 전환시킬 수 있다. 민족이 땅을 지키는 것은 보잘것없는 땅을 지키기 위한 것이 아니라 민족 전체의 명예를 위한 것이다. 마찬가지로 제소자가 많은 희생을 감수하면서까지 자신의 권리를 위해 싸우는 것은 자신의 인격과 인격을 보장하는 법의 감정을 주장하기 때문이다. 이 같은 제소자의 권리 주장은 자신만의 권리만이 아니라 법의 정의 실현이라는 대의에도 부합한다. 요컨대, 정의라는 법의 목적이 투쟁이라는 수단을 보장하는 것이다.

따라서 권리를 위한 투쟁의 대의는 금전에 대한 관심이나 침해당한 자신의 권리를 보장받으려는 주위의 충동과는 상관없다. 해를 가하는 불법에 대한 정신적 고통이 권리자에게 제소를 돌려하는 것이다. 예링은 권리를 위한 투쟁의 대의를 다음과 같이 표현하고 있다.

"내면의 소리는 그에게 속삭인다. '너는 뒤로 물러서서는 안 된다. 왜냐하면 여기에서 중요한 것은 가치 없는 투쟁대상이 아니라 자신의 인격과 명예, 법 감정이며 자기존중이기 때문이다.'라고 요컨대 그 소송이 그에게는 단순한 이해의 문제로부터 인격의 문제로 발전하는 것이다. 결국에는 인격의 주장이냐 그렇지 않으면 포기냐가 문제시된다."

예링이 말하는 권리 투쟁의 대의는 "개인의 인격과 명예, 법 감정과 자기 존중"이라는 인격의 문제이다.

▶ 만약 한 개인이라도 불법을 외면하고 권리를 위해 투쟁하는 데 동참하지 않는다면 그 부정적인 효과는 사회에 어떻게 파급될지를 함께 토론해 보자.

천 명이 싸워야만 할 때 한 사람쯤 도망간다 해서 그것을 알아채지는 못할 것이다. 그러나 수백 명이 군적(軍籍)을 버리고 도망해 버린다면 충실하게 버티는 군인들의 입장은 점점 위험하게 되어 저항의 전 부담이 그들에게만 지워질 것이다.

이 비유에서 나는 진상을 사실대로 밝혔다고 생각한다. 이 비유는 사법의 영역에서 발생하는 불법에 대한 권리의 투쟁, 모두가 힘을 합쳐야만 하는 전 국민의 투쟁에도 그대로 해당된다. 그러므로 여기에서도 도망하는 자는 모두가 공동의 일에 배반하는 죄를 저지르는 것이다. 왜냐하면 도망자는 적의 용기와 오만함을 북돋아줌으로써 적의 힘을 강하게 만들어주기 때문이다.

만약 자의와 무법상태가 뻔뻔스럽고 오만하게 감히 머리를 든다면, 이 것은 언제나 법의 수호를 위해서 소명된 사람들이 그들의 의무를 충실히 이행하지 않는다는 확실한 증거인 것이다. 그런데 사법(私法)에서는 모두가 자기 위치에서 권리를 지키도록 부름을 받았다. 그래서 각자는 자기 능력의 한도 내에서의 법의 수호자이며 집행자인 것이다. 이때 각자에게 귀속되는 구체적인 권리는 자기 자신의 권익이 계기가 되어 법을 위해서 싸우고 불법에 대항하도록 국가가 그에게 준 전권(全權), 즉 관리에게 주어진 무조건적이고 일반적인 전권 위임과는 반대로 조건부적이며 특수한

지문 해설

　법의 정의 실현이 권리를 위한 개인의 투쟁을 통해서 앞당겨질 수 있다는 예링의 주장을 앞서 살펴보았다. 그러나 개인이 자신의 권리 투쟁이라는 책임과 의무를 다하지 않을 때 발생하는 폐단은 매우 크다. 지문은 바로 이 같은 폐단과 사회적 영향에 대해 말하고 있다.

　권리를 지키기 위한 투쟁은 적과의 싸움에 비유된다. 적과 싸우기 위해 천명의 군인이 전선을 지킬 때 많은 수의 군인이 도망해 버리는 것은 전선을 지키며 충실하게 임무를 다하는 군인들의 입장에서 보면 이적 행위이다. 불법에 대한 전 국민의 투쟁도 마찬가지이다.

　법의 정의 실현이 어려운 현실이라고 해서 침묵하며 외면하는 가운데 권리를 위한 싸움을 포기하는 경우 그 싸움을 싸우는 개인들에게는 더욱 어려운 현실이 가로놓인다. 그런 측면에서 방관과 회피와 침묵은 공동체의 정의 실현에 큰 장애가 된다. 이것이야말로 권리를 위한 투쟁의 전열을 무너뜨리는 내부의 적이다. 결국 법의 수호 문제는 한 개인으로부터 시작된 사회 전체의 문제로 비화되는 것이다.

적의 오만과 용기를 북돋아주는 것, 다시 말해서 불법을 용인하는 현실이 생겨날 때 불법은 점점 사회 전체로 퍼져나간다. 불법을 용인하는 행위가 결국은 불법을 조장하는 행위와 다르지 않은 것이다, 그런 점에서 권리 투쟁을 포기하거나 회피하는데 따른 폐단은 개인에 그치지 않고 쉽게 사회 집단으로 전염병처럼 퍼져나간다. 법의 정의 실현이라는 목적이 권리 투쟁이라는 수단을 통해 이루어진다는 말은 그래서 적절해 보인다. 예링은 다른 부분에서 이렇게 말하고 있다.

"만약 이 법 감정이 정당하지 못한 법규나 나쁜 제도에서 비롯되는 장애 때문에 자유롭고 굳세게 발전할 가능성을 잃어버린다면, 만약 법 감정이 지지와 보호를 기대할 곳으로부터 오히려 박해를 받는다면, 만약 법 감정이 이러한 결과 때문에 불법을 참아야 하거나 이것을 번복할 수 없다면, 그 누가 그와 같은 노예적이며 순전이 타산적인 이익의 최하위 단계로부터 인격과 그의 윤리적 생존조건의 목표라는 이상적 동기로까지 끌어올려 정의로운 이념을 실현시키려고 애쓰겠는가?"

정당하지 못한 법이나 제도의 장애가 있는 경우, 법이 권리자를 보호하지 못하고 박해하는 경우, 법이 불법을 체념하는 경우 등 이 세 가지는 결국 권리를 위한 투쟁의 분명한 목표이며 구체적인 극복의 대상이다. 노예적인 상황을 싸워가며 정의로운 이념을 쟁취하지 않는다면 그 사회는 법에 저촉된 자들이 훼손한 법 감정 때문에 모두를 범죄자로 만들고 만다. 이런 현실이 되면 민족 전체를 해치는 권리 침해, 정치적 자유에 대한 박해, 헌법의 파괴나 전복, 외적의 침략과 같은 상황에 강력하게 대응하는 건강한 사회가 될 수 없게 된다.

따라서 모든 사회적 개인의 총체가 국가를 이룬다면 법을 수호하고 개인의 권리를 지키는 투쟁의 이익은 결코 개인의 사생활에 한정되지 않는다. 그 이익은 개인을 넘어 사회는 건강하게 하고 국가를 강성하게 만드는 것이다. 불법에 항거하고 정치적 자유에 대한 박해에 분노하지 않는 사회는 그 불법으로 인해 발전을 기대하기 어렵다. 그런 점에서 "각자는 사회의 이익을 수호하는 권리를 가진 살아있는 투사"이다.

과학 발전의 패러다임과 세계관의 변화

우리는 한 번쯤 지금 받고 있는 과학 교육의 큰 틀이 어디에서 유래했는지를 의심해볼 필요가 있다. 다시 말해, 오랜 옛날에도 우리처럼 교육을 받았을 자연 관찰(곧 과학교육)이 왜 미신과 유사과학이라고 비판당하게 된 것일까. 또한 분명한 자연현상임에도 불구하고 어떤 문제는 왜 지금도 과학의 연구대상이 되지 않는 것일까. 20세기의 과학은 지구 안의 거의 모든 자연 현상을 다루는 차원을 넘어 지구 밖의 우주현상까지 탐구의 대상으로 삼고 있다. 그러나 과학은 어떤 특정한 경우만을 연구대상으로 삼는 인상을 준다. 단적으로 말해, 과학 교과서의 내용은 오늘날의 과학자 사회에서 공인된 어떤 틀 안에서 쓰여진 가장 모범적인 내용을 정리해 놓은 것에 지나지 않을지도 모른다. 『과학혁명의 구조』는 이런 의문에서 출발하는 과학철학의 고전이다.

토마스 새뮤얼 쿤은 과학 철학자이자 과학사가로서 20세기 후반 사상계에서 가장 영향력 있는 인물의 한 사람으로 꼽힌다. 그의 대표 저서 『과학혁명의 구조』의 영향력은 과학사 분야나 과학철학 분야에만 한정되지 않는

다. 이 책은 철학, 사회학, 언어학, 역사학 등에서도 많은 논란을 불러 일으
켰다. 특히 그의 주장에서 가장 주목을 받고 논란이 된 것은 '패러다임
paradigm'이라는 개념이다(패러다임에 관해서는 뒤에서 상세하게 살펴볼 것이다).

'패러다임'이란 말은 외국어를 배울 때 '표준이 되는 예 exemplar'라는
뜻이다. 라틴어에서 나온 이 말은 독일어의 관사 격(格) 변화표를 생각해
보면 쉽게 이해될 수 있다. 'die(1격)−der(2격)−der(3격)−die(4격)'와 같은
변화형 전체가 곧 패러다임이다. 이 용어는 책에서 과학의 역사를 새롭게
설명하는 데 가장 요긴하고 또한 중요한 개념이다.

쿤에 따르면, 학생들이 보고 배우는 과학 교육의 내용은 과학 분야에서
논쟁을 불러일으키는 과학적 개념이나 정의가 아니다. 그 내용은 과학 용
어가 사용된 예제들을 푸는 표준적인 방법을 알기 쉽게 설명한 것에 지
나지 않는다. 과학 연구 활동은 어학을 배우는 학생들이 표준이 되는 예
를 통해 여러 가지 변형을 습득하는 과정에 비유된다. 즉, 패러다임은 어
느 과학 분야의 기본 이론과 법칙·개념·지식 등을 가리킨다. 학생들은
기본 이론과 문제 풀이를 통해 과학의 패러다임을 익히는 것이다.

기본 법칙을 적용하는 표준적인 방법과 그 법칙을 증명하는 데 필요한
플라스크 용기나 여러 실험 기술, 장비들이 바로 패러다임의 구성요소이
다. 또한 정규적인 연구의 방향을 제시하는 원리도 패러다임에 포함된다.
패러다임은 어떤 과학적 법칙이나 개념이기도 하지만, 이론의 정확성과
명확성, 체계성을 중시하는 과학자 사회의 가치관과 공유하는 사고나 관
습까지도 모두 포함된다(이 같은 점이 강조되는 배경은 과학의 역사에 대한 의문
에서 출발했다는 책의 전제와 관련이 있다).

토마스 새뮤얼 쿤은 과학의 역사가 과학적 지식을 쌓아올린 누적의 역
사로 보지 않는다. 그는 과학사를 과학적 지식이 변천하고 발전하면서 과
거의 패러다임에서 새로운 패러다임으로 바뀌는 '혁명적' 과정이라고 보

고 있다. 과학혁명은 하나의 패러다임이 전체적 또는 부분적으로 대체되는 변화의 단계라는 것이다.

쿤이 설명하는 과학의 역사는 '과거의 패러다임(안정된 학문 연구 활동기간) → 위기의 축적 → 과거 패러다임 붕괴와 새로운 패러다임의 등장(과학혁명)'으로 정리된다. 혁명적인 과학의 변화단계 사이에는 과학자들이 통상적으로 연구하는 안정된 활동기가 있다. 이것이 '정상과학 normal science'이다. 과학 혁명은 심각한 '비정상적인 abnormally' 현상들이 빈번하게 나타나면서 정상과학이 위기를 맞고 붕괴되면서 새로운 정상 과학이 형성되는 혁명적인 변화를 가리킨다. 쿤의 논리대로라면 새로운 정상과학을 가능하게 하는 뛰어난 저술을 '과학의 고전'이라고 할 수 있다.

이 책에서 '정상과학'이라 함은 하나 또는 그 이상의 과학적 성취에 확고한 기반을 둔 연구를 의미한다. 이들 성취란 일정 기간 동안 특정 과학자 집단이 앞으로의 연구 사업의 기초로 인정한 그러한 업적들이다. 오늘날의 이 업적들은, 그 본래적 형태라고 볼 수는 없지만, 초등 또는 중등 과학 교과서에 열거되고 있다. 교과서들은 일련의 정설(定說)을 설명하고 성공적인 응용 사례를 들어 해설하며 적용 사례와 관찰·실험의 보기들을 비교한다. 19세기초(새로이 발전된 과학에서는 그 이후까지) 이러한 책들이 유행하게 되기 이전에는 과학의 유명한 과학 고전 서적들이 비슷한 기능을 하였다. 아리스토텔레스의 『자연학』, 프톨레마이오스의 『알마게스트』, 뉴턴의 『프린키피아』와 『옵티카(광학)』, 프랭클린의 『전기학』, 라부아지에의 『화학』, 라이엘의 『지질학원론』과 같은 많은 책들이 한동안 과학자들의 연구 분야에서 정당한 문제와 방법론을 정의해주는 역할을 하였다. 그것이 가능했던 이유는 이들이 두 가지 본질적인 성격을 갖고 있기 때문이다.

　　우선 그들의 업적은 경쟁적인 과학 연구 방식을 멀리하는 추종자 집단을 계속 유인할 만큼 전례 없이 탁월한 업적이었다. 동시에 그 업적은 새로이 형성된 연구자들에게 여러 가지 문제들을 제시할 수 있을 만큼 개방적인 것이었다.

　　오늘날의 자연과학이 형성되기까지 여러 분야에서 패러다임을 형성해 온 고전적인 과학 저술들이 있을 수 있다. 이 고전적인 저작들은 그 시대를 선도하는 과학자 집단에서 자신들의 연구를 위한 출발점으로 삼을 만큼 인정받은 업적이다. 저자는 19세기 이전까지 정설이었던 이들 저서들의 공통점을 찾아낸다. 이들 업적은 전례 없이 탁월했기 때문에 추종자 집단을 끌어 모을 수가 있었고, 여러 문제들을 제시할 수 있는 유연한 성과였다는 것이다. 다시 말해, 이들 업적은 특정 연구 집단과 경쟁하는 집단들까지도 유인할 만큼 탁월한 성과로서 영향력을 갖게 되면서 그 시대에 습득하지 않으면 안 될 중추적인 세계관과 관습을 형성했다. 바로 이것이 정상과학의 안정된 과학 연구를 가능하게끔 한 고전적인 저작들의 공통점이다.

　　그러나 과학자 사회에 기본이론과 모순되는 이상한 현상이 차츰 쌓이게 되면 정상과학은 위기를 맞을 수밖에 없다(객관식 문제만으로는 사회가 요구하는 능력을 갖출 수 없기 때문에 주관식 문제를 도입해야 한다는 주장이 점점 커지는 경우와 흡사하다). 그 결과 과학 연구의 성격이 급속하게 변화하기 시작한다. 기존 패러다임에 바탕을 둔 연구 활동과 판단이 의문시되면서 새로운 이론체계가 등장한다. 결국 과학자 사회는 과학의 새로운 패러다임을 받아들이게 되는 것이다(아예 주관식 문제를 더 나은 교육 평가방식으로 수용한 것이다).

과학자는 자신이 속한 분야의 패러다임을 통해 자연 세계의 어느 측면을 바라보는 것이다. 이런 이유에서, 쿤은 새로운 패러다임의 선택은 새로운 세계관의 선택이기도 하다고 말한다.

쿤은 패러다임 속에서 과학자들이 수행하는 연구 활동의 유형을 세 가지로 나누었다. 제1유형—패러다임 안에서 자연현상들의 본질을 보여주는 사실을 탐구한다. 제2유형—기본 이론에서 예측되는 결과를 직접 관찰한 사실과 비교하고 설명한다. 제3유형—예측과 사실 사이에 맞아떨어지는 정도를 보다 정교하게 만들기 위해 패러다임을 수정하고 보완하며 보다 명료하게 만든다.

이렇게 볼 때, 정상과학은 퍼즐놀이에 비유될 수 있다. 정상과학과 퍼즐놀이의 공통점은 푸는 사람이 확실한 해답을 가지고 있으며 풀이를 얻는데 필요한 규칙을 터득한다는 사실이다. 정상적인 연구에서 패러다임의 기본 이론에 어긋나는 결과를 얻는 수도 있다. 이런 경우 이론 자체에 대한 의문이 일어나는 것이 아니라 과학자의 능력이 의문시된다(우리가 주어진 문제를 풀 때 해답은 이미 주어져 있다. 문제를 틀리면 학생의 능력이 의심받듯이 말이다).

그러나 최근 몇몇 과학사가들은 누적에 의한 발달이라는 개념이 그들에게 부과된 기능을 점점 더 어렵게 만들고 있다는 사실을 발견하고 있다. 누적 과정의 연대(年代) 기록자로서의 그들은, 산소가 발견된 것이 언제인가? 에너지 보존에 관한 생각은 누가 최초로 했는가? 등의 질문에 대하여 연구를 하면 할수록 해답을 얻기가 점점 힘들어짐을 발견한다. 몇몇 사람은 이런 질문들이 단순히 부적합한 질문일지도 모른다고 생각하게 되었다. 아마도 과학은 개별적인 발견이나 발명의 누적에 힘입어 발달하지는 않는지도 모른다. 동시에, 이들 과학사가들은 과거의 관찰과 믿음의

‘과학적’ 요소를 그 이전에 ‘오류’ 또는 ‘미신’이라고 규정한 것들과 규정한 것들과 구분하는 데에도 어려움을 겪고 있다. 예컨대 아리스토텔레스의 역학, 연소설에 관련된 화학, 열역학 등을 주의 깊게 연구할수록 그들은 과거 어느 때에 통용되던 자연관이 전반적으로 오늘날보다 비과학적이지도 않을뿐더러 인간적 우매의 산물만도 아니었다는 것을 확신하게된다. 만약 이러한 낡은 생각들을 신화라고 부른다면 이런 신화는 오늘날의 과학 지식이 형성되는 방법과 같은 방식으로 만들어질 수도 있고 또한 동일한 이유로 (신화라고) 주장될 수도 있다.

토마스 새뮤얼 쿤은 과학의 역사가 과학적 지식이 차근차근 발전해온 진보의 과정으로 보지 않는다. 우리가 아무런 의문도 갖지 않고 교육을 받아온 입장에서 보면, 이 같은 논지는 생각하기 힘든 문제일지 모른다. 그러나 우리가 배우고 익히는 교육의 내용은 일정한 과학 이론과 지식을 습득하는 과정에 지나지 않는다. 우리가 공부하는 과학의 이론적 지식이 어떤 배경 위에 있는지에 대한 관심이 없으면 이런 의문들은 아예 생겨나지 않는다.

오늘날 미신으로 여겨지는 것이 과연 옛날 사람들에게도 미신으로 받아들여졌을까. 지구가 태양 주위를 돈다고 배우지만 눈으로 보면 태양이 지구를 도는 것은 드러나 있는 분명한 현상이다. 그리고 태양이 동쪽에서 떠서 서쪽으로 진다는 것은 옛날 사람들의 확고한 과학 지식이 아닌가. 옛사람들이 지구가 우주의 중심이라는 생각을 가진 것도 관찰 속에서 얻어낸 과학의 상식이었다. 그렇기 때문에 옛사람들의 주장과 이론은 그 당대의 세계관과 그들이 만들어낸 가치관을 드러내는 당시로는 가장 과학적인 지식이었다.

그런데 우리는 지구가 태양의 주위를 돈다는 지식은 과거의 사람들이 믿어온 지식과는 전혀 다른 층위를 가지고 있다. 더구나 이 같은 지식의 변화는 차근차근 쌓여서 얻어진 결과가 아니다. 쿤의 말대로라면, 옛사람들의 사고는 천동설이라는 거대한 천문학의 체계와 그에 따른 신화적인 가치관에 속해 있었고, 오늘날 우리는 지동설에 바탕을 둔 상대주의적인 과학의 세계에 속해 있는 것이 된다. 우리가 과학교육을 통해서 동에서 서로 움직이는 해를 보거나 낮과 밤이 뒤바뀌는 것을 지구가 움직이기 때문이라고 '익히는' 것은 바로 지동설의 과학세계에 속한 사람으로 교육받는다는 것을 뜻한다.

이처럼 지식의 획득 과정은 결코 많은 지식이 쌓여서 된 결과가 아니다. 지식의 중심이 천동설에서 지동설로 변화한 때문이다. 천동설에 기반을 두고 있는 세계관과 여러 가지 생활양식과 그에 합당한 종교까지도 모두 버리고 지동설에 바탕을 둔 새로운 세계관, 새로운 생활양식, 새로운 지식을 취한 것이다.

쿤의 방식대로 과학의 역사를 살피게 되면, 단순이 어떤 발견이 과학연구의 발전을 가져온 것이라는 견해는 당연히 부정된다.

▶ 다음 지문을 읽고 우리 주변의 유사한 문제를 가진 현상 하나를 찾아보자.

분명 우리는 산소의 발견과 같은 사건을 분석하기 위해서 새로운 용어와 개념을 필요로 한다. '산소가 발견되었다'라는 문장은 의심의 여지가 없이 명백하지만, 무엇을 발견한다는 것이 우리가 평범하게 사용하는 (그리고 의문을 제기하기로 하는) '본다'는 개념에 부합하는 단순한 일회적 행위인 것 같은 오해를 낳게 한다. 바로 이것이 보거나 만지는 것과 같이 발견하는 것도 어느 개인에 의해 어느 순간에 이루어져야 하는 것같이 즉각적으로 가정하게 되는 이유인 것이다. 그러나 시간의 설정은 항상 불가능하며, 특정 개인을 지적하는 일도 역시 불가능한 경우가 많다. 셸레의 예를 제외하면, 1774년 이전에 산소가 발견되지는 않았다고 무난하게 이야기할 수 있다, 그리고 산소가 발견된 때는 1777년 이전 또는 바로 그 직후일 것이라는 이야기도 할 수 있다.

그러나 이와 비슷한 기간 내에서 발견의 시간을 결정하려는 노력은 무리일 수밖에 없다. 왜냐하면 새로운 종류의 현상을 발견한다는 것은, 어떤 것이 존재한다는 것과 그것이 무엇이라는 것을 모두 밝혀야 하는 복잡한 일이기 때문이다. 예를 들어, 산소가 현재에도 탈연소 공기와 같은 것이라고 한다면 우리는 그 날짜에 관해서는 아직 알 수가 없지만 프리스틀 리가 산소를 발견했다고 주저 없이 주장할 수 있을 것이다.

그러나 관찰의 개념화, 그리고 사실과 이론에의 동화가 발견과 불가분의 관계에 있는 것이라면 발견이라는 것은 시간을 요하는 하나의 과정일 수밖에 없다. 모든 타당한 개념이 구비되어 그 현상이 새로운 종류의 것이 아닌 때에 비로소 그것을 발견하고 그것이 무엇이라는 것을 발견하는 일이 어떤 더 다른 노력 없이 일순간에 이루어질 수 있게 되는 것이다.

이제 우리는 발견이란 시간적으로 반드시 오래지는 않지만 상당한 개념적 동화 기간을 거친다는 사실을 인정하자. 그렇다면 발견에 패러다임의 변화가 포함된다고 말할 수 있겠는가? 이 질문에 관해서는 아직 일반적인 해답을 할 수는 없지만, 적어도 산소의 경우 그 해답은 긍정적일 수 있다. 1777년 이래 라부아지에가 논문에 발표한 것은 산소의 발견이라기보다는 산소 연소론(酸素燃燒論, oxygen theory of combustion)이었다. 그 이론은 '화학혁명'이라고 불리울 만큼 화학을 재구성하는 데 관건이 되었다. 만약 화학의 새로운 패러다임 출현에 산소의 발견이 중심적인 요소가 되지 않았다면, 누가 최초로 발견했는가의 문제는 그렇게 중요하게 보이지는 않았을 것이다.

이 지문은 과학의 역사가 발견이나 발명이라는 사건들의 축적으로만 이루어진 것이 아니라는 점을 사례를 들어 구체적으로 설명하고 있다. '산소'라는 원소를 발견했다는 사건만을 생각했을 때, 가장 단순한 퀴즈 문답식 답변은 셀레가 1774년에 발견했다는 것이다. 그러나 과연 셀레가 '산소'라는 원소를 발견했다고 스스로 생각했을까. 무엇을 발견했다는 확실한 생각은 아니었다는 것이다. '산소'라는 물질을 셀레가 발견했다고 하더라도 그는 '산소'라는 불에 타는 성질을 가진 순수한 물질을 단지 찾아냈을 뿐이다. 산소의 '완전한' 발견은 산소라는 원소 개념과 그에 따른 여러 특징들이 함께 밝혀져야 한다. 그렇지 않다면, 불완전한 이해에 그치는 것이다. 그런 점에서 1774년 셀레의 원소 발견은 완전한 발견이 아니며, 라부아지에가 '산소연소론'을 발표한 1777년이 '화학혁명'의 시작을 알리는 산소 발견의 출발점이 된다.

우리는 단순한 과학적 발견을 과학이 진보하는 출발점으로 오해하는 경우가 많다. '산소가 발견되었다'는 문장은 단순히 그 원소를 찾아낸 순간을 뜻하는 것이 아니다. 그보다는 원소가 가진 여러 특징들을 이론화하고 분석하기 시작한 분기점이 어떻게 만들어졌는가라는 물음으로 해답을 구해야 한다.

풀어서 말하면, 객관식 위주의 교육을 받아온 우리가 언제 주관식, 논술형 문제 형태로 공부하게 되었는가 하는 질문은 잘못된 것이다. 이 질문은 '어떤 사회적 배경과 논리 위에서 객관식 평가방식이 주관식, 논술형 평가방식으로 바뀌게 되었고, 그러한 교육을 왜 일어날 수밖에 없었는가?'라는 질문으로 바꾸어야 한다. 단순한 사실만을 가지고 그것이 쌓여서 변화를 가져온다는 생각은 사실 학년만 올라가면 공부를 잘하게 될 것이라는 소박한 생각이나 다를 바 없다. 이것은, 비유해서 말하면, 책만 많이 사둔다고 공부를 잘할 것이라는 생각과 같다.

과학사에 대한 쿤의 관점은 역사적 사실들을 나열한 역사의 관점에 많은 충격을 가져온다. 저자의 관점에서 하나의 논제를 구해 보자. 과학의 발전은 단순히 발견에서 시작되는 것은 아니다. 새롭게 찾은 물질 '그것' 이 '있다는 사실'과 그것이 '무엇'인가라는 점이 모두 밝혀져야만 비로소 과학의 발전이 가능하다는 게 쿤이 주장하는 핵심이다.

많은 발명가들의 아이디어가 왜 과학의 발전과는 연관이 없는 것일까. 발명이나 발견이 과학적으로 훌륭한 업적이라 해도 그 개념을 정리하고 이를 이론으로 발전시키지 못하기 때문이다. 개념의 정리와 이론의 발전 은 과학자들이 해야 할 몫이다. 과학자의 사명은 새로운 물질을 발명하는 것이기도 하지만, 발견된 물질의 특성을 분류하고 정리해서 훌륭하게 설 명함으로써 다른 과학자들에게도 연구할 수 있는 길을 여는 데 있는 것 이다. 지금까지의 이야기를 정리하면 논제 하나가 만들어질 것이다. 즉, '발견과 발명이 과학연구와 다른 점'.

▶ 사물을 바라보는 내용은 관점에 따라 그 의미가 크게 달라진다. 다음 지문 은 패러다임의 변화가 새로운 세계관의 등장을 초래한다고 주장하고 있다. 패러다임의 변화 속에 요구되는 새로운 관점의 학습과 관련한 재교육의 필 요성에 대해서 함께 생각해보자.

현재 역사학의 관점에서 과거 연구의 기록을 살펴보면, 과학사가는 패 러다임이 변화할 때 그와 함께 세계 자체도 변화한다고 주장하고 싶은 생각이 든다. 새로운 패러다임에 의해 과학자들은 새로운 기구를 사용하 고 새로운 문제 영역을 보게 된다. 더욱 중요한 것은 혁명 기간 중 과학 자들이 익숙한 기구로 보던 문제 영역에서 새롭고 전혀 다른 것들을 보 게 되는 사실이다. 그것은 마치 그 전문가 집단이 갑자기 다른 혹성으로 옮겨져서 이제까지 익숙하던 대상물들이 전혀 다르게 보이고 생소한 것 들과 결합된 것으로 보이는 것과 같다. 물론 이 같은 일이 실제로 일어나는 것은 아니다. 지리적 이동도 없고 실험실 밖에서의 일상생활은 평소와 같이 지속된다. 그러나 패러다임의 변화는 과학자들로 하여금 그들이 종사하는 연구 세계를 다르게 보도록 만든다. 그들이 보고 행하는 일을 통해서 그 세계에 접하게 되는 한 우리는 혁명 이후 과학자들이 하나의 다른 세계에 대응하고 있다고 말해도 좋을 것이다.

이러한 과학자 세계의 변형의 기초적인 모형은 시각 형태의 변화에 관한 설명이 시사해주는 바와 똑같다. 과학자의 세계에서 혁명 이전에는 오리였던 것이 이후에는 토끼가 된다. 처음에는 위쪽에서부터 상자의 외형을 보던 사람이 나중에는 밑으로부터 그 내면을 보게 된다. 흔히 좀 더 점진적이며 대체로 항상 돌이킬 수 없는 것이기는 하지만 이러한 전환은 과학 교육의 공통된 부산물이다. 등고선 지도를 놓고 학생은 종이 위에 그려진 선을 보고, 지도 제작자는 지세(地勢)를 읽는다. 포말 상자(泡沫箱子)의 사진을 놓고 학생은 얽히고 끊어진 선을 보고, 물리학자는 자기에게 익숙한 아(亞)원자 상태의 기록을 본다. 그러한 시각의 변화가 몇 번 있은 후에야 학생은 과학자가 보는 것을 보고 과학자처럼 반응하면서 과학자의 세계에 안주하게 된다. 그러나 그때 그 학생이 들어가는 세계는 한편으로 환경, 다른 한편으로는 과학의 특성 때문에 단번에 완전히 고정되지 않는다. 그 세계는 오히려 환경과 정상과학의 전통이 바뀌는 혁명의 시기에는 과학자의 환경에 관한 인식도 재교육되어야 한다. 익숙한 상황에서 새로운 형태를 보도록 배워야 한다. 그렇게 한 뒤에는 그의 연구세계는 그가 이전에 살던 세계와는 비교할 수도 없는 것처럼 보일 것이다.

지문 해설

새로운 패러다임의 선택은 세계관만 변화시키는 것이 아니다. 이 변화는 과학 지식의 기반을 새로 짜는 새로운 기원을 만들어낸다. 이 변화의 혁명적인 모습은 하나의 이론체계를 단순히 수용하는 데 그치지 않고, 관련된 개념과 법칙과 가정들을 포함한 패러다임 전체를 받아들여야 한다는 점에 있다. 그런 점에서 쿤은 과학혁명을 정치혁명에 비유한다.

정치혁명이란 이미 있는 제도를 파괴하면서 정치 제도를 개혁하기 때문에 상층부에 있는 모든 신분과 계층 사람들의 지위에 엄청난 변화를 불러온다. 혁명은 원래 있어온 정치제도에 의존하지 않기 때문에 안정된 사회는 극도의 혼란에 빠지게 된다. 패러다임이 변화할 때 혁명적인 상황처럼 가치관은 크게 달라진다. 마치 개종하는 사람이 불교의 전통에서 기독교의 생활방식으로 바꾸거나 그 반대의 경우처럼 전혀 새로운 생활양식을 선택하고 적응해야하는 상황에 직면하게 되는 것이다. 과학사에서 패러다임이 바뀌면 익숙하지 않은 사람은 전혀 새로운 지식과 관점을 재교육받지 않으면 안 된다.

더 생각하기

『과학혁명의 구조』는 과학사에서 발견에 발견을 거듭하면서 과학이 오늘날과 같은 발전을 이루었다는 관점에서 벗어나 있다는 사실을 보여준다. 그와 함께 패러다임의 혁명적 변화, 곧 과학 혁명은 오늘날을 사는 사람들이 겪고 있는 빠른 과학 기술의 변화에 대한 재교육의 필요성에 대해서 많은 암시를 던져주고 있다. 그 재교육의 배경에는 다음과 같은 내용이 포함될 수 있다.

앞으로의 우리 삶은 지식을 한 번 습득하고 나면 배운 지식으로 평생을 사는 시대가 지나갔다는 것이다. 과학적 지식의 발전과 함께 우리의 가치관도 이러한 변화된 지식 내용을 학습하고 익혀나가면서 끊임없이 변화되지 않으면 안 된다. 새로운 기술은 편리함만 가져오는 것이 아니라 가치관의 변화를 불러들인다. 그리고 변화된 가치관을 받아들여 적응할 수 있는 능력을 소유하지 않으면 사회에서 뒤질 수밖에 없다.

새로운 관점의 과학 기술이란 19세기말 20세기초반에 주로 등장했다. 아인슈타인의 상대성이론과 막스 프랑크의 양자역학, 하이젠베르크의 불확정성 원리, 생태학적 지구관, 분자물리학, 유전공학의 등장 등이 바로 그 주역이다. 현대과학의 발전은 인간이 더 이상 고정된 세계에 안주하도록 내버려두지 않는다. 가속이 붙은 과학 기술과 빠르게 변해가는 문명 속에서 인간은 새로운 지식의 습득과 그에 맞는 가치관을 함께 익혀나가야 하는 힘겨운 상황에 놓여 있다. 교과서 공부에 지친 학생이나 공부를 잘하는 학생이라 할지라도 예외가 없다. 자기의 적성에 맞는 과학 지식(혹은 일반적인 지식)을 습득하려는 노력은 게을리 해서는 안 된다. 이 노력은 취미가 아니라 생활이 되어야 한다. 우리의 열린 사고가 다시금 강조될 필요가 있다.

지문에 나온 내용들은 언제나 나의 생활과 관련된 내용으로 바꾸어 생각해야 한다. 또한 생활에 적용시켜 구체적인 사례들을 가지고 자신의 생각을 정리하는 습관이 몸에 배어야 한다. 패러다임의 변화란 우리의 생활 방식과 우리의 사고 전체를 바꾸어 버리는 지식의 환경이라고 할 수 있다. 이런 노력을 기울이지 않으면 "시대에 뒤떨어진 낡은 생각"이라는 조롱과 비난을 받을지도 모른다. 우리는 빠르게 변화하는 시대, 미래를 준비하는 시대를 살고 있다. 끊임없는 재교육이 필요하다는 것은 공부에만 해당되는 것이 아니다. 미래의 삶 전체가 걸린 문제이다.

우주와 시간에 대한 물리학적 사유

필자는 늦은 한여름 밤을 장식하고 있는 은하수를 보지 못하며 자라나는 도시의 청소년들이 안타깝게만 느껴진다. 필자에게는 아직도 생생하게 남아 있는 밤하늘의 이미지가 하나 있다. 어린 시절 매캐한 모깃불 냄새를 맡아가며 멍석 위를 뒹굴면서 보았던 은하수의 장관이 바로 그것이다. 밤하늘을 보면서 어린 마음은 동해 바다의 새파랗고 깨끗한 물빛을 자주 상상했다. 밤하늘의 은하수는 마치 바다의 밑바닥을 보면 느낄 법한 광대무변한 장관에 대한 반응을 낳았는데, 내 경우 현기증과 두려움으로 다가왔다.

하늘의 별을 바라보면 우리는 바로 그 순간부터 철학자가 되고 시인이 되며 미래를 준비하는 상상력을 얻는다. 밤하늘의 아득한 별들은 우리 눈에 보이는 것만 해도 대략 천억 개 정도이다. 이것은 그냥 어림잡은 것이 아니라 표본의 예상수치를 계산한 구체적인 결과이다. 그러나 이 많고 많은 별의 숫자도 우리가 속한 은하계에만 해당될 뿐이다. 우주에는 대략 1천억 개의 은하계가 있기 때문이다. 그래서 하늘의 별은 모두 1천억×1천억 개다. 이 정도면 우리 상상의 한계를 벗어난다. 이토록 우주는 광활하다. 이 수많은 별의 수에 비하면, 지구는 바닷가의 모래알 하나 정도에 지나지 않는다. 더구나, 인간은 지구라는 모래알에 낀 이끼에 불과할 뿐이다. 우리는 어찌됐건 스스로 고귀한 존재로 살아가고 있다.

은하수와 광대하게 펼쳐진 우주를 보지 못하고 자라는 청소년들이 어떻게 공상과학영화의 제작자가 될 수 있겠는가. 21세기의 주역이 될 우리 청소년들이 우주에 대해 수많은 의문을 품지 않는다면, 어떻게 『ET』나 『에일리언』, 『스타트랙』과 같은 공상과학영화가 만들어지겠는가. 이런 영화는 우주에 대한 소박한 의문에 바탕을 둔 상상력이 없다면 절대로 만들어질 수가 없다. 이런 까닭에 어린 시절부터 은하수를 보며 거대한 우주를 접하고 상상력을 펼치는 일은 우리가 시인이 되고 철학자가 되는 환경과 만나는 값진 순간이며 예비과학도, 영화제작자로서 미래를 준비하는 과정이랄 수 있다.

생존하는 이론물리하의 대가 중 한 사람으로 꼽히는 스티븐 호킹은 몇 해 전 한국을 방문하기도 했다. 그는 루게릭병(근육무력증의 난치병)을 앓으면서도 육체의 장애를 이겨낸 인물이다. 블랙홀의 실증, 우주 생성이론의 제시 등등, 우주물리학에서 거둔 그의 공과는 이루 헤아리기 힘들 정도이다.

호킹은 우주 대폭발설('빅뱅 Big Bang' 이론으로 불리어지기도 한다)을 주장한 가장 뛰어난 현대 물리학자의 한 사람이다. 그의 학설은 뉴튼 이후 자연과학의 흐름을 뒤바꾼 아인슈타인의 상대성이론의 관점과 하이젠베르크의 불확정성 원리와 같은 현대물리학을 집약시킨 최신의 우주물리학 이론이다. 그가 밝혀놓은 우주 생성 이론은 신의 마음에 가장 가까이 다가간 물리학의 성과라고 평가받고 있다. 우주 대폭발설을 따라가 보면 인간은 신에 의해 창조되었다는 논리에 가장 가까운 입장에 서게 된다. 그런 까닭에 그는 로마 교황청에서 우주 대폭발설과 관련하여 신의 천지창조설을 옹호해 주도록 부탁받았을 정도이다(이런 점에서 모든 학문의 본질은 종교적이고 철학적이다). 그는 우주의 기원을 양자이론과 아인슈타인의 상대성 이론을 결합시켜 대(大)통일장이론으로 고쳐서 설명한다.

호킹의 『시간과 역사』는 가장 대중적인 이론물리학의 소개서이다. 사실, 현대과학의 이론과 가설은 너무 전문화된 까닭에 대중들에게 손쉽게 이해되기 매우 어렵다(이 점은 필자에게도 마찬가지이다). 그런 까닭에 호킹 박사는 우주의 기원과 관련한 여러 문제들, 예컨대 우리의 우주관, 공간의 시간의 문제, 우주의 경계, 불확정성의 원리, 중력, 블랙홀, 우주의 기원, 시간의 흐름, 대통일이론 등등을 난해한 공식을 전혀 사용하지 않고 알기 쉽게 풀이하고 있다. 이러한 저자의 노력은 이론물리학에서 여러 우주론과 관련한 이론적 가설이 어디까지 전개됐는가를 이해하는데 크게 도움을 준다.

▶ 다음 지문은 우주의 기원에 관한 전통적인 견해들이다. 물리학의 이론이 적용되기 이전에, 우주에 관한 철학자들의 주장과 종교적 전통에서 발견되는 공통점은 무엇인지 함께 토론해 보자.

옛날의 수많은 우주론이나 유태교·기독교·이슬람교의 전통에 따르면, 우주는 그리 머지않은 유한한 과거에 시작되었다. 이런 사상을 뒷받침하는 근거는 우주의 존재를 설명하기 위해서 '조물주'가 필요하다는 생각이다(우주의 테두리 안에서는 한 사건은 어떤 그 이전의 사건으로 인하여 일으켜진다고 설명되기 마련이지만, 우주의 존재 그 자체는 어떤 시초가 있어야만 같은 식으로 설명될 것이다).

아우구스티누스는 그의 저서 『신국론 The City of God』에서 또 다른 근거를 들었다. 그는 문명은 발전해 나가고 있는데 우리는 누가 이 일을 했고 또 저 기술을 개발했는지를 기억하고 있다. 그러므로 인간이나, 따라서 우주도 그렇게 오랫동안 존속했을 리 없다. 아우구스티누스는 우주의 창조를 「창세기(創世記)」에 따라 기원전 약 5000년에 일어났던 것으로 생각했다(이 시기가 고고학자들이 말하는, 문명이 실제로 시작되었던 마지막 빙하기가 끝난 시기인 기원전 약 1만년과 크게 다르지 않은 것은 재미있는 일이다).

한편 아리스토텔레스와 대다수의 그리스 철학자는 우주의 창조란 개념을 탐탁하게 생각하지 않았는데, 그것은 신의 개재(介在)의 색채가 너무나 짙기 때문이었다. 그래서 그들은 인류와 그 둘레의 우주가 과거에서부터 미래에 걸쳐 영원히 존속한다고 믿었던 것이다. 그 이전의 고대인들은 앞서 말한 문명의 발전에 관한 문제에 대한 해답으로, 인류에게 주기적으로 들이닥치는 홍수와 다른 재해 때문에 문명의 시초가 거듭 되풀이되었을 것이라고 말했다.

우주가 시간적으로 시초가 있는지, 또 공간적으로 한정되었는지에 관한 문제는 후세(1781년)에 와서 철학자 임마누엘 칸트의 불멸의(그러나 매우 모호한) 저작 『순수이성비판』에서 광범하게 검토되었다. 그는 이런 문제를 순수이성의 이율배반, 즉 모순이라고 불렀는데 그 까닭은 우주에 시작이 있었다는 주장과 우주는 영원히 존속한다는 반대 주장이 똑같이 믿을 만한 근거가 있다고 생각했기 때문이다.(중략)

뒤에서 알게 되겠지만, 시간이란 개념은 우주가 시작하기 이전에는 아무런 뜻이 없다. 이것을 처음으로 지적한 사람은 아우구스티누스(성 어거스틴, 『고백록』으로 유명한 신학자 ─ 필자주)다. 그는 "신은 우리를 창조하기 전에 무엇을 했는가?" 하는 질문에 대해서 "신은 그런 질문을 하는 사람들을 위해서 지옥을 만들고 있었다."고 대답하지는 않았다. 대신 그는 "시간이란 신이 창조한 우주의 특성이고, 우주가 시작되기 전에는 시간이 존재하지 않았다."고 말했다.

대다수의 사람이 거의 정적(靜的)이고 변함없는 우주를 믿던 시대에 있

어서 우주에 시작이 있었는가 없었는가 하는 문제는 형이상학이나 신학
에 속하는 문제다. 우리는 관측 사실을 설명하는데, 우주가 영원히 존속
한다는 이론이건 또는 유한한 과거에 운동이 시작되었지만 마치 영원히
존속한다는 이론이건 또는 유한한 과거에 운동이 시작되었지만 마치 영
원히 존속하는 것처럼 보인다는 이론이건, 그 어느 쪽도 쓸 수 있다.

현대 물리학에서 밝혀낸 우주론도 그렇지만, 고대로부터 주장되어온
우주론이란 그 문화에서 상상하고 추론해낸 하나의 아이디어에 지나지
않는다. 문제는 이 아이디어가 얼마나 설득력 있게 증명 되는가에 있다.
고대의 우주론은 현대물리학의 입장에서 보면 신학과 철학에 가까웠다.

철학과 신학, 종교 분야에서는 우주를 영원히 변함없는 것으로 생각해
왔다. 결국 고대인들에게 아득한 우주는 신의 위대한 창조물이었다. 오늘
날에도 이러한 전통은 강하게 남아 있어서, 우리는 '우주'하면 곧바로 옥
황상제나 조물주(造物主, 세계를 만든 존재, 곧 신)를 떠올린다. 아우구스티누
스는 우주 창조의 시기를 기원전 5000년경으로 잡고 있다. 다시 말하면,
『성서』「창세기」에 나오는 신의 우주 창조가 이 시기에 이루어졌다고 믿
었던 것이다. 그런데 이시기는 대략 1만 년 전 오늘날의 문명이 발생하기
직전인 마지막 빙하기가 끝나는 시점과 일치한다.

그러나 고대 그리스의 철학자들은 우주가 특정한 시기에 만들어졌다는
생각을 거부했다. 그들은 우주가 신에 의해 창조되었다는 종교적인 견해
를 갖지 않았다. 이들은 우주가 영원히 존재한다고 생각했으며 빙하기와
홍수에 의해 문명이 흥망성쇠를 거듭한다고 생각했다. 지금의 우리도 이
런 생각에서 그리 자유롭지는 않다.

철학자 칸트는 우주는 시초가 있는가 없는가 하는 점은 증명될 수 없

기 때문에 둘 다 가치 있는 견해라고 보았다. 두 이론이 서로 충돌한다는 점에서는 분명히 모순이다. 이 모순은 우주가 고정되어 있어서 영원한 실체라고 보는 입장에서는 도저히 풀리지 않는다. 그러한 점에서 그는 우주론을 '이율배반'이라고 불렀다. 칸트 역시 고정된 우주관에서 헤어나지 못했던 것이다.

하지만 스티븐 호킹은 시간이라는 관점에서 우주를 보고자 한다. 시간의 시작(곧, 우주의 기원)은 분명히 존재한다. 그에게는 우주가 고정된 실체가 아니라 생물처럼 태어나 자라고 소멸하는 것으로 간주된다. 최근의 신문에는 블랙홀이 있다는 증거와 우주의 탄생을 증명하는 천문대의 관측 사진이 실린 적이 있다. 우주 대폭발설이 과학적인 사실로 증명되고 있는 지금에도 우리의 사고는 거기에 뒤따르지 못한다.

'우리가 속한 우주를 고정된 것으로 볼 것인가' '탄생과 소멸의 과정을 반복하는 움직이는 우주로 볼 것인가' 하는 문제는 물론 관점의 선택이다. 그 선택에 따라 우리의 생각이 결정되는 것은 물론이다. 우주를 고정된 것으로 보는 태도는 근대에 이르러서도 끈질기게 남아 있다. 이런 경우, 우리의 우주관은 달에 토끼가 살고 있다는 설화 수준에 머물러 있는 것이 된다. 그와 함께 달이 많은 크레이터(crater, 분화구)로 가득한 위성이라는 사실은 쉽게 받아들여지지 않는다. 이런 태도로는 달에 인간의 도시를 건설하겠다는 상상력과 모험심이 작동하지 않는다. 결국, 오늘날 과학의 발달에 따른 우리 생각의 변화도 절실하게 필요한 셈이다.

▶ 다음 지문은 우주의 기원과 관련해서 저자가 펼치는 생각이다. 한 과학자의 논리조차도 때로는 철학자의 추론방식과 다르지 않을 때가 있다. 과학 이론이 왜 종교적 입장으로부터 자유로워야 하는지를 함께 토론해 보자.

과학이 현재까지 밝혀냈던 한 묶음의 법칙은, 우리가 어느 한 시각에서 우주의 상태를 알고 있다면, 우주가 시간에 따라 어떻게 발전하고 있는지를 불확정성 원리가 말하는 한계의 테두리 안에서 알려준다. 이 법칙들은 본래 신에 의하여 제정되었을지도 모르지만 신은 그 후 우주가 그 법칙대로 진화되도록 놔둔 채 떠나버렸고 오늘날 우주 속에 개재하지 않는 것같이 느껴진다. 그러나 신은 우주의 시초의 상태나 구성을 어떻게 선택하였을까? 시간의 시초에서 '경제조건'은 무엇이었을까?

하나의 가능한 답은, 신이 우리가 이해할 길이 없는 이유로 우주의 시초 상태를 선택하였다는 것이다. 이것은 전능한 존재의 능력 안에 있는 일임이 확실하다. 그러나 만약 신이 이런 이해할 수 없는 방식으로 우주를 시작하였다면, 왜 우리가 이해할 수 있는 법칙에 따라 우주가 진화하도록 선택하였을까? 과학의 전(全) 역사는, 모든 현상(사건)이 임의의 방식으로 일어나는 것이 아니라 어떤 내재하는 질서—신이 불어 넣었건 아니건 간에—에 따라 일어남을 점차로 깨닫게 해주었다. 이 질서는 오직 법칙에만 있는 것이 아니라, 우주의 시초상태를 규정하는 시공간의 경계조건에도 있어야 할 것으로 자연스럽게 상상된다. 법칙에 따르는 여러 시초 조건을 가진 여러 가지 우주 모델이 허다하게 있을 수 있다, 그래서 우리에게는 그 중 하나의 시초 조건을 따라서 우리 우주를 대표하는 하나의 모델을 골라내는 어떤 원칙이 있어야 할 것이다.

우주의 기원과 숙명에 관해 저자는 빅뱅 이론(Big Bang, 대폭발설)을 조리 있게 설명하고 있다. 호킹은 지금까지 과학의 법칙이 특정한 우주의 상태를 정확히 파악할 수만 있다면 오차범위 안에서 우주가 어떻게 발전하고 있는지를 알 수 있다고 말한다. 현대 과학이 신의 영역에 도전한다는 것은 신비의 영역에 놓인 광활한 우주의 질서를 이해하려는 작업이기 때문이다. 호킹은 신이 있다면 '신은 우주의 처음 상태를 어떻게 만들었을까?’ 그리고 ‘시간이 시작하는 최초의 지점은 언제였을까?’라고 의문을 제기하고 있다.

빅뱅 이론에 따르면 우주는 100~200억 년 전 대폭발과 함께 생겨났다고 본다. 호킹은 도저히 해명할 수 없는 대폭발의 원인을 신의 영역으로 돌리고 있다. 그러나 이해할 수 없는 대폭발 이후, 우주는 우리가 이해할 수 있는 과학의 법칙에 따라 ‘진화’해 나갔다고 본다. 과학의 법칙은 우리에게 모든 현상이 제멋대로 일어나는 사건이 아니라면 거기에는 어떤 질서가 있다는 점을 가르쳐 준다는 것이다(어떤 현상일지라도 거기에는 질서가 있다는 사실은 오늘날의 과학이 우리에게 가르쳐 주는 암시이기도 하다). ‘어떤 현상에도 법칙이 존재한다’는 신념을 바탕으로 호킹은 우주에도 과학적인 모델이 있다고 말한다.

지문에서 호킹의 우주에 관한 생각을 요약해 보면 다음과 같다. 만약 신이 우주를 만들었다면, 신은 우주를 창조한 다음 떠나버렸다는 느낌을 준다(이런 점에서 그는 무신론자에 가깝다). 그러나 우주를 왜 만들었는가는 전능한 존재의 능력 안에 있는 일이다(즉, 신만이 이해할 수 있다). 하지만 신이 어떤 방식으로든지 특정한 시기에 이해할 수 없는 방식으로 우주를 창조해 놓았다(이런 점은 종교적 사고에 근접해 있다). 이제 우리는 우주에 존재하는 법칙을 이해할 수 있다. 그 법칙은 우주가 생명체처럼 진화를 거듭해 간다는 사실이다(이런 점에서 그는 우주 또한 적자생존이 일어난다고 믿는 진화론자이다).

빅뱅이론은 우주 팽창이론이기도 하지만 엄연히 우주의 탄생과 소멸, 큰 힘과 작은 힘이 역동적으로 서로 대립하는 자연의 환경과 다르지 않다는 사실을 말해준다. 이 점에 있어서만큼은 호킹이 진화론의 설명방식을 그대로 적용한 것처럼 보인다. 사실 우주의 기원에 대한 호킹의 가정이 간단하게 설명될 수 있는 것은 아니다. 하지만 신의 섭리와 연관지어 설명 불가능한 영역과 과학적으로 설명이 가능한 현상을 구분해서 추론해가는 방식은 자유롭고 활달한 상상력으로 가득 차 있다. 우리가 광활한 우주를 향해서 소박한 의문을 던져야 하는 것도 이처럼 무한한 상상력을 얻기 위해서이다.

그러나 호킹의 상상력은 엄격한 과학의 논리에 따라 전개된다. 이 같은 사실을 다음 지문에서 확인해 보자.

이제 우리는 우주가 임의의 것이 아니라 확정된 법칙에 따른다는 사실을 믿는다면, 결국 가서는 부분적 이론을 종합하여 우주의 모든 것을 기술하는 완전한 통일 이론을 만들게 될 것이다. 그러나 이런 통일 이론을 찾는 데 있어서 근본적인 모순이 가로놓여 있다. 위에서 훑어본 과학 이론의 개념은 우리가 이성적 존재이고 마음대로 우주를 관측하고, 그 관측 결과로부터 논리적인 추정을 하는 자유를 가졌다는 것을 가정하고 있다. 이런 상황에서 우리는 우주를 지배하는 법칙을 향하여 계속 전진할 수 있다고 당연히 생각된다. 그런데 완전한 통일 이론이 실제로 존재한다면 이는 또 우리 행동을 결정할 가능성도 있다. 따라서 이론 자체가 우리의 탐색 결과를 결정하게 될 것이다! 그렇다면 그 이론이 반드시 우리가 옳은 결론에 도달하도록 결정할 것인가? (중략)

이 물음에 내가 할 수 있는 오직 하나의 대답은 다윈의 자연선택설에 근거를 두고 있다. 이것은 자기 번식을 하는 유기체는 어떤 종류든, 개체가 다르면 유전물질이나 성장과정이 다르다는 것이다. 이런 차이 때문에 어떤 개체는 다른 것보다도 주위의 환경에 관해서 옳은 결론을 끌어내고 이에 적응하는 능력이 나을 수 있다. 그들은 살아남아서 증식하고, 그 행동 형태나 사고 능력이 우세하게 될 가능성이 많다. 지능이나 과학적 발견이 과거에 생존의 이점(利點)을 전해온 것만은 사실이다. 오늘날에도 그러한지는 분명하지 않다. 우리의 과학적 발견은 우리 모두를 멸망시킬 가능성도 있는 것이다. 설사 그렇지는 않더라도 완전한 통일 이론은 인간이 존속할 가능성이 별 도움이 못 될지도 모른다. 그러나 우주가 규칙적인 방식으로 진화해 왔다면 자연도태가 우리에게 준 추리능력은 완전한 통일 이론을 찾아내는 데에도 도움이 되어 그릇된 결론으로 이끌어 가지는 않으리라고 기대된다.

(중략) 그러므로 완전한 통일 이론의 발견은 인류의 존속에 도움을 주지 모사고, 또 우리 생활 양식을 바꾸는 일도 없을지 모른다. 그러나 문명의 동이 튼 이후로 인간은 사건들이 서로 관련이 없고 또 설명될 수 없는 채 방관만 하고 있을 수 없었다. 인간은 우주에 내재하는 질서를 이해하기에 이르렀다. 오늘날 우리는 왜 여기에 존재하며, 또 어디서 유래했던 것인지 알기를 갈망하고 있다. 지식에 대한 인간의 깊은 욕망은 우리의 끊임없는 탐색을 충분히 정당화하는 것이다. 그리고 우리의 목표는 우리가 사는 우주를 완전하게 기술하는 일, 바로 그것이다.

이 지문은 바로 앞의 지문과 관련이 있는 내용이다. 신은 이해할 수 없는 어떤 선택으로 우주를 창조했지만 우주는 이해 가능한 법칙 안에 있다. 저자는 우주를 지배하는 법칙이 자기번식을 하는 유기체의 생태와 같다고 본다. 이 같은 논지는 다윈의 자연 선택설에 근거를 두고 있다.

이제 저자의 추론은 우주 기원을 왜 탐색해야 하는가라는 문제로 옮겨간다. 우리는 지문에서 부분적인 이론들을 종합해서 완전한 통일이론을 만들려는 저자의 의욕이 왜 필요한 것인가를 함께 생각해야 한다. 오늘날의 과학적 발견은 이제까지 우리의 생존을 도왔다. 그러나 이 과학의 발견은 우리 모두를 멸망시킬 가능성도 있다. 혹은 인간이 살아남을 가능성에 도움이 되지 않을 수도 있다. 우리의 삶을 바꾸지 못하고 도움이 되지 못할 수도 있다.

그렇다고 해도 우리는 과학적 발견을 계속해야 하는 까닭은 무엇인가. 이는 과학자 자신이 왜 과학 연구에 삶을 바쳐야 하는가라는 질문이기도 하다. 호킹은 다음과 같이 답한다. "우리가 왜 여기에 존재하고 또 어디서 유래했던 것인지를 알기를 갈망하고 있다." 그리고 "지식에 대한 인간의 깊은 욕망은" 끝없는 탐색을 거쳐 우리가 사는 우주를 완전하게 기술하는 데 있다.

지식에 대한 욕망을 실현하는 일이란 우리 자신을 더 잘 아는 것이다. 과학자는 단순히 우주의 현상을 이해하기 위해서만 존재하는 지식인이 아니다. 그는 이론들이 제기하는 모순들을 종합해서 더 나은 이론을 제시함으로써 우리 앞에 놓인 문제들을 설명하려 한다. 그렇게 함으로서 과학자는 우리 자신을 포함해서 우리를 둘러싸고 있는 지구 바깥의 저 광활한 우주를 이해하려는 것이다.

▶ 지문에서 밝히고 있듯이, 과학의 의문과 철학의 의문은 서로 보완적이다. 저자는 과학과 철학의 보완적인 관계가 파괴된 오늘날의 지식에 대해서 반성하고 있다. 과학자로서 삶의 목표가 저자의 주장대로 결국 신의 마음을 헤아리는 이성의 승리를 낳을까, 자연의 파괴를 낳는 재앙이 될까. 자신의 견해를 정리하여 발표해 보자.

오늘날까지 대다수의 과학자들은, 우주가 '무엇'인가를 기술하는 새로운 이론을 개발하는 데 너무 골몰해서 '왜' 우주가 존재하는가를 물을 틈이 없었다. 한편 '왜(이유)'를 묻는 일을 직업으로 삼고 있는 사람들 철학자들은 과학적 이론의 발전과 어깨를 나란히 하여 따라오지를 못했다. 18세기에는 철학자들이 과학을 포함한 인간 지식 전체를 그들의 분야라고 생각하여 여러 문제를 논의했는데, 예를 들면 "우주에는 시초가 있는가?"와 같은 것이다. 그러나 19세기와 20세기에 과학은, 철학자나 그 밖의 몇

몇 전문가를 제외한 모든 사람들에게 너무나 기술적이고 수학적인 것이 되어버렸다. 철학자들은 그들의 물음의 범위를 너무나 좁혀버린 결과, 금 세기의 가장 유명한 철학자 비트겐슈타인은 "철학에 남겨진 오직 한 가 지 일이란 언어의 분석뿐이다."라고 말하기에 이르렀다. 아리스토텔레스 로부터 칸트에 이르는 철학의 위대한 전통의 이 무슨 몰락이란 말인가?

그러나 만약 우리가 실제로 완전한 이론을 발견하게 되면, 이것은 머 지않아서 누구에게나 불과 몇 사람의 과학자가 아니라 원칙적으로 이해 할 수 있게 될 것이다. 그렇게 되면 과학자, 철학자, 일반 사람 할 것 없 이 우리 모두가 인간과 우주가 왜 존재하는가란 문제를 논하는 데 참여 할 수 있을 것이다. 만약 우리가 그 답을 찾아냈다면 그것은 인간의 이성 의 최종적인 승리가 될 것이다. 왜냐하면 그때 비로소 우리는 신의 마음 을 헤아릴 수 있게 되기 때문이다.

지문 해설

오늘날 우주를 연구하는 많은 과학자들이 가진 결점의 하나는 '우주는 무엇인가'라는 현상에 대해서만 관심을 보인가는 것이다. 호킹에 의하면, 이 같은 결점은 "왜 우주는 있는가"라는 철학자들의 질문이 과학 이론의 발전과 함께 하지 못한 결과 이다, 19세기 이전만 해도 과학자들과 철학 자들의 보완적인 관계는 지속되었다. 하지만, 19세기 이후 과학은 너무 전문적인 영역이 되면서 철학자들과의 보완적인 관계가 깨져 버렸다(에드 가 스노우의 『두 문화』는 자연과학과 인문학의 단절을 비판하는 주장을 담고 있다). 이제 과학자들은 (우주에 관한) 완벽한 이론을 만들어냄으로써 이 보완적 인 관계가 회복시킬 과제를 안고 있다.

모두가 이해할 수 있는 과학 이론(혹은 우주론)을 마련하는 것은 인간이 가지고 있는 이성의 최종적인 승리이자 우주를 창조한 신의 마음을 이해하는 것이다. 때문에 과학자들의 노력은 결코 멈추어서는 안 된다. 과학자들의 노력은 이제 철학자들의 몫까지 수행해야 하는 것이다.

더 생각하기

우리는 '새것'이라는 호기심 때문에 그다지 필요하지 않은 물건을 산 경험이 있을 것이다. 새로운 것에 대한 호기심은 우리의 주의를 빼앗아 버린다. 새것에 대한 호기심과 사고 싶은 욕구를 절제하는 방법은 '이것이 내게 꼭 필요할까?'라는 의심을 가져보는 것이다. 이런 반성은 사소해 보이지만, 자신에게 꼭 필요한 물건을 사는 방법이자 자신의 현명함을 지키는 첫 걸음이다. 따라서 일상생활 속에서도 '무엇인가'와 '왜'라고 하는 질문은 유용하다.

과학자들에게도 마찬가지의 원리가 적용된다. '무엇인가'에 대한 관심이 반성을 거치지 않을 경우, 그 목적은 분명하지 않게 된다. 늘, '왜'라는 질문이 함께 있어야 한다. 이것은 과학이 우리에게 가져다 줄 편리함 이외에, 과학이 과학으로서 존재해야 할 이유를 묻는 최소한의 반성행위이다.

과학이 장차 인류에게 커다란 파국을 가져올 수도 있다는 점은 노벨도 아인슈타인도 알고 있었다. 그러나 그들의 소박한 윤리의식만으로는 인류의 파국이라는 난제가 해결되지 않는다. 인간이 '이성의 승리'라고 믿는 지식의 발전은 보편적인 가치와 어긋나는지 일치하는지를 반성하지 않는다면 엄청난 재앙을 불러올 수 있다. 과학이 진보를 거듭해온 결과 그 지식은 너무나 전문화되어, 학문의 존재 이유를 묻는 철학자의 몫은 과학자들에게로 넘어오게 되었다. 최근 인문과학과 자연과학 간의 소통과 융합을 역설하는 '통섭(conscilience)'이라는 주장도 생겨났다.

　　과학자들이 철학적 반성을 하지 않았을 때 과학의 성취 여부를 떠나 인류 사회는 심각한 위험에 직면할 수도 있다. 또한 이 같은 반성은 과학자들에게만 해당하는 것은 아니다. 과학의 혜택을 받는 우리 모두가 과학에 대한 맹목적인 신뢰를 벗어날 필요가 있다. 그것은 오늘날의 과학에 대해 철학자의 "왜"라는 질문을 한번쯤 던져보아야 한다는 것이다. 우리의 입장은 무엇인가.

성스러움과 제의적 삶

종교와 인간 문화가 어떻게 탄생했는지를 설명하는 예화 하나가 있다. 어느 날, 천둥과 벼락을 맞아 원시림에는 불길이 타올랐다. 아득하게 솟은 울창한 나무숲을 몇날 며칠 태운 불길은 고대인들에게 자연의 두려운 모습을 보여주었다. 이를 본 원시인들은 과연 어떻게 생각했을까.

대부분의 원시인들은 불을 보고 두려움에 빠졌다. 공포에 빠진 이들에게 불은 성스러운 존재의 현현으로 비추어졌던 것이다. 이런 집단적인 체험은 종교로 발전하게 된다. 그 중에 몇몇은 '왜 불이 났을까'를 생각했다. 이들은 불이 난 원인을 탐구하려는 마음을 갖게 되었다. 이것은 원인에 대한 궁금증에서 출발한 과학의 정신이라고 해도 좋다. 또한 몇몇 별난 사람들은, 로마에 불을 지르고 시를 읊은 황제 '네로'처럼 타오르는 불의 아름다움에 도취되었다. 아득한 높이로 타오르는 불을 아름다움으로 보았던 이들은 예술적인 감각을 지닌 존재였음에 틀림없다. 울창한 원시림이 아득한 높이로 불타오를 때, 당신이라면 어느 쪽에 속할까? 공포에 빠졌을까, 화재의 원인이 궁금했을까, 아니면 불의 아름다움에 도취되었을까?

　어찌됐건, 대부분의 원시인들이 느낀 두려움의 감정은 인간을 종교로 인도했다. 이 두려움이란 사실 종교(이때 ‘종교’라는 말은 미신과 같은 저급한 종교에서부터 고급종교 모두를 가리킨다-주)에 가깝다. 인간의 문화는 지금에 이르기까지도 자연의 아름다움에 몰입하면서도, 다른 한편으로 두려움을 가지고 자연과 대면할 수밖에 없었다. 고대인들에게 자연의 위력은 이해하기가 도저히 불가능했고 너무나 엄청났다. 이런 자연의 위력은 거룩한 신의 모습으로 여겨졌다. 이 설명하기 어려운 세계는 인간의 세계와 대립적인 관계를 형성한다. 천상과 지상은 이를테면 성스러운 세계와 세속적인 세계로 나누어져 정의된 것이다.

　미신과 같은 낮은 등급의 종교에서부터 불교와 기독교 같은 고급종교에 이르기까지, 고대문화에서 차지하는 종교의 가치는 인간 자신이 살아가는 의미 전체를 규정하는 중요한 근거였다. 신이 주재하는 성스러운 세계 안에서 인간은 세속적인 의미를 극복하는 한편, 신의 성스러움을 닮아감으로써 자신들의 문화적 가치를 새롭게 만들어갔다. 이것은 다시 말해서 인간의 문화가 종교에 의해 인간다운 인간이 되었다는 뜻이기도 하다. 그런 모습은 아득하게 높은 푸른 하늘과 빛나는 해, 어둔 밤을 비추는 달과 반짝이는 별에 대한 종교적인 관념에서 찾아볼 수 있다. 하늘을 섬기는 우리 민족이나 해를 섬기는 민족도 그런 잔재이다. 뿐만 아니라 성스러운 곳(사찰이나 교회 성당)과 건축된 도시, 집에 이르기까지, 건축물의 공간 배열과 지탱하는 기둥 배치에도 이런 종교적 사고가 배어 있다. 뿐만 아니라 관혼상제(冠婚喪祭)의 통과제의에도 종교적인 의미가 담겨 있다.

　문화 속에 담긴 종교성에 대한 이해는 오늘날처럼 각박한 삶 속에서는 우리 자신을 되돌아보게 만드는 출발점이 된다. 이런 점은 미신이나 건축물, 축제, 관혼상제와 같은 민속을 새롭게 바라보고 이를 소중한 전통으로 바라볼 수 있는 안목을 제공해준다. 그와 함께, 우리는 어느 날 갑자기 태어난 존재가 아니라 어떤 성스러운 가치를 지닌 존재하는 것을 알게 해준다. 결국 문화에 대한 종교적 이해란 인간을 포함해서 우리에게 주어진 세계가 따로 존재하는 것이 아니라 거대한 하나의 유기적 생명체라는 종합적인 사고의 힘을 길러준다. 이것은 인간 존중의 틀을 넘어 생명 존중의 사고로 발전할 수 있다. 물질의 풍요 속에서 잃어버린 근대 이전의 세계의 지혜가 고스란히 숨쉬고 있는 영역이 종교 문화인 셈이다. 이런 의의를 제공해주는 책이 미르세이아 엘리아데(1907~1986)의 『성과 속』이다.

엘리아데는 이 책에서 종교적 체험으로서 성스러움은 과연 어떤 모습을 지니고 있는지를 잘 설명하고 있다. 저자의 생각에 따르자면, 종교적 인간들은 바라보는 사물에서조차 종교적인 의미를 찾아내고 있다. 세계 각지의 원주민들의 민속, 불교·기독교·이슬람교·힌두교·조로아스터교를 비롯한 여러 종교의 문헌을 폭넓게 뒤져가면서, 저자는 이들의 종교적 생각과 종교적 체험에 따른 삶의 특색을 우리에게 자상하게 설명해준다. 그리하여 이 책은 오늘날의 관습 속에서도 오랜 옛날의 농경사회와 유목사회에서 생겨난 그들의 관습과 신앙 형태가 지금도 여전히 우리 곁에 살아 숨 쉬고 있음을 증명해낸다.

종교적 삶에 대한 엘리아데의 세계 각지에 걸쳐 있다. 고대인들의 우주관에서부터 성스러운 장소의 건축학적 상징, 문화 안에 흐르고 있는 여러 개념들, 통과의례에 담긴 종교적 의미 등등에 이르기까지 매우 다양하게 펼쳐져 있다. 그러나 그의 궁극적인 관심은 '성스러움'이 가진 속성이 무엇인가, 그리고 그 성스러움은 인간의 문화와 개인의 삶에 어떻게 관여해 왔는가 하는 문제로 모아진다. 엘리아데의 탐구심에는 오늘날 현대인들이 가진 비종교적인 사고를 비판하는 태도도 첨부되어 있다. 현대인들은 종교적 삶과 무관하게 살아가면서 내면은 황폐해졌다. 이것은 세계의 평범한 사물로부터도 우주의 신비와 신의 손길을 느꼈던 고대인들의 종교 문화에 대한 확인 끝에 내린 그의 결론이다. 고대인들과는 달리 현대인들은 신을 잃어버린 시대를 살고 있다. 현대인들이 가지고 있는 성스러움으로부터 멀리 벗어난 사고는 사물을 바라보면서 그것을 도구로만 이해한다. 이것은 비종교적인 체험이자 황폐한 현대인의 내면상이다.

종교적인 인간에게 "우주는 하나의 코스모스, 즉 하나의 살아 있는 유기적 통일체"이다. 이 관점은 오늘날 지구의 생태계를 파괴하는 자들의 생각과는 크게 다르다. 파괴자의 관점에서 보면, 인간은 자기 자신과 사회에 대한 것 이외에는 어떤 것에도 책임감을 느끼지 않는다. 이들에게 지구는 존재하는 물질의 저장고에 불과하다. 오늘날 지구촌의 주요 관심은 지구의 경제적 자원을 어리석게 고갈시키는 것을 방지하는 데 있다. 하지만 이런 관심만으로는 자원을 고갈하는 악순환으로부터 벗어날 수 없다. 원시인은 자기 자신을 우주와의 연관 안에 배치할 줄 아는 지혜를 소유하고 있었다. 그들은 우주 속에서 '나'라는 '작은 우주'를 창조하며 살아가고 있었던 것이다. 원시인들의 개인적 체험은 현대인들에 비해 진실함도 그 깊이도 결코 부족하지 않았다. 다만, 익숙지 않은 언어로 표현되었다는 사실 때문에 오늘날 우리의 눈에는 유치하게 보일지 모른다. 그러나 이들의 삶이 종교적 체험으로 가득 차 있다.

▶ 다음 글을 읽고 종교적 인간이 자연을 바라보는 태도는 어떤 것인지를 함께 토론해 보자.

종교적 인간에게 자연은 결코 단순한 '자연'이 아니다. 그것은 항상 종교적 의미로 충만해 있다. 이 사실은 쉽게 이해할 수 있다. 왜냐하면 우주는 신의 창조물이고, 세계는 신들의 손으로 완성된 것이어서 성스러움으로 가득 차 있기 때문이다. 이는 예를 들면, 신의 현존(現存, 지금 여기에 존재하는 것―주)에 의해서 정화된 장소나 사물에 머무르는 경우와 같이 직접 신들과 교류하는 신성성만의 것은 아니다. 신들은 그보다 더 많은 것을 행했다. 신들은 세계와 우주적 현상의 구조 그 자체 안에서 다양한 성스러운 모습을 드러낸다.

종교적 인간의 입장에서 관찰한다면, 세계는 성스러운 것, 따라서 존재의 다양한 양태를 발견하는 방식으로 드러난다. 무엇보다도 세계는 실존하고 실제로 거기에 있고, 그리고 어떤 구조를 가지고 있다. 세계는 카오스[혼돈]가 아니라 코스모스[조화]이다. 따라서 세계의 신들의 작품인 피조물(被造物, 만들어진 존재, 여기에서는 '인간'을 가리킴―주)로 자신을 드러낸다. 이 신의 작품은 항상 어떤 종류의 투명성을 지니고 있는데, 즉 스스로 성스러운 것의 여러 양상을 계시(啓示, 미리 보여줌―주)한다.

하늘은 직접적으로 '자연스럽게' 무한한 거리, 신의 초월성을 계시한다. 대지도 마찬가지로 투명한데, 즉 그것은 우주적인 어머니이자 양육자로서 자신을 나타낸다. 여러 가지 우주의 리듬은 질서, 조화, 항상성(恒常性, 늘 변함없는 특성―주), 풍요성을 명백히 드러낸다. 우주는 전체로서 실제적이고 살아 있고, 또한 성스러움을 지닌 유기체이다. 즉, 그것은 존재와 신성성의 여러 양태를 계시한다. 존재의 현현(顯現, 모습을 드러냄―주)과 성현(聖現, 성스러움이 모습을 드러냄―주)이 서로 만나는 것이다.

종교적 인간은 종교적으로 사고하고 종교적인 삶을 살아가는 인간을 가리킨다. 이들은 자연을 신의 창조물로 여긴다. 그런 점에서 종교적 인간은 '신이 바로 지금 드러낸 얼굴'로 바라본다. 따라서 종교적 인간들에게 자연은 종교적 성스러움으로 가득한 세계이다. 이들이 자연과 교감을 나누는 것은 신의 성스러움에 동참하는 일이다. 나날의 삶에서 이들은 신의 축복에 감사한다. 또한 그 자신은 신이 만든 아름다운 피조물이라 생각한다(이런 생각은 반드시 기독교에만 한정시킬 필요는 없다. 아메리카 원주민에게 발견되는 자연관도 이런 관념을 잘 반영하고 있기 때문이다). 하늘에 펼쳐진 아득한 거리는 신의 초월성을 보여주며, 대지는 인간을 양육하는 어머니로서 질서와 조화와 변함없는 모습으로 곡물을 풍요롭게 수확하게 해준다.

종교적 인간들은 우주를 하나의 유기체로 여긴다. 뿐만 아니라, 그들은 우주를 하나의 전체로서 바로 현실이자 살아있는 하나의 성스러운 생명체라고 본다. 우주를 이와 같이 생각하는 종교적 인간들은 존재하는 것들 속에 성스러운 모습들이 이미 계시되어 있다고 본다. 결국 이들은 살아 있는 모든 것들 그 자체를 성스러움으로 여기는 것이다.

우주를 신성한 힘이 관여하여 만들어낸 것이고 존재하고 있는 삼라만상에 성스러움이 깃들어 있다는 생각은 오늘날 매우 소중하다. 왜냐하면 자연(생태계)은 더 이상 정복의 대상이 아니며 공해와 오염으로 병든 지구를 치유하는 데 요긴한 문화이기 때문이다. 이것은 지구를 함께 가꾸어가야 할 '우리의 몸'이라는 환경보호주의자의 세계관과 일맥상통한다.

오늘날까지도 남아 있는 종교적 관습의 잔재의 하나는 통과제의이다. 통과제의는 새로운 존재로 인정받는 의식으로서 '입사식'이라고도 한다. 인류사회에는 종교적 의미를 갖는 통과제의가 아직도 많이 남아 있다. 그 중에서 여전히 영향력을 가진 의식은 성인식, 혼례, 장례, 제사(곧, 관혼상제)이다. 그러나 돌잔치, 보이스카웃 입단식, 입학식, 졸업식, 취임식 등도 당연히 통과제의에 포함된다.

통과제의라는 절차는 종교적으로 어떤 의미를 가지고 있는 것일까.

▶ 다음 글을 읽으면서 통과제의가 가진 종교적 의미가 무엇인지를 함께 생각해 보자.

(……) 원시인들은 자기들이 도달하고자 소망하는 인간의 이상을 초인간적인 지평에다 설정한다는 것이다. 이것은 다음과 같은 의미를 갖는다. 1) 사람은 '자연적' 인간을 넘어서고, 어떤 의미에서는 그것을 폐기시킬 때 비로소 완전한 인간이 된다. 왜냐하면 가입식의 본질은 무엇보다도 역설적이고 초자연적인, 죽음과 부활과 재생의 체험이기 때문이다. 2) 시련과 상징적인 죽음 및 부활을 동반하는 가입식의 의례는 신들, 문화 영웅들, 혹은 신화적 선조들이 창조한 것이다. 따라서 그것은 초인간적인 기원을 가지며, 신참자는 그것을 수행함으로써 초인간적이고 신적인 행위를 모방하게 된다. 이것은 중요한 일이다. 왜냐하면 그것은 우리에게 종교적 인간이 '자연적' 단계에서 존재하는 것과는 다른 어떤 것이 되기를 원한다는 것과 신화가 그에게 계시하는 이상적인 이미지에 따라 자신을 만들어간다는 사실을 다시 한번 보여주기 때문이다. 원시인은 어떤 종교적 인간의 이상을 획득하려고 시도한다. 그리고 그 노력은 후대의 진보된 사회윤리의 씨앗 가운데 이미 포함되어 있다. 물론 근대의 비종교적 사회에서는 더 이상 종교적 행위로서의 가입식은 존재하지 않는다. 그러나 (……) 극도로 탈신성화되기는 했지만 가입식의 유형은 근대 세계에도 여전히 남아 있다.

엘리아데는 통과제의를 인간의 이상과 관련지어 설명한다. 그에 의하면 통과제의는 1) 원시인들이 인간의 최고 이상을 죽음과 부활이라는 체험을 겪는 초인간적인 목표에 두고 있다는 것, 2) 시련과 상징적인 죽음을 거치는 의식은 신과 문화적 영웅, 위대한 선조들이 만들어낸 것으로 정리 될 수 있다. '초인간적인 지평'란 무엇일까. 인간은 자연적으로 태어난다. 그러나 이런 자연적인 존재의 죽음을 통해서 새로운 인간으로 다시 태어난다. 사실 이런 부활은 불가능하다. 이것은 어디까지나 상징적이다.

‘사춘기’라는 시기가 있다. 사춘기는 미숙한 존재가 성인이 되기까지 방황을 겪는 때이다. 이 시기는 자연적으로 탄생한 어린 존재의 모습을 벗어던지고 성인으로 다시 태어나는 때를 가리킨다. 그러한 점에서 죽음과 탄생과 결부된다. 죽음을 탄생과, 탄생과 죽음을 연관짓는 것은 죽음이 결코 끝이 아니며, 탄생이 결코 새로운 시작이 아니라는 점을 강조하는 데 있다. 다시 말해 인간은 죽음을 탄생과 연결함으로써 죽음의 공포를 몰아내는 것이다. 그런 점에서 인간은 자연의 과정처럼 덧없는 존재가 아니라 죽음과 탄생을 거듭하는 신의 영원함이라는 섭리를 모방하려는 것이다. 이런 모방을 통해서 원시인들은 초인간적인 존재가 될 수 있다는 종교적 의미를 확보했다.

초인간적인 존재를 모방하는 의식(儀式)이 바로 통과제의이다. 통과제의에서 겪는 시련과 고통은 상징적인 죽음의 체험을 말한다. 신참자(新參者)는 시련을 이겨냄으로써 이전의 나약한 자신을 벗어버리고 사회 구성원으로 인정받는다. 그러나 신참자는 사회구성원으로 공인받는 것으로 그치지 않고 “다른 어떤 것이 되기를 원하는” 구체적인 이미지를 얻어야 한다. 원시사회에서 통과의례에 참가하는 신참자들은 신화적인 부족 영웅을 닮고자 한다. 위대한 영웅을 모방하면서 그는 종교적으로 합당한 인간의 이상을 가슴속에 품게 되는 것이다.

원시인들에게 통과제의는 이렇듯 단순하게 성인으로서나 특정한 집단의 구성원으로 인정받는 의미로 그치지 않았다. 이들은 종교적으로나 문화적으로 위대한 존재인 신과 영웅의 세계를 동경하며 인간의 이상을 실현하는 계기를 만들어 나갔던 것이다. 그러나 오늘날 이 같은 신성한 존재들을 닮는 성스러운 의미는 사라지고 말았다(곧 탈신성화된다). 그 대신 통과제의의 틀만큼은 오늘날에도 남아 시행되고 있다.

　(……) 도시나 성전(聖殿, 성스러운 예배장소)과 똑같이, 집은 전체이든 일부이든 우주론적인 상징 혹은 의례에 의하여 성스럽게 변모된다는 것이다. 그 때문에 어떤 속에 자리 잡고 산다는 것, 마을이나 혹은 단순히 집을 세우는 것은 인간의 생존 그 자체와 관련된 중대한 결단을 나타내는 것이다. 간단히 말해서, 인간은 자기의 세계를 창조하고 그 유지와 갱신(更新, 새롭게 되는 것－주)의 책임을 받아들이지 않으면 안 된다. 인간이 거주지를 가볍게 변경할 수 없는 것도 자신의 세계를 포기하는 것이 쉽지 않기 때문이다.

　집은 결코 하나의 대상물, '거주하는 기계(器械)'가 아니다. 그것은 신들의 모범적인 창조인 우주 창조를 모방함으로써 자신을 위해 건설한 우주인 것이다. 새로운 거주지를 만들고 낙성식(건물을 세운 뒤 갖는 의식－주)을 하는 것은 어떤 의미에서 새로운 시작, 새로운 삶에 해당한다. 그리고 모든 시작은 우주가 처음 그날의 빛을 보았을 때의 시작을 반복하는 것이다. 극도로 탈신성화되어 있는(성스러움으로부터 벗어난－주) 근대 사회에조차 새로운 집으로 이사할 때 느끼는 축제 기분과 기쁨에는 옛날의 새로운 생명의 시작을 나타내는 축제적 충만감의 기억을 보존하고 있는 것이다.

지문 해설

우리는 집을 이사하려 할 때, 직장과 얼마나 거리가 있는지, 그곳의 교육 환경은 어떠한지 심각하게 대화하는 부모님의 모습을 본 적이 있을 것이다. '집'은 사람이 살아가는 데 가장 기본이 되는 터전이다. 그 공간에서 남녀는 결혼을 해서 가정을 꾸리고, 자녀들을 낳아 그들을 기르며 가족 구성원과 살아간다. 그런 점에서 '집'을 소유한다는 것은 한 가정이 삶을 살아가는 하나의 우주를 만드는 일과 다르지 않다.

고대의 종교적 인간들은, 집을 만들고 그것을 소유하는 일이 신의 세상 설립에 비견된 만큼 큰 의의를 갖는 것으로 여겼다. 그런 점에서 원시인들이 새로운 거주지를 만들고 땅의 신과 하늘의 신에게 예배드리는 행위는 신의 세상 창조를 모방한 것으로 설명된다. 신이 세상을 설립했다면 인간은 '집'이라는 우주를 건설한 것이다. 또한 새로운 거처를 마련했다는 것은 그날로부터 새로운 삶이 시작된다는 것을 뜻한다. 우주 창조에 버금갈 정도로 새 집에서 새로운 삶이 시작되는 것이다. 이사를 간 후 친지들을 초대해서 '집들이'를 하는 것도 고대의 종교 문화가 여전히 살아 숨쉬고 있다는 증거이다.

더 생각하기

논제는 지문에 담긴 종교적 의미를 오늘날 적용될 수 있는 사례를 들어서 설명하라는 것이다. 집이라는 공간이 성스럽다는 것은 종교적인 의미가 집이라는 공간에도 작용하고 있다는 뜻이다. 이사를 가보면 그곳에 사는 사람들은 한결같이 "이곳이 제일 살기 좋은 곳이에요."라고 말한다. 이런 표현에는, 자신이 살고 있는 곳이 바로 '세계의 중심'이라는 생각이 담겨 있다. 옛날 사람들은 남쪽으로 나 있는 집을 얻는 것을 대단한 축복으로 여겼다. '남향집을 소유하는 것이 삼대에 걸쳐 덕을 쌓았기 때문'이라는 소박한 속신은 지금도 통용된다.

옛날 인간은 도시를 건설하고 자신의 거주할 집을 세우면서도 '새로운 시작'이나 '작은 우주 창조'라는 생각을 가져왔다. 그런 점에서 집을 세우고 난 뒤 축제의 분위기에 빠져들었다. 이런 행동과 관습은 비록 퇴색되고 말았지만 가까운 친척들을 초대하여 집을 새로 마련한 기쁨에 동참하도록 하는 습속은 여전히 남아 있다.

집을 투기의 대상으로 여기거나 안락하고 은밀한 개인의 공간으로만 생각하는 것은 그런 점에서 성스러움을 경험하고자 했던 종교적인 인간들의 생각과는 크게 달라진 모습이다. 그런 모습은 우리가 살아가고 있는 아파트나 연립주택이라는 주거공간이 단지 편의만을 위한 생활공간에 지나지 않는다는 사실에서도 찾아볼 수 있다. 오랜 문화적 경험을 통해 지녀온 초가집과 기와집으로 되돌아가야 한다는 말이 결코 아니다. 집에 담긴 성스러운 가치를 되찾아야 한다는 것이다.

그리하여, '집'이 새로운 삶을 회복하는 거점으로서, 우리의 꿈을 키워나가는 작은 우주로 삼아야 한다. 새로운 주거공간을 확보하는 일은 새로운 우주를 얻는 행위에 비견된다. 만약 그러하다면, 이것은 단순히 살아가기 위한 기계적인 공간을 마련한다는 편의적인 발상과는 크게 다르다. 오늘의 우리가 종교적인 인간의 생각에 귀 기울여야 하는 데에는 특별한 이유가 있다. 그 하나의 배경은 우리가 살아가는 오늘의 세계는 집에 담긴 종교적인 의미와 성스러움과는 너무 동떨어진 것이기 때문이다. 집의 크기가 권력과 지위를 과시하는 수단이 된 지는 오래되었다. 이런 편의적이고 종교적인 체험과는 다른 발상들은 우리를 그리고 집을 단순히 물리적인 기계장치, 투기의 대상쯤으로 여기게 만든다.

현대사회와 소비, 악마와의 계약

오늘날의 우리는 '프로스펙스', '아디다스', '나이키', '리복'과 같은 소위 '명품'에 많은 신뢰를 보내면서 물건을 고른다. 이런 소비심리는 잘 디자인된 외형이나 편리함, 견고함과 같은 판단 기준에 따라 물건을 선택하는 것이 아니다. 그보다는 고급스러운 이미지를 가진 상품 하나를 고르는 것이다. 얼마 전 신문에는 모 전자회사의 핸드폰 상표가 얼마의 가치를 갖는지 외국 컨설팅 업체에 의뢰했다는 기사가 실렸다, 보도에 따르면, 이 핸드폰 이름의 가치는 우리 돈으로 '몇십 조(兆)' 단위에 이를 만큼 엄청나다고 한다. 이렇게, 상표란 상품 이전에 우리에게 익숙해진 하나의 기호이다.

지금 소개하는 쟝 보드리야르(Jean Baudrillard, 1929~)의 『소비의 사회―그 신화와 구조』(1970)는 1960년대 프랑스 사회에서 소비의 현대적 원리에 주목한, 사회학 분야에서는 이미 고전의 반열에 올라선 책이다. 보드리야르의 지적 편력은 대단히 방대한 것이어서 한 마디로 요약하기 어렵다. 다만, 『소비의 사회』와 관련해서는 정치경제학과 소비사회에 대한 초기 학문의 관심을 반영한 저술이라는 말은 가능하다.

이 책은 우리에게 오늘날의 사회가 가진 소비행위를 부추기는 은폐된 속성들을 이해할 훌륭한 지침 몇 가지를 제공해준다. 그 지침에 해당되는 내용들이 보드리야르 자신의 사회학을 통해 보여준 방대하고도 다양한 관점과 통하는 것은 물론이다. 이 책은 주로 현대사회에서의 소비, 건축, 도시화, 언어, 문화 등에 대한 분석들로 채워져 있다, 분석의 대상은 60년대 프랑스 사회가 근대화의 번성과 함께 기술의 비약적인 발전을 성취하고, 독점기업과 기술 관료들의 등장에 따른 급격한 변동을 겪으면서 나타난 현대사회의 징후들이다(바로 이 점이 오늘날 한국사회가 겪고 있는 제반 가치들의 혼란과 사회변동을 설명할 수 있게 해주는 배경이다). 같은 이유에서 이 책은 사회학의 고전적 명저인 에밀 뒤르켕의 『사회분업론』이나 서스틴 B. 베블린의 『유한계급론』, 데이비드 리스먼의 『고독한 군중』과 같은 명저와 같은 위치에 놓인다.

보드리야르에 의하면, 소비는 현대 사회를 지배하는 (역사와 성찰이 없는 텅 빈 것이라는 점에서) 거대한 백색의 신화로서, 이전까지의 지적 전통인 로고스의 세계와 결별한다. 『소비의 사회』에 펼쳐지는 그의 논리는 소비사회를 "배려의 사회인 동시에 억압의 사회"라는 점을 증명하는 데 바쳐진다. 소비사회의 특성은 무엇보다도 평온하고도 일상적인데, 소비의 대상인 '암시적' 폭력(신문의 사회면에 실린 살인, 혁명, 핵전쟁이나 세균전의 공포 등과 같은 매스미디어가 퍼뜨리는 말세적인 내용들을 가리킨다)이 양립하고 있다는 것이다. 구경거리가 되어버린 폭력과 일상생활의 평온함 사이에 조성된 묘한 균형은 중세사회가 신과 악마 위에 균형을 유지하고 있는 것과 같다는 것이 보드리야르의 기본적인 관점이다. 다시 말해서, 현대사회는 소비와 그것의 고발(언론매체에 의한 보도)이라는 절묘한 균형을 이루고 있다는 점에서 결국 같은 뿌리라는 것이다. 왜냐하면, 이 두 가지는 모두 추상적인 개념으로서 실재하는 사물이 아니라 포장된 기호로 떠받쳐지고 있기 때문이다.

폭력의 진짜 문제는 살인이나 폭력과 같은 범죄나 성(性)의 범람이 아니며, 풍요로움과 안정이 일정한 수준에 이르렀을 때 통제 불가능한 실제적인 폭력이 일어난다는 데 있다. 목적도 대상도 없는 폭력은 로스앤젤레스 폭동이나 일본의 엽기적인 학생살인사건에서처럼 누구도 이해할 수도 없고 설명될 논리조차도 없는 기묘한 모습이다.

소비사회의 풍요로움도 사회적 정치적 제도와 연관지어 보면 분명히 비정상이며 무질서의 여러 형태 가운데 하나에 지나지 않는다. 풍요로운 사회, 관대한 사회에 가려져 있는 집단 폭력과 마약문제는 우리를 행복의 신화에 복종하도록 강요하고 또한 교육시켜 일상에 안주하도록 길들이는 반대편에 놓이는 어두운 세계의 실상이다. 그 가려진 부분이 비밀종교집단의 집단자살이나 연쇄살인, 총기난사 사건으로 분출되어 나오는 것이다.

그러나 순식간에 이러한 폭력마저도 소비의 대상이 되고 만다. 아마도 걸프전을 소재로 한 컴퓨터 게임이 그런 예에 속할 것이다. 이 같은 폭력의 반대편에는, 비폭력이 놓여진다. 가령, 히피족들의 "차별의식이 없는 새로운 눈길로 세상을 바라보고자 하는" 도피심리는 매우 수동적인 모습으로 여겨질지 모른다. 그들은 "권위보다 자유를" "생산보다 창조를" 외친다. 히피문화의 특징은 폭력의 활발함 배후에 숨겨진 수동적인 속성을 극한까지 밀어붙여 자기를 부정하는 문화적 흐름을 가지고 있다.

보드리야르에 따르면, "사실 '풍부한 사회'도 여태까지 없었으며 또 현재도 없다." "왜냐하면 그 어떠한 사회라도 또 생산된 재화와 자유로이 쓸 수 있는 부의 양이 어떻든지 간에 모든 사회는 구조적 과잉과 구조적 궁핍에 동시에 연결되어 있기 때문이다."

이렇듯, 보드리야르는 현대사회의 갖가지 현상들이 폭로를 통해 소비의 원리가 지배하고 소수를 제외한 대부분의 사람들을 조종하는 구도 안에 놓여있다고 진단한다. 그의 현대사회 분석은 전망이 보이지 않는다는 점에서는 매우 비관적이다. 하지만 성급하게 낙관하지 않고 현대사회의 무차별한 소비상품화(혹은 상품화)가 품고 있는 비정한 속성을 파헤치고 있다는 점에서는 인본주의자의 태도를 보여준다.

▶ 보드리야르가 말하는 현대 사회의 풍경은 어떤 것일까. 다음 글을 함께 읽어보며 생각해보자.

사물의 누적과 풍부함이라고 하는 것은 분명히 눈에 가장 잘 띄는 특징이다. 통조림, 의류, 식품 및 기성복으로 화려하게 꾸며진 백화점은 품부함의 일차적인 풍경이며 기하학적인 장소와 같다. 그러나 백화점만이 아니라 상품으로 가득 찬 휘황찬란한 진열장(그 어디에도 반드시 조명이 있다. 조명이 없으면 상품은 있는 그대로의 모습으로만 들어올 뿐이다) 및 육류진열대의 모든 통로, 그곳에서 벌어지고 있는 식료품 및 의류의 향연은 마법처럼 침샘을 자극한다.

이러한 사물의 누적에는 생산물의 총합 그 이상의 것이 있다. 과잉의 증거, 희소성의 주술적 및 결정적인 부정, 모성적이며 호화로운 꿈의 나라(무엇이든지 있는 꿈나라)의 예감이 존재한다. 시장, 상점가, 슈퍼마켓은 이상할 정도로 풍부한, 재발견된 자연을 흉내 낸다. 그곳은 우유와 꿀 대신 케첩과 플라스틱 위에 네온의 불빛이 흐르는 현대의 가나안 계곡이다. 아무래도 좋다! 사물이 충분하게 있는 것이 아니라 너무나도 많이 있으며, 더욱이 모든 사람을 위해서도 너무 많이 있다고 하는 강렬한 기대가 그곳에 있다. 당신은 굴, 육류, 배 또는 통조림으로 된 아스파라거스(백합과의 다년생 풀)의 지금이라도 무너질 듯한 피라밋을 손에 넣은 셈치고 그 중에서 조금만을 사는 것이다. 전체를 위해서 부분을 산다고 하는 것이다. 소비물자와 상품에 대한 환유적이고 반복적인 언설(discourse)은 과잉 그 자체에 따른 집단적인 하나의 큰 은유에 의해서 다시 증여의

　현대사회는 끊임없이 물질의 풍요로운 축제를 펼치고 있는 세계이다.
이곳은 모든 사람들에게 그 풍요함이 언제까지고 누구에게나 혜택을 주
는 구약성서의 가나안 복지(福地)와도 같은 공간으로 선전된다. 소비사회
의 논리는 누구에게나 기회를 제공하고 먹거리를 가져온다고 외치고 있
다. 그 풍부함은 화려하고 윤택한 외양 덕택에 소비물자와 상품이 도처에
무궁무진하다는 환상을 우리의 의식에 깊이 새겨놓는다. 축제는 이성적
인 판단을 흐리게 만든다. 또한 소비의 축제화가 가진 폐해는 궁핍한 모
든 것들을 숨겨버린다는 데 있다. 그런 까닭에 우리는 가난하고 소외당한
자들의 삶을 절실하게 이해하지 못하게 되는 것이다. 그러나 사회적 가난
과 인간 소외에 이해의 경로가 상품의 무한한 진열 앞에 가려져 있는 것
으로 보아야 한다.

　지문에서 논제 하나를 찾아보자. ‘상품을 쌓아 올린 진열장에서 보게
되는 풍부함은 인간의식에 어떤 변화를 낳는가’라는 의문을 마땅히 가져
야 한다. 물질의 풍요로움은 자원을 절약하는 정신과 건전한 소비행위를
방해한다. 절약과 건전한 소비란 문화적이고 일상적인 자아가 내리는 실
질적인 쓸모(‘효용가치’라고 한다)에 따른 ‘착한’ 구매 방식이다. 현대 사회
는 화려한 외양에 이끌리거나 무한히 진열된 상품들 앞에 불필요한 것일
지라도 사고 싶은 충동을 만들어낸다. 이런 점에 착안하게 되면 인간의
의식이 물질에 종속되고 마는 것이 바로 소비의 환상임을 깨달을 수 있
다. 무분별한 카드 사용으로 신용불량자가 양산되는 현실에서 한 번쯤,
‘소비행위가 어떤 모습을 갖는가’를 생각해볼 때이다.

　상품의 풍요로운 이미지 외에도 보드리야르가 지적하는 소비사회를 지배하는 설명논리의 하나는 '차이'에 의한 서열이다.

　　자연, 공간, 깨끗한 공기, 고요함 : 이 희소재의 추구와 그것들의 가격 상승이라는 현상은 최상층과 최하층에게서의 지출의 차이는 생활필수품에서는 100 : 135에 불과한데, 주거설비에서는 100 : 245, 교통비에서는 100 : 305, 레저에서는 100 : 390이 되고 있다. 여기에서 균질한 소비에 관한 양적인 차는 볼 수 없고, 이 숫자들로부터, 추구되는 재의 질과 관련된 사회적 차별을 읽어야 하는 것이다. 사람들은 건강에 대한 권리, 공간에 대한 권리, 미에 대한 권리, 휴가에 대한 권리, 지식에 대한 권리, 문화에 대한 권리 등에 대해 많은 말을 하고 있다. 그리고 이 새로운 권리들이 출현함에 따라 새로운 중앙행정부서가 동시에 생기고 있다 : 보건부, 여가이용부—미관 및 깨끗한 공기를 보호하는 중앙 행정부서라고 왜 안 생기겠는가? 이것을 제도화된 권리에 의해 공인되는 개인적 및 집단적인 일반적 진보를 표현하는 것처럼 보이지만, 이 현상의 의미는 애매하다. 그리고 우리는 여하튼 그것에서 반대의 것을 읽을 수 있다 : 공간에 대한 권리가 생긴 것은 바로 모든 사람을 위한 공간이 더 이상 존재하지 않게 된 순간부터이며, 또 공간과 조용함이 다른 사람들을 희생시키고 일부 사람들의 특권이 된 순간부터이다.

　　'소유권'이 생긴 것은 토지를 갖지 못한 사람들이 나타났을 때부터인 것처럼, 노동에 대한 권리가 생긴 것도 분업의 틀 속에서 노동이 교환 가능한 상품이 되었을 때, 다시 말하면 그 노동의 결과가 노동한 개인 자신에게 속하지 않게 되었을 때부터이다. 옛날에 노동이 그러했던 바와 같이, 마찬가지로 '여가에 대한 권리'도 유유자적한 단계에서 기술적, 사회적 분업의 단계로의 이행, 따라서 사실상 여가의 종언을 예고하고 있는 것은 아닌지 의심스럽다.

　상품화와 소비라는 관점에서 보면, 공해나 자연, 여유있는 공간이 사회적 서열이나 부의 상징이 된 지는 오래다. 고급 승용차, 명품가방, 넓은 평수의 쾌적한 고급아파트, 심지어 휴양콘도나 골프장 회원권에 이르기까지, 소비의 사회계층적 차이는 '삶의 질'이라는 척도에 맞추어 끝없이 생겨난다. 일상적인 소비재인 의류나 지위를 상징하는 고급 상품들은 도시화의 확산과 수입의 상승으로 인해 일반인들까지 소비대상이 되었고 그 결과 값비싼 상품들은 사회적 지위를 나타내는 상징으로는 더 이상 적절하지 않게 되었다. 그러나 주거설비나 교통비, 레저비용에서 계층과 소득수준에 따라 지출 규모는 많은 격차를 보인다. 대략 2배 내지는 약 4배에 이르는 최하층/최상층의 지출비용 격차는 소비상품의 차이에 국한되지 않고 희귀한 것들과 건강, 공간, 아름다움, 휴가 등에 대한 차별화를 보여준다. 이 차별화는 새로운 소비 권리의 출현을 불러온다. 일조권, 건강관리, 다이어트, 맑은 공기에 대한 관심 등등, 그리고 그것의 상품화를 불러온다. 이를 민주주의의 발전이라기보다는 '불평등의 사회적 재분배'라고 보는 것이 보드리야르의 견해이다.

　'자본주의의 진보'로 불리는 새로운 소비 권리들의 출현 뒤에는 또 다른 배경이 은폐된 것은 아닐까, 라는 의문을 한 번쯤 가질 만하다. 보드리야르의 견해대로라면, "공간에 대한 권리가 생긴 것은 모든 사람들을 위한 공간이 더 이상 존재하지 않은 순간부터"라는 것이다. 맑은 공기가 사라지고 깨끗한 물이 부족해지면서 자연은 이제 자연상태로 존재하는 재화의 가치를 벗어나 상품의 단계로 떠오른다. 정화된 공기, 심산유곡에서 뽑아올린 물의 대량생산이 '생수'라는 상품으로 등장한다. 자본주의 사회는 그 사회에 모든 이들이게 돌아가는 혜택이 소멸한 시점에서 자원을 상품으로 만들어 이를 경제적 이윤의 원천으로 삼고 사회적 특권의 상징으로 삼아버린다. 그런데, 이 비정한 상품화 원리는 재화에만 국한되는 것이 아니라 인간에게도 무차별적으로 적용된다는 데 문제의 심각함이 있다.

직업상의 지식, 사회적 자격, 개인의 경력에 관한 현대사회의 특징적인 개념 중의 하나는 재교육이다. 이 개념은 어느 누구도 좌천된다든가 밀려 난다든가 쫓겨나지 않으려면 자신의 지식과 학식, 즉 노동시장에서의 자신의 '실전용 지식'을 '시대의 흐름에 맞도록 재충전해야 할 필요성'을 뜻한다. 이 개념은 오늘날에는 특히 기업의 기술계 관리직과 최근에는 교원들에게 적용되고 있다. 따라서 (정밀과학, 판매기술, 교육방법 등에서의) 지식의 끊임없는 진보에 근거하는 과학적 개념이 되고 있다. '사회로부터 탈락하지 않기' 위해서는 누구도 이 진보에 당연히 적응하지 않으면 안 된다는 것이다.

사실 '재교육'이라는 용어는 몇 가지 반성을 불러일으킬 수 있다. 이 말은 어쩔 수 없이 유행의 '주기'를 상기시키는데, 유행의 경우에도 사람은 누구나 '최신의 정보를 알고' 매년 매월 또 계절마다 복장, 사물 및 자동차를 바꾸어야 할 의무가 있다. 그렇게 하지 않으면 그 사람은 소비사회의 진정한 시민이 되지 못한다. 그런데 이 경우 문제되는 것은 끊임없는 진보가 아니라는 것이 분명하다.

유행이라고 하는 것은 제멋대로이며 불안정하고 주기적이며, 개인의 내재적 자질에 덧붙여주는 것이 없으면서도 무시할 수 없는 강제력을 가진다. 또한 그것에 따르는 자에게는 사회적 성공을 가져다주고, 거스르는 자는 사회로부터 추방된다. '지식의 재교육'도 과학성의 미명하에 유행과 똑같이 제멋대로이며 강제적이고 또 빠른 적응을 은폐하고, 아울러 생산 및 유행의 주기가 물질적인 사물에 강요하는 것과 똑같은 '계획적인 폐물화'를 지식 및 인간의 수준에서 행하는 것은 아닌가 라고 자문해볼 수 있다. 그러하다면 우리가 목격하는 것은 과학적 지식의 합리적 축적이 아니라 다른 과정과 관련되어 있는 소비의 비합리적인 사회적 과정일 것이다.

‘과잉 생산과 구조적 결핍’이라는 틀 안에서 소비는 눈에 보이는 상품에만 국한되지 않는다. 인간 자신들에게는 지식의 끊임없는 생산과 유통을 강요하고 있는 것이 현대사회이다. ‘지식의 진보’라는 신화에 걸맞게, 어떤 상품이건 신제품이라는 이름으로 통용되는 것이 현대사회의 실정이다. 상품의 ‘버전 업(성능 개선)’을 시도하는 현실은 인간들에게도 마찬가지로 적용된다. 주기적이고 불안정하고 제멋대로인 유행은 교육받은 내용을 일정기간만 지나면 폐기하도록 부추긴다. 그것을 거스르면 고루한 사람, 적응하지 못한 인간, 능력 없는 인간으로 치부되기 일쑤이다. 단적으로 말한다면 ‘노동시장의 유연성’이란 이 같은 인간의 지식과 그것의 효용에 대한 재교육이자 새로운 지식의 소비를 가능하게 만드는 현대사회의 냉혹한 논리이다. 이 점에 있어서 현대 소비사회는 과학적인 지식의 합리적 축적이 아닌 소비의 비합리적 과정을 보여준다고 할 것이다.

『소비의 사회』에 일관되게 흐르는 보드리야르의 정신을 축약하면, ‘회의적 비관주의와 따뜻한 인본주의’라고 보아도 좋다. 그러한 표현이 가능한 것은 결국 자본주의의 횡포와 모든 재화들을 소비의 논리로 몰아가는 현대사회의 비인간적 상황에 대한 본질을 이해하도록 해주기 때문이다. 그의 주장은 인간 존재가 극복해야 할 새로운 현실에 관한 대안은 아니지만 비판적인 성찰을 통해서 보이지 않는 폭력과 소외에 맞서도록 문제의식을 가동시킨다.

▶ 자본주의를 가리켜, ‘악마와의 계약’이라고 표현하는 경우가 있다 이것은 과잉생산과 과잉소비의 악순환 때문에 인간을 단자화시켜 조직 안에 가두어 버린다는 비관적인 인식에 기초한 발언이다. 이러한 관점에 서면, 자본주의라는 경제체제 속의 인간과 인간성은 우연히 잃어버리거나 파괴된 것이 아니라 ‘팔린 것’이라는 생각을 갖게 한다. 다음 지문은 현대사회의 이 같은 우화를 보여주고 있다. 지문을 읽고 나서 ‘소비사회에서 건전한 삶과

주체적인 모습은 과연 어떤 것일까'를 토론해 보자.

「프라하의 학생 L'Etudiant de Prague」은 독일 표현주의의 흐름에 속하는 1930년대 무성 영화로, 가난하지만 야심적이며 풍요로운 생활을 꿈꾸는 학생의 이야기이다. 프라하의 외진 선술집에서 학생이 동료들과 한잔하고 있다. 바로 같은 무렵, 부근의 숲에서는 상류계급의 사람들이 수렵을 즐기고 있다. 그런데 그들의 배후에는 뒤에서 조종하는 남자가 있었다. 사냥감과 사냥하는 사람의 움직임을 자기 마음대로 조종하는 이 남자는 실크 모자에 장갑을 끼고 손잡이가 달린 지팡이를 들고 있었다. 이미 상당한 연배로, 배가 조금 나왔으며 금세기 초두에 유행하였던 산양수염을 길러, 보기에는 주위의 신사들과 조금도 다를 바가 없다. 이 남자가 악마이다. 악마는 사냥에 나온 여성들 중 한 명을 길 잃게 하여 학생과 만나도록 한다. 학생은 금세 사랑에 빠지지만 그녀를 손에 넣을 수 없었다. 왜냐하면 그녀는 부자이기 때문이다. 하숙집에 돌아온 학생은 야심과 욕구불만에 괴로워한다.

그때 갑자기 악마가 학생의 방에 나타난다. 책과 큰 거울밖에 없는 초라한 방이다. 악마는 학생에게 산더미만큼의 돈을 줄 테니 거울 속의 네 모습을 나에게 넘기지 않겠느냐고 말을 건다. 거래가 성립되자 악마는 거울에 비친 학생의 모습을 판화나 카본지처럼 벗겨내어 돌돌 말고는 주머니에 집어넣었다. 그리고는 당연히 그래야 하는 듯이 악마는 간사스럽고 빈정대는 웃음을 남기고 방을 나갔다.

영화의 주제는 여기서부터 시작한다. 악마가 준 돈 덕분으로 학생은 어딜 가나 성공하였다. 공교롭게도 그가 출입하는 사교계는 도처에 거울로 둘러싸여 있었지만, 거울 앞을 지나는 것을 고양이처럼 피하면 되었다. 처음에는 고통스럽지 않았으며 자신의 모습이 보이지 않게 된 것도 고통스럽지 않았는데, 어느 날 마침내 자신의 분신을 만나게 되었다. 분신은 같은 사교계에 출입하고 그에게 노골적인 관심을 보이며 끈질기게 따라다니고 쉴 틈을 주지 않는다. 물론 그것은 악마에게 팔아넘긴 그 자신의 모습이다. 악마가 생명을 불어넣어 거리에 풀어놓은 것이다. 거울 속에 있을 때에는 충실했지만, 지금은 난폭해져서 자유롭게 걸어 다니며 어디에나 따라온다. 함께 있는 것을 들키기라도 한다면 큰일이다. 그렇게 생각되자 학생은 제 정신이 아니었다. 아차 싶은 불상사가 몇 번인가 일어난다. 분신을 피하기 위해 사교계를 떠나도 분신은 그의 대역을 하고 그가 해야 할 행동을 하고, 게다가 그것을 범죄로 만들어 버린다. 어느 날 학생은 결투를 신청 받는다. 사죄할 생각으로 다음날 아침 지정된 장소에 도착했을 때에는 이미 때가 늦었다. 그러나 악마에게 팔린 것에 대해 복수라도 하듯이 분신은 학생을 쫓아간다. 끝까지 쫓아다니며 묘지 한 쪽 구석에서 묘석(墓石)의 어둠 속에서 나타나기도 한다. 더 이상 사회생활을 하는 것은 불가능하다. 학생은 살아 있다는 느낌이 들지 않았다. 절망한 나머지 어떤 소녀가 바치는 순애(純愛)마저도 받아들일 수 없었다. 마침내 자신의 분신을 죽일 계획을 세운다.

어느 날 밤 분신이 방까지 따라온다. 격렬한 말다툼 중에 분신은 그 자신이 나온 거울 앞을 걷는다. 학생의 눈앞에 최초의 광경이 지나간다. 그 분신 때문에 자신이 고통 받고 있다는 노여움과 잃어버린 자신의 모습에 대한 향수가 겹쳐져 살의를 참을 수 없게 된 그는 분신을 향해 총을 쏜다. 거울이 산산조각 나고, 분신은 이전과 같은 환영이 되어 사라진다. 그러나 분신이 사라지는 것과 동시에 학생이 방바닥에 쓰러진다. 죽은 것은 그 자신이다. 거울 속의 자신의 모습을 없애버릴 생각이었지만 사실은 자기 자신을 죽인 것이다. 거울 속에서 나온 자신의 모습이 살아 있는 실재가 되고 알지 못하는 사이에 자신을 대신한 것이다. 단말마의 고통 속에서 학생은 마루에 흩어져 있는 거울의 조각을 하나 집어 올린다. 그리고는 이전처럼 자신의 모습을 비출 수 있다는 것을 알아차린다. 그는 육체를 잃었다. 그러나 육체와 바꾼 자신의 정상적인 모습을 죽기 직전에 다시 발견한 것이다.

지문 해설

보드리야르는 1930년대에 상영된 무성영화를 통해서 현대사회에 대한 경고를 내리고 있다. 영화 「프라하의 학생」의 내용을 요약할 수 있지만, 악마와의 계약이라는 관점에서 현대사회의 특징을 정리해야 한다. 악마로 비유된 물질만능주의에서 대학생은 자기의 그림자(여기에서는 자기의 '정신')를 팔아넘긴다. 그 대가로 학생은 엄청난 부를 얻는다. 그러나 그림자는 자신을 팔아넘긴 것에 철저하게 복수한다. 존재의 이 같은 분열은 물질주의에 내맡겨진 파국을 암시하고 있다. 거울 속에 가둔 그림자는 자신이며, 그림자의 죽음은 자신의 죽음인 것이다. 결국 물질과의 계약이란 사물에 대한 추종이다. 물질과의 계약은 진정한 소비가 아니라 허상을 좇는 행위에 불과하다는 것이 지문에서 잘 드러난다. 소비행위가 진정한 효용의 바탕 위에 이루어지는 것이 아니라면, 그것은 물질주의에게 조종당한 결과로 보아도 좋다.

더 생각하기

물질의 풍요로움은 '진정한 자아'와 '소비에 길들여진 자아'로 분리시켜 살게끔 만든다. 소비에 따른 타락과 방종은 결코 자신의 얼굴이 아니다. 소비에 길들여진 존재의 모습은 물질과의 달콤한 계약에 얽매여 있다. 그러한 존재는 쾌락에의 탐닉과 소비의 즐거움에 깊이 몰입한다. 그러나 그 종말은 지극히 비극적이다. 그러한 존재는 물질에게 조종을 당하는 것이다.

오늘날 우리는 지하철이건 버스이건 열차 안이건 비행기에서건 도처에서 아름다운 모델의 광고들과 마주하고 있다. 매일매일 일어나는 사건과 사고의 범람하는 신문 기사 속에서 우리는 우리의 목표와 주체적인 판단이 점차 어려워진다. 소문을 따라 영화관에 가고 풍문에 따라 책을 사서 읽는다. 이러한 행위는 우리 자신들이 광고에 '팔린' 결과이기도 하다. 소비사회에서 광고와 신문기사와 상품들이 우리 눈앞에서 풍부한 만큼 우리의 판단을 흐리게 만들기 때문이다. 필요한 것과 적절한 것만을 사는 판단이 소중한 때이다. 그리고 이러한 판단은 물건을 사는 데만 소용이 되는 것이 결코 아니다. 자신의 진로를 결정할 때에도 필요하다.

소비사회에 매수된 삶을 살지 않기 위해서 우리는 어떻게 판단하고 어떻게 행동해야 할 것인가. 문제의 핵심 논지는 팔리지 않고 스스로가 자발적으로 선택하는 삶을 어떻게 살 것인가 하는 물음과 그 해답을 가다듬어야 한다는 것을 말해준다.

교훈과 깨달음

어린 시절에는 누구나가 접했음 직한 친근한 이야기가 있다. 민첩함에 자만하여 달리기 경주에 지고 마는 토끼와 거북이 이야기, 따 먹을 수 없는 포도를 신 포도라서 먹을 수 없다며 체념을 위안 삼으며 발길을 돌리는 포도와 여우 이야기, 시골에서 살던 쥐가 도시의 불안하고 번잡한 생활에 싫증이 나서 살던 곳으로 돌아가는 도시 쥐와 시골 쥐 이야기 등등……. 이들 우화는 어린 시절 짧지만 무시할 수 없는 교훈을 담은 이야기로 기억되곤 한다.

이솝 우화로 잘 알려진 이솝(Aesop, 아이소포스Aisopos)는 B.C. 6세기 전반에 살았던 유명한 이야기꾼으로, 사모스 섬의 노예였다가 그의 재능과 학식을 알아본 주인이 해방시켜 자유인이 되었는데, 이를 시기한 델피 사제들의 누명으로 절벽에 떨어져서 죽었다고 전해진다. 그러나 이처럼 짤막하게 전해지는 그의 생애도 사실이라고 보기는 어렵다. 또한 이솝의 우화로 전해지는 이야기조차 모두 그의 것이라고 단정하기가 곤란하다. 오늘날 전해지고 널리 읽히는 이솝우화집도 실은 프랑스의 에밀 샹브리가

1929년에 편집하여 발간한 것이다. 샹브리의 영역본을 충실하게 번역한 『이솝우화집』에는 모두 27편의 이야기가 실려 있다.

이솝우화집에는 우리가 잘 아는 몇몇 짧은 이야기만 실린 것은 아니다. 수많은 이야기는 원시 시대로부터 오랜 세월 동안 사람들이 자연과 주변 생활로부터 관찰한 오랜 구술문화의 소산으로 보는 것이 오히려 타당하다. 『이솝우화집』은 이렇게 교훈을 담은 속담 혹은 짧은 우화적 민담으로 가치가 있다. 또한 책의 쉬운 내용은 어른과 아이 모두에게 유익해 보인다. 이들 우화에는 의인화된 동물과 인간이 등장하고 있으며 실생활에서 직면하게 되는 생생한 사건들이 등장한다. 특히 이솝의 우화는 인간의 행동 지침이라고 해야 할 감사와 절제와 근면과 체념과 충직함 등을 두드러지게 보여준다.

의인화된 동물의 세계는 인간처럼 무리지어 사는 삶의 원리와 일치하는 것이 보통인데, 이를 다르게 보면 도덕적으로 문제 많은 위악(僞惡)한 존재들―부도덕한 개인, 사리사욕에 밝은 소인배들―을 통해서 세상살이의 이치를 깨우치게 하는 교육 효과를 지닌다고 할 수 있다. 그러나 우화는 도덕적 성찰이나 학문적인 주장과는 거리가 멀다는 것, 그리고 삶 주변에서 언제든지 일어남직한 여러 상황에 대한 날카로운 관찰이 바탕을 이루고 있다. 그러한 점에서, 이 책은 엄숙한 도덕의 원리나 사상과는 다소 거리가 먼 자잘한 교훈과 기지 넘치는 행동에 담긴 읽는 재미를 느끼도록 해준다.

이솝우화를 읽을 때에는 유념할 사항이 하나 있다. 이전까지만 해도 토끼와 거북이 이야기처럼 교훈을 담고 있는 이야기가 윤리와 도덕이라는 차원에서 읽어야 한다는 생각이 우세했다. 하지만 이들 우화에는 노예 출신의 구술자(口述者), 혹은 하층민의 이야기를 엮어낸 창작자의 의식이 반영되어 있다. 이 점을 지나쳐버리면 안 된다. 이솝우화에는 체념적이고 운명의 소관으로 돌려버리는 부정적인 현실관이 흐르고 있다. 주의 깊게 읽어 보면 '분수에 맞게, 또한 자신의 처지를 잘 알고 생활하라'는 태도가 엿보인다. 이것은 보다 진취적으로 해석할 필요가 있다. 우화에 담긴 인생관을 무조건 옳은 것이라 지레짐작하지 않고 이를 오늘의 사고에 맞게 바꾸어 생각하는 비판적인 독서가 요구되는 것이다.

이솝 이야기와 같이 교훈을 담고 있는 양식을 가리켜서 '알레고리 allegory'라고 한다. 좀 더 정확하게 말한다면 이야기 전체가 알레고리일 수 있고 아니면 이야기의 어느 한 부분만 알레고리일 수 있다. 이솝 우화에 한정시켜 말한다면, 알레고리는 이미 오래 전부터 사람들 사이에 주고받는, 자잘한 교훈과 재미를 담고 있는 이야기라 할 것이다. 교훈을 내장한 특성 때문에 독서와 글쓰기에서는 우화를 자주 활용한다. 따라서 우화의 짧은 내용을 정확하게 파악하고 이를 우리 주변에서 일어나는 삶의 문제와 연관짓는 능력이 필요하다.

▶ 다음 우화를 보고 내용의 핵심은 무엇인지, 그리고 이와 연관된 삶의 문제를 찾아내어 함께 토론해 보자.

> 솔개는 본시 목소리가 백조처럼 맑았습니다. 그러나 말이 우는 소리를 듣고 부러워서 있는 힘을 다해 말 흉내를 냈답니다. 새 기술을 얻으려고 노력하는 사이에 솔개는 이미 가지고 있는 능력을 잃어버리게 되었습니다. 말 우는 소리를 배우지는 못하고 또 노래하는 법도 잊어버린 것이지요
>
> ─제78화「자연을 불만을 벌한다」

이 우화는 흡사 『장자』, 추수 편에 나오는 '한단지보(邯鄲之步)'라는 고사

를 연상시킨다. 조(趙)나라 사람 한단이 걸음걸이를 잘 한다는 소문을 듣고 연(燕)나라의 한 청년이 그곳에 가서 그의 걷는 법을 배우려 했다. 그러나 청년은 한단의 걸음걸이를 잘 익히지 못했을 뿐만 아니라 고국의 걸음걸이조차 잊어버리고 돌아왔다는 고사이다. 솔개의 목소리는 그 특유의 장점을 가지고 있으나 말 울음소리를 부러워해서 흉내를 내다가 자신의 능력마저 잊어버린다. 자신의 장점을 잘 발전시키기보다 다른 사람의 장점만을 좇다가 자기의 장점마저 잃어버리는 어리석음을 일깨우는 우화이다.

여기까지는 정확한 독해일지 모르나 이러한 교훈적 의미를 지금의 현실에 적용해서 필요한 논제로 발전시키는 능력이 필요하다. 다시 강조하면, 정확한 지문의 이해와 함께 주재를 설정하는 추론능력이 요구되는 것이다. 위의 지문을 우화의 주인공에 한정시킬 때 단순한 논제가 되기 쉽다. 그 이유는 우화에 담긴 의미가 자신의 장점을 연마하고 발전시켜야 한다는 하나의 교훈을 찾아내기 때문이다.

이제, 우화의 교훈을 삶의 문제와 연관해서 어떤 논제로 발전시킬 수 있는지를 살펴보자. 우리가 살고 있는 시대에도 우화에서처럼 모방의 어리석음을 보여주는 예는 얼마든지 있다. '국제화'라는 말 대신 유행하기 시작한 '세계화'라는 말은 자칫하면 우리 문화의 미덕을 저버리고 국제사회의 일원으로서 서구문화에 세련된 감각을 갖추어야 한다는 뜻으로 오해될 수도 있다(실제로 우리는 가치관의 혼란을 겪고 있다). 지금 겪고 있는 경제적 위기 상황도 알고 보면 지속적인 사회개혁을 통해 급변하는 국제환경에 적응할 수 있는 능력을 배가시키지 못한 데 그 원인이 있다. 서구문화의 미덕을 주체적으로 수용해서 발전하려 하기보다 겉면의 화려함만 좇아 가다가 사치와 방종에 빠져 개혁의 시기를 놓쳐 버린 것이다. '선진국 병(病)'이라고 해야 할 이 같은 태도는, 선진국의 외양만을 보고 그들의 번영을 섣부르게 모방하려 했던 우리 사회의 어설픈 서구 따라잡기가 빚어낸 자기 파탄이다. 이렇게 본다면, 논제는 자신의 장점과 단점이 무엇이고, 이를 정확하게 파악하여 부족한 부분을 보완하는 태도가 이 시대에 필요하다는 사실로 확대시킬 수 있다.

지문 속의 우화는 '솔개' 자신이 가진 미덕을 상실한 채 다른 동물의 소리를 부러워하면서 자신의 미덕마저 잃어버린다는 단순한 내용이다. 하지만, 이를 현실의 문제와 연관지을 때 많은 주제들이 설정될 수 있는 것이다. 여기에서 위의 지문을 읽고 '세계화의 잘못된 사례를 비판하고 그 대안적 삶은 무엇인가'라는 주제를 도출할 수 있다면, 여러분은 주제 하나를 든든하게 확보한 것이다. 적극적으로 고전의 지문을 해석하고 이를 실생활에서 일어나고 있는 구체적인 사례와 관련짓는 각자의 사고 훈련이 필요하다.

▶ 다음의 지문을 읽고 이솝 우화에서 제시된 내용의 핵심이 무엇인지 함께 토론해 보자.

(가)

무덥고 갈증 나게 하는 여름날 사자와 멧돼지가 물을 마시러 조그만 샘 가로 왔습니다. 그들은 누가 먼저 마실 것인가로 싸우기 시작하였고 죽어라 하고 격투를 하게 되었지요. 숨을 돌리려고 잠시 쉬는 동안 그들은 주위를 둘러보고 누가 됐건 죽는 쪽을 먹어치우려고 독수리들이 기다리고 있는 것을 보았습니다. 이 광경을 보고 그들은 싸움을 그쳤습니다.

－제19화 「어부지리」

(나)

멧돼지가 나무에 기대고 서서 엄니를 갈고 있었습니다. 사냥꾼이 쫓고 있는 것도 아니고 위험도 없는데 왜 엄니를 갈고 있느냐고 여우가 물었습니다. 멧돼지는 대답하는 것이었습니다.

"그럴 만한 이유가 있다네. 만약 위험이 닥친다면 그땐 엄니를 날카롭게 할 시간이 없지 않은가. 그러니 엄니는 늘 써먹을 태세를 갖추고 있어야지"

– 제38화 「여차하면」

(가)는 두 사람의 갈등이 두 사람 모두를 위험에 빠뜨릴 수 있음을 경고하는 교훈을 담고 있다. 지문은 그런 위험을 함께 깨닫고 나서야 다툼에서 벗어날 수 있었다는 내용이다. 독수리의 밥이 된다는 것은 부질없는 싸움이 가져오는 파국을 암시한다. (나)는 '유비무환(有備無患, 대비하면 화를 당하지 않음)'의 교훈을 포착할 수 있다. 두 개의 지문에서도 드러나듯이, 우화에는 삶에 소용되는 지혜가 이야기의 중심적인 내용을 이룬다는 것을 기억하자.

▶ 다음 지문에서 얻을 수 있는 교훈은 무엇인지를 함께 생각해 보자.

(가)
말과 나귀가 주인과 함께 길을 가고 있었습니다.
"내 목숨을 구해주려면 내 짐을 나누어 져 주게."
하고 나귀가 말에게 말하였습니다. 그러나 말은 마다하였지요. 피로로 탈진한 나귀는 쓰러져 죽고 말았습니다. 그러자 주인은 짐 전부를 말에게 지웠습니다. 게다가 나귀의 가죽까지 얹었지요. 말은 신음소리를 내면서 처량하게 탄식하는 것이었습니다.
"아! 내 자신을 이런 참담한 지경으로 빠뜨리다니! 가벼운 짐은 마다했

238

는데 이제 이 꼴이 뭐람. 나귀 가죽이고 뭐고 온통 전부를 지고 가야 하다니.”

– 제90화 「이기심이 받는 벌」

(나)

어느 날 염소떼를 방목지로 몰아넣고 나서 염소지기는 거기에 몇몇 길들이지 않은 새 염소가 끼어있는 것을 알았습니다. 저녁이 되자 그는 염소떼를 모두 자기 동굴 속으로 몰아넣었습니다.

이튿날 날씨가 나빠서 방목지로 데려가지 못하고 굴 안에서 돌보아주지 않으면 안되었습니다. 그는 자기 염소에게는 겨우 굶주림을 면할 정도로만 먹이를 주었으나 새 염소에게는 넉넉하게 주었습니다. 그들을 길들여서 염소식구를 늘리려 했기 때문이지요.

날씨가 개어서 염소지기는 염소를 모두 방목지로 데려갔습니다. 그러나 산에 이르자마자 새 염소들은 도망을 갔습니다. 각별히 배려를 해주었는 데도 도망쳐 간 염소를 염소지기는 배은망덕이라고 비난했습니다. 길들이지 않은 염소들은 고개를 돌려 바로 그 때문에 자기들이 그를 경계하게 되었다고 말하는 것이었습니다.

“우리는 겨우 어제 당신에게로 왔어요. 그전에 당신은 오래 데리고 있던 염소보다 우리에게 더 후한 대접을 해주었어요. 그러므로 다음에 다른 염소들이 끼어들면 우리를 소홀히 하고 그들을 후대할 것이 분명하지요.” 하고 그들은 말했습니다.

– 제99화 「옛친구와 새 친구」

(가)에서 말은 도움을 요청하는 나귀의 청을 거절했다가 뒤늦은 후회를 하게 된다. 죽은 나귀가 매정한 말에게 복수한다. 모든 짐과 죽은 나귀 가죽까지 떠맡은 말은 작은 고통을 나누지 않아 더 큰 고통을 불러들였다

는 때늦은 후회를 한다. 기쁨을 함께 나누면 두 배가 되고 슬픔을 함께 나누면 반이 되는 법이다. 말과 나귀의 관계는 인간 상호간의 관계로 바꾸어 보아도 그다지 틀리지 않는다. 여기에서 '작은 것을 탐하다가 큰일을 그르치게 된다(소탐대실, 小貪大失)'의 교훈 하나를 얻을 수 있을 것이다. 이것은 다시 극단적인 자기중심주의나 이기심이 사회 전체에 고통을 낳게 하는 원인이 될 수 있다는 사실로 확대해도 좋을 것이다(대구의 지하철 참사는 신병을 비관했던 사람이 사회를 증오하며 저지른 극단적인 자기중심주의의 불행이 아니었던가). 인간의 사회적 삶은 상호 존중과 상호 이해에 바탕을 둔 관계이다. 이 지문은 우리 생활 주변에서도 얼마든지 적용 가능한 사례를 찾을 수 있는 교훈이다.

반면, (나)는 오랜 신의를 쉽사리 저버리는 세태를 날카롭게 비판하는 교훈을 담고 있다. 염소지기의 행위는 쉽게 이익을 얻기 위해 새것과 굴러온 복덩어리를 애지중지하다가 일상을 지탱하는 가치들을 모두 부정하는 불행을 초래하는 결과를 낳는다는 의미로 받아들일 만하다. 염소지기가 바라는 것은 요행이다. 그의 요행에 대한 기대치는 지켜야 할 덕목을 망각하게 만들고 행운조차도 그의 곁을 떠나고 만다.

일상의 삶에서 보게 되는 현실에다 이 같은 교훈을 적용해 보자. 더 큰 이익, 자기만의 행운을 위해서 부모와 친구와 다른 사람들의 기대를 저버리고 상식에 바탕을 둔 가치들을 너무나 쉽게 위반하는 것이 오늘날의 세태이다. '다른 사람이 잘못 하면 나쁜 일이고 내가 잘못 하면 실수'라는 자기 위주의 편의적 발상도 이와 같은 세태에서 생겨난 것이다. 기존의 가치와 신의라는 덕목을 배반하지 않는 평상심(平常心)이란 결국 생활과 자신의 가치관을 일치시키는 지행합일(知行合一)인 것이다. 지금까지 보았던 여러 지문에서, 우리는 알레고리가 일상의 상식적인 교훈을 담고 있다는 점을 확인할 수 있었을 것이다.

240

▶ 지문을 읽고 사회 통합을 위한 바람직한 태도가 무엇인지 함께 토론해 보자.

지문 해설

위의 우화에서 헤라클레스의 행동에 초점을 맞추어 보면 싸움과 말다툼이란 하면 할수록 점점 사태를 악화시킨다는 것을 말해준다. 사회 내부의 갈등 요소에 대해 어떤 태도를 가져야 하는지, 사회 통합을 어떻게 이룰 것인지를 암시하는 것이 이 우화의 교훈인 셈이다. 그러나 아테나 여신의 발언에는 그 문제의 근원적인 해결보다는 이를 두고 다툴 경우에 대해서만 경고하고 있을 뿐이다. 흑백논리에서 보면 문제의 발생에는 반드시 어느 한편이 잘못하고 있다는 논지가 성립될 수 있겠지만 이 우화는 다종다양한 사람들이 한 사회를 이룬다는 점에 착안하도록 한다. 말하자면, 잘잘못을 따지고 다투는 것이 해결책이 아니라 문제에서 한발 벗어나서 서로 타협하고 조정하는 가운데 갈등을 해소하는 계기를 마련할 수 있다는 사실이 이 우화에서는 핵심에 해당한다.

더 생각하기

'우화의 핵심적인 내용을 전제로 삼고 이를 바탕으로 사회통합을 위한 올바른 태도가 무엇인가'라는 요구사항은 두 가지의 문제를 전제로 한다. 먼저, 전제로 삼을 내용은 지문에 대한 정확한 의미 파악에서 시작된다는 데 주목하자. 지문 해설에서도 볼 수 있듯이, 갈등요소에 대한 싸움과 말다툼이 지극히 소모적이라는 점, 그리고 싸움과 말다툼이 문제의 해결보다는 문제를 악화시킬 것이라는 경고가 담겨 있다는 점을 착안하면 될 것이다. 따라서, 이 두 가지 사항을 지문에서 찾을 수 있었다면, 전제는 충분히 확보되는 셈이다. '사회 통합과 건전한 발전을 위한 태도는 갈등요소에 대한 소모적인 논쟁이나 대결보다 문제의 근원과 그 해결책을 찾으려는 진지한 노력에서 시작된다' 정도의 전제를 설정하면 될 것이다. 이는 또한 '사회 통합의 올바른 태도'라는 논제에도 부합되므로 주제문으로도 손색이 없다.

마음의 양식

문학이 우리에게 주는 감동의 실체는 무엇일까? 문학 작품은 분명히 음식 만드는 법을 익힌 다음 더 이상 보지 않는 요리책과는 다르다. 문학 작품은 교과서처럼 따분하게 외워야 하는 의무감을 가질 필요도 없다. 작품을 읽으면서 우리가 기대하는 것은 재미이며 호기심이다. 이 호기심과 재미는 사람이 살아가는 마음가짐에 관한 내용이나 거기에 담긴 교훈을 거부감 없이 받아들일 수 있게 해주는 편안한 감정에서 솟아난다. 문학의 이러한 특징은 어떤 기교나 계략보다도 사람의 감정을 순화시키거나 바람직한 방향으로 변화시키는 효력을 가지고 있다는 뜻도 된다.

교훈이 담은 문학이 사회를 변화 발전시킨다는 생각은 이미 공자에게서도 엿보인다. 공자는 전해져 오던 민간의 노래를 『시경』으로 편집하였는데, 이 책에 실린 300여 편의 노래에다 유교적인 의미를 덧붙여 해설하기도 했다. 우리나라에서는 송강 정철이 '백성을 감화시키는 노래'라는 뜻의 '훈민가(訓民歌)'를 시조로 지어 충효와 예의, 신의의 교훈을 전파하기도 했다. 이 같은 교훈을 평범한 사람들이나 어린 아이들에게 쉽게 이해되도록 만들어 놓은 것으로는 톨스토이의 민담이 있다.

톨스토이(1828~1910)는 우리에게도 잘 알려져 있는 러시아의 대(大)문호이다. 그는 백작의 아들로 태어나 러시아만이 아니라 세계적인 작가가 된 인물이지만, 만년에는 인도주의자로서의 자신의 농장을 소작농들에게 나누어주는 등, 기독교적 사랑을 몸소 실천한 사상가이기도 했다. 나이 48세가 되는 1876년부터 그는 종교적 인도주의자의 길을 걸었다. 그래서 그는 '진리와 영혼의 양식을 전달하는 자'라는 뜻의 '포스레드니크'라는 출판사를 만들고, 교육받지 못한 하층민들이나 어린 아이들에게 교훈을 전할 목적으로 짧은 이야기들을 만들었다.

그는 한 작가에게 다음과 같이 말한 적이 있다.

"읽을 줄 아는 몇 백만의 러시아인들은 굶주린 갈가마귀처럼 입을 벌리고 우리들 앞에서 '우리나라 신사인 작가 여러분, 당신들과 우리들에게 어울릴 문화의 양식을 주시오, 살아 있는 언어에 굶주린 우리들을 위해 글을 써주시오. 쓸모없는 글과 죽은 언어의 쓰레기에서 우리를 구해주시오'라고 요구하고 있다. 러시아인들은 아주 단순하고 정직하니 우리는 그들의 요구에 응해야 한다. 나는 이 일을 무척이나 많이 생각했다. 그리고 내 스스로 재능을 다 바쳐서 노력해야겠다고 다짐했다."

톨스토이의 다짐은 자신을 길러준 수많은 이름 없는 하층민들을 위해서 그들에게 정신의 양식을 주기 위해서 은혜에 보답하는 심정으로 민담들을 써나가도록 만들었다. 바로 그 결과 창작된 것이 톨스토이의 민담이다.

톨스토이는 기독교 복음서의 진리를 일반인들에게 잘 이해되도록 간단하고 단순한 표현을 빌려서 보석 같은 이야기로 창조했다. 「사람은 무엇으로 사는가」, 「신은 진실을 놓치지 않는다」, 「두 노인」, 「대자」, 「불은 놓아두면 끄지 못 한다」, 「사랑이 있는 곳에 신도 있다」, 「양초」, 「바보 이반의 이야기」, 「사람에게는 어느 만큼의 땅이 필요한가」, 「달걀만한 씨앗」, 「회개한 죄인」 등등의 많은 작품을 썼다. 톨스토이가 쓴 이 민담집은 확인된 판매 부수만도 대략 1천2백만 부. 그러나 다른 출판업자들도 다투어 민담집을 인쇄를 했기 때문에 실제로는 그 몇 배나 팔렸다. '만인을 위한 예술'이 되어야 한다고 생각했던 톨스토이의 숭고한 생각은 민담이 아니어도 세계적인 작가였을 그를 더욱 위대한 사상가로 만들어 놓았다.

『바보 이반』에는 톨스토이의 민담집에서 선별해서 17편만 실어 놓았다. 하지만, 어떤 작품도 기독교의 사상에 바탕을 둔 '봉사와 사랑'으로 가득한 인도주의가 실려 있지 않은 것은 없다. 순수하고 욕심 없이 남을 대하고 남을 섬기는 사랑의 교훈을 평범한 인물들의 이야기로 만들어 내고 있기 때문이다.

▶ 다음 이야기는 무엇에 관해서 말하고 있는지 함께 토론해 보자.

"내가 바라는 것은." 하고 바흠이 말했다. "당신네들의 땅입니다. 우리 고장은 땅이 좁은데다 너무 오랫동안 경작해 와서 토질이 나빠졌는데 이곳은 땅이 많을뿐더러 모두 기름지군요. 이렇게 좋은 땅을 나는 아직 본 적이 없습니다."

(……)

"모두들 말하기를." 하고 그가 말했다. "당신의 친절에 대하여 이 사람들은 얼마든지 필요한 만큼의 땅을 기꺼이 드리겠다는 것입니다. 그러니까 손짓으로 얼마 만큼이라고 말씀하십시오. 그만큼 드리기로 하겠다니까요."

(……)

촌장은 대충 듣고 나자 고개를 한번 크게 끄덕여서 그들의 말을 중지시키고 바흠에게 러시아말로 말했다.

"좋습니다. 마음에 드시는 곳을 가지십시오. 땅은 얼마든지 있으니까요."

(……)

"말씀대로 이곳에는 땅이 많습니다만, 나는 조금만 있으면 됩니다. 나는 다만 어느 만큼이 나의 것이라는 것만 알면 됩니다. 하여간 일단 측량을 해서 내 몫이라는 것을 분명히 해둘 필요가 있다고 생각합니다. 사람이란 언제 죽을지 모르는 것이니까요. 당신들이 친절해서 나에게 땅을 주셨더라도 당신네 아들 대에 가서 도로 빼앗을지 모르는 일 아니겠습니까."

"옳은 말씀이오. 규칙대로 하도록 합시다." 하고 촌장이 말했다.

(……)

"우리 고장에서는 값은 균일되어 있습니다. 하루치 1천 루블리로요"

바흠은 납득이 가지 않았다.

"그렇다면 어떤 방법으로 재는 건가요, 하루치란? 그게 몇 데샤치나 가량 됩니까?"

"우리 고장에서는 그런 식으로 측량할 줄을 모릅니다."

촌장이 말했다.

"항상 하루치 얼마로 팔고 있지요. 말하자면 그 사람이 하루 종일 걸은 만큼의 땅을 드리는 거요. 그래서 하루치 1천 루블리라 하는 겁니다."

바흠은 놀랐다.

"네, 그게 모두 당신 것이 됩니다." 하고 말했다. "다만 한 가지 조건이 있습니다. 만약 당일에 출발점까지 돌아오지 못하면 그건 무효가 됩니다."

"그렇다면 내가 돌아다닌 곳을 어떻게 표를 하지요?"

"우리가 어디든지 당신이 원하시는 곳으로 함께 갑니다. 그리고 거기서 있을 테니까 당신은 그곳을 출발해서 빙 돌아오시면 됩니다. 그때 당신은 괭이를 들고 가서 어디든지 필요한 곳에 표를 해두십시오. 즉 조그맣게 구덩이를 파서 그 속에 나무나 풀을 꽂아두십시오 나중에 그 구덩이에서 구덩이로 쟁기로 갈아엎을 테니까요. 어떻게 되시든 상관은 없지만, 꼭 해 떨어지기 전에 출발점까지 돌아오셔야만 합니다. 그러면 당신이 돌아오신 땅은 모두 당신 것이 됩니다.”

바흠은 기뻤다. 그들은 아침 일찍 출발하기로 약속했다. 그러고 나서는 이야기를 하며 끄므이스도 마시고 양고기도 먹고 차도 마시며 밤이 이슥하도록 즐겼다. 이윽고 그들은 바흠을 깃털 이불을 덮고 자게 하고는 각각 자기 수레로 돌아갔다. 그들은 내일 새벽에 모여서 해돋이까지 출발점으로 가자고 약속했다.

(……)

바흠은 곧장 언덕 쪽을 향해 걸었으나 차차 괴로워지기 시작했다. 몸은 땀투성이가 되고 구두를 벗은 발은 찢기고 베이고 상처투성이가 되어 제대로 걸을 수가 없었다. 좀 쉬고도 싶었으나 그럴 수도 없었다. 해지기 전에 도착할 수가 없을 것 같았기 때문이다. 해는 사정없이 넘어간다.

‘아아 실패한 게 아닌지 모르겠어. 너무 욕심을 낸 게 아닐까? 만약 늦으면 어떡한담.’

그는 언덕과 해를 번갈아 쳐다보았다. 출발점까지는 아직도 멀었으나 해는 이제 막 지려 하고 있었다.

(……)

죽는 것은 무섭지만 설 수는 없었다.

(……)

“허어, 장하구료! 땅을 완전히 잡으셨소!” 하고 촌장이 소리쳤다.

바흠의 머슴이 달려가서 그를 부축해 일으키려고 했으나 그의 입에서는 피가 쏟아져 나왔다. 그는 쓰러져 죽고 말았던 것이다.

하인은 괭이를 집어 들고 머리에서 발끝까지의 치수대로 정확하게 3 아르신(1 아르신은 약 70센티미터)을 팠다. 바흠의 무덤을 위해 그리하여 그를 그곳에다 묻었다.

―「사람에게는 어느 만큼의 땅이 필요한가」

바흠은 원래 소작을 하던 농부였는데, 그는 지주에게서 기름진 땅을 사서 차차 재산을 불려 나갔다. 그러나 그는 늘 땅에 대한 욕심 때문에 만족할 수가 없었다. 그러던 중 어떤 나그네가 그에게 와서 어떤 지역에서 적은 돈으로 많은 땅을 샀다는 말을 듣고 하인을 데리고 그곳으로 간다. 그곳 사람들을 극진히 대접한 후 족장으로부터 당신이 갖고 싶은 만큼의 땅을 가지라는 말을 듣는다. 안심을 못했던 바흠은 자신의 땅이 되도록 문서로 남겨달라고 부탁하자 족장은 선선히 승낙한다. 그런데, 이곳의 땅을 얻는 데는 해가 뜬 시각에 출발해서 출발점으로 돌아오는 시간까지 말뚝을 박은 지역만 자기 것이 된다는 조건이 붙어 있다. 바흠은 욕심이 지나쳐 말뚝을 박으면서 해가 질 때 힘들게 뛰어오다가 가까스로 출발점에 도착했지만 이미 산목숨이 아니었다. 결국 그가 묻힌 것은 이 미터 남짓한 땅(무덤) 외에는 달리 없었다.

인간의 욕심은 무한하다. 바흠의 욕심은 그런 인간의 욕망을 표현하고 있다. 분수에 맞는 욕망을 유지하기란 말처럼 그리 쉬운 일이 아니다. 하지만 욕심은 욕심을 낳는 법이다. 농부였던 바흠의 욕심이 땅에 대한 것이라면, 우리의 욕심은 '땅'이 아닌(혹은 그것을 포함해서) 거의 모든 것을 향한다. 요컨대 욕심의 형식은 바흠과 크게 다르지 않다.

물건을 소유하려는 욕심은 본래의 사용 가치를 종종 잊어버리게 만든다. 인간이 소유하고자 하는 물건은 진정한 자신의 소유물이 아니다(죽을 때는 모두 남겨두고 떠나기 때문에). 사람의 욕심은 시간이 지나면 다른 물건으로 대체될 뿐이다. 이 옷을 사고 나면 저 옷도 사고 싶은 법이다. 작은 차를 소유하고 나면 보다 큰 차를 갖고 싶은 것이다.

물질에 고정된 시선은 자신의 분수와 사용할 진정한 효용을 살피기보다는 유행에 따라 자신의 허영에 따라 이끌리게 되어 있다. 이 이야기는 그러한 점에서 인간의 한정 없는 소유욕이 부질없는 것임을 암시한다. 인간의 욕망이 과도하게 되면 행복은 그 마음에 깃들지 못한다. 바흠의 죽음이 그것을 일러준다.

▶ 다음 이야기를 읽고 밑줄 친 부분이 어떤 의미를 갖는지 함께 이야기해 보자.

　　이반은 온 나라에 방문을 붙였다. "훌륭한 신사가 나타나 여러분들에게 머리로 일하는 법을 가르쳐준다. 머리로는 손보다도 훨씬 더 많은 벌이를 할 수 있다. 모두들 배우러 나오라." 하고.
　　이반의 나라에는 높은 망대(望臺)가 세워지고 거기에 반듯한 사닥다리가 걸쳐지고 그 위에 단(壇)이 마련되었다. 이반은 신사의 모습이 잘 보이도록 그곳으로 안내했다. 신사는 망대 위에 서서 지껄이기 시작했다. 바보 백성들은 구경을 하러 꾸역꾸역 모여들었다. 바보들은 손을 쓰지 않고 머리로 일을 한다면 어떻게 해야 하는지를 신사가 실지로 보여주려니 하고 생각하고 있었던 것이다. 그러나 큰 도깨비는 그저 말로만 어떻게 하면 일을 하지 않고도 살아갈 수 있는지를 바보들에게 가르칠 뿐이었다.
　　바보들에게는 뭐가 뭔지 통 납득이 가지 않았다. 그래서 잠시 바라보고 있다가 이윽고 저마다 제 일들을 하러 뿔뿔이 흩어져 버렸다.
　　큰 도깨비는 진종일 망대 위에 서 있었다. 다음날도 내내 서 있었다. 그리하여 줄곧 지껄여댔다. 그는 무엇이라도 좀 먹었으면 싶었다. 그러나 바보들은 만일 저 사람이 손보다 머리로 훨씬 더 잘 일을 할 수 있다면 머리로 제 빵쯤 실컷 만들려니, 생각하고 망대 위의 그에게 빵을 가져다 주어야겠다든가 하는 생각은 숫제 하지도 않았다. 큰 도깨비는 그 이튿날도 단 위에 올라서서 줄곧 지껄여댔다. 그러나 사람들은 가까이 다가와 잠시 바라보고는 이내 또 이리저리 흩어져 갈 뿐이었다.
　　이반은 이따금 물었다.
　　"그래 어떤가, 그 신사는 머리로 일을 하기 시작했나?"
　　"아니옵니다. 아직은 여전히 지껄여대고 있기만 할 뿐이옵니다."

　큰 도깨비는 또 진종일 단 위에 서 있었고 이제는 차츰 쇠약해지기 시작하여 비틀거리게 됐다. 한 차례 비틀거리다가 그만 기둥에 머리를 부딪쳤다. 한 바보가 이것을 보고 이반의 아내에게 알리자 이반의 아내는 들에 나가 있는 남편에게로 달려갔다.

　"자, 가시죠, 구경을 하시러. 신사가 드디어 머리로 일을 하기 시작한 모양이옵니다."

　"그게 정말이오?"

　이렇게 말하고 이반은 말을 돌려 망대로 갔다. 망대에 다 오자 도깨비는 굶주리다 못해 이제 완전히 쇠약할 대로 쇠약해져 비틀거리면서 머리를 기둥에 박는 것이었다. 그러다가 이반이 도착한 그 순간, 도깨비는 쿡 거꾸러지더니 우당탕 요란스런 소리를 내면서 사닥다리를 따라 거꾸로 떨어져 내렸다. 한 층 한 층 발판을 세기라도 하듯이.

　이반은 머리를 끄덕이며 말했다.

　"아하, 머리가 빠개지는 수도 있다고 언젠가 훌륭한 신사가 말하더니 아닌 게 아니라 정말인 걸. 이건 정말 못이 문제가 아니다. 저렇게 일을 하다가는 머리가 부지하질 못할 게 아닌가."

　(중략)

　이반은 오늘날까지 살아 있고 온갖 백성이 그의 나라로 몰려오고 있다. 두 형들도 그에게로 찾아와 그가 그들을 먹여 살리고 있다. 누군가가 찾아와서 "우리들을 좀 먹여 살려주시구려." 하고 말하면

　"그렇게 하지. 와서 살게나. 여기엔 없는 것 없이 얼마든지 있으니까." 하고 말했다.

　이 나라에는 꼭 하나의 습관이 있다. <u>손에 못이 박힌 자는 식탁에 앉게 되지만 못이 박히지 않는 자는 먹다 남은 찌꺼기를 먹어야 하는 것이다.</u>

－「바보 이반」 중에서

　이반은 묵묵히, 그리고 열심히 일하면서 욕심 없는 생활을 하는 바보이다. 그가 바보인 것은 어떤 물건에도 소유하려는 욕심을 가지고 있지 않기 때문이다. 이반은 톨스토이의 민담에 나오는 바보 인물이다. 그는 바보이긴 하지만 다른 사람들의 삶을 지배하려하는 사심을 가지고 있지 않으며 묵묵히 일 하는 사람을 가리키는 노동하는 자들의 영웅이다. 이반이 왕이 되어 다스리고 있는 바보나라에 도깨비가 이반을 유혹한다. 하지만 도깨비의 시도가 번번이 실패하여 죽음을 당하게 되자 큰도깨비가 복수하러 나타난다. 큰도깨비는 신사로 변신해서 머리로 일을 하는 방법을 배우면 편안하게 살 수 있는데, 왜 힘들여 일을 하느냐고 선전한다. 이반은 큰도깨비에게 이 나라 사람들에게 그 훌륭한 방법을 가르쳐 보라고 말한다. 높은 망루를 세운 후 신사로 변장한 큰 도깨비가 망루에 올라가서 머리로 편안하게 일하는 법을 끊임없이 말한다. 하지만 바보의 나라 사람들은 그 말을 이해하지 못할 뿐만 아니라 힘들여 일하는 육체의 노동 외에는 다른 일에 별다른 관심이 없다. 지친 큰도깨비는 망루에서 떨어져 죽고 만다.

　큰도깨비는 현대인의 삶에서 머리로만 편하게 돈을 벌려는 마음의 유혹이라고 생각해도 좋을 것이다. 말쑥한 차림새와 잔꾀는 사람의 삶이 왜 가치 있는 것인지를 깨닫게 만들기보다는 불평과 불만으로 가득 차게 만든다. 그러나 바보들의 삶은 불평과 불만, 잔꾀와 속임수와는 아예 상관이 없다. 이들의 순진함과 거짓없는 행동은 오히려 정상인들의 행동보다도 더 믿음직하다. 「바보 이반」은 이러한 정신적인 나태함과 육체적인 편안함에 대한 유혹을 경계하는 이야기이다. 신사의 모습으로 변신한 큰 도깨비가 바보 이반의 나라에서 패배하는 것은 결국 바보와도 같은 심성, 힘겨운 노동 뒤에 얻는 열매가 귀한 것이라는 믿음을 의심하지 않는 소중한 마음 때문이다.

　여기에서 생각해볼 수 있는 논제 하나가 있다. 나태함과 불평과 불만은 우리에게 주어져 있는 삶에 대한 자신 없음이며 안락함만 생각하는 마음의 유혹이라는 사실이다. 삶에서 주어지는 '위기'는 '우리가 극복해야 할 것의 다른 이름'에 불과한지도 모른다. 다른 사람의 성공을 머리로만 느끼면서 그 성공의 뒷면에 감추어진 많은 노력과 애쓴 보람을 살피지 않는 것이 현대인들의 커다란 질병이다. 밑줄 친 '손에 못이 박힌 자'가 '식탁에 앉을' 자격이 있다는 것은 손에 못이 박히도록 거짓 없이 노력하는 '노동의 신성함'을 가리킨다. 그렇지 않고서는 성공의 '찌꺼기'만 받아먹을 수 있을 뿐이다. 많은 노력과 거짓 없는 마음이 우리를 바로 세우는 것이다.

이제 논제를 생각해 보자. '노력 없는 결실은 없다' '노동의 신성함', 적절하지 않은가?

▶ 다음 두 지문을 읽고 공통점이 무엇인지 함께 생각해 보고 우리의 생활에 적용시켰을 때 거론할 수 있는 사례들을 함께 이야기해 보자.

(가)

정처 없이 걸어가는 동안 밭에 이르렀다. 밭에는 보리이삭이 누렇게 익어 추수하기에 알맞았다. 그런데 보니 보리밭 속으로 망아지가 돌아다니고 있었다. 많은 사람들이 그것을 보고 각기 말을 타고 밭 속을 이리저리 달려 다니면서 망아지를 몰아내려 하고 있었다. 망아지가 보리밭에서 튀어나오려고 하면 마침 거기 다른 사람이 말을 몰고 오기 때문에 망아지는 놀라서 다시 밭 속으로 달려 들어가곤 했다. 그러면 사람들은 그 뒤를 쫓아 보리밭 속을 달려 다니는 것이다. 밭가에는 한 여자가 서서 사람들이 자기 망아지를 몰아 세워 기운을 빠지게 한다면서 울부짖고 있었다. 대자는 농부들에게 이렇게 말했다.

"왜 당신들은 그렇게 하나요? 모두 밭에서 나와 저 아주머니에게 망아지를 불러내도록 하세요."

그러자 사람들은 사내아이의 말대로 했다. 아주머니는 밭가에 서서 "오너라, 누렁아 이리와!" 하고 불렀다. 망아지는 귀를 쫑긋거리며 가만히 듣고 있다가 이윽고 아주머니에게로 뛰어가 느닷없이 그 품안으로 파고 들어가 하마터면 아주머니가 쓰러질 뻔했다. 그래서 농부들도 기뻐하고 아주머니도 좋아했으며 망아지도 이리저리 뛰었다.

(나)

마냥 정신없이 걸어가는 동안 어떤 마을에 닿았다. 제일 마지막 집에 가서 하룻밤의 잠자리를 청하니 주인아주머니가 들어오라고 했다. 집안에는 아무도 없고 다만 아주머니 혼자서 걸레질을 하고 있었다. 대자는 안으로 들어가 페치카 위에 올라가서 아주머니가 일하는 모습을 보고 있었다. 가만히 보니 아주머니는 방을 다 훔치고 나서 이번에는 테이블을 닦기 시작했다. 다 닦자 더러운 걸레 자국이 테이블 위에 줄무늬처럼 남는다. 이번에는 반대쪽으로 문지르니 먼저의 걸레자국은 없어지는데 새로 자국이 난다. 다음에는 세로로 문질러 보았으나 역시 마찬가지다. 더러운 걸레로 훔치기 때문에 먼저자국이 없어졌냐 하면 금방 다른 자국이 난다. 대자는 한참 동안 물끄러미 바라보고 있다가는 보다 못해 이윽고 말을 걸었다.

"아주머님, 지금 뭘 하고 계시는 겁니까?"

"아니, 자네 눈에는 이게 보이지 않나. 축제일 준비로 청소를 하고 있어. 그런데 그 테이블은 아무리 훔쳐도 깨끗해지지 않고 자꾸 더러워만지니 기운이 다 빠지는군."

"아주머님, 그 걸레를 깨끗이 빨아서 훔치면 될 텐데요."

아주머니가 그대로 하자 테이블은 금방 깨끗해졌다.

– 「대자(代子)」 중에서

* 대자(代子) : 대부(代父)의 입장에서 종교적 후견을 약속한 남자

작품에서 대부는 신을 가리킨다. 대자는 대부의 집에 찾아간다. 그는 대부가 들어가지 말라는 방에 들어가서 세상을 보여주는 거울 속에서 위기에 처한 아버지와 어머니를 마음대로 구해주는 일을 한다. 그러자 대부는 대자에게 큰 죄를 저질렀다고 말한다. 대자의 죄는 세상의 죄를 죄로 갚았다는 것이다. 그래서 대자는 악을 악으로 갚은 죄에서 벗어나기 위해서 참회와 수행의 길을 떠난다.

앞의 두 이야기는 악의 근원을 뿌리 뽑지 않고 악을 막으려 하면 더욱더 악화될 뿐이라는 점을 암시하고 있다. 날뛰는 망아지를 다독거리는 일이나 더러운 걸레를 빨아야 집안을 깨끗하게 청소할 수 있다는 점은 근원을 고치지 않고서는 상황이 더 나아질 수 없음을 말해준다.

더 생각하기

악을 악으로 갚는 행동 역시 악한 것이다. 우리의 주변에는 나쁜 행실을 보이는 사람들이 많다. 우리 자신도 자주 실수나 옳지 못한 일을 한다. 그러면서 우리는 쉽게 그런 일을 하는 남들을 욕한다. 욕설이 죄 지은 사람의 마음을 바꾸어 놓지는 못한다.

얼마 전 어떤 이가 자기 자식을 죽인 죄인을 양자로 받아들여 호적에 올린 경우가 있었다. 양자가 된 죄인의 입장에서는 죽인 집 아들이 형이나 동생이 되어버린 기막힌 상황이다. 이런 경우, 그 사람은 더 이상 그 집안 사람들을 죽이는 죄를 지을 수는 없다. 나쁜 행실로 나를 괴롭혔거나 죄 지은 사람을 두고 욕을 한다고 해서 그 사람이 죄를 짓지 않는 것이 아니다.

「대자」는 그런 점에서, 근원적인 치료가 어떠해야 하는지를 종교적인 관점에서 가르쳐주는 교훈담이다. 종교적인 관점에서는 죄악을 죄악으로 대응하지 않아야 한다(이것이 '사랑'이다). 악한 행동에 악한 말로 대응하면 화가 찾아온다. 더 큰 화를 막는 방법은 악을 악으로 되돌리지 않는 것이다.

우리의 생활에서도 잘못을 저지른 사람을 욕하기보다 불쌍하게 여기는 태도가 필요하다. 나의 실수를 소리내서 탓하는 사람을 보면 화가 나듯이, 우리가 욕을 하며 짜증을 부리면 다른 사람도 화가 날 것이다. 화를 내기보다 '실수나 잘못이 왜 일어났는지', '그 사람이 힘든 상황에 있구나' 하는 이해의 마음이 더 큰 화를 막을 수 있는 것이다. 이런 점들을 찾아, 정리한 다음 글로 쓰면, 매우 훌륭한 체험을 담은 설득력 있는 글이 될 것이다.

잃은 것과 얻은 것

'신데렐라 콤플렉스'라는 말이 있다. 요즘 식으로 말하면 신분상승의 욕망, 곧 공주병쯤으로 해석해볼 만하다. 미국사회에는 유난히 대중의 영웅이 많다. 슈퍼맨이나 스파이더맨이 그런 예이다. 또한 영화 「다이하드」 시리즈에 나오는 민완형사 역을 맡아 상업적인 성공을 거둔 영화배우인 브루스 윌리스도 그러한 부류에 속한다. 이들은 이를테면 이상만 높게 가지면 언젠가 사회적 존경을 받는 영웅이 된다는 미국적인 꿈의 대명사라고 해도 좋다. 그러나 대중의 꿈과 희망인 신데렐라의 꿈을 꾸게 만드는 사회는 그만큼 자유로운 신분이동이 어려운 사회임을 반대로 증명한다(미국의 절대 빈곤층은 대략 40%에 이른다).

많은 사람들이 신데렐라 콤플렉스 속에 살아간다. 그런 까닭에 부유하고 지위가 높고 존경받는 사람이 되기만을 꿈꾼다. 이런 경우, 자신에 대한 반성보다는 물질이나 신분상승을 가능하게 해주는 직업에 자신의 꿈을 투영시켜 버리고 만다. 이런 부류의 사람들에게서 발견되는 문제는 자신이 인간다운 삶과 얼마나 가치 있는 삶을 살았는지를 돌이켜 보지 않는다는 것이다. 또한 이들은 다른 사람들에게 신뢰를 주는 행동과 덕성을 발휘해야 한다는 사실조차 잊어버린다.

'이상은 높게 가지되 자신에게 주어진 현실을 똑바로 보라'는 말은 고귀한 이상에도 불구하고 삶은 언제나 검약하고 단순하게 하라는 말로 들린다. 이즈음에 되새겨봄 직한 말이다. 문학은 우리에게 이 같은 되새김의 감정을 불러일으킨다. 현실을 바라보면서도 높은 이상에 걸맞은 재미와 감동과 교훈을 한꺼번에 제공한다는 데 문학의 큰 의의가 있다. 물론, 이런 의의는 작품이라는 '창(窓)'을 통해서 마련된 체험이 누적되었을 때 발휘되는 교양의 소산이다.

어느 작가는 하나의 소재를 가지고 오백만 개의 이야기를 만들 수 있다고 자신했다. 어느 창을 통해서 보느냐에 따라 이야기의 맛은 달라진다. 그러한 점에서 같은 소재라고 해도 무한하게 이야기를 꾸밀 수 있는 가능성은 충분하다.

소설에서 이야기는 다른 사람들의 수많은 행동과 사건들을 엿보게 해주고 편안한 독서를 하게 해주는 일종의 구성이자 사건의 흐름이다. 이야기의 구성은 독자들이 눈치채지 못하도록 매우 정교하게 만들어내는 설계도를 가지고 있다는 뜻이기도 하다. 이야기의 구성을 엿보는 것이야말로 독서에서는 고급 수준에 다다른 감상법이다. 고급 수준의 독서는 작품을 한 번 읽고 마는 습관으로는 절대로 익힐 수 없다. 요리책처럼 그 요리를 배우고 나면 그 책을 다시 보지 않는 것과는 다른 것이다. 독서는 10대에 읽는 재미와 교훈이 다르고, 20대의 체험이 다르다. 또한 세대마다 삶의 경험이 깊어지면서 이야기의 묘미도 크게 달라진다. 모파상의 「목걸이」는 그러한 점에서 세대마다 다른 교훈을 주기에 충분한 작품이다.

「목걸이」의 교훈은 10대와 20대에는 '부질없는 욕망에는 그에 따르는 고통이 있다'는 의미로 다가온다. 3, 40대에는 '내가 받은 쓰디쓴 대가가 꿈이었으면' 하는 후회를 체감하게 만들고, 50대 이후에는 '고통이 사라진 뒤의 달콤함'에 대한 추억으로 나타날지 모른다.

「목걸이」는 '마틸드 루아젤'이라는 가난한 하급 관리 아내의 욕망과 그 욕망 때문에 불행을 겪는다는 이야기이다. 이해를 돕기 위해서 작품의 줄거리를 간단하게 요약하면 다음과 같다.

아름답고 매력 있는 루아젤 부인은 언제나 자신의 일상사에 정나미가 떨어져 있다. 그녀가 꿈꾸는 것은 화려한 생활이다. 마치 자신은 운명의 잘못으로 하급관리의 아내가 되었다고 한탄한다. 그러던 중 문부성 장관이 베푸는 연회의 초대장을 받고 다시 좌절한다. 그녀에게는 연회장에 갈 때 입어야 할 화려한 옷도, 자신의 우아함을 치장해줄 장신구도 없기 때문이다. 그녀는 부자 친구에서 다이아몬드 목걸이를 빌려 하룻밤의 연회를 즐겁게 보낸다. 하지만 그녀는 집에 돌아오는 길에 뒤늦게 빌린 목걸이를 잃어버린 것을 안다. 남편과 함께 그녀는 상속 재산과 모든 재산을 팔고 빚을 얻어 목걸이를 산 다음 친구에게 돌려주고 십 년 간이나 이자에 이자를 문 빚을 갚아 나간다. 빚을 다 갚은 날 루아젤 부인은 부자 친구를 거리에서 만난다. 친구는 그녀의 늙어버린 모습을 알아보지 못한다. 루아젤은 친구에게 십 년 간의 고통을 털어놓는다. 친구는 감동에 떨며 루아젤에게 말한다. "내 보석은 가짜였어."

이런 내용을 짚어가면서 루아젤 부인의 삶에 담긴 교훈이 무엇인지 한번 생각해보자. 그녀의 지난 십년은 빚 갚기에 고통스러웠지만 다른 한편으로 가짜 욕망에 사로잡힌 그녀의 영혼이 정화되는 기간이었다. 그녀는 자신의 친구에게서 빌린 가짜 목걸이 때문에 시련을 겪었다. 하지만 달리 생각해보면, 그녀의 욕망도 현실의 것이 아니라 가짜이다. 인간의 잘못된 욕망은 언제나 자신의 현실을 똑바로 바라보지 못하게 만든다. 부질없는 욕망에 대한 온갖 공상은 언제나 자신과 자신의 일상을 초라하게 만들 뿐이다.

▶ 다음 지문에서 루아젤 부인이 가진 '욕망'을 비판적으로 읽고 함께 토론해 보자.

그녀는 마치 운명의 잘못으로 그러한 집에 태어난 듯한, 그렇게도 아름답고 매력이 있는 여자였다. 가난한 관리의 집안이라, 제몫으로 가진 돈도 없고 아무런 기대도 가질 수 없었고, 또 돈이 많거나 이름이 있는 남자레게 알려져 찬사를 받거나, 또는 구애나 청혼을 받을 만한 길도 없었다. 그래서 별 수 없이 그녀는 문부성에 근무하는 하급 관리에게로 시집을 갔다.

(중략)

그녀는 제가 이 세상의 온갖 쾌락과 온갖 사치를 즐기도록 태어난 사람으로 느꼈기 때문에 항상 마음이 아팠다. 이러한 것을 그만한 정도의 딴 여자들 같으면 별로 깨닫지도 못하였으련만, 그녀는 그것을 모두 가슴 아파 하며 짜증을 내곤 하였다. 식모 노릇을 하고 있는 부르타뉴 태생의 조그마한 소녀를 보고 있어도 서글픈 뉘우침과 함께 열중했던 그 꿈이 다시금 머리에 떠오르는 것이었다.

동양풍의 벽지로 도배한 고요한 응접실 키가 큰 청동 촛대의 촛불이 휘황히 밝혀주는 그 고요한 방, 또 짧은 바지를 입은 두 하인이 활활 타고 있는 난로의 훈훈한 열기에 싸여 졸음이 와서 커다란 팔걸이의자에서 자고 있는 광경을 머리 속에 그려본다. 또 옛 비단으로 장식한 커다란 살롱, 값을 헤아릴 수도 없는 진귀한 골동품들이 놓인 아름다운 가구, 그리고 제 가장 친한 친구들과, 또 널리 사교계의 인기를 독차지하며 온 세상 여자들의 선망을 받고 있는 그 남자들과의 저녁 밀회를 위해 준비해둔 향수 냄새 그윽한 매혹적인 조그마한 방, 이런 것을 그녀는 속에 그려본다.

그녀가 저녁 식탁에 벌써 사흘째 빨지 않은 식탁보를 펴놓은 둥근 식탁 앞에 앉아, 제 맞은편에 앉은 남편이 수프 그릇의 뚜껑을 열면서 "아! 좋은 수프로군! 나에겐 이것이 최고야……" 하고 탄성을 지를 때면 그녀는 다시금 그 훌륭한 만찬을 상상해 보는 것이었다. 반짝거리는 은그릇, 고대의 인물이나 요정, 숲속의 진귀한 새들이 그려진 양탄자를 상상하였고, 또 눈부신 그릇에 담겨 나오는 훌륭한 음식, 사랑을 속삭이는 남자들의 나직한 음성, 혹은 그들이 잉어의 붉은 살이나 날짐승의 날갯죽지를 뜯으면서 스핑크스와 같은 웃음을 띠고 이야기를 듣고 있는 모습, 이런 광경을 상상하였다.

그녀에게는 의상도 보석도 아무 것도 없었다. 그런데 그녀는 오직 그것들에 애착을 가졌다. 자기는 그런 것들을 위해서 이 세상에 태어난 사람이라고 느꼈다. 그렇듯 그녀는 즐기고 싶고 선망을 받고 싶고 남자들을 매혹시켜 사랑을 받고 싶은 욕망이 가득하였다.

자신의 아름다움(혹은 재능)을 과신한 나머지 부족한 환경을 탓하고 현실을 인정하려 들지 않는 경우가 있다. 이런 불만이 불행을 자초하는 것이다. 욕망이란 무엇일까. 저급한 물질적 심리적 욕구가 바로 욕망이다. 그렇다면 보다 높은 차원의 욕구는 무엇일까. 그것은 절제이다. 마틸드 루아젤의 욕망은 자신의 미모와 매력에 대한 과신(過信)에서 생겨난 것으로 묘사되어 있다.

가난한 관리의 딸로 태어난 탓에 그녀는 가난한 문부성 관리에게 시집 갈 수밖에 없었다. 이 평범한 결혼과정은 그녀가 상상하고 있던 세계와는 너무나도 달랐다. 그녀의 좌절감은 선망하는 삶과 주어진 현실과의 깊은 괴리 때문에 생겨난 것이다. 그녀는 쾌락과 온갖 사치를 하고 싶어 하는 인물이다. 그러나 그녀의 욕망은 실현되기 어렵다. 왜냐하면 그 욕망은 가짜이기 때문이다. 마틸드 루아젤의 욕망은 물질에 한눈팔고 있는 현대인들의 의식세계와 크게 다르지 않다. 풍요로운 물질에 대한 끊임없는 소유욕은 인간으로서의 참다운 품성, 소박하고 초라하지만 평온한 가정의 소중함 같은 가치에 눈멀게 만든다. 소박한 남편의 수프에 대한 찬사는 그냥 흘려들으면서 화려한 상상만 되풀이하는 장면이 바로 그 같은 사실을 잘 말해준다.

여기에서 적절한 논제 하나를 끌어내보자. 마틸드 루아젤의 욕망은 현실에 바탕을 둔 것이 아니라는 점에서 몽상에 불과하다. 그러나 그녀가 선망하는 욕망의 세계란 우리 현대인들이 앓고 있는 질병인 끝없는 향락 지향적 소비 욕구 그 자체라고 할 수 있다. 가짜 욕망은 매스 미디어의 엄청난 효과에 의해 길들여지고 있고 우리의 의식을 좌우할 만큼 위력을 발휘한다. 실제로 우리는 앞뒤를 둘러보아도 광고로 도배된 시간과 공간 안에 놓여 있다. 광고에 의해서 우리가 선택되는지 우리가 상품을 선택하는지 구별이 안 되는 상황인 것이다.

이렇게 보면, 마틸드 루아젤의 욕망은 현대인의 지칠 줄 모르는 향락 지향적인 욕망이라고 정리할 수 있다. 그것은 자신의 아름다움과 재능을 소비하고 향락에 빠뜨린 채 현실로부터 벗어나려는 인간의 도피심리와 크게 다르지 않다.

문부성에서 초청한 야회(夜會)에서 루아젤 부인의 욕망은 한껏 발산된다. 그녀의 모습은 다음과 같이 그려진다.

그녀는 취한 듯한 기분으로 춤을 추었다. 황홀한 흥분을 느끼면서 욕망에 도취하였던 것이다. 아무런 생각도 하지 않고, 제 아름다움에 대한 승리감과 제 성공의 영광으로 취했고, 또 사람들에게서 받은 모든 존재와

찬사와 소생하는 온갖 쾌락에 대한 욕구와, 또 여자의 가슴에는 완전무결
하고 최고의 승리인, 그러한 승리로 말미암아 이루어진 그 행복의 구름
속에서 취해 있었던 것이다.

　인용에는 루아젤 부인의 도취한 모습이 잘 묘사되어 있다. 그녀는 욕망
에 도취되어 있다. 자신의 존재를 잊어버릴 정도로 무아지경에 놓여 있는
것이다. 많은 사람들로부터 찬사를 받으면서 그녀는 승리감으로 가득 차
있다. 이렇게 볼 때, 루아젤 부인에게 닥치는 불행은 적어도 작중 현실에
서만큼은 예비된 것이라고 해도 그리 틀리지 않는다. 그녀가 가진 성격의
결함은 남편에 비해서 뚜렷하게 욕망에 사로잡힌 모습에서도 잘 나타나
있다. 결국, 목걸이를 잃어버린 사건은 우연한 일이라기보다는 그녀에게
거의 필연적으로 닥칠 수밖에 없는 불행이었던 셈이다.
　그러나 목걸이를 잃어버린 루아젤 부인은 10년간 빚을 갚아가면서 크
게 변모한다. 어떻게 그녀가, 그녀의 삶이 변모되었는지를 다음 부분을
잘 살펴보자.

　　루아젤 부인은 가난한 살림의 끔찍함을 알게 되었다. 그러나 그녀는
얼른, 제가 할 일을 용감하게 착수하였다. 이 엄청난 빚을 어떻게 하든지
갚아야 한다. 또 갚을 작정이었다. 하녀를 내보내고, 집을 옮겨, 지붕 밑
방 하나를 세를 얻었다.
　　그녀는 가사가 얼마나 힘든 일이며, 부엌일이 얼마나 귀찮은 일인지
알게 되었다. 식기를 닦느라고 장밋빛 손톱은 기름 낀 접시와 냄비 바닥
에서 닳았다. 더러워진 셔츠와 내의와 걸레 따위를 빨아 줄에 널어 말리
며, 아침마다 쓰레기를 버리러 나가고, 또 물을 들고, 층계마다 숨을 몰아

쉬느라고 쉬곤 하면서 올라오곤 하였다. 또 빈민굴의 여자와 같은 차림을 하고, 채소가게, 생선가게나 정육점으로 팔에 바구니를 끼고, 터벅터벅 걸어다니면서, 욕을 먹어가면서 그 비참한 한 푼을 절약하는 것이었다.

그렇게 10년이 흐른 뒤에 그 빚을 전부 갚았다. 그 고리대금의 이자와 쌓이고 쌓인 이자의 이자까지도 모두 갚았다.

(중략)

루아젤 부인도 이제는 늙은이의 꼴이었다. 가난한 살림의 주부, 굳세고 단단하고 거친 여자가 되었다. 머리카락은 헝클어지고 치마는 비뚤어지고 손은 벌개져서, 커다란 목소리로 거칠게 떠들기도 하고, 물을 흘리며 마루에 물걸레질을 하곤 하였다.

목걸이를 잃어버린 사건은 루아젤 부인을 가난으로 몰아간다. 집안의 하녀도 내보낸 뒤 이들 부부는 도시의 다락방 한 칸을 얻어 빚을 하나둘 갚아 나간다. 그녀는 생활비를 한 푼이라도 절약하기 위해 설거지와 빨래를 하는 등 직접 집안 살림을 주관한다. 그러나 그녀의 검소한 생활과 절약은 오히려 그녀의 정신을 건강하게 만든다. 비록 손마디가 거칠어지고 가난한 살림을 사는 주부가 되었다고 해도 욕망에 들뜬 이전의 모습은 더 이상 찾아볼 수가 없게 되는 것이다.

이것은 무엇을 의미하는 것일까? 작가는 루아젤 부인의 어떤 변화를 그려놓은 것일까? 마흔이 넘은 주부의 모습으로 변해 버린 루아젤 부인은 자신의 욕망 때문에 일어났던 다이아몬드 목걸이(실은 가짜이지만)의 부채를 모두 갚는다. 다른 한편으로 지난 십년간의 시련은 목걸이의 부채만이 아니라 허망한 사치에 대한 욕망까지도 벗어던지는 과정이었던 셈이다. 헝클어진 머리카락과 삐뚤어진 치마와 벌건 손과 거친 목소리가 루아젤 부인의 외형에 대한 묘사라면, "굳세고 단단하고 거친 여자"라는 대목 안

에는 지난 십년 동안 단련된 그녀의 긍정적인 덕성이 모두 함축되어 있
다(인용부분에서 사치와 향락에 대한 묘사가 한 줄도 없다는 사실을 기억하라).

▶ 다음 지문을 읽고 토론해 보자. 연회장에서 자신을 뽐내며 쾌락의 욕망을
  즐겼던 루아젤 부인이 10년간이나 고달프게 빚을 갚기 위해 노력하다가
  잃은 것은 무엇이고 얻은 것은 무엇인지 함께 토론해보자.

　　만약에 자기가 그 보석을 잃어버리지 않았더라면 어떻게 되었을까! 누
가 알 수 있을 것인가? 누가? 워낙 인생이란 기이한 것이고 허무한 것인
데! 참으로 사소한 사건이 우리를 파멸시키기도 하고 또 구원하기도 하
는구나!
　　그러던 어느 일요일, 지난 한 주일 동안의 기분 전환을 하고자 샹젤리
제로 산책을 나가는 길에 돌연히 어린이를 데리고 가는 어느 부인과 마
주쳤다. 그 부인은 바로 포레스티에 부인이었다. 그녀는 여전히 젊고, 여
전히 아름다웠고, 여전히 매력이 있었다.
　　루아젤 부인은 몹시 가슴이 두근거렸다. 그녀는 포레스티에 부인에게
말을 걸려고 했을까? 물론 그리고 돈을 다 물어 버린 지금에야 그 모든
이야기를 못해 줄 게 뭐냐? 못해줄 이유는 아무것도 없었다.
　　그녀는 앞으로 다가섰다.
　　"잔, 오랜만인데!"
　　그녀를 전혀 알아보지 못한 그 부인은 이런 여자한테 이렇게 친밀한
어조로 인사를 받고는 놀라지 않을 수가 없었다. 그래서 부인이 이렇게
중얼거렸다.
　　"그런데…… 부인…… 나는 전혀 기억이 없는데…… 부인이 혹시나
사람을 잘못 보시지나 않았는지요"
　　"아냐, 나 마틸드 루아젤이야."
　　친구에게서 함성이 터져 나왔다.

기 드 모파상 「목걸이」　265

"아이!…… 가엾어라. 마틸드가. 어쩌면 네가 이렇게도 변했어!……"

"그럴 거야, 너와 헤어진 뒤에 어떻게나 고생을 했다고. 그 비참한 생활, 아아, 이루 말할 수도 없어…… 그런데 그것은 결국 너 때문이었어!"

"나 때문에…… 어떻게 그래?"

"그 다이아몬드 목걸이 생각나지? 내가 왜, 문부대신댁 야회에 참석하려고 빌려 달라고 해서 네가 빌려준 거 말야."

(중략)

"아이 가엾어라, 마틸드. 그런데 내 보석은 가짜였어. 잘 해야 500프랑밖에 값이 안 나가는 것이었어!……"

지문 해설

지문에서 주목해야 할 부분은 루아젤 부인의 삶에 대한 태도이다. 그것은 삶에 대한 반성이라고 해도 좋다. 그녀의 생각은 "보석을 잃어버리지 않았더라면" 하는 것이다. 사소한 사건 하나가 한 사람의 일상을 파멸과 구원이라는 두 갈래 길에 서게 만든 것이다.

목걸이를 빌려준 친구 포레스티에 부인을 산책길에서 만난 것도 사소한 사건의 하나이다. 루아젤 부인은 친구의 여전한 아름다움과 매력 있는 자태를 바라본다. 그러나 이제 그녀는 여전히 아름다운 친구에게 부러움을 갖고 있지 않고 당당하게 말한다. 루아젤을 알아보지 못하는 친구. 그러나 루아젤은 자신 있게 자신의 신분을 밝히고 그간 많은 고생을 했다는 사실을 알려준다. 이 자신감은 허영에 들뜬 예전의 모습과는 크게 다르다.

더 생각하기

우리는 종종 사소한 사건을 계기로 해서 크게 어긋난 삶을 살아간다. 하지만, 그 어떤 계기는 우연하게 찾아오는 것이 예비된 것에 불과하다. 생활습관과 가치관 등등에 의해서. 루아젤 부인의 경우, 그녀의 오랜 고생은 부와 사치에 대한 선망 대상 때문에 이미 준비된 불행의 싹을 틔워 오고 있었던 것이다.

그러나 루아젤 부인은 자신에게 닥친 시련을 계기로 허영에 빠져 생활에 환멸하고 있었던 그간의 잘못된 욕망을 벗어던진다. 그것도 매우 용감하게. 그녀의 용감한 변신은 여러 곳에서 얻은 빚을 갚기 위한 혹독한 곤경도 넉넉하게 이겨내게 만든다.

'십 년이면 강산도 변한다'는 말이 있다. 십년 동안 그녀의 모습은 남루하게 변했지만 정신을 변하게 했다. 상상과 욕망으로 가득 찼던 내면을 벗어버리고 삶을 긍정하며 늙어버린 모습일지라도 정신적으로 건강한 모습을 갖게 된 것이다. 그녀의 경우 잃은 것은 사치와 부에 대한 끝없는 욕망이었고 얻은 것은 건강한 주부의 마음이었다. 그것은 앞서 말했던 신데렐라 콤플렉스에서 벗어나 현실을 똑바로 바라보며 살아가는 진정한 자기를 되찾았다는 말과 크게 다르지 않다.

인간 소외와 가족의 탈신화화

'외롭다'고 생각하는 사람들에게 위로가 될 법한 표현 하나가 있다. '고독 속에 놓인 사람이라야 세계의 가려진 의미들을 창조적으로 통찰하는 지혜를 얻을 수 있다'는 점이다. "사랑이 사랑을 알아보고 죽음이 죽음을 알아본다"는 말처럼.

늘 헤드폰을 끼고 다니는 사람들은 실상 외로움을 두려워하는 이들이다. 이들에게는 귓전의 소음이라야 있어야 겨우 안심이 된다. 다르게 말하면, 이들은 늘 사람들 사이에 있어야 한다는 강박관념 같은 것을 지니고 있다고 할 것이다. 이렇게, 평범한 모든 사람들은 유행하는 것들에 민감하고 늘 화제에 끼어들지 못하면 소외감을 느낀다. 이런 소외감은 다른 사람들과 어울리지 못하는 사람들에게 자주 찾아온다.

그러나 소외감을 곧장 자신의 불행으로만 탓해서는 안 된다. '외로움'은 오늘날의 사회가 강요하는 기본적인 속성의 하나이다. 많은 직업을 가진 사회에서 구성원들은 전혀 다른 경험을 가지고 있다. 직업상 이유 때문에, 관심 분야의 차이 때문에 사람들 간에는 대화에 있어서나 생각에 있어서 점점 차이가 커진다. 농사를 짓는 부모와 회사에 다니는 아들의 경험은 크게 다르다. 경험만 다른 것이 아니라 가치관도 크게 다를 수밖에 없는 것이다. 이런 생활 속에서는 어떤 일이 일어날까. 아버지는 어머니를, 아들은 아버지를, 어머니는 아들을 서로 이해할 수 없는 경우가 생겨난다. 가령, 친구와 심각한 이야기를 나누다가 집에 늦게 들어갈 경우가 있다 이때 부모님은 내가 처한 상황을 이해해 주시기보다는 "왜 늦게 오는 거니? 걱정했잖아!" 하고 외친다. 부모님의 고함소리는 어떤 변명도 할 수 없게 만든다.

카프카는 평생 동안 자신을 이해해주는 몇몇 친구만을 가졌고 불행한 삶 속에서도 문학에 대한 열정을 가졌던 사람이다. 그는 책이 우리에게 주는 가치가 시간을 때우거나 우리에게 주는 것만으로는 충분하지 않다고 보았다. 평생 동안 그를 이해해준 친구 막스 브로트에게 보낸 그의 편지에는 다음과 같은 구절이 있다.

우리는 독자에게 자극과 충격을 주는 책들을 읽어야 한다고 생각한다. 우리가 읽는 책이 주먹으로 두개골을 때리듯 우리를 일깨워 주지 않는다면 무엇하러 책을 읽을 것인가? 네가 말하듯이 우리가 행복해지기 위해서라고? 천만에, 우리는 책이 한 권도 없더라도 행복할 수 있고, 우리를 행복하게 해주는 따위의 책은 필요한 경우에는 우리 스스로가 쓸 수도 있다. 우리가 필요한 책은 우리의 가슴을 아프게 하는 불행이나, 또는 우리가 우리 자신보다도 더 사랑하던 어떤 사람의 죽음과 마주쳤을 때처럼 우리에게 작용해야 하며 (……) 우리의 내면에 있는 얼어붙은 바다를 깨뜨리는 도끼와 같은 역할을 해야 하는 것이다.

카프카의 이런 생각은 우리가 문학작품을 통해 받는 감동만으로는 부족하다는 뜻으로 읽을 수 있다. "자극과 충격을 주는 책"이란 우리가 일상에 나태해지는 것을 막아주는 방파제, 정신의 부패를 막는 방부제의 역할을 가리킨다. 책의 가치 있는 효용은, 사랑하던 사람의 죽음과도 같이, 우리의 삶에 가려진 부분을 깨닫고 통찰할 수 있게 한다. 이것이 카프카가 말하는 책의 효용이다. 우리의 의무와 책임감 때문에 읽어야 하는 책이라면 그것은 읽어서 그다지 값진 체험이 될 수 없다. 책은 우리의 얼어붙은 의식을 내려치는 "도끼"와도 같이 충격을 줄 수 있어야 한다. 그렇지 않다면 책은 위안거리에 지나지 않는다,

카프카의 이런 문학관이 『변신』과 같이 기이한 작품을 낳은 원동력이다. 『변신』은 한 보험회사에 다니는 외판사원 '그레고르 잠자'가 거대한 딱정벌레로 변해버린 이후 가족 간의 단절과 그의 죽음을 보여주는 작품이다. 그러나 작품에서 그려진 가족들의 구체적인 모습은 가족의 문제에만 해당되는 것은 아니다. 현대 사회의 냉혹한 구조와도 통한다. 보험 외판원인 그레고르의 숨 막히는 나날의 삶은 가족들에게는 평온을 보장해준다. 그러나 그가 쓸모없는 벌레로 변하자마자 상황은 뒤바뀐다. 직장에서 쌓은 성실한 평판이나 가장으로서의 위치는 순식간에 사라져버리고 마는 것이다. 거기에다 벌레가 된 그레고르는 가족으로부터도 배척당하며 죽음을 맞는다.

작품의 내용은 다음과 같다. 어느 날 아침 불안한 꿈에서 깨어나자마자 그레고르 잠자는 자신이 커다란 딱정벌레로 변한 것을 알게 된다. 벌레로 변한 순간부터 그는 자신이 짊어진 부모 부양의 책임과 의무에서 해방된다. 어느 상점의 고용원이라는 직업적 의무, 부모, 여동생 그레테의 생계를 도맡은 고단한 생활이 이제 끝난 것이다. 하지만, 그 해방감은 출근하라는 아버지의 목소리와 여동생의 걱정 소리를 들으면서 순식간에 사라

져 버린다. 게다가, 1시간도 지나지 않아 달려온 지배인은 "사정이야 어떻든 간에 빨리 출근하지 않으면 해고하겠다."라고 으름장을 놓는다.

그러나 잠긴 방문이 열리는 순간 거대한 벌레로 변한 그레고르의 모습을 본 지배인과 여동생은 놀라고 만다. 도망치듯 사라진 지배인으로부터 그는 해직 통고를 받는다. 또한, 아버지와 어머니로부터는 그는 자상한 말 한 마디도 들을 수 없게 된다. 벌레가 된 그레고르는 인간으로서의 애정을 가지고 가족들에게 말하고자 하지만 "쉿쉿" 하는 벌레 소리만 낼뿐이다. 가족은 벌레의 흉측한 몰골에 진저리를 친다.

이윽고 생계에 나선 아버지는 자신의 무력함을 떨치고 은행 수위로 취직하고 어머니는 잡화상에서 옷감을 받아다가 고급 내의를 만드는 삯바느질을 한다. 누이동생은 좋아하던 바이올린 공부를 포기하고 상점의 판매원으로 취직한다. 여동생은 더 나은 직업을 얻기 위해 밤늦게까지 속기술과 불어를 공부한다.

가족 모두가 그레고르의 불행과는 상관없이 생계와 자신들의 미래를 위해 바삐 움직이기 시작하는 것이다. 벌레가 된 그레고르는 수동적이나마 새로운 삶에 적응하기 위해 노력한다. 하지만 가족들의 냉대는 점점 심해진다. 자신이 제일 예뻐하던 여동생까지도 오빠의 처지를 위로한다는 명분을 내세우며 그의 가구를 모두 옆방으로 치워버린다. 뿐만 아니라 집안의 온갖 잡동사니를 그 방에 채워 넣는 일도 서슴지 않는다. 벌레가 된 그레고르에게 주는 음식은 썩은 야채나 말라붙은 음식들, 식사 때 남긴 생선 뼈, 몇 알의 아몬드 정도이다.

가족들은 어려워진 생계의 부족을 메우려고 하숙을 친다. 세 사람의 하숙인이 집으로 찾아온 날, 여동생은 하숙인들의 식사 후 그들의 무료함을 달래주기 위해 바이올린 연주를 한다. 음악공부가 "남모를 마음의 양식을 얻는 길"이라고 생각했던 그레고르에게는 이런 여동생의 연주가 남에게 아첨하는 타락한 행위로 여겨진다.

음악의 가치에 무관심한 족속들에게 음악의 순수한 가치를 지키기 위해 그레고르는 벌레의 몸으로 그들 앞에 모습을 드러낸다. 하숙인들은 놀라움을 금치 못한다. 추한 벌레가 집안에 있다는 사실을 알려주지 않았다는 이유로 그들은 식구들에게 하숙 계약을 파기하고 손해배상을 청구하려 한다. 이때 여동생이 온갖 아양을 떨어가며 사태를 진정시키려 한다. 사태가 겨우 진정되자 누이 그레테는 아버지께 이렇게 말한다.

> "아버지, 그 방법밖에 없어요, 저것이 그레고르 오빠라는 생각은 집어치우세요. 우리가 너무나 오래 그렇게 생각해온 것은 우리들의 불행이에요. 그런데 이 동물은 우리를 못살게 굴고, 하숙인들을 내쫓고, 온 집안을 차지하고서는 우리를 길에서 밤을 새우게 하려고 해요"

가족의 냉대에 대해서 그레고르는 이제 '자기가 없어져야 한다'고 생각한다. 몸을 더 이상 움직일 수 없는 상태에서 그레고르는 죽음을 맞는다. 가족들은 벌레의 죽음을 발견하고 안도의 한숨을 쉬며 하느님께 감사한다. 이들은 각자 자신들의 직장에 결근계를 내고 홀가분하게 야외산책을 나간다. 이제 그의 시체는 가정부의 손에 치워지고 집안은 예전의 평화를 되찾는다.

작품의 내용은 현대 사회 속의 개인이 처한 냉엄한 상황을 상징한다. 현대의 개인은 자신의 능력이 사라지고 나면 그 사회로부터 추방될 수밖에 없는 서글픈 운명에 놓여 있다.

작품에서 '그레고르가 벌레로 변신한다'는 상황 설정은 현실로는 불가능하지만 이와 유사한 상황은 얼마든지 가능하다. 식물인간이 되어 버린 식구의 한 사람, 정리해고로 직장을 잃은 가장…… 등등. 여러 상태에서 사회와 가족으로부터 격리된 존재에 대한 이해가 필요한 지금, 우리가 한 번쯤은 짚고 넘어가야 할 근원적인 문제들이 작중 현실에 함축적인 상황으로 담겨 있는 것이다.

▶ 다음 대목은 작품의 도입 부분이다. 함께 읽어보며 이와 유사한 상황은 어떤 경우일지 함께 생각해 보자.

어느 날 아침 그레고르 잠자가 불안한 꿈에서 깨어났을 때, 그는 자신이 침대 속에 한 마리의 커다란 해충으로 변해 있는 것을 발견했다. 그는 갑옷처럼 딱딱한 등을 대고 누워 있었는데, 머리를 약간 쳐들며 반원으로 된 갈색의 배가 활 모양의 단단한 마디들로 나누어져 있는 것이 보였고, 배 위의 이불은 그대로 덮여 있지 못하고 금방이라도 미끄러져 내릴 거 산 같았다. 나머지 몸뚱이 크기에 비해 비찬할 정도로 가느다란 다리가 눈앞에서 힘없이 흔들거리고 있었다.

'어찌 된 일일까?' 그는 생각했다. 결코 꿈은 아니었다. 약간 좁긴 해도 제대로 된 사람 사는 방이라 할 수 있는 그의 방은 낯익은 네 개의 벽으로 둘러싸여 있었다. 옷감 견본 꾸러미가 풀어져 있는 책상 위쪽에는— 잠자는 외무사원이었다—그가 얼마 전에 화보 잡지에서 오려내 금박으로 된 멋진 액자에 끼워 넣은 그림이 걸려 있었다. 그 그림은 한 숙녀의 초상화였는데, 그녀는 모피 모자를 쓰고 모피 목도리를 두른 채 꼿꼿이 앉아, 팔목까지 오는 무거운 모피 토시를, 바라보고 있는 사람에게 쳐들고 있었다.

그레고르는 창 쪽으로 눈길을 돌렸다. 흐린 날씨가 창턱 함석 위로 빗방울 떨어지는 소리가 들렸다. 그를 온통 우울하게 만들었다. '좀 더 잠을 청해 이런 어리석은 일을 잊도록 하자.' 그는 생각했다. 그러나 전혀 그럴 수가 없었다. 그는 오른쪽으로 누워 자는 습관이 있었는데, 지금 상

274

카프카가 '동물로 변해 버렸으면' 하는 엉뚱한 생각에 착안해서 한 인물을 벌레로 변신시킨 것은 기발한 착상이다. 이 불가능한 상황을 설정해서 우리에게 알려주려는 것이 무엇인지를 찾아야 한다(그러나 작품에서 이런 것을 찾으려다 보면 작품 읽기가 매우 피곤해진다. 작품을 모두 읽고 나면 의미는 저절로 밝혀진다).

우리는 종종 학교생활에서 생기는 부담 때문에 도피해 버리고 싶을 때가 많다(도피해 버리면 문제가 끝날 것 같지만 사실 그렇지만도 않다). 그레고르 잠자는 가족 모두가 그에게 기대고 있다. 그래서 그레고르는 생계 문제 해결이나 그밖에 재능 있는 여동생의 음악공부 때문에 자신이 꿈꾸는 삶을 즐길 엄두를 전혀 못 낸다. 사업에 실패한 후 빚 독촉에 시달리는 늙으신 아버지의 무력함, 그다지 건강하지 않은 어머니, 음악학교에서 바이올린 공부를 하고 싶어 하는 여동생……. 주어진 삶의 조건과 가족 부양의 책임이 그레고르 자신의 결혼도 미루게 하고 바라던 여행조차 꿈꾸기 어렵게 한다. 그에게는 사무실에서 일을 하고 출장을 떠나야 하는 빡빡한 일정만이 기다리고 있을 뿐이다. 이 점은 우리의 아버지나 우리도 마찬가지이다. 방학이 된다고 해서 공부의 중압감으로부터 벗어나는 것은 결코 아니다. 방학이 되면, 중고등학생들의 경우 뒤진 과목을 보충해야 하고 날마다 보충수업과 학원으로 발길을 돌려야 하는 것이 분명한 현실이다. 꽉 짜여진 일상생활에서 누구나가 한 번쯤은 벌레가 되어버렸으면 하는 생각을 해보았을지 모른다.

  '누구든지 일상에서 벗어나고 싶은 욕구를 가지고 있다.'는 가정에서 출발해보자. 그런 다음 '만약 내가 『변신』에서와 같이 벌레로 변하지 않았다면 무엇으로 변하고 싶을까?'라는 의문을 던져 보자. 이때, 반드시 '나는 왜 일상을 벗어나고 싶은가?'라는 까닭을 생각해야 한다. 그리고 나서 '내가 숨 막히는 일상을 벗어나 바라는 삶은 무엇인가?'를 질문해야 마땅하다.

  일상으로부터 벗어나려는 우리의 욕망을 대신 수행한, 그레고르 잠자는 변신은 전혀 다른 방식으로 전개된다. 그것은 살아오면서 가장 친밀하다고 여겨온 가족, 사회로부터도 배척된다는 것이다. 가족이란 우리가 살아가는 가장 기본이 되는 사회 단위이다. 직장 혹은 학교, 좀 더 넓게는 사회, 민족, 국가, 세계 전체에 이르기까지, 기본이 되는 집단은 가족이다(『변신』에서 '가족'은 사회 전체에 대한 상징에 가깝다). 가장 친밀한 집단으로부터 배척당하는 것은 가족에만 한정되는 것이 아니다. 친구나 급우들 사이에도 마땅히 적용된다.

▶ 다음 두 개의 지문은 작품의 후반부에 해당하는 대목이다. 지문을 읽고 아버지, 어머니, 여동생 각 인물들의 심리를 비판하고 그에 상응하는 적절한 속담 하나씩 떠올려 보자.

  (가)
  "우리는 저것에서 벗어나야 해요." 여동생은 오로지 아버지를 향해서 이렇게 말했다. 어머니는 기침하느라 얘기를 듣지 못했기 때문이었다. "저것이 두 분 부모님을 돌아가시게 할 거예요. 저에겐 그렇게 되는 게 뻔히 보여요. 우리는 전부 힘들여 일을 해야만 하는데, 집에 저런 끝없는 두통거리를 감당할 수는 없어요. 더 이상 그럴 수 없어요." 그리고 그녀가 너무 심하게 울음을 터뜨리는 바람에 그녀의 눈물이 어머니의 얼굴로 흘러내렸다. 그녀는 기계적으로 손을 놀리면서 그것을 훔쳐 주고 있었다.

"애야." 아버지가 동정과 이해심 많은 태도로 말했다. "그럼 우리는 어떻게 해야 한단 말이냐?"

그녀는 아까의 말하던 태도와는 달리, 우는 동안 생겼던 절망감을 표시하느라고 어깨만 들먹거렸다.

"저 애가 우리말을 알아듣는다면." 아버지가 얼마쯤 물어보는 투로 말했다. 그런 일은 생각할 수도 없다는 듯이 여동생은 울다가 손을 세차게 흔들었다.

"저 애가 우리말을 알아듣는다면" 하고 아버지가 말을 되풀이하고는 그것의 불가능에 대한 여동생의 확신을 시인한다는 뜻에서 눈을 감았다. "그렇다면 저 애하고 무슨 합의라도 볼는지 모르는데, 그렇지만……"

"없어져야 해요." 여동생이 소리쳤다. "아버지, 그 방법밖에 없어요 저것이 그레고르 오빠라는 생각은 집어치우세요 우리가 너무나 오래 그렇게 생각해온 것이 우리의 불행이에요. 그런데 이 동물은 우리를 못살게 굴고, 하숙인들을 내쫓고, 온 집안을 차지하고서는 우리를 길에서 밤을 새게 하려고 해요. 저것 좀 보세요, 아버지!" 동생이 갑자기 소리를 쳤다. "또 시작이에요!"

(나)

그런 다음 그들은 함께 집을 나섰다. 벌써 몇 달째 그래보지 못했던 일이었다. 그리고는 전차를 타고 야외로 나갔다. 타고 있는 사람이라곤 그들밖에 없는 전차에는 따스한 햇살이 들어오고 있었다. 그들의 의자에 편안히 기대어 앉은 채, 장래의 전망에 대해서 얘기했다. 그 전망이라는 것도 제대로 따져본 적이 없었지만, 그들의 직장은 꽤 괜찮은 자리인데다가 훗날이 유망했기 때문이었다. 그들 생활환경을 당장에 최대한으로 개선하는 문제는 물론 집을 이사하면서 쉽사리 해결될 것이다. 그들은 그레고르가 골랐던 지금의 집보다 좀 작고 싸면서도 위치가 낮고 더 실용적인 집을 구할 작정이었다. 그들이 그런 얘기를 나누는 동안 거의 동시에 잠자 씨 부부는 점점 활발해지는 딸을 바라보면서 딸이 근래에 뺨이 창백해질 정도로 고생을 했음에도 불구하고 아름답고 풍만한 몸집의 처녀로 피어나고 있음을 보았다. 점점 조용해지고 거의 무의식적으로 시선을 주고받으면서 그들은 이젠 그 애를 위해서 착한 남자를 구해야 할 때가 되었다고 생각했다. 그리고 전차가 목적지에 도착해서 딸이 맨 먼저 일어나 젊은 육체를 쭉 펴자, 그것이 그들에게는 마치 새로운 꿈과 훌륭한 계획에 대한 확신처럼 생각되었다.

지문 해설

지문 (가)에서는 여동생이 벌레로 변해버린 그레고르의 존재를 단호하게 부정하는 태도가 드러나 있다. 여동생은 그레고르가 벌어온 돈으로 바이올린을 공부하고 있었고 그레고르를 가장 잘 이해해준 존재이다. 여동생은 그레고르와 함께 크리스마스가 되면 부모님 앞에서 음악학교에 들어갈 것을 알리기로 약속했다. 아버지와 어머니는 벌레가 된 그레고르를 소극적으로 대했지만 여동생은 적극적으로 벌레를 오빠가 아니라고 부정하고 있다. 벌레 때문에 가족 모두가 힘든 생활을 할 수밖에 없다는 것이다. 아버지가 여동생에게 "그럼 우리는 어떻게 해야 한단 말이냐?" 하고 반문하는 것은 여동생의 의도를 재확인하려는 말에 지나지 않는다.

그레고르가 벌레로 변해버린 상황에서 가족들은 그레고르에게 전적으로 의존했던 생활에서 벗어나 스스로 일감을 찾고 나름대로 사회생활을 해 나간다. 결국 그레고르는 가족들의 자기중심적인 이기심에 희생당한 결과로 바뀐다(이것은 벌레로 변신하지 않고 무력한 존재가 되었다고 해도 같은 결과를 가져올 수 있다는 가능성을 암시한다. 카프카는 좀 더 극단적인 방식으로 그레고르를 벌레로 만들어버린 셈이다).

그레고르가 희생당한 결과는 지문 (나)에서 다시 한번 확인되고도 남는다. 벌레로 변해버린 그레고르를 제외하면 가족들 모두가 자신들의 생계를 꾸려나가기 위해 자발적이고 적극적으로 변했다고 할 수 있다. 그레고르는 벌레가 되어버린 외형 말고 의식은 변하지 않았다. 벌레가 된 그레고르가 죽자마자 억센 파출부가 쓰레기처럼 시체를 갖다버린다. 그런 다음 가족은 다니던 직장에 결근계를 제출하고 나서 함께 산책을 즐기러 나간다. 이들에게 벌레가 되어버린 그레고르라는 존재는 몇 달 간의 고통쯤으로 잊혀져 버린다. 이제 가족들은 그레고르를 잊고 새로운 꿈을 피력하고 미래에 대한 계획을 세우는 명랑한 모습으로 돌아온 것이다.

더 생각하기

그레고르의 동물 변신은 가족들에게 커다란 불행으로 다가온다. 드러나 벌레가 된 그레고르의 의식은 그대로 있는데 반해, 가족들은 그를 모든 불행의 근원으로 원망하고 있다. 벌레가 되면서 그레고르는 가족들의 생계를 쪼들리게 하고 집도 팔 수도, 하숙도 칠 수도 없게 만드는 원흉으로 지목된다. 그는 자신이 책임졌던 가족들로부터 배척당하는 것이다. 이것이 오늘날 사회(혹은 가족)가 우리 생각처럼 인륜에 바탕을 둔 도덕적 사회가 아니라는 것을 보여주는 하나의 상징이다.

고려장은 본래 유목민들이 만들어낸 관습이었지만 부모를 공양해야 한다는 유교의 농경문화에서는 반인륜적인 것으로 여겨지면서 폐기처분된다. 그러나 오늘날 현실에서는 경제적 능력이 없는 경우 인간의 가치를 지니지 못하게 된다. 우리 속담에 "삼년 병(病)에 효자 없다."는 말이 있다. 『변신』에서 딱정벌레가 되어버린 상황은 이 속담과 매우 흡사하다.

예술과 삶의 진실

　'성장기'를 달리 표현해서 '형성기'라고도 한다. 성장기는 인격이 만들어지는(혹은 형성되는) 시기이기 때문이다. 성장기에 놓인 존재가 겪는 부담은 사실 너무나 많고 무겁다. 입시의 과중한 부담과 성적 향상의 강박, 친구들과의 관계, 이성에 대한 호기심, 학교와 가정에서 불안정한 나의 위치 등등……. 그러나 이런 고민들은 청소년 누구나가 한 번씩은 겪어야만 하는, 성장에 따른 당연한 고통이다. 육체만이 아니라 정신적으로 성숙해지는 과정에서 겪는 문제인 것이다. 그러니까, 이런 고통 없이는 성숙해질 수가 없다는 말이다.

　일본 사회에서 큰 문제가 되었던 '이지메'(집단학대와 소외)는 이제 우리 사회에서도 빈번하게 일어난다. 우리는 극심한 경쟁사회를 살아가고 있다. 비단 학교생활에서만 그런 것이 아니다. 무한 경쟁의 틈바구니에서 집단학대와 소외와 같은 부정적인 현실에 대해 어떻게 대처해야 할까. 그러한 질문에 대한 해답은 나에게서 먼저 찾아보아야 한다. '나'라는 주체가 내 안에서 걸러내고 다져야 할 우선적인 과제가 있다. 이를테면, 나는 어떤 취미와 정열을 가지고 '장차 어떤 사람이 될 것인가(나의 미래)' 그리고 '어떻게 살아야 할 것인가(나의 가치관)'라는 질문을 던져야 한다. 그러니까, 다른 사람들에게 어떻게 비춰질까 두려워하지 말고 나를 실속 있게 가꾸어나가는 것이 필요하다. 토마스 만의 『토니오 크뢰거』는 바로 이런 예가 되는 성장소설이다.

토마스 만은 다른 독일 작가들과 함께 우리에게 잘 알려져 있다. 그러나 그는 헤르만 헤세의 소설처럼 자주 접할 수 있는 친근한 작가는 아니다. 그의 소설은 헤세와 같은 서정적인 성격, 프랑스 소설들처럼 현실을 묘사하는 정밀함, 영화처럼 선연한 장면들의 빠른 전개를 보여주지 않는다. 『토니오 크뢰거』 역시 그렇다. 그러나 이 작품은 한 개인이 예술가로 성장하기까지의 과정을 그린 빼어난 성장소설이다. 이 작품은 특히 토마스 만 자신의 체험과 그의 예술관을 확인할 수 있다는 점에서 자주 거론된다. 또한 이 작품은 '현실을 긍정하고, 보편적인 사랑에 바탕을 둔 인간의 이해해야 한다'는 독일 시민사회 특유의 가치관을 잘 보여준다. 어린 시절, 다른 친구들과 원만하지 못한 인물이 믿음직한 품격을 소유한 예술가로 성장하는 과정은 이 작품만이 가진 교훈적인 측면이다.

『토니오 크뢰거』의 전반적인 내용은 다음과 같다. 토니오 크뢰거는 자신의 이상한 이름 때문에 학교 동료들과 늘 서먹서먹했고, 산책과 바다를 바라보며 명상하기를 즐겼다. 이름에 대한 열등감과 명상적인 성격 때문에 그는 친구를 잘 사귀지 못한다. 교우들이 좋아하고 선생님들도 호감을 보이는 한스 한젠은 쾌활하고 적극적인 성격의 우등생이다. 토니오 크뢰거는 한스 한젠을 좋아하며 그의 외모와 성격을 선망한다. 그러던 그가 미모에다 금발의 여학생인 잉게보르크 홀름을 보고는 짝사랑에 빠진다. 그러나 그저 평범한 외모의 토니오는 그녀의 흥미를 끌 수가 없었다, 쾌활한 한스 한젠이 토니오 크뢰거의 취미에 별반 관심을 갖고 있지 않았듯이, 그녀 역시 토니오 크뢰거에게 관심을 두지 않았기 때문이다.

토니오 크뢰거는 친구 한스 한젠이나 잉게보르크 홀름의 무관심을 뒤로 하고 고향을 떠날 수밖에 없는 상황을 맞는다. 고향을 떠나게 된 것은 할머니와 아버지의 죽음, 어머니의 재혼 때문이다. 집안의 몰락과 함께 고향을 떠나게 된 토니오 크뢰거는 세상에서 가장 고귀한 힘이자 명예와 출세를 보장한다고 믿었던 문학에 아낌없이 몸을 던진다.

세월이 흐른 다음, 토니오 크뢰거는 꽤 이름 있는 작가가 된다. 그러나 그는 예술가로서 가져야 할 인간을 향한 태도는 어떠해야 하는지를 고민하는 작가이다. 그는 유럽의 이곳저곳 대도시와 남국으로 옮겨 살면서 해학과 고뇌가 가득한 소설을 써서 발표하면서 명성을 얻기 시작한다. 하지만, 그는 다른 한편으로 무기력을 느낀다.

그의 예술관은 끈기 있는 투지와 불굴의 근면성을 합쳐놓은 시민으로서 의무에 충실한 데 있었다(이것은 토마스 만의 문학이 가진 특질이기도 하다). 그는 예술가인 척하는 무리들과 되도록 멀리 떨어져서 자신의 예술을 한층 성숙하게 해줄 계기를 찾아 나선다.

고향을 거쳐 헬싱거르의 어느 해변 호텔에 묵으며 바다의 장엄한 풍경을 명상하는 여행을 한다. 바로 그곳에서 어린 시절의 친구 한스 한젠과 잉게보르크 홀름이 함께 소풍을 와서 무도회를 여는 광경과 마주친다. 그가 한스 한젠과 잉게보르크 홀름의 사이좋은 정경을 보면서 질투심도 느끼지만 자기가 묵고 있던 호텔 방으로 그냥 돌아온다. 방으로 돌아와서 새삼 사랑과 고뇌와 행복의 본질을 곰곰이 생각하면서 친구인 여류화가 리자베타에게 편지를 쓴다.

편지에서 그는 평범한 일, 인간에 대한 애정, 시민의 양심에 대한 자신의 예술적 관심을 고백하고 있다.

때로는 그는 또 이렇게 생각했다. 왜 나는 이렇게 유별나고, 무엇에나 충돌을 좋아하며, 선생들과도 타협이 안 되고, 다른 애들과 잘 어울리지도 못하는 외톨이가 되었을까? 다른 애들을 봐라. 착한 학생, 착실하고 평범한 학생, 그들은 선생들을 웃음거리로 생각지도 않고, 그들은 시도 쓰지 않으며, 누구나 생각할 수 있는, 누구나 큰 소리로 입 밖에 내놓을 수 있는 것만 생각한다. 그들은 언제나 착실한 마음가짐으로, 무엇이든지 누구든지 이해된다고 생각한다. 그것은 얼마나 편리한 생각일까……? 그러나 나는 어떤가? 그리고 이대로 나간다면 앞으로 어떻게 될까?

자기 자신의 일이나 자기와 인생관과의 관계를 이렇게 관찰하는 과정이 한스 한젠에 대해 토니오의 우정 어린 사랑을 일으키는 데 중요한 역할을 했다. 그가 한스를 좋아하는 것은, 우선은 한스가 잘 생기기도 했지만, 다음에는 한스가 모든 점에서 그 자신과는 아주 딴판이라고 느꼈기 때문이다. 한스 한젠은 우등생일 뿐 아니라 활발한 애였고, 영웅같이 말을 타고, 체조를 하고, 수영도 해서 누구에게나 호감을 샀다. 대부분의 선생들도 그를 쓰다듬고 귀여워했으며 항상 그를 두둔하였고, 언제나 무슨 일이 생기면 한스, 한스라고 부르면서 무슨 일에나 특별 취급을 하였다. 반 애들은 그의 호감을 사려고 애를 쓰고 있었고, 오가는 길에서도 지나던 남자나 여자들이 그를 붙잡고는 덴마크 식의 수병모 아래로 빠져나온 엷은 그의 금발을 만지며 이렇게 말했다.

"잘 있었니? 한스 한젠! 머리칼도 참 예쁘구나! 여전히 반에선 첫째인가? 아빠 엄마에게도 안부 전해 줘! 참 훌륭한 애야……."

한스 한젠은 그런 소년이었다. 그리고 그를 알고 나서부터는 토니오 크뢰거도 동경했다. 그것은 질투 비슷한 동경으로, 가슴에 꽉 자리 잡고 깊은 곳에서부터 소리를 내며, 활활 타오르는 것이었다. 너처럼 고운 파란 눈에, 누구와도 잘 어울릴 수 있는 성품에, 그렇게 착실히 살아 나갈 수만 있다면……. 이렇게 토니오는 생각했다. 너는 언제나 밉지 않다. 모두에게 존경받으면서 살아 나가고 있다. 학교의 숙제를 마치고 나면, 너는 승마 연습이라든가, 실톱으로 공예를 한다든가, 놀 때가 되면 해변에서 보우트를 젓는다든지, 요트를 달린다든지 헤엄을 치든지 하며 재미있게 보내곤 한다. 그러나 나는 빈둥거리며, 모래 위에 우두커니 누워서는 바다 위를 흐르는 신비로운 표정의 변화나 혹은 파도의 유희 따위나 지켜보고 있을 따름이다. 그러나 그렇게 때문에 네 눈에 그렇게 맑은 것이로구나. 내가 너처럼 된다면······.

성장기는 성장에 따른 육체적 정신적 고통에도 불구하고 자신의 일생 동안 지켜져야 할 신념과 영혼을 살지우는 영양분을 한껏 공급받아야 할 시기이다. 이 시기에 교우 관계는 특히 중요할 수 있다. 무엇보다도 성장기는 부모의 보살핌에서 벗어나 학교라는 사회에서 사람들과의 관계를 확대하는 시기이기 때문이다. 그와 함께, 성장기는 다른 친구들의 좋은 점을 수용하고 자신의 단점을 보완하는 가운데 보다 성숙한 인격을 만들어가는 때이기도 하다.

위의 글은 토니오 크뢰거가 쾌활하고 잘 생긴 우등생 한스 한젠을 한없이 부러워하는 대목이다. 좋은 친구를 사귄다는 것이나 주위의 멋진 존재를 선망하는 것은 여러 모로 권장되어야 한다. 선생님과 주위 사람들에게 사랑받는 것도 중요하다. 그러나 우리는 대부분 그렇지 못하다. 그렇기 때문에 자신이 어떤 삶을 살 것인가에 고민해야 한다. 학교 숙제를 마친 다음 한스 한젠은 승마와 공예와 요트타기, 수영 등 취미생활을 분망하게 즐긴다. 토니오는 한스의 이런 활동적인 모습을 부러운 눈초리로 바라본다. 그러나 그는 바다의 갖가지 모습과 파도의 넘실거리는 모양을 바라보며 명상에 잠긴다. 토니오가 당연히 한스 한젠을 부러워하지만, 다른 한편으로 자신의 목표를 보다 숭고한 데로 겨냥하며 자신의 세계를 만들

어 가는 것이다. 토니오의 이런 모습은 친구들과 잘 어울리지 못한다고
해서 그런 현실에 너무 두려워할 필요가 없다는 사실을 보여준다. 요컨대
지금의 평가에 너무 주눅 들지 말고 자신의 목표를 세워 꿋꿋하게 노력
하는 것이 중요한 셈이다.

선생님으로부터도 인정받지 못하는 토니오는 자신이 외톨이가 된 까닭
을 곰곰이 반성하면서 다른 사람들의 여러 모습을 관찰한다. 사람들을 관
찰하고 자연과 대화하면서, 그는 작가로서의 삶을 살겠노라고 결심한다.
누구에게나 호감 받는 한스 한젠의 생활도 마땅히 칭찬받을 만한 모습이
지만 대부분의 학생들은 그렇지 못하다. 그렇다면, 보다 더 큰 꿈, 자신만
이 할 수 있는 삶의 목표를 만들고 그것을 이룸으로써 사회에 인정받는
자가 되기 위해 노력해야 하지 않을까. 뛰어난 친구를 부러워하는 것은
부러움 정도로만 끝내야 한다. 자신에게 부족한 재능과 여러 조건들을 부
러워하기보다 자신만이 가지고 있는 장점과 재능을 찾아내는 것이 더 중
요한 법이다. 잘 알려진 위인들의 훌륭한 업적을 겉만 모방하는 것은 위
험하다. 그보다는 그들이 위업을 성취하기까지 남들에게 잘 보여지지 않
았던 노력과 실패를 주의 깊게 관찰해야 한다.

만약 토니오 크뢰거가 한스 한젠의 뛰어남에 절망만 했다면 토마스 만
이라는 근대 독일의 지성이며 세계적인 작가 한 사람은 탄생할 수 없었
을 것이다. 그는 김지나움(인문계 고등학교 과정)도 다 마치지 못했다. 그러
나 그는 작가의 길을 택해서 최선을 다하는 삶을 살았다. 하지만 외형적
으로만 그를 보아서는 안 된다. 『토니오 크뢰거』에는 그가 겪었던 내면의
고뇌와 절망이 고스란히 담겨 있기 때문이다.

토니오 크뢰거(혹은 토마스 만)는 고향을 떠나 낯선 도시에 생활하면서
스스로 전력을 다해 살아간다. 그는 "세상에서 가장 숭고하다는 힘" "거
기에 종사하는 것이 천직이라고 믿었던 힘" "의식도 없고 말도 없는 인생

위에 조용히 미소를 띠고 군림하는 정신과 언어의 힘” 앞에서 아낌없이 몸을 던졌다. 토니오 크뢰거가 훗날 인정받는 작가가 되어 던지는 질문은 “예술가는 어떤 삶을 살아야 할 것인가?”라는 문제이다. 그리고 이 질문은 작가 토마스 만이 일생 동안 고민하면서 자신과 역사를 향하여 던진 질문이기도 했다.

1875년 북부 독일 뤼벡에서 태어난 그는 1901년 『부덴부르크 일가』를 발표하면서 일약 세계적인 작가로 발돋움한다. 그는 1924년 『마의 산』을 발표하고 나서 1929년 노벨문학상을 수상했다. 그러나 그는 히틀러의 정권 장악과 함께 평생을 망명 생활을 보낸다. 1938년 미국으로 건너간 그는 프린스턴 대학 초빙교수로서 문학 강의를 하다가, 1952년에 스위스에서 정착한 다음 그곳에서 일생을 마쳤다. 그는 독일의 파시즘이 가진 반민주주의적 성격과 국수주의를 비판하는 활동적인 지성인이기도 했다. 그의 예술가의 삶에 대한 고뇌는 바로 이같은 시대를 배경으로 해서 생겨난 성찰이다.

▶ 다음 지문을 읽고 ‘예술이 인간에 대한 보편적 사랑에서 나온 것’이라는 말이 정확하게 어떤 뜻인지 함께 생각해 보자.

토니오 크뢰거는 북쪽 나라에서 여자 친구인 리자베타에게 약속대로 편지를 썼다.

“저 멀리 남쪽의 낙원에 계시는 리자베타 씨!
나도 머지않아 그리로 돌아갈 것입니다만 약속한 대로 편지 같은 것을 써 봅니다. 그러나 아마 이 편지가 당신에게 실망을 드릴 것입니다. 왜냐하면 편지를 좀 일반적인 방법으로 쓰고 싶기 때문입니다. …(중략)… 그러나 그 일에 대해서는 만나서 얘기하기로 하지요. 요즘 와서 나는, 무언가 이야기를 꾸미기보다는 보다 평범한 일에 대해 조금 재미있게 꾸며 얘기해 보려고 생각한 적이 많습니다.

리자베타 씨, 언젠가 나를 보고 평범한 시민, 길을 잘못 든 속인이라고 말하던 일이 생각나시는지요? 그 이야기는 어쩌다가 다른 고백을 하던 끝에 내가 생명에 대한 나의 애정을 당신에게 고백했을 때 나온 말입니다. 그래서 나는 그때의 말이 얼마나 적절하고 사실과 부합되는 말인가, 나의 평범한 기질과 애정이 똑같다는 것을 당신이 알고 계셨는지의 여부를 생각하고 있는 터입니다. 이번 여행은 '인생'으로서의 사랑에 대해 충분히 샐각할 수 있는 기회를 안겨주었습니다.

(중략)

나는 두 개의 세계 사이에 서 있습니다. 그러나 어떤 세계도 편안히 쉴 수는 없는 세계입니다. 그래서 다소는 살기가 힘들다는 생각도 가지게 됩니다. 당신네 예술가들은 나를 평민이라 부르고 또 평민들은 나를 체포하려 합니다. 어느 쪽이 나를 괴롭히는 건지는 모르겠지만 어쨌든 선량한 시민이라는 것은 어리석습니다. 그러나 나를 침울한 인간이고, 그리워할 줄 모르는 자라고 말하는 당신들, 미의 숭배자들에게 한 번 고려해 달라고 부탁하고 싶은 게 있습니다. 그것은, 이 세상에서 평범함에서 얻을 수 있는 모든 쾌락에 대한 동경만큼 더 감미로운 것은 없다고 생각할 만큼 내게는 깊고 천부적인 예술정신을 운명적으로 가지고 태어났음을 알아달라는 것입니다.

나는 위대하고 매력적인 미의 오솔길에서 여러 가지 모험을 하면서 '인간'을 멸시하는 기고만장한 사람들에게 놀라움을 금치 못하는 바입니다. ─그러나 그들을 부러워하지 않습니다. 왜냐하면 만약 어떤 문필가를 시인으로 만들 수 있는 힘이 있다고 한다면 그것은 바로 아주 인간적이고 평범한 것에 대한 이 속된 인간의 애정이기 때문입니다. 모든 따사로운 것, 또 모든 착하고 유머러스한 것들은 이 애정에서 생겨난 것입니다. 그리고 내가 생각하기에는 이 사랑만은 '내가 사람의 방언과 천사의 말을 할지라도 사랑이 없으면 소리 나는 징과 요란한 꽹과리가 되고'(『성서』의 「고린도전서」, 13장 1절 — 주)라고, 씌어 있는 저 사랑 바로 그것이라고까지 느껴지는 것입니다.

　내가 여태까지 해놓은 것은 무(無)에 지나지 않습니다. 대단한 것은 아니니 그저 무어라고 해두는 것이 좋을 듯합니다. 그러나 리자베타 씨─ 앞으로는 좀 더 좋은 것을 만들 참입니다. 이것은 확실히 약속합니다. 지금 이렇게 글을 쓰고 있는 동안에도, 바다의 소요가 들려옵니다. 나는 눈을 감습니다. 그리고 질서가 생겨나고 형식이 형성되기를 바랍니다. 내세의 환상 같은 모습이 보입니다. 내 손으로 해방되기를 바라는 자기 가지의 그림자와 인간의 모습들이 서로 얽혀서 허덕이는 것이 보입니다. 비극적인 모습이며 또한 희극적인 모습, 또 그 양쪽인 듯한 모습이 나타나기도 합니다. ─"나는 이런 모습이 같이 나타나는 것을 대단히 좋아합니다. 그러나 내가 가장 깊고, 은근하게 사랑하는 것은 금발에 푸른 눈을 가진 사람들, 밝고 생기 감도는, 행복하고 사랑스러운 평범한 사람입니다."

지문 해설

　찬구이자 여류화가에게 써 보낸 토니오 크뢰거의 편지에서 드러나는 내용은 다음과 같이 정리할 수 있다. 토니오는 평소 소설을 완전하게 허구(거짓말)로 쓰는 것이 아니라고 본다. 그는 인생에 대한 사랑, 곧 인간과 삶에 대한 애정에 바탕을 두고 있다.

　토니오는 미를 추구하는 예술가의 세계와 평범한 사람들의 세계 사이에서 갈등하고 있다. 예술가들은 평범한 삶에 대한 그의 애정을 낮게 평가하고 있다. 그런데 토니오는 이 세상의 평범한 삶에서 발견되는 기쁨을 동경하는 예술가의 정신을 가지고 있다. 귀족적인 예술인들이 인간을 멸시하는 것은 잘못된 것이다. 작가와 시인이 되게 하는 것은 오히려 평범한 인간에 대한 애정이다. 『성경』의 구절처럼, 사람에 대한 이런 애정이 없으면 "아무리 방언과 천사의 말을 한다 해도 징과 요란한 꽹과리"에 지나지 않는다. 곧, "인생으로서의 사랑"은 토니오가 지닌 그리고 그가 지향하는 예술가의 가장 기본적인 자질에 해당하는 것이다.

더 생각하기

진정한 예술이 '인간에 대한 이해'라고 보는 관점은 토마스 만이 일생토록 견지했던 지성인으로서의 태도이다.

'인간에 대한 이해'란 도대체 무엇인가. 그것은 "밝고 생기 감도는, 행복하고 사랑스러운 평범한 사람"에 대한 관찰과 이해이다. 우아하고 고상한 공상이나 기이하고 퇴폐적인 것이 예술의 본질이 아니다. 평범한 사람들의 평범한 삶 속에 숨어 있는 진실한 면들을 찾아내는 것, 이것이 토니오 크뢰거(또는 토마스 만)가 주장하는 예술의 참다운 면이다.

우리는 흔히 '문학', '예술'하면 음침한 구석에서 얼굴을 찡그리며 슬픔을 모두 짊어진 듯한 장발의 사내를 생각하는 수가 많다. 『토니오 크뢰거』에서 찾아볼 수 있는 예술의 참다운 모습은 크게 다르다. 토마스 만에 따르면, 예술은 토니오 크뢰거가 호텔 뒷마당에서 옛날 고향친구들이 마련한 요란스러운 무도회 광경을 컴컴한 데서 바라보며, 옛날의 기억을 떠올리는 것과 같다. 다시 말해서 예술은 이들의 건강한 생활을 동경하는 것이며 평범한 현실을 관찰하면서 숨겨진 아름다움을 부러워하는 보편적인 애정에서 생겨난 것이라는 생각이다. '예술가의 인생이 인간에 대한 애정'이라는 말은 바로 이런 뜻이다.

토니오의 편지에서 찾아볼 수 있는 문학예술관은 문학과 예술이 인간과 현실 세계와 무관하지 않다는 사실을 지적하고 있다(이 점은 '예술과 현실과의 관계'라는 논제로 다루어질 만하다). 귀족적인 취향을 가지고 평범한 사람들 위에 군림하고자 한다면 예술은 퇴폐적인 도락(道樂, 즐기는 것)에 불과하다는 것이다. 문학과 예술의 참다움이 인간이 살아가는 삶의 진실한 면에서 찾아야 한다는 작가의 사상은 그런 점에서 인간에 대한 짙은 애정을 보여준다. 결국 인간의 삶에 담겨진 여러 가지의 아름다움을 찾고 그것을 동경하는 것이야말로 토마스 만이 『토니오 크뢰거』를 통해 제시하려는 문학예술관이다.

계몽과 각성

　소설을 즐겨 읽는 이들이라면 잘 알겠지만, 현대소설에 등장하는 인물들은 대개 뚜렷한 특징을 지니고 있다. 이들 인물은 대부분 영웅이 아니라 우리와 비슷한 정도의 사람이거나 아니면 우리보다 못한 사람들이다. 「홍길동전」이나 「박씨부인전」 같은 데 나오는 도술을 쓰고 하늘을 날아다니는 영웅적인 인물을 현대소설사에서는 발견하기가 어렵다. 그 대신, 우리 주변에서 만나볼 수 있는 그냥 평범한 사람이거나 아니면 바보스런 사람이 등장한다. 인물의 이런 특징에는 어떤 배경이 있다. 그 배경의 하나는 영웅이나 비범한 인물보다도 평범하거나 우리보다 못한 인물을 다룸으로써 우리의 결점과 사회에 가득한 여러 폐해들을 부각시키는 데 있다. 영웅이나 비범한 인물들에게는 그들의 뛰어난 점만 제시되기 때문에 대부분 고상한 가치들만 강조되기 일쑤이다. 결국 현대소설은 고상한 가치 대신에 개성 있는 인물이나 바보스러운 인물을 통해서 어떤 특별한 의도 예컨대 비판과 풍자와 같은 전략을 담아나간다고 할 수 있다.

　가령, 세르반테스 『돈 키호테』에서 ‘돈 키호테’의 기이한 행동은 한껏 웃음을 자아낸다. 돈 키호테는 자신을 중세의 뛰어난 기사였던 '아마디스의 기사'와 동일시하고, 비루먹은 말 로시난테를 명마(名馬)로, 풍차를 괴물로, 여관집 딸을 공주로 착각하면서 기행을 일삼으며 모험을 한다. 이것이 우리를 유쾌하게 한다. 그러나 여기에는 유쾌함 이외에 좀 더 깊은 뜻이 들어 있다.

돈 키호테는 중세 기사의 삶을 본받고자 하는 인물이다. 그러나 그가 본받으려는 덕목은 이미 낡은 것이다. 그럼에도 돈 키호테는 중세의 낡은 규범을 상징하는 갑옷으로 무장한 채 모험을 떠난다. 그의 의식으로는 모험이지만 주변의 세계는 이미 변해버렸기 때문에 사람들에게는 우스꽝스럽고 미친 행동에 불과하다. 인물과 세계와의 이러한 불균형이야말로『돈 키호테』의 작가가 노린 의도이다. 말하자면, 돈 키호테의 모험은 중세 시대의 가치를 여지없이 농락하는 풍자인 것이다. 우리보다 능력이 못한 독특한 개성의 소유자가 등장하는 작품에는 이렇듯 사회모순의 적발, 도덕 규범의 비판과 풍자가 담겨 있기가 쉽다. 이런 관점은 「아Q정전」에도 마찬가지로 적용된다.

루쉰은 「아Q정전」에서 이러한 중국의 암울한 현실 비판을 아Q라는 인물의 일대기 안에 담아놓고 있다. 작품을 쓴 루쉰은 흔히 우리나라의 이광수에 비교되는 작가이다. 후쓰(胡適)가 신문학을 개척한 최남선에 비교된다면, 루쉰은 이광수처럼 계몽성 짙은 소설을 쓰고 논설을 발표했던 작가로 자리매김된다. 그는 당시 중국의 낙후된 현실을 비판하고 이를 계몽하려는 분명한 목적을 가진 작가이자 지성인이었다. 첫 단편인 「광인일기」나 「쿵이지(孔乙己)」, 「고향」과 같은 뛰어난 단편소설을 썼던 그는 주로 중국 현대사에서 당대사회의 모순과 전근대적인 폐습에 대해 비판적인 태도를 가지고 있었다. 그중에서도 「아Q정전」은 당대 중국사회와 중국 인민들에 대한 신랄한 비판과 함께 매서운 풍자를 담은 대표작의 하나이다.

이 작품은 루쉰의 유일한 중편소설이다.

작품은 중국의 신해혁명을 배경으로 하고 있다. 신해혁명은 청나라의 지배를 받아온 중국민족의 반(半)식민지, 반(半)봉건상태를 타파하기 위해 쑨원(孫文)을 중심으로 청나라 왕조를 무너뜨리고 중화민국을 탄생시킨 역사적 전환점이었다. 신해년(辛亥年, 1911)에 일어났다고 해서 이 정치적 사건은 신해혁명이라 부른다. 그러나 혁명을 반대하는 세력의 등장으로 혁명과 반혁명이 거듭되면서 정치는 군벌들의 혼전으로 이어졌다. 이런 중국의 부정적인 사회 상황이 「아Q정전」을 낳은 배경이다.

작품의 제목인 '아Q정전'이라는 말은 '아Q(阿Q)'라는 인물의 일생에 대한 기록이라는 뜻이다. 작가는 영웅이 아니라 보잘것없는 인물을 굳이 내세운다. 유랑 걸식하는 건달 아Q의 일대기를 통해 중국 민중들의 비굴한 면모와 타성을 비판하고 있는 것이다. 이야기는 정전을 쓰게 된 내력을 밝히는 '서(序)'를 포함해서 모두 아홉 개의 장으로 구성되어 있다. 아Q의 일대기에서 주요한 사건들을 순차적으로 기술하는 방식으로 되어 있는 작품은 하층민들의 의식에 담긴 비굴한 속성, 그것을 강요하는 사회구조 등에 대한 비판이 주를 이룬다. 긴박한 사건 전개를 취하지 않고 있기 때문에 날카로운 풍자적 묘사와 해학에 담긴 의미를 곰곰이 되새겨보아야 한다.

작품에서 그려진 아Q의 생애는 시대와 하층민들의 비굴한 삶의 자세와 풍자와 해학으로 가득하다. 작품에서 얻을 수 있는 의미를 정리해보자.

첫째, 작품에서 풍자의 묘미(妙味)는 지위가 높은 자, 나보다 강한 자에게서 부당하게 핍박당하면서도 항거하지 못하는 못난 모습을 반어적으로 표현했다는 데 있다. 이것은 청의 지배를 받으며 반(半) 식민 상태에 놓인 현실을 타파하지 못한 민족의 슬픈 자화상에 대한 질타이기도 하다. 뿐만 아니라 혁명의 와중에 재빠르게 변신하는 여러 사회계층 사람들의 면면,

눈앞의 명예와 이익만을 좇거나 방관하는 민중의 침체된 의식을 비판하고 있다. 아Q는 그러한 점에서 모순되고 비굴하며 부정적인 여러 성격을 함께 지닌 인물이다.

둘째, 아Q를 포함한 민중의 무기력함이다. 다른 사람들로부터 놀림을 당하거나 매를 맞아도 아Q는 스스로를 정신적으로 우월한 사람이라고 여김으로써 위안을 삼는다. 민중의 목적의식 없는 태도는 아Q가 총살당한 후 그에 대한 소문에 쉽게 휩쓸리는 웨이주앙 사람들의 모습에서도 잘 나타난다.

그러나 작품에서 그려진, 사회적 병폐는 당대의 중국에만 해당되는 것은 아니다. 아Q만이 아니라 그에 버금가는 부류의 사람은 얼마든지 이 사회에서도 찾아볼 수 있기 때문이다. 상사에게 혼찌검을 당하고 나서 부하에게 분풀이하는 경우도 그런 예에 속한다. 또한 변화하는 시대에 양심과 의식을 가지고 행동하기보다는 뒷전에서 눈치보며 자신의 이익만 생각하는 사람도 이런 부류에 포함된다. 다시 말해서, 아Q는 1910년대 신해혁명 당시의 중국 하층민들의 모습만을 그려낸 인물이 아니다. 그는 세상과 타협해서 비굴하게 살아가는 인물의 대표적인 사례이기 때문이다.

▶ 다음 지문은 아Q의 인물 됨됨이에 대한 풍자적인 묘사이다. 작품에 묘사된 아Q가 과연 어떤 인물인지를 함께 이야기해 보자.

아Q는 성명과 본적이 모호할 뿐만 아니라 그의 이전의 '행장(行狀)'도 모호했다. 왜냐하면 웨이주앙(未莊)사람들은 아Q에 대해서 그에게 일을 시키거나 그를 놀림감으로 삼을 뿐, 그의 '행장'에 대해서는 마음을 쓰지 않았기 때문이다. 아Q 자신도 말하지 않았는데, 다만 다른 사람과 말다툼을 할 때 간혹 눈을 크게 뜨고 이렇게 말하기는 했다.

"우리도 옛날에는…… 너보다 훨씬 더 잘 살았어! 네가 뭐가 대단하다구!"

아Q는 집이 없어서 웨이주앙의 사당에서 살았다. 일정한 직업도 없어서 날품팔이를 하며 보리를 베게 되면 보리를 베고 쌀을 찧게 되면 쌀을 찧고 배를 젓게 되면 배를 저었다. 일이 좀 길어지면 임시로 주인집에서 묵기도 했지만, 일이 끝나면 떠났다. 그래서 사람들은 바쁠 때에는 아Q를 기억해냈지만 기억해내는 것은 일하기이지 결코 '행장'이 아니었고 한가해지면 아Q조차도 잊어버렸으니 '행장'은 더 말할 필요가 없었다. 딱 한 번, 한 늙은이가 "아Q는 절말 일을 잘해!"라고 칭찬했다. 그때 아Q는 웃통을 벗은 채 마지못해 하며 마른 체구로 그의 앞에 서 있었는데, 다른 사람들은 그 말을 진심인지 비웃음인지 분간이 안 갔지만, 아Q는 몹시 기뻐했다.

(중략)

아Q는 "옛날에는 잘 살았고" 견식이 높았으며 게다가 정말 잘했으므로 원래는 거의 '완전한 사람'이었다. 하지만 애석하게도 그는 체질상 약간의 결점이 있었다. 가장 고민스러운 것은 그의 머리에 언제 생겼는지 모르는 나두창(癩頭瘡)의 부스럼 자국이 몇 군데 있다는 점이었다.

지문은 아Q라는 인물에 대해 묘사하고 있는 부분이다. 풍자는 인물이나 대상을 비판적으로 묘사하는 일종의 반어적인 표현이다. 반어(反語)는 말 그대로 '반대로 말하는 것'이다.

위의 내용으로 미루어 볼 때, 아Q라는 인물은 그 이름도 태생도 분명하지 않다. 뿐만 아니라 웨이주앙 사람들은 그를 놀림감으로 삼고 있다는 것, 다른 사람들과 말다툼 할 때 자신을 과장해서 남들보다 뛰어난 사람이고 더 잘 살았다고 강변하는 자존심 강한 인물이라는 점을 파악할 수 있다. 게다가 그는 집도 없어 떠돌며 웨이주앙 마을에 와서 다른 집에 일을 해주며 남들이 잘 가지 않는 사당에 살고 있다는 사실이 나타나고 있다. 마을 사람들이 진심으로써가 아니라 "아Q는 일을 잘해!" 하고 칭찬해주면 수줍음을 타면서도 몹시 즐거워하는 것은 그만큼 아Q가 모자라는 사람임을 보여준다.

마지막 대목에 이르면 작품의 서술자는 '아Q가 옛날에는 잘 살았고 견식이 높고 정말 일을 잘하는 원래는 거의 완전한 사람'이라고 서술하고 있다. 이 같은 표현은 과연 어떻게 받아들여야 할까. 이 부분만큼은 '반어'라는 점을 떠올려야 한다. 요컨대, 이 부분은 아Q에 관해 '반대로 이야기 한 것이구나'라고 생각하면 된다. 위에서 말한 인물 묘사부분을 다시 끌어와 보면, 이 '거의 완전한 사람'이라는 말은 반대로 이야기된 것이 분명해진다. 곧, 아Q는 직업도 없이 마을 사람들에게 일이 생기면 그때그때 날품팔이를 하며 살아가는 건달이다. 그런 그가 마을사람들에게 비웃음을 사는 것은 머리에 생긴 부스럼 자국 때문만은 아니다. 작품의 표현대로라면 '거의 완전한 사람'이다. 반어의 표현을 원래대로 돌려놓으면, 그는 '변변치 못한 사람'이 된다. 아Q의 부스럼은 체질상 가진 결점이고 바보스러운 면이라든가 남을 깔보는 태도가 오히려 우스움을 자아낸다. 아Q는 마을 건달들에게 부스럼 때문에 놀림을 당한다.

▶ 다음 대목을 읽고 아Q의 행동이 어떤 의미를 가지고 있는지 함께 토론해 보자.

금기(禁忌 : 작품에서는 부스럼 자국을 연상하는 발음을 하며 놀리는 것－주)를 범하면, 알고 그랬건, 아Q는 부스럼 자국을 온통 붉히며 화를 냈는데, 상대를 평가해보고서 어눌한 자 같으면 욕을 했고 힘이 약한 자

같으면 때렸다. 그러나 어떻게 된 일인지 아Q는 화난 눈으로 노려보기로 했다.

아Q가 노려보기주의(主義)를 채용한 뒤로 웨이주앙의 건달들이 더욱더 그를 놀려댈 줄이야 누가 알았겠는가. 만나기만 하면 그들은 일부러 놀라는 시늉을 하며 이렇게 말했다.

"우아, 밝아졌다"

아Q는 여느 때나 마찬가지로 화를 내며 노려보았다.

"원래 등불(부스럼 자국이 있는 아Q의 머리를 가리킴—주)이 여기 있었군!" 그들은 조금도 무서워하지 않았다.

아Q는 어쩔 수가 없었고, 그래서 따로 보복을 생각해내야만 했다.

"너 같은 놈한테는……" 그때 그의 머리에 있는 것은 고상하고 영광스러운 부스럼 자국이지 보통 부스럼 자국이.아닌 것 같았다. 그러나 앞에서 말한 바와 같이 아Q는 견식이 있었기 때문에 자기가 '금기'에 저촉될 뻔했다는 것을 얼른 알아차리고서 더 이상 말을 계속하지 않았다.

건달들은 그것으로 끝내지 않고 계속 그를 놀려댔고, 그리고서 마침내 때리기까지 했다. 아Q는 형식상으로는 패배했다. 놈들은 노란 변발을 휘어잡고 벽에 그의 머리를 너덧 번 쿵쿵 짓찧었다. 건달들은 그제야 만족해하며 의기양양하게 돌아갔다. 아Q는 잠시 선 채로, "나는 자식에게 맞는 셈 치자, 요즘 세상은 정말 개판이야……"라고 생각했다. 그리고 나서는 그도 만족하며 의기양양하게 돌아갔다.

아Q가 마음속으로 생각한 것을 나중에 하나하나 다 입 밖으로 말했기 때문에 아Q를 놀리던 사람들은 그에게 일종의 정신상의 승리법이 있다는 것을 거의 다 알게 되었고, 그 뒤로는 그의 노란 변발을 잡아챌 때마다 사람들이 먼저 그에게 이렇게 말했다.

"아Q, 이건 자식이 애비를 때리는 게 아니라 사람이 짐승을 때리는 거다. 네 입으로 말해봐, 사람이 짐승을 때린다고!"

아Q는 두 손으로 자신의 변발 밑동을 움켜잡고 머리를 비틀면서 말했다.

"벌레를 때린다, 됐지? 나는 벌레 같은 놈이다…… 이제 놔줘!"

벌레가 되었어도 건달들은 놓아주지 않았다. 전과 똑같이 가까운 아무데나 그의 머리를 대여섯 번 소리 나게 짓찧었고, 그런 뒤에야 만족해하며 의기양양하게 돌아갔다. 그들은 이번에는 아Q도 꼼짝 못할 거라고 생각했다. 그러나 십초도 지나지 않아 아Q도 역시 만족해하며 의기양양하게 돌아갔다. 그는 자기가 자기경멸을 잘하는 제일인자라고 생각했다. '자기경멸'이라는 말을 빼고 나면 남는 것은 '제일인자'이다. 장원(壯元)도 '제일인자'이지 않은가? "네까짓 것들이 뭐가 잘났냐!?"

아Q는 이처럼 여러 가지 묘법(妙法)을 써서 적을 극복한 뒤에는 유쾌하게 술집으로 달려가 술을 몇 잔 마시고, 또 다른 사람들과 한바탕 시시덕거리고, 한바탕 입씨름을 하여 또 승리를 얻고, 유쾌하게 사당으로 돌아와 머리를 거꾸로 처박고 잠이 들었다.

앞서 아Q의 행태는 한 인물에 그치지 않는다고 말했다. 그의 부정적인 행동은 사회 모두에 적용되는 부정적인 인간상이다. 우리는 강한 자에게 약하고 약한 자에게 강한, 인간의 교활하고 비굴한 면을 자주 본다. 아Q 역시 그러하다. 자신의 부스럼 자국을 놀린 사람에게 아Q는 화를 내거나 응징을 가한다. 그러나 번번이 실패한 아Q는 방법을 바꾼다. 노려보기만 하는 것이다. 이 방법이 강한 자들에 대한 체념이자 비굴한 태도로서 '노려보기주의'이고 '정신상의 승리법'에 해당한다. 떳떳하게 항의하지 못하고 노려보기만 하는 것이다. 이렇게 채택된 소극적인 저항은 더욱더 괴롭힘을 당하는 지경으로 내몰린다. 건달들은 노려보기만 하는 그를 더욱 놀려대고 때리기까지 했기 때문이다.

아Q가 더욱 불리해진 상황에서 생각해낸 것이 '정신상의 승리법'이다. 이 방법은 더욱 처절한 노예근성이라고 할 수 있다. 스스로를 짐승이나 벌레처럼 보잘것없는 존재임을 먼저 알림으로써 위기를 회피하는 자세이다. 폭행을 적게 당하려고 짜낸 술수에 지나지 않기를 이런 생각은 그를 더욱 패배하게 만들고 건달들의 업신여김을 받는다. 맞고 난 후, 그는 '자기경멸의 일인자'임을 생각해내고, 앞의 '자기경멸'만 떼어내면 어찌됐건 '일인자'임이 분명하다고 여겨버린다. 그러나 이 안일한 생각은 결코 현실의 패배를 극복하지 못한 채 스스로를 위로하는 노예근성에 지나지 않는다. 그런 까닭에 아Q는 자신에게 가해지는 폭행만 끝나면 의기양양하게 술 몇 잔을 마시고 시시덕거리다가 유쾌하게 사당으로 가 편안하게 잠드는 것이다.

털끝만큼의 자존심도 없는 아Q의 행태는 다소 과장된 감이 없지 않다. (문학은 과장을 기본 속성으로 삼는다). 그러나 다른 한편으로 부정적인 현실을 구경거리로만 여기거나 외면하는 세태와 연관지어 보면 우리에게도 아Q의 부정적인 심리는 도처에서 발견된다. 집단폭행을 당하는 학우를 보고서도 내가 맞을까봐 못 본 척 고개를 숙이고 피해버리는 행동이야말로 '노려보기주의'와 무엇이 다른가. 부당한 폭력에 당당하게 맞서기보다는 오히려 이를 덮어버리는 소극적인 태도가 아Q의 경우처럼 더 큰 폭력을 낳는 것은 아닐까. 이런 반성은 우리의 현실에 만연한 부정적인 행태, 우리 안에 있는 아Q식의 정신적 승리법은 없는지에 대한 문제의식을 갖게 한다. 이것은 훌륭한 논제가 될 수 있다. 이를 정리해보면, 다음과 같은 논제 하나가 만들어질 수 있다. "부정적인 현실(가령, 학교 폭력이나 이지메 현상)을 극복하는 데 필요한 바람직한 태도는 무엇인가?"

▶ 다음 대목은 아Q의 최후와 그의 죽음이 갖는 의미에 대한 마을사람들의 무관심을 보여주고 있다. 이 점에 착안하여, 사건의 진실을 알려는 노력보다 지레짐작하면서 불확실한 소문에 쉽게 휩쓸리는 세태를 비판적으로 토

론해 보자.

  그는 깨달았다. 그것은 형장으로 에돌아가는 길이었고, 틀림없이 '뎅 걍'하고 목을 잘릴 것이다. 그가 낙심하여 좌우를 둘러보니 온통 사람들이 개미떼같이 따라오고 있었는데, 문득 길가의 사람들 속에서 우마(吳媽 : 아Q가 처음으로 사랑을 느꼈던 여자―주)를 발견했다. 오랜만이었다. 그녀는 성내에서 일하고 있었던 것이다. 아Q는 갑자기 자기가 기개도 없이 노래 한 마디 부르지 못하는 게 몹시 부끄러웠다. 그의 생각이 회오리바람처럼 머리 속에서 소용돌이쳤다. 「젊은 과부 성묘 가네」는 당당하지가 못하고, 「용호투」 중의 "후회한들 어쩌리……."도 너무 힘이 없어, 역시 "내 손은 쇠 채찍을 들어 너를 때린다"로 하자, 생각과 동시에 그는 손을 치켜들려고 하다가 비로소 두 손이 모두 묶여 있다는 것을 상기했다. 그래서 "내 손은 쇠 채찍을 들어"도 부르지 못했다.

  "이십년 뒤에는 다시 태어나……." 아Q는 총망중(恩忙中, 갑자기―주)에, '스승 없이 스스로 통달한다'는 식으로, 여지껏 해본 적이 없는 말을 한 구절 내뱉는다.

  "잘한다!!!" 사람들 속에서 늑대가 울부짖는 것 같은 소리가 났다.

  수레가 쉬지 않고 앞으로 나아갔다. 아Q는 갈채 소리 속에서 눈을 굴려 우마를 쳐다보았지만, 그녀는 조금도 그를 보지 않았던 것 같았고 오직 군인들이 멘 총을 넋을 놓고 바라보고 있을 따름이었다.

  그래서 아Q는 갈채하는 사람들을 다시 둘러보았다. (…중략…)

  "사람 살려……."

  그러나 아Q는 소리내어 말하지 못했다. 그는 벌써부터 눈앞이 캄캄해지고 귀가 멍멍해진 채 온몸이 먼지처럼 흩어지는 느낌이었다.

  (한 단락 생략)

  여론으로 말하자면, 웨이주앙에서는 이의가 없었다. 당연히 아Q가 나쁘다. 총살당한 것이 그가 나쁘다는 증거다, 나쁘지 않다면 어째서 총살까지 당하게 된단 말이냐, 라고 말했다. 성내의 여론은 오히려 좋지 않았다. 그들 대부분은 총살은 참수만큼 구경거리가 되지 못한다고 하며 불만스러워했다. 게다가 얼마나 웃기는 사형수인가. 그렇게 오랫동안 거리를 돌았으면서 끝내 노래 한 마디를 못 부르다니 말이다. 그들은 한차례 헛걸음을 한 것이었다.

지문 해설

아Q는 혁명의 틈바구니에 죄를 뒤집어쓰고 사형장으로 끌려가 비극적인 최후를 맞는다. 지문은 그 후 아Q에 관해 일어난 여론을 담은 대목이다. 아Q는 비굴하게 살아왔다. 그는 혁명의 사회 분위기에 가담하려는 시도를 했지만 약삭빠른 사람들에게서 따돌림을 받고 뒤로 처진다. 그는 노략질하는 혼란 속에서 절도죄를 뒤집어쓴 채 감옥에 갇히고 총살형에 처해진다. 아Q는 사형 집행 직전, 뒤늦게나마 막연하지만 어떤 깨달음에 이른다. 남들에게 박해받고 거리를 떠돌며 살아온 세상이 억압받는 민중의 현실이었음을 희미하게 느끼는 것이다. 그때 그는 형장의 이슬이 되고 만다.

그러나 웨이주앙 사람들은 아Q의 희미한 각성과는 전혀 다른 차원에 놓여 있다. 아무도 아Q의 부당한 죽음이 자신들의 처지와 관련이 없다고 여긴다. 아Q는 나쁜 사람이다. 그가 나쁘지 않다면 왜 총살당했겠는가라는 단순한 추측에 머물러 있는 것이다. 게다가 마을사람들은 총살은 참수(목을 베는 형벌-주)에 비해서는 너무 싱거운 구경거리이며 그가 노래하나 부르지 못하고 죽은 웃기는 사형수이며 자신들이 헛걸음을 했다고 불평하고 있다.

「아Q정전」에서 아Q는 여러 가지의 성격을 지닌 매우 복합적인 인물이다. 그가 형장의 이슬로 사라지기 직전 어느 누구에게도 배운 것이 아닌 그 자신의 말은 무엇이었을까 유일하게 사랑했던 여인 우마를 앞에 두고서, 그는 팔다리가 묶인 채 호걸처럼 노래를 부를 수는 없었다. 그가 "이십년 후에는……." 하고 외친, 생략된 뒷부분은 자신이 살고 있는 현실의 무엇인가 잘못돼 있는가 하는 것이고, 그런 까닭에 이십 년 뒤에 이루어질 소박한 희망을 담고 있었을 것이다.

그러나 어느 누구도 아Q의 억울한 죽음에 관해 말하는 이는 없다. 그가 희생의 제물이 되었다고 여긴 마을 사람들은 없었기 때문이다. 혁명의 소용돌이에서 도둑질한 죄를 뒤집어쓴 채 총살당하는 아Q는 사실 '거인 어른' 때문이었다. 또한 그가 웨이주앙을 떠나 성내를 전전할 수밖에 없었던 것도 '짜오 노어른' 집안 때문이었다.

아Q의 죽음을 두고 '그가 나쁜 사람이었다.'라고 여기는 마을 사람들의 여론은 사건의 진실과는 거리가 멀다. 다시 말해서 그들도 아Q와 크게 다르지 않은 몽매한 의식 상태에 놓여 있다는 것이다. 즉, 하층민들은 반(半)봉건적이고 스스로 반(半) 식민지 상태에 놓여 있다는 자각이 없는 것이다. 작품에서 아Q에 관한 여론이 하층민들의 무관심을 반영하고 있다는 점은 분명해 보인다.

우리는 신문이나 여러 언론 매체를 통해서 여론에 휩쓸려서, 사건이 가진 중요성이나 그 안에 담긴 진실을 간혹 잊어버리는 경우가 많다. 연예인들이 우리의 선망하는 대상이긴 하지만 그들의 사생활이 우리 경제나 사회 현실이 가진 병폐들을 반영해주는 대표적인 사례는 결코 아니다. 언론의 보도는 이런 점에 대한 성찰이 부족해 보인다. TV나 신문에 나온 기사를 곧이곧대로 믿어버리기보다 한 번쯤 스스로가 가늠하고 새로 판단해볼 줄 아는 능력이 필요하다.

새로운 판단 능력이야말로 다른 사람들과 다른 창의적인 사고이다. 여론이 반드시 옳다고 보는 것은 우리의 짐작에 지나지 않는다. 헤겔은 "다수(多數)가 반드시 옳은 것은 아니다."라고 말한 적이 있다. 수의 우세로 소수의 희생을 방조하는 사회는 그만큼 자각이 부족하고 발전이 낙후한 사회이다. 우리 사회에는 소수의 양심적인 의견이 묵살되는 경우를 자주 본다. 그러한 점에서 여론도 언론에 의해 조작되는 경우가 많다. 따라서 많은 사건에 대한 추측과 소문은 비판적으로 살펴야 한다. 왜냐하면, 무성한 소문은 진실을 밝혀주기보다는 단지 호기심에 그치는 경우가 많기 때문이다.

인간의 낯섦과 삶의 낯선 진실

영화 『델마와 루이스』는 마지막 장면이 특히 인상적이다. 서로 다른 성격의 주부 두 사람이 여행을 떠났다. 쳇바퀴와 같은 일상을 뒤로하고, 남편과 아이들마저 내팽개쳐진 채. 이들은 여행 도중 해방감을 만끽하면서 잃어버린 삶의 활력을 되찾는 것처럼 보인다. 그러나 그것도 잠시. 낯선 곳에서 즐거운 시간을 지내던 중 루이스는 한 불량배 남자에게 희롱을 당했다. 이를 목격한 델마는 엉겁결에 호신용 권총으로 남자를 쏘아버리고 만다. 짧은 순간에 일어난 불상사였다. 이 사건 때문에 평범한 두 여자는 경찰에 쫓기는 고달픈 신세가 된다(영화의 대부분은 여자들이 쫓기는 절박함으로 구성되어 있다). 마지막 장면에서 이들이 낭떠러지를 등 뒤에 두고 경찰과 대치하고 있다. 어디에도 탈출구는 없다. 경찰의 자수 권고에도 불구하고 이들은 핸들을 틀어 아득한 낭떠러지로 돌진하며 영화는 막을 내린다.

영화에서 두 여자가 선택한 행동이 자살인가 아닌가를 따지는 것은 별로 의미가 없다. 마지막 장면은 다른 관점에서 해석해볼 필요가 있다. 이들이 경찰에 투항하는 것 이외에는 현실적인 해결책은 전혀 없다. 그런데 왜 두 여자는 낭떠러지로 차를 몰았을까. 이들은 죽음을 택함으로써 행복한 주부로서의 모습을 영원히 간직하려 했던 것이다. 그래서일까, 죽음을 두려워하지 않는 두 여자의 모습은 매우 당당하게 기억된다. 평소 겁 많고 나약한 여자의 모습이 아니라 현실의 높은 벽('경찰'로 상징되는)을 과감하게 넘어서려는 용기 때문이다(그렇다고 자살을 선택하는 것은 현실에서 무모한 짓이다. 영화는 허구이기 때문에 허구에서 교훈을 얻을 뿐이다). 이것은 존재가 자신의 존엄성을 지키려는 최소한의 선택이다.

우리의 진실함이 다른 사람에게 그대로 전달되기는 어렵다. 성적을 예로 삼아보자. 성적이라는 결과는 우리의 원만한 성격이나 삶의 행복지수와는 전혀 별개이다. 하지만, 우리의 성적에 따라 우리의 진실한 측면들은 자주 왜곡되어 평가받는다. 모든 성실한 습관까지도 성적에 따라 판단되기 일쑤다. 이것은 분명한 현실이다. 이런 현실에 대해 항변해 보았자 소용이 없다. 그렇다고 해서 교육 제도가 바뀐다는 소문도 들리지 않는다. 더욱 교묘한 방식으로 성적에 따른 우리의 생활태도에 대한 평가는 생활기록부에 차곡차곡 기록되고 있다. 이렇게, 부당하게 평가되는 현실은 우리에게 귀양살이 혹은 감옥살이 같이 느끼게 만든다. 알베르 카뮈의 표현을 빌리면, 이것이야말로 현실이 가진 '부조리'이다.

알베르 카뮈의 출세작 『이방인』(1942)은 현실의 부조리함을 깊이 통찰한 작품이다. 카뮈는 1957년 노벨상을 받은 후 교통사고로 1960년 갑작스런 죽음을 맞이한 실존주의 계열의 작가이다. 『이방인』에서 작가가 제시한 내용의 크게 세 가지로 나뉜다. 첫째는 현실에서의 삶에 대한 낯선 감정, 곧 '현실의 삶이 귀양살이'라는 심정에 대한 예술적 표현이다. 이런 생각은 감옥과도 같은 무미건조하고 권태로운 삶에 대한 전면적인 회의

와 예술적 성찰인 것이다. 둘째, 『이방인』은 인간의 죄의식에 관한 내용
이다. 셋째, 이 작품은 사형제도에 대한 부당함을 보여준다. 실제로 카뮈
는 사형제도에 많은 관심을 가지고 있었다.

　『이방인』의 내용은 크게 둘로 구성되어 있다. 제1부는 무역회사를 다
니는 평범한 청년 뫼르소가 양로원에 계신 어머니의 부음을 듣고 장례식
에 가는 데서 시작된다. 그는 '마랑고'의 양로원으로 가는 길에서나 장례
식에서도 어머니의 죽음을 슬퍼하지 않았다. 그는 눈물 한 번 흘리지 않
고 무덤덤하게 장례를 치른다. 집으로 돌아온 그는 우연히 만난 회사의
옛 동료였던 마리와 함께 영화를 보고나서 잠자리까지 함께 한다. 그의
이런 행동은 권태에 빠진 한 청년의 심리를 드러낸 것이다. 그러던 그가
친구들과 함께 해변 별장에서 지내면서 해수욕을 하다가 아랍사람 하나
를 권총으로 살해하고 만다. 제2부는 교도소에서 수감되어 사형 판결을
받고 마지막으로 면회를 온 사제 신부로부터 종교에 귀의하도록 권유 받
는다. 하지만 뫼르소는 이를 거부하면서 죽음을 받아들인다.
　어떤 작품에서건 우리는 작가의 사상을 논리적인 학설의 형태로 만나
는 것이 아니다. 작가의 사상은 작품 속의 인물이 가진 생각과 행동으로
형체를 드러낸다. 인물이 생각하고 나누는 대화 속에 그리고 사건 속에
작가의 사상이 녹아 있는 것이다.
　『이방인』에서 제기되는 문제 하나는 '다른 사람이 고통 받고 있을 때
우리는 행복해질 권리가 있을까(죄의식)'라는 질문이다. 뫼르소는 슬픔과
불행에 대한 몰인정할 만큼 둔감했고, 그런 까닭에 아무런 이유도 없이
사람을 살해하고 그 몰인정스러움 때문에 그는 사형선고를 받게 된 것이
다. 뫼르소의 우발적이고 극단적인 행동은 우리에게 타인들의 삶에 대한
이해와 공감대를 가져야 한다는 것을 매우 낯설게 제시하고 있다. 그러나

그 해답은 작품 속에서 기대하기 어렵다.

뫼르소가 택한 삶은 사실 우리가 선택하기 어려운 귀양살이에 가깝다. 햇빛 때문에 사람을 죽였다는 그의 마지막 변명은 법정을 웃음으로 가득하게 만들었고, 검사는 그를 반사회적인 인물로 단정한다. 이런 오해는 뫼르소의 생각이 평범한 사회인들의 생각과 너무 다르다는 데 근본적인 원인이 있다. 이런 차이는 도저히 설명하기 어렵다. 그냥 우리가 뫼르소를 이상한 자라고 생각하면 그뿐이지만, 다른 사람들의 생각이 나와 크게 다르다는 것은 분명한 현실이다.

뫼르소는 삶에 대한 스스로 반성할 수 있는 능력을 지닌 인물은 아니다. 그는 자신의 삶에서 어머니의 죽음에 무감각하게 대처했고 그냥 일상적인 생활을 했을 뿐이다(우리 역시 그렇지 않은가, 어머니께서 몸져누워 있어도 무덤덤하게 시험을 보러 가는 것을 포기하지 않는 것처럼 말이다). 그는 죽음을 앞두고서야 어머니가 양로원에서 새로운 삶에 대한 희망을 포기하지 않고 새로이 남자친구를 사귄 이유를 비로소 이해할 수 있게 된다. 어머니에 대한 뫼르소의 깊어진 이해는 자신의 죽음을 앞두고서야 이루어진다.

삶에 대한 깊은 이해는 하나의 깨달음으로 발전한다. 지금 뫼르소 자신에게 필요한 것은 '감형'이나 '사면'이지 내세의 평안을 기원하는 위로는 아니다. 그래서 그는 찾아온 신부의 마지막 권유조차 거부하는 것이다. 그는 자신의 범죄를 후회하기보다는 죽기 직전까지도 어떻게 삶을 살 것인가, 삶이 왜 값진 것인가를 생각했다. 누구든지 한 번씩은 죽게 돼 있다. 이렇게 보면 뫼르소는 법과 사형이라는 제도에 의해 단죄받고 조금 일찍 죽는 것일 뿐이다.

작품을 읽어가는 도중에, 우리는 사형수가 된 뫼르소를 사회에서 몰아내야 할 존재라고 주장하는 검사의 말에 한 번쯤은 의문을 가져볼 만하다(여기서 사형제도를 반대하는 카뮈의 태도가 담겨 있다). 우리 역시 얼마나 많은 편견으로 사람들을 쉽게 죄인으로 몰아붙이는가, 뫼르소에게는 검사의 논고가 세계의 모든 것들이 "소경이 더듬는 행로와도 같은 것"으로 비추어진다. 작가 카뮈는 인간을 인간이 심판한다는 것 자체부터가 당사자에게는 진실과는 거리 먼 판단이라고 생각하는 듯하다.

내가 뒤로 돌아서기만 하면 일은 끝나는 것이라고 생각되었다. 그러나 햇볕이 진동하는 해변이 내 뒤에서 죄어들고 있었다. 나는 샘으로 향하여 몇 걸음 나섰다. 아랍사람들은 움직이지 않았다. 그는 그래도 아직 네게서 꽤 멀리 떨어져 있었던 것이다. 아마도 얼굴위에 덮인 그늘 탓이었는지 웃고 있는 것처럼 보였다. 나는 기다렸다. 뜨거운 햇볕에 뺨이 타는 듯했고 땀방울이 눈썹에 맺히는 것을 나는 느꼈다. 그것은 어머니의 장례식을 치르던 그날과 똑같은 태양이었다. 그날과 똑같이 머리가 아팠고, 이마의 모든 핏대가 한꺼번에 다 피부 밑에서 지끈거렸다. 그 햇볕의 뜨거움을 견디지 못하여 나는 한 걸음 앞으로 나섰다. 나는 그것이 어리석은 짓이며, 한 걸음 몸을 옮겨 본댔자 태양으로부터 벗어날 수 없는 것을 알고 있었다. 그렇지만 나는 한 걸음, 다만 한 걸음 앞으로 나섰던 것이다. 그러자 이번에는 아랍 사람들이, 몸을 일으키지 않고 단도를 뽑아서 태양 빛에 비추어 나에게 겨누었다. 빛이 강철 위에 반사하자, 번쩍거리는 길쭉한 칼날이 되어 나의 이마를 쑤시는 것 같았다. 그와 동시에, 눈썹에 맺혔던 땀이 한꺼번에 눈꺼풀 위로 흘러내려 미지근하고 두꺼운 막이 되어 눈두덩을 덮었다. 이 눈물과 소금의 장막에 가리어서 나의 눈은 보이지 않았다. 다만 이마 위에 울리는 태양의 심벌즈 소리와, 단도로부터 여전히 내 앞으로 뻗어 나오는 눈부신 빛의 칼날을 느낄 수 있을 뿐이었다. 그 뜨거운 칼날은 속눈썹을 쑤시고 아픈 두 눈을 파헤치는 것이었다. 모든 것이 기우뚱한 것은 바로 그때였다. 바다는 무섭고 뜨거운 바람을 실어왔다. 하늘은 활짝 열리며 불을 비 오듯 쏟아 놓는 것만 같았다.

나는 온몸이 긴장하여 손으로 권총을 힘 있게 그러쥐었다. 방아쇠가 당겨졌고, 나는 권총 자루의 매끈한 배를 만졌다. 그리하여 짤막하고도 요란스러운 소리와 함께 모든 것이 시작되었던 것이다. 나는 땀과 태양을 떨쳐버렸다. 한낮의 균형과, 내가 행복을 느끼고 있던 바닷가의 예외적인 침묵을 깨뜨려 버렸다는 것을 깨달았다. 그때 나는 그 굳어진 몸뚱이에 다시 네 방을 쏘았다. 총탄은 깊이, 보이지도 않게 들어박혔다. 그것은 마치, 내가 불행의 문을 두드린 네 번의 짧은 노크 소리와도 같은 것이었다.

흔히 소설은 이야기이기 때문에 이야기의 앞뒤 전개만을 알면 된다고 생각을 하는 사람들이 의외로 많다. 그렇지만 『이방인』은 이야기의 내용만 안다고 해도 본뜻을 잘 이해하기 어렵다. 이런 경우, 소설 작품의 어떤 사건이, 혹은 작품 전체가 하나의 상징일 수 있다(이 점은 시를 읽는 방식과 마찬가지이다). 인용 부분은 뫼르소가 해변에서 아랍사람을 쏘아 죽이는 장면이다. 이 장면은 『이방인』을 이해하는 데 핵심이 된다.

뫼르소가 아랍사람이 겨눈 칼날, 그 칼날에 반사되어 비치는 날카로운 빛은 그의 이마를 욱신거리게 만든다. 그리고 그 햇빛은 어머니의 장례식 날과 같은 뜨거운 햇빛이었다. 흘러내린 땀방울과 소금기 때문에 그의 눈은 가려지고 쓰라려온다. 이마 위로 타는 듯한 태양의 요란한 빛과 단도에서 쏘아붙이는 빛은 한 순간 그를 미치게 만든다. 바로 그때, 그의 권총을 힘있게 쥐고 아랍인 남자를 향해 방아쇠를 당긴다. 이것은 태양에 대한, 저항이라고 할 수 있다. 그는 인격자는 아니다. 어머니의 장례식에서도 눈물을 흘리지 않았으며 장례식 직후에 곧바로 여자 친구와 해수욕을 한다든가 코미디 영화를 보러 갔다는 점에서 그렇다. 이런 낯선 행동만큼이나 태양과 빛의 강렬함을 거부하는 것도 돌발적인 상황으로 보인다. 권총으로 아랍사람을 연달아 쏘아 버리는 행동에는 특별한 동기가 없다(우리도 어떤 일을 저지른 후 '그때 내가 왜 그랬지?' 하며 의문을 가지기도 하듯이). 『이방인』 연구자들은 이 대목을 이렇게 풀이한다. 뫼르소는 자연스러운 충동에 몸을 맡겼다는 것이다. 태양은 곧 자연이다. 빛의 강렬함과 그의 행동에서 드러나는 강렬함은 서로 통한다. 자연적인 충동을 실행에 옮긴 뫼르소는 사회에서 도저히 용납될 수 없는 행동을 한 이방인이 된다.

　이방인을 가리키는 불어 '에뜨랑제 ètranger'는 '이상하다 ètrange(에뜨랑주)'는 뜻을 가지고 있다. 그러니까 뫼르소를 이해하기 힘든 것이나 돌발적인 범죄 행위는 모두 이상한 면을 가지고 있다. 아랍인에게 총을 쏘았을 때 그는 "땀과 태양"을 떨쳐 버리고 "한낮의 균형"을 깨뜨려 버린다. 그는 자기 자신에 대해서도 이상한 일을 저지른 것이다. 그의 '이상한' 행위와 "이방인"의 모습은 여기에 그치지 않는다. 애인 마리가 그에게 끌리는 것도 실은 그의 '이상한 점' 때문이다. 뫼르소 스스로도 마리의 청혼을 받아들이면서 결혼에 대한 어떤 환상도 가지고 있지 않다. 이것은 모두가 '이방인'이 지닌 '이상한' 면이다. 그런데 뫼르소의 이상한 살해 행위는 그 동기가 분명하지 않다. 바로 이 때문에 그의 변호사나 검사, 배심원들에게 많은 오해를 불러일으킨다. 그들에게 뫼르소는 이상한 인물이며, 뫼르소에게도 이들은 '이상하게' 비춰진다.

　검사는, "배심원 여러분, 나는 그의 영혼을 들여다 보았으나 아무것도 찾아볼 수 없었습니다."하고 말했다. 사실 나에게는 영혼 같은 것은 있지도 않고, 인간다운 점도 찾아볼 길 없으며, 인간의 마음을 보전하는 도덕적 원리란 모두 나에게는 인연이 멀다는 것이었다. "아마도," 하고 그는 이어 말했다. "우리는 그렇다고 해서 이 사람을 비난할 수도 없을 것입니

다. 그가 가질 수 없는 것이 그에게 없다고 해서 나무랄 수는 없는 일이
다. 그러나 이 법정에 있어서는 관용이라는 소극적 덕목은, 그보다 더 어
렵기는 하지만 고귀한 정의라는 덕목으로 바뀌어야 합니다. 특히 이 사람
에게서 볼 수 있는 것 같은 심리의 공허가 사회 전체를 삼켜버릴 수도 있
는 심연(深淵)이 되는 경우에는 더욱이 그러합니다.” 그가 어머니에 대한
나의 태도 이야기를 꺼낸 것은 바로 그때였다. 변론 중에 한 말을 그는
다시 되풀이했다. 그러나 그것은 내가 저지른 범죄를 이야기할 때보다도
더 길었다. 너무나 길어서, 마침내 그날 아침의 더위밖에는 아무것도 나
는 느끼지 못할 정도였다. (중략) 여기에서 검사는 땀으로 번들거리는 얼
굴을 닦았다. 끝으로 그는, 자기의 의무는 괴로운 것이지만 단호히 그것
을 수행할 것이라고 말했다. 나는 사회의 가장 근본적인 율법을 무시하고
있으므로 그 사회와는 아무 관계도 없으며, 인정의 가장 기본적인 반응도
모르는 사람이므로 인정에 호소할 수도 없는 것이라고 말했다. “나는 이
사람에게 대하여 사형을 요구합니다. 사형을 요구해도 나의 마음은 가볍
습니다. 왜냐하면, 이미 짧지 않은 재직기간 중 나는 여러 번 사형을 요
구한 일이 있지만, 이 괴로운 의무가 오늘처럼, 신성한 지상명령이란 의
식과, 흉악무도하다는 것밖에는 아무것도 읽어볼 수 없는 한 사람의 얼굴
을 앞에 놓고 느끼는 혐오감에 의해 되갚음을 받아 균형을 회복하고 빛
을 받는 것처럼 느껴본 적은 없었기 때문입니다.”

　　뫼르소의 살해 동기를 사회적으로 판단하기란 매우 어렵다(살해 동기보
다 뫼르소의 의식에서 일어나는 변화, 그에게 가해진 사회적 편견에서 의미를 찾아
야 한다는 뜻이다). 한 사람의 범죄자를 두고 내린 판결은 진실과의 많은 거
리를 두고 있다. 작품에서 검사의 사법적 판단은 범죄의 내적 동기보다는
범죄의 결과에서 범죄적인 요소를 유추해 나가는 과정을 보여준다. 특히
그의 몰인간성을 어머니의 장례식에서 보인 무감각한 반응과 연계시키는

모습은 억측과 편견에 따른 퍼즐 맞추기에 가깝다.

우리는 앞서, 『이방인』의 주제 하나가 사형제도의 야만성을 비판한 것이라고 말한 바 있다. 뫼르소의 살해 동기는 도덕이나 윤리의 문제로 해석될 차원이 아니다. 그러나 검사는 그의 행위를 심리적 허무주의로 단정하고 이를 반사회적인 행위라고 결론을 내린다. 검사는 자신이 내린 사형 구형이 사회의 안정을 위해서임을 분명히 한다. 그의 판단에 따르면, 뫼르소는 어머니의 죽음에도 눈물을 흘리지 않은 흉악하고 냉소적인 범죄인이라는 것이다. 이런 편견과 오해는 뫼르소 자신이 어떤 식으로든 참회의 태도를 보이지 않은 데서 비롯된다. 하지만 검사의 사형 구형은 공공의 안녕을 위해서 개인을 단죄할 수 있다는 매우 비정한 사회적 편견에 가깝다(우리는 사형제에 관해 어떤 생각을 가지고 있는가? '사형제도의 비인간적 측면' 혹은 '사형제도의 찬성'이라는 논제로 충분히 다루어질 만하다).

『이방인』의 주제는 개인이 처한 특수한 상황과 그의 대한 현실의 부조리함을 발견하는 데 있다. 작품은 특수한 상황에 처한 인간의 삶이 고정된 윤리나 도덕으로 설명될 수 없음을 특히 강조한다. 실존주의 철학에서는 우리 모두가 그런 설명 불가능한 한계 상황에 내던져진 존재라고 본다.

끊임없이 부딪치게 되는 현실의 모순과 부조리함에 대해서『이방인』은 그 상황에 맞는 신념과 양심에 바탕을 둔 실천 가능한 윤리란 무엇인지를 제기하고 있는 것이다.

▶ 다음 지문에서 사형 집행을 앞둔 뫼르소가 얻은 깨달음이 구체적으로 무엇인지를 함께 토론해 보자.

그(사제 신부—주)가 나가버린 뒤에, 나의 마음은 다시 가라앉았다. 나는 기진맥진해서 침상 위에 몸을 던졌다. 그러고는 잠이 들었던 모양이다. 왜냐하면 눈을 뜨자 얼굴 위에 별이 보였기 때문이다. 들판의 소리들이 나에게까지 올라왔다. 밤 냄새, 흙냄새, 소금 냄새가 관자놀이를 시원하게 해주었다. 잠든 그 여름의 그 희한한 평화가 밀물처럼 내속으로 흘러들었다. 그때 밤의 저 끝에서 뱃고동 소리를 울렸다. 그것은 이제 나에게 영원히 관계가 없게 된 한 세계에로의 출발을 알리고 있었다. 참으로 오래간만에 처음으로 나는 엄마를 생각했다. 엄마는 왜 인생이 다 끝나갈 때 '약혼자'를 만들어 가졌는지, 왜 생애를 다시 시작해 보는 놀음을 했는지 나는 이해할 수 있을 것 같았다. 거기, 뭇 생명들이 꺼져가는 그 양로원 근처 거기에서도, 저녁은 우수가 깃든 휴식시간 같았었다. 그처럼 죽음 가까이에 어머니는 해방감을 느꼈고, 모든 것을 다시 살아볼 마음이 내켰을 것임에 틀림없다. 아무도 어머니의 죽음을 슬퍼할 권리는 없는 것이다. 그리고 나는 또한 모든 것을 다시 살아볼 수 있을 것 같은 생각이 들었다. 마치 그 커다란 분노가 나의 고뇌를 씻어주고 희망을 가시게 해준 것처럼, 신호들과 별들이 가득한 밤을 앞에 두고, 나는 처음으로 세계의 정다운 무관심에 마음을 열고 있었다. 그처럼 세계가 나와 닮아 마침내는 형제 같음을 느끼자, 나는 전에도 행복했고, 지금도 행복하다고 느꼈다. (이하 생략)

지문 해설

죽음을 앞둔 사형수인 뫼르소가 마음의 평화와 함께 행복함에 취해 있는 지문의 장면은 매우 이상해 보일 것이다. 그의 "희한한 평화"는 모든 현실의 회유와 의무들로부터 자유로워진 상태를 뜻한다. 종교도 법도 사형 집행이 얼마 남지 않았다는 예감까지도 그의 평화로움을 침범하지 못한다. 바로 그때 뫼르소는, 어머니가 죽음을 얼마 남겨두지 않은 상태에서도 '왜 약혼자와 새로운 생활을 설계하려 했는가'를 이해할 수 있게 된다. 어머니로부터 얻은 뫼르소의 소중한 깨달음은 바로 이것이다. 어머니는 생명이 꺼져가는 순간 그는 삶이 가치있고 소중하다는 사실을 깨달으면서 삶에 대한 희망을 불태웠던 것이다. 뫼르소는 "지금도 행복하다"라고 생각하는 것은 자신이 현재 살아 있기 때문이다.

우리는 과거나 미래를 소유한 것은 아니다. 과거는 흘러가 버렸기 때문에 추억에 불과하다. 미래는 아직 오지 않는다는 점에서 우리가 소유한 것은 아니다. 뫼르소가 지금 살아 있다는 것에 대한 가치를 안 것이다. 그래서 그는 "행복하다."라고 것이다.

더 생각하기

우리는 지금 이 순간에도 많은 불평을 하고 산다. 부족한 것들이 너무 많다는 생각은 자신에게 주어진 풍요로운 조건마저 보지 못하게 만든다. 사형 집행을 앞둔 뫼르소가 결코 추해 보이지 않는 데는 특별한 이유가 있다. 그는 죽음의 그림자가 앞에 서성거린다고 해서 삶에 대한 희망까지 포기하지 않고 있기 때문이다.

이런 마음가짐은 행복이 멀리 있다거나 행복은 나와 상관없다든가 하는 생각과는 크게 다르다. 현재의 행복은 결국 마음가짐이며 스스로 가치를 찾는데서 얻어진다. '과거도 없으며 미래도 없으며, 오직 현재만이 있다'는 『법구경(法句經)』 구절이 너무 절묘하게 맞아 떨어진다. 주어져 있는 현재라는 시간에 대해서 소중함을 느끼고 죽음에 결코 절망하지 않는다는 것이 뫼르소의 깨달음이었던 것이다. 그의 이런 행복은 현재에 충실한 삶의 자세이며 이것이야말로 그의 행복감을 낳은 근본이다. 현재에 만족하는 존재의 충만한 깨달음은 죽음조차도 꺾을 수가 없었다.

불행이 건네는 희망

만약, 주어진 환경의 변화무쌍함 속에서 인간 스스로가 지혜를 터득하는데 게을리한다면, 그것은 삶을 포기하는 것이나 다름없다고 말할 수 있다. 어려움에 처해 있을 때일수록 지혜를 구하는 일에 적극적이어야 한다.

'링 반데룽 Ring Banderung'이라는 말이 있다. 이 말은 등산 전문용어인데, 반지의 둥근 고리 모양처럼 앞으로 전진해도 끊임없이 제자리를 돌아오는 일종의 착시현상을 가리킨다. 등산을 하는 사람은 깊은 산 속에서 이 링 반데룽 현상에 빠져 죽음에 대한 공포를 경험한 적이 있다고 전한다. 등산가들에게서 들을 수 있는 일화들은 조난자들이 링 반데룽에 걸려 당황하게 되면 목숨을 잃기도 한다는 것을 보여준다.

반지의 둥근 고리같이 제자리로 돌아오는 굴레에서 벗어나는 길은 단 하나, 깊은 숲이나 골짜기에서 빠져 나와 능선 위로 올라가야 한다. 뱅뱅 돌아서 제자리로 오는 과정은 우리의 삶에서도 발견된다. 이 현상은 흡사 우리가 급작스러운 난관에 부딪혔을 때 평소 알고 있었던 조치사항조차 떠올리지 못하고 허둥대는 것과 크게 다르지 않다. 또한, "왜 내게만 슬픈 일이 일어날까?"라는 머피의 법칙도 삶에서 보게 되는 '링 반데룽'이다. 불행해진 이들에게서 공통적으로 발견되는 것은 좌절감이다. 이 때문에 삶의 의욕은 사라져 버리고 마는 것이다. 불행은 더 큰 불행을 불러들인다.

좌절과 불행이 거듭되는 삶의 '링 반데룽'에서 빨리 벗어나려면, 거리를 두고 자기를 살피는 데서 그 해결책을 마련할 수 있다. 내가 처한 현실이 그리 행복하지 않다 해서 좌절할 게 아니라 다르게 생각하는 법도 익혀야 하는 것이다. 즉, 나의 삶이 그리 행복하지는 않지만, 그다지 불행하지만도 않다는 사실을 깨닫는 일이 바로 그것이다. 이런 자각 끝에 우리는 자신의 능력과 가능성을 믿고 전력을 다할 수가 있다. 불행도 결국 현재의 좌절감이 불러들인 것이지만 희망마저 꺼져 버리면 회복할 수 없는 지경까지 내몰리는 것이 인간이다. 그런 점에서, 역류를 거슬러 오르는 은어떼와 같이 현실의 어려움에 굴복하지 않는 인간의 모습은 숭고하고 아름답다.

굴복하지 않는 인간상은 결코 뛰어난 능력을 가진 자에게서만 발견되는 것이 아니다. 악조건을 통찰하며 나름대로 극복할 줄 아는 지혜와 실천력을 구비한 비천한 사람도 그때만큼은 인간다움의 위엄을 한껏 드러내기 때문에 아름답다 말할 수 있다. 헤밍웨이의『노인과 바다』에서 우리는 그런 인간상 하나를 만나볼 수 있다.

좌절을 거부하고 다랑어와 상어 떼들과 사투를 벌이며, 자신과 대화하는 모습은 인간이 가진 '품위'이기도 하다. 헤밍웨이의『노인과 바다』는 역경에 빠진 사람이라면 한 번쯤 읽어볼 만한 작품이다. 이 작품에서 그려지고 있는 역경을 헤쳐 나가는 노인의 강인함에 자기 자신과의 대화는 결국 불행이라는 것도 마음의 질병에 지나지 않는다는 사실을 가르쳐준다.

헤밍웨이의『노인과 바다』는 풍요로움을 가져다주는 바다와 복수하는 자연으로서의 바다가 서로 뒤엉켜 있는 세계이다. 그러나 노인은 나약한 인간의 겉모습이기도 하지만 자연과 대화하며 자신의 의지를 억세게 밀어붙이는 인물이기도 하다. 그는 어떤 어려움도 이겨내는 인간다움을 소유하고 있다.

헤밍웨이는 지금까지도 많은 애독자를 가진 미국 작가로서『노인과 바다』를 쓰고 난 후 미국의 저명한 퓰리처상과 노벨상을 수상했다. 이 작품에는 그의 철학과 개성이 고스란히 담겨 있고, 헤밍웨이 특유의 남성적인 체취가 물씬 풍기고 있다. 작품의 배경은 칼리브 해에 있는 쿠바 섬의 아바나 연안, 이곳에서 한평생 고기를 잡으며 살아가는 늙은 어부의 삶이 조명된다. 그는 바다를 사랑하는 마음과 역경에 굴복하지 않는 강인함을 가진 인물이다.

뛰어난 어부였던 그도 이제는 늙고 지쳤다. 설상가상(雪上加霜)으로 그는 80여 일 동안이나 고기 한 마리 잡지 못했다. 아내는 이미 죽고, 자신이 고기 잡는 법을 가르쳐주었던 소년어부도 그의 배를 탈 수 없게 되었다. 고기를 잡기 위해서는 혼자서 노쇠한 몸을 이끌고 배를 타고 바다로 나가야 하는 것이다. 그러나 그는 "자기 몸 둘레에 갖고 있는 것 중에서 노쇠하지 않은 것이라곤 오직 눈뿐"이지만 "그 눈만은 바다와 같은 색깔이었고, 늘 즐거움과 지칠 줄 모르는 기상"을 지니고 있다. 소년 어부는 오랫동안 고기를 잡지 못한 노인의 생활에 안타까워한다. 그는 다른 배에 올라서도 노인과의 우정을 기억하는 순수한 인물이다.

80여 일 동안 고기를 잡지 못한 노인은 참담해진 생활과 함께 어부의 명성마저 잃어버렸다. 그러나 그는 좌절하지 않는다. 여전히 고기를 잡으러 배를 띄운다. 동승했던 소년도 없이 혼자서 바다로 나간 그는 다음과 같이 생각한다.

‘그렇지만,’ 하고 그는 생각했다. ‘나는 낚싯줄을 정확히 드리운단 말이야. 단지 난 이제 더 이상 운수가 좋은 날을 못 볼 뿐이지. 그렇지만 누가 아나? 오늘일지. 매일 매일이 새로운 날인데. 운수가 좋다는 건 좋은 일이야. 그렇지만 나는 운수보다 정확하게 하는 게 더 좋아. 그러면 행운이 다가올 만반의 준비를 한 셈이니까.’

행운을 꿋꿋하게 기다리며 준비하는 노인의 태도는 불행한 자신의 현재를 넘어서는 자기 위로와 용기임에 분명하다. 왜냐하면, 정확하게 낚싯줄을 드리울 줄 아는 그의 고기잡이 솜씨도 여전하기 때문이다. 늙은 어부의 삶이란 단지 표면적으로만 그를 이해한 것에 지나지 않는다. 우리는 노인의 모습을 보면서 너무도 자주 생활에 염증을 느끼는 나약함에 한 번 돌이켜 생각해볼 필요가 있다. 그것은 미래에 대해 준비하는 노력과 마음이 없어서가 아닐까?

▶ 노인의 지혜와 실천력은 어디서 오는 것일까? 다음 지문을 읽으면서 함께 토론해 보자.

어둠 속에서 노인은 아침이 되는 것을 느꼈고, 노를 저으면서 날치가 물에서 뛰어오를 때 내는 소리와 어둠 속을 높이 날아가는 빳빳한 날개의 쉿쉿 소리를 들었다. 그들은 바다에서 으뜸가는 친구였기 때문에 날치를 제일 좋아했다. 그는 새들을 불쌍히 생각했는데, 그 중에서도 특히 조그맣게 가냘픈 제비갈매기를 불쌍히 여겼다. 그 새들은 언제나 날아다니며 먹을 것을 찾으면서도 결코 먹을 만한 것을 잡아내지 못했다. ‘이 새들은 파리 떼나 그 외의 힘센 새들을 제외하고는 우리보다도 더 어렵게 사는구나.’라고 그는 생각했다. ‘바다는 아주 잔혹해질 때가 있는데, 어쩌려고 제비갈매기처럼 예쁘게 연약한 새를 만들어 놨을까? 바다란 아주 친절하고 아름답거든. 그렇지만 바다는 지독히 잔인해질 때가 있지, 그것도 갑자기. 그러면 작고 가냘픈 목소리로 울며 날아다니다가, 부리를 물에 살짝 담그고 먹이를 찾아야 하는 새들은 이 바다에 살기엔 너무 가냘프게 창조되었잖아.'

그는 항상 바다를 '라 마르'라고 생각했다. 이 말은 사람들이 바다를 사랑할 때 쓰는 스페인 말인 것이다. 때때로 바다를 사랑하는 사람들이 바다에 대해 나쁘게 말하는 일도 있으나, 그럴 때에도 바다를 여성으로 불렀다. 그러나 젊은 어부들, 특히 낚싯줄을 뜨게 하려고 고무 부이를 사용하거나, 상어의 간으로 돈을 많이 벌어서 모터보트를 사들인 사람들은 바다를 남성으로 '엘 마르'라고 불렀다. 그들은 바다를 마치 투쟁의 대상이나 일터나 혹은 적으로 생각하며 불러 왔다. 그러나 노인은 항상 바다를 여성으로 생각했고, 큰 호의를 베풀거나 간직하고 있는 것처럼 생각했으며, 바다가 사납거나 나쁜 짓을 하는 것은 바다로서는 어쩔 도리가 없기 때문인 것으로 생각했다. 달빛이 여자들을 감동시키듯이 바다를 동요시킨다고 그는 생각했다.

지문은 두 가지의 이야기로 요약해볼 수 있다. 하나는, 제비갈매기에 관한 것이며 다른 하나는 바다에 대한 노인의 생각이다. 제비갈매기는 조그맣고 가냘프며 또한 아름답다. 그러나 바다는 친절하면서도 아름답지만, 지독하게 잔인할 때가 있다. 그럴 때에도 이 새는 먹이를 찾기 위해 안쓰러운 노력을 해야 한다. 제비갈매기의 연약함을 연민하는 노인의 마음은 자연에 대한 사랑이자 자신과 비슷한 처지에 대한 공감에 가깝다.

바다에 대한 노인의 태도는 '라 마르'라는 말에 잘 집약되어 있다. 그는 어떤 대상보다도 바다를 여성처럼 사랑하고 있다. 젊은 어부들처럼 많은 고기를 잡기 위한 정복대상, 투쟁대상으로서의 바다(곧, '엘 마르')가 아니라, 그는 바다를 "큰 호의를" 베푸는 여성적 존재로 여기는 것이다. 이런 태도에는 자신을 자연의 일부로 여기고 자연을 하나의 생명체, 하나의 인격체로 여기는 마음이 담겨 있다. 이렇게 자연의 사물로부터 많은 의미를 거두어들이는 태도는 헤밍웨이의 자연관(自然觀)이기도 하다. 자연을 사랑하고 그로부터 많은 의미를 구하는 노인이야말로 지혜로운 자임을 말해주는 하나의 징표이다. 자연에 대한 풍성한 감정은 결국 자신에 대한 이해로부터 바뀔 수 있기 때문이다.

지문에서 우리가 얻어야 할 교훈은 자연을 투쟁의 대상이나 정복의 대상으로 여기지 않아야 한다는 것이다. 자연은 우리가 살고 있는 세계를 유지하게 해주는 하나의 거대한 환경이다. 그러한 점에서 자연은 정복대상이 아니라 공생하는 터전이다. 지문에서 나타나고 있는 것처럼 바다는 양면성을 지니고 있다. 풍요로운 자원의 혜택을 주는 모습과 성난 모습으로 잔인하게 목숨을 앗아가 버리는 모습은 결국 자연이 가진 두 얼굴이기도 하다. 인간이 자연을 정복의 대상으로만 여길 때 자연은 우리에게 보복한다. 노인이 가진 자연관은 정복대상이 아니라 자신과 속 깊은 대화를 나누며 많은 의미를 가르쳐주는 스승 혹은 사랑하는 여인의 모습으로 나타난다.

자연에 대한 사랑의 감정과 달리, 노인에게는 주어진 삶의 조건에 굴복하지 않는 강인함을 가지고 있다. 그것은 "바다를 건너보며 자기가 얼마나 고독한가를 새삼 깨달았다."는 말에서도 잘 드러난다. 외로움은 아무도 알아주지 않는 데 따른 절망감이라고 할 수 있다. 그러나 우리의 주위를 둘러보면 얼마나 많은 존재들이 나와 대화하고 있는지를 알게 된다. 이를테면 말없는 대화의 상대자이다. 노인에게는 바다가 그러하다.

"그러나 지금 그가 볼 수 있는 것은 깊고 검은 물속에 생긴 프리즘과 뻗어 내려가 있는 낚싯줄과 잔잔하던 수면에 괴상하게 파도가 울렁거리는 것뿐이었다. 구름이 무역풍에 의해 피어오르고, 머리 위를 쳐다보니 물오리 떼가 하늘에 그 자태를 나타냈다가 흩어지고, 다시 모습을 나타내곤 하였다. 바다에서는 어느 누구도 외롭지 않다는 것을 깨달았다." 이렇게, 자연은 우리의 눈앞에서 화려한 모습으로 때때로 풍경을 달리하며 우리의 외로움을 달래준다. "바다에서는 어느 누구도 외롭지 않다"는 노인의 깨달음은 바다에 대한 사랑, 자연을 향한 그의 열정과 자연이 베풀어준 조건을 돌아볼 줄 아는 안목에서 빚어진 것이다.

▶ 다음 지문을 읽고 역경을 견디며 용기를 얻는 노인의 모습이 주는 감동을 함께 토론해 보자.

해가 기울자, 그는 어느 날 카사블랑카의 주막에서 시엔푸에고스에서 온 항구 제일의 장사인 검둥이와의 팔씨름을 생각해내고 더욱 용기를 얻었다. 테이블 위에 백묵으로 선을 긋고 팔을 뻗어 서로의 손을 꽉 끌어잡은 채 하루 낮과 밤을 대항했었다. 서로가 상대방의 손을 테이블 위에 내리 눕히려고 했다. 내기를 거는 사람이 상당히 많았고, 석유등 아래로 사람들은 오락가락했으며, 그는 검둥이의 팔, 손, 얼굴을 차례로 쳐다보았다. 처음 8시간이 지난 다음부터는 4시간마다 심판을 바꿔서, 심판들이 잠을 잘 수 있게 해주었다. 그와 검둥이의 팔 아래로 손톱 밑에서 난 피가 흘러내렸으며, 서로가 상대방 눈을 노려보고 손과 팔을 노려보았다. 내기꾼들은 방을 들락날락하며, 벽에 기대어 높직한 의자에 둘러앉아 그 시합을 구경했다. 벽돌은 연한 하늘색 페인트칠을 한 판자였으며, 램프 불빛이 그들의 그림자를 벽면에 비춰주고 있었다. 검둥이의 거대한 그림자가 보였고, 산들바람에 램프가 흔들림에 따라 그림자도 흔들렸다.

밤중 내내 승부가 나지 않아, 사람들이 검둥이에게 럼주를 먹이고 담뱃불을 붙여주었다. 검둥이는 럼주를 마시고 나더니 우악스레 힘을 내어서, 옛날엔 늙지도 않았고 한때는 엘 캄페온이라 불리는 산티아고의 젊은이였던 노인의 팔을 3인치 정도 기울게 했다. 그러나 또 다시 노인은 죽을 힘을 다해 손을 머리 위로 올렸다. 노인은 검둥이가 착실하고 건강하며 훌륭한 운동가이긴 하지만, 자기가 이길 것이라고 생각했다. 그리고 새벽녘에 내기꾼들이 비긴 걸로 하자고 하고 심판도 고개를 흔들었으나, 그는 검둥이의 손이 완전히 테이블 위에 쓰러질 때까지 힘을 빼지 않았다. 그 시합은 일요일 아침에 시작해서 월요일 아침에야 끝이 났다. 내기꾼의 대부분이 비긴 걸로 하자고 아우성이었다. 왜냐하면 그들은 항구에 설탕을 선적하러 가야 했고, 아바나 석탄회사로 갈 짐을 쌓아야 했었다. 그것만 아니었다면 전부들 시합의 끝장을 보려고 했을 것이다. 그러나 어쨌든 그는 시합의 끝을 냈는데, 그것도 사람들이 일하러 가기 전에 끝장을 낸 것이다.

노인은 자신이 잡은 큰 고기에 이끌려 더 먼 바다로 끌려 다닌다. 그러면서 왼손에 쥐가 난다. 뿐만 아니라 그는 아무도 없는 바다에서 외로움에 시달리기도 한다. 문득 그는 항구에서 제일가는 흑인 장사와 팔씨름 시합을 했던 기억을 떠올린다.

일요일 아침부터 월요일 아침까지 시합했던 그는 드디어 흑인 상대를 물리치고 '엘 캄피온'(챔피온—주)이라는 별명을 얻었다. 그러나 지금은 노쇠한 몸으로 배에 기대고 있다. 하지만 중요한 점은 노인이 회상을 통해서 용기를 얻는다는 데 있다. 그는 카사블랑카의 주막에서 거둔 승리를 잊지 않고 그것을 회상하면서 역경을 견디는 것이다.

고난과 역경 속에서 쓰러지지 않는 노인의 모습을 두고 우리는 그가 강인한 사람이라고 생각하는 데 그쳐서는 안 된다. 그 모습은 강인함을 넘어서 고통과 악조건에 굴복하지 않는 인간의 아름다움까지도 보여주기 때문이다. 용기는 단순히 과거를 되돌아보는 데서 생겨나지 않는다. 용기는 때로, 쓰러지지 않기 위해 노력했던 과거를 회상하며 충전받기도 한다.

▶ 다음 대목은 상어 떼와 싸우면서도 낙담하지 않는 노인의 불굴의 투지를 보여주고 있다. 지문을 읽고 밑줄 친 ①②에 주목해서 희망이 갖는 의미는 무엇인가를 함께 토론해보자.

몸뚱이의 4분의 3이 물 위에 드러났다. 상어는 수면위에 잠시 떠 있었고 노인은 그걸 지켜보았다. 그리고 고기는 아주 천천히 가라앉았다.

"한 40파운드는 뜯어먹었겠군." 노인은 큰 소리로 말했다. '저 녀석이 내 작살과 밧줄을 다 가져갔군. 그리고 내 고기가 피를 흘리고 있으니 또 딴 놈이 나타날거야' 하고 그는 생각했다.

그는 몸뚱이가 다 뜯겨졌을 고기를 더 이상 보고 싶지 않았다. 고기가 물어뜯길 때 노인은 꼭 자기가 뜯기는 듯한 기분이었다. '그렇지만 나는 내 대어에 달려든 상어를 죽였어. 내가 본 중에서 가장 큰 덴투소였지. 그전에도 큰 상어들을 많이 보아 왔지만 말이야' 하고 그는 생각했다.

① '너무 좋은 일은 오래 가지 않는 법이지, 차라리 꿈이었으면 좋았을 걸 고기는 잡히지도 않았고, 침대에 신문지나 깔고 홀로 누워 있다면 좋겠다.' 하고 그는 생각했다.

② "그렇지만 인간은 패배하려고 태어나지 않았지. 인간은 파괴될 수 있을지언정 패배할 수는 없어." 하고 그는 말했다.(중략)

'희망을 버리는 것은 어리석어.' 하고 그는 생각했다.

지문 해설

85일 만에 거대한 다랑어를 잡은 노인은 그가 너무 먼 바다까지 나와서 고기를 잡았기 때문에 상어에게 고기의 살점을 빼앗기고 만다. 작살로 고기를 잡을 때 흘러나온 피가 상어떼를 불러들인 것이다. 노인은 사력을 다해서 상어떼를 물리친다. 그러나 그는 작살조차 잃어버린다. 상어에게 뜯긴 고기를 생각하며 노인은 "너무 좋은 일은 오래가지 않는 법"이라며 체념한다. 그러나 다른 한편으로 "인간은 파괴될 수 있을지언정 패배할 수는 없어" 하며 상어와의 절망적인 싸움에서 이기기를 끝내 포기하지 않는다.

더 생각하기

　밑줄 친 부분에 주목해 보면, ①은 운명에 굴복하는 모습이라고 할 수 있다. 우리는 불행이 닥치면 너무나 쉽게 체념한다. 그러나 불행에 대한 체념은 안주하는 삶에서 오는 것이라고 할 수 있다. 그러한 점에서 ②는 체념과 전혀 다른 태도이다. ②에서는 인간이 가져야 할 진정한 용기를 볼 수 있다.

　밑줄 친 부분을 종합해 보면, 체념하지 않는 진정한 용기는 자신의 죽음까지도 두려워하지 않고 최선을 다해서 운명에 굴복하지 않으려는 투지를 불러일으킨다.

　그렇다면, 불행을 겪는 노인이 말하는 희망의 속뜻은 무엇일까. 그것은 끝까지 최선을 다하려는 의지가 아닐까. 다시 말해 좌절하거나 체념에 굴복당하지 않으려는 노력 그 자체가 바로 희망이며 인간의 위엄이다.

지배와 억압

권력은 사회와 개인을 억압하고 지배하려는 속성을 가지고 있다. 굳이 비극의 역사 — 우리의 경우, 일제 식민주의 제국주의적인 권력의 만행을 체험한 바 있다 — 를 끄집어내지 않더라도, 오늘을 살아가는 우리는 권력에 수없이 굴복하며 살아간다는 사실을 절감한다. 부모님의 강권, 교사들의 훈육, 친구들의 따돌림 등등……. 권력과 개인의 충돌은 다른 사람 위에 군림하려는 욕망과 지배당하지 않으려는 갈등에서 생겨난다. '권력'은 개인의 위세를 과시하고 타인을 자신의 힘 아래에 두고자 하는 단절된 모습을 갖고 있다. 권력이 부정적인 까닭은 다른 사람을 인격적으로 감화시키거나 배려하지 않기 때문이다.

권위는 권력과 구별된다. 참다운 의미의 권위는 나와 타인 사이에 도덕적인 감화로 형성된다. 지금의 시대는 도덕적인 감화보다는 상품화된 가치로 인간의 등급을 매기는 시대이다. 등급 매기기의 방식은 '얼마나 많은 이윤을 남기는가', '내게는 얼마나 이익이 될까'하는 데에만 관심을 갖는다. 이를 두고 우리는 '상업주의'의 권력이라고 말한다.

　　그러나 상업주의의 폐해보다 훨씬 극심한 피해를 가져오는 권력의 힘은 정치에서 온다. 정치는 외견상 정치학에서 말하는 법을 세우고 조정하는 분야만을 가리키지는 않는다. 우리는 일상의 모든 국면에서 자신의 이익과 관련된 무수한 결정을 해야 하는데 이것도 실은 ‘정치적인’ 행위이다. 우리 일상 곳곳에서 그리고 시시각각으로 정치적인 결심을 해야 하는 것이 삶이다. 우리의 이익과 관련된 것만이 아니라 우리 스스로 어떤 가치를 지켜야 할 순간 행동으로 옮기는 것도 ‘정치적인 판단’이다.

　　권력과 정치에 관해서 다소 장황하게 말했지만, 우리가 극단적인 폐해 속에서도 인간다움을 잃지 않기 위해서는 교양이 필요하다는 이해를 위해서 이토록 긴 서두를 내걸었다. 권력과 정치의 부정적인 지배를 벗어나려는 관심과 노력은 매우 중요하다. 그 중요성은 한 개인에만 그치지 않고 사회 전체에 미치는 문제이기 때문이다. 문학은 이러한 문제를 인간의 삶이라는 형식으로 보여준다. 매우 극단적인 모습이긴 하지만 사회의 모순은 교도소라고 불리는 곳에서 가장 날카롭게 드러난다. 솔제니친의 『이반 데니소비치, 수용소의 하루』(1964)는 권력과 정치의 허위를 날카롭게 비판하고 있는 작품이다.

　　작가 솔제니친은 이 작품을 계기로 일약 소련에서 유명작가로 떠올랐다. 그러나 그는 경직된 사회주의 체제 속에서 체제비판적인 작품 활동을 하며 검열제도의 폐지를 주장하다가 반동 작가로 지목된다. 그는 1970년 노벨상 수상작가로 선정되었지만 소련 정부의 방해로 참석하지 못한다. 1974년 그는 국외로 추방당해 서구로 망명하여 스위스에 체류하였다. 1998년 그는 80세가 된 몸으로 러시아로 돌아가 여생을 민주화에 헌신했다.

　　『이반 데니소비치, 수용소의 하루』에서 그려지고 있는 사회의 모습을 실로 비참하게 짝이 없다. 권력과 정치의 가장 부정적인 작품 배경은 스탈린 시대의 수용소이다. 소련 사회의 수용소는 악명 높은 독일의 아우슈비츠처럼 범죄자들만 감금했던 것이 아니다. 패전의 책임을 물어 포로가 되었다가 탈출했던 사람들, 당의 명령에 복종하지 않은 자들, 능력이 모자라서 과업을 완수하지 못했던 자들, 기독교도들, 소수민족 출신으로 분리 독립 운동을 한 자들에 이른다. 사회 질서를 지키지 않았거나 정치적인 이념을 달리 했던 자들은 예외 없이 수용소에 감금되거나 시베리아 유형에 처해졌다. 피의 숙청과 시베리아 유형으로 죽어간 사람들만도 아우슈비츠에서 학살된 700만을 훨씬 넘는다. 적게는 10년에서 25년, 혹은 종신형에 이르기까지 기약 없는 수용소의 유형생활을 해야 했던 것이다.

이 작품의 주 인물인 '이반 데니소비치 슈호프'는 1941년 집을 떠나 2차 세계대전에 참전했다가 적군의 포로가 되었으나 탈출하여 부대에 복귀했다. 그는 간첩혐의로 5년 동안을 감옥에서 보내고 이곳 수용소에서 8년째 지내고 있는 인물이다. 그의 시선에서 관찰된 수용소의 하루 일상이 작품의 줄거리이다.

슈호프의 눈에 비친 수용소의 모습은 약자들에게 부과되는 가혹한 권력의 행태이다. 권력의 가혹함은 스탈린 치하의 소련 사회 전체에 걸쳐 자행되었던 비인간적인 현실과 상통하는 부분이다. 수용소에 갇힌 인물들 모두가 정치적인 희생물에 불과하다. 규율에서 조금만 벗어나도 수용소 사람들은 혹독한 추위와 형벌에 시달려야 하고 소득 없는 강제노역에 힘을 쏟아야 한다. 그들에게 지급되지 않는 노임은 고스란히 수용소 간부들과 경비대원들의 몫이 된다. 슈호프의 목소리를 빌려 그려지는 수용소의 풍경은 강제노동의 비참한 실상과 이를 가능하게 한 정치권력의 거짓된 모습이다.

비참한 수용소 생활에서도 슈호프는 인간으로서의 양심을 지키려고 한다. 수용소 생활에서도 죄수들 위에 군림하며 고혈을 빨아먹는 자들이 있고 밀고와 뇌물과 엉뚱한 규칙을 동원한 악업이 빈번하게 일어난다. 체면이나 명예와는 상관없는 인간들의 추한 모습은 억울한 누명을 쓰고 수용소에 갇힌 죄수들에게 일생사로만 비추어질 뿐이다. 자신의 이익에만 급급한 페추코프, 전직 해군 중령 출신으로 들어온 지 석 달이 채 안 된 부이노프스키, 부유한 아버지를 두었다는 이유로 군대에서 쫓겨나 수용소에 들어온 후 반장 일을 잘 수행하고 있는 체자리, 따뜻한 마음을 가진 두 에스토니아인 등등 많은 인물이 등장하고 있다. 그런 수용소도 결국 사람들이 살아가는 사회이다. 이곳에서도 사회의 비리와 모순으로 얼룩진 인물들의 행동을 발견할 수 있다. 슈호프는 하루 동안의 관찰을 통해서 수용소의 풍경을 소련 사회가 앓고 있는 질병과 모순으로 확장시킨다.

> "이봐, 이곳에는 법칙이 한 가지 있는데, 그것은 바로 밀림의 법칙이라는 거야. 그러나 이곳에도 사람이 살고 있지. 수용소 안에서 죽어가는 놈이 있다면, 그놈은 남의 빈 그릇을 핥는 놈들이고, 맨날 의무실에 갈 궁리나 하는 놈들, 그리고 정보부원들을 찾아다니는 놈들이야"

"밀림의 법칙"이란 '약육강식', 곧 약한 자는 강한 자에게 먹히는 동물세계처럼 냉혹한 생존경쟁의 현실을 가리킨다. 수용소라는 곳도 생존 경쟁의 원리가 극심하다는 것을 말해준다. 정보부원을 찾아가 고자질하는 죄수의 행동은 자기 동료들을 희생시켜 잠시 편안함을 누리려 하는 극단적인 이기심에 불과하다. 부실한 급식 때문에 남의 그릇을 핥는다든가 의무실에 들어가서 편히 쉬려고 하는 자들은 경쟁과 혹독한 삶의 조건에서는 '죽어가는' 삶에 지나지 않는다.

밀림의 법칙을 이겨내는 것은 무엇일까. 살아남기 위한 노력과 삶의 태도는 무엇인가. 그 하나의 해답은 인간다움을 잃지 않는 것이다. 다른 사람들을 해코지하고 피해를 입히면서 안락을 누리는 삶은 임시적인 것에 불과하다. 그 안락은 짧은 영화(榮華)이며 다른 사람들로부터 원망과 복수를 낳을 뿐이다. 억압과 혹독한 감시의 눈길 속에서 인간다움을 지키는 것은 자신의 꿈을 잃지 않음으로써 수용소에서 버텨나갈 원동력이 된다.

▶ 수용소에서 가해지는 억압과 감시의 정도는 어느 만큼일까. 다음 구절을 읽고 함께 의견을 나누어 보자.

“속옷까지 모조리 검사한다!……”
죄수 생활이란 언제나 이런 것이다. 슈호프는 이런 생활에 이숙해진 지 이미 오래다. 요컨대, 걸리지 않도록 요령껏 조심하면 되는 것이다.
그런데 속옷이라니? 속옷은 간수들한테나 주는 배급이 아닌가?!
그게 아니다…….
(중략)
“속옷을 모두 벗어!”
죄수나 간수는 말할 것도 없이 수용소 소장까지도 이 볼코보이를 함부로 대하지 못한다는 소문이다. 볼코보이란 성을 주신 하느님도 꽤 재미있는 사람이다. 이름 그대로 그는 영락없는 늑대였다. 가무잡잡한 피부에, 기다란 얼굴, 험상궂은 표정, 재빠른 동작 등이 영락없는 늑대다. 막사 뒤에서 불쑥 나타나서는 벽력같은 호통을 치고는 한다. “이놈들아, 왜 몰려 있는 거야?” 그의 눈을 피해 달아나기란 불가능한 일이다. 예전에는 채찍까지 들고 다녔다는 말이 있다. 가죽끈을 꼬아 만든 채찍을 항상 들고 다니며, 아무 데서나 죄수들을 마구 후려치곤 했다는 것이다. 저녁 점호 때라든가 추위를 덜어보려고 죄수들이 몸을 붙이고 옹기종기 앉아 있으면, 살그머니 다가와서 느닷없이 채찍으로 목덜미를 후려치곤 했다는 것이다. "망할 놈의 새끼들아, 왜 줄을 안 맞추고 있어?" 하고 호통을 친다는 것이다. 이렇게 얻어맞은 녀석들은 목덜미를 잡고 흐르는 피를 훔치면서도 말 한 마디 못한다는 것이다. 그래도 영창에나 안 보내면 다행이었다.

(중략)

아침부터 죄수들한테 찾아낼 것이 무엇이겠는가? 칼이라도 찾아내겠다는 것인가? 천만에. 칼은 저녁에 수용소 안으로 들여오는 법이지. 밖으로 내가는 물건이 아니다. 아침 검사 때는 빵을 한 삼 킬로그램쯤 내가지 않나 하는 것을 살피는 법이다. 그 빵을 들고 탈출하지는 않을까 염려해서 말이다. 전에 한 번은 점심으로 각자 가지고 나가던 이백 그램짜리 빵까지 신경을 곤두세우고는 했다. 그래서 생각해낸 것이 각 반별로 나무 상자를 만들어, 반원들의 빵을 한데 모아서 가지고 나가라는 지시가 있을 정도다. 이 때문에 원래가 같은 빵 덩어리에서 나온 것이라, 어느 빵 조각이 자기 것인지 분간할 수 없었고, 작업장에 나가면서도 죄수들은 내내 자기 빵이 어느 것인지 어떻게 구별할 수 있을까 하는 괜한 걱정을 해야 했다. 그 때문에 말다툼이 그칠 새가 없었으며, 대판 싸움이 벌어지는 일도 한 두 번이 아니었다. 그러다가 어느 날인가. 작업장에서 세 명의 죄수들이 자동차를 탈취해 탈주를 했는데, 그때 빵 상자까지 들고 가버렸던 것이다 그제서야 정신이 들었는지, 나무 상자를 모두 회수해서 위병소 난로 속에 던져버리고 말았다. 다시 각자 빵을 지참하기로 했다.

아침 작업을 나가기 전에 속옷검사의 명령이 내려진다. 죄수들에게는 속옷이 없다. 볼코보이('늑대'라는 성을 가진 중위 간수가 내리는 명령은 단지 이백 그램의 빵 조각을 가지고 탈출하지나 않을까 하는, 공무상의 엄격한 검사라기보다는 자신의 원위를 세우기 위한 행위에 불과하다. 그런데 이 검사는 아침까지 간밤에 간직해둔 몸의 온기마저 빼앗아 버리는 혹독함을 가지고 있다. 빵 조각을 가지고 나가는가에 대한 검사는 작업

시간 때문에 흐지부지 끝나고 만다.

　이렇듯, 수용소를 지배하고 있는 법칙은 감시와 억압에 지나지 않는다. 빵 조각 하나하나에까지 미치는 의심의 눈초리, 이 감시는 죄수들을 비인간적으로 취급하고 있는 소련이라는 전체주의 사회가 가진 폭력적인 모습이기도 하다. 이런 감시 속에 인간다움과 꿈마저 상실한다면 그것은 우리에 갇힌 동물에 지나지 않는 끔찍한 전락을 의미한다.

　이런 점을 좀 더 확대해 보면, 억압과 감시, 지배와 복종으로 맺어진 수용소 내부의 인간관계는 매우 폭력적이라는 것이다. 학생들 간에도 이런 모습은 없는지, 우리가 이런 타율적이고 수동적인 상황에 굴복하고 있는지, 그런 요소가 있는지, 그런 요소가 있다면 우리 스스로가 마음속으로부터 지배당하지 않도록 자발적이고 능동적으로 대처하지 않으면 안 된다.

▶ 다음 글을 읽고 밑줄 친 부분이 갖는 의미를 함께 토론해 보자.

　　이반 데니소비치는 감옥과 수용소를 전전하면서 내일은 무엇을 어떻게 할 것인가, 내년에 또 무엇을 어떻게 할 것인가 하는 계획을 세운다든가 가족의 생계를 걱정한다든가 하는 버릇이 아주 없어지고 말았다. 그를 위해서 모든 문제를 간수들이 대신 해결해주는 것이다. 그는 오히려 이런 것이 훨씬 마음이 편했다. 아직도 형기를 마치려면 겨울을 두 번, 여름을 두 번, 그러니까 2년은 더 있어야 한다. 그러나 이 벽걸이 문제가 그를 여간 초조하게 하는 것이 아니다.

　　돈벌이가 쉽고 수입이 짭짤하다는 것은 분명한 사실인 모양이다. 또한 고향 친구들에게 뒤떨어진다는 것은 참을 수 없는 일이다. 그러나 이반 데니소비치는 이 벽걸이 염색일이 그리 썩 마음에 들지 않았다. 그런 일을 하자면 양심이 불량해야 할 것이고, 윗사람들에게 뇌물도 갖다 주어야 할지 모른다. 슈호프는 이 세상에 태어난 지 삼십 년이 되었고, 이빨은 반은 빠지고 없고, 머리숱은 얼마 되지 않은 이날까지 살아오면서, 뇌물이라는 것을 줘본 적도 없고 받아본 적도 없다. 수용소에 들어와서도 그 짓만은 끝내 배우지 못했다.

쉽게 번 돈은 오래가지 않는 법이다. 자기가 힘들여서 번 돈이라는 실감도 나지 않는 법이다. 노동 없이 열매가 없다는 옛말이 하나 그른 데가 없다. 아무리 기운이 없다 해도 무슨 일이든 남보다 못하진 않는다고 자부하는 슈호프다. 세상 밖으로 나가면 하다못해 빵 공장에라도 취직할 수 있고, 목공소에서 일할 수도 있고, 땜질도 할 수 있을 것이다.

다만, 시민권을 상실한 사람은 어디로도 갈 수 없고, 집으로도 돌려보내지 않는다. 그렇게 되면 어쩔 수 없이 벽걸이 카펫염색가라도 되는 수밖에 별 도리가 없잖은가.

이반 데니소비치 슈호프는 고향을 떠나온 지 23년이 넘어가고 있다. 감옥에서 5년의 세월을 보내고 시베리아 수용소에서 8년을 지낸 것이다. 고향에서 보낸, 아내가 소식을 보내온 바에 따르면, 목수로 유명했던 마을의 명성은 사라지고 적은 금액으로 카펫의 분위기를 풍기는 카펫 염색가로 전업하여 친구와 고향 사람들이 많은 돈을 모았다는 것이다. 그러나 수용소의 슈호프에게 '내일'이라는 말은 그다지 소용이 없다.

가족의 생계에 대한 그런 걱정과 생활이 의욕은 사라진지 오래된 습관에 불과하다. 간수들이 대신 해결해주는 감금의 생활이 오히려 편한 것이다(이 부분은 사회주의 국가가 먹을 것을 해결해준다는 선전을 강하게 비판하고 있는 대목이다). 2년 남은 형기가 오히려 그를 초조하게 만든다. 돈벌이가 쉽고 수입이 짭짤하다는 것도 슈호프에게는 그리 내키지 않는 일이다. 고향 사람들이 점점 생활이 안정을 찾아가고 있다는 아내의 편지가 그를 괴롭힐 뿐이다(다른 사람들의 경제적 안정은 우리를 늘 불편하게 만든다).

슈호프는 벽걸이 장식품을 염색해서 쉽게 돈을 버는 것도 양심에 내키지 않을 것이라고 여기고 있다. 그는 수용소의 생활에서조차 뇌물을 준다든가 받는다든가 하는 일은 배우지도 해보지도 않았다. 그는 수용소에서 힘겨운 노역을 하면서도 자신의 신념을 버리지 않고 살아왔던 것이다. 그의 신념은 쉽게 돈 버는 일에 대한 불신이다. 힘든 노동의 대가로 번 돈이야말로 귀중한 것이라는 말이다. 목공일을 해온 그가 수용소를 나가서도 일할 의욕을 가지고 있다는 것은 자신의 신념과 희망을 버리지 않은 증거이다. 그렇다면, '노동 없이는 열매가 없다'는 말은, 힘들여서 일한 열매가 곧 수입이라는 단순하고도 소박한 슈호프의 가치관을 드러낸 표현임에 분명하다. 쉽게 돈을 벌지 않으려는 태도, 이것이 인간으로서의 양심을 포기하지 않는 그의 인간다움이다.

여기에서 논제 하나가 얻어질 수 있다. '건전한 노동과 직업관'은 어떠해야 하는가. 직업에 대한 자부심과 소박하면서도 거짓 없는, 그래서 다른 사람들로부터 신뢰를 받을 수 있다는 것, 이것은 훌륭한 논제이다. 슈호프의 인간다움은 작가가 보내는 인간에 대한 신뢰이기도 하다. 우리는 스스로 열심히 노력하지 않았으면서도 혹시 좋은 성적이나 흡족한 성과를 막연히 기대하지나 않았는지 반성해볼 일이다. 또한 우리는 화려한 직업을 가진 전문인들의 삶에서 성공한 외양만 동경해온 것은 아니었는지 곰곰이 생각해볼 일이다. 이런 생각들이 논제를 구성하는 좋은 화제들을 엮어낸다.

▶ '수용소의 삶'이란 우리가 생각하는 것 이상으로 그 사회의 이면을 들여다볼 수 있게 해주는 증거이다. 다음 대목을 읽고 '힘없는 개인과 사회 모순과의 관계'에 관해서 함께 토론해 보자.

제104반원들은 텅 빈 자동차를 수리하는 공장 안으로 들어가 있다 이 곳은 제39반이 콘크리트 판 제조장으로 사용하고 있는 것인데, 작년 가을에는 유리창까지 달았다. 한쪽에는 콘크리트 판들이 틀 속에 들어 있는 채 놓여 있고, 다른 한쪽에는 망상(網狀 : 그물 모양－주)의 보강 철재 같은 것이 놓여 있다. 천장은 높고 바닥은 맨 흙바닥이라서 그다지 따뜻하지는 않았지만, 그래도 이 건물은 석탄을 아끼지 않고 때는 바람에 훈훈하다. 이렇게 석탄을 허비하는 것은 죄수들을 따뜻하게 해주자는 것이 아니라, 콘크리트 판이 얼지 않게 하기 위해서이다. 온도계까지 걸려 있는 데다가, 어쩌다 일요일에 작업을 하지 않을 때에도, 공사 측의 인부가 계속해서 불을 지핀다.

작업장에 도착한 104반 죄수들이 일을 시작하기 전 공장 안에 모여 작업을 기다리는 대목이다. 원래 자동차를 수리하던 곳을 콘크리트 판을 만드는 공장으로 사용하는데, 수용소 지역의 혹독한 날씨 때문에 공장에는 수용소에도 없는 유리 창문을 달아 놓았다. 석탄을 아끼지 않고 때며 온도를 유지하는 까닭은 콘크리트 판이 얼지 않게 하기 위해서이다. 작업을 하지 않는 일요일에도 인부들은 석탄을 때고 있는 것이다. 죄수들은 석탄을 때는 공장에서도 소외된 존재들이다. 공장은 사회주의 건설의 기치를 내건 당시 소련 사회의 풍경을 암시한다. 수용소의 사람들은 모두가 사회주의 정치에서 내몰려 변방으로 쫓겨난 자들이다. 그들의 죄과나 마음과는 상관없이 혹독한 추위에 먹을 것도 입을 것도 변변치 않은 곳으로 내몰리고 감금된 채 기약 없는 삶을 살고 있는 것이 수용소 죄수들의 실상이다.

죄수들의 이런 삶의 훈훈한 공장에 들어섰을 때, 자신들의 소외된 정황과 더욱 날카롭게 대비되고 있다. 소련 사회의 모순은 이런 데서 가장 잘 드러난다. 그것은 중공업정책을 주도한 소련 사회의 국가 주도적인 정책이 빚어낸 아이러니이다.

전제국가가 폭력적이라는 말은 무력한 개인들에게 가하는 극단적인 배제와 억압 위주의 정책 때문이다. 사회에서 필요로 하지 않는 존재라면 수용소의 형기는 고무줄을 늘이듯 늘려서 격리시킬 수도 있는 것이 바로 전제주의 국가의 실상이다. 형기 십년을 마치고 나서 다시 십년을 사는 킬리가스처럼 죄수들의 삶은 사회의 모순과 직결되어 있다. 개인의 삶이 그 사회와 직접적으로 연계되어 있다는 점은 어느 사회에서나 마찬가지이다. 사회의 모순 때문에 힘없는 개인들이 많은 고통을 받는다는 점은 소련 사회에는 국한된 현실이 아닌 것이다. 그런 만큼, 슈호프의 모습처럼 희망을 잃지 않으면서 인간다움을 지키려는 노력이 필요하다.

▶ 다음 글을 읽고 슈호프에게서 우리가 본받아야 할 태도를 함께 토론해 보자.

저 사람들이 슈호프를 가리키면서, 저 녀석은 출소할 날이 얼마 남지 않았어, 라고 말하는 것을 들을 때면, 그다지 기분 나쁜 것이 아니다. 그러나 슈호프 자신은 어쩐지 그다지 믿어지지 않는다. 슈호프가 직접 본 일로, 옛날 전쟁 중에 형기가 끝난 죄수들을 '추후 상부방침이 있을 때까지', 그러니까 1949년까지 그냥 아무런 이유도 없이 붙잡아뒀다. 게다가 더욱 심한 것은, 누군가 삼 년을 언도받았는데, 형기를 마치고 나서는 다시 오 년으로 추가형을 받은 경우도 있었다. 법률이란 것은 도무지 믿을 것이 못된다. 십 년을 다 살고 난 다음에, 옛다 이 녀석아, 한 십 년 더 살아라 하게 될지, 아니면 유형살이를 보낼지 누가 알겠는가.

어떤 때는 다른 생각을 하며 기뻐서 어쩔 줄 모를 때도 있다. 어쨌든 형기는 끝나가고 실패는 점점 풀어지지 않는가 말이다…… 오, 하느님! 내 발로 자유롭게 다닐 때가 있겠습니까? 예?

  그러나 그런 이야기를 수용소의 고참들이 있는 데서 한다는 것은 실례
가 되는 것이다.

  슈호프가 킬리가스에게 말한다.

  "자네한테 내린 이십오 년의 형기를 자꾸 세려고 하지 마! 이십오 년
을 살지 어떨지 아무도 몰라. 확실한 건 내가 꼬박 팔 년을 살았다는 것
뿐이야!"

  발밑만 보고 걸어다니란 말이지. 그러면, 어떻게 이곳엘 들어왔는지,
어떻게 이곳을 나갈 것인지 하는 생각을 할 시간이 없을 테니 말이야.

지문 해설

  슈호프는 이제 형기 2년 밖에는 남지 않았다. 그래서인지 동료 죄수들
은 그를 부러움의 눈초리로 쳐다본다. 그럴 때마다 슈호프는 기분 나쁜
것은 아니다. 고생의 끝이 보이기 때문이다. 그러나 슈호프는 고통 받는
사람들의 모습을 떠올리면서 자신을 추스르곤 한다. 기쁨이 수용소 생활
에 도움이 되지 않기 때문이다.

더 생각하기

  우리는 설레는 감정 때문에 일을 그르칠 수 있다. 기분이 좋다고 해서
기분 나쁜 사람이나 어려운 처지에 있는 사람들에게 자신을 자랑하는 일
을 주위에서 자주 본다. 그런 모습은 자신만 아는 이기적인 태도에 지나
지 않는다. 슈호프의 조심스러운 행동은 결국 다른 죄수들의 마음에 상처
를 주지 않으려는 배려와 흐트러질지도 모를 자신에 대한 경계심을 보여
준다.

　앞으로 25년을 더 살아야 하는 동료 킬리가스에게 남은 형기를 손꼽아 기다리지 말고 앞만 보고 묵묵히 견뎌내라고 말하는 모습에는 슈호프 자신의 인간미 가득한 자세가 배어 있다. 다른 사람에 대한 위로와 격려는 이러한 건전한 삶의 태도에서 나온다. 자기 자신에 대한 남들의 불필요한 오해나 미움의 감정을 떨쳐 버리는 것은 남에 대한 배려에서 생겨난 것이다. 이런 태도는 자기를 끊임없이 경계하면서 나약하거나 흐트러짐을 방지하려는 자신의 성찰에서 만들어진다.

제4장 한국의 문학 고전

일상어와 민족정서

한국 근대시의 전개에서 민족 특유의 정서를 부각시킨 가장 낯익은 시인 한 사람을 꼽으라고 한다면, 아마도 우리는 주저하지 않고 소월(素月) 김정식(金廷湜, 1902~1934)을 떠올릴 것이다. '민족시인', '민요시인', '이별과 정한의 시인' 등등의 이름표가 붙은 이 시인을 우리가 자주 들먹이는 것은, 쉽고 친근한 언어를 통해 절묘하게 우리의 심금을 울리는 미덕을 가지고 있기 때문일 것이다. 「금잔디」 「엄마야 누나야」 「진달래꽃」 등은 우리에게 너무나도 낯익은 1920년대의 시적 성과이자 많은 독자를 지닌 작품에 해당 된다.

평안북도 구성군(龜城郡) 왕인면(旺仁面)에서 태어난 김소월은 오산학교에서 시의 스승인 김억(金億)을 만나 자신의 습작을 지도받으면서 학문에 입문했다. 생전에 출간된 시집 『진달래꽃』(1925)에 실린 작품들은 대부분이 이때에 구성된 것이다. 그 자신의 말을 빌리면, 습작기의 작품을 수정된 정도에 지나지 않는다고 할 정도로 왕성한 창작의욕을 보였다. 배재고보를 거쳐 동경대 상대에 유학했던 그는 학업을 마치지 못하고 1923년 귀국길에 오른다. 그해「낭인의 봄」을 시작으로『창조』『개벽』『영대』등의 잡지에 시를 발표하는데, 이 시기의 작품들이 바로 우리에게도 낯익은「진달래꽃」「산유화」등이다. 소월이 죽은 후 생전의 작품들은 김억에 의해『소월시초』란 제목의 시집으로 출간되었다.

소월의 시는 1920년대에도 독자들에게 많은 사랑을 받았는데, 이 같은 현상은 오늘날에 비교해 보아도 크게 다르지 않다. 이 같은 독자의 호응은 그의 시가 가진 장점에서 비롯된다고 할 수 있다. 소월시가 가진 장점을 하나를 들면, 그의 시는 민요풍의 율격에만 그치지 않고 개인들의 경험을 기반으로 하는 일상어가 주축을 이룬다는 점이다. 예를 들어보자.

산에는 꽃피네
꽃이 피네
갈 봄 여름없이
꽃이 피네

산에
산에
피는 꽃은
저만치 혼자서 피어 있네

(3연 생략)

산에는 꽃 지네
꽃이 지네
갈 봄 여름 없이

꽃이 지네

- 「산유화」

　위의 작품에서 어휘에 주목해보자. '산' '꽃' '갈(가을) 봄 여름' '피네/지네'와 같은 어휘는 우리에게 너무나도 익숙한 말이다. 어린 시절부터 누누이 들어온 일상적인 말로 우리의 삶과 직결되어 있다. 다시 말해서, 이들 단어는 어린 시절부터 접한 의식의 기층을 이루는 언어이다. 일상적이고 기층적인 언어는 엄마, 아빠, 누이, 오라비, 동무 등등과 같이 개인의 체험이 많이 쌓여 있는 단어이기 때문에 그만큼 노인으로부터 어린 아이들에게까지 남녀와 노소, 계층을 가리지 않고 쉽게 이해될 여지를 가지고 있다. 이 같은 단어의 특색은 바꾸어 생각하면, 여러 계층의 정서를 연결시켜 쉽게 공감대를 형성한다는 것이다.

　소월 시가 다른 시인들의 시와 달리 쉽고 정감 있게 다가오는 것도 같은 이유이다. 소월의 시에 대해서는 대체로 소극적이고 위축된 내면의 염세주의, 전통적인 정서에서도 이별과 정한(情恨) 등을 율격 속에 담아내는 단조로움과 비극적인 태도를 비판하는 견해가 우세한 편이다. 그러나 이 같은 견해들조차도 그의 시가 민요의 현대적인 계승과 정서의 섬세한 표현이라는 공과를 이루었다는 점만큼은 부정하지 않는다. 율격의 단조로움과 시세계의 단순함은 요절한 그의 삶과 식민지 시대의 중압 때문에, 더 이상의 시적 진전이 이루어지지 못했다는 반증이기 때문이다.

　시집을 읽으면서 유념해야 할 점은 시 장르의 기본적인 특징을 이해하고 있어야 한다는 것이다. 대체로 시를 어렵다고 생각하는 학생들은 한 가지 사실을 잊고 있다. 클래식 음악을 들으면서 이해하기 어렵다는 것은 받아들이면서 왜 시가 어려워서는 안 되는지 수긍하려 들지 않는다. 클래식 음악을 제대로 음미하려면, 거기에 익숙해지기 위해서 귀를 단련시키지 않으면 안 된다. 같은 원리가 시 감상에서도 통한다. 우리는 쉬운 시만 기대하면서 작품을 감상하지만, 이것은 우리 스스로가 어떤 고정관념에 사로잡힌 것은 아닌가 하고 질문해 보아야 한다. 20대의 시인이 지은 작품이 가지고 있는 열정적이고 감수성 예민한 경향은 30대가 되면 달라진다. 또 40대, 50대가 되면 그에 합당한 만큼 세상사의 섭리를 보는 안목만큼 시작품의 세계가 달라질 것이다. 우리가 시를 제대로 감상하려면, 그러한 시인의 시적 변천을 주의 깊게 살필 만한 독자 자신의 감식안을 구비해야 한다. 독자는 시인의 작품 속에 반영시킨 안목과 통찰력에 기울인 땀만큼의 노력을 기울여야 감상의 즐거움을 누릴 수가 있다.

소설과 같은 산문과는 달리, 시의 의미를 전달하는 것 외에, 시에서의 언어 표현은 특정한 상황과 관련된 특별한 개인(곧 허구적인 개인인 '화자')의 특별한 감정을 드러내고자 하는 의도를 가지고 있다. 시의 언어(곧, 시어)는 독자들에게 그 화자가 불러일으킨 정서를 연상(또는 환기)하는 작용을 한다. 그런 이유에서 시의 언어는 사전적인 의미를 벗어나 특정한 개인의 특정한 감정 상태를 담고 있다고 할 것이다. 시어는 개인의 체험과 특별한 감정을 더 많이 싣고자 하며, 표현상으로도 그 같은 경향을 두드러진다.

접동
아우래비접동

진두강(津頭江) 가람가에 살던 누나는
진두강 앞 마을에

와서 웁니다

옛날, 우리나라
먼 뒤쪽의
진두강 가람가에 살던 누나는
이붓어미 시샘에 죽었습니다

누나라고 불러보랴
오오 불설워
시새움에 몸이 죽은 우리 누나는
죽어도 접동새가 되었습니다

아홉이나 남아 되던 오랩동생을
죽어서도 못잊어 참아 못잊어
야삼경(夜三更) 남 다 자는 밤이 깊으면
이산 저산 옮아가며 슬피 웁니다

—「접동새」

「접동새」의 첫연 "접동/접동/아우래비접동"에는 접동새의 우는 소리를
비슷하게 표현하기 위해서 반복을 동원하고, 마지막 구절 "아우래비접동"
에는 '오라비와 동생'에 관한 내용을 암시해 놓고 있다. 여기에는 두 개의
설화가 내장돼 있다. 먼저 접동새의 슬픈 사연이다. 접동새는 서정주의
시 「귀촉도」에서도 보게 되듯이 촉나라의 마지막 황제와 관련된 고사에
도 등장하는 슬픈 목소리의 새이다.

김소월은 이 작품에서 새에 얽힌 슬픈 사연을 염두에 두고, 죽은 누나

의 한 많은 사연을 연관시켜 놓았다. 누나는 "진두강 가람가에" 살았는데 의붓어미의 시샘과 고된 시집살이 때문에 일찍 죽었다. 이 두 개의 이야 기는, 작품에서 죽은 누나를 그리워하는 아이에 의해 발언되고 있다. 화 자는 친정집의 아홉이나 되는 오라비와 동생들을 "차마 못잊어" 하며 죽 은 누나의 간절함을 접동새의 슬픈 사연으로 바꾸어 놓고 있는 것이다. 첫 연의 접동새의 슬픈 울음과 죽은 누나의 간절함, 남은 오라비와 동생 들의 죽은 누나에 대한 그리움을 효과적으로 표현한 것이 이 작품이다. 이렇게 시를 읽을 때, 언어 표현이 의미의 전달보다도 특별한 감정을 불 러일으킨다는 점을 생각해야 한다.

▶ 다음 작품은 「초혼」이다. 이 시의 특징을 정리해 보고, 시가 드러내고자 하 는 바(곧 주제)가 무엇인지를 토론해 보자.

산산이 부서진 이름이여!
허공중에 헤어진 이름이여!
불러도 주인 없는 이름이여!
부르다가 내가 죽을 이름이여!

심중(心中)에 남아 있는 말 한 마디는
끝끝내 마자하지 못하였구나.
사랑하던 그 사람이어!
사랑하던 그 사람이어!

붉은 해는 서산 마루에 걸리었다.
사슴의 무리는 슬피 운다.
떨어져 나가 앉은 산 우에서

나는 그대의 이름을 부르노라.

설음에 겹도록 부르노라.
설음에 겹도록 부르노라.
부르는 소리는 비껴 가지만
하늘과 땅 사이가 너무 넓구나.

선채로 이 자리에 돌이 되어도
부르다가 내가 죽을 이름이어!
사랑하던 그 사람이어!
사랑하던 그 사람이어!

–「초혼」

시를 늘 어렵다고 생각하는 이유의 대부분이 미흡한 독해력 때문이다. 언어에 대한 무딘 감각이 시의 표현을 이해하는 데 어려움을 낳는 것이다. 그러나 이 같은 무딘 감각은 스스로 정밀한 독해를 훈련하지 않았거나 전혀 관심을 두지 않은 까닭이다.

작품에서는 많은 영탄 부호가 사용되고 있다. 모두 아홉 번의 영탄 부호가 쓰이고 있다. 그렇다면 이처럼 빈번한 쓰임새가 의미하는 바는 무었일까. 그것은 시의 화자가 감정적으로 격한 상태에 있다는 것을 의미한다. 첫 연에서 "허공중에 헤어진 이름이어! 불러도 주인 없는 이름이어! 부르다가 내가 죽을 이름이어!"라는 구절은 왜 격렬한 감정에 사로잡혔는지에 대한 해답을 제공해 준다. 화자는 어떤 인물과 '헤어졌고' 그는 '돌아오지 못할 길'을 떠났기 때문에 슬픔에 빠져 있다. 그/그녀는, 마지막 연에서 볼 수 있듯이, 헤어진(혹은 죽은) 사람은 '사랑하는 사람'이기 때문이다('죽은 사람'이라는 것은 '초혼'이라는 제목에서 드러난다. '초혼'은 사람이 죽었을 때 지붕에 올라가 죽은 자의 혼을 불러 다시 살려내려는 간절함을 표현하는 장례의 한 절차이다). 그러나 '그 사람'이 떠나기 전까지도 화자는 '사랑한다'고 말하지 못했다.

이렇게 정리해 놓고 보면, 이 작품은 사랑과 죽음을 소재로 한 것임을 알게 된다. 2연과 3연에는 화자의 감정이 점차 고조되어 가는 경로를 이해시켜 주는 단서가 담겨 있다. 서산 마루에 걸린 해나 사슴의 슬픈 울음이 바로 그것이다. 슬픔에 겨운 화자는 산 위에서 홀로 앉아 떠난 님의 이름을 끝없이 부른다. 그러나 대답소리는 들리지 않는다. 이제 님이 없다는 상실감으로 가득 차서 하늘과 땅은 더욱 넓어 보인다. 마지막 연에서 화자는 "선채로 이 자리에 돌이 되어도/ 부르다가 내가 죽을 이름이어!" 하고 절망으로 몸부림친다. 이 구절은 『삼국유사』의 박제상 설화에 나오는 망부석 설화를 떠올리게 한다(따라서 화자는 문맥상 남성보다는 여성에 가깝다).

지금까지 작품을 꼼꼼히 짚어가며 감상해 보는 과정에서 작품의 의도하는 바가 무엇인지를 대략 눈치챌 수 있었을 것이다. '의도'란 구체적인 감정을 이끌어내는 표현의 중심을 가리킨다. 「초혼」에서 드러내 보이려는 화자의 중심 의도는 무엇인가. 그것은 '님의 죽음을 겪은 상실의 슬픔'이라고 정리해 볼 수 있다. 좀 더 상세하게 말한다면, 님의 죽음은 소재이며, 그 상실의 슬픔을 보여주는 것이 중심적인 의도이다.

여기까지 이 작품을 읽고 느끼는 감정을 정리해 보면, 시적 화자가 너무 과잉된 감정 상태를 거침없이 내보인 것은 아닐까 하고 생각할지도 모른다. 그러나 사랑이란 적어도 주고받으면서 존재 가치를 얻는다. 죽은 자에 대한 산 자의 상실감이 얼마나 절실할지는 미루어 짐작해야 한다. 소월은 작품에서 관조하는 정적인 태도를 버리고 절망에 몸부림치는 화자를 등장시키고 있다. 그리고 이 절실함은 다시 돌아오지 못할 길로 떠난 자에 대한 애틋함을 넘어 눈물로 뒤범벅이 된 채 오열하는 모습으로 나타난다. 이러한 감정은 절실함을 실감나게 표현된 것이 이 시가 성취한 부분이다.

무릇 남의 고통은 내게 이해의 한 영역일 뿐 제대로 실감하기 어렵다. 하지만, 이 작품에서 우리는, 님을 여읜 슬픔에 절규하는 화자의 감정 상태를 절실하게 느낄 수 있다. 시의 본질 하나는 이처럼 감정의 근사치에까지 이르게 만든다는 데 있다. 이것이 시의 정서적 환기의 한 단면이다.

지금까지 우리는 소월시를 통해 그의 시가 왜 많은 독자를 가지게 되었는지, 그리고 '정서의 환기'란 어떤 뜻인지를 살펴볼 수 있었다. 그와 함께 시작품에서 감동을 주는 언어의 묘미와 감동의 구체적인 내용, 그리고 시가 궁극적으로 의도하는 바가 무엇인지를 간략하게나마 알아보았다.

그런데, 이와 같은 섬세한 감식안이 논술을 비롯한 글쓰기에서는 매우 중요하다. 왜냐하면, 이것은 제시된 지문을 정확하게 판별해내고, 추출해 낸 여러 단서를 자기의 생각과 결부시키는 데에는 없어서는 안 될 능력이기 때문이다.

▶ 흔히 절망 속에서도 꿈을 가지지 않는 삶은 존재의 죽음을 의미한다고 말한다. 현실에서의 절망이 가혹하면 할수록 좌절하지 않는 것은 꿈을 소유하고 있기 때문이다. 다음에 예시된 작품을 도입부로 삼아 '절망적인 현실을 견디고 이겨내기 위해서는 꿈이 어떤 기여를 할 수 있는지'를 함께 토론해 보자.

나는 꿈꾸었노라, 동무들과 내가 가즈런히
벌 가의 하로일을 다 마치고
석양에 마을로 돌아오는 꿈을,

즐거히, 꿈 가운데.

그러나 집 잃은 내 몸이여,
바라건대는 우리에게 우리의 보습*대일 땅이 있었더면!
이처럼 떠돌으랴, 아침에 점을 손**에
새라새롭은 탄식(歎息)을 얻으면서.

동이랴, 남북이랴,
내몸은 떠나가니, 볼지어다,
희망의 반짝임은, 별빛이 아득임은.
물결뿐 떠올라라, 가슴에 팔다리에.
그러나 어쩌면 황송한 이 심정을! 날로 나날이 내 앞에서
자칫 가느린 길이 이어가라. 나는 나아가리라
한걸음, 또 한걸음. 보이는 산비탈엔
온 새벽 동무들 저저혼자…… 산경(山耕)***을 김매이는.

—「바라건대 우리에게 우리의 보습대일 땅이 있었다면」

* 보습－쟁기 끝에 달아 김을 매는 뾰족한 농기구
** 점을 손－저녁 무렵
*** 산경－산에 일구어 놓은 논이나 밭

지문 해설

　흔히 김소월의 시가 죽음과 이별의 슬픔과 같은 소극적인 운명론적인
데에만 치우쳐 있다는 선입견을 가지기 쉽다. 그러나 예시된 작품은 식민
지 현실 속에 좌절과 슬픔을 이겨내려는 의지를 담고 있는 경우이다. 1연

에는 식민지 시대에 꿈꾸는 소박한 바람의 구체적인 내용이 담겨 있다. 그러나 2연은 식민지의 억압적인 상황을 단적으로 드러내 보인다. 망국의 설움은 "집 잃은" 상태로 나타난다. 그 결과 화자는 거듭 쌓이는 탄식 속에 방황하고 있는 것이다. 시적 현실에서 집 없는 유랑과 탄식은 "꿈"과 "희망" '전진'과 묘한 긴장을 이루면서 "동무들과 내가 가즈런히/벌 가의 하로 일을 마치고" 돌아오는 "보습대일 땅"을 염원하는 소박한 희망으로 이어지고 있다. 그 염원이 턱없이 가망 없는 것이 아님을 들어내는 증거가 "희망의 반짝임"과 "별빛"이다. 가늘게 펼쳐진 길을 따라서 "나는 나아가리라"는 것은 현실의 억압을 이기려는 의지이다. 하루 일을 마치고 집으로 돌아가는 소박한 일상에의 꿈이 그 버팀목인 셈이다.

더 생각하기

　지문 해설에서 얻어지는 내용이란 결국 꿈과 희망을 잃지 않는 것이 시대와 현실의 절망적인 상황을 견디어내는 버팀목이 된다는 사실이다. 문제에서 도입부로 설정한 것을 요구하는 내용도 여기에 부합된다.

　사람은 환경과 시대로부터 결코 자유로울 수는 없다. 인간이 동물과는 달리 땅을 딛고 직립하여 살아가는 존재라는 것은, 비유적으로 말해서 땅의 현실과 하늘처럼 높은 꿈을 모두 가지고 있다는 뜻이다. 그러한 점에서 꿈은 현실과 팽팽한 긴장을 이루면서 인간을 보다 인간답게 이끄는 동기인 것이다.

　에른스트 블로흐는 『희망의 원리』에서 희망을 '아직까지 이루지 못한 미래의 꿈'이라고 표현한 바 있다. 인간이 꿈을 잃어버렸을 때 현실의 온갖 유혹에 노출되고 휩쓸리기 쉽다. 이로 미루어 보면, 꿈이란 현실에서의 고통과 시련을 달래주는 정신의 왁찐(예방제)이자 안내자이다. 좌절의 심정을 겪은 사람들의 회고에는 우연히 체험했던 고귀한 기억을 떠올리면서 그 고통을 이겨냈다는 증언이 자주 보인다.

한 등반가의 증언이 있다. 눈사태로 조난된 그는 어린 시절 암송했던 셰익스피어의 어느 소네트를 떠올리면서 배고픔과 졸음을 이겨내는 한편, 칠흑같은 어둠과 추위와 싸우다가 구조되었다고 말하고 있다. 꿈은 스스로 설정하는 것이며 종종 아름다운 추억과 함께 만들어지는 것이다. 꿈은 현실과 무관한 것이라기보다는 자신의 가치관과 혼합되어 있는 자신의 바램이며 구체적인 삶의 계획을 실현하려는 의지의 표현이다.

「바라건대 우리에게 우리의 보습대일 땅이 있었다면」은 김소월의 시에서도 특히 민족 현실과 관련된 목소리를 담고 있는 희귀한 사례이다.

이 작품에는 애잔하고 여성적인 어조가 아니라 희망을 포기하지 않는 남성적인 어조가 나타나 있다. 여기에는 탄식과 절망을 일으키는 현실과 부대끼면서도 소박하게 농사짓고 마음 맞는 사람들과 한가롭게 저녁놀이 지는 때 평화롭게 집으로 돌아오기를 바라는 소박한 갈망이 담겨 있는 것이다. 이 갈망은 작품의 표현을 빌면 '황송한 심정'일 수 있다. 어려운 때일수록 그 어려움을 견딜 만한 크기와 단단함을 가진 꿈이 필요한 법이다.

고통스러운 현실과 절대적 사랑

만해(卍海) 한용운(韓龍雲, 1879~1944)은 1920년대 근대시의 정신사에서 빼놓을 수 없는 사상가이자 시인이다. 그의 생애는 만년을 보냈던 북향으로 지은 거처인 '심우장(尋牛莊, 성북동 소재)'의 모습처럼 꼿꼿한 지사로서의 결기(結氣)를 보여준다.

일제에 끝내 굴욕하지 않고 호적조차 갖지 않았던 그는 민족 지도자이자 한국 불교의 혁신과 관련해서 보편적인 관점에서 현실적인 가치 수용을 주장한 대선사이기도 했다. 『조선불교유신론』과 「불교유신론」에 흐르는 정신은 현실에 안주하는 편안한 삶 대신에 고난의 가시밭길을 스스로 택했던 시대 양심의 지주(支柱)와도 같은 면모를 보여주기에 부족함이 없다. 『십현담주해』를 집필하면서 보여준 종교인으로서의 높은 경지나 독립선언서의 공약 삼장을 기초한 독립지사로서의 삶도 그대로 지나치기 어렵다. 하지만, 소설과 수필에 이르기까지 문학인으로서의 품격 또한 기억하지 않을 수 없다. 식민지의 고통을 겪는 민족 현실에 좌절하지 않고 종교인으로서의 감수성을 바탕으로 시대의 질곡을 이겨내려는 모습은 그의 산문시집 『님의 침묵』(1926)에 고스란히 드러나 있다.

문학을 삶의 전부로 여기지 않았던 만해는, 그러나 시에 대한 열정만큼은 가누지 못했던 것이 사실이다. 그의 수필 여기저기, 발표되지 않은 한시(漢詩)에서, 그는 시를 향한 어쩔 수 없는 열정, 곧 '시벽(詩癖)'을 자주 언급하고 있다. 꼿꼿한 그의 기개가 유연한 상상력과 결합하여 상승작용을 일으켜 문학이라는 꽃으로 만개한 것이 바로 『님의 침묵』이다. 이 시집은 '님이 침묵하는 시대'를 노래하고 있다.

만해는 시를 통해 절대적 가치를 지닌 존재인 '님'에게서 힘을 얻으려는 고행의 역사의식과 지사적인 의지를 민족의 암담한 현실 앞에 펼쳐놓고 있다. 그러한 증거는, 시집을 마무리하는 작품 「독자에게」에 잘 드러나 있다. "독자(讀者)여 나는 시인으로 여러분의 앞에 보이는 것을 부끄러합니다/ 여러분이 나의 시를 읽을 때에 나를 슬퍼하고 스스로 슬퍼할 줄을 압니다/ 나는 나의 시를 독자의 자손에게까지 읽히고 싶은 마음은 없습니다/ 그때에는 나의 시를 읽는 것이 늦은 봄의 꽃수풀에 앉아서 마른 국화를 비벼서/ 코에 대이는 것과 같을는지 모르겠습니다"(「독자에게」 중에서). 이 작품에서 보게 되듯이, 만해 스스로가 규정한 자신의 시는 늦은 봄 꽃밭에서 지난 가을의 마른 국화를 비벼대면서 그 향기를 맡는 대상에 지나지 않을지 모른다. 하지만, 서리 내리던 시절을 이겨낸 국화의 메마른 겉모습만을 보아서는 안 된다. 이 시집을 읽으면서 우리는 식민지 시대의 곤고함 속에서 좌절하지 않고 역사적 신념으로 종교적 번뇌와 현실적 고통을 이겨내려는 실천적인 사상가의 모습과 '님'으로 상징되는 민족의식의 진면목을 엿볼 수 있어야 한다.

시집 『님의 침묵』은 표면적으로 여성 화자를 통해 이별과 님에 대한 그리움을 토로하는 산문 형태의 연애시로 착각할 정도이다. 그러나 이 시집에는 여성이 가진 섬세하고 풍부한 감정을 조절하면서 현실의 질곡을 이겨내는 결연한 의지와 종교적 심성이 조화를 이루며 독특한 품격과 향취를 발휘하고 있다. 시집의 바탕을 이루고 있는 정신적 지향은 식민지 현실 속에서 절대자인 님이 침묵하고 있다는 암담한 현실, 그리고 그러한 현실에서 지배 권력과 여러 유혹과 조롱과 맞선, 고행과 번뇌를 잘 보여주고 있다. 이 점은 서시 「군말」에서도 잘 확인된다.

'님'은 보편적인 가치의 개념이다. 달리 말해서 개인이 지향하는 궁극적인 가치의 대상이다. 종교(불교)와 철학(칸트)과 역사(마찌니)와 사물(꽃)에 이르기까지 어디에고 통용 가능한, 절대적인 기원의 대상이자 실질적인 그리움의 대상인 '님'인 것이다. 그러한 점에서 '님'은 풍부한 시적 상징성을 가지고 있다. 하지만 '님'이라는 대상이 궁극적인 가치보다도 세속적인 경향을 띠게 될 때, 만해는 그것을 "그림자"에 불과하다고 단언한다.

만해에게 '님'은 무엇이었던가. 님의 의미는 시집 전반에 흐르고 있는 그의 사상과 연관지어 생각해보아야 한다. 만해의 '님'이 모호하다고 여길지 모르지만, 역사(곧 시대)와 철학과 종교에 걸쳐 있는 꼿꼿한 민족주의적 정신과 연계시켜 보면 '님'의 상징은 여러 가지로 해석될 수 있다. 하나의 시어나 이미지에 많은 의미들이 포개져 있을 때, 이것을 가리켜 상징이라고 말한다. 만해 시에서 '님'이라는 상징은 다음 작품에서 추론할 수 있다.

이순신 사공삼고
을지문덕 마부삼아
파사검(破邪劍) 높이들고
남선북마(南船北馬) 하여볼까
아마도 님찾는 길은
그뿐인가 하노라

-「무제」, 유고시편

이순신과 을지문덕은 나라의 외침(外侵)으로 위기에 처했을 때 그 위기를 훌륭하게 극복한 유명한 장군들이다. 파사검은 파사현정(破邪顯正)을 실현하는 무기를 가리킨다. '파사현정'은 불교용어로서 사도(邪道)를 깨뜨리고 정법(正法)을 실현하는 실천적인 행위를 뜻한다. 파사현정을 실현시키는 힘이 파사검이다. '남선북마'란 중국에서, 남쪽은 강이 많고 배를 이용하고 북쪽은 산이 많아 말을 이용한다는 유래를 가진 뜻으로 이 작품에서 '바쁘게 돌아다닌다'는 의미로 사용된다. 이순신 장군을 남선(南船)에, 을지문덕 장군을 북마(北馬)에 연관지으면, 오랑캐의 침범으로 나라 잃은 민족의 설움이라는 현실 상황으로 쉽게 이해할 수 있게 된다. 결국 '님'을 찾는 길이란 민족의 현실과 관련짓는다면 '민족독립'이라는 뜻과 얼추 맞아 떨어진다.

그러나 만해는 『님의 침묵』에서 '님'이라는 시어를 하나의 의미로만 사용하지 않았다. 바로 이 점이 '님'이라는 상징이 가진 풍부한 매력이기도 하다. 만약 고정되고 단일한 의미로만 '님'이라는 상징을 사용했다면, 그의 시세계는 크게 주목받지 못했을 것이다.

▶ 다음 작품을 읽고 과연 시집의 제명인 '님의 침묵'은 무엇을 뜻하는지 함께 토론해 보자.

1 님은 갔습니다. 아아 사랑하는 나의 님은 갔습니다.
2 푸른 산빛을 깨치고 단풍나무숲을 향하여 난 적은 길어서 차마 떨치고 갔습니다
3 황금의 꽃같은 굳고 빛나던 옛 맹서(盟誓)는 차디찬 티끌이 되어서 한숨의 미풍에 날아갔습니다
4 날카로운 첫 '키스'의 추억은 나의 운명의 지침을 돌려놓고 뒷걸음쳐서 사라졌습니다
5 나의 향기로운 님의 말소리에 귀먹고 꽃다운 님의 얼굴에 눈 멀었습니다.
6 사랑도 사람의 일이라 만날 때에 미리 떠날 것을 염려하고 경계하지 아니한 것은 아니지만 이별은 뜻밖의 일이 되고 놀란 가슴은 새로운 슬픔에 터집니다
7 그러나 이별을 쓸데없이 눈물의 원천으로 만들고 마는 것은 스스로 사랑을 깨치는 것인 줄 아는 까닭에 걷잡을 수 없는 슬픔의 힘을 옮겨서 새 희망의 정수박이에 들어부었다.
8 우리는 만날 때에 떠날 것을 염려하는 것과 같이 떠날 때에 다시 만날 것을 믿습니다
9 아아 님은 갔지마는 나는 님을 보내지 않았습니다.

-「님의 침묵」

이 작품은 각 행 앞에 숫자를 달아 보면 모두 9행으로 이루어진 산문시임을 알 수 있게 해준다. 좀 더 자세하게 읽어보면, 이 작품은 의미상 두 개의 단위로 나누어 살필 수 있다. 첫 번째 의미 단락은 6행까지이며 두 번째 의미단락은 7행에서 마지막 9행까지라고 할 수 있다.

첫 번째 단락 내용은 '님과 이별과 그로 인한 슬픔'이다. 떠나는 님의 뒷모습에 대한 화자의 진술을 통해서 우리는 빛나고 굳은 맹서조차 소용없이 한숨 속에 사라져버리고 감미로운 사랑의 기억을 뒤로 하고 님은 떠나갔다는 사실을 알 수 있다. 두 번째 의미 단락에서는 그러한 님의 떠남을 표면적인 것으로 전환시켜 버린다. 7행의 "그러나"는 의미의 이러한 반전을 보여주는 첫 구절이다. 그리하여 이별이 눈물의 근원이 되지 않도록 슬픔의 힘을 "새 희망의 정수박이"로 옮겨 놓는 의지와 행동을 구체적으로 드러내고 있는 것이다. 만약 이 시에서 7행 이후의 구절이 없었다면 사랑타령이나 하는 다른 통속적인 시와 크게 구별되지 않았을 것이다. 이 반전이야말로 '님이 침묵하는 시대' 곧, 이 세상에 존재하지는 않지만 님이 존재하고 있다는 것을 믿는 값진 태도로 승화시켜준다. 또한 이 같은 반전은 슬픔을 희망으로 바꾸고 이별의 슬픔을 다시 만날 것을 굳게 믿는 화자의 의미를 낳는다.

비극적인 현실에 대처하는 인간의 삶의 유형은 '자아의 진실'과 '세계의 허위'라는 측면에서 보면 대략 세 가지 종류로 나누어진다. 그 하나는 현실의 허위를 도저히 인정할 수 없기 때문에 이를 외면하고 초월적인 태도로 일관하는 것이며, 또 하나는 허위적인 현실을 뜯어고치고자 현실 속으로 뛰어드는 것이다. 그러나 현실의 허위를 고치기에는 턱없이 깊은 간극이 가로놓여 있어서 그 실천이 전혀 불가능할 때 진실한 인간은 더욱 고뇌할 수밖에 없다. 나머지 하나의 유형이 이에 해당한다. 진실에 이르는 길은 현실을 통하지 않고서는 불가능하다. 그렇기 때문에 진실한 인간은 세상의 교정을 위해서 혼신의 노력을 다할 수밖에 없다. 허위를 극복해야 하는 역사의 요구가 클수록 인간은 현실이 유일한 세계이지만 이곳은 타락해 있다는 역설에 사로잡히게 된다. 왜냐하면 님은 이곳에 있지 않거나 침묵하고 있기 때문이다. 이것이 만해 시가 가진 고뇌의 핵심이다.

(가)
당신이 가신 뒤로 나는 당신을 잊을 수가 없습니다
까닭은 당신을 위하느니보다 나를 위함이 많습니다
(제2연 생략)
나는 집도 없고 다른 까닭을 겸하여 민적(民籍)이 없습니다
"민족이 없는 자는 인권이 없다 인권이 없는 너에게 무슨 정조냐"
하고 능욕하려는 장군이 있었습니다
그를 항거한 뒤에 남에게 대한 격분이 스스로의 슬픔으로 화하는 찰나에 당신을 보았습니다
아아 온갖 윤리, 도덕, 법률은 칼과 황금을 제사지내는 연기인 줄을 알았습니다
영원의 사랑을 받을까 인간 역사의 첫 페이지에 잉크칠을 할까 술을 마실까 망서릴 때에 당신을 보았습니다

– 「당신을 보았습니다」 중에서

(나)
이 세상에는 길도 많기도 합니다
산에는 돌길이 있습니다 바다에는 뱃길이 있습니다 공중에는 달과 별의 길이 있습니다
강가에서 낚시질 하는 사람은 모래 위에 발자취를 내입니다 들에서 나물캐는 여자는 방초(芳草)를 밟습니다

약한 사람은 죄의 길을 좇아 갑니다
의(義)있는 사람은 옳은 일을 위하여는 칼날을 밟습니다
서산에 지는 해는 붉은 노을을 밟습니다
봄 아침의 맑은 이슬은 꽃머리에서 미끄럼 탑니다
그러나 나의 길은 이 세상에 둘밖에 없습니다
하나는 님의 품에 안기는 길입니다
그렇지 아니하면 죽음의 품에 안기는 길입니다
그것은 만일 님의 품에 안기지 못하면 다른 길은 죽음의 길보다 험하
고 괴로운 까닭입니다
(이하 생략)

-「나의 길」

『님의 침묵』에서 '님'을 향한 고뇌의 실상은 화자 역시 현실 세계에서
겪는 여러 냉대와 핍박을 견디기 위해 님과의 상상적 대화를 통해 극복
하는 과정을 보여준다. 화자가 고백하는 님과의 이별과 사랑은 고난의 형
극으로 가득 찬 고독한 길, 심지어 죽음까지도 감내해야 하는 길이다.

기거할 집도 호적도 없었던 만해 자신의 실제 상황을 반영하고 있는
(가)는 바로 현실에서 직면하게 되는 모진 핍박이며, 그 유혹도 만만하지
않다는 것을 보여준다. 님을 잊지 못하는 까닭은 님을 위해서라기보다 화
자 자신을 위한 것이라는 고백에서 이유를 찾을 수 있다. 민족이 없으면
인권도 없다는 일제 식민당국의 능욕은 민족이 겪는 서러움을 단적으로
표현해주고 있다. 격분과 슬픔은 현실에서 얼마든지 터져나올 만한 정당
한 분노이다. 그러나 분노가 절망으로 변해버리면 "영원의 사랑을 받"는
은거의 길로 들어서거나, 역사에 혁혁한 공을 세우는 세속적인 명예를 탐
하거나, 술을 마시는 타락으로 빠져들 수가 있다. 화자는 은거와 명예와

타락의 갈림길에서 고뇌하던 바로 그 순간, 님을 본다. 이것은 윤리와 도덕과 법률과 무력과 황금 같은 모든 현실의 가치들이 "제사 지내는 연기"처럼 무상함에 지나지 않는다는 진실을 깨닫는 순간이기도 하다. 결국, 님이라는 대상과 님을 보는 것은 시인 한용운에게 있어서 현실에서의 억압과 유혹을 거부하는 깨어 있는 의식 그 자체이다.

(나)에서는 이 같은 의식을 바탕으로 살아가려는 만해의 사상적 행로가 잘 드러나 있다. 세상에서 많은 종류의 길이 있다. 약한 자들은 죄의 길을 갈 것이나 의로운 사람은 정의를 위해 칼날 같은 고난도 두려워하지 않는다. 그 하나는 님의 품에 안기는 길이고 다른 하나는 죽음의 품에 안기는 길이다. 님을 부정하는 것은 화자에게 죽음을 의미하는 것이다.

그렇기 때문에 만해 시의 화자는 님을 다음과 같이 찬송할 수 있었다.

님이여 당신은 백번이나 단련한 금(金)결입니다
뽕나무 뿌리가 산호가 되도록 천국의 사랑을 받읍소서
님이여 사랑이여 아침볕의 첫 걸음이여

님이여 당신은 의가 무거웁고 황금이 가벼운 것을 잘 아십니다
거지의 거친 밭에 복의 씨를 뿌리옵소서
님이여 사랑이여 옛 오동의 숨은 소리여

님이여 당신은 봄과 광명과 평화를 좋아하십니다
약자의 가슴에 눈물을 뿌리는 자비의 보살이 되옵소서
님이여 사랑이여 얼음바다에 봄바람이여

—「찬송」

만약 만해의 '님'이 현실과의 대결에만 집중되고 있었다면, 그리하여 갈등과 고뇌로만 치달아갔다면, 그의 시 세계는 무너지지 않을 수 없었을 것이다. 그러나 그의 님은 현실의 영역을 넘어선 보편의 가치에 속해 있었다. "백번이나 단련한 금결"과 같이 정련된 그 존재는 의롭고, 가난한 자에게 복의 씨를 뿌리며 오동나무에 담겨진 숨은 소리처럼 심오한 가치를 가지고 있다. 님은 절대 광명과 인류 모두가 누리는 평화를 즐겨하는 성스러운 '자비의 보살'이었던 것이다. 결국, 님은 '식민지 현실'이라는 특수성에 국한되지 않은 보편적 가치, 종교적 심성에 뿌리를 둔 존재의 상징이라고 할 수 있다.

지금까지 우리는 『님의 침묵』에서 님의 의미를 살펴보았다. 시를 읽는 데에는 여러 통로가 있다. 시의 다양한 독법은 고정된 특별한 방식이 없다는 것을 말해준다. 만해 한용운의 시는 한 시대를 헤쳐 나가는 민족정신의 견고함과 보편적 가치를 가진 상징을 보여준다는 점에서 주목받을 자격과 가치가 있다. 여기에는 현실 속에 겪고 있는 많은 고뇌가 녹아 있고, 그 고뇌를 높은 경지의 의지로 극복하려는 의식이 치열하게 숨쉬고 있기 때문이다.

▶ 다음에 예시된 시 작품에서 화자가 삶의 어떤 태도를 비판한 것인지 구체적으로 밝히고 이를 바탕으로 '내가 생각하는 삶의 아름다운 모습'을 토론해 보자.

벗이여 나의 벗이여 애인의 무덤 위에 피어 있는 꽃처럼 나를 울리는 벗이여
적은 새의 자취도 없는 사막의 밤에 문득 만난 님처럼 나를 기쁘게 하는 벗이여

그대는 옛무덤을 깨치고 하늘까지 사무치는 백골의 향기입니다
그대는 화환을 만들려고 떨어진 꽃을 줍다가 다른 가지에 걸려서 주은
꽃을 헤치고 부르는 절망인 희망의 노래입니다

벗이여 깨어진 사랑에 우는 벗이여
눈물이 떨어진 꽃을 옛가지에 도로 피게 할 수는 없습니다
눈물을 떨어진 꽃에 뿌리지 말고 꽃나무 밑의 땅 끝에 뿌리세요

벗이여 나의 벗이여
죽음의 향기가 아무리 좋다 하여도 백골의 입술에 입맞출 수는 없습니다
그의 무덤을 황금의 노래로 그물치지 마세요 무덤 위에 피묻은 깃대를
세우세요
그러나 죽은 대지가 시인의 노래를 거쳐서 움직이는 것을 봄바람은 말
합니다
(4연 생략)

– 「타골의 시 GARDENISTO(園丁)를 읽고」

지문 해설

위의 작품은 만해가 인도 시인 타고르의 시에서 받은 인상을 소재로
한 경우이다. 타고르의 시 「원정」(정원사)을 읽고 난 다음, 만해는 자신이
받은 인상에 덧붙여 화자를 통해서 자신의 정신적 지향과는 다른 점을
분명하게 드러내고 있다. 시의 화자는 타고르를 "사막의 밤에 문득 만난
님처럼" 반갑고 기쁜 "나의 벗"이라고 표현하고 있다. 그러나 그 벗은
"애인의 무덤 위에 피어있는 꽃처럼" 자신을 감동시킨다고 못 박고 있다.

요컨대 벗이 주는 감동이란 부분적이라는 것이다. 게다가 벗의 노래는 "백골의 향기"이며 "떨어진 꽃을 주"워 부르는 "절망의 노래"라는 것이다. 그 이유는 두 구절에 드러나 있다. 2연 마지막 행의 "눈물을 떨어진 꽃에 뿌리지 말고 꽃나무 밑의 땅 끝에" 뿌리라는 대목과 3연 3행의 "그의 무덤을 황금의 노래로 그물치지" 말고 "무덤 위에 피묻은 깃대를" 세우라는 대목이 바로 그것이다.

만해는 타고르의 시를 '떨어진 꽃 때문에 눈물짓는 절망의 노래'이며, '절망에 빠진 자의 노래'라고 비판적으로 보았다. 타고르에 대한 만해의 비판적 관점은 타고르의 시가 진리에의 헌신과 복종이 아니며 죽어 있는 정신이라고 결론내린다.

더 생각하기

'아름다운 삶'이란 말부터 새롭게 규정해 보자. 무엇이 아름다운 삶일까. 우리는 겉으로만 고상해 보이는 삶보다도 인간의 진실과 진실한 삶을 위해 정진하는 모습에서 그 답을 구해야 할 것이다.

우리는 물질적으로 풍요롭고 어디에도 구애되지 않는 자유분방한 삶을 꿈꾼다. 그러나 그러한 삶을 사는 이들이란 이 세상에 별로 존재하지 않는다. 어떤 사람이건 그들에게는 여러 가지의 고통과 번민이 존재하게 마련이다. 작은 일에서부터 큰일에 이르기까지 문제들을 해결하는 과정에서 빚어지는 어려움이 고통과 번민을 가중시키는 것이다.

멀리서 바라보았을 때 농부의 김매는 모습은 평화롭고 아름답기 그지없다. 하지만 쟁기질을 하는 소나 소를 이끄는 농부의 행위는 실제로 상당한 고통을 수반하는 노동이다. '멀리서'라는 것은 생활의 현장, 삶의 구체적인 실천과는 거리가 있다는 뜻이다. 비유하자면, 푸르게 깔려 있는

잔디밭도 가까이 다가서서 보면 풀은 성글게 나 있고 모래와 자갈이 도처에 널려 있다. 이것이 거리가 가진 비밀이다.

　예시된 작품은 거리의 묘리(妙理)를 체득한 자의 목소리를 담아내고 있다. 현실에 안주하며 감미로운 평화의 노래를 부르는 모습에서 만해는 자신의 목소리와 흡사한 인도의 대시인을 만날 수 있었을 것이다. 그러나 그 시는 감미로울지언정 의식을 일깨우고 현실과 적극적으로 대면하게 만드는 살아있는 정신의 노래가 아니었다고 본 것이 만해의 입장이었다. 화자의 깨달음은 한 마디로 말해서 "죽은 대지"를 다시 살아나게 만드는 "봄바람"은 되지 못한다고 결론을 내린다.

　『님의 침묵』에서 일관된 님과의 사랑은 민족에 대한 사랑이자 좌절하여 세상에 유혹 당하려는 마음 약한 존재들을 일깨우는 고통스러운 자기 확인이기도 하다. 님은 그러한 점에서 윤리이자 종교이고 절대적인 사랑이다. 아름다운 삶이란 결국 치열한 반성을 통해 유혹을 견디어내는 험난한 노력들에서 확보된다. 나는 어떻게 삶을 아름답게 꾸밀 것인가. 그리고 그 결의는 구체적으로 어떻게 다질 것인가. 이러한 점을 생각해 보는 것이 중요하다.

아름다운 슬픔과 충만한 행복

정지용(鄭芝溶, 1902~?)은 충청북도 옥천군 옥천면 하계리에서 태어나 휘문고등학교를 다니면서 『요람』 동인으로 활동하였다. 그는 이때부터 뛰어난 문학적 재능을 발휘하기 시작했다. 일본 쿄토(京都)에 있는 도시샤(同志社)대학에서 영문학을 공부하면서, 그는 유학생들의 동인지였던 『학조』에 「카페·프란스」를 기고했고, 이때부터 시인의 길을 걷는다. 대학 졸업 후에는 모교인 휘문고에서 영어교사로 부임하고 난 후『시문학』 동인으로 참가하였다.

그는 「향수」, 「호수」 등의 작품을 발표하면서 일약 한국 시단에서 촉망받는 시인의 한 사람이 된다. 이후 그는 1930년대 구인회를 중심으로 동인활동을 했다. 일제 말기 가장 권위 있는 순문예지의 하나였던 『문장』의 시 부문 심사위원이 되어 '청록파'의 시인인 조지훈, 박두진, 박목월 등과 같은 많은 재목을 발굴하는 데도 힘썼다. 또한 해방 후에는 이화여전 교수를 역임하고 경향신문사 주필을 맡기도 하였으나 6·25가 일어나면서 납북되었다. 그의 문학은 일반인들에게는 공개되지 못했다가 80년대 후반 해금 조치되어 다시 빛을 보게 되었다. 대표 시집으로 『정지용 시집』(1935) 『백록담』(1941)이 있고, 산문집으로는 『지용문학독본』(1948)과 『산문』(1949)이 있다.

정지용의 시는 현대적인 감수성을 바탕으로 한 언어의 기교와 표현의 심화(深化)에 기여했다는 문학사의 평가가 일반적이다. 이 같은 평가는 시의 격조와 빼어난 이미지를 보여주는 보기 드문 사례라는 일치된 합의에 이르고 있다. 그는 "말의 비밀을 휘잡고 조정하고 구사하는 데 놀라운 천재를 가진 시인"(이양하)이라는 표현이 어울릴 만큼, 1920년대 후반부터 1930년대 우리 시의 수준을 한 단계 끌어올렸다. 하지만 정지용 시의 성과는 시인의 감수성에서 비롯된 것으로만 보아서는 안 된다. 무엇보다도 그의 시가 이룬 성취는 동양의 한시가 가진 전통을 주체적이면서도 또한 효과적으로 활용했기에 가능했다. 영문학자이기도 했던 그는 시 창작 강의에서 동양의 고전인 『시경』을 강의하기도 했다고 전해진다. 시인은 스스로 "사춘기에 연애 대신 시를 썼"고, "사춘기를 훨석 지나서부텀은 일본 놈이 무서워서 산으로 바다로 회피하여 시를 썼다."고 고백하고 있다. 그러나 이 고백은 다르게 볼 여지도 있다. 여기에는 개인적 불행과 식민지시대의 민족이 겪는 고통을 인내하며 살아간 지식인의 고뇌가 담겨 있기 때문이다. 정지용에게 있어서 시란 결국 험상궂은 시대를 견디어내는 자신의 정신적 거처이자 존재 이유였던 셈이다.

정지용의 시는 우리 언어의 묘미를 한껏 느끼게 해주는 대표적인 사례이다. 그의 시에는 모국어가 가진 여러 함축성과 언어를 통한 정서의 환기가 매우 절제되고 세련된 모습으로 나타나고 있다.

우선, 그의 시를 쉬운 예에서부터 읽어가기로 한다.

다음에 소개되는 작품은 그의 동시이다.

　　별똥 떨어진 곳

　　마음에 두었다

　　다음날 가보려,

　　벼르다 벼르다

　　인젠 다 자랐소.

－「별똥」

　시를 감상할 줄 아는 안목은 가장 손쉽게 지은 동시를 감상하면서 길러질 수 있다. 쉽게 지어져 있다고 해서 그 뜻마저 쉽다고 지레짐작해서는 안 된다. 요즘에는 공해 때문에 보기가 어렵지만, 밤하늘에는 하루에도 대략 5,000개 이상의 별똥(곧, 유성)이 떨어진다고 한다. 이 작품은 지구의 중력에 이끌려 공기의 마찰 때문에 불타면서 소멸해 버리는 유성에 대한 과학적 지식을 우리에게 알려주려 한 것이 아니다.

　나이가 든 사람으로 보이는 화자는 어린 시절을 추억하고 있다. 어린 시절이면 누구나가 "별똥 떨어진" 아득한 곳을 한 번쯤 가보고 싶다는 생각을 가졌을 것이다. 해적이 약탈한 금은보화를 숨겨둔 보물섬, 앨리스가 모험했던 이상한 나라, 헨젤과 그레텔이 깊은 산속을 헤매다가 발견한 과자로 된 집 따위가 어린 시절 동경하던 먼 곳의 구체적인 모습에 해당한다. 그러나 나이를 더해 가면서 "다음날"로 미루고, "벼르다 벼르다/ 인젠 다 자랐소"라는 '판단'에 이른다. 이 과정은 어린 시절 꿈꾸었던 몽상과 큰 희망들이 작아지면서 차츰 현실적인 존재가 되는 경로를 보여준다. 이를테면, 이 작품은 먼 곳에의 동경을 통해 정신의 성숙을 더해간다는 뜻을 담고 있는 것이다.

시의 짧은 구절과 적은 단어들 틈에 담겨진 내용이 '이렇게 풍부했던가' 하고 생각할지 모르겠다. 그러나 '바로 그런 내용이었구나' 하고 깨달은 바가 시를 감상한 구체적인 결과이다. 결국 시 감상은 우리의 체험을 확대시켜주고 반성하게 만드는 것이다.

▶ 다음에 예시된 두 작품에서, 화자의 태도가 어떤 공통점과 차이점을 보이는지를 정리해 보자.

(가)
넓은 벌 동쪽 끝으로
옛이야기 지줄대는 실개천이 회돌아 나가고,
얼룩백이 황소가
해설피 금빛 게으른 울음을 우는 곳,

─그 곳이 차마 꿈엔들 잊힐리야.

질화로에 재가 식어지면
비인 밭에 밤바람 소리 말을 달리고,
엷은 졸음에 겨운 늙으신 아버지가
짚벼개를 돋아 고이시는 곳

─그 곳이 차마 꿈엔들 잊힐리야.
흙에서 자란 내 마음

파아란 하늘 빛이 그리워
함부로 쏜 화살을 찾으려
풀섶 이슬에 함추름 휘적시든 곳,

―그 곳이 차마 꿈엔들 잊힐리야.

전설바다에 춤추는 밤물결 같은
검은 귀밑머리 날리는 어린 누이와
아무렇지도 않고 예쁠 것도 없는
사철 발벗은 아내가
따가운 햇살을 등에 지고 이삭 줍던 곳,

―그 곳이 차마 꿈엔들 잊힐리야.

하늘에는 석근 별
알 수도 없는 모래성으로 발을 옮기고
서리 까마귀 우지짖고 지나가는 초라한 지붕
흐릿한 불빛에 돌아 앉아 도란도란거리는 곳,

―그 곳이 차마 꿈엔들 잊힐리야.

―「향수」

(나)
고향에 고향에 돌아와도
그리던 고향은 아니러뇨

산꿩이 알을 품고

뻐꾸기 제철에 울건만,

마음은 제 고향 지니지 않고
머언 항구로 떠도는 구름.

오늘도 뫼 끝에 홀로 오르니
흰 점 꽃이 인정스레 웃고,

어린 시절 불던 풀피리 소리 아니 나고
메마른 입술에 쓰디쓰다.

고향에 고향에 돌아와도
그리던 하늘만이 높푸르구나.

- 「고향」

　(가)는 우리에게 잘 알려진 작품이다. 고향에 대한 간절한 그리움을 절묘한 언어의 감각으로 그려내고 있는 이 시는, 우선 선명한 영상(회화미)과 언어 조형미를 보여준다. "차마 그곳이 꿈엔들 잊힐리야"라는 후렴구는 그리움을 반복하면서도 순차적인 전개와 함께 형식적인 안정감을 부여한다.

　후렴 부분을 제외하고는 모두 다섯 연으로 이루어진 이 작품은 먼저 고향에 대한 정감어린 세부 묘사에 바치고 있다. 옛이야기처럼 재잘거리며 흘러가는 실개천과 그 가로 느릿느릿 되새김질을 하며 "게으른 울음을 우는" 황소가 등장하고 있다(제1연). 그런 다음 질화로가에 졸고 계신 연로한 아버지께서 짚베게를 베고 누운 모습이 나타난다(2연). 1연과 2연은 집안과 주위의 풍경으로 배치되어 있다. 3연에서는 어린 시절의 내력으로 거슬러 올라간다. 하늘 아래로 겨냥도 하지 않고 활시위를 당겨 쏜 화살을 찾으려고 풀섶을 뒤적이며 이슬에 젖던 촉감이 회상된다. 4연에서는 귀밑머리를 찰랑거리며 뛰어가는 어린 누이의 천진난만한 모습과 함께 평범한 아낙네가 따가운 햇살 속에 이삭을 줍는 가난한 농촌의 풍경으로 이어진다. 5연은 가을의 초라한 풍경이긴 하지만 화로를 둘러싸고 앉아 이야기꽃을 피우는 농가의 밤 풍경으로 마무리하고 있다.

화자는 어디에 위치하고 있는가. 물론 고향이 아닌 멀고 먼 이국의 공간이다. 먼곳에서 그는 가난하며 보잘 것 없지만 도란도란 이야기를 나누는 그리운 고향을 떠올리는 것이다. 그러한 점에서 화자는 아직까지도 성장기를 갓 보낸 청년의 감각을 잃지 않고 있다.

(나)에서 화자는 (가)에서 보았던 고향에 대한 그리운 감정을 품고 돌아온다. 그러나 그곳은 이제 그리던 옛날의 고향은 아니다. 화자는 여전한 하늘빛과 낯익은 산자락 언덕과 산새들의 울음소리를 쓸쓸하게 듣는다. 3연은 화자의 쓸쓸함이 어디에서 비롯되었는지를 알게 해주는 단서를 제공해 준다. "마음은 제 고향 지니지 않고 / 머언 항구로 떠도는 구름"과도 같다. (가)에서 보았듯이 자신의 고향은 농촌이지만, 그리움에도 불구하고 화자의 마음은 항구로 향하고 떠도는 구름과도 같이 고향을 벗어난다. 이미 그의 생활은 고향의 테두리를 벗어나 있는 것이다. 그리하여 화자의 입술은 마르고 쓰디쓴 것이다.

두 작품의 대비를 통해서 드러나는 것은 고향에 속해 있는 성장기의 기억을 간직한 화자와, 장성한 뒤 고향에 돌아와서 쓸쓸함을 달래는 화자의 마음이다. 고향이라는 곳은 존재의 성장을 가능하게 하고 삶의 근원을 만들어주는 공간이다. 그러나 고향은 세월의 흐름 속에서 퇴락하여 어린 시절 정감 어린 공간으로만 남아 있지 않다. 고향은 사물을 바라보는 시각의 성장과 그로 인한 변화를 보여준다. 화자가 성장한다는 것은 다른 한편으로 기억과 결별하는 과정이기도 하다. 일상생활에 부대끼면서 화자는 부모를 여읠 것이고 사랑스런 누이를 시집보내기도 했을 것이다. 그런 뒤, 화자에게는 고향은 낯익은 자연의 모습에도 불구하고 기억만 쌓인 황량한 공간이 된다. 이것은 '고향을 잃은' 현대인의 운명을 말해준다.

(가)는 한 폭의 수채화를 보는 것처럼 정감 어린 기억 속 공간을 환기한 고향의 모습이라면, (나)는 현재의 위치에서 돌아가 확인한 온기가 사라진 고향에 대한 모습이다. 이 둘은 기억과 현재의 대비라는 측면에서 같을 수가 없다. (가)는 기억으로부터 구체적인 형상을 부여하였다면, (나)는 장성하여 방문한 고향을 쓸쓸한 감정으로 대면하고 있는 것이다

여기에서 눈치 빠른 독자라면 정지용의 시가 지극히 절제되고 정확하여 마치 사진 같다는 생각을 했을 것이다. 실제로 (가)는 사진이나 움직이는 영상으로 바꿀 수 있을 만큼 한 폭의 풍경화에 가깝다.

▶ 다음 작품을 감상하면서 적절한 논제 하나를 구성하여 토론해 보자.

'비극'의 흰 얼굴을 뵈인 적이 있느냐?
그 손님의 얼굴은 실로 미(美)하니라.
검은 옷에 남기고 간 자취가 얼마나 향그럽기에
오랜 후일에야 평화와 슬픔과 사랑의 선물을 두고 간 줄을 알았다.
그의 발 옮김이 또한 표범의 뒤를 따르듯 조심스럽기에
가려 듣는 귀가 오직 그의 노크를 안다.

묵(墨)이 말라 시가 써지지 아니하는 이 밤에도
나는 맞이할 예비가 있다.
일찍이 나의 딸 하나와 아들 하나를 드린 일이 있기에
혹은 이 밤에 그가 예의를 갖추지 않고 올 량이면

문밖에서 가벼이 사양하겠다.

–「비극」 전문

　화자는 먼저 독자들에게 비극의 얼굴을 본 적 있느냐고 반문한다. 화자는 많은 사람들에게 찾아오는 비극의 얼굴은 참으로 아름답다고 말한다. '비극이 아름답다……' 이건 무슨 뜻일까.

　'비극'이란 본래 서구 문학에서는 인간 영웅들에게 내려지는 운명적인 형벌 같은 것이다. 뛰어난 재능과 고귀한 신분의 한 인물이 있다고 하자. 그는 자신의 그 뛰어난 능력 덕택에 국가와 사회에서 명망을 얻은 고귀한 자의 표상이다. 하지만, 운명은 그에게 필연적으로 하나의 결함을 예비해 놓고 있다(이 결함은 그리스 어로 '과녁을 빗나갔다'는 뜻인 '하마르티아 hamartia'란 단어를 사용한다). 그 결함 때문에 이 인물은 어느 순간부터 몰락을 거듭하며 파탄에 이른다. 그때 공포와 연민을 낳는 비장함을 가리켜 '비극'이라고 한다.

　'비극의 얼굴이 아름답다'는 것은 도대체 무슨 뜻인가. 비극을 겪는 이의 모습이 아름다우면 아름다울수록 그 비극의 깊이는 더한다. 아름다운 사람이 슬픔을 당했을 때 더욱 슬퍼지는 것처럼……. 그리고 그 같은 인상은 뇌리에 깊이 새겨진다. 그리하여 비극은 오랜 세월이 지난 다음에야 우리가 누리는 일상의 평온함이 얼마나 고마운가를 느끼게 해준다. 감사하는 마음을 길러주고 슬픔과 사랑을 견줄 줄 아는 능력을 키워주는 것이다. 그러한 점에서 비극은 역설적이긴 하지만 하나의 선물이다.

　작품에서 화자는 오래전 딸 하나와 아들 하나를 잃은 자라는 사실을 밝히고 있다. 그렇기 때문에 호젓한 밤, 시가 더 써지지 않을 때 운명적인 슬픔을 낳는 비극의 방문을 받는다면, 더 이상 문밖에서 오지 말라고 말하겠노라고 발언한다. 더 이상 비극을 겪지 않겠다는, 이 단단한 경계심은 지금 생활의 평온함에 대한 소중함을 알고 운명에 굴하지 않겠다는 결의인 것이다.

여기에서 적절한 논제 하나가 만들어질 수 있다. 많은 사람들이 자신에게 닥친 불행을 한탄하고 슬퍼하는 나약한 모습을 보인다. 그러나 작품의 화자처럼, 개인에게 닥친 불행을 반추하며 운명의 탓으로 돌리지 않겠다는 모습은 확실히 값있게 여겨진다. 비극을 그냥 운명이 가져온 탓으로 돌리지 않겠다는 것은 운명을 스스로 받아들이면서 그것을 극복하려는 견고한 의지로서 분명히 많은 사람들에게 귀감이 될 만하다. 불행을 자신의 비극으로만 받아들이지 않고, 향그러운 선물로 여기거나 거절할 줄도 아는 심정은 인간이 가진 고귀한 품격이 아니겠는가. 이것을 굳이 표현하자면, '운명을 인내하며 귀한 가치를 깨닫는 태도'라고 할 것이며, 이 자체가 훌륭한 논제인 것이다.

▶ 위의 논제를 염두에 두고 다음 지문을 통해 '내게 진정한 행복은 무엇인가'를 함께 토론해보자.

온 고을 받들 만한
장미 한가지가 솟아난다 하기로
그래도 나는 고아 아니 하련다

나는 나의 나이와 별과 바람에도 피로(疲勞)웁다.

이제 태양을 금시 잃어버린다 하기로
그래도 그리 놀라울 리 없다

실상 나는 또 하나 다른 태양으로 살았다.

사랑을 위하연 입맛도 잃는다
외로운 사슴처럼 벙어리 되어 산길에 설지라도—

오오, 나의 행복은 나의 성모마리아!

–「또 다른 나의 태양」

지문 해설

　정지용은 가톨릭 신자로서 한때 『가톨릭 청년』이란 종교잡지를 주관한 적도 있다. 이때 주로 쓰여진 종교시는 또 다른 모습을 보여준다. 위의 시는 독실한 신도로 살아가는 삶의 한 단면을 보여준다. 그러나 시의 아름다움을 감상하는데 종교적인 의미에 얽매일 필요는 없다. 종말의 시간이 온다 해도 화자는 세상사의 모든 일에 회의하고 피로하여 놀라워하지 않을 것이라고 말하고 있다. 이 과장된 표현은 그만큼 세상의 일이 어렵고 힘들어서 많은 사람들을 지치도록 만들어서 급기야 "망해 버렸으면!" 하고 탄식을 내뱉는 것과 매우 유사해 보인다. 하지만 화자는 자신의 고백이 세속인들의 삶과는 전혀 다른 지향을 가지고 살아왔기 때문이라고 말하고 있다. "실상 나는 또 하나 다른 태양으로 살았다"는 간단명료한 표현이 바로 그것이다. "또 다른 태양"이란 절대적인 가치를 믿고 따르는 태도, 말하자면 내면세계가 소중하게 간직하고 있는 가치이자 정신적 지향이다. 그 가치는 사랑에 빠지면 입맛을 잃듯이, "외로운 사슴처럼 벙어리가 되어 산길에 설지라도" 간직되어야 할 절대자를 향한 간절한 지향이다. 그 지향이 있는 한 화자는 행복하다는 것이다.

더 생각하기

　앞서 이끌어낸 논제의 연장선에서 예시된 작품의 의미를 바탕으로 삼아 문제를 해결해 보자. '내게 진정한 행복은 무엇인가'라는 문제의 의도는 우리에게 세상을 살아가는 편의에 따라 쉽게 변질되는 가치관이나 물질적인 안락감을 묻는 것이 아니다. 다른 정신적인 지향이 무엇이고 그런 지향과 일치된 순간에 느끼는 행복이 어떠한 말인지를 진술하라는 말이다.

　우리가 생각하는 행복이란 대부분 평범하게 좋은 대학에 들어가서 좋은 직장에 취직하고 가정을 꾸리며 도란도란 이야기꽃을 피우는 분위기에 젖어드는 모습일 것이다. 하지만 이것은 무척이나 소박해 보일 뿐만 아니라 너무 자기중심적으로 읽혀진다. 불행이 들이닥칠 때 망연자실하며 운명을 한탄하는 것이나, 모든 사람들이 장미꽃을 보고 "아름답구나!" 하며 탄성을 지를 때에도 작품의 화자처럼 '곱다고 하지 않을 수 있다.' 행복의 척도도 사람마다 모두 다르기 때문이다.

　비극을 체험한 사람들일수록 더욱더 평온함과 평범한 삶을 갈구하지만 그것은 겪고 있는 어두운 생활과 반대되는 거울에 비친 가상일 경우가 많다. 진정한 행복이란 다른 사람들에게 봉사하는 헌신에서 찾을 수도 있고, 많은 사람들의 삶에 혜택이 돌아가도록 하는 이타적(利他的)인 사회적 봉사에서도 체감할 수 있다. 그런데, 그것을 가능하게 하는 각자의 가치관이 무엇이고, 구체적으로 어떤 순간에 그러한 충만한 행복감을 느꼈는지를 적절하게 표현해야 한다.

새것 콤플렉스, 또는 서양 따라잡기

춘원(春園) 이광수(李光洙)만큼 우리 근대사의 영욕(榮辱)과 함께한 지식인들도 드물 것이다. 1892년 평안북도 정주군 갈산에서 태어난 그는, 11살 나던 1902년 여름, 당시 서북지방에 휩쓸던 콜레라로 가족들을 일시에 잃고 천애고아가 되어 버린다. 이후, 외가와 당숙의 집을 전전하던 끝에 동학에 입교하여 동학 간부의 서기 일을 보게 된 그는 일제의 동학 탄압 때문에 현상수배령을 피해 상경하여, 천도교 파견 일본 유학생으로 선발된다. 그는 일본으로 건너가 대성 중학, 명치학원 보통부를 졸업한다. 이광수는 독립인사였던 남강(南岡) 이승훈(李承薰)이 설립한 오산학교에서 잠시 교편을 잡기도 했으나 다시 도일하여 와세다대학 대학부에서 문학과 철학을 전공하다가 『무정』을 매일신보에 연재하게 된다. 뿐만 아니라 그는 1919년 2월 8일 동경유학생들의 독립선언서를 기초했으며, 1937년 '수양동우회' 사건으로 도산(島山) 안창호(安昌浩)와 함께 옥고를 치르는 등 활발한 독립활동을 펴기도 했다.

그러던 그가 1940년 '향산광랑(香山光郎)'이라는 이름으로 창씨개명한 후

친일의 길로 접어들며 파탄의 삶을 걷게 된다. 그는 근대 계몽주의자로서 종교적으로도 동학에서 기독교로, 기독교에서 불교로 귀의하는 그의 곡절 많은 편력을 거치면서 변질되어간다. 그의 정치적 변절은 한국사회에 가해진 억압 속에 전통사상을 거부했던 계몽사상가의 파탄이라는 개인사의 불행이기도 했지만, 각성한 한 근대 지식인의 몰락이라는 정신사적인 오류를 보여주기도 했다. 그의 계몽사상이 자기 파멸로 귀결되기까지 전통 사상과 단절된 채 근대사상에 경시된 원인을 논자들은 '고아의식'에서 찾기도 한다. 어찌되었건, 해방 이후 그는 반민특위법에 의거 친일부역혐의로 1949년 서대문 형무소에 수감되는 등 단죄를 받고 근신하지만 6·25 발발과 함께 납북당했다.

최근 북한을 방문한 그의 자손에 따르면, 납북 후 그는 1951년 10월 경 한국군과 유엔합동군의 북진 당시 북한군들의 후퇴행렬 속에서 얻은 동상 때문에 건강을 잃고, 평안북도 고원지대의 어느 고갯마루에 쓰러진 채 발견되었다고 한다. 막역한 문우이자 당시 북한의 부수상이었던『임거정(林巨正)』의 저자 홍명희(洪命熹)의 배려로 그는 치료할 기회를 얻었으나 이미 때를 놓쳐 세상을 등지게 되었으며, 훗날 시신이 수습되어 평양의 공동묘역에 안장되었다고 전해진다. 개화의 격동기와 식민지 시대, 해방과 전쟁을 거쳐온 이 이상주의적 계몽사상가의 삶은 근대문학에 지대한 공헌과 역사적 과오를 저질렀음에도 한 시대를 풍미했던 것만큼은 틀림없다.

『무정(無情)』은 이광수의 대표작으로서 그의 계몽주의 사상의 요체를 담고 있는 중요작품이다. 이 작품은 1917년 1월부터 다음 해 6월 14일까지『매일신보』에 연재된 장편으로, 식민지로 전락한 1910년대 한국 사회를 반영하면서 계몽의 필요성을 웅변한 최초의 근대소설로 평가받고 있다. 특히 이 작품은 이광수 개인의 자전적인 체험과 자신의 계몽사상을 담고 있다. 그러나 계몽의 주체가 당대 사회 구성원들이 아니라 계몽의 대상으로 설정하고 있다는 점에서 그의 사상이 가진 한계를 명백하게 드러내고 있다. 『무정』은 독자들에게 쉽게 읽히는 대중적 문체를 구사하고 있는데, 구성이나 문체는 신소설과도 크게 구별되는 언문일치의 새로운 지평을 연 것으로 평가받고 있다.

　『무정』의 줄거리는 장편이라는 작품 분량에 비해서는 대단히 간략하다. 서울에 온 평양기생 월향, 영채. 그녀는 형식의 집에 찾아온다. 그 시각, 형식은 장안의 재력가 김장로의 집에서 선형을 처음 만나 그녀에게 영어를 가르치고 있었다. 저녁에 다시 찾아온 영채는 형식을 만나 어린 시절부터 기생이 되기 전까지 집안이 풍비박산 나버린 사연과 자신의 현재상을 형식에게 전한다. 그녀는 아버지와 두 오빠를 구원하기 위해 기생이 되었으나 그 소식을 들은 아버지와 오빠가 고문으로, 또 자결로 삶을 마감해버렸다는 사연까지는 형식에게 차마 말하지는 못한 채 집을 나온다. 다음날 영채는 청량사에서 경성학교 교주 아들 김과 배학감이 합세하여 겁탈하려는 위기에 빠지지만 형식의 친구 우선의 도움으로 가까스로 벗어난다. 영채는 형식과 함께 기방으로 돌아오면서 정조를 잃은 자신을 한탄하며 죽기를 결심하고 다음날 아침 서울을 떠나 평양행 기차에 오른다.

　많은 번민으로 밤을 지샌 형식은 다음날 영채를 찾아 집을 나선다. 그러나 형식은 그녀가 기거하던 기방(妓房)에 남긴 편지를 전해 받는다. 그는 영채가 자신을 위해 정조를 지켜왔으나 정조를 잃은 뒤 자책감에 빠져 자살을 결심하고는 평양으로 떠났다는 사실을 알게 된다. 곧바로 기차를 타고 영채를 찾아 나선 그는 평양거리를 헤매지만 영채를 찾지 못하고 경성으로 다시 돌아온다. 형식은 평양기생과 연애하였다는 소문이 학교에 퍼지면서 배학감과 동료교사, 평소 그를 따르던 학생들로부터도 비난을 당한다. 학교를 사직하기로 마음먹은 형식은 다시 영채의 시신만이라도 찾기 위해서 우선에게 도움을 청한다. 그러나 그때 김장로가 인편으로 선형과 약혼하여 함께 미국 유학을 떠나도록 권고하는 의향을 전하자, 우선은 형식에게 선형을 선택하도록 권유한다. 형식은 선형과 약혼식을 치른 뒤 영채에 대한 죄책감을 벗어던지고 미국 유학길에 오를 준비를 한다.

한편, 평양행 기차를 탄 영채는 그간 정조를 지켜왔으나 이를 지키지 못한 것을 한탄하며, 평양에서 자신을 따뜻하게 대해준 기생 월화를 생각하며 자살을 결심한다. 기차 안에서 영채는 바이올린을 전공하는 동경유학생 병욱을 만나 그녀에게 자신의 기구했던 삶을 털어놓으면서 새로운 삶의 전기를 맞는다. 병욱은 아버지가 주도하는 결혼에 대한 권유에도 불구하고 음악도의 꿈을 성취하기 위해 집안의 반대를 무릅쓰고 공부를 계속하려는 진취적인 신여성이다. 그녀는 좌절에 빠진 영채에게 미래에 대한 소망을 가지라고 계도하며 황주 땅에 있는 자신의 집에 기거하게 한다. 한 달 종안 병욱의 물심양면에 걸친 지원과 감화 끝에 영채는 생의 의욕을 품은 아름다운 여성으로 재탄생한다. 영채의 아름다움은 잠시 조혼하여 나이 많은 아내와 애정 없는 결혼생활을 하는 병욱의 오빠 병국의 마음까지 사로잡는다. 하지만, 병국은 여동생 병욱의 설득에 감화되어 영채의 유학까지도 아낌없이 원조하는 조력자로 변신한다. 이렇게 하여 병욱과 영채는 기차를 타고 경성을 거쳐 동경 유학길에 오른다.

병욱과 영채가 탄 기차가 경성에 도착했을 때 미국 유학길에 오른 형식과 선형을 우연히 만난다. 형식을 환송하는 소리를 들은 영채는 형식이 기차에 함께 탄 것을 알게 된다. 영채는 안타까운 마음에 빠지고 선형은 질투심에 불탄다. 형식 또한 두 여인 사이에서 괴로워한다. 하지만 형식은 영채에게 정중하게 사과한 뒤 선형에게 자신의 사랑을 재확인한다.

이들 일행이 탄 기차가 수해로 인해 삼랑진에서 멈추게 된다. 이들은 병욱의 제의로 즉석에서 음악회를 열어 수재민을 돕는 모금 행사를 연다.

그러나 이들 일행은 비탄에 빠진 수재민들의 가난과 비참상을 접하고 나서 사회계몽의 책무를 자각하게 된다. 이후 이들은 모두 교육, 언론, 음악 등 사회 각 분야에서 활약하는 사람들로 성장한다.

『무정』에서 주요인물인, 동경에서 신학문을 배워 개화사상을 가르치는 경성학교 영어교사인 이형식은 작가의 분신이라 해도 좋다. 또한, 장안의 부유한 재산가인 기독교 장로 김광현의 딸로서 이형식과 약혼하여 미국으로 유학하는 신여성 김선형, 본래 형식의 약혼자였으나 투옥된 아버지를 구하기 위해 기생이 되었다가 김병욱의 도움으로 유학길에 오른 박영채, 신사상을 가진 신여성으로 자살을 결심하고 기차를 탄 영채를 설득하여 인간 주체의 고귀함을 역설하여 마음을 움직이게 하여 동경 유학을 함께하는 김병욱 등은 모두가 조혼 폐습과 가난을 대물림하는 한국사회의 정체된 모습을 타파하는 시대의 역군으로 제시된 청년상이다. 이들은 모두가 미신이나 가난과 같은 인습의 타파를 역설하는 공통된 면모를 드러내는 한편, 서양의 근대문물을 수용하고 교육을 통해 사회 역량을 비축하는 청년세대이다. 이들은 서구사상을 습득함으로써 식민지 체제를 극복하는 시대적 과제를 실현할 수 있다는 준비론 사상을 체현하고 있는 인간상이다.

그러나 『무정』에는 간과하지 않아야 할 대목이 있다. 그것은 서술자의 목소리를 빌려 이광수 자신이 언급한 서양을 겉으로만 본받는 듯한 태도이다.

▶ 다음 글을 읽고 이 글이 무엇에 대한 비판인지를 함께 토론해 보자.

서양 사람의 생각으로 그(김장로를 가리킴—인용자)를 비평할진대 '예술을 모르고 어떻게 문명 인사나 되나' 하고 의심할 것이다. 실로 문명 인사치고 예술을 모르는 사람은 없다. 김장로는 방을 서양식으로 꾸밀뿐더러 옷도 양복도 많이 입고 잘 때에도 서양식 침상에서 잔다. 그는 서양 중에서도 미국을 존경한다. 그래서 모든 것에 서양을 본받으려 한다. 그는 과연 이십 년 서양을 본받았다.

그가 예수를 믿는 것도 처음에는 서양을 본받기 위함인지 모른다. 그리하고 자기는 서양을 잘 알고 잘 본받을 줄로 생각한다. 더구나 자기가 외교관이 되어 미국 와싱톤에 주재하였으므로 서양 사정은 자기보다 더 자세히 아는 이가 없거니 한다. 그러므로 서양에 관하여서는 더 들을 필요도 없고 더 배울 필요는 물론 없는 줄로 생각한다.

그는 조선에 있어서는 가장 진보한 문명 인사로 자인한다. 교회 안에서와 세상에서도 그렇게 인정한다. 그러나 다만 그렇게 인정하지 아니하는 한 방면이 있다. 그것은 서양 선교사들이다. 선교사들은 김장로가 서양 문명의 내용이 무엇인지 모르는 줄 안다. 김장로는 과학을 모르고, 철학과 예술과 경제와 산업을 모르는 줄을 안다.

그가 종교를 아노라 하건마는 그는 조선식 예수교의 신앙을 알 따름이요, 예수교의 진수가 무엇이며 예수교와 인류와의 관계 또는 예수와 조선 사람과의 관계는 물론 생각도 하여 본 적이 없다.

문명이라 하면 과학, 종교, 예술, 정치, 경제, 산업, 사회제도 등을 총칭하는 것이다. 서양의 문명을 이해한다 함은 즉, 위에 말한 내용을 이해한다는 뜻이니, 김장로는 무엇으로 서양을 알았노라 하는고, 서양 선교사들은 이러함을 안다. 그러므로 그네는 김장로를 비방하여서 하는 말이 아니라, 김장로의 참 상태를 말하는 것이다. 서양식 집을 짓고, 서양 풍속을 따름을 흉내가 아니라면 무엇이라 하리요.

다만 용서할 점은 김장로는 결코 경박하여 또는 일정한 주견이 없어서, 또 다만 허영심으로 서양을 흉내 내는 것이 아니라 진정으로 서양이 우리보다 우승함과 따라서 우리도 불가불 서양을 본받아야 할 줄을 믿음 (깨달음이 아니요)이니 무식하여 그러는 것을 우리는 책망할 수가 없는 것이다.

그는 과연 무식하다. 그가 들으면 성도 내려니와 그는 무식하다. 그는 눈으로 슬쩍 보아 가지고 서양 문명을 깨달은 줄로 안다. 하기는 그에게 는 그밖에 더 좋은 방법이 없다. 그러나 눈으로 슬쩍 보아 가지고 서양 문명을 알 수가 있을까.

김장로의 생활방식이 가진, 겉으로만 서양을 추종하는 태도를 가리켜 문학사에서는 '새것 콤플렉스'라고 표현하고 있다(김현·김윤식, 『한국문학사』, 민음사, 1973). 이것은 서양 근대문물을 맹목적으로 신뢰하는 극단적인 태도를 가리킨다.

새것만이 최고의 가치를 지닌 시대는 비단 오늘날에만 국한된 현상이 아니다. 근대 계몽기로까지 소급되는 뿌리 깊은 배경을 가지고 있는 것이다. 우리 사회에서도 외국어로 된 상표나 물품에 현혹되는 병적이라고 할 만큼 기이한 소비행태가 널리 퍼져 있다. 이러한 생각은 근대 초기에 생겨난 것이다. 그런데 서구 추종의 이러한 행태는 자기비하와 크게 다르지 않다. 왜냐하면 서양 것이 우리 것보다 낫다는 생각이기 때문이다(최근 서구사회에까지 마니아층을 형성한 한류 붐을 떠올려 보면 격세지감이다). 앞의 대목에서 김장로에게 가해지는 비판은 서구 사상과 문물이 지배적인 하나의 잣대이고, 그러한 잣대에 미루어볼 때, 김장로는 양식으로만 치장한 속물근성을 가진 한 사람이라고 봐도 크게 틀리지 않는다.

이광수의 계몽사상이 가진 결함은 전통사상에 뿌리를 둔 주체적인 태도가 보이지 않는다는 데서 찾아진다. 더욱이 이를 논리적 추론의 극단으로 끌고 가면, 서구 문물을 수입한 결과 사회가 계몽되고 발전된다고 소박한 연결고리만 발견할 수 있을 뿐이다. 그 뒤에 담긴 구미의 여러 나라와 일본의 제국주의를 경계하는 태도는 보이지 않는다. 그 결과 이광수는 일제의 문물에 대한 경외감으로 낙착되고 친일의 길로 들어섰던 것은 아닐까. 이 점은 『무정』이 가진 맹점의 하나이기도 하다. 서양 문물에 전폭적인 신뢰를 보내는 태도가 곧장 자기문화에 대한 비하로 나타났던 것이다.

지문 독해의 정확성은 더 강조할 필요가 없다. 다만, 독해에 있어서 소설의 지문이 나왔을 경우, 지문 속에 등장하는 인물들의 특성과 드러나고 있는 서술자의 의도가 무엇인지를 논제와 연관시키는 훈련이 필요하다. 『무정』과 같은 목적문학은 특정한 사회 현실을 반영하고 교훈을 독자들에게 보여주려 하는 것이 특징이다. 이러한 경우, 인물과 그 안에서 발견되는 작가의 사상을 잘 가늠할 수 있어야 한다. 작품의 배경 지식도 얼마만큼 필요한 것은 물론이다. 『무정』이 발표된 1910년대의 처한 현실이 어떠했는가는 한국사를 통해서 어느 정도 알고 있어야 하는 것이다. 국가를 일본에 빼앗긴 지 대략 7년이 되는 시점에서 그 시대에 해결해야 할 가장 긴요한 과제는 이광수에게 '서양배우기'와 '서양따라잡기'라고 판단되었던 것이다.

▶ 『무정』에서 이광수는 어떻게 서양을 따라잡을 수 있다고 생각했을까. 다음 글을 읽고 함께 토론해 보자.

여학생은 영채의 신세타령을 듣고, "그러면 지금도 그 형식을 사랑하시오?"
사랑하느냐 하는 말에 영채는 가슴이 뜨끔하였다. 과연 자기가 형식을 사랑하였는가…… 알 수가 없다.

자기는 다만, 형식이라는 사람은 자기가 찾아야 할 사람, 섬겨야 할 사람으로 알았을 뿐이요, 칠팔년 내로 일찍 형식을 사랑하는지 생각해본 적도 없었다. 다만 어서 형식을 찾고 싶다, 어서 만나면 자기의 소원을 이루겠다, 만나면 기쁘겠다 하였을 뿐이다.

그러므로 영채는 멀거니 여학생을 보다가, "그런 생각은 해본 적도 없어요. 어려서 서로 떠났으니까 얼굴도 잘 기억하지 못하였는데……."

"그러면 부친께서, 너는 아무의 아내가 되어라 말씀이 있으니까 지금껏 찾으셨습니다그려…… 별로 사모하는 생각도 없었는데……."

(중략)

"살지요! 왜 죽어요?"

영채는 깜짝 놀라 여학생을 본다.

여학생은 힘 있는 목소리로, "첫째, 영채씨는 속아 살아 왔어요. 이형식이란 사람을 사랑하지도 아니하면서 공연히 정절을 지켜 왔어요. 부친께서 일시 농담 삼아 하신 말씀이 한 마디 때문에 영채씨는 칠팔년 헛된 절을 지킨 것이외다. 사랑하지 않는 사람을 위해서, 피차에 허락도 아니한 사람을 위해서, 절(節)을 지키는 것이나 다름이 있어요? 영채씨의 마음은 아름답지요. 절은 굳지요. 그러나 그뿐이외다. 그 아름다운 마음과 그 굳은 절을 바칠 사람이 따로 있지 아니할까요. 하니까 지금 영채씨가 그이를 사랑하시거든 지금부터 몸과 마음을 바치실 것이요, 만일 그렇지 않거든 다른 남자 중에 구하실 것이지요. 그런데……."

"그런데 지금토록 마음을 하여 오던 것을 어떻게 합니까. 고성(古聖)의 교훈도 있는데." 한다.

"아니요. 영채씨는 지금까지 꿈을 꾸고 지나셨어요. 얼굴도 잘 모르고 마음도 모르는 사람에게 어떻게 마음을 허락합니까? 그것은 다만 그릇된 낡은 사상의 속박이지요. 사람은 제 목숨으로 삽니다. 제가 사랑하지 않는 지아비가 어디 있겠어요. 하니간 영채씨의 과거사는 꿈입니다. 이제부터 참 생활이 열리지요."

일제에 의한 탄압으로 아버지 박진사가 투옥되고 두 형제의 죽음 때문에 영채는 충격을 받는다. 그녀는 아버지와 오빠들을 구하기 위해 기생이 된다. 그러나 부모 사이에 약조된 약혼관계는 형식과 영채를 완강하게 얽어매고 있다. 형식에게는 은사의 딸인 영채에 대한 신의의 문제가, 약혼관계에 전혀 모순을 느끼지 않는 영채에게는 오로지 정절과 관념적인 약혼관계가 속박으로 작용하고 있는 것이다.

위의 지문은 영채가 경성학교 교주의 아들에게 정조를 잃고 나서 죽음을 결심했다가 김병욱을 만나 신세를 털어놓고 대화를 나누는 대목이다. 김병욱은 이광수의 계몽사상을 전파하도록 역할을 부여받은 신여성이다. 그녀의 발언이 보여주는 대담함은 자유연애 사상을 은연중에 담고 있는 데서도 잘 확인된다. 그러나 김병욱의 계몽사상은 조혼 풍속의 비판과 여성 자신도 인간으로서의 삶을 향유할 권리가 있다는 것, 부모의 약조에 바탕을 둔 약혼관계가 참다운 사랑이 아니라는 것을 분명하게 피력하고 있다. 이 대목이 표면적으로는 영채를 몽매함으로부터 깨어나게 만드는 발언으로 보일지 모르나, 이광수 자신이 영채를 통해 계몽사상으로 훈도하고 조혼풍속을 비롯한 일련의 인습들을 강하게 비판하는 것이다. 이광수의 계몽사상에서 인간의 참다운 권리의 향유라는 점을 긍정할 부분으로 정리할 수 있다면, 비판받아야 할 대목은 무엇인지 정리해 볼 수 있을 것이다.

▶ 다음 글을 읽고 '외래문화 수용의 바람직한 태도'는 무엇인지 지문의 내용에 대한 요약과 비판을 도입부로 삼아 토론해 보자.

이러하는 동안에 집 잃은 사람들은 여전히 어찌할 줄을 모르고 땅바닥에 앉아 있었다. 차차 시장증이 나고 몸이 떨리기 시작하였으나 그녀에게는 아무 방책도 없었다. 그네는 다만 되어가는 대로 되기를 바랄 뿐이다.

그네는 과연 아무 힘이 없다. 자연의 폭력에 대하여서야 누구라서 능히 저항하리요마는 그네는 너무도 힘이 없다. 일생에 뼈가 휘도록 애써서 쌓아 놓은 생활의 근거를 하룻밤의 비에 씻겨 내려 보내고 말 이만큼 그네는 힘이 없다. 그네의 생활의 근거는 마치 모래로 쌓아 놓은 것과 같다. 이제 비가 그치고 물이 나가면 그네는 흩어진 모래를 긁어모아 새 생활의 근거를 쌓는다. 마치 개미가 가늘고 연약한 발로 땅을 차서 둥지를 만드는 것과 같다.

하룻밤 비에 모든 것을 잃어버리고 발발 떠는 그네들이 또 어찌 보면 너무 약하고 어리석어 보인다. 그네의 얼굴을 보건대 무슨 지혜가 있을 것 같지 아니하다. 모두 다 미련해 보이고 무감각해 보인다. 그네는 몇 푼어치 아니 되는 농사하는 지식을 가지고 그저 땅을 팔 뿐이다. 이리하여 몇 해 동안 하느님이 가만히 두면 썩은 볏섬이나 모아두었다가 한번 물이 나면 다 씻겨 보내고야 만다. 그래서 그네는 영구히 더 부(富)하여짐이 없이 점점 더 약하여지고 머리는 점점 더 미련하여진다. 그대로 내어버려두면 마침내 북해도의 '아이누'나 다름없는 종자가 되고 말 것 같다. 저들에게 힘을 주어야 하겠다. 지식을 주어야 하겠다. 그리하여서 생활이 근거를 완전하게 하여 주어야 하겠다.

"과학, 과학!" 하고, 형식은 여관에 돌아와 앉아서 혼자 부르짖었다. 세 처녀는 형식을 본다.

"조선 사람에게 무엇보다 먼저 과학을 주어야 하겠어요. 지식을 주어야 하겠어요." 하고 주먹을 불끈 쥐며 자리에서 일어나 방으로 거닌다.

(중략)

"그렇지요, 불쌍하지요! 그러면 그 원인이 어디 있을까?"

"물론 문명이 없는 데 있겠지요 ─ 생활하여 갈 힘이 없는 데 있겠지요"

"그러면 어떻게 해야 저들을…… 저들이 아니라 우리들이외다…… 저들을 구제할까요?" 하고 형식은 병욱을 본다. 영채와 선형은, 형식과 병욱의 얼굴을 번갈아 본다.
　병욱이 자신이 있는 듯이,
　"가르쳐야지요!"
　"어떻게?"
　"교육으로, 실행으로."

지문 해설

　앞서 『무정』에 나타난 이광수의 계몽사상에 대한 부정적인 측면에 대해 알아보았다. 그러나 이 지문은 '서구 근대문물을 수용하는 바람직한 자세가 무엇인가'라는 논제와 연관지어 비판적으로 읽어야 한다.

　삼랑진의 수해 현장에서 개인의 감정을 떠나 민족 계몽의 사명을 뼈저리게 느끼는 이형식을 비롯한 세 여자들의 대화는, 『무정』에서는 핵심이자 결론에 해당한다. '수해'로 삶의 터전을 잃고 만 수재민들의 참상은 민족 전체에 부과된 식민지 지배와 결부시킬 수 있다. 이를 쉽게 간파할 수 있는 사람이라면, 왜 그 같은 비극적인 역사적 체험을 '수해'로 대치했는가를 한 번쯤 의심해 보아야 한다.

　자연의 재해는 '인간의 힘으로는 저항할 수 없는', 곧 '불가항력'의 현실을 말해준다. 뿐만 아니라 이형식 일행은 수재민들을 미련하고 지혜 없는 '아니누의 종자'와 같이 되고 말, 문명 없는 개인들로 여기고 있다. 이형식 무리가 내세우는 계몽의 목표는 무력한 개인들에게 힘과 지식을 톨해 생활의 근거를 완전하게 해주는 것으로 설정되고 있다. 그 수단이 바로 서양의 과학과 교육이다.

더 생각하기

　망국의 원인을 불가항력으로 돌리고 그러한 현실을 극복하는 방책으로 서양문명을 습득하여 이를 전파하는 목표와 지향이야말로 이광수의 계몽사상이 가진 핵심이다. 이광수는 과학과 교육을 통해 국권을 회복하는 일이 가능하다고 생각했다. 그러나 그는 전통 사상을 전면 부정하면서 주체적인 뿌리를 상실한 데서 어긋나기 시작했다. 서구의 강성한 위력 앞에서 이 뿌리 없는 사상은 일제의 민족 흡수정책에 쉽게 야합해버리는 결함을 가지고 있었다. 여기에서 드러나는 문제는 현실 인식의 안일함이다. 이 부분이 아마도 논제가 요구하는 요약과 도입부의 내용이 될 것이다.

　이광수의 친일은 그러니까 사상의 결함 때문에 예정된 것이었다고 보는 편이 옳다. 한 사상가에게서 선각적인 노력에도 불구하고 이 같은 파탄을 본다는 것은 매우 중요한 역사적 의미를 갖는다. 지금의 시기는 1910년대의 서구 열강이 보여준 타민족의 지배 정책이 신자유주의를 외치는 다국적 세계자본이라는 모습으로 대체되었을 뿐이다. 이데올로기나 민족, 국가의 경계를 넘나들면서 자본의 힘은 한 국가를 파산지경으로까지 몰고 갈 수 있다는 점을 우리는 체험한 바 있다.

　밖으로 열린 사고와 창의력도 매우 중요하지만 '자기'라는 주체의 중심마저 잃어버렸을 때 자본과 다른 나라의 이익에 종속되는 비극적인 결과를 낳을 뿐이다. 일본과 미국 디즈니사의 만화산업이 그러하고, 누구나가 가지고 있는 애플사의 아이폰, 아이패드가 그러하다. 이 화려한 IT기기의 신제품을 즐기지 말란 것이 결코 아니다. 훌륭한 문물로부터 우리는 우리가 행해야 할 사회발전의 지침을 얻어야 할 것이다. 하지만 주체적인 문화 역량이 전제되지 않으면 언제 무너질지 모르는 사상누각이나 다름없다.

식민지 현실과 풍자의 힘

전라북도 옥구군에서 부농의 아들로 태어난 백릉(白綾) 채만식(蔡萬植)은 1902년 태어나 1950년 6·25가 발발하기 직전 향리에서 세상을 떠났다. 근대문학사에서 명징한 세태 묘사와 신랄한 풍자를 감행한 재능을 발휘했던 그는 일생 내내 전업 작가로 살면서 경제적 궁핍으로부터 자유롭지 못했다. 하지만 그는 예리한 현실감각을 바탕으로 한 사회 통찰에 일가견을 가지고 있었다. 그러나 지금까지 그의 문학의 전모는 그에 상응하는 만큼의 평가를 받지 못한 불우함을 가지고 있다. 그 이유의 하나는 아마도 그가 의도하든 않았던 간에 일제에 부역했다는 것, 그리고 풍자라는 부정적인 기법을 주로 활용했다는 데서 찾아볼 수 있다.

채만식은 소설은 물론이고 평론, 희곡, 수필, 동화 등, 시를 제외한 모든 문학 장르에 걸쳐 왕성한 작품 활동을 한 작가였다. 그는 기자 출신답게 소설에 있어서도 세태 풍자소설을 통해 현실에 대한 안목과 탁월한 감각을 발휘하였다. 평판작 「레디메이드 인생」(1934) 외에도, 장편으로는 『탁류』(1937), 『태평천하』(1938)를 비롯해서 희곡 「제향날」 등 뛰어난 작품을 일제 때 발표하였고, 해방 후에는 중편 「민족의 죄인」을 비롯해서 「논 이야기」, 「도야지」, 「미스터 방」, 「낙조」 등과 같은 세태풍자소설을 발표하였으며, 유고로는 중편 「소년은 자란다」와 장편 『옥랑사』 등이 있다.

　채만식 문학의 특색은 식민지 시대에 한정시켰을 때 일제의 우민화정책의 경제적 수탈에 대한 예리한 비판 의식을 발휘한 점에서 찾아볼 수 있다. 「레디메이드 인생」·『탁류』·『태평천하』·「소년은 자란다」 등에 나타나고 있는 일제 교육에 대한 강한 불신은 식민지 사회의 기능공만을 양산하는 우민화 정책이라는 사고에서 출발한 것이다. 그가 가장 공들여 풍자와 비판을 감행한 제재들은 고리대금업이나 도박과 같은 비정상적인 자본의 출현과 그것의 파행적인 위력에 관한 것이다. 『탁류』에서 장형보가 일삼는 도박이나 모리배적인 행위, 『태평천하』에서 윤직원 영감의 고리대금업을 떠올리면 될 것이다. 일제하의 사회 변동을 폭넓게 조망하면서, 채만식의 소설은 식민지 교육을 맹신하거나 적어도 과신하는 부정적인 인물과 세태의 부정적인 면을 직시하고 있다. 예를 들어 「치숙」은 일본인 상점의 점원이 된 친일적인 성향을 가진 조카를 등장시키고 있다. 이 부정적인 소년의 입장에서 사회주의자 삼촌을 비아냥거리는 태도는 서술자 자신의 부도덕성을 강조해서 부각시키는 이중의 풍자방식이다. 또한 『태평천하』의 윤직원 영감이 보여주는 이상심리는 식민지 시대를 군수나 법관이 되는 신분상승의 호기쯤으로 여기는 왜곡된 시대상에 대한 신랄한 비판이다.

　그렇다고 해서 채만식의 문학이 부정적인 면모로만 그치는 것은 아니다. 그는 풍자의 기법이 가진 현실 비판과 부정적인 한계도 깊이 고려했으나 식민지의 현실이나 해방 이후 전개된 부도덕한 정치 문화적 현실 때문에 풍자의 기법을 버릴 수 없었다. 『탁류』나 여타의 작품에서 볼 수 있는 그의 역사관과 현실인식은 행간에 숨어 있어서 눈에 잘 띄지 않으나 소박하나마 공정한 소득의 배분과 역사의 진보에 대한 믿음에 기초해 있다.

대표작 『탁류』는 폭넓은 주제의식을 바탕으로 양반 출신의 전통적인 지식인 계층의 정주사의 몰락과 그의 집안 여성들을 그리고 있다. 전통적인 여성상을 지닌 언니 초봉이의 혹독한 세상살이와 절망적인 파탄에다, 채만식은 진취적이며 적극적인 가치관을 지닌 동생 계봉의 건강한 모습을 대비시켜 놓는다. 또한, 휴머니즘과 성실함을 가진 청년의학도 남승재의 무료진료나 야학활동과 같은 사회계몽의 실천에다가 도덕적 타락과 방종을 일삼는 고태수와, 가학적이고 파렴치한 곱추 장형보를 등장시켜 초봉 자매를 둘러싼 통속적인 세태를 부각시켜 놓는다. 남승재나 계봉과 같은 건강한 인물들의 사고와 실천에 대비되는 고태수, 장형보, 박제호 등등은 말류(末流)의 인간상이다. 이들이 보여주는 것은 사회적 부도덕과 어두운 현실이 가진 비윤리적인 행각의 통속성이다. 그렇다고 이 작품이 통속소설의 흥밋거리로만 그친다고 결론 내리는 것은 성급한 판단이다.

작품은, 우선 식민지 현실이라는 '탁류'가 근대 한국사회의 파행적인 전개를 낳았고, 그 결과 유형무형으로 개개인들의 삶이 거기에 오염되었다는 작가의 판단을 바탕으로 삼고 있다. 또한 작품의 저류에는 혼탁한 역사의 격랑 안에서도 역사의 발전과 미래에 대한 꿈을 포기하지 않는 전망이 흐르고 있다. 곧 자본의 위력과 몰락하는 계층과 새롭게 대두하는 계층 간의 대체과정을 절망과 희망, 회의와 전망을 함께 제시한 것이 작품의 의도라고 할 것이다.

식민지 체제가 자행하는 착취와 구탈의 경제구조 속에서 재빠르게 적응해내지 못하면 도태당하고 마는 구시대적 인물의 전형적인 모습이 정주사에게서 발견되고 있다. 그의 몰락을 비롯해서 여러 인물 군상들에게서 발견되는 몰염치와 부도덕과 패륜적 행각은 당대의 현실이 윤리적으로나 경제적으로 매우 암담한 상태라는 작가의 통찰에서 얻어진 슬픈 풍속도이다. 그러나 통속적인 사건 전개와 시대 묘사에서 언뜻언뜻 내비치는 부정적인 세태의 비판은 특히 유심히 살펴보아야 할 대목이다.

▶ 다음 대목을 읽고 등장하는 인물들의 가치관을 토론해 보자.

유씨(정주사의 아내)는 새삼스럽게 승재한테 주의가 가던 것이다. 그럴 내력이 있었다. 유씨는 실상인즉 진작부터서 초봉이가 승재한테 범연치 않은 기색을 눈치 채고 있었다. 그래서, 꼭이 그래서 뿐만 아니지만, 그첨 저첨해서 그는 승재를 맏사윗감으로 꼽고서 두루 유념을 해왔던 것이다. 말이 많지 않고, 보매는 무뚝뚝한 것 같아도 맘이 끔찍이 유순하고 인정이 있는 것이 무엇보다도 유씨의 마음에 들었다. 한 번 그렇게 마음에 들고 나니 그 담엣것은 다 제풀로 좋게만 보여졌다. 그의 듬직한 성미는 사람이 무게가 있는 것같이 미더운 구석이 있어 보였다. 그가 지금은 다 그렇게 궁하게 지내지만, 들잔즉 늘잡아서 내년 가을이면 옹근 의사가 된다고 하니, 의사가 되기만 되는 날이면 돈도 벌고 해서 거드럭거리고 지낼 가야 묻지 않아도 빤히 알 일이요, 그러니 그때 가서는 마음 턱 놓고 줄 수가 있을 것이었다.

하기야 한 가지 마음 걸리는 데가 없지는 않았다. 승재는 부모도 없고 친척도 없이 무대가리 같이 굴러다니는 사람인 걸, 도대체 근지(根地—근본)가 어떠한지 알 수가 없었다. 옥에 티라고나 할까, 이것 한 가지가 유씨의 승재에 대한 불안이었었다. 그러나 궁하면 통한다는 묘리대로, 그것 또한 변법이 없으리라는 법은 없었다.

"지금 세상에 근지가 무슨 아랑곳 있나?"

"양반은 어디 있으며, 상놈은 어디 있어?"

"저 하나 잘 나고 돈만 있으면, 그게 양반이지."

이렇게 유씨는 이녁의 관리를 위하여 승재의 근지 분명치 못한 것을 관대하게 처분을 내렸었다.

(중략)

유씨는 오늘 별안간, 태수가 태어나자 그의 외양과 들여미는 소담스런 이바지에 그만 흠탁해서 여태까지 유념해 두고 지내던 승재는 미처 생각할 겨를도 없이 태수 하나만 가지고 여부없이 작정을 해버렸던 것이다. 태수는 혼자 가서 첫째를 한 셈이다.

유씨는 그렇게 작정을 하고 나서 그러고도 종시 승재라는 존재를 잊어버리고 있는데, 마침 승재의 음성이 들리니까 비로소 주의가 갔던 것이다.

유씨는 그제서야 승재를 태수와 대놓고 그러나 그것은 마치 선무지개처럼, 빛이 곱고 선명하니 가깝게 있는 며느리 무지개는 태수요, 뒤로 넌지시 있어 희미한 시어머니 무지개는 승재인 양, 도시 이러니 저러니 할 것도 없을 성 싶었다.

태수가 그처럼 솟아 보이는 것이 흡족해서, 유씨는 무심코 빙그레 웃기까지 한다.

그러나 그 끝에 문득, 그만큼이나 무던하다고 본 승재를 그대로 놓치게 되는가 하면 일변 아까운 생각도 들었다. 이 아깝다는 생각에는, 그보다 앞서서 욕심 하나가 돋쳐 나왔었다. 그는 승재를 그냥 놓아버릴 게 아니라 작은딸 계봉이의 배필로 붙잡아두고 싶던 것이다. 지금 스물다섯 살이라니까 계봉이와는 나이 좀 층이 지기는 해도, 여덟 해쯤 대사가 아니었었다. 그러니 아무려나 승재는 그 요량으로 유념해 두고서 후기를 보기로 작정을 했다. 하고 본즉 유씨는 하룻밤에 한 자리에 앉아서 큰사위 작은사위를 다 골라 세운 셈이 되고 말았다.

이 대목은 초봉·계봉 자매의 모친 유씨의 입장에서 진술되고 있다. 그녀는 방종한 고태수의 깔끔한 외모에 현혹되어, 성실하지만 볼품없고 천애고아인 의사 지망생 승재를 뒷전으로 물리고 고태수를 맏사위로 맞아들이려는 이기적인 태도를 보여주고 있다. 유씨부인의 이기적인 욕심이 초봉의 쓰디쓴 삶의 발단을 만들어내는 것이다. 사람을 품평하는 데 잘못을 저지르는 것은 외양만을 보고 내리는 성급한 판단 때문이다(소설 속 인물에 대한 판단 근거 역시 우리의 일상생활 속에서 이루어지는 '상식'이라는 근거에서 그리 멀리 떨어져 있지 않다). 유씨의 욕심은 전체적인 판단의 균형을 잃어버리고 초봉에게는 불행을 자초하는 결과로 나타난다.

유씨부인의 정주사 역시 전통적인 사람들로서 곤핍한 생활 때문에 초봉에 대한 고태수의 집요한 접근을 뿌리치지 못한다. 돈과 말끔한 외모에 빨려들고 마는 이 모습은 더 이상 도덕률의 지배를 받는 사회가 아니라는 것을 말해준다.

『탁류』는 그러한 점에서 하나의 본보기가 되기에 충분하다. 즉, 인간 평가의 척도란 장래에 대한 소망과 성실하고 무던한 성격에서 나온다는 상식을 유씨부인은 상황에 따라 편의적으로 해석해 버림으로써 장차 딸이 겪게 될 불행의 씨앗을 만들어놓은 셈이다. "저 하나가 잘나고 돈만 있으면, 그게 양반이지."라는 유씨부인의 생각도 금전만능의 부정적인 사고를 보여준다.

▶ 다음에 제시된 작품 속의 설화는 그 주제가 무엇인지 토론해 보자.

산신당(山神堂)에서 거지 둘이 의좋게 살고 있었다. 이 둘이는 저희끼리도 의가 좋았거니와, 밥을 비러오면 먼저 산신님께 공궤(供饋–음식을 바침)하기를 잊지 않았다.

그 덕에 산신님은 여러 해 동안 푸달진 바가지밥이나마 달게 얻어 자시고 지냈는데, 하루는 산신님의 아낙이 산신님을 보고 거지들한테 무엇

보물 같은 것이라도 주어서 은공을 갚자고 권면을 했다. 산신님은 보물을
주어서는 도리어 그네들을 불행하게 한다고 아낙의 권을 듣지 않았다. 그
래서 졸라싸니까, 자 그럼 이걸 두고 보라면서 좋은 구슬(보석) 한 개를
위패 앞에다가 내놓아 주었다.

두 거지는 그것을 얻어가지고 좋아서 날뛰었다. 그리고 인제는 우리가
팔자를 고쳤다고, 그러니 우선 술을 사다가 산신님께 치하도 하려니와,
우리도 먹자고 그중 한 거지는 그 구슬을 제가 혼자 독차지할 욕심이 났
다. 그래서 그는 몽둥이를 마침 들고 섰다가 술을 사가지고 신당으로 들
어서는 동무를 때려 죽였다. 그리고는 좋다고 우선 술을 따라 먹는다. 그
러나 술을 사러 갔던 자도 그 구슬을 저 혼자서 독차지할 욕심이었던 지
라 술에다가 사약(死藥)을 탔었다. 그래서 그 술을 마신 다른 한 자도 마
저 죽었다.

이 꼴을 보고 산신은 아낙더러, 저걸 보라고, 그러니까 아예 내가 무어
라더냐고 하여 그제서야 산신님의 아낙도 고개를 끄덕거렸다.

작품에 수록된 우화에서 산신당은 도덕적인 삶에 대한 하나의 중심을
이룬다. 두 거지는 경제적으로 궁핍하지만 착한 심성을 잃지 않고 사는
자들이다. 이들은 의좋게 살고 산신께 예를 드리는 것을 잊지 않는다. 그
러나 우연하게 얻은 재물에 현혹되면서 욕심이 발동한다. 이기심은 이들
을 서로 죽이고 죽게 되는 참혹한 결과를 가져온다. 가난하지만 서로 존
중하는 마음과 예를 잃지 않았던 이들이 서로를 살상함으로써 재물을 둘
로 나누는 지혜는 갖지 못했던 것이다. 불행은 욕심으로부터 온다. 돌연
한 행운이 이들에게는 불행의 원천이었던 것이다.

이제 설화가 가지고 있는 주제, 곧 교훈은 이만하면 짐작할 수 있었을
것이다. 불교에서 자주 언급되는 '도(道)란 평상심(平常心)'이란 표현처럼,

본래의 마음을 보존하는 것이 이 이야기에서는 소중한 교훈이다. 산신의 아낙이 고개를 끄덕거린 것은 거지들에게 이러한 평정심이 없었기 때문이다.

다음에는, 『탁류』에서 발견되는 긍정적인 인간성과 의식을 살펴보기로 하자.

▶ 예시된 지문을 읽고 '사회봉사의 개인적 한계와 조직화의 필요성'에 관해서 토론해 보자.

> 승재가 가난한 사람의 병든 것을 쫓아다니면서, 돈도 받지 않고 치료를 해준다는 소문이 요새 와서는 좁다고 해도 인구가 육만 명이 넘는 이 군산(群山) 바닥에 구석구석 모르는 데 없이 고루 퍼지고, 그래서 위급한 데도 어찌하지 못하는 병자만 돌아보아 주재도 항용 열씩은 더 된다.
>
> 그밖에 종기야 가슴아피야 하고 모여드는 사람은 이루 헬 수가 없다. 큼직한 종합병원 하나를 차리고 앉았어도 그 사람들을 골고루 만족히 치료해 줄 수는 없을 것 같았다. 그런 것을 낮에는 병원일을 보아주고 나서 오후와 밤으로만 그 수응을 하자 하니 도저히 승재의 힘으로는 감당해낼 재주가 없었다.
>
> 그건 그렇다고 다시, 돈 그까짓 삼사십 원을 가지고 그 숱한 배고픈 사람들을 갈라 먹이자니 마치 시장한 판에 밥알이나 한 알갱이 입에다가 넣고 씹는 것 같아 간에도 차지 않았다.
>
> 대체 이 조그마한 군산바닥이 이러한 바이면 조선 전체는 어떠할 것인가, 이것을 생각해 보았을 때에 승재는 기가 딱 질렸다.
>
> 단지 눈에 띄는 남의 불행을 차마 보지 못해 제 힘 있는껏 그를 도와주고 하는 제서 만족하지를 않고, 그 불행한 사람들의 존재라는 것을 인식하는 데로 눈을 돌리게 된 것은 승재로서 일단의 발육이라 할 것이었다.

　　그러나 그는 겨우 그 양(量)으로 눈이 갔을 뿐이지, 질(質)을 알아낼 시각(視覺)엔 이르지 못했다. 따라서, 가난과 병과 무지로 해서 불행한 사람이 어째서 가난하고 무지하고 병에 지고 하느냐는 것은 아직도 알지를 못한다.

　　그렇기 때문에 소박한(타고난) 휴머니즘밖에 없는 시방의 승재의 지금의 결론은 절망적이다.

　　그 숱해 많은 불행한 사람을 약삭빨리 한두 사람이 구제할 수는 없는 일이다.

　　그러고, 그래도 눈으로 보고서 차마 못해 돈푼이나 들여서 구제니 또는 치료니 해주는 것은 결국 남을 위한다기보다는, 우선 내 자신의 감정을 만족시키는 제 노릇에 지나지 못하는 일이다.

　　이러한 해석 끝에 그러면 어떻게 해야 옳으냐고 자연 반문을 하는데, 거기서는 아무렇게고 할 수 없다는 대답밖에 나오지 않았다.

지문 해설

　　위의 대목은 의학도인 남승재가 군산에서 벌이는 사회봉사와 마음가짐을 보여주고 있다. 그는 남의 불행을 제 힘을 다해 요령껏 돕고 있다. 하지만 승재의 암담함이란 1930년대 한국사회가 식민지 체제 아래서 곤궁한 삶을 살 수밖에 없었던 한 단면 속에서 한계에 부딪치는 부분이다. 당시 사회의 빈곤과 구제의 필요성이 소외된 계층이 증가한데 원인이 있다는 작가의 통찰이지만, 이러한 가난과 무지에 시달리는 계층에 대한 개인의 고뇌는 한 번 곱씹을 필요가 있다.

　남승재가 직면한 고뇌는 개인의 힘으로는 턱없이 모자라고 사회 발전의 가능성조차 기대하기 어렵다는 점에 있다. 그의 소박한 휴머니즘과 봉사행위만으로 당장 어떤 계책도 불가능해 보인다. 이러한 한계는 사회봉사를 통해 구성한 한 사람이 겪는 고통을 감당할 수 없다는 데서 온다. '사회봉사의 개인적 한계와 조직화의 필요성'에 관해 논하라는 주문은 개인적 한계에 대한 문제의식을 통해 사회적 대안은 무엇인가를 묻는 것이다. 사회봉사가 사회 전체로 확장될 수 있으려면 몇몇 독지가의 손길만으로는 불가능하다.

　장애자 문제, 입양아 문제나 노인 문제, 죽음을 앞둔 환자에 대한 보살핌, 난치병으로 고생하면서도 경제적 어려움으로 방치된 소외계층, 소년소녀 가장과 같은 결손가정 문제 등등……, 우리 사회에는 구제와 봉사의 손길을 필요로 하는 음지가 많이 있다. 여기에는 정책적 차원의 배려도 있어야 하겠지만, 삶의 질과 행복 추구라는 인간으로서 누려야 할 당연한 권리를 배척하지 않는 사회 전체의 따스한 관심과 도움을 수렴할 전문가 집단의 조직적이고도 효율적인 활동이 긴요하다. 개인들의 봉사만으로 부족한 것은, 가난과 질병과 무지로 인한 불행이 사회적 합의에 바탕을 둔 전문가와 소박한 원조의 손길을 통합적으로 운용할 수 있는 '복지 인프라(기본시설)'가 구축되어 있지 않기 때문이다.

　개인의 불행이 사회 전체의 불행이라는 점을 직시하고, 한 번쯤 이 같은 문제에 대해 자신의 생각을 정리해 보아야 할 것이다. 사회봉사의 대안적 사고란 이런 문제의식에 대한 입장을 구체적으로 진술할 것을 요구하는 것이다. 이러한 측면에 관심을 갖는 것은 사회봉사에 대한 가치를 새롭게 인식하고 보다 분명한 실천의 가치를 확인하는 일임에 틀림없다.

시대의 어둠을 비추는 등불

이제 나라 세운 연륜도 육십 년을 넘겼다. 그런 만큼, 지금 우리가 한 번쯤 다시 생각해 보아야 하는 것은 우리 선조들이 바라던 새나라 건설이 과연 이루어졌는가 하는 문제이다. 나라 잃은 설움을 36년간이나 겪으면서 우리가 꿈꾸었던 세상이 되었는가 하는 질문을 던져보면 여전히 진행중이라는 점을 알게 된다. 강대국에 의한 한반도의 남북 분할, 두 개의 국가 수립, 남침으로 시작된 전쟁과 복구, 근대화를 거쳐 오늘에 이르기까지 대한민국의 역사는 시련과 난관을 넘어서며 원조받는 국가에서 원조하는 국가로 거듭났다.

'통계로 본 광복60년'은 이를 잘 말해주고도 남는다. 2004년 7월 1일 현재 남한의 총인구는 4,819만 명으로 1960년 2,501만이었던 데 비해 1.9배 증가했고 무역 규모는 1962년 5억 달러에서 2003년 424배인 1788억 달러로 증가했다. 통계 수치에서 보듯이 대한민국이라는 국가의 규모는 해방의 높은 기대와 암울한 전망으로 가득했던 현실을 격세지감, 상전벽해의 현실로 바꾸어놓았다. 그런 맥락에서 우리 민족이 지금 일구어낸 지금의 경제적 풍요나 문화적 자긍심에 주목하는 세계인들의 관심은 결코 근거가 없는 게 아니다.

그러나 해방과 함께 우리 민족이 처음부터 스스로 구상하고 실현한 독립국가의 열망을 실현할 수 있었던 건 아니다. 오히려 선조들이 해방과 함께 맞이한 현실은 새나라 건설의 희망이 절망으로 바뀌는 상황이었다. 남한사회에서는 비등하던 해방의 감격이 급속하게 식어버리는데, 이는 불과 한 달도 되지 않아서이다. 전격적으로 단행된 국토의 양단과 미소군정의 실시는 해방의 감격과 근대국가의 설립에 대한 민족의 부푼 꿈을 초조와 두려움으로 바꾸어버렸던 것이다. 당시의 신문지상에는 해방의 감격보다는 둘로 갈린 국토에 대한 안타까움과 조바심이 여과없이 분출하기 시작했다.

문학의 눈으로 해방 직후 민족의 현실을 돌아보면, 거기에는 오늘날 구가하는 풍요로움과는 아득히 거리가 먼 풍경 하나가 나타난다. 해방과 함께 열린 미래는 다만 가능성의 세계일 뿐이었으니, 기대치에 못 미치는 현재상에도 꿈을 현실로 바꿀 수 있다는 설렘과 열망만 가득했다. 해방 직후의 현실을 다룬 소설을 읽어보기로 한다. 여기에 적절한 사례의 하나가 허준의 「잔등」(1946)이다.

'허준'이라는 작가에 관한 이력이나 그의 작품 「잔등」은 접해볼 기회가 그다지 많지 않았을 것이다. 이 작가는 1910년 평안북도 용천에서 출생하여 시인으로 활동하다가 1936년 소설 「탁류」를 발표하면서 작가의 길에 들어선다. 대표작 「잔등」과 함께, 「야한기」 「습작실에서」 「속 습작실에서」 「평대저울」 「역사」 등 10편 정도의 작품이 있을 뿐이지만 해방기 문학사에서는 중요한 작가이다. 그는 시적인 문체와 시대의 혼돈 속에서 고뇌하는 지식인의 모습을 그려낸 작가로서, 「잔등」은 이 같은 특성을 고스란히 담고 있는 작품이다.

「잔등」은 해방의 개인적 관찰을 통해서 민족의 체험으로 승화시킨 작품이다. 이 작품은 해방 직후 귀국민의 시선으로 당시의 현실을 세밀하게 바라보고 있다. 작품의 구도 역시 만주 장춘(지금의 신경)에서 회령, 청진을 거쳐 오는 여정에서 관찰자인 화가 '나'가 접한 여러 체험들을 풀어내는 방식을 취하고 있다. 서술자인 화가의 체험은 기본적으로 '귀국의 행로'라는 여행이다. 여행이란 본래 '처음과 끝'이라는 과정을 가지고 있다. 여행의 시작은 장춘이며, 그 끝은 청진에서 원산행 기차를 타는 순간까지이다.

작품에서 주인공의 여행은 개인적 체험으로만 끝나지 않는다. 여기에는 사람들의 이기심과 시대의 혼란상, 조국에 대한 사랑이 짙게 깔려 있다. 더 나아가, 이 여행은 해방과 함께 찾아온 민족의 과제도 함께 반성되는 시대의 조망에 가깝다.

작품의 줄거리는 대부분 주인공의 관찰로 이루어져 있어서 그 내용도 단출하기 그지없다. 천신만고 끝에 청진에 당도한 주인공은 거추장스런 짐을 내려놓고 나서 만주에 남기를 택한 외삼촌 가족을 떠올린다. 자수성가하여 물질의 어려움은 가까스로 넘어선 외삼촌은 여전히 고향에 대한 짙은 향수를 갖고 있었다. 그 회상 끝에 주인공은 어느 개울에서 고기 잡는 아이의 건강한 모습을 보고 그와 허심탄회하게 이야기꽃을 피우고 싶은 충동에 사로잡힌다. 그러나 무뚝뚝한 아이는 그냥 자리를 떠나고 만다.

저녁에 묵게 된 밥집에서 술 한 잔을 마시게 된 주인공은 그곳 할머니와 이야기 끝에 죽은 아들에 이야기와 양심적인 일본 청년에 관한 이야기를 듣게 된다. 또한 해방과 함께 패전국의 불쌍한 민족으로 전락한 일본인들에게 국밥을 말아 그들에게 건네게 된 것도 양심적인 일본 청년 때문이란 것을 듣게 된다. 다음 날 저녁 늦게야 청진 기차역에서 원산행 열차를 얻어 타게 된 주인공은 짙어오는 어둠 속에서 국밥집 바깥에 재걸린 희미한 등불을 바라본다. 그리고 그는 국밥장사 할머니의 민족의 틀을 넘어선 아름다운 인간애에 감동하며, 앞으로 어떤 험난함이 예비되어 있다 해도 능히 이길 수 있는 넉넉한 마음을 다지게 된다. 이것이 간략하게 요약해본 작품의 줄거리이다.

「잔등」의 섬세한 서술은 읽기를 더디게 만든다. 그런 만큼, 이 작품이의의는 그다지 간단하지 않다. 작품은 만주에서 귀국길에 오른 화가의 직업을 가진 화자로 삼고 있다. 화가의 눈에 담긴 예리하고도 냉정한 관찰력이 시대의 속성과 인간의 가치 있는 모습을 잘 살피는 데 도움을 준다. "장춘에서 회령까지 스물하루를 두고 온 여정이었다."로 시작되는 이 작품은 해방 직후 해외에 흩어져 살고 있던 민족이 귀국행로에 오르는 현실을 배경으로 한다. 해방을 맞이해서 돌아오는 이들에게 '조선'은 "눈몽아리를 뜨겁게" 하고 그리울 수밖에 없는 나라이다.

고달픈 귀국행로에서, 사람들의 아름다운 모습과 이기적인 모습이 관찰되기도 하고 해방 직후의 혼돈스러운 현실상이 고스란히 드러나고 있다. 이 관찰은 곧바로 시대가 필요로 하는 반성으로 이어진다. 작품에서 반성의 요지는 식민지 치하에서 막 벗어난 우리 민족이 지녀야 할 소중한 마음가짐에 관한 것이다. 바로 작품의 제목인 '잔등'(殘燈)이라는 말도 이 요지와 깊이 연관되어 있다. '잔등'은 말 그대로 '희미한 등불'이라는 뜻이다. 좀 더 정확히 말해서, 직후의 사회적 혼란이 어두움이라면, 그 어두움을 밝혀줄 희미한 등불이 될 인간의 덕목(德目)을 가리킨다고 할 것이다. 곧, 잔등은 소박한 사람들의 마음에 담긴 인간에 대한 사랑이라고 보아도 좋다. 이렇게, 이 작품은 우리 민족이 맞이한 현실의 과제와 그에 합당한 마음가짐은 무엇인지에 관해 반성하고 있는 것이다.

방(方)이라는 인물과 함께 '나'는 창춘에서부터 회령까지 함께 왔지만, 회령에서 청을 거쳐 원산, 서울로 오는 길을 굳이 택한다. "고향을 까마득히 둔 향수"가 "억제할 수 없는 초조와 불안"을 낳았지만, '나'는 낙관적인 마음으로 길을 택한 것이다. 그 첫 번째 이유는 여비 문제 때문이었고, 둘째 이유는 혹독한 추위를 피하기 위해서였다. 원산을 거쳐가다 보면 그 유명한 주을 온천(일제 때 개발된 온천으로 우리나라 3대 온천의 하나이다. 이상의 「성천수필」에 나온다―주)에서 지난날의 때를 벗길 수 있다는 막연한 바램도 작용한다.

그러나 주인공 화자는 앞뒤를 돌아보지 않고 자신의 행로만 생각하는 '방'과는 회령에서 헤어진다. 화자는 청진의 개울가에서 배낭도 내팽겨진 채 드러누워 회상에 잠기기도 한다. 십오 년 동안이나 만주에 터를 닦으며 전력을 다해 살아온 매부 가족에게서 발견한 것은 지극하고 애틋한 향수이다. 그러다가 화자는 정신을 집중해서 고기 잡는 소년의 구릿빛 몸에서 발산되는 아름다움을 보며 소년과 대화를 나누고 싶은 충동을 느낀다. 게다가, 화자는 청진의 어느 국밥장수 할머니와 대화를 나누다가 할머니의 한없이 너그러운 인간애를 발견하고 감동받는다. 할머니는 죽은 아들과 함께 감옥에 간 '가토'라는 양심적인 일본인을 생각하며, 패전후 궁색한 피난민 행색을 한 일본인들에게 밤늦도록 국밥을 덜어주는 일을 하고 있었다. 화자는 할머니의 이런 선행(善行)에서 민족을 넘어선 아름다운 인간애를 본다.

작품에서 밤하늘에 외롭게 빛나는 희미한 등불(잔등)처럼, 암울한 현실 속에서 인간의 품성으로서 마지막까지 지녀야 할, 인간에 대한 사랑을 떠올린다. '나'의 인간애에 대한 관심은 인간의 자존심, 더 나아가서는 해방기의 혼란했던 현실에서 흥분과 감정에 휩쓸리지 않고 냉정한 관찰자의 태도로 자신이 속한 시대를 지켜보겠다는 결의와 통하는 것이다.

▶ 다음 대목을 함께 읽고, 지문에서 화자가 소년과 대화를 나누고 싶은 감정이 어떤 의미를 갖는지 함께 토론해 보자.

목숨이 어디 가 붙었는지도 모르는 그 목숨에 대한 본능적인 강렬한 집착 그리고 그 본능의 정확성은 놀라리만큼 큰 것이었다.

곰불락일락(언뜻, 대충의 뜻을 가진 사투리 말―주) 쳐보아서 전후좌우의 식별이 없이 그저 안타까워서 못 견디는 맹목적인 발동 같아 보이지만 나중에 그 단말마적 운동이 그려 나간 선을 따라서 보면 그것은 언제나 일정한 것이었다. 그것은 자기의 생명이 찾아야 할 방향을 으레 지향하고 있는 갓이다.

수부(首部 : 머리부분―주)가 전면적으로 으깨어져 나간 나머지는 그저 고기요, 뼈다귀요, 피일밖에 없는 생명이 어디 가 붙었을 데가 없는 이 미물이 가진 본능이라 할지는 육감 칠감이라 할지는 혹은 무슨 본연적인 지향이라 할지는 어쨌든 이 생명에 대한 강렬하고 정확한 구심력 나는 무슨 큰 철리(哲理)의 단초나 붙잡은 모양으로 흐뭇한 일종의 만족감을 가지고 철리의 실증운동으로 말미암아 내가 두어 번 더 그 실종자의 뒤치다꺼리를 아니 해줄 수 없는 동안에, 소년은 제이의 소획(所獲 : 잡은 것, 여기서는 잡은 고기를 가리킴―주)을 들고 올라왔다. 길이는 뱀장어의 삼분의 일을 될까말까 한, 대가리는 불룩한 것이 빛까지도 보가지(보개寶蓋의 사투리 말. 많은 장식이 있는 둥근 천정―주)같은 꼬리는 빨고('빨다'에서 온 말. 끝이 점점 가늘어져서 뾰족한 모양을 가리킴―주) 빳빳하고 날카로웠다. 역시 대단히 빳빳할 것 같은 날구지(지느러미―주)가 두 개 아금지(아가미―주) 좌우에 붙어 있는, 맑은 산간계수에나 흔히 있을 듯한 날쌔게 생긴 생선이었다.

물으니 소년은 비로소 무엇이라고 말했는데, 나는 그 대답을 역시 확실히 기대할 수 없었음에 기인하였던지 맨 나중으로 무슨 '딱이'라는 두 음만 분명히 붙잡을 수가 있었다.

(…중략…)

뱀장어며, 딱이며, 또 그것들을 불을 좋아 구워 먹자는 것이며가, 다 이 희끄무레하게 거슬때기(헤진 곳에 붙이는 헝겊조각―주)밖에는 아니될 헌 사루마다(팬츠 대용으로 쓰는 헝겊―주)를 걸치고 구릿빛 얼굴에 앞가슴이 톡 비어져 나온 발가숭이 소년과 함께 마주 앉아서 반말지거리를 하며, 그 아무것도 섞이지 아니한 검은 눈동자를 마주 보고 앉아 있었으면 하는 욕망밖엔 아무것도 아니었다.

언어는 내가 소년에게 건너 놓고 싶은 한 미약한 인대(靭帶)에 불과 하였다. 만일 이 인대가 없어도 되는 것이라면 반말지거리의 대화인들 도리어 우리에게 무슨 필요가 있으랴. 소년이 가진 여러 가지 가슴이 쩌엉해 들어오는 감촉에 부딪칠 처소에만 놓여 있을 수 있다면, 잠자코 묵묵하게 앉아서 건너다보고만 있음이 더 얼마나 훌륭한 일이겠기에!

위의 지문은 화자가 삼지창으로 고기 잡는 소년의 행동을 면밀하게 관찰하고 있는 대목이다. 화자는 소년의 고기잡기에 몰입한 모습에서 해방의 희망이 솟구치는 감정을 찾아낸다. 멀리서 보기에는 농부들의 밭일을 한가로이 일하는 듯 보이지만 실제로 가서 함께 일을 해보면 너무나도 어려운 일임을 절감하게 된다. 소년의 고기 잡는 행동도 마찬가지이다. 그가 앞뒤 가리지 않고 마구잡이로 고기를 잡으려고 강물에 창을 내리꽂는 것처럼 보일지 모른다. 사실은 그렇지가 않다. 화자는 수확을 위한 정확한 정신의 집중, 힘의 배분이 소년의 행동에 담겨 있다는 것을 간파한다. 그는 소년이 임하는 삶의 태도에서 어떤 철학의 원리를 발견한 것처럼 흡족한 감정에 사로잡힌다.

이런 화자의 모습은 '화가'라는 직업이 가진 빼어난 관찰력에서 연유한다. 화자는 "생명에 대한 강렬하고 정확한 구심력"이라고 표현하고 있는데, 소년의 행동이 보여주는 삶의 몰입을 아름다움의 극치로 설명된다. 그는 삶에 충만한 집중을 하나의 심적인 가치로 설정하고 있는 셈이다.

화자가 소년에게서 남루한 복장에 구릿빛 몸매를 드러낸 발가숭이 소년과 격식 없이 대화를 나누고 싶어 하는 것도 해방 직후 혼돈의 현실에서 접하는 세계이기 때문이다. 이념과 정치적 충돌이 난무하는 현실에서 우리가 삶의 중심에 자신의 생업을 묵묵히 지켜나가는 이들의 노고를 강조하는 것은 무엇 때문인가. 그것은 부정할 수 없는 일상이 가진 무게 때문이다. 현실세계를 살아가면서 명분과 가치, 이념도 중요하지만 그중에서 가장 중요한 것은 자신이 온전히 투여하며 살아가는 나날의 삶이다. 나날의 삶은 현재에 몰입하고 몰입해야만 하는 중요한 삶의 국면이다.

화자가 소년과 나누고 싶어 하는 대화란 사실 존재의 가치를 실현하고 있는 자에 대한 이끌림이기도 하다. 이는 자연과 일체가 되어 살고 있는 자들에게서 발견되는 미적 가치와 교감을 나누려는 바람이기도 하다. '대화'란 말이 가진 친근한 어감은 사실 사람들에게만 향하는 것은 아니다. 순수하면서도 활력 있는 모습에 대한 우리의 관심은 침묵 속의 대화를 가능하게 만들기도 한다.

실생활에서 관찰하게 되는 많은 대상들을 우리가 관심을 가지고 보면 비록 겉모습은 아름답지 못하나 그 마음과 행동이 가진 아름다움을 찾아볼 수 있는 경우도 있다. 시장에서 물건을 팔고 있는 이름 없는 사람들, 조심스럽게 물건을 고르는 사람들, 이 모두가 우리 주위의 세계를 구성하는 아름다움일지 모른다. 화자는 고기 잡는 소년의 숙달된 행동에서 그 아름다움을 발견했는지 스스로에게 질문을 던져보자.

▶ 다음 부분은 화자가 국밥집 할머니와의 대화를 통해서 갖게 되는 감동을 묘사하는 대목이다. 이 글을 읽고 할머니의 아름다움은 무엇인지를 함께 토론해 보자.

"그 종자(여기서는 일본인들을 가리킴—주)가 그렇게 될 줄을 어떻게 알았겠어요. 안 그렇든들 그것들이 다 죽일 놈들이었겠어요만."

별안간 계속되는 할머니 말씀에 나는 (…중략…) 앉아서 끄덕이고 있던 내 머리를 정신을 들여 올리키어 들었다.

"이번엔 난 참 수타 울었습니다……우리 애 잡혀가던 해 여름, 가토(加藤의 일본식 발음—주)라는 일본 사람 젊은이 하나도 그 속에 끼어 같은 일에 넘어갔지요. 처음엔 몰랐다가 그해 가을도 깊어서 재판이 끝이 나자 기결감으로 옮겨가게 된 뒤 어느 날 첫 면회를 갔다가 그런 일본 사람하고 같이 간 줄을 집애(아들—주) 입에서 들어 알았습니다. 겨울에 들어서서 젊은이는 원산으로 이감을 가게 되었는데, 집애 말을 쫓아가면서 입으라고 옷 한 벌을 지어 들고 갔더니 그때 우리 애 하는 말이 가토라는 사람은 집은 있으되 집이 없어서 온 사람이 아니요 먹을 것이 있으되 제 먹을 것 때문에 애쓸 수 없던 사람이다. 그렇다고 물론 건달을 하려고 건너온 사람도 아닌 것이니 자기하고 같은 일에 종사했으나 거지도 아니요, 도둑놈도 아니요, 아무런 죄도 없는 사람이라고 그러지요. 그럼 무엇이 죄냐 일본 사람은 일본 바다에 나는 멸치만 잡아먹어도 넉넉히 살아갈 수 있다고 한 것이 죄다. 어머니, 멸치만 잡아먹어도 산다는 말을 하시겠어요, 하였습니다."

"네에!"

"누가 무엇 때문에 누가 까닭으로 싸웠는지 그건 난 모릅니다. 하지만 내 아들이 붙들려는 갔으나마 죄 아님을 못 믿을 나는 아니었으므로 응당 당장에 해득했어야 할 이 말을 오 년 동안을 두고도 해득지 못하다가, 이제야, 오늘에야 겨우 해득한 것입니다. 종자들로 해서 어떻게 눈물이 안 나옵니까."

"……"

"젊은이(가토라는 일본인을 가리킴—주)가 원산으로 간 것은 첫눈이 펄펄 날리는 과히 춥지는 아니하나 흐린 음산한 날이어서, 나는 새벽부터

옥문전(獄門前)에 가 섰다가 배웅을 해주었는데, 간 후론 물론 나왔다는 말도 못 듣고 죽었단 말도 못 들어서 어떻게 되었는지는 모르나 죽지 않았으면 이번에 나왔을 겁니다. 저것들이 저, 업고, 잡고, 끼고, 주릉주릉 단 자 불쌍한 것들이 가토의 종자인 것을 모른다고 할 수 없겠으니 어떻게 눈물이 나니 나……."

이때 갑자기 불이 껌풀 하는 느낌과 함께 노인의 말이 중도에 뚝 끊어지며 그 부드러운 두 눈동자를 치켜뜨며 내 머리 위로 문 밖을 내다보는 바람에 나도 스스로 일어나는 불의의 감각에 이끌리어 몸을 돌이키지 아니할 수 없었다.

국밥장사를 하는 할머니의 말을 정리해 보면 다음과 같다. 그녀에게는 아들 하나가 있었고, 어떤 연유로 감옥에 들어가게 되었다. 아들이 감옥에서 만난 가토라는 일본청년이 지은 죄는 "일본 사람은 일본 바다에 나는 멸치만 잡아먹어도 넉넉히 살아갈 수 있다."는 반국가적인 발언 때문이었다.

할머니는 그때 양심적인 일본청년의 말을 이해하지 못했다. 아들을 감옥에서 잃은 할머니는 해방이 된 지금 패전국으로 전락해버린 '가토'같은 양심을 지닌 일본인들도 있다는 사실을 뒤늦게 깨닫는다. 얼마 전부터 일본의 국수주의자들은 독도 영유권을 주장하며 제국주의의 망령을 펼치지 못하는 시대착오적인 행동을 하기도 한다. 하지만, 국가의 차원이 아니라 민족 개인의 차원에서 보면 패전과 함께 일본인들 또한 불행한 처지에 놓인 희생자로 바뀐다. 국밥집 할머니는 불쌍한 마음을 가지고서, 팔다 남은 국밥을 말아 패전국의 난민이 되어버린 일본인들에게 나누어준다. 화자가 국밥집할머니에게서 받는 감동은 '민족을 넘어선 인간에 대한 사랑'이다. 그것은 자신의 아들 잃은 슬픔을 넘어선 마음이며, "인간 희망의 넓고 아름다운 시야를 거쳐서만 거두어들일 수 있는 하염없는 너그러운 슬픔"이다.

우리는 자주 우리의 어려움을 남의 탓으로 돌리려 한다. 그러나 그 고난은 사실 우리 자신들을 포함해서 민족을 넘어선 인간 자체에 대한 운명일지도 모른다. 설득력 있는 아름다운 인간애는 민족이라는 단위를 넘어서 존재하는 것이다. 그렇다면, 우리가 맞이한 해방 70년의 기억은 저 오랜 식민지배의 경험을 되풀이하지 않는 역사의 계고로 받아들이는 한편, 새나라 건설의 이상을 실현시키는 길을 되새기는 교훈으로 삼아야 할 것이다. 민족에 한정시킨 편협한 애정, 가족에게만 소용되는 사랑을 넘어서 아시아와 아프리카, 저 멀리 남미와 중동 각지에서 고통 받는 모든 사람들에게 사랑을 베푸는 차원으로 나아가야 한다는 말이다.

할머니의 아름다움은 죽은 아들에 대한 애달픔을 간직한 채 가련한 처지로 전락한 일본인들에게 불쌍한 마음을 갖는 데 있다. 이 사랑은 우리 민족이 겪은 고난을 감정적으로 보복하지 않음으로써 더 큰 인류애로 발전할 가능성을 내포하고 있다. 바로 이것이 작품이 가진 중요한 의의이다. 국적을 넘어 통용되는 상식적이며 열린 마음이야말로 국제적인 감각이다. 식민 지배의 역사를 되풀이하려는 소수의 시대착오적인 일본의 정파를 압도하려면, 민족을 넘어 공동체의 교감과 유대를 견실하게 다지는 것 이상의 방책은 달리 없다. 더 나아가, 인간을 인간으로 대접하지 않는 야만적인 현실과 싸우는 것은 인류 모두의 과제이다.

▶ 다음 지문은 작품의 전체 의미를 개인적인 감동의 체험에서 어두운 역사를 뚫고 나아가는 '인간에 대한 사랑'이라는 의지로 읽을 수 있게 해준다. 그렇다면, 어두운 밤하늘을 비추는 외로운 등불인 '잔등'의 의미가 오늘날 어

떤 경우에 필요한지를 토론해 보자.

　　오래간만에 막히었던 가슴이 뚫려 내려가는 활연함을 나는 느끼었으나 그러나 이 소리(기적소리—주)는 또한 나에게 내 가슴속에 고유(固有)하니 본성으로 잠복해 있는 내 구슬픈 제삼자의 정신을 불러일으키었다. 두터운 구름이 내려덮인 그믐밤중, 언제나 복구될는지 모르는 광야와 같이 골고루 어두움 속에 싸여서 그것이 응당 차지하고 있을 만한 위치를 머릿속에 그려보며, 나는 뒤떨어지는 청진의 거리들을 내 흉중에 어루만지는 것이었다. 방(方)은 이 땅이 우리의 거리들 여정의 절반이라고 하였지마는, 설혹 지나온 것이 절반이 못 된다 하더라도 내게는 이미 내 가슴 가운데 그려진 이번 피난의 변천굴곡은 여기서 다 완결된 거나 조금도 다름이 없었다. 그리고 앞으로, 이 이상 고생스러운 험로를 몇 갑절 더 연장해 나간다 하더라도 나로서는 이외의 더 색다른 의미를 찾기는 어려운 일일 듯하였다.

　　앞으로 무슨 일이 생기든 내 피난행은 여기서 완전히 끝이 난 모양으로 나는 쌀쌀한 충분히 찬[冷] 나로 돌아왔다.

(…중략…)

　　지금껏 차 꼬리를 감추이어 보이지 않았던 정거장 구내의 임시사무소며 먼 시그널의 등들이 안계(眼界)에 들어오는 동시에, 또한 그들의 거리마저 차차 멀리 떼어놓으며 우리들의 차가 그 긴 모퉁이를 굽어 돎을 따라 지금껏 염두에 두어 보이지 아니하였던 그 할머니 장막의 외로운 등불이 먼 내 눈앞에서 내 옷깃을 휘날리는 음산한 그믐밤 바람에 명멸 하였다. 그리고 그 명멸하는 희멀금한 불빛 속에서 인생의 깊은 인정을 누누이 이야기하며 밤새도록 종지의 기름불을 조리고 앉았던, 온 일생을 쇠정하게 늙어온 할머니의 그 정갈한 얼굴이 크게 오버랩되어 내 눈앞에 가리어 마지않았다. 그 비길 데 없이 따뜻한 큰 그림자에 가리어진 내 눈 몽아리들은 뜨거이 젖어들려 하였다. 그리고도 웬일인지를 모르게 어떻

게 할 수 없는 간절한 느꺼움들이 자꾸 가슴 깊이 남으려고만 하여서 나
는 두 발뒤꿈치를 돋울대로 돋우고 모자를 벗어 들고 서서 황량한 페허
위 오직 제 힘뿐을 빌려 퍼덕이는 한 점 그 먼 불 그늘을 향하여 한없이
한없이 내 손들을 내어 저었다.

지문 해설

장춘에서 회령을 거쳐 서울로 가기 위해, 청진에서 원산행 열자를 마악
탄 화자는 동행한 '방'에게서 이제 절반을 왔다는 말을 들으면서, 아무리
험난한 행로라고 해도 능히 극복할 수 있다는 자신감을 갖는다. 모든 것
이 혼란에 빠진 현실에서도 자신의 이번 행로에서 깨달은 바는 인간에
대한 너그러운 사랑이었다. 그런 까닭에 화자는 차창 밖을 내다보며 국밥
집 할머니에게 작별인사도 못하고 바쁜 마음으로 기차에 올라탄 자신을
꾸짖는다. 그러면서도 할머니의 그 깊은 인정(人情)을 두고, 화자는 음산한
그믐밤과 같은 지금의 현실을 비추는 작고 희미한 등불이라고 여긴다. 화
자는 자신을 포함한 시대와 역사의 험한 행로를 헤쳐가며 반드시 간직해
야 할 절실한 마음이야말로 인간에 대한 사랑이라고 생각하는 것이다.

더 생각하기

'사람만이 희망이다'라는 어느 시인의 말처럼, 부패한 현실과 마비된
윤리의식을 극복하는 것이 사람들에게 달려 있다고 보면 그리 틀리지 않
다. 어떤 제도나 완비된 법률도 지킬 의사가 없다면 얼마든지 빠져나갈
여지가 많다. 제도의 개혁이나 실천을 통한 사회발전도 중요하다. 그러나

그 전에 나의 변화가 필요하다. 그러한 점에서 우리의 양심을 회복하고 다른 사람들에게 봉사할 수 있어야 한다.

외로운 등불은 캄캄한 밤하늘을 모두 비추지는 못한다. 그러나 이 불빛마저 없다면 우리는 짙은 어둠 속에서 갈 길을 잃어버릴 것임에 틀림없다. 자주 우리는 험한 세태에 절망하곤 한다. 그러나 그런 속에도 묵묵히 타인들에게 자신의 사랑을 실천하는 사람들이 있어서 우리에게 큰 위로가 된다. 누가 알아주지 않아도 자신에게 가해진 불행을 딛고 묵연히 남들에 대한 사랑으로 역전시켜내는 사람들이 있다. 바로 이들이야말로 사회를 지탱해주는 버팀목이다.

참다운 것들, 아름다운 것들에 대한 관심 역시 날카로운 관찰에서 나온다. 지문의 표현처럼 이상적인 판단과 따사로운 마음을 잘 조화시키는 일이다. 비단 지금만 이 같은 인간애가 필요한 것이 아니다. 이런 사랑은 어느 시대에도 사회를 건강하게 만들고 우리의 고단한 마음을 시원하게 다독여주는 그윽함을 가지고 있다. 어려운 현실일수록 우리는 인간에 대한 사랑과 인간다운 품위를 잃지 말아야 한다.

분단의 원죄

「소나기」의 작가 황순원(黃順元)은 1915년 평안남도 대동군 재경면 빙장리에서 태어난 월북 작가이다. 그는 본래 1930년부터 시를 쓰고 이해랑, 김동원 등과 극예술연구단체인 '동경학술예술좌'를 창립한 연극학도이기도 했는데, 1934년 시집 『방가(放歌)』도 간행하기도 했다. 이 시집 때문에 작가는, 1935년 일제에 피검되어 구류를 살기도 했다. 그는 와세다대학 문학부 영문과에 재학했던 1937년 당시 「거리의 부사」를 시작으로 대학 졸업 후에는 본격적으로 「별」과 같은 서정적인 소설을 발표하며 작가의 길을 걷는다. 하지만 그는 일제 말기 태평양전쟁 발발과 함께 고향으로 소개(疏開, 전시에 민간인들을 비전투지역으로 분산시키는 것을 가리킴—주)당한 후 발표기관을 잃은 채 많은 작품을 쓰면서 암흑기를 보냈다.

해방 후, 그는 가족과 함께 월남하여, 곰녀라는 여성을 통해 식민지 시대의 간고했던 민족사의 끈질긴 모습을 장편 『별과 같이 살다』(1947)에 담아냈고, 6 · 25 피난 기간 중에는 피난지에서의 애환을 담은 「곡예사」,

순수한 상실을 다룬 「소나기」처럼 주옥같은 단편을 발표했다. 우리에게
는 낯익고 너무나 잘 알려진 단편 「소나기」만이 아니라, 그에게는 「별」,
「산골아이」, 「기러기」, 「독짓는 늙은이」, 「학」, 「곡예사」, 「필묵장수」, 「물
한 모금」, 「잃어버린 사람들」 등과 같은 아름다운 단편도 많이 있다는 점
을 기억해둘 필요가 있다.

　이들 단편에 담긴 특징을 거칠게 요약해 보면, 주로 전통적인 장인의식
을 통해 인간의 고귀한 품격과 토속적인 세계에 담긴 삶의 애환들을 느
끼게 해준다. 또한 그의 단편들은 독특한 묘미를 짧고 정확한 문장 안에
담아내는 시적인 아름다움을 가지고 있다. 그러나 이 같은 특징으로만 황
순원의 문학을 모두 파악했다고 생각해서는 안 된다. 대표적인 장편으로
는 『별과 같이 살다』를 포함해서, 『카인의 후예』(1954), 『나무들 비탈에
서다』(1960), 『일월』(1965), 『움직이는 성』(1969~1972), 『신들의 주사위』
(1980~1982) 등이 있기 때문이다.

　『카인의 후예』는 해방 직후 북한 사회를 배경으로 토지개혁과 함께 벌
어진 민족 공동체의 붕괴상을 형상화한 작품이다. 해방기 북한 사회에서
토지개혁은 경제구조와 사회계층을 급진적으로 재편성하는 것이었다. 총
17조로 짜여진 「북조선(北朝鮮) 토지개혁에 대한 법령」은 해방 후 바로 이
듬해인 1946년 3월 공포되어 이듬해인 1947년 3월 말까지 완료하는 것으
로 명시되어 있다. 해방 이전 일본인의 땅, 친일, 지주의 땅은 물론이고
스스로 경작하지 않고 전부 소작을 주는 지주의 농토, 5정보 이상 소유한
조선인 지주의 소유지는 모두 농민에게 "무상으로 영원한 소유로" 양도
한다는 급진적인 내용이 법령에 실려 있다.

　토지개혁과 함께 북한 사회는 일제 부역계층만이 아니라 지주, 상공인
등의 자생적이고 보수적인 계층을 축출하며 그들만의 국가를 건설하기에

424

이른다. 『카인의 후예』는 토지개현의 급진적인 조치가 전통적 가치와 심성의 전면적인 변질을 초래한 내막을 성찰해낸 장편소설이다.

　작품의 줄거리를 요약해 보자. 식민지 말기, 군국주의의 야욕이 한창 가파르게 전개될 때 지식인 박훈은 고향으로 내려온다. 그에게 고향은 파시즘의 야욕과 전쟁의 광풍에서 위무받을 수 있는 근원적인 공간이자 소년시절의 기억들로 충만한 장소이다. 그의 귀향은 시대의 파고를 견디기 위해 근원적인 공간으로 희귀한 것에 가깝다. 그는 일제 말기에 전쟁으로 물자가 부족할 때조차 도섭 영감의 도움을 받아 우물을 파고 집을 세운다. 집짓기와 우물파기는 시대의 위협에 대항하기 위해 거처를 확보하는 노력을 보여준다. 어린 시절의 동무였던 소작인 집 딸 오작녀가 소박당해 집에 와 있다가 그의 살림을 돕는다.
　그러나 해방과 함께 토지개혁의 광풍이 몰아친다. 박훈이 의욕을 갖고 시작했던 야학은 "일조의 반동 결사"로서 "농민들을 꾀이려 한 수작"으로 지목받는다. 더구나 지난날 박훈 집안의 충실한 마름이었던 도섭영감은 누구보다도 앞장서서 지주계급을 단죄하고 축출하는 역할을 자임하고 나선다. 이런 와중에 자신의 모든 재산을 빼앗긴 채 탄광으로 끌려갔던 용제영감은 탈출했다가 연행 도중에 자살한다. 도섭영감은 지주에 대한 적대감을 품고 자신의 손으로 세운 송덕비를 도끼로 깨부수기도 한다.
　인민재판으로 향하는 소작농들의 행진을 바라보면서 박훈은 기관원 개털오바 청년과 도섭영감이 보여준 적대감을 실감한다. 그는 서북지방의 한가로운 농촌이 집단적인 살해의지에 휩쓸리는 현실에 전율한다. 절망적인 현실은 박훈을 중심으로, 도섭영감, 용제영감, 오작녀 등 인물의 심리와 얽히면서 이들 간의 반목과 환멸을 드러낸다.
　작중 인물의 원죄, 곧 카인 설화의 의미는 박훈－도섭영감, 도섭영감－

지주들, 오작녀-오작녀의 남편, 홍수-박훈, 개털오바 청년-도섭영감, 사촌 혁-도섭영감 등등 대부분의 인물의 가해/희생이라는 구도에 펼쳐지고 있다. 농토 배분을 둘러싸고 얽히고설킨 추한 욕망, 소작농들 간의 반목 양상도 카인적 현실의 내용을 이룬다. 토지개혁의 와중에 지주계층에 반감을 드러내는 도섭영감, 지주 집안의 재산을 몰수하는 과정에서 보여주는 마을 사람들의 절도 행각은 인간의 품격을 상실한 타락상으로 비추어진다. 결국 박훈은 오작녀와 함께 월남을 결심하고 이를 행동으로 옮기게 된다.

작품에서 비극적인 현실에 대한 판단은 결국 북한 사회를 중심으로 벌어지는 토지개혁을 계기로 한 민족 분열상과 공동체의 공감대 파괴에 대한 비판적인 태도로 귀결된다. 『카인의 후예』는 분단의 시발점이 된 북한의 토지개혁 사업이 민족 분열의 계기로 인식되었고, 배타적인 이념과 폭력적인 제도, 순연한 인간 성향의 가파른 변모들을 다루면서 기존질서가 붕괴하는 모습을 그려낸 수작으로 평가된다. 이 작품은 해방 직후의 북한 사회에서 시행된 토지개혁의 와중에 일어난 사회 변동을 민족 동질성이라는 차원에서 탐구하고 있다. 이 작품은 가해와 수난, 희생과 살육, 순박한 인간성의 변질로 인한 문화적 단절을 절감하는 주인공의 의식세계를 통해 당대 현실의 폭력성을 부각시키고 있는 것이다.

다음 대목에서 그 같은 현실의 섬뜩한 폭력성을 확인해볼 수 있다.

> 벌떡 개털오바청년이 자리에서 일어났다.
> "나는 다 있고 있다! 너어 간나아새끼들이 야학이라구 시작한 것부터가 일종의 반동 결사다! 농민들을 꾀이려 한 수작이다. 역사라구 해가지구 단군이얘기나 해주구…… 다아 안다, 너어 간나아새끼들 본심으! 역사

르 그렇게 안개에 싸가지구 진정한 역사적 발전을 감춰보려는 게지? 앙이된다! 아무리 너어 반동들이 발버둥일 쳐두 이미 역사는 우리 무산대중의 것이다. 우리 무산대중으 조국, 쏘비에트 러시아의 예르 봐라. 그래 아직두 농민들을 놈들으 오예루 만들어보려는 거냐? 앙이 된다! 지금 노동자와 농민은 자본주의와 지주에게 대한 불같은 증오심으루 피비린내나는 투쟁을 개시하구 있다. 물론 우리는 이 싸움에서 승리할 것이다! 그건 틀림없는 사실이다. 우리 뒤에는 약소민족의 해방자이시며 은인이신 위대한 스딸린 대원수가 계시다!"

청년은 불같은 눈을 훈에게 붓고 있었다.

"우리는 너어 반둥으 손에서 야학을 접수했다! 그러자 너어 반동분자 새끼들은 새로운 임무를 계책한 것이다. 그것이 이번 농민위원장 동무르 살해하는 거루 나타났다. 놈들이 꽤 오래 계책해온 것두 자알 알구 있다. (중략) 우리는 농민위원장 동무가 흘린 피으 빚 천배 몇 만배루 그 원쑤르 갚구사 말겠다! 우리는 지끔이래두 당신을 구금할 수 있다. 우리가 지금 가지구 있는 증거래두 충분하다. 그러나 우리는 그렇게 앙이한다! 일본 제국주의자 새끼들처럼 사람으 구속 앙이한다! 그러나 이점으 하나 알아둬야 한다. 앞으루 이 동네에서 십리 이상 떠나서는 앙이된다! 그때는 허가르 받아야 한다!"

'개털오바청년'은 극렬한 공산당원이다. 그는 인텔리 지주인 박훈에 대해 강력한 적대감을 보이고 있다. 해방 직후 북한 사회에서 일어난 비극적인 현실을 보여주는 이 작품에서 북한식 사회개혁이 가지고 있는 특징은 노동자와 농민과 같은 무산계급을 제외한 다른 계급에 대해 비타협적이고 적대적으로 일관한 면모를 확인할 수 있다.

해방 후의 상황이란 식민지지배에서 벗어나 새로운 나라를 건설하는 희망찬 시기였다. 하지만 북한 사회가 민족주의 세력을 철저하게 배제하고 급진적인 사회주의적 개혁을 시도한 근저에는, 소련이라는 사회주의 국가의 모델을 무비판적으로 수용한 역사의 오류가 나타나 있다. 그 오류란 소박하게 말해서 자생적인 사회 계층과 기존의 질서를 전면 부정하고 '무상몰수 무상분배'라는 원칙하에 폭력적이고 급진적인 개혁 조치로 기존의 경제 구조를 해체하고 '인민이 주인이 되는' 평등한 세계를 실현하고자 했던 점이다. 이는 또한 토지와 산업 시설의 전면 국유화로 이어지는데, 그 결과 개인의 자유의지는 배제되고 새로운 나라 건설이 사회적 합의를 거치지 못함으로써 월남인을 양산했다.

다음 지문은 토지개혁의 와중에 생겨난 공동체 사회의 심각한 분열을 보여주는 대목이다.

(가)

이날 밤, 비석거리 탄실네 집 앞마당에는 화톳불을 둘러싸고 마을꾼이 모여 있었다.

"강계 따에서는 벌써 토디개혁이란 게 됐다믄서?"

칠성아버지가 강목수를 건너다보며 하는 말이었다.

"넝변 따에서두 했다드군."

강서방은 목수 일을 제법 잘했다. 그래서 강목수라는 이름으로 통했다. 동네에서 새로 집을 세운다든가 낡은 집을 고칠 때는 으레 강서방을 불러대지만, 강서방편에서 자진해서 남의 집이나 닭장 지어주기, 지게 만들어주기, 심지어는 맷돌손잡이 깎아주기에 이르기까지, 아주 신이 나서 잘해주는 것이었다.

이 강목수가 또 어디서 주워들이는지 바깥소문을 제일 먼저 옮겨 놓곤 하는 것이었다.

"그래 그 토지개혁이란 게 어뜨케 되는 겐가?"

탄실아버지가 혼잣말처럼 중얼거렸다.

무어 새로 듣는 말이 되어 그러는 게 아니었다. 이제 토지개혁이란 게 실시되면 농사꾼에게 거저 논밭을 나눠준다는 말은, 지난 초닷새 날짜로 법령이란 게 발표된 후로 수없이 들어오는 말이었다. 그렇지만 그게 도시 미덥지가 않은 것이었다. 땅을 거저 주다니? 세상에 어디 공짜가 있단 말이냐.

그것은 비단 탄실아버지만의 생각은 아니었다. 논밭이 자기의 것이 된다! 생각할수록 가슴이 설레는 일이었다.

그러나 다음 순간 이들은 자기가 무슨 바라서도 안 될 것이나 바라는 것처럼 죄스러워지는 것이었다. 공연히 대통을 땅에 두드려보고, 코를 풀어내고, 헛기침을 해보고 했다.

(나)

제이차 지주의 숙청이 있었다.

윗골 윤주사네 집을 사가지고 나왔던 사람이 대상에 들었다. 폐를 앓는 아들이 있어서 공기 좋은 곳을 찾아 나왔던 사람이었다. 양계를 하는 한편, 염소도 몇 마리 기르고 있었다. 토지는 얼마 되지 않았으나 유한지주라는 것이 숙청 조목이 되었다.

뒷마을 명구아버지네도 대상에 들었다. 제일차 숙청 때는 아들 명구가 아무리 반동행위를 했더라도 아들은 아들이요 아버지는 아버지라는 원칙 아래 자작농한 토지는 제외하고 소작 주었던 토지만이 몰수 대상에 들었다. 그것이 이번에는 그 자작농한 토지도 머슴을 두고 한 것이라 하여 몰수 대상에 든 것이었다. 사람들은 이 명구네아버지가 이번에 숙청된 것은, 역시 그 아들 명구가 지난번 농민위원장이었던 남이아버지를 죽인 앙갚음이라고들 했다.

분디나뭇집할머니도 이번 대상에 들었다. 칠순이 넘은 오늘날까지 과부로 늙어오면서 삯일과 무명낳이로 한 닢 두 닢 모아서는 사들였던 땅 뙈기였다.

　일제 말기에 한창 공출이 심할 때에도 사람을 시켜 농사를 지어가지고 는 손수 구들골을 뜯고 벼를 감춘다. 베개 속에 쌀되를 감춘다하여, 곧장 주재소에 불려 다니던 늙은이였다.

　가마니와 새끼 공출 시기에는 또, 그 일은 하지 않고 물레질만 하다가 주재소 주임에게 들켜 등에다 물레를 지고 온 동네를 돌곤 한 일이 한두 번이 아니었다.

　이 분디나뭇골할머니가 제이차 지주 숙청이 있은 다음날 아침 자기 집 에서 송장이 되어 발견됐다. 목을 맨 것이었다.

　동네사람들이 모여선 자리에서 당손이할아버지가 혼잣말로 말했다.

　"잘 죽었디, 잘 죽었어. 더 산다는 게 욕이디, 욕이야."

　지문 (가)는 토지개혁의 풍문이 돌면서 마을사람들이 서서히 순박한 농 민의 심성을 잃어가는 모습을 보여준다. 서술자가 서글퍼하는 부분은 이 같은 인간성의 상실에 있다. 탄실아버지가 되뇌는, '세상에 어디 공짜가 있단 말이냐'는 상식에 바탕을 둔 생각은 토지개혁이 많은 희생을 초래하 면서 그들 농민의 순박한 심성을 파괴하는 계기가 되고 있음을 웅변한다. 그나마 이들에게 염치가 작동하는 것은 죄스러워하는 모습 때문이다.

　그러나 지문 (나)는 제2차 지주숙청과 함께 윤주사네, 명구아버지네, 분 디나뭇골할머니와 같은 사람들이 겪는 고통과 희생을 보여준다. 분디나 뭇골할머니의 자살은 자신의 생애 모두를 걸고 차곡차곡 모아온 땅과 집 을 잃으면서, 그녀의 삶 전체가 부정당한 데서 온 극단적인 절망감의 표 현이다. 요컨대, 북한사회에서 행해진 토지개혁은 일제와의 단절과 사회 주의 국가 건설이라는 명분 아래 면면이 이어져온 단일민족으로서의 결속력이 부정되는 급진적이고 폭력적인 조치였다는 것이 작품에 담긴 관점이다. 이 과정에서 검약과 전통적 가치에 바탕을 둔 인간의 품위마저 송두리째 부정되는 이념주의자들의 횡포가 민족 내부에 심각한 균열을 가져왔다는 비판적인 관점이 흐르고 있다. 토지개혁 와중에 생겨난 민족의 결속감 상실은 오늘날과 미래에까지도 통일의 가장 큰 장애로 작용할 수 있다.

▶ 다음 지문을 읽고 '남북통일에 필요한 사회적 합의는 어디에서 출발해야 하고 어떤 과제를 해결해야 하는지'에 관해서 함께 토론해 보자.

붉은 황토길이 들 한가운데로 감춰었다 이어지고, 이어졌다 감추이며 굽이치고 있었다. 이 길을 걸어오는 사람들의 아랫도리는 붉은 황토빛이었다. 그것이 몸 위로 올라갈수록 점점 연해지다가 희멀건 빛으로 변해지는 것이었다. 머리에 수건을 동인 사람도 있었다. 그것이 제일 희었다.

몇 번이고 또 번쩍이었다. 사람들이 모두 무엇을 하나씩 메고 있는 것쯤 알아볼 수 있게 됐다. 그것이 햇빛에 번쩍이는 것이었다.

개울이 있어 징검다리를 건넜다. 이쪽 둑에 올라선 사람들의 뿌연 입김까지 알아볼 수 있었다.

맨 앞에 선 사람은 감빛 양복에 전투모를 쓰고 있었다. 이 사람이 때때로 뒤를 돌아보며 무어라고 말을 하는 눈치였다. 그러면 뒤에 오던 사람들이 헝클어진 행렬을 정돈하는 몸짓들을 했다. 그러나 곧 행렬은 전과 같이 헝클어지곤 했다.

사람들이 메고 있는 것들이 쟁기인 것도 알 수 있게끔 됐다. 삽과 쇠스랑이 많았다. 낫을 멘 사람도 있었다. 이 낫만은 한 발이나 되는 막대기 끝에 잡아매어져 있었다.

또 번쩍이었다. 낫날에서 제일 날카로운 빛을 냈다.

　　그러자 훈의 가슴에 오는 것이 있었다. 남이아버지가 낫에 찔려 죽었을 때, 보안서에 불려가 들은 개털오바청년의 말이었다. 농민위원장 동무가 흘린 피으 몇 천배 몇 만배루 그 원쑤르 갚구사 말겠다! 하던 말.
　　훈은 저도 모르게 그 낫날에서 피하듯이 돌아섰다. 가슴이 떨렸다. 그러는 그의 가슴 한 구석에서 부르짖는 소리가 있었다. 나는 누구의 원수도 아니다, 나는 누구의 원수도 아니다!

(중략)

　　이상스레 마음이 맑아지는 심사였다. 그러자 자기는 여기 누워 있는 무덤을 대신하여 마음으로 누구의 원수라도 되어줄 수 있을 것 같았다.

지문 해설

　　위의 지문은 청년인텔리 지주인 박훈이 자기 집 토지문서와 인감도장을 가지고 선산 묘택에 올라가 문서를 태우고 인감을 땅에 파묻고 난 후, 인민재판장으로 향해가는 농민들의 행렬을 바라보는 장면이다. 토지개혁과 병행하여 북한사회에서 자행된 인민재판은 소위 프롤레타리아계층에 적대적인 계층인 기업가, 종교인, 지주 등에 대한 단죄와 피의 숙청을 낳았고 급기야 이들 가족들의 월남을 불러왔다. 이렇게 보면 월남의 행렬은 6·25와 함께한 것이 아니라 해방 직후부터 시작되었다고 할 수 있다.

　　인민재판장으로 가는 행렬에서 박훈 자신에게 겨누어진 당대 현실의 적대감은 카인의 원죄로 규정해볼 수 있다. 박훈의, “나는 누구의 원수도 아니다, 나는 누구의 원수도 아니다!”라는 항변과, “조용한 마음으로 누구의 원수라도 되어줄 수 있을 것같”은 심정은, 가해자의 폭력에 다소곳이 희생당하는 아벨의 모습에 가깝다. 시대의 폭력에 대한 정확한 인식은 분

열된 민족 전체의 의식을 어떻게 봉합하고 어떻게 치유할 것인가에 대한
출발점이 된다.

더 생각하기

'남북통일에 필요한 사회 전체의 합의는 어디에서 출발해야 하고 어떤
과제를 해결해야 하는지'라는 논제는 작품에 적용시킬 때 통일이 단순히
정치적 통합이나 경제적 발전만으로 달성되는 순탄한 과정이 아니라는
점을 알고 있는지를 되묻는 것이다.

분단이라는 정치적 상황은 결국 화해를 이루는 정서적 기반 위에서 가
해와 수난을 치유하는 대통합의 계기들, 예컨대 상호신뢰의 회복을 위한
여러 실천들을 가시화하고 민족 공존의 틀을 새롭게 마련할 수 있는 새
로운 이념의 창출을 필요로 한다. 남북의 이질적인 체제와 군사적 대결의
위험이 상존하는 상황에서는 이 같은 합의가 마련되기 어렵다. 결국 진정
한 남북통일을 성취할 사회적 합의는 과거 역사에 대한 잘잘못을 새로운
시각에서 재해석해내고 그 과오에 대한 객관적인 삶의 정서를 한데 모으
는 남북모두의 노력을 필요로 한다. 이산가족 상봉이나 용천 폭발사고 돕
기, 부족한 식량 돕기와 같은 남북의 활발한 교류가 축적되고, 적대감을
해소하는 상호 노력들이 점진적으로 병행될 때, 남과 북은 가해자와 피해
자의 관계가 아니라 지난날 저지른 과오를 반성할 기회를 마련할 수 있
을 것이다.

이 같은 노력들은 분단 이후의 상처받지 않은 세대들이 북한사회의 정
확한 이해와 이질적인 면모들에 대한 지속적인 관심을 보이고, 남북이 함
께 경제적 발전을 도모하는 공동의 이익이 있어야만 가능한 일이다. '통
일은 단순히 오는 것이 아니라 만들어 가는 것'이라는 말을 다시 되새겨
야 할 때다. 지난날의 상처에 대한 기억에서 생겨난 상호 불신의 벽을 깨

뜨리려면 통일이 반드시 이루어져야 한다는 식의 감상적인 태도나 당위론만 역설하는 것만으로는 부족하다.

카인이 동생 아벨을 살육한 원죄가 운명적인 것으로 나타나고 그 운명을 수용하는 박훈의 태도는, 현실의 풍파가 가라앉고 인간의 본성을 회복하기를 기다리는 마음이다. 적대감이 가라앉기를 기다리는 박훈의 힘겨운 인내가 앞으로 남북의 활발한 교류와 함께 결실을 만들어내는 바탕을 이룬다. 남북정상회담이 그러하고, 용천사고에 대한 남한 사람들의 구호의 온정이 그러하며, 남북의 이산가족이 지속적으로 상봉하는 모습이 그러하다. 그러나 상처 나고 균열된 공동체의 심성이 치유되는 길에는 비극과 상처에 대한 이해가 반드시 전제되어야 하며, 이해의 과정을 통해서 새로운 대안이 형성될 수 있는 법이다. 『카인의 후예』는 지금도, 상처가 생겨난 과정을 고통스럽게 환기하며 이를 극복해 내도록 문제를 제기하고 있다.

법률선과 인정선

 6·25 직후 한국 사회가 앓았던 질병은 실향과 삶의 방향 감각 상실이었다. 6·25는 엄청난 인명 소실과 재산상 피해를 가져왔다. 남북한을 통틀어 650만 명에 가까운 인명이 사망 혹은 실종됐으며, 재산 피해액은 53년을 기준으로 대략 45조 달러에 이르렀다고 전해진다. 그러나 이런 막대한 피해도 겉으로 드러나는 현상에 지나지 않을지 모른다. 실향민과 부모 잃은 전쟁고아들의 경우, 그들의 삶이 모두 파괴되어 버렸기 때문이다. 전쟁이 휩쓸고 지난 후의 모습은 흡사 폐허라고 말해야 옳다. 건물의 잔해와 시신들이 뒹구는 참혹함 말고, 삼팔선 때문에 고향을 찾지 못하는 비극은 여전히 계속되고 있다는 점에서 전쟁의 비극은 아직 끝나지 않았다.

 6·25는 사실 식민지 시대 이래로 이어지던 사회변동이 급속하게 마무리되는 사건이었다. 식민지 시대가 조선조 사회의 한계를 효과적으로 개혁하는데 실패하면서 경험한 쓰라린 기억이었다면, 6·25는 같은 민족끼리 서로 다른 이념 때문에 거레의 가슴에 총부리를 겨눈 슬프고도 잔혹한 싸움이었다. 그런데, 그 슬픔은 나라를 세우는 도중에 찾아온 이해하

기 힘든 비극이었다는 것이다. 이 비극은 많은 사람들을 고향에서 떠나도록 만들었고, 실향민이 되어 피난지에서 빈민으로 살아가게 만들어버렸다는 점에서 가혹한 불행이었다.

현대인을 가리켜 '고향을 잃어버린 사람 the Homeless'이라 부른다. 그것은 우리가 위안받고 머물 수 있는 정신의 안식처를 잃어버렸다는 말이다. 또한, 고향은 오랜 과거에 걸쳐 내려온 문화, 공동체의 기억이 축적되고 계승되는 공간이다. 하지만 전쟁이 휩쓸고 간 비극 중에는 이런 고향에 되돌아갈 수 없는 단절감을 낳기도 했다. 북한에서 살던 이들이 월남하면서 고통은 배가(倍加)된다. 오늘날의 사회 역시 고향이라는 공간을 우리의 마음으로부터 빼앗아가고 있다. 도시화와 농업의 쇠퇴로 인해 고향과 자연에서 멀어졌다고 해도, 인간에게는 여전히 자신의 존재를 살뜰히 길러준 어머니의 품과 같은 곳이다. 그러나 고향은 이제 기억 속에만 존재할 뿐이다.

고향을 잃어버린 자들에게는 전통의 기억을 버리고 이질적인 환경을 받아들여야 하는 가혹한 생존의 상황이 대두한다. 그런 과정에서 많은 사람들, 특히 노인계층의 사람들은 이 혼란을 견디지 못한다. 전쟁으로 고향을 잃어버린 사람들은 조상들로부터 이어진 삶의 터전인 집과 논과 밭을 빼앗기고 월남하여 타관 땅에서 다시 삶을 설계하지 않으면 안 된다. 완전이 맨손이 된 이들은 이제 변두리에서 가난한 계층으로 전락하고 마는 것이다. 이들은 단순히 고향만 잃는 고통으로 그치지 않고 삶의 모든 근거를 상실한 채 고통을 겪는 것이다. 이범선의 「오발탄」은 바로 이런, 전쟁 직후 한국사회가 앓고 있었던 질병과 좌절의 깊이를 구체적으로 보여준 작품이다.

작품에서 절망적인 현실과 실향의 상처를 겪는 인물들로 가득 차 있다. 사회가 병들어 있다는 것, 그리고 작품 속 인물들이 어떤 질병을 앓고 있다는 것은 그만큼 사회적 절망이 크다는 것을 말해준다. 고향을 떠나오면서 "가자 가자"를 되뇌며 정신이상이 되어버린 어머니, 계리사 사무실 서기로 근무하며 가족 부양에 힘겨워하는 철호(그도 충치 때문에 심한 치통을 앓고 있다), 성악가가 꿈이었던 아내의 절망과 죽음, 양공주가 되어버린 누이 명숙의 전락, 상이군인으로 제대하여 사회에 반감을 가진 채 권총강도가 되어 경찰에 체포된 동생 영호 등등……. 작품의 마지막에서 철호는 택시 기사에게 경찰서로, 병원으로, 집이 있는 해방촌으로 목적지를 바꾸어가며 불러대며 정신을 잃어버린다. 이 대목은 삶의 의욕만이 아니라 삶의 방향 감각마저 상실한 인물의 절망적인 상황을 보여준다.

▶ 다음 지문을 읽고 나서 고향을 잃어버린 비극의 상처가 어떤 것인지를 함께 토론해보자.

　가자는 것이었다. 돌아가자는 것이었다. 고향으로 돌아가자는 것이었다. 옛날로 되돌아가자는 것이었다. 그것은 그렇게 정신이상이 생기기 전부터 철호의 어머니가 입버릇처럼 되풀이하던 말이었다.

　(중략)

　무슨 하늘이 알 만치 큰 부자는 아니었지만 그래도 꽤 큰 지주로서 한 마을의 주인 격으로 제법 풍족하게 살아오던 철호의 어머니 눈에는 아무리 그네가 세상을 모른다 해도, 산등성이를 악착스레 깎아내고 거기에다 게딱지같은 판자 집을 다닥다닥 붙여놓은 이 해방촌이 이름 그대로 해방촌일 수는 없는 노릇이었다.

　"나두 내 나라를 찾았다게 기뻐서 울었다. 엉엉 울었다. 시집 올 때 입었던 홍치마를 꺼내 입구 춤을 추었다. 그런데 이꼴 둏다. 난 싫다. 아무래두 난 모르겠다. 뭐가 잘못됐건 잘못 된너머 세상이디 그래."

　철호의 어머니 생각에는 아무리 해도 모를 일이었던 것이었다. 나라를 찾았다면서 집을 잃어버려야 한다는 것은, 그것은 정말 알 수 없는 일이었던 것이었다.

철호의 어머니는 남한으로 넘어온 후로 단 하루도 이 가자는 말을 하지 않은 날이 없었다.

그렇게 지내오던 그날, 육이오 사변으로 바로 발 밑에 빤히 내려다보이는 용산 일대가 폭격으로 지옥처럼 무너져가던 날 끝내 철호는 어머니를 잃어버리고 말았던 것이다.

(중략)

그때부터 철호의 어머니는 완전히 정신이상이었다. 지금의 어머니, 그것은 이미 철호의 어머니는 아니었다. 아무리 따져보아도 그것이 철호 자기의 어머니일 수는 없었다 세상에 아들딸마저 알아보지 못하는 어머니가 있을 수 있는 것일까? 그날부터 철호의 어머니는

"가자! 가자!"

하고 저렇게 쨍쨍한 목소리로 외마디 소리를 지를 뿐 그 밖의 모든 것을 완전히 잃어버리고 있었다. 철호에게 있어서 지금의 어머니는 말하자면 시체에 지나지 않았다.

어머니와 식구들을 데리고 남한 땅으로 내려온 철호는 해방촌에서 6·25를 맞으면서 자상하던 평소의 어머니를 잃어버리고 만다. "가자! 가자!"만 쨍쨍하게 되풀이하는 어머니는 정신이상이 되어 버렸기 때문이다. 어머니에게는 이념에 의한 민족의 갈등이 도무지 이해되지 않는다. 삼팔선으로 갈라진 채 고향으로 갈 수 없다는 현실을 인정하지 못하는 것이다. 어머니의 모습은 오히려 그 내막을 알고 있는 사람들에게는 더욱 고통스러운 것이다. 큰 부자는 아니었지만 어렵지 않은 살림을 해온 어머니가 순식간에 삶의 근거를 잃어버린 채 남산 밑 해방촌에 와서 살 때까지만

해도 그래도 한줄기의 희망이 남아 있었다. 하지만, 전쟁이 일어나면서 어머니는 아들딸조차도 알아보지 못하는 정신이상자가 되고 만다.

등장인물이 질병을 앓는다는 것은 모두가 사회를 대신해서 앓는 것이다. 이런 점을 생각해보면, 철호 어머니의 질병은 수긍하기 힘든 현실과 전쟁 때문임을 쉽게 이해할 수 있다. 분단과 비극은 고향을 빼앗아버리는데 그치지 않고 삶 전체를 빼앗아버린다. 바로 그런 점에서, 어머니의 질병은 개인적 사회적 비극을 가장 극단적으로 보여주는 예이다. "가자 가자"는 말은 '고향민들의 가장 뼈아픈 육성'이다. 그리고 그 비극의 상처는 고향으로 돌아갈 때에만 치유될 수 있음을 암시한다.

비극의 상처는 어머니에게만 있는 것이 아니라 가족 모두에게서 발견된다. 철호의 동생 영호는 군대에 들어갔지만 부상을 입고 제대하여 실의와 반항의 세월을 보낸다. 영호 역시 다른 방식의 상처를 받은 것이다.

▶ 다음 지문에 나타난 인물의 의식과 논리를 비판적인 입장에서 함께 토론해 보자.

"저도 형님의 그 생활 태도를 잘 알아요. 가난하더라도 깨끗이 살자는, 그렇지요, 깨끗이 사는 게 좋지요. 그런데 형님 하나 깨끗하기 위하여 치루는 식구들의 희생이 너무 어처구니없이 크고 많단 말입니다. 헐벗고 굶주리고. 형님 자신만 해도 그렇죠. 밤낮 쑤시는 충치 하나 처치 못하시고. 이가 쑤시면 치과에 가서 치료를 하거나 빼어버리거나 해야 할 것 아니야요. 그런데 형님은 그것을 참고 있어요. 낯을 잔뜩 찌푸리고 참는단 말입니다. 물론 치료비가 없으니까 그러는 수밖에 없겠지요. 그겁니다. 바로 그겁니다. 그 돈을 어떻게든 구해야죠. 이가 쑤시는데 그럼 어떻게 해요. 그걸 형님처럼, 마치 이 쑤시는 것을 참고 견디는 그것이 돈을 치료비를 버는 것이나 한 것처럼 생각하는 것. 안 쓰는 것은 혹 버는 셈이 된다고 할 수도 있을 거야요.

　세상에는 이런 세 층의 사람들이 있다고 봅니다. 즉 돈을 모으기 위해서 만으로 필요 이상의 돈을 버는 사람과 필요하니까 그 필요하니 만치의 돈을 버는 사람과, 또 하나는 이건 꼭 필요한 돈도 채 못 벌고서 그 대신 생활을 조리는 사람들. 신발에다 발을 맞추는 격으로. 형님은 아마 그 맨 끝의 층에 속하겠지요. 필요한 돈도 미처 벌지 못하는 사람. 깨끗이 살자니까 그럴 수밖에 없다고 하시겠지요. 그래요. 그것은 깨끗하기는 할지 모르죠. 그렇지만 그저 그것뿐이지요.

　언제까지나 충치가 쏘아 부은 볼을 싸쥐고 울상일 수밖에 없지요. 그렇지 않습니까? 그야 형님! 인생이 저 골목 안에서 십 환짜리를 받고 코 흘리는 어린애들에게 보여주는 요지경이라면야 자기가 가지고 있는 돈값만치 구멍으로 들여다보고 말 수도 있겠지요. 그렇지만 어디 인생이 자기 주머니 속의 돈 액수만치만 살고 그만두고 싶으면 그만 둘 수 있는 요지경인가요 어디. 돈만치만 먹고 말 수 있는 그런 편리한 목구멍인가요 어디. 싫어도 살아야 하니까 문제지요. 사실이지 자살을 할 만치 소중한 인생도 아니고요. 살자니까 돈이 필요하구요. 필요한 돈이니까 구해야죠. 왜 우리라고 좀 더 넓은 테두리, 법률선까지 못 나가란 법이 어디 있어요. 아니 남들은 다 벗어던지구 법률선까지도 넘나들면서 사는데, 왜 우리만이 옹색한 울타리 안에서 숨이 막혀야 해요. 법률이란 뭐야요. 우리들이 피차에 약속한 선이 아니야요?"

　영호는 얼굴을 번쩍 들며 반쯤 끄러놓았던 넥타이를 마저 끄러서 방 구석에 픽 던졌다.

영호의 항변은 가난해도 양심적으로 살자는 형의 소극적인 태도에 대한 불만으로 표출된다. 영호의 눈에 비친 형은 무능력하고 소심하여 식구들이 겪는 가난의 고통을 덜어주지 못하는 가장이다. 영호의 논리는 법의 테두리를 벗어나더라도 가난을 벗어던질 만큼의 돈을 벌어야 한다는 것이다. 철호의 앓는 충치를 뽑아내기 위해서라도 돈은 있어야 하며, 살기 위해 돈이 필요하다면 구해야 한다는 것이 영호의 주장이다. 생계와 돈을 잇는 단순논리에는 생존이라는 문제와 돈이라는 수단만 존재할 뿐 양심의 문제는 증발해 버린다.

전후사회에서 많은 사람들이 겪는 가난은 직업이나 물자 부족에서 오는, 헤어날 길 없는 '절대 궁핍'의 현실이었다. 영호의 논리는 그런 가난의 굴레를 벗어나기 위해서는 수단과 방법을 가리지 말아야 한다는 것이다. 철호의 양심은 가난을 벗어나는 데 한낱 거추장스러운 넥타이 정도에 불과하다.

절망적인 가난에다 삶에 대한 의욕상실 때문에 영호는 돈으로 모든 것을 해결하려는 망상을 갖게 된다. 영호의 생각, 돈을 벌어야 한다는 논리는 인정해야 하지만, 그렇다고 해서 양심의 울타리마저 부정하고 법률의 테두리까지 넘어서도 괜찮다는 주장은 앞뒤가 맞지 않는다. 영호에게는 그만큼 돈이면 최고라는 전후사회에 팽배했던 배금주의에 감염된 흔적을 발견할 수 있다. 영호를 지배하는 논리는 양심과 희망을 가진 인내가 아니라, 일확천금을 꿈꾸는 황금만능주의이다.

▶ 다음 지문은 동생 영호가 권총강도가 되어 경찰에 잡힌 대목이다. 영호가 말하는 '인정선'은 과연 무엇인지 함께 토론해 보자.

권총강도.
형사에게서 동생 영호의 사건 내용을 들은 철호는 앞에 앉은 형사의 얼굴을 바보 모양 멍청히 바라보고 있을 뿐이었다. 점점 핏기가 가셔가는 철호의 얼굴은 표정을 잃은 채 굳어가고 있었다.

　어느 회사에서 월급을 줄 돈 천오백만 환을 찾아서 은행 앞에 대기시켰던 지프차에 싣고 마악 떠나려고 하는데 중절모를 깊숙이 눌러쓰고 색안경을 낀 괴한 두 명이 차 속으로 올라오며 권총을 내어들더라는 것이었다.

　"겁내지 마라! 차를 우이동으로 돌리라."

　운전수와 또 한 명 회사원은 차가운 권총 구멍을 등에 느끼며 우이동까지 갔다고 한다. 어느 으슥한 숲 속에서 차를 세웠다고 한다. 그리고는 둘이다 차 밖으로 나가라고 한 다음, 괴한들이 대신 운전대로 옮아앉더라고 한다. 운전수와 회사원은 거기 버려둔 채 차는 전속력으로 다시 시내로 향해 달렸단다. 그러나 지프차는 미아리도 채 못 와서 경찰에 붙들리고 말았다는 것이었다. 그런데 차 안에는 괴한이 한 사람밖에 없었다고 한다.

　형사가 동생을 면회하겠느냐고 물었을 때도 철호는 그저 얼이 빠져서 두 무릎 위에 맥없이 손을 올려놓고 앉은 채 아무 대답도 못했다.

　이윽고 형사실 뒷문이 열리더니 거기 영호가 나타났다.

　"이리로 와."

　수갑이 채워진 두 손을 배 앞에다 모으고 천천히 형사의 책상 앞으로 걸어오는 영호는 거기 걸상에 앉았다가 일어서는 철호를 향하여 약간 머리를 끄덕여 보였다. 동생의 얼굴을 뚫어져라고 바라보고 서 있는 철호의 여윈 볼이 히물히물 움직였다. 괴로울 때의 버릇으로 어금니를 꽉 꽉 씹고 있는 것이었다. (중략)

　"형님 미안합니다. 인정선(人情線)에 걸렸어요. 법률선까지는 무난히 뛰어넘어는데, 쏘아버렸어야 하는 건데."

　영호는 철호의 얼굴을 들여다보며 빙그레 웃었다. 그리고는 옆으로 비스듬히 얼굴을 떨구며 수갑을 채운 오른손 엄지를 권총 방아쇠를 당기는 때처럼 까불어서 지긋이 당겨보는 것이었다.

　철호는 눈도 깜빡하지 않고 그저 영호의 머리카락이 흐트러져 내린 이마를 바라보고 있었다.

　"돌아가세요. 형님."

지문에서 볼 수 있듯이 영호의 범죄 행각은 그가 평소 품고 있었던 생각을 행동으로 옮겼음을 말해준다. 그는 수단을 가리지 않고 일확천금을 통해 가난을 넘고자 한 극단적인 행동을 보였다. 동생의 범죄 행각에 대해 철호는 그의 무능력하고 소심한 평소의 태도에 비추어 볼 때 매우 참담할 수밖에 없었을 것이다. 이 작품에서 보여주고자 하는 것은 영호와 같은 인물이 생겨나게 된 배경이다.

앞서 우리가 영호가 보여준 배금주의에 대해서 잠깐 말한 바 있다. 수단과 방법을 가리지 않는 돈벌이는 전쟁과 전쟁 직후의 혼란한 사회에서 나타난 매우 부정적인 현실이었다. 철호와 같이 소박한 사람들이 겪는 고통은 정상적인 삶의 태도로는 생계조차 꾸려나가기 힘들 만큼 일그러진 사회의 모습이 바로 전후사회의 한 단면이다.

그렇다면, 영호가 말하고 있는 "법률선은 무난히 넘었지만 인정선을 넘지 못했다"는 것은 무슨 의미일까. 인정의 선은 사람에 대한 감정이 아직 남아 있다는 말이 된다. 결국 영호는 범죄를 저지르기에는 너무 여린 심성의 소유자였던 셈이다. 그의 실패한 범죄는 결국 사회 자체가 가난을 넘어설 수 없게 하는 심각한 절망을 지니고 있었다는 것을 말해준다.

전쟁 직후의 사람들, 특히 철호 가족이 겪고 있었던 사회적 절망의 정체는 무엇일까.

▶ 다음 지문에서 철호의 방향감각 상실이 '오발탄'이라는 말로 나타나고 있다. '오발탄'의 의미를 생각해 보고 지금의 현실과 연관지어 함께 토론해 보자.

"가자."
철호는 여전히 눈을 감고 있었다.

"어디로 갑니까?"

"글쎄 가."

"하 참 딱한 아저씨네."

"……"

"취했나?"

운전수가 힐끔 조수애를 쳐다보았다.

"그런가봐요."

"어쩌다 오발탄 같은 손님이 걸렸어. 자기 갈 곳도 모르게."

운전수는 기어를 넣으며 중얼거렸다. 까무룩히 잠이 들어가는 것 같은 속에서 운전수가 중얼거리는 소리를 멀리 듣고 있었다. 그리고 마음속으로 혼자 생각하는 것이었다.

'아들 구실. 남편 구실. 애비 구실. 형 구실. 오빠 구실. 또 계리사 사무실 서기 구실. 해야 할 구실이 너무 많구나. 너무 많구나. 그래 난 네 말대로 아마도 조물주의 오발탄인지도 모른다. 정말 갈 곳을 알 수가 없다. 그런데 지금 나는 어디건 가긴 가야 한다.'

철호는 점점 더 졸려왔다. 다리가 저린 것처럼 머리의 감각이 차츰 없어져갔다.

"가자!"

철호는 또 한번 귓가에 어머니의 소리를 들었다고 생각하며 푹 모으로 쓰러지고 말았다.

차가 네거리에 다다랐다. 앞의 교통신호등에 빨간 불이 켜졌다. 차가 섰다. 또 한 번 조수애가 뒤를 돌아보며 물었다.

"어디로 가시죠?"

그러나 머리를 푹 앞으로 수그린 철호는 아무 대답도 없었다.

따르릉 벨이 울렸다. 긴 자동차의 행렬이 움직이기 시작했다. 철호가 탄 차도 목적지를 모르는 대로 행렬에 끼어서 움직이는 수밖에 없었다. 철호의 입에서 흘러내린 선지피가 흥건히 그의 와이셔츠 가슴을 적시고 있는 것은 아무도 모르는 채 교통신호등의 파란불 밑으로 차는 네거리를 지나갔다.

지문 해설

권총강도가 되어버린 영호를 만나고 나서, 집으로 돌아온 철호는 누이 명숙에게 아내가 아이를 낳다가 위급한 상황이 되어 병원으로 갔다는 소식을 듣는다. 그는 다시 병원으로 달려간다. 병원에서 철호는 아내의 죽음을 전해 듣는다. 양공주인 명숙이 모아준 돈다발을 들고, 그는 앓던 충치를 두 개나 뽑은 다음 마취제의 몽롱한 약기운 속에서 택시를 탄다. 가야 할 곳이 어딘지 모르지만 어디로든 자신을 필요로 하는 곳으로 가야 하는 상황이다. 철호는 어디로 가야 할지 혼돈에 빠지고 만다. 이런 철호의 모습은 결국 삶의 목표, 혹은 방향감각의 상실이라는 뜻의 '잘못 쏜 탄환(오발탄)'이라는 말과 연결된다.

더 생각하기

전후사회와 같이 암울한 현실 상황에서 '알 수 없는 힘'(곧, 운명)이나 재난 때문에 꿈을 잃고 살아가는 사람들의 삶은 비참하다. 이를 가리키는 '오발탄'이라는 말의 의미를 가볍게 보아서는 안 된다. 그것은 자신으로서도 해결할 수 없는 상황 속에서 절망한 인간의 모습이기 때문이다.

철호처럼, 소박한 마음과 양심을 가지고 살아가기가 어렵다는 말은 그만큼 사회가 불의로 가득하고 몰염치하다는 뜻이기도 하다. 따라서 '오발탄'이라는 의미는 잘못된 인생에 대한 표현이다. 그런데 이 표현에는 자신을 포함한 가족 모두의 삶이 어디서부터 잘못되었는가에 대한 언급은 없다. 그 잘못의 대부분은 6·25라는 재난 상황에서 온 것이기 때문이다.

우리는 지금도 고향을 눈앞에 두고 가지 못하는 실향민들을 볼 수 있다. 뿐만 아니라 어려운 경제 사정 때문에 버려지는 아이들을 본다. 또는 수해에서 집을 잃고 절망에 빠진 사람들을 본다. 실향민과 수재민과 버려진 아이들의 비극은 그들 자신의 잘못에서 만들어진 비극이 아니다. 이런 점에서 그 책임은 사회 전체의 몫이다.

언론매체에서는 개인의 잘못에 대한 책임을 그 당사자에게만 돌리는 경향이 많다. 그러나 거기에는 사회 전체의 분위기가 개인들의 의식에 영향을 미쳐 잘못을 낳는 경우도 적지 않다. 양심을 가지고 꿋꿋하게 살아가려는 사람들을 다독거려주고, 불행을 겪는 사람들에게 힘이 주는 사회야말로 우리 모두가 바라는 것이다. 그러한 점에서 사회를 건전하게 만드는 것은 개인의 몫이 아니라 사회 구성원 전체에 배당된 의무이자 책임이다. '오발탄'이라는 표현이 오늘날의 현실에도 적용되는 측면은 바로 여기에 있다.

갈등과 치유

6·25전쟁이 남긴 불행은 남북 사회 모두에 분단이라는 현실로 지속되고 있다. 오늘날에도 이북이 고향인 실향민들은 부모 친지와 상봉할 수 있을 듯하다가도 군사적 긴장으로 무산되고 마는 일을 자주 보게 된다. 금강산 여행이 끊어진 지금 남과 북이 편지를 교환하고, 명절이면 서로 고향을 방문해서 조상께 제사도 지내며 서로 왕래하는, 실질적인 교류는 어떻게 이루어질 수 있을까.

분단의 벽에는 많은 종류가 있다. 통일, 외교, 군사 분야에서 나타나는 남북 정치체제의 경쟁이라는 벽만이 아니다. 남북이 서로의 체제를 인정하지 않으려는 마음의 벽이 여전히 상존하고 있다. 이것이 통일에는 더 큰 문제이다. 상대를 적대하고 증오하는 것으로는 정치적 통일은 언젠가 이룰지언정 진정한 통합을 이루기에는 더 많은 시간과 노력을 필요로 할 것이다. 이런 마음을 벗어나는 계기는 외국의 어떤 나라에서도 만들어줄 수 없다. 중국도, 일본도, 미국도 아니다. 우리 자신들로부터 가로막힌 마음의 벽을 허물도록 노력해야 한다.

정부 차원에서는 실향민들의 실질적인 만남을 성사시키려는 정책의 지원이 필요하다. 그러나 국민 개개인도 오랫동안 닫혀 있던 마음을 여는 노력에 동참하지 않으면 안 된다. 지금이야말로 어느 때보다도 남북한 사람 모두에게 실질적인 도움이 되도록 서로 돕는 자세가 필요한 것이다. 특히 우리에게는 조급하게 이익을 남기려는 장사꾼의 마음보다 멀리 내다보며 남북 사회의 신뢰를 쌓는 우공이산(愚公移山)의 지혜가 필요하다.

문학에서 분단 현실을 극복하려는 노력은 어떤 방식으로 이루어지는 것일까. 우선, 문학은 현실적인 대안을 제출하는 것이 아니라 작지만 정서적인 교감을 나누는 세계를 만들어낸다. 물론 그것은 거짓말, 즉 허구이다. 그러나 이 허구는 현실 속에서 같은 정서로 공동의 일을 할 수 있게 해 준다는 점에서 그 의의를 과소평가해서는 안 된다. 문학은 현실에서의 대립과 반목을 더욱 생생하게 보여줌으로써, 그리고 이를 어떻게 극복하는지를 인물들의 행위 안에 포함시켜 놓는다. 그 적절한 사례 하나가 윤흥길의 「장마」이다.

윤흥길의 중편 「장마」(1973)는 전쟁의 기간 동안 가해진 이념의 대립과 반목이라는 상처를 극복하는 가능성을 보여주는 작품이다. 조금 긴 분량의 중편에서 작품 내용은 어린 시절 겪었던 화자의 전쟁과 관련된 가족의 상처에 대한 일화들로 채워져 있다.

작품의 줄거리를 간략하게 정리해보기로 한다. 좌익 활동을 하다가 빨치산이 되어 소식이 없는 삼촌과, 소대장으로 전투에 참가하여 전사한 외삼촌 때문에, 할머니와 피난 와서 함께 기거하는 외할머니 사이에는 서로 저주를 퍼붓는 갈등의 골이 생긴다. 두 사돈 집안 간의 갈등이 소년 화자 동만의 시선으로 관찰되고 있다.

전사통지서를 받고 삶의 의욕을 잃어버린 어머니와 이모의 비통한 모습이 차근차근 제시된다. 그런 와중에 외할머니는 천둥 벼락 치는 앞산을 바라보며, "더 쏟아져라! 어서 한 번 더 쏟아져 바웃새에 숨은 빨갱이 마자 다 썰어가그라! 나무 틈새기에 옆딘 뿔갱이 숯뎅이 같이 싹싹 끄실러라! 한 번 더, 한 번 더, 옳지! 하늘님 고오맙습니다!" 하고 저주한다. 저주를 들은 할머니는 외할머니의 말을 삼촌의 죽음까지도 바랜 것으로 받아들이면서 두 분 사이에는 풀기 어려운 감정의 골이 깊게 팬다.

아들의 소식이 없자 답답해진 할머니는 고모에게 점을 보고 오도록 시킨다. 고모가 받아온 점괘에는 삼촌이 어느 날 어느 시각에 집으로 돌아온다는 것이다. 그러나 할머니는 삼촌이 오기를 기다리다 몸져눕는다. 점괘에서 지정한 날짜 시각에 우연하게도 구렁이가 집안으로 들어선다. 이를 보고 외할머니는 마치 구렁이 삼촌인양 구렁이가 사라질 때까지 위로의 말을 건넨다. 이를 보며 할머니는 가슴에 두었던 적대감을 풀고 편안하게 숨을 거둔다.

「장마」에서 사돈 간의 갈등과 대립은 좌우 이념에 의해 찢긴 분단과 전쟁의 상처를 비유적으로 보여준다. 빨치산이 되어 잠시 집을 들른 삼촌은 가족들의 자수 권유도 뿌리친 채 인기척에 놀라 급히 산으로 돌아가 버린다. 삼촌의 방문을 숨죽이고 보았던 소년 화자 동만은 초콜릿으로 유혹하는 감시자 청년에게 이 사실을 털어놓아 아버지는 경찰서에 끌려가 곤혹을 치른다. 전쟁의 광풍 속에서 어린 화자도 폭력적인 현실에 예외가 될 수 없었던 것이다. 삼촌과 외삼촌 사이에는 서로 다른 이념의 길을 선택했기 때문에 할머니와 외할머니의 갈등이 빚어진다. 가족 간의 분열상은 서로 다른 이념을 선택하면서 드러낸 민족 전체의 분열을 뜻한다.

중요한 사실은 친할머니와 외할머니의 갈등이 민간신앙을 통해서 극복된다는 점이다. 민간신앙이 미신이라는 점은 분명하다. 그러나 왜 하필이면 작가는 민간신앙으로 현실의 갈등을 풀고자 했을까. 그 까닭을 추론해 보면 작가는 이념의 갈등이 이념으로는 극복될 수 없다는 점, 그리고 그 이념은 외래의 것이라는 점 때문에 우리의 정서 밑바닥에 흐르는 민간 신앙을 택한 것으로 보인다. 즉 이념의 차원을 배제하고 어머니의 마음과도 같은 민족 정서라는 바탕 위에서 화해를 이룬다는 것이 작품의 메시지이다.

▶ 지문을 읽고 할머니와 외할머니의 갈등이 어디에서 비롯되었는지 함께 정리해 보자.

　　(전략) 다음으로 두 분을 아주 갈라서게 만든 결정적인 계기는 전사 통지서를 받은 이튿날에 왔다. 먼저 복장을 지른 쪽은 외할머니였다. 그날 오후도 장대 같은 벼락불이 건지산 날망을 푹푹 꽂히는 험한 날씨였는데, 마루 끝에 서서 그 광경을 지켜보던 외할머니가 별안간 무서운 저주의 말을 퍼붓기 시작한 것이다.

　　"더 쏟아져라! 어서 한 줄 더 쏟아져서 바웃새(바위 사이－주)에 숨은 뺄갱이 마자 다 씰어가그라(쓸어가거라－주)! 나무 틈새기에 엎딘 뺄갱이 숯뎅이 같이 싹싹 끄실러라! 한 번 더, 옳지! 하늘님 고오맙습니다!"

　　소리를 듣고 식구들이 마루로 몰려들었으나 모두들 어리둥절해져서 외할머니를 말리는 사람은 없었다. 벼락에 맞아 죽어넘어지는 하나하나의 모습이 눈에 선히 보인다는 듯이 외할머니는 더욱 기가 나서 빨치산이 득실거린다는 건지산에 대고 자꾸 저주를 쏟았다.

　　"저 늙다리 예펜네가 뒤질라고 환장을 혔다?"

　　그러자 안방 문이 우당탕 열리면서 악의를 그득 담은 할머니의 얼굴이 불쑥 나타났다. 외할머니를 능히 필적할 만한 인물이 그제까지 집안 한쪽에 도사리고 있었음을 하는 뒤늦게 깨닫고 긴장했다.

　　"여그가 시방 누 집인 종 알고 저 지랄이랴, 지랄이?"

　　옆에서 흔들어 깨우는 바람에 갑자기 잠꼬대를 그친 사람처럼 외할머니는 멍멍한 눈길로 주위를 잠깐 둘러보았다.

"보자보자 허니께 참말로 눈꼴시어서 볼 수가 없네. 은혜를 웬수로 갚는다드니 그 말이 거그를 두고 하는 말이고만. 올 디 갈 디 없는 신세 하도 불쌍혀서 들어앉혀 놓게로 인자는 아도 으런도 몰라보고 갖인 야냥개를 부리네그라. 미쳐도 곱게 미쳐야지, 그렇게 숭악스런 맘을 먹으며는 댑대로 거그(거기)한티 날베락이 내리는 벱여."

당장 메어꽂을 듯한 기세로 상대방의 서슬을 다잡고 나더니 할머니는 사뭇 훈계조가 되었다.

"아아니, 거그가 그런다고 죽은 자석이 살아나고 산 사람이 쉽게 죽을 성부른가? 어림 반푼도 없는 소리 빚감도 말어. 인명은 재천이랬다고. 다아 저 타고난 명대로 살다가는 게여. 그러고 자석이 부모보담 먼처 가는 것은 부모 죄여. 부모들이 전생에 죄가 많었기 땜시 자석놈을 앞시워놓고서는 뒤에 남어서 그 고통을 다아 감당허게 맹근게여. 애시당초 자기 팔자 소관이 그런 걸 가지고 누구를 탓허고 마잘 것이 없어. 낫살이 저만치 예순줄에 앉어 있음시나 조께 부끄런 종도 알어야지."

"그려, 나는 전생에 죄가 많어서 아덜놈 먼첨 보냈다 치자. 그럼 누구는 복을 휘여지게 짊어지고 나와서 아덜 농사를 그따우로 지었다냐?" 하고 외할머니도 앙칼지게 쏘아붙였다.

"저놈으 예펜네 말허는 것 좀 보소이. 참말로 죽을라고 환장혔능개비. 내아덜이 왜 외디가 어쩌간디그려?"

"생각혀보면 알 것이구먼."

"저 죽은 댐이 지사지내줄 놈 한나 없응게 남덜도 모다 그런 종 아는가분디……"

"고만덜 혀둬요!"

"우리 순철이는 끈덕도 없다. 끈덕도 없어. 무신 일이 생겨야만 속이 시연헐 티지만 순철이 갸는 쏘내기 새도 요리조리 뚫고 댕길 아여."

"어따 구만덜 허라니께요!" 하고 아버지가 한 번 더 짜증을 부렸다.

외할머니는 천둥치며 비가 쏟아져 내리는 앞산을 보며 빨치산이 모두 죽어버리라고 저주를 퍼붓는다. 외삼촌의 전사통지를 받은 다음, 외할머니는 외삼촌의 죽음이 빨갱이들 때문이라고 보았던 것이다. 그러나 아들 잃은 슬픔을 저주로 풀어내는 외할머니의 말은 빨치산이 된 아들을 가진 할머니에게는 매우 적대적인 것으로 여겨진다. 그것은 삼촌의 죽음을 자라는 것이 되기 때문이다. 외가 식구들이 피난을 와 있었기 때문에 외할머니의 저주는 은혜를 베풀어준 자에 대한 보답이 되지 못한다. 더구나 두 할머니는 사돈 사이이다. 그러나 서로의 흠을 잡아 아들 농사를 잘못 지었다고 욕설에 가까운 말로 할머니와 외할머니는 다투게 된다.

여기에서 잠깐 6·25의 의미를 한 번 살펴보자. 이 전쟁은 같은 민족 사이에 일어난 비극이었다. 어제는 이웃이었던 사람들이 서로 다른 이념 때문에 서로 총부리를 겨누고 살육한 사태였던 것이다. 그런 점에서 이 전쟁은 어떤 정당한 의미도 찾아보기 어렵다. 가족들의 경우, 전쟁의 부당한 측면은 형제 사이에도 서로 이념을 달리해서 싸움하게 된 비극으로 나타난다.

할머니와 외할머니의 대립이 일어난 배경에는 외삼촌과 삼촌이 있다. 빨치산이 된 삼촌과 국군으로 참전한 외삼촌의 엇갈린 행로가 두 할머니 사이의 갈등을 낳게 했던 것이다. 결국 아버지를 포함한 식구들 대부분이 이 점을 알고 있지만, 할머니와 외할머니의 대립을 말리기도 어렵다. 그 대립은 아들의 생사와 관련된 복잡한 심사와 직접 관련되어 있기 때문이다. 또한 이 대립은 사이좋은 관계를 가졌던 외가와 친가 식구들을 서먹서먹하게 하고 두 집안의 반목을 해소하기 힘들게 만든다. 부모가 잘못했기 때문이라는 외할머니의 말은 할머니의 분노를 자아낸다. 할머니 역시 외할머니의 저주를 아들 농사를 잘못했다는 탓으로 되받아친다. 아버지의 짜증은 할머니와 외할머니의 다툼이 어떤 이익이 있는 것도 아니며 서로에게 상처만 주는 사태에 대한 환멸을 말해준다. 삼촌과 외삼촌이 선택한 서로 다른 길이 두 분의 갈등 때문은 아니다. 이것이 전쟁이 몰고 온 비극의 한 부분이다.

소설에서 인물들이 사용하는 말은 그 인물의 성격과 사회의 배경을 알려주는 일종의 정보이다. 「장마」에서 할머니와 외할머니는 모두 구수한 사투리를, 쓰는 전형적인 한국인의 정서를 가진 사람들임을 주목할 필요가 있다. 뿐만 아니라 두 분의 말씨는 논리적이지 않으나 아들에 대한 어머니의 지극한 사랑임을 굳이 숨기지 않는다. 이들은 "인명은 재천"이라는 말처럼, 자연의 질서를 받아들이는 전형적인 전통 여성상이다. 하지만 자세히 보면, 두 분이 순박한 마음을 유지하지 못하는 장면은 저주를 퍼붓는 대목에서이다. 상대에 대한 저주는 결국 사랑하는 아들의 죽음과 직결되어 있다. 아들의 죽음에 대한 외할머니의 슬픔이 극한에 이를 때 터져 나온 무심한 탄식이 저주로 바뀐 것이다. 그런데 이 사소한 단서가 할머니에게는 큰 상처가 된다.

▶ 다음은 외할머니의 저주와 함께 사태가 걷잡을 수 없이 악화되는 모습을 보여주고 있다. '빨갱이'라는 말이 갖는 의미를 함께 토론해 보자.

"야, 애비야, 니 동상 어서 죽으라고 고사 지내는 예펜네를 내가 조께 혼내줬기로 너까지 한통속이 되어 목매달 게 뭐냐. 너한티는 장몬지 뭣인지는 모르지만 나는 죽었으면 죽었지 그런 꼴은 못 본다. 당장 어떻게 허지 않으면 내가 이 집을 나갈랑게 알어서 혀라."

"나갈란다! 그러잖어도 드럽고 챙피시러서 나갈란다! 차라리 갈가티서 굶어죽는 게 낫지 이런 집서는 더 있으라도 안 있을란다! 이런 뿔갱이 집……."

외할머니의 격한 음성이 갑자기 뚝 멎었다. 외할머니는 천천히 고개를 들어 맞은편의 아버지를 멀거니 건너다 보았다. "빨갱이 집서는 ……" 하고 하다 만 말의 뒤끝을, 그러나 매우 자신 없는 어조로 간신히 흘리면서 이번에는 어머니 쪽을 바라보았다. 마지막으로 나를 한참 동안 눈여겨보고 나서 머리를 설레설레 흔들었다. 그러더니 갑자기 시선을 떨구는 것이었다. 쏟아져 내리는 그 시선이 대바구니 속에 무겁게 담겼다. 그 대바구니를 잠자코 무릎마디로 끌어당겨 그림자처럼 조용한 몸놀림으로 한 개의 완두 줄기를 집어 올렸다. 외할머니의 얼굴은 어제나 그제 죽은 사람 모양으로 완전한 잿빛이었다.

외할머니의 한 마디가 집안에 던진 파문은 의외로 심각했다. 외할머니의 입에서 '빨갱이'란 말이 엉겁결에 튀어나왔을 때 식구들은 도무지 믿을 수 없다는 듯이 넋을 잃은 표정들이었다. 너무도 놀란 나머지 숨소리조차 제대로 못 내면서 오직 느릿느릿 변화하는 외할머니의 동작만을 시종일관 주목할 따름이었다. 여태까지 삼촌 때문에 동네에서 손가락질을 받고 치안대와 경찰로부터 시달림을 당해오면서 가족들 간에 절대로 써서는 안 될 말로 묵계가 되어 있었다. 그리고 이 금기는 연주차에 새우젓을 가리듯이 아주 철저하게 지켜져 왔었다. 그런데 이토록 무서운 말을 함부로 입 밖에 쏟다니, 외할머니의 과오는 어떤 변명으로도 씻을 수 없는 치명적인 것이었고 그래서 가족들의 놀라움은 이루 형언할 수 없었던 것이다. 그러나 누구보다도 놀란 사람은 다름 아닌 발성 당자였다. 외할할머니는 구태여 변명을 늘어 놓진 않았다. 변명해봤자 소용도 없는 일이긴 하지만 그보다는 오히려 할머니가 무슨 못 들을 소리를 해도 꾹 참고 견디는 것으로 자신의 실수를 솔직히 인정하고 있었다. 할머니의 분노를 어떻게 설명하면 좋을까. 길길이 뛰다가 거품을 물고 까무러칠 지경이었다. 그리고 외할머니와 이모를, 경우에 따라서는 어머니까지도 내 보낼 것을 아버지한테서 거듭 다짐받으려 했다.

앞에서 두 사돈 사이에 벌어진 갈등이 전쟁 때문임을 밝힌 바 있다. 그러나 외할머니 입에서 무심코 튀어나온 '빨갱이'라는 말은 사태를 더욱 악화시킨다. 이전까지만 해도 외할머니의 저주가 삼촌을 직접 가리킨 것은 아니었다. 그런데, "뿔갱이 집서는……"이라는 말은 가족 간의 사랑을 넘어서 갈등을 전쟁을 겪는 흉흉한 상황으로 바꾸어 놓는다. '빨갱이'는 그만큼 저주와 적대적인 태도를 보여주는 금기어인 것이다. 그런 점에서 이 말의 파장은 집안의 테두리를 넘어선다.

사회 전체가 적으로 삼은, 다른 이념을 가진 자에 대한 폭력적인 표현이 바로 '빨갱이'이다. 때문에, 외할머니께서 빨갱이라는 말을 발설하는 순간 가족 사이에 합의되어 있던 묵계(默契, 말하지 않으면서도 마땅히 지키는 규칙-주)를 깨뜨려 버리는 게 된다. 바꾸어 말하면, 이 말은 빨치산이 되어버린 삼촌을 가족의 한 사람이 아니라 죽여도 되는 대상으로 선언해 버린 것이다.

할머니는 더 이상 사돈을 사돈으로 대접하지 않는다. 할머니의 결의는 피난 온 외가 식구들을 내쫓고, 경우에 따라서는 어머니까지도 쫓아내야 한다는 단호함을 나타낸다. 두 집안 사이에는 이제 씻기 어려운 앙금과 대립의 긴장이 흐른다.

'빨갱이'라는 말은 죽여도 괜찮은 적대자로서 가족이나 이웃사촌에게서 발설되는 친근한 어감과는 크게 다르다 . 80년대 중반까지만 해도 '빨갱이'라는 말은 곧 죽음을 의미했다. 이 말은 적어도 간첩과 같은 뜻의 단어였고 폭력을 일삼는 비정한 공산세력과 동의어였다. 그러한 점에서 외할머니의 '빨갱이'라는 발설은 감정에 휩싸여 사돈 가족의 귀한 아들이라는 생각을 잠시 잊어버린 채 터져나온 저주이다.

▶ 다음 지문에 나타난 화해의 순간이 분단으로 얼룩진 장벽을 어떻게 해소하

는지를 함께 토론해 보자.

"가야 헐 디가 보통 먼 질이 아닌디 여그서 이러고 충그리고만(멈칫거리고만—주) 있어서야 되겄능가. 자꼬 이러면 못쓰네, 못써. 자네 심정은 내 짐작을 허겄네만 집안 식구들 생각도 혀야지. 자네 노친양반께서 자네가 이러고 있는 꼴을 보면 얼매나 가슴이 미여지겄능가."

외할머니는 꼭 산사람을 대하듯 위를 올려다보면서 조용조용히 말을 건네고 있었다. 하지만 아무리 간곡한 말씨로 거듭 타일러 봐도 구렁이는 좀처럼 움직일 기척을 안 보였다. 이때 울바자 너머에서 어떤 아낙네가 뱀을 쫓는 묘방을 일러주었다. 모습은 안 보이고 목소리만 들리는 그 여자는 머리카락을 태워 냄새를 피우면 된다고 소리쳤다. 외할머니의 지시에 따라 나는 할머니의 머리카락을 얻으러 안방으로 달려갔다. /(중략)/

"자네 오면 줄라고 노친께서 여러 날 들어 장만헌 것일세. 먹지는 못헐망정 눈요구라도 허고 가소. 다아 자네 노친 정성 아닌가. 내가 자네를 쫓을라고 이러는 건 아니네. 그것만은 자네도 알아야 되네. 남새가 나드라도 너무 섭섭타 생각 말고, 집안일일랑 아모 걱정 말고 머언 걸은 부데 펜안히가소." (중략)

"고맙소"

정기가 꺼진 우묵한 눈을 치켜 간신히 외할머니를 올려다보면서 할머니는 목이 꽉 메었다.

"사분도 별시런 말씀을 다……"

외할머니는 말끝을 마무르지 못했다.

"야한티서 이얘기는 다 들었소. 내가 당연히 헐 일을 사분이 대신 맡었구랴. 그 험한 일을 다 치르노라고 얼매나 수고시렀으꼬" "인자는 지나간 일이닝게 그런 말씀 고만두시고 어서어서 뭠이나 잘 추시리기라우"

　위의 대목은 할머니와 외할머니 사이의 극적인 화해를 담고 있다. 산사람이 된 삼촌의 생사를 알지 못한 할머니는 고모를 불러 점쟁이에게 점을 보게 한다. 점괘에는 어느 정해진 날짜와 시간에 삼촌이 집으로 온다는 것이다. 이 소식을 들은 할머니는 삼촌을 맞을 준비로 정성을 다 쏟는다. 너무 긴장한 탓이었까, 할머니는 정작 삼촌이 온다는 당일이 되어서는 몸져눕고 만다. 그 시각에 공교롭게도 구렁이가 마당에 나타난다. 나타난 구렁이를 두고 외할머니는 몰려든 아이들에게 해코지를 못하게 한다. 외할머니는 구렁이를 마치 삼촌인양 사라질 때까지 지성으로 대접한다.

　외할머니의 진지한 태도는 비록 미신의 모양을 취하고는 있으나 분열과 갈등으로 상처 난 현실을 치유하고 화해로 이끄는 면모를 지니고 있다. 외할머니의 태도는 구렁이가 죽은 자의 모습이라고 믿는 우리의 오랜 습속에 바탕을 두고 있다. 외할머니의 지극한 정성을 보고 할머니는 반감을 풀고 고마움을 표시한다. 이제 두 사돈 간의 반목이 해소된 것이다.

더 생각하기

　반목의 해소는 단순히 두 사람의 감정적 대립을 풀어내는 것을 뜻하지는 않는다. 그것은 서로의 마음에 응어리진 상처를 서로 위로하는 의미를 갖기 때문이다. 좀 더 확대시켜 보면, 외할머니의 구렁이를 다독거리며 멀리 배웅하는 모습은 죽었을지도 모르는 삼촌의 영혼을 편안하게 인도한다는, 죽은 자를 천도하는 제사의 의미를 갖고 있다. 그리고 이 마음은 이념 때문에 서로 다투는 분단의 현실에서 이념 이전에 생명을 존중하는 문화의 힘이라는 점에서 소중하다. 두 어머니(곧 할머니와 외할머니)에게 남북이 서로 증오해온 이념의 차원은 접어두고 같은 민족으로서 그간의 갈등을 넘어서기 위해서는 각별한 마음의 준비가 필요하다. 준비의 첫 단계는 잘못을 사과하고 마음을 한데 모으는 일이다. 그런 다음, 상대방에게 서로 믿을 만한 행동을 실천해 보이면서 서로의 신뢰를 쌓아 가면 되는 것이다. 「장마」가 분단과 6·25전쟁 때문에 갈등과 반목의 깊은 상처를 치유하는 상황을 어머니의 마음에서 찾고 있다는 것은 인간 본래의 심성을 회복해야 한다는 의도로 보인다. 인간에 대한 사랑은 이념의 차원이 아니라 상처받은 사람을 서로 위로하는 마음으로부터 시작된다는 것이 작품의 메시지이다.

부 록

1
20세기 한국 고전

이광수『무정』(이광수 전집, 삼중당)
한용운『님의 침묵』(한용운 전집, 일지사)
홍명희『임거정』(조선일보사, 사계절)
정인보『양명학원론』(삼성문화재단, 연세대출판부)
백남운『조선사회경제사』(범우사, 연세대출판부)
임　화『문학의 논리』(학예사, 서음출판사)
서정주『화사집』(남만서점, 문학동네)
홍이섭『조선과학사』(조선일보사)
염상섭『삼대』(염상섭전집, 민음사)
고유섭『조선탑파연구』(통문관)
조윤제『국문학사』(을유문화사)
현상윤『조선유학사』(현음사)
이능화『조선도교사』(보성문화사)
최인훈『광장』(민음사, 문학과지성사)
전상운『한국 과학기술사』(사이언스북스)
함석헌『뜻으로 본 한국 역사』(제일출판사, 한길사)
김준엽·김창순『한국공산주의운동사』 전5권(고려대 아세아문제연구소)
이기백『한국사신론』(일조각)
김용섭『조선후기농업사연구』 전2권(지식산업사)

최현배 『우리말본』(정음문화사)
고형곤 『선의 세계』(운주사)
박종홍 『인식논리』(박영사)
김윤식 『한국근대문예비평사연구』(한얼문고, 일지사)
박경리 『토지』(지식산업사, 솔)
이상은 『퇴계의 생애와 학문』(예문서원)
민두기 『중국근대사연구』(지식산업사)
김수영 『거대한 뿌리』(민음사)
이영희 『전환시대의 논리』(창자과비평사)
박병호 『한국법제사고』(법문사)
김철준 『한국 고대사회 연구』(일조각)
백낙청 『민족문학과 세계문학』(창작과비평사)
박현채 『민족경제론』(한길사)
천관우 『근세 조선사연구』(일조각)
강동진 『일본의 한국침략정책사』(한길사)
조동일 『한국문학통사』(지식산업사)
조정래 『태백산맥』(한길사, 해냄)

2
20세기 해외 고전

문학

표도르 미하일로비치 도스토예프스키, 『카라마조프카의 형제들』(열린책들)
마르셀 프루스트, 『잃어버린 시간을 찾아서』(정음사)
노신, 『아Q정전』(창작과비평사)
제임스 조이스, 『율리시즈』(범우사)
　　　　　　　『젊은 예술가의 초상』(민음사)
토머스. S. 엘리어트, 『황무지』(민음사)
토마스 만, 『마의 산』(정음사)
윌리엄 포크너, 『음향과 분노』(학원사)
　　　　　　　『8월의 빛』(학원사)
　　　　　　　『압살롬아 압살롬아』(학원사)
올더스 헉슬리, 『멋진 신세계』(정음사)
프란츠 카프카, 『변신』(솔)
　　　　　　　『심판』(카프카 전집, 솔)
알베르 카뮈, 『이방인』(카뮈전집, 책세상)
헤르만 헤세, 『유리알 유희』(헤세 전집, 민음사)
조지 오웰, 『동물농장』 『1984년』(민음사)
사무엘 베케트, 『고도를 기다리며』(정음사)

보리스 파스테르나크, 『닥터 지바고』(삼성출판사)
가브리엘 가르시아 마르케스, 『백년 동안의 고독』(문학과지성사, 육문사)
알렉산드로 솔제니친, 『수용소 군도』(동서문화사)
움베르토 에코, 『장미의 이름』(열린책들)

인문

지그문트 프로이트, 『꿈의 해석』(열린책들)
　　　　　　　　　『정신분석입문』(열린책들)
페르디낭 드 소쉬르, 『일반언어학강의』(민음사)
게오르그 루카치, 『역사와 계급의식』(거름)
안토니오 그람시, 『옥중수고』(거름, 민음사)
마르틴 하이데거, 『존재와 시간』(까치)
아놀드 토인비, 『역사의 연구』(삼성판 세계사상전집, 삼성출판사)
미셸 푸코, 『광기의 역사』(인간사랑, 나남출판)
　　　　　『말과 사물』(민음사)
　　　　　『지식의 고고학』(민음사)
　　　　　『감시와 처벌』(나남출판, 강원대출판부)
　　　　　『광기와 문명』(나남출판)
칼 융, 『심리학과 종교』(도서출판 창)
헤르베르트 마르쿠제, 『이성과 혁명』(중원문화사)
　　　　　　　　　『일차원적 인간』(한마음사)
장 폴 사르트르, 『존재와 무』(을유문화사)
　　　　　　　『실존주의는 휴머니즘이다』(문예출판사)
칼 포퍼, 『열린 사회와 그 적들』(민음사)
　　　　　『과학적 발견의 논리』(고려원)
루스 베네딕트, 『국화와 칼』(을유문화사)
호르크하이머 · 테오도르 W. 아도르노, 『계몽의 변증법』(문예출판사, 문학과지성사)
시몬느 드 보바르, 『제2의 성』(삼성판 세계사상전집, 삼성출판사)
한나 아렌트, 『전체주의의 기원』(한길사)
루드비히 비트겐슈타인, 『철학적 탐구』(서광사)

마르세이아 엘리아데, 『성과 속』(학민사, 한길사)

찰스 퍼시 스노우, 『두 문화』(민음사)

프란츠 파농, 『대지의 저주받은 자들』(광민사)

E. H. 카아, 『역사란 무엇인가』(범우사)

에릭 홉스봄, 『혁명의 시대』(한길사)

　　　　　『자본의 시대』(한길사)

　　　　　『제국의 시대』(한길사)

　　　　　『극단의 시대』(까치)

레이첼 카슨, 『침묵의 봄』(탐구당)

클로드 레비-스트로스, 『슬픈 열대』(삼성출판사, 한길사)

　　　　　『야생의 사고』(한길사)

에드문트 후서얼, 『현상학의 이념』(문학과지성사)

자크 데리다, 『그라마톨로지』(민음사)

　　　　　『목소리와 현상』(인간사랑)

노엄 촘스키, 『언어와 정신』

　　　　　『촘스키－자연과 언어에 관하여』(박이정)

칼 만하임, 『이데올로기와 유토피아』(삼성출판사)

베르너 칼 하이젠베르크, 『부분과 전체』(범우사)

쟝 보드리야르, 『소비와 사회』(문예출판사)

허쉬만, 『출구, 발언 그리고 왕권』(미번역)

에리히 프롬, 『소유냐 삶이냐』(홍성사)

　　　　　『자유로부터의 도피』(범우사)

페르디낭 브로델, 『필2세 시대의 지중해 연안 세계』(미번역)

　　　　　『물질문명과 자본주의』(까치)

에드워드 사이드, 『오리엔탈리즘』(교보문고)

라처드 로티, 『철학, 그리고 자연의 거울』(까치)

피에르 부르디외, 『구별짓기』(새물결)

위르겐 하버마스, 『인식과 관심』(고려원)

　　　　　『소통행위이론』(의암출판문화사)

사회

니콜라이 레닌, 『제국주의론』(돌베개)
막스 베버, 『경제와 사회』(삼성출판사, 문학과지성사)
라인홀트 니버, 『도덕적 인간과 비도덕적 사회』(문예출판사)
한스 켈젠, 『순수법학』(길안사)
J. M. 케인즈, 『고용, 화폐, 이자에 관한 일반이론』(비봉출판사)
모택동, 『실천론』『모순론』(범우사)
칼 폴라니, 『거대한 변환』(민음사, 도서출판 길)
P. A. 사무엘슨, 『경제학』(서음출판사)
슘페터, 『자본주의, 사회주의, 민주주의』(삼성출판사)
프리드리히 A. 하이에크, 『노예의 길』(자유기업센터)
　　　　　　　　　　　　『자유 헌정론』(삼성출판사, 자유기업센터)
앙리 르페브르, 『현대세계의 일상성』(세계일보사)
다니엘 벨, 『이데올로기의 종언』(삼성출판사)
밀튼 프리드만, 『자본주의와 선택의 자유』
거센크론, 『역사적 관점에서의 경제적 후퇴』
에드워드 P. 톰슨, 『영국노동계급의 형성』(창작과비평사)
마샬 맥루한, 『미디어의 이해』(민음사)
　　　　　　　『미디어는 마사지다』(커뮤니케이션스북스)
존 갈브레이드, 『풍요로운 사회』
　　　　　　　『불확실성의 시대』(홍성사)
피터 드러커, 『단절의 시대』(한국경제신문사)
존 롤즈, 『사회정의론』(서광사)
메도우스, 『성장의 한계』
이마누엘 월러스틴, 『세계체제론』(까치, 학민사)
드워킨, 『권리존중론』
엘빈 토플러, 『제3의 물결』(범우사)
안소니 기든스, 『정치와 사회이론』(한국사회학연구소)
　　　　　　　『민족국가와 폭력』(까치)
　　　　　　　『좌파와 우파를 넘어서』(한울)
　　　　　　　『제3의 길』(생각의나무)

욜 케네디, 『강대국의 흥망』(한국경제신문사)
사무엘 헌팅턴, 『변동사회와 경제질서』
　　　　　　　『제3의 물결』(범우사, 홍신문화사)
　　　　　　　『문명의 충돌』(김영사)

과학 · 예술

조지프 니덤, 『중국의 과학과 문명』(까치)
토마스 새뮤얼 쿤, 『과학혁명의 구조』(이화여대출판부, 두산동아)
자크 모노, 『우연과 필연』(범우사)
러브록, 『가이아』(두산동아)
에드워드 윌슨, 『사회생물학』(민음사)
칼 세이건, 『코스모스』(두산동아)
카프라, 『현대물리학과 동양사상』(범양사)
　　　　『새로운 과학과 문명의 전환』(범양사)
스티븐 제이굴드, 『다윈 이후』(사이언스북스)
프리고진 · 스텐저스, 『혼돈으로부터의 질서』(정음사)
스티븐 호킹, 『시간의 역사』(삼성이데아)
마하트마 간디, 『자서전』(한길사)
아르놀트 하우저, 『문학과 예술의 사회사』(창작과비평사)
베르톨트 브레히트, 『연극을 위한 소책자 연극론』(한마당)
곰브리치, 『예술과 환영』(열화당)
루이 멈포드, 『예술과 기술』(민음사)
슈마허, 『작은 것은 아름답다』(범우사)

인용된 텍스트 출처

공자—『논어』, 명문당, 2002.
맹자—『맹자』, 명문당, 2002.
장자—『장자』, 김성동 역, 세계사상전집, 을유문화사, 1975 ; 동서문화사, 1975.
사마천—『사기 열전』, 정범진 역, 까치, 1995.
일연—『삼국유사』, 이재호 역, 솔, 2002.
박지원—『열하일기』, 민족문화추진회 역, 솔, 1997.
최제우—『동경대전(東經大全)』, 『용담유사(龍潭遺詞)』, 한국사상전집, 삼성출판사, 1981.
막스 베버—『프로테스탄티즘의 윤리와 자본주의 정신』, 박성수 역, 문예출판사, 1996.
루돌프 폰 예링—『권리를 위한 투쟁』, 심윤종 역, 범우사, 1998.
토마스 새뮤얼 쿤—『과학혁명의 구조』, 조형 역, 이화여대출판부, 1980.
스티븐 호킹—『시간의 역사』, 현정준 역, 삼성이데아, 1988.
마르세이아 엘리아데—『성과 속』, 이은봉 역, 그레이트북스, 한길사, 1998 ; 학민사,
        1983.
쟝 보드리야르—『소비의 사회』, 이상률 역, 문예출판사, 1992.
아이소포스(이솝)—『이솝우화집』, 세계문학전집 74권, 유종호 역, 민음사, 2003.
레오 톨스토이—『바보 이반』, 박형규 역, 삼중당, 1988.
기 드 모파상—『목걸이』, 양원달 역, 『피에르와 장』, 을유문화사, 1998.
프란츠 카프카—『변신』, 카프카소설전집, 이주동 역, 솔 1997.
토마스 만—『토니오 크뢰거』, 안심환 외 공역, 세계문학전집, 민음사, 1998.
루쉰—「아Q정전」, 전형준 역, 창작과비평사, 1996.
알베르 카뮈—『이방인』, 김화영 역, 카뮈전집 2권, 책세상, 2003.
어네스트 헤밍웨이—『노인과 바다』, 이경식 역, 문예출판사, 1999.
알렉산드르 솔제니친—『이반 데니소비치, 수용소의 하루』, 이영의 역, 민음사, 1998.
소월 김정식—『소월시집』, 범우사, 1986.
만해 한용운—『님의 침묵』, 민음사, 1999.
정지용—『정지용시전집』, 민음사, 2003.

이광수-『무정』, 이광수전집 1권, 삼중당, 1971.
채만식-『탁류』, 채만식전집 2권, 창작과비평사, 1987.
허준-『잔등』, 한국소설문학대계 24권, 동아출판사, 1995.
황순원-『카인의 후예』, 황순원전집 6권, 문학과지성사, 1990.
이범선-「오발탄」, 『이범선 대표중단편선집』, 책세상, 1989.
윤흥길-「장마」(1973), 『황혼의 집』, 문학과지성사, 1976.